高橋麻織

Takahashi Maori

源氏物語の政治学

史実・准拠・歴史物語

笠間書院

はじめに

「歴史」を踏まえて『源氏物語』を読む――これが、本書の目的である。なぜ、「歴史」を踏まえなければならないのか。もちろん、平安時代の史実など知らなくても物語は読める。しかしそれは、正しい『源氏物語』理解ではない。「正しい」という言い方をしたが、これは成立当時の物語理解により近づけるという意味である。

『源氏物語』の「いづれの御時にか、女御《にょうご》、更衣《こうい》あまたさぶらひたまひける中に」という書き出しはあまりにも有名である。女御や更衣など多くの后妃たちの中で、桐壺帝《きりつぼてい》は桐壺更衣《きりつぼのこうい》にとりわけ愛情を注ぐ。桐壺帝が桐壺更衣に対して女御並みの待遇を繰り返すことは、後宮の秩序を乱す行為と批判された。しかし、これを桐壺更衣に対する盲目的な愛のためとするのではなく、桐壺帝に政治的視点があったと想定すると、「桐壺」巻の読み方は全く変わってくる。例えば、女御と更衣という身分に関して、注釈書には「大臣の娘は女御、大納言以下の娘は更衣になる」と説明される。ところが、歴史史料を調査すると、厳密にはそうとはいえない。本来なら更衣の格である大納言の娘が女御となっている例や、更衣から女御に昇格される例もあるからである。このような史実を踏まえると、桐壺帝には桐壺更衣を女御に昇格させる心づもりがあった可能性が見えてくる。それは、光源氏の立太子を視野に入れたものである。桐壺更衣が女御となれば、光源氏の立太子が可能となるからである。按察大納言《あぜちのだいなごん》が娘である桐壺更衣の入内《じゅだい》を遺言し、桐壺帝もまたその遺言を了解していた背景が読み解けるし、明石《あかし》一族との血縁関係が明かされることにもつながる。そして、桐壺更衣の死によって、桐壺帝は光源氏の立太子を断念し、臣籍降下した光源氏の王権回復の物語が始発することとなるのである。

『源氏物語』を「歴史」に重ねて読む方法は、准拠《じゅんきょ》論といわれる。それは、中世における『源氏物語』研究の中で確立された「延喜天暦准拠説《えんぎてんりゃくじゅんきょせつ》」に端を発する。中世の貴族たちは、『源氏物語』（一〇〇八年成立）を理解するために、「歴史」を用いた。光源氏は歴史上の源高明《みなもとのたかあきら》（九一四—九八三）に重ねられるとか、物語が延喜天暦期（九〇一年〜九五七年）を舞台としているとか、そのようなたぐいである。ところが、源高明に関わる歴史叙述には歴史的事実とは異なる内容も少なくない。例えば、中世に成立した『源氏物語』注釈書である『河海抄《かかいしょう》』（一三六〇年成立）には、紫式部は幼い頃慣れ親しんだ源高明が左遷された事件を悲しんで『源氏物語』を執筆した、という逸話が載せられている。しかし、それは史実ではない。このエピソードは、源高明の「歴史」を語り継ぐ人々の思惑が生みだしたもの——まさに、創造された〈歴史〉である。『河海抄』の誤りと断じるのではなく、中世の人々の『源氏物語』理解の一端と捉えることで新たに見えてくるものがある。それは、光源氏を源高明になぞらえ、その鎮魂の物語と見なした、中世における『源氏物語』の享受のあり方である。同様に、院政期に成立した歴史物語である『栄花物語《えいがものがたり》』（正編は一〇二〇年代成立）や『大鏡《おおかがみ》』（一一〇〇年前後成立）にも、歴史的事実とは異なる歴史叙述がある。それは、作者の歴史認識による史実の改変であったり、脚色であったり、あるいは「歴史」が語り継がれる中で創造された逸話そのものであったりする。これを、『源氏物語』との関係性の中で、捉え直す必要があるのである。

平安時代の文化・制度・政治・習慣を理解することで、『源氏物語』の政治世界を明らかにし、恋愛物語としての一面だけでない『源氏物語』の魅力に迫る。そして、史実そのものだけでなく、『源氏物語』と歴史物語との間に、創造された〈歴史〉を介在させることで、『源氏物語』の歴史性を改めて問い直してみたい。

源氏物語の政治学——史実・准拠・歴史物語——

目次

はじめに　i

凡例　ix

序章　『源氏物語』准拠論の可能性——物語の政治世界を読み解く——……3

一　『源氏物語』と「日本紀」——物語と歴史——　3　二　准拠説の成立と展開　10

三　准拠論の可能性——「作者の方法」と「読者の方法」——　16　四　書名と本書の構成　20

第Ⅰ部　光源氏の政治——〈家〉の形成と王権——

第一章　冷泉帝の元服——摂政設置と后妃入内から——……35

一　問題の所在　35　二　史実の検証——醍醐天皇と一条天皇の事例——　37

三　光源氏と致仕大臣家——弘徽殿女御の入内　45

四　光源氏と兵部卿宮家——王女御入内の阻止——　50　五　結語　53

第二章　光源氏の摂政辞退──物語における摂関職……59
一　問題の所在　59　二　「摂政したまふ」の語義　60
三　『源氏物語』における摂関職　64　四　歴史上の摂政と物語における摂政　68
五　光源氏にとっての摂政　74　六　結語　78

第三章　明石姫君の袴着──腰結の役をめぐって──……84
一　問題の所在　84　二　物語における袴着の描写　85
三　歴史史料に見る袴着　88　四　紫の上が「腰結の役」をつとめる意味　91
五　結語　95

第四章　冷泉帝主催の七夜の産養……98
一　問題の所在　98　二　平安時代における産養の主催者　100
三　冷泉帝による産養の物語意義　106　四　『うつほ物語』における東宮妃出産時の産養　111
五　結語──『源氏物語』から『栄花物語』へ──　113

第Ⅱ部　桐壺院の政治──後宮運営と皇位継承──

第五章　光源氏立太子の可能性──桐壺更衣の女御昇格──……123
一　問題の所在　123　二　平安時代中期の立太子　126
三　更衣から女御への昇格　133

四　桐壺帝による桐壺更衣の処遇　137　　五　結語　142

第六章　藤壺の宮の立后——藤原遵子との比較から——……146
一　問題の所在　146　　二　藤壺の宮立后の特異性　147
三　円融朝における藤原遵子の立后　150　　四　后位の問題と後宮の変遷　152
五　『栄花物語』における円融朝の後宮　158　　六　もうひとりの后妃尊子内親王　160

第七章　桐壺院の〈院政〉確立——後三条朝の史実から——……166
一　問題の所在　166　　二　院政前史としての後三条朝　168
三　桐壺帝の政治—後宮と皇位継承の問題から—　171
四　『源氏物語』における〈院政〉の意味—桐壺院から光源氏へ—　173　　五　結語　176

第八章　殿舎「桐壺」に住まう后妃の形象——桐壺更衣から明石女御へ——……181
一　問題の所在　181　　二　本文に見える呼称としての「桐壺」　184
三　〈桐〉と〈鳳凰〉の故事　187　　四　結語—桐壺更衣から明石女御へ—　189

第Ⅲ部　大臣家の政治——後宮政策と摂関政治——

第九章　弘徽殿大后の政治的機能——朱雀朝の「母后」と「妻后」——……195
一　問題の所在　195　　二　史実の母后と弘徽殿大后—藤原詮子の例から—　196

三　弘徽殿大后による朧月夜の後見　199
四　弘徽殿大后の政治戦略—朱雀帝の母として、右大臣家の娘として—　203
五　朱雀朝の「母后」と「妻后」—朧月夜の后位への道—　207
六　結語—『源氏物語』に描かれる摂関政治—　209

第十章　左大臣家の後宮政策—冷泉朝における立后争い—……215
一　問題の所在　215　二　弘徽殿女御の入内　216
三　冷泉朝の立后争い—所生皇子の不在—　222
四　「素腹の后」遵子と秋好中宮に対する批判　228
五　左大臣家の入内・立后志向　233　六　結語　237

第十一章　匂宮の皇位継承の可能性—夕霧大臣家と明石中宮—……242
一　問題の所在　242　二　平安時代の史実から—為平親王の例—　243
三　据え直される匂宮　246　四　中の君と若君の社会的立場　248
五　もうひとりの皇位継承候補者—冷泉院の皇子—　251
六　ふたつの対立構図—冷泉院と八の宮、夕霧と薫—　253　七　結語　257

第十二章　物語作品における中央政治—諸寮の様相—……261
一　はじめに　261　二　大舎人寮　262　三　図書寮　264　四　内蔵寮　264
五　縫殿寮　266　六　内匠寮　267　七　雅楽寮　269　八　玄蕃寮　272
九　諸陵寮　274　一〇　主計寮　274　一一　主税寮　275　一二　木工寮　276

一三　左・右馬寮　277　一四　兵庫寮　280　一五　結語　281

第Ⅳ部　『源氏物語』から歴史物語へ――〈歴史〉の創造――

第十三章　『栄花物語』円融朝の立后争い……287
一　問題の所在　287　二　円融朝の立后問題と皇位継承　289
三　遵子立后に関わる円融天皇の意思　293　四　円融天皇と関白頼忠　296
五　兼通・兼家兄弟の不和と摂関職　299　六　結語　304

第十四章　『大鏡』の歴史認識――「すゑのよの源氏のさかえ」――……309
一　問題の所在　309　二　先行研究と「源氏の栄え」――道長の妻、源倫子と源明子――　311
三　「藤氏の栄え」の意味するところ　318　四　禎子内親王の位置づけ　322
五　「すゑのよの源氏のさかえ」　326　六　結語　329

第十五章　歴史物語における「源氏」の位相――創造される〈歴史〉――……336
一　はじめに　336　二　『栄花物語』における後三条天皇と源基子　337
三　『大鏡』に描かれる安和の変と「源氏」　341

第十六章　「帝の御妻《みめ》をも過つたぐひ」――后妃密通という話型――……347
一　はじめに　347　二　「帝の御妻をも過つたぐひ」　348

三　歴史物語に描かれる「后妃の密通」　349
四　「后妃の密通」と皇統断絶　353
終　章　『源氏物語』と史実・准拠・歴史物語――今後の展望――……361
初出一覧　371
あとがき　375
平安京内裏図　377　天皇・源氏系図　378　藤原氏系図　380　『源氏物語』人物系図　382
索引［人名・書名・事項］［源氏物語］　402（左開）

凡例

一、『源氏物語』引用本文は、阿部秋生 秋山虔 今井源衛 鈴木日出男 校注『源氏物語』①〜⑥（新編日本古典文学全集、小学館）による。私に傍線を付した部分がある。引用の際、括弧内に巻名、頁数を示す。なお、「新全集『源氏物語』」と表記する場合がある。

二、『栄花物語』引用本文は、山中裕 秋山虔 池田尚隆 校注『栄花物語』①〜③（新編日本古典文学全集、小学館）による。「新全集『栄花物語』」と表記する場合がある。

三、『大鏡』『大鏡裏書』は、松村博司校注『大鏡』（日本古典文学大系、岩波書店）による。「旧大系『大鏡』」と表記する場合がある。

四、『うつほ物語』引用本文は、室城秀之校注『うつほ物語 全 改訂版』（おうふう）による。

五、『源氏物語』古注釈の引用は、特に断らない限りは、玉上琢彌編『紫明抄 河海抄』（角川書店）、中野幸一編『源氏物語古註釈叢刊』（武蔵野書院）による。旧字を新字に改めた箇所がある。

六、歴史史料の引用は、以下の通りである。『貞信公記』『九暦』『小右記』『御堂関白記』は、『大日本古記録』（岩波書店）による。『日本紀略』『日本三代実録』『扶桑略記』『本朝世紀』『公卿補任』は、『国史大系』（吉川弘文館）による。『吏部王記（増補）』『権記』は、『史料纂集』（続群書類従完成会）。異なる場合はその都度示す。割注は〈 〉で括っている。旧字を新字に改めた箇所がある。

七、その他のおもな引用文献は以下の通りである。

・『源氏物語評釈』は、玉上琢彌『源氏物語評釈』（角川書店）。
・『平安時代史事典』は、角田文衛監修『平安時代史事典』（角川書店）。
・『国史大辞典』は、国史大辞典編集委員会編『国史大辞典』（吉川弘文館）。
・『皇室制度史料』は、宮内庁書陵部編『皇室制度史料』（吉川弘文館）。

右以外の作品・史料の出典は、その引用の都度、掲げた。

人物呼称は、各章ごとに統一する。概ね、物語上の人物を「冷泉帝」「冷泉院」、史実上の人物を「冷泉天皇」「冷泉上皇」とし、混同しないよう表記する。

源氏物語の政治学

――史実・准拠・歴史物語――

序章 『源氏物語』准拠論の可能性——物語の政治世界を読み解く——

一 『源氏物語』と「日本紀」——物語と歴史——

平安時代、物語は女性のものであった。しかし、『源氏物語』は成立当初から男性の支持を得て、院政期に広く流布し、さらに中世から近世にかけては、男性貴族たちの学問の対象となる。『源氏物語』はどのように読まれてきたのか、そしてわれわれは『源氏物語』をどう読むべきか。『源氏物語』を取り巻く歴史的な事象を援用することで、この問題を解明したい。周知の通り、中世における男性貴族たちの『源氏物語』研究の関心は、もっぱら准拠と典拠に向けられていた。古注釈の指摘は、『源氏物語』の享受の問題だけでなく、われわれが『源氏物語』を作品として理解する上で、今なお有益である。(注1) しかし、延喜天暦准拠説が成立してからあまりにも歴史が長いだけに、現在、准拠論の課題は山積している。中世の准拠説とはどのようにして成立し、展開したのか。そして、これからの准拠論は、どこに可能性を見出すべきか。『源氏物語』と史実、そして歴史物語との関係、また『河海抄』や『花鳥余情』といった注釈書自体の研究もまたれる。本書では、准拠論の抱える問題と可能性を見据え、作品論の立場から史実を媒介として『源氏物語』の政治世界を読解し、物語と歴史の関係性に迫りたい。

そもそも、物語と歴史とは近代的な概念であり、近世では「国学」とひと括りにされていたことからもわかるように、平安時代においても両者は未分化であった。例えば、フランス語であれば物語と歴史は、どちらも「histoire（イストワール）」と表現され、英語でも「story（ストーリー）」「history（ヒストリー）」という同一語源語である。このことは両者が極めて近しい存在であることを示している。[注2] 物語と歴史とは、決して事実と虚構という二項対立では表せない。野家啓一は、歴史学とは過去の事実をありのままに描写することではなく、「文献史料や考古学的資料を駆使して、過去の出来事を「解釈学的に再構成」すること、すなわち「物語る」ことである」と述べる。[注3] そして、歴史的事実とは、過去の出来事を「整合性」をもって物語行為によって「構造化」し、「共同化」されたものと定義づけている。[注4] つまり、他の史料との「整合性」が認められれば、物語ジャンルに分類される作品に描かれた事柄も、その部分は事実であり史実と見なしうる。[注5] そのような意味では、『栄花物語』や『大鏡』など歴史物語に描かれる歴史叙述を、文学と歴史のどちらに峻別できるかという議論はできない。[注6] 物語と歴史とは表裏一体のものであり、歴史は物語性を有しているし、反対に物語に歴史性を認めることもできるからである。『源氏物語』の歴史性とは、この物語の有する特徴のひとつであり、史実、歴史物語、そして中世の古注釈に見える准拠の指摘といった多角的な観点から解明することができよう。物語と歴史との関係を念頭に置けば、これは極めて普遍的な文学の本質を問うものである。

ここで、本書における用語について、定義を示しておきたい。「物語」は、物語文学というジャンル一般を指し、具体的には歌物語、つくり物語、歴史物語を含むものとする。歴史的事実とは、歴史学によって立証された複数の歴史史料との整合性のある事柄を指すものとし、一連の歴史的事実を「史実」と表す。それに対して、他史料との整合性がなく客観性のない歴史叙述は、括弧付けで〈歴史〉と表記する。そして、これらすべてを含んだ歴史性のある事柄を広く「歴史」と表現する。例えば、秋山虔は、次のように述べる。「いま桐壺巻の冒頭についていえば、李夫人や長恨歌の発想の枠組みを通して日本の宮廷の層々たる史実が類型として認知され、その認知された史実が、この中国の伝承を日本の史実として内実化させ、共通的普遍的レベルの表現へと昇化したということであろう」。(注7) 秋山のいう「日本の宮廷の層々たる史実」とは紛れもない歴史的事実すなわち「史実」であり、「類型として認知された史実」とは、歴史的事実を含みながらも厳密には史実と齟齬する歴史叙述、本書でいうところの〈歴史〉である。そして、〈歴史〉が内実化され、「共通的普遍的レベルの表現へと昇化」したとき、それはもはや「史実」でも〈歴史〉でもない、それらを超えた普遍の真実として、物語に追求されるものとなる。日向一雅は、「物語は実録を装うことも可能だし、事実に依拠しつつ虚構世界を構成することも可能である。物語はそのようにして日記を取り込むことができる。物語はそのような自在な表現形式であった。のみならず、物語は事実のもつ真実性を超えて、虚構による真実の形象を可能にする方法であった」という。(注8) このようなことを踏まえ、物語と歴史について考えたい。以下、「蛍」巻における物語論を確認する。

「あなむつかし。女こそものうるさがらず、人に欺かれむと生まれたるものなれ。ここらの中にまことはいと少なからむを、かつ知る知る、かかるすずろごとに心を移し、はかられたまひて、暑かはしき五月雨の、髪の乱るるも知らで書きたまふよ」とて、笑ひたまふものから、また、「かかる世の古事ならでは、げに何をか紛るることなきつれづれを慰めまし。【1】さてもこのいつはりどもの中に、げにさもあらむとあはれを見せ、つきづきしくつづけたる、はた、はかなしごとと知りながら、いたづらに心動き、らうたげなる姫君のもの思へる見るにかた心つくかし。またいとあるまじきことかなと見る見る、おどろおどろしくとりなしけるが目おどろきて、静かにまた聞くたびぞ、憎けれどふとをかしきふしあらはなるなどもあるべし。このごろ幼き人（明石姫君）の、女房などに時々読まするを立ち聞けば、ものよく言ふ者の世にあるべきかな。そらごとをよくし馴れたる口つきよりぞ言ひ出だすらむとおぼゆれどさしもあらじや」とのたまへば、「げにいつはり馴れたる人や、さまざまにさも酌みはべらむ。ただいとまことのこととこそ思うたまへられけれ」とて、硯を押しやりたまへば、「骨なくも聞こえおとしてけるかな。神代より世にあることを記しおきけるななり。日本紀などはただかたそばぞかし。これらにこそ道々しくくはしきことはあらめ」【2】とて笑ひたまふ。

「その人の上とて、ありのままに言ひ出づることこそなけれ、よきもあしきも、世に経る人のありさまの、見るにも飽かず聞くにもあまることを、後の世にも言ひ伝へさせまほしきふしぶしを、心に籠めがたくて言ひおきはじめたるなり。【3】よきさまに言ふとては、よきことのかぎり選り出でて、人に従はむとては、またあしきさまのめづらしきことをとり集めたる、みなかたがたにつけたるこの世の外のことならずかし。他の朝廷のさへ、作りやうかはる、同じ大和の国のことなれば、昔今のに変るべし、深きこと浅きことのけぢめこそあらめ、ひたぶるにそらごとと言ひはてむも、事の心違ひてなむありける。

（「蛍」③二一〇～二一三）

これは、光源氏が玉鬘に対して物語論を展開する場面である。このような光源氏の発言を、そのまま作者の物語観と考えることに対しては批判もあり、また「蛍」巻の場面を解釈することとこそ大切であるという指摘もある。(注9) しかし、それはまぎれもなく光源氏をして言わしめた作者の評論であり、紫式部がこの作品を書き上げる過程において標榜する文学観であろう。(注10) はじめに「女こそ」とあるように、「光源氏に男性読者の古物語観を代表させ」ている。(注11) そして、光源氏の発言の前半には、「人に欺かれむ」「まことはいと少なからむ」「かかるすずろごと」「このいつはりども」などとあり、物語の虚偽性を批判的に断ずる。しかし、その批判の中には、傍線部【1】のように、「げにさもあらむとあはれを見せ」「いたづらに心動き」「ふとをかしきふしあらはなる」などといった物語の性質を認める視点も見える。批判的な姿勢は崩さないものの、虚偽を物語の欠点と捉えながらも、「物語」が心動かされるものと認めているのである。

そして、「ただいとまことのことこそ思うたまへられけれ」という玉鬘の返答に対して光源氏は前言をひるがえし、傍線部【2】の物語論の核心部分に入る。「かたそば」は「一側面」などと辞書では示されるが、工藤重矩は『源氏物語』に見える「かたそば」の用例を検討した上で、「日本紀（日本書紀）は「かたそば」即ち、片脇に置いておく程度のものだ、主ではなく脇だ、まともに扱うべき書ではないと言っている」と説明する。(注12) また、「道々し」については、阿部秋生によると「三史五経など、儒教的性格をもっていることをいう語であり、「倫理道徳にかなっている」ということであり、また「政道に役立つ」というほどの意である」という。(注13)「日本紀」は、ここでは「権威ある正史」という意味で「日本紀」とそのまま表現しておく。(注14)「蛍」巻の物語論において、「権威ある正史」である「日本紀」を引き合いに出して物語が賞賛されるのは、「道々しくくはしきこと」という点においてである。歴史書が編纂されるのは、後世の政治に役立たせるためであるが、その歴史書よりも「政道に役立つ」という点で物語が評価されているのである。「道々し」は「政道に役立つ」の意であり、さらに敷衍されて「人間の真実」を映し出すと理解されている。(注15) 土方洋一は、「物語の中に正史に表われないような人間の真実が表われるのだというようなことを言っているのではなく、歴史的事実というものはまさに虚構の物語の形をとってしか立ち現れはしないことを述べているもののように思われる」と述べ、(注16) 福長進は「事実は動かし難い客観的な対象物ではなく、書くことによって立ち現れてくるという革新的な事実観の提示であった」と指摘する。(注17) しかし、「歴史」の物語性と、「物語」の真実性とは、決して相反するものではない。『源氏物語』はその双方の特質を得て、准拠という方法を確立し、その先に歴史物語を生み出すこととなったのである。「日本紀」との比較によって「物語」の可能性が賞賛されることは、「歴史」に目を転じることで物語の真実性がより一層鮮明となることを意味しており、その観念にこそ着目すべきである。なお、これは、一条天皇の『源氏物語』読後の感想として『紫式部日記』に記された「この人（紫式部）は、日本紀をこそ読みたまへけれ」(注18)という一節とも響き合う。物語を評するのに「日本紀」が引き合いに出される点で、物語論の核心部分と共通する認識が根底にあるのではないか。(注19)

さて、「蛍」巻の物語論の解釈に戻りたい。物語の創作動機や人物造型の典型化について述べたあと、傍線部【3】では読者を意識して書かれた事柄に対して「この世の外のことならず」と、物語の現実性を強調している。続けて、「ひたぶるにそらごとと言ひはてむも、事の心違ひてなむありける」とあるように、物語を単なる「そらごと」と断ずるのは誤りであり、そこに虚構の真実性をくみ取るべきだというのである。光源氏の発言を見てみると、前半部分では虚偽性が物語批判の対象であったのに対し、ここでは物語の真実性が物語賞賛の要点となっている。例えば、物語の虚構を支えるものとして、普遍性や共感性がある。フィクションだとわかっていても物語や小説に心動かされるのは、読者が作中人物に感情移入したり、描かれる場面状況に自らを置いたりするからである。そして、物語成立当時の人々や現代のわれわれに共有される史実にもまた普遍性や共感性がある。これこそ、『源氏物語』が虚構を確立するための表現機構として准拠を方法としたことの本質ではないか。史実ばかりでなく、その周辺言説、例えば歴史物語に描かれる記事や古注釈の准拠の指摘など、史実とは齟齬する歴史叙述、すなわち〈歴史〉は、物語成立期の人々や中世の読者、さらには現代の読者によって共有されており、その〈歴史〉に支えられる物語の虚構性は普遍性を有するのである。つまり、「蛍」巻の物語論は、虚構の方法によって物語が歴史書よりも真実性を有するという文学観を示すものと理解できよう。物語の方法という観点では、塚原鉄雄が『伊勢物語』の方法は「虚構の事実化」、『竹取物語』は「事実の虚構化」、そして『源氏物語』はそれらを弁証法的に「虚実の止揚としての虚構」として新たな方法を獲得したと見なしている。(注20)また、日向一雅は、事実と虚構を分断する当時の通念的な文学観に対し、『源氏物語』だけがほとんど例外的に虚構の方法の可能性について明確な認識をもっていた。事実と虚構とを対立的に考える文学観しかなかった時代に、『源氏物語』は両者を止揚した物語論に到達していた」というそして、このような『源氏物語』の虚構の方法は、『源氏物語』と「歴史」との関わりから見出すことができるのである。
（注21）

例えば、『栄花物語』が宇多朝から書き起こされるのは、光孝天皇までを書き留めた『日本三代実録』すなわち六国史を継承する目的からであると指摘される。（注22）また、『栄花物語』を踏まえて成立した『大鏡』、さらに『増鏡』にも「歴史」と「物語」とを意識した記述がある。ここにもやはり、「日本紀」という語が見える。（注23）『大鏡』『増鏡』の本文を以下に引用する。（注24）

世次、「よしなき事よりは、まめやかなる事を申はてん。よく〳〵たれも〳〵きこしめせ。けふの講師の説法は、菩提のためとおぼし、おきならがとく事をば、日本紀きくとおぼすばかりぞかし」といへば、僧俗、「げに説経・説法おほくうけたまはれど、かくめづらしき事のたまふ人は、さらにおはせぬなり」とて、年おひたるあま・ほうしども、ひたいにてをあてゝ、信をなしつゝきゝゐたり。

（『大鏡』「大臣序説」五九〜六〇）

かの雲林院の菩提講に参りあへりし翁の言の葉をこそ、仮名の日本紀にはすなれ。又かの世継が孫とかいひし、つくも髪の物語も、人のもてあつかひ草になれるは、御有様のやうなる人にこそありけめ。猶の給へ。

（『増鏡』序、二四八）

『大鏡』の語り手である大宅世次は、自らの歴史語りが「日本紀」に匹敵するもの、あるいはそれを超えるものであるとの自負を持つ。『大鏡』は、「日本紀」すなわち漢文体の正史には書かれない〈歴史〉を記したものであり、

『増鏡』は『大鏡』を「仮名の日本紀」と表現する。このような歴史物語の認識は、『源氏物語』によって確立された物語の歴史性という観念に影響を受けたものであろう。正史には書かれないもうひとつの〈歴史〉は、歴史物語という形で後世に伝えられることとなる。『源氏物語』「蛍」巻に、物語には「虚構の真実性」が存することが提唱されるが、その物語観のもと歴史物語は成立した。(注25) 漢文体の正史には書けない事柄でも、仮名の歴史物語には記すことができるという意味で、歴史物語は正史を超える真実性を有するのである。このように、『源氏物語』は「歴史」を取り込むという准拠の方法によって虚構世界の構築を可能としただけでなく、新たなジャンルである歴史物語の成立にも寄与した。さらに、歴史物語が『源氏物語』成立期の〈歴史〉を再構築することによって、史実が『源氏物語』に与えた影響のみならず、『源氏物語』が〈歴史〉を創造するという現象もまた見て取れる。ここに、『源氏物語』と「歴史」との往還関係を認めることができるのである。

二 准拠説の成立と展開

『源氏物語』の注釈史の中で、初めて「准拠」という語が使用されたのは、素寂の『紫明抄』においてである。「桐壺」巻の冒頭「いづれの御時にか」という本文に関して、『紫明抄』は以下のように注している。

問云、いつれの御時にかといへるおほつかなし、例にひき申へきみかといつれそや
答云、醍醐の帝の御子にこそ朱雀院と申御名もおはしませ、又、高明の親王(源高明)も源氏におはしませは延喜の聖主(醍醐天皇)をやひき申へからん
重問云、【4】もし醍醐の帝を例とせは、朱雀院と申名はに給へれと皇子もおはしまさゝりき、村上の帝の御

するゐのみこそさかへ給へれ、いまの物語には桐壺の帝御位を朱雀院にゆつり給、朱雀院位を冷泉院にゆつり給き、しかれとも子孫おはしまさゝりしによりて位を朱雀院の御子今上にゆつり給へる事を思に、またく延喜の聖帝（醍醐天皇）をは例と申へからさる歟、位次をかうかへて准拠するに、いさゝかあひにたる例あり（略）答云、ものかたりのならひ、すこしきさにたる事［一］あれは、例とする事これおほし、【5】もし桓武天皇を例とせは、平城天皇をはいかゝたとへ申へき、西三条の右大臣（源光）は桓武の御ひゝこにおはしますうへ、左遷事きこえす、光源氏の［左］大将の自談には文王の子武王の弟とこそなのられしか、たとふるに高明の親王（源高明）にこそに給へれ、醍醐のみかとには御子也、朱雀院には御弟也、大臣の位をとゝめられて大宰権帥にうつされてめしかへされてのちもとの宮にいつかれ給しそかし、光源氏君左大将をはなたれてすまのうらわにしつみ給しか、みかとの御ゆめにすくはれてうかひいて給てのち太上天皇の尊号をえ給へるもすこしきあひにたる例なり、（略）【6】又明石巻に、入道あいなくうちゐみてなにかし延喜のみかと（醍醐天皇）の御てよりひきつたへ侍事三代になんなり侍ぬるといふによらは、桓武の時代あえて証拠にかなふへからす、たゝあふきて延喜の聖代を時代にはたて申へき也といふに、かさねたる問答とゝまりにき

（『紫明抄』巻一「桐壺」一一）

物語の時代設定を明らかにするにあたり、桐壺帝の准拠を史実に求め、具体的に醍醐天皇と桓武天皇の名を挙げる。傍線部【4】には、桐壺帝を醍醐天皇とすれば、物語中の朱雀帝・冷泉帝はそれぞれ史実上の朱雀天皇・村上天皇に重ねられるが、朱雀天皇に皇嗣がなく村上天皇の皇統が存続することが物語とは相違するという問題点が指摘される。そして、傍線部【5】では、桓武天皇とすると、朱雀帝・冷泉帝はそれぞれ嵯峨天皇・淳和天皇に比定され、傍線部【4】で指摘された皇統の問題は解消できるものの、平城天皇の位置づけや、一世源氏である源光が桓武天皇からは三代下る人物であり、左遷された事実もないことなどが新たな矛盾点となるという。例えば、光源

氏の須磨流離は醍醐天皇の一世源氏である源高明の左遷に通ずるものがあり、本文に「延喜の御手より弾き伝へたること三代になりなんはべりぬる」（「明石」②二四二）や、「延喜の御手づから事の心書かせたまへる」（「絵合」②三八三〜三八四）などとあることに依拠して、最終的には「延喜の聖代」すなわち醍醐天皇の説を採ることで落ち着く。桐壺帝の准拠を醍醐天皇とした場合、齟齬が生じることを認識しているにも関わらず、それに対する答えは用意されないまま、延喜准拠説を結論として採用している。つまり、桓武准拠説の欠点はあくまでも延喜准拠説を補強するために指摘され、延喜准拠説の矛盾は黙殺されているのである。このような客観性の欠如は、『紫明抄』だけの問題ではなく、現在の『源氏物語』准拠論のはらむ最大の問題点でもある。

周知のように、「准拠」とは『源氏物語』研究の専門用語ではなく、貴族社会の先例主義において定着していた概念であった。『権記』長保二年正月二十八日条には、「致爰出准拠無難歟」(注26)とある。これは、藤原道長の娘彰子が一条天皇の中宮に冊立される際の記事であり、このとき藤原定子が既に立后していたため、藤原行成は二后並立となる異例の事態に理由づけをしたのである。『紫明抄』『河海抄』では、『源氏物語』に描かれる儀式や年中行事など有職故実の「准拠」が、『西宮記』『李部王記』などの儀式書に求められている。このように、中世の『源氏物語』研究では、『源氏物語』と「歴史」との密接な関係性を問う問題として、「准拠」が研究方法とされた。『源氏物語』に准拠を求める注釈態度は、四辻善成の『河海抄』によって延喜天暦准拠説が成立すると、以降の注釈書にも継承され、中世における『源氏物語』研究の最大の関心事となる。続いて『河海抄』「料簡」を確認したい。(注27)

【7】物語の時代は醍醐朱雀村上三代に准スル歟桐壺御門は延喜（醍醐天皇）朱雀院は天慶（朱雀天皇）冷泉院は天暦（村上天皇）光源氏は西宮左大臣（源高明）如此相当スル也桐壺巻に最初に両所まてとりわきて亭子院（宇多天皇）の御事を載たり是御遺誡也（略）又絵合巻に朱雀院の御事を延喜の御手つからことの心かゝせ給へる

に又我御世の事ともかゝせ給へるといへり又昭宣公（藤原基経）の母は寛平法皇（宇多）の皇女延喜帝（醍醐天皇）御妹也致仕大臣の母も桐壺御門ノ一御腹とあり此外も其証おほし難者云以前准拠誠に其寄ありといへとも此物語は光源氏をむねとする歟【8】されは西宮左大臣（源高明）に准スル事一世の源氏左遷の跡は相似たれとも彼公好色の先達とはさしてきこえさるにやいまの物語は殊に此道を本としたる歟如何答云作物かたりのならひ大綱は其人のおもかけあれとも行迹にをきてはあなかちに事ことにかれを摸する事なし漢朝の書籍春秋史記なといふ実録にも少々の異同はある歟仍桐壺帝冷泉院を延喜天暦になすらへたてまつりなから或は唐ノ玄宗のふるきためしをひき或秦始皇のかくれたる例をうつせり又天慶御門は相続の皇胤おはしまさね共此物語には朱雀院の御子今上冷泉院の御後なし（略）【9】光源氏をも安和の左相（源高明）に比すといへとも好色のかたは道の先達なるかゆへに在中将（在原業平）の風をまねひて五条二条の后（藤原順子・藤原高子）を薄雲女院朧月夜の尚侍によそへ或はかたのゝ少将のそしりを思へり又太上天皇の尊号も漢家には太公の旧躅本朝には草壁皇子等の先蹤を摸する歟是作物語の習也初にいつれの御時にかとて分明に書あらはさゝるも此故なりさりなからしたには延喜の御時といふ心を含めり此外或は桓武一条院を桐壺の御門に准し又（源）光大臣（藤原）伊周公ヲ光源氏に擬するといふ一義もある歟皆以謬説也若桓武といはゝ其以後の帝王陽成宇多延喜の御名物語にあり一条院ならは延喜より後五代の事見えすそのうへ諷磨巻にこのころ上手にすめる千枝つねのりとあり両人朱雀村上御代の画工なり既にこのころといへり一条院まて存生せす又絵合巻に朱雀院を当代のよし載之無異論乎

（『河海抄』巻一「料簡」一八六〜一八七）

傍線部【7】には、延喜天暦准拠説が明示される。その一方、傍線部【9】のように、光源氏の准拠として源高明や在原業平が挙げられ、藤壺中宮と朧月夜には『伊勢物語』の五条の后、二条の后が比定されるなど、延喜天暦期以外の史実にも目が向けられる。その理由は傍線部【8】に見えるように、源高明に准えると光源氏の好色である点の説明がつかないためであり、その他にも様々な史実が利用され、「作り物語のならひ」として説明される。先述した通り、このような矛盾点や客観性の欠如がまさに准拠論の危うさである。そして、それは近世に入ると賀茂真淵(注28)や本居宣長らによって批判されることとなる。中でも、次に挙げた宣長の『源氏物語玉の小櫛』(注29)には、准拠論に対する批判が明確に述べられている。

此物語、諸抄に、准拠といへることあり、たとへば光源氏といへる人はなけれども、西宮左大臣[高明公]になぞらへて書たり、といふたぐひ也、【10】されど物がたりに書たる人々の事ども、みなこと〳〵くなぞらへて、あてたる事あるにはあらず、大かたはつくり事なる中に、いさゝかの事を、より所にして、そのさまをかへなどしてかけることあり、又かならず一人を一人にあてて作れるにもあらず、(略)【11】おほかた此准拠といふ事は、たゞ作りぬしの心のうちにある事にて、必しも後にそれを、こと〳〵く考えあつべきにしもあらず、とてもかくても有べきなれども、昔よりさだしあへる事なる故に、今もそのおもむきを、いさゝかいふ也

(『源氏物語玉の小櫛』一の巻「准拠」)

傍線部【10】のように、『紫明抄』『河海抄』に見られるような准拠の不確定性が鋭く指摘されている。このような『源氏物語』の准拠説に対する見方は、萩原広道(注30)などにも継承され、さらに近代に入ると『源氏物語』モデル論が提唱され(注31)、「准拠」と近代的な概念である「モデル」の混同によって、評価を下げることとなる(注32)。『源氏物語』の作中人物を、史実上の特定の人物にあてはめることには、そもそも限界があったのである。

こうした中、『源氏物語』准拠論は、『河海抄』の見直しとともに、玉上琢彌、清水好子らによってようやく再評

価される。玉上は、『紫明抄』や『河海抄』における「准拠」の指摘と『源氏物語』研究の准拠論との概念の差異を指摘しつつ、物語の本質に立ち返って、『源氏物語』の世界に具体性と理想性を付与するため、一時代前の延喜天暦期を時代設定としたとする。(注33)清水も当初、「架空の物語に真実らしさを与える」目的として同様の立場をとった。(注34)しかし、後にそれを改め、以下のように述べている。(注35)

首巻桐壺の巻で明瞭に、誤る余地なく、また以後の重要な時点でも一貫して、具体的な歴史的事実を標榜してきたのは、肝腎なところで歴史を超えるためであった。準拠をあれだけやかましく取り用いてきたのは、ここと思うところで準拠ばなれがしたかったからである。そこに作者のしんに独創の刃を振うところが拓けていたのだ。作者がもっとも大切に育んできた準拠ばなれは不義の子冷泉帝の即位である。（略）これはのちに述べる、続く準拠ばなれの準太上天皇のポストにも言えることだ。

ここに指摘される冷泉帝の誕生と即位は、光源氏のその後の人生に大きく関わるもので、物語の核とも言える重要な事柄である。「歴史を超える」「準拠ばなれ」とは、まさに冷泉帝の即位という『源氏物語』における最大の虚構を指す。すなわち『源氏物語』は、虚構を確立するために、准拠を方法として物語に取り入れたというのである。中世の『源氏物語』の准拠説は、史実上の人物や出来事と比較した上で、両者の共通点を列挙することを目的としたが、むしろ史実には有り得ない不義の子冷泉帝の即位という史実との相違点、すなわち虚構にこそ、准拠の目的は存したという。

三　准拠論の可能性――「作者の方法」と「読者の方法」――

現在、『源氏物語』准拠論の可能性は広がりつつある。清水好子の「准拠」の概念はほぼ定説化されているものの、厳密には准拠論の研究方法は論者によって異なるのが現状である。例えば、史実の調査対象に関していうと、必ずしも延喜天暦期に限定されず、嵯峨朝まで遡ることもあるし、(注36)物語成立期である一条朝まで扱われることもある。(注37)また、准拠論と標榜しないながらも、『源氏物語』と「歴史」との関連性を取り扱う研究成果は、近年多く発表されている。ジュリア・クリステヴァの提唱する「テクスト相互関連性」の理論や、(注38)高橋亨のように准拠論を引用論と捉える見方もある。(注39)平安時代の制度史や文化史、あるいは儀礼や習俗など歴史学との連携によって『源氏物語』に描かれる事柄を解明しようとする研究もある。(注40)

そもそも、「准拠」という語義の通り、准拠論は「作者の方法」を追求する立場による。「准拠」という用語が、貴族社会の政治運営における先例主義の中で生まれたものであり、それに基づく概念であったことは既に述べた。加藤洋介は、「「准拠」とは、厳密には先例といえないものを、「先例」と同等の価値を有するものとして意義づける行為」とする。(注41)本居宣長の准拠説批判は、傍線部【11】「たゞ作りぬしの心のうちにある事」とあるように、「作者の方法」としての准拠のあり方を否定的に見たからである。清水好子は、「物語の人物や事件を史上実際のそれにあてはめて考えうる場合、古注は史実のそれらを準拠と呼んだ」と定義づけ、(注42)虚構を確立するための方法として准拠を見据えているが、それもまた「作者の方法」としての准拠の理解である。准拠説を否定した宣長にしても、それを見直した清水にしても、准拠を「作者の方法」としてのみ見る点は同じである。確かに、『源氏物語』には、延喜天暦期を喚起する言葉が散りばめられている。(注43)これは、虚構を確立するための表現機構であり、「作者の方法」

としての准拠である。それに加え、ここでは「読者の方法」としての准拠のあり方を提唱したい。浅尾広良は、「読みの表現空間を繙く端緒として准拠を位置付ける」とし、(注44)秋澤亙は、「読みの枠組みとしての准拠」を指摘する。(注45)このように、これからの准拠論は、「作者の方法」としての准拠と、「読者の方法」としての准拠と、二重構造で考えるべきである。興味深いことに、この准拠論の二重構造は、中世の古注釈の注釈態度からも読み取れる。それは、『源氏物語』に描かれた事柄が、物語成立期には全くの虚構でありながら後世に実現するという現象が見られ、そのことが古注釈によって指摘されていることからわかるのである。(注46)

具体的に、『源氏物語』において「源氏」の后が三代続くことを例にとって、『河海抄』の注釈について考えたい。ここでいう「源氏」とは、『源氏物語』での用例である広義の「源氏」であり、藤壺中宮、秋好中宮、明石中宮の三人を指す。(注47)それは、内親王、女王、そして一世源氏の娘であり、広義の「源氏」に含まれる。物語では、三人が立て続けに中宮に冊立されるが、平安時代中期の史実を見てみると、藤原氏出身の后妃が相次いで立后しており、女王や源氏の娘に立后の例が見出せないばかりか、内親王が連続して后に冊立された例もない。物語本文には「源氏のうちしきり后にゐたまはんこと、世の人ゆるしきこえず」(「少女」③三〇〜三一)、「源氏のうちつづき后にゐたまふべきことを、世人飽かず思へる」(「若菜下」④一六六)とある。これは、内親王や女王などが続けて立后した事例はないという当時の史実を一般常識として認識するものであり、『源氏物語』が「歴史」との関連性を明示し、歴史認識を打ち出す姿勢が見て取れる。(注48)このことについて、『河海抄』は次のように注を施す。(注49)

後朱雀院御時陽明門院〈三条院皇女(禎子内親王)〉中宮嫄子〈敦康親王女(嫄子女王)〉両后共依為源氏春日大明神有御訴[祈]大神宮有御託宣事此事雖為寛弘以後事聊可潤色乎

(『河海抄』巻九「乙通女」三七三)

陽明門院禎子内親王と娘子女王とは、ともに後朱雀天皇の后妃であり、その立后は、長元十年(一〇三七)のことである。つまり、これは『源氏物語』成立期以降の史実であり、作者紫式部の知りえぬ未来の事柄である。『河海抄』は、延喜天暦期の史実を中心としながらも、物語以前に該当する事例がない場合には、『源氏物語』成立期以降の史実を挙げる。吉森佳奈子は、このような『河海抄』の注釈態度に関して、以下のように論ずる。「『源氏物語』のありようが享受者を引きつけ、現実を動かすことになったということである。謂わば、「物語の史実化、先例化」である」(注50)。さらに続けて「従来の研究では、所謂「准拠」は史実の物語化という方向から考察されてきたが、ことはその逆ではないか」と指摘し、『河海抄』の注釈のあり方を、「『源氏物語』を歴史的先例空間に位置づける行為」と捉えている(注51)。つまり、『河海抄』などは、『源氏物語』を物語でありながら歴史に「准ずる」ものと見なしていたというのである。この吉森の指摘は、中世の准拠説の理解から現代の准拠論の方法にまで広く影響を与えるものであった。しかし、『河海抄』の注釈態度を検証することは必要であるが、これらの注釈から『源氏物語』を「歴史」と見なしていたとするのは、飛躍しているのではないか(注52)。『源氏物語』成立期以降の史実が挙げられることに着目すると、むしろ従来指摘されてきた「作者の方法」だけでなく、『河海抄』が「読者の方法」としての視点をも持ち合わせていることを重視すべきであろう。紫式部がどのような史実を基にして『源氏物語』を書いたのかという「作者の方法」を明らかにすることを目的とし、その結果、延喜天暦期の史実が投影されていたと見るのが、いわゆる延喜天暦准拠説である。中世における『源氏物語』准拠説は、『源氏物語』に描かれた事柄を史実に求める注釈行為に始まるが、その結果、安易な作者論や成立論に落ち着いてしまうことに対して批判が向けられてきた。しかし、『河海抄』が『源氏物語』成立期以降の史実を挙げることに着目すると、『源氏物語』を史実に准ずるものと認識していたのではなく、史実を参照することで物語を理解する「読者の方法」という視点が存したと理解できるのではないか(注53)。

先に挙げた後朱雀朝の立后の例を、もう一度確認したい。『源氏物語』成立期には、皇族や賜姓源氏を含む「源氏」の后が三代も連続して立てられる事実はない。清水好子の言葉を借りれば、「歴史を超える」「準拠ばなれ」であろう。また、『源氏物語』による「歴史の先取り」などともいわれる。(注54)これらは、いずれも虚構世界を構築するための表現機構としての准拠の方法、つまり「作者の方法」の視点からの理解である。一方、三代の「源氏」の后という物語に描かれている虚構は、『源氏物語』成立期以降の時代にあたる後朱雀朝の史実から、その内実が理解できる。これが「読者の方法」である。この史実を押さえることで、物語の読解にどのような影響を与えるのか。例えば、後朱雀朝において立后した嫄子女王は、敦康親王の娘であったが、藤原頼通の養女として入内する。摂関政治を推進するのに不可欠である後宮政策のため、入内させられる娘のいない頼通にとっては苦肉の策であった。かたや禎子内親王は、三条天皇の中宮藤原妍子の唯一の子であり、藤原道長の孫娘にあたることから、藤原彰子らの後見を得て入内する。禎子内親王の産んだ尊仁親王は、天皇と外戚関係を築きたい頼通にとって邪魔な存在であったが、養女嫄子女王に皇子が産まれることはなく、尊仁親王は即位して後三条天皇となる。これが、宇多天皇以来の藤原氏を外戚としない天皇の出現となる。つまり、頼通が後宮政策という点で出遅れたことによって摂関の権力は減退し、院政に取って代わられることとなるのである。『源氏物語』が「源氏」の后を続けて描くことには、藤原氏ら外戚ではなく、天皇（上皇）主体の政治を理想のものとする概念がある。『源氏物語』の描く虚構世界が、摂関政治から院政期への転換期の史実と重なることが多いというのは、本書で導き出した結論のひとつであり、『源氏物語』理解のために、後朱雀朝・後三条朝の史実を援用することは可能であろう。例えば、第Ⅱ部第七章では、桐壺院の譲位後の政治的関与、すなわち〈院政〉について理解するため、後三条朝の史実を媒介とした。院政の確立は白河上皇によるものと一般理解されるが、後三条朝における後宮運営や皇嗣選定に、院政確立へとつながる動きがあることが、近年の歴史学研究で指摘されている。院政という政治形態の萌芽は摂関政治の全盛期から既に存在しており、いくつもの偶然が重なった結果、それが後三条朝に実現したのだといえる。『源氏物語』が摂関政治の全盛期でありながら「歴史の先取り」を描き出しているという見方は「作者の方法」によるものであり、『源氏物語』成立期以降の史実である院政の実体をつかむことで、桐壺院の政治を読み解くというのは「読者の方法」である。

准拠論に対する批判への対応としては、『源氏物語』と「歴史」との問題を考える上で、『源氏物語』に描かれる事柄を歴史叙述との比較によって検証し、物語世界を丹念に読み解いていく行為の積み重ねが求められる。そこで問題となってくるのは、やはり比定する史実の客観性や妥当性である。(注55)「物語」と「歴史」の関係を対立的に捉えたり、あるいは同一視したりするのではなく、「歴史」との関連性から『源氏物語』を新たに読み解き、そして「物語」と「歴史」の問題に迫る姿勢が重要である。(注56)『源氏物語』の物語世界を解釈するために、史実を媒介としてそれらを丁寧に検証してゆくことは、その過程における必要不可欠な手続きである。本書の目的は、史実を媒介として『源氏物語』の読みを深め、その上で「物語」と「歴史」との関連性を問うものである。『源氏物語』の構築する物語世界を理解するため、比定する史実を必ずしも物語成立期以前に限定する必要はなく、視野を広げて『源氏物語』理解の可能性を高めたい。ただし、『源氏物語』という文学テクストと歴史叙述との時間的・歴史的な関係を重視する立場を取る点で、「テクスト相互関連性」とは立場を異にする。(注57)そして、『源氏物語』の通時性を考えた場合、比定する史実は院政期までを射程範囲とするのが妥当であると当面は考えている。(注58)

四　書名と本書の構成

最後に、本書の書名について簡単に述べたい。メインタイトル「源氏物語の政治学」は、研究方法より研究目的に主眼を置き、『源氏物語』における政治の研究という意味合いからつけた。「政治学」というと近代的な政治科学

（ポリティカルサイエンス）が連想されようが、ここでは、歴史学的な政治学としての政治史、あるいは哲学的な政治学としての政治哲学に近く、政治研究（ポリティカルスタディーズ）と理解するのが適切である。従来の准拠論を継承しつつも、メインタイトルに「准拠」という用語を使用しなかったのは、「准拠」という用語の持つ呪縛性から解放したいという思いがあるからである。先述した通り、中世に確立した延喜天暦准拠説からはじまり、現在の研究方法としての准拠論に至るまで、「准拠」には「作者の方法」としてのイメージが強い。そこで、「准拠」という用語をあえて措くことで、准拠論の可能性を広げることを期待する。(注59)「史実・准拠・歴史物語」というサブタイトルは、「源氏物語の政治学」という本書の研究目的のための研究手段として掲げている。ここでいう「准拠」は、中世の注釈書における歴史的事項という狭義でとる。「源氏物語の政治学―史実・准拠・歴史物語―」というタイトルは、歴史史料などの史実、中世の『源氏物語』研究の成果、歴史物語の叙述などを踏まえることで、『源氏物語』の歴史性、具体的には物語に描かれる政治世界を解明するという本書の目的を表すものである。「准拠」という用語の定義が厳密になされていないことが、現在の准拠研究が迷走する原因のひとつであることを考えると、これを今一度問い直す時が来ているのではないかと思う。『源氏物語』を歴史的な文脈において研究する方法や、歴史史料を扱う研究をないまぜにして「准拠論」や「准拠研究」と呼ぶことは適当ではない。「准拠」を中世の『源氏物語』研究における用語と捉え、その定義を古注釈の指摘する歴史的事項に限定することを提案したい。本書ではこのような立場のもと、『源氏物語』における政治的な文脈として、特に物語に描かれる後宮政策や后妃のあり方を中心として取り上げる。かつて『源氏物語』王権論は、『源氏物語』の「女の物語」という主題を取りこぼすものと批判されたが、(注60)『源氏物語』における政治性は、「女の物語」という視点と決して相容れないものではない。むしろ『源氏物語』の描く恋愛物語は、実に政治的な意味合いを含んでいる。本書では『源氏物語』の政治性を特に後宮に求めており、これは『源氏物語』の奥行きある物語世界を把握する格好の切り口であろう。

以下、本書の構成と概要を述べる。第Ⅰ部から第Ⅲ部までは、『源氏物語』における政治の解明である。これを、光源氏の視点、桐壺院の視点、大臣たちの視点とそれぞれ大きく三つに分類した。まず、主人公光源氏の政治的行動を明らかにすることに主眼を置く。光源氏はどのような政治行動をとっているか、それにより実現された政治はどのような構造、機能であったかという点である。それを、『源氏物語』成立期である平安時代中期から院政期にかけての政治史を媒介として、具体的には摂関政治と院政という二つの政治形態から読み解いた。桐壺院の目指した政治は、親政・院政であり、一方、大臣たちは摂関政治を推し進めている。この狭間で、光源氏はどのように動いたのかという論点が、『源氏物語』における政治の解明である。

第Ⅰ部「光源氏の政治―〈家〉の形成と王権―」では、平安時代の史実を媒介として、『源氏物語』に描かれる光源氏の政治を解明する。光源氏の政治は、『源氏物語』における理想と現実の双方を映し出しており、『源氏物語』には史実を超越した虚構と史実に則った部分、どちらも見出せる。例えば、第一章「冷泉帝の元服―摂政設置と后妃入内から―」では、光源氏が冷泉帝の元服を早めて即位の直前に行っていることには、外戚である兵部卿宮からの政治的干渉を避ける目的と后妃を入内させて左大臣を後見に据える目的とが存することを論じる。同時に、幼帝ではなく成人天皇として冷泉帝を擁立するという理想性も窺える。また、第二章「光源氏の摂政辞退―物語における摂関職―」では、光源氏が摂政という要職を左大臣に譲ることには、権力に固執しない理想的な政治家像が看取でき、左大臣家勢力の取り込みを狙いとする視点をあわせ持つことも指摘できる。そして、このような光源氏の政治家としてのあり方は、最終的に光源氏の〈家〉を形成することと王権の獲得に帰着する。光源氏の王権獲得は冷泉帝の実父であることにより実現し、〈家〉の形成は血縁関係にとどまらない人間関係によって実現している。平安時代中期の史実でも、藤原師輔や藤原道長のように多産であることが勝者の条件のひとつとなっており、『うつほ物語』における源正頼のあり方はこのような論理で描かれる。ところが光源氏には、三人の子しか生まれない。

そこで、光源氏の〈家〉の形成に貢献したのが、血縁関係のない養子である。秋好中宮や玉鬘などは、養女として光源氏の〈家〉の発展と繁栄に寄与している。また、藤壺中宮とは私的な愛情によって結ばれており、左大臣とのつながりも、血縁ではなく信頼と婚姻によって築かれた間柄である。光源氏が政治家として確立する過程には、光源氏の人間性や資質が強く影響しており、この部分は史実を超えて描かれる物語の理想性といえる。一方、明石姫君を紫の上の養女とし、秋好中宮の後見を経て入内させるやり方には、摂関政治期の貴族たちの後宮政策が見て取れる。このような史実に即した現実的な部分もまた、光源氏の政治家としてのあり方を支えるものである。

第Ⅱ部「桐壺院の政治―後宮運営と皇位継承―」では、桐壺院の政治について考える。桐壺院の政治には、相反する評価がなされている。桐壺院の政治の理想性は冷泉朝における光源氏に継承されることとなるが、桐壺朝におけるそれは、必ずしも好意的に描かれてはいない。桐壺院の桐壺更衣や光源氏に対する寵愛は常軌を逸したものであると批判され、理想的な帝王像とは程遠いことが先行研究で指摘されてきた。それは、帝王としての公的な立場より私的な情愛を貫いた人物という見方によるものである。ところが史実を調査すると、桐壺院には後宮における后妃と東宮の選定を自ら行うことで、外戚からの政治的干渉を排する目的があったことがわかる。例えば、第五章「光源氏立太子の可能性―桐壺更衣の女御昇格―」では、光源氏の立太子を目指して、その母桐壺更衣を女御に昇格しようとしていたことを論じた。また、第七章「桐壺院の〈院政〉確立―後三条朝の史実から―」では、桐壺院の行った後宮運営と皇位継承が後三条天皇によるそれと重なり、摂関政治から院政への過渡期と同じ状況であることを示す。

第Ⅲ部「大臣家の政治―後宮政策と摂関政治―」では、左大臣家（のちの内大臣家）と右大臣家、それぞれの展開した後宮政策について論じる。第九章「弘徽殿大后の政治的機能―朱雀朝の「母后」と「妻后」―」では、右大臣家勢力が衰退する原因は朧月夜入内の失敗にあると先行研究で指摘されているが、それは朧月夜に皇子誕生を望むという弘徽殿大后の政治的判断であったことを論じる。また、第十章「左大臣家の後宮政策―冷泉朝における立后争い―」では、左大臣家の後宮政策に焦点を当てた。桐壺朝において、一人娘葵の上を后妃として入内させず臣下でしかない光源氏の妻としたことで、当時の貴族とは異なる政策をとる大臣家と見なされる。冷泉朝以降、左大臣家は積極的に後宮政策を推進するが、冷泉朝の弘徽殿女御（内大臣娘）は立后できず、雲居の雁の入内も断念させられる。桐壺帝の弘徽殿女御（大后）、朱雀帝の朧月夜、冷泉帝の弘徽殿女御、雲居の雁や紅梅大納言の娘に至るまで、藤原氏の娘たちは入内しても立后できず、あるいは入内さえできないなど、藤原氏の後宮政策はことごとく敗北している。重要なのは、それら全てが光源氏側の勢力と争った結果である点である。光源氏が政治家として大成する陰には、藤原氏の大臣家の度重なる敗北が描かれているのである。

第Ⅳ部「『源氏物語』から歴史物語へ―〈歴史〉の創造―」では、『源氏物語』から歴史物語への影響関係という従来の研究に加え、歴史物語を読むことで『源氏物語』読解を深めるという新たな視点を提示する。例えば、『栄花物語』に描かれる村上朝の後宮の様相は、村上朝の史実を材としつつ「桐壺」巻の叙述方法を模倣する形で描かれており、これによって院政期における『源氏物語』理解のあり方を窺うことができる。第十三章「『栄花物語』円融朝の立后争い」では、藤原遵子と藤壺中宮、藤原詮子と弘徽殿女御を重ねることで、『源氏物語』と『栄花物語』との関係性について論じた。また、第十四章、第十五章では、『うつほ物語』や『源氏物語』によって構造化された「源氏」対「藤氏」という描き方が歴史物語に引き継がれるなど、『源氏物語』が平安時代の歴史観に影響を与えたことについて述べる。これは〈歴史〉の創造と見なせるであろう。第十六章「「帝の御妻をも過つたぐひ」―后妃密通という話型―」では、六国史など正史では描かれなかった「后妃の密通」という物語の型が『うつほ物語』『源氏物語』を経て歴史物語に描かれるようになることを指摘する。

なお、本書にまとめるにあたり加筆修正を施したが、各章の構成を損なわないように留意したため、内容に若干の重複が生じている点をあらかじめお断りしたい。

注

（1）ここでは、中世の『源氏物語』注釈書をまとめて「古注釈」と表記する。

（2）エミール・バンヴェニストは、フェルディナン・ド・ソシュールの構造主義を引き継ぎながら、発話行為の観点からデスクール（discours）の対極としてイストワール（histoire）の概念を提唱したが、そこでは歴史と物語はイストワール（三人称すなわち非人称の叙述）として同一視されている。また、岡田英弘『歴史とはなにか』（文藝春秋、二〇〇一・二）では、歴史学の立場から「歴史＝物語」と理解されている。

（3）野家啓一「物語と歴史のあいだ」（『物語の哲学』岩波書店、二〇〇五・二）。

（4）前掲注（3）野家論文、および野家啓一「物語としての歴史」（『物語の哲学』岩波書店、二〇〇五・二）。

（5）前掲注（3）野家論文には、次のようにも述べられている。「ある物語文が真実であるか虚構であるかは、それが「証拠」に基づいた「主張可能性」を有し、歴史叙述のネットワークの中に「整合的」に組み入れられるか否かにかかっているのである。逆に言えば、いかに荒唐無稽な物語文であっても、われわれはそれをアプリオリに虚構として排除する権利を持ってはいない。真実であるか虚構であるかの判断は、あくまでも全体的布置との整合性という基準に従って事後的になされるほかはないのである」。

（6）これは、研究者の立場や方法によっても異なる問題である。本論においては、あくまでも文学テクストを読解するという目的に立ち、『栄花物語』『大鏡』を取り扱う。桜井宏徳『物語文学としての大鏡』（新典社、二〇〇九・一〇）など。

（7）秋山虔「螢巻の物語論」（『源氏物語の論』笠間書院、二〇一一・八）。

（8）日向一雅「事実と虚構のあいだ」（鈴木日出男・藤井貞和編『日本文芸史―表現の流れ―』巻第二、古代Ⅱ、河出書房新社、一九八六・五）。

（9）藤井貞和「雨夜のしな定めから蛍巻の〝物語論〟へ」（『共立女子短期大学分科紀要』第一八号、一九七四・一二）には、「登場人物たちの口を通して語られている」雨夜の品定めや物語論は、「あくまで物語される文脈に沿って読むべきで、じかに評論として読むべきではない」とある。また、神野藤昭夫「螢巻物語論場面の論理構造」（『国文学研究』第六七集、一九七九・三）には、物語論は光源氏と玉鬘との会話の中で語られるのであり、その文脈の中で読み解かれるべきであると指摘されている。

（10）前掲注（7）秋山論文には、「いきなりこれを源氏物語の作者の意見だとか物語創作の方法の説述であるとか解すべきではないとする見解を、私はあながち斥けようとするものではないが、にもかかわらずこの物語論がやはり作者紫式部その人が源氏物語を創作するうえでの方法・論理をみごとに開陳したものであると考えるほかないということを、わずかに桐壺巻の冒頭、桐壺更衣の物語に目を注ぐことによっても実感せざるをえないのである」とあり、この主張は繰り返し述べられる。

（11）河添房江「蛍巻の物語論と性差」（『源氏研究』第一号、一九九六・四）は、「男」である光源氏が「女」である玉鬘に対して物語論を展開する点に着目し、ジェンダーの問題から、「蛍」巻の場面を捉え直している。足立繭子「蛍巻の物語論―言語の決定性あるいはジェンダーをめぐって―」（『中古文学論攷』第一七号、一九九六・一二）など。

（12）工藤重矩「源氏物語蛍巻の物語論議―「そらごと」を「まこと」と言いなす論理の構造―」（『平安朝文学と儒教の文学観―源氏物語を読む意義を求めて―』笠間書院、二〇一四・一〇）。

（13）阿部秋生「蛍の巻の物語論」（『源氏物語の物語論―作り話と史実―』岩波書店、一九八五・一二）。また、日向一雅「源氏物語「蛍」巻の物語論をめぐって―政教主義的文学観との関わりを考える―」（日向一雅編『源氏物語の礎』青簡舎、二〇一二・三）には、「物語の方にこそ道理にかない、「政道に役立つ」事柄が書いてあるとする主張は、物語の政教主義的意義を主張するものであろう」と指摘されている。

（14）神野志隆光「平安朝における「日本紀」」（『古代天皇神話論』若草書房、一九九九・一二）には、「日本紀」を『日本書紀』とすることを否定しており、『日本書紀』でも六国史でもなく、日本紀講筵の中で生じた概念と指摘され、『日本書紀』の外側で、解釈作業をくり返し、新しい物語を生みながら多くのテキストを生成して広がってゆく言説空間があり、そうした全体が「日本紀」と呼ばれる」と説明される。

（15）福長進「栄花物語研究の動向」（『歴史物語講座　第二巻　栄花物語』風間書房、一九九七・五）に、「螢巻の物語論の理解は、阿部秋生の「螢巻の物語論」や「日本紀と物語」によって定説化されてきた観がある。すなわち、阿部は、正史における事実の羅列では表しえない人間の真実を、物語は虚構の方法によって描くことができるという主張ととらえる」とあるように、このような理解は一般化されている。前掲注（12）工藤論文では、この見方は否定されているが、本書では阿部説を採っている。

（16）土方洋一「皇子たちの物語―テクストと史実―」（『源氏物語のテクスト生成論』笠間書院、二〇〇〇・六）。

（17）福長進「序論」（『歴史物語の創造』笠間書院、二〇一一・二）。

（18）『紫式部日記』の引用本文は、新日本文学大系『紫式部日記』（伊藤博校注、岩波書店、一九八九・一一）による。ただし、本文は「読みたるべけれ」（三一四）と校訂されているが、底本「よみたまへけれ」とあるのに従った。

（19）石川徹「光源氏須磨流謫の構想の源泉―日本紀の御局新考―」（『平安時代物語文学論』笠間書院、一九七九・四）では、現行の本文「読みたまへけれ」のままとして、「日本紀をこそ講読できる、講読したほうがよい」と解されている。工藤重矩「紫式部日記の「日本紀をこそ読みたまへけれ」について―本文改訂と日本紀を読むの解釈―」（『平安朝文学と儒教の文学観―源氏物語を読む意義を求めて―』笠間書院、二〇一四・一〇）なども同様である。山本淳子訳注『紫式部日記　現代語訳付き』（角川文庫、角川学芸出版、二〇一〇・八）は、「この人は日本紀をこそ読み給ふべけれ」（一三四）と本文を立てて、「この作者は公に日本書紀を読み説いて下さらなくちゃならないな」と訳されており、「日本紀の御局」に関しては、「日本紀講筵の講師役女房。もしくは、日本紀講筵会場の意」と注される。

（20）塚原鉄雄「物語文学の素材人物」（『王朝の文学と方法』風間書房、一九七一・一）。

（21）前掲注（13）日向論文。

（22）新全集『栄花物語』の頭注には、「村上前史として宇多天皇から書き始めるところに『三代実録』（清和・陽成・光孝の三代を記す）を継ぐ姿勢が窺える」（巻第一「月の宴」①一七）とある。また、山中裕「栄花物語研究の意義」（『歴史物語講座　第二巻　栄花物語』風間書房、一九九七・五）には、「この書の内容が村上天皇の時代から書かれていることは、意識的に、新国史につづくものであることを示している。また、宇多・醍醐の両帝の時代についても、ごく簡単ではあるが、執筆していることも、やはり六国史を、おのずと意識したと考えられる」とある。

（23）旧大系『大鏡』の補注には、「日本書紀だけを指すと見てもよいし、転じて六国史―官撰の国史―という意味に解してもよい。（略）紫式部日記のものは日本書紀の意味にも解されるが、増鏡のは仮名で書いた国史というように広い意味に解される」（四四五）とある。
（24）『増鏡』引用本文は、日本古典文学大系『増鏡』（時枝誠記・木藤才藏校注、一九六五・二）による。
（25）原岡文子「『源氏物語』蛍の巻の物語論から『栄花物語』へ」（『源氏物語とその展開　交感・子ども・源氏絵』竹林舎、二〇一四・五）。
（26）「当時所坐藤氏皇后東三条院（藤原詮子）・皇太后宮（藤原遵子）・中宮（藤原定子）、皆依出家、無勤氏祀、（略）永祚中有四后、是漢哀（哀帝）乱代之例也、初立之議［儀］、雖有謗毀例、致妥出准拠無難歟、況当時所在二后也、今加其一令勤神事、有何事哉」とある。
（27）ここでは、割注を省略している。
（28）賀茂真淵『源氏物語新釋惣考』「物語ふみ」には、次のようにある。「されは此源氏も先は昔物語として昔延喜の御時よりの事の様に書たれ共、実は式部のある時に見聞ことを専らとして近き代々の事をもかねて書る物と見ゆ、朱雀院冷泉院なと御名をあらはしたるは唐詩に漢帝をもて時を刺れるか如く也、されともまこと延喜なとの御事ならねば前後紛々としていつれともかたよらす、作り事のさまを見せたり」（秋山虔・鈴木日出男編『賀茂真淵全集』第一三巻、続群書類従完成会、一九七九・一一）。
（29）『源氏物語玉の小櫛』の引用本文は、『本居宣長全集』第四巻（大野晋編、筑摩書房、一九六九・一〇）による。
（30）萩原広道『源氏物語評釈』「准拠の事」にある。
（31）手塚昇「源氏物語のモデル」（『源氏物語の新研究』至文堂、一九二六・二）。
（32）石田穣二「朱雀院のことと准拠のこと―源氏物語の世界―」（『源氏物語論集』桜楓社、一九七一・一一、初出は『学苑』第二三八号、一九六〇・二）では、古注の指摘する「准拠」と「モデル」には概念の違いがあるにも関わらず、「准拠」という言葉を置き換えることで導入されたモデル論によって「准拠といふ言葉が正しく理解されることなく捨去られた」という。近年、河北騰『光源氏のモデル―五つの宮廷史から―』（国研出版、二〇〇〇・四）、斎藤正昭『源氏物語のモデルたち』（笠間書院、二〇一四・一〇）など「モデル論」が展開されている。
（33）玉上琢彌「源氏物語准拠論―河海抄疏（二）―」（『源氏物語研究　源氏物語評釈』別巻一、角川書店、一九六六・三）には、「時代と環境を読者に感ぜしめるために、明らかにそれと知りうる若干の例に言及する。その最も簡明なのは歴史上の著名な実在人物を挙げることである。そうすれば、時代はただちにわかるはずである。昔物語の条件に従って、その世界を一時代前とした。それが延喜天暦である」とある。

(34) 清水好子「準拠」(『源氏物語論』塙書房、一九六六・一)。

(35) 清水好子「源氏物語における準拠」(『源氏物語の文体と方法』東京大学出版会、一九八〇・六)。また、清水好子「源氏物語の源泉Ⅴ　準拠論」(山岸徳平・岡一男監修『源氏物語講座』第八巻「諸本・源泉・影響・研究史」有精堂出版、一九七二・三)には、以下のように述べられている。「史上実在の天皇の名が出てくるのは、意匠の問題であるよりは、彼女(＝作者)の書きたいことが明確な形をとってゆく過程で、たぐり寄せられ発見された骨格の一つだった。作者の書きたいこと、それは不義の子が天子になるという筋書。恋の最大の可能性を拓くという主題である、だから、実在の天皇の名が最初から必要であった。確固不抜の天皇の実名こそ、彼女の主題を対極化し、その意味を照し出す発光源であった」。

(36) 浅尾広良「嵯峨朝復古の桐壺帝―朱雀院行幸と花宴―」(『源氏物語の准拠と系譜』翰林書房、二〇〇四・一)、湯浅幸代「嵯峨天皇と「花宴」巻の桐壺帝―仁明朝に見える嵯峨朝復古の萩花宴を媒介として―」(『中古文学』第七六号、二〇〇五・一〇)など。

(37) 後藤祥子『源氏物語の史的空間』(東京大学出版会、一九八六・二)、篠原昭二『源氏物語の論理』(東京大学出版会、一九九二・五)、日向一雅『源氏物語の準拠と話型』(至文堂、一九九九・三)、今井久代『源氏物語構造論―作中人物の動態をめぐって―』(風間書房、二〇〇一・六)など。

(38) ジュリア・クリステヴァ『記号の解体学　セメイオチケ1』(原田邦夫訳、せりか書房、一九八三・一〇)には、「あらゆるテクストは引用のモザイクとして構築されている。テクストはすべて、もうひとつの別なテクストを吸収、変形したものである」とある。

(39) 高橋亨「引用としての准拠―源氏物語における文学と歴史―」(山中裕編『平安時代の歴史と文学　文学編』吉川弘文館、一九八一・一一)には、「歴史と文学との関係を、物語の〈虚構〉論として再検討し、引用の表現法のひとつに准拠を位置づけ」るものであり、『源氏物語』は先行作品を引用するように史実を「引用」していると説明される。

(40) 前掲したものを除くと、田中隆昭『源氏物語　歴史と虚構』(勉誠社、一九九三・六)、藤本勝義『源氏物語の想像力―史実と虚構―』（笠間書院、一九九四・四）、工藤重矩『平安朝の結婚制度と文学』（風間書房、一九九四・二）、吉海直人『平安朝の乳母達』（世界思想社、一九九五・九）、増田繁夫『源氏物語と貴族社会』（吉川弘文館、二〇〇二・七）、小嶋菜温子『源氏物語の性と生誕―王朝文化史論―』（立教大学出版会、二〇〇四・三）、倉田実『王朝摂関期の養女たち』（翰林書房、二〇〇四・一一）、河添房江『源氏物語時空論』（東京大学出版会、二〇〇五・一二）、秋澤亙『源氏物語の准拠と諸相』（おうふう、二〇〇七・三）、吉海直人『源氏物語の乳母学―乳母のいる風景を読む―』（世界思想社、二〇〇八・九）、植田恭代『源氏物語の宮廷文化―後宮・雅楽・物語世界―』（笠間書院、二〇〇九・二）、袴田光康『源氏物語の史的回路―皇統回帰の物語と宇多天皇の時代―』（おうふう、二〇〇九・一一）、藤本勝義『源氏物語の表現と史実』（笠間書院、二〇一二・九）、古田正幸『平安物語における侍女の研究』（笠間書院、二〇一四・二）、栗本賀世子『平安朝物語の後宮空間―宇津保物語から源氏物語へ―』（武蔵野書院、二〇一四・四）などが挙げられよう。

(41) 加藤洋介「中世源氏学における准拠説の発生―中世の「准拠」の概念をめぐって―」（『国語と国文学』第六八巻第三号、一九九一・三）。

(42) 前掲注（35）清水論文。

(43) 「延喜の御手」（「明石」②二四二、「絵合」②三八三）、「延喜帝」（「梅枝」③四一二）、「醍醐」（「初音」③一五四）、「宇多帝」（「桐壺」①三九）、「亭子院」（「桐壺」①三三）、「伊勢」（「桐壺」①三三、「総角」⑤三三四）、「貫之」（「桐壺」①三三、「賢木」②一四二、「絵合」②三八一、「総角」⑤三二四）、「行平の中納言」（「須磨」②一八七、一九八）など。

(44) 浅尾広良「「准拠」研究の可能性」（『源氏物語の准拠と系譜』翰林書房、二〇〇四・一）。

(45) 秋澤亙「読解の演出としての准拠―『源氏物語』桐壺巻から―」（日向一雅編『源氏物語の礎』青簡舎、二〇一二・三）。

(46) 吉森佳奈子「先例としての『源氏物語』」（『『河海抄』の『源氏物語』』和泉書院、二〇〇三・一〇）は、『源氏物語』以前に例のないことについて、以後の例を挙げるのは『河海抄』独自の態度であった」と論ずるが、新美哲彦『光源氏物語抄』から『河海抄』へ―注の継承と流通―」（『源氏物語の受容と生成』武蔵野書院、二〇〇八・九）、および新美哲彦「源氏物語古注釈における通過儀礼注の変遷」（小嶋菜温子・長谷川範彰編『源氏物語と儀礼』武蔵野書院、二〇一二・一〇）には、このような注釈態度は、『河海抄』以前の『光源氏物語抄』や『紫明抄』に多く見えることが指摘される。

(47)　源姓を賜り、臣籍に降下した狭義の源氏と区別するため、「源氏」と表記する。
(48)　これは、『うつほ物語』「国譲下」巻で、一世源氏の娘であるあて宮の皇子と藤原氏の梨壺腹皇子との間で立太子争いがおきた際、藤原氏の后の宮が、「この筋（藤原氏）にしつることを、一世の源氏の娘、后になり、子、坊に据ゑたることはなかなるを、などか、これしもさるべき」（「国譲下」七四五）と述べていることとも響き合う。
(49)　この部分に関しては『光源氏物語抄』にも『紫明抄』にも指摘はなく、『河海抄』に始まる注釈といえようか。
(50)　吉森佳奈子「先例としての『源氏物語』」（『『河海抄』の『源氏物語』』和泉書院、二〇〇三・一〇）。
(51)　前掲注（50）吉森論文。
(52)　三田村雅子は『河海抄』の注釈態度について「源氏物語自身が准拠となって、後の歴史を生成していったさまを、動態として捉えている」とし、中世における先例主義によって『源氏物語』が「物語」ではなく歴史として捉えられてゆく過程であるとする。三田村雅子「『河海抄』の求めようとしたもの」（『記憶の中の源氏物語』新潮社、二〇〇八・一二）。しかし、これは『河海抄』享受の問題であって、四辻善成が『源氏物語』を「歴史」と見ていたといえるかどうか疑問である。
(53)　前掲注（46）新美論文の指摘にあるように、これは『河海抄』だけではなく中世の古注釈すべてにいえる。
(54)　深沢三千男『『今鏡』もしくは歴史の謎』（水原一・廣川勝美編『伝承の古層　歴史／軍記／神話』桜楓社、一九九一・五）。
(55)　前掲注（36）浅尾論文には、以下のようにある。「准拠が物語の方法として確立するためには、読者と共有している歴史空間があるからなのであり、古注をも含めて読む行為の中から連想された歴史空間の中に物語の文脈を置いてみることで、虚構の方法をあぶり出すことが可能なのではないか。（略）その際、留意すべきは、准拠論の危うさに自覚的であることであろう。歴史的事項と関連づければ何でも可というわけではなく、自明のことながら、独りよがりに陥らない客観性の確保こそが肝要となる」。
(56)　河添房江『源氏物語時空論』（東京大学出版会、二〇〇五・一二）。
(57)　このような立場は、スティーヴン・グリーンブラッド『ルネサンスにおける自己成型』（高田茂樹訳、みすず書房、一九九二・五）のいう「文化の詩学」に代表され、一般的に「ニュー・ヒストリシズム」の理論に通ずると考えられている。また、「ニュー・ヒストリシズムは歴史学的な事象だけでなく、政治、経済、哲学、芸術全般など、あらゆる領域のテクストを文学と横並びにし、そこから浮かび上がる共通のパラダイム―フーコーのいう「エピステーメ」―を抽出しようとする」（土田知則・青柳悦子・伊藤直哉編『現代文学理論―テクスト・読み・世界―』（新曜社、一九九六・一一）とも説明される。

（58）これについては再考の余地があるが、先述したように『源氏物語』本文に延喜天暦期を喚起する用語が散見することから、本書ではその時代を中心として広く平安時代の史実を対象とする。

（59）仁平道明「平安文学における史実と虚構」（『日本語日本文学の新たな視座』おうふう、二〇〇六・六）には、「「延喜・天暦准拠」説を批判的に見直すだけではなく、『源氏物語』の世界形成の方法を「准拠」という概念の枠をはなれて考えるべき時期がきているのではないかと思う」と指摘されている。

（60）大朝雄二「鴉の嘴」（藤村潔・大朝雄二『源氏物語主題論争』笠間書院、一九八九・六）。

第I部

光源氏の政治——〈家〉の形成と王権——

第一章　冷泉帝の元服——摂政設置と后妃入内から——

一　問題の所在

「澪標」巻を転換点として政治性に比重が増し、恋愛物語の主人公といった光源氏の人物像に権勢家としての造型が付与されることは、先行研究によって指摘されている。（注1）それは、朱雀朝から冷泉朝への代替わりに伴う政治状況の変化に加え、光源氏自身が新帝冷泉帝の後見としての政治的立場を自覚するためであり、これより光源氏の栄華の道が開かれることとなる。冷泉朝始発における政治状況に関しては、致仕大臣（旧左大臣）登用の意義に聖代桐壺朝の再来の期待を見る論、（注2）摂政職の委譲に関して光源氏の具体的な政策意図を論じたもの（注3）などがある。これらは、冷泉朝における致仕大臣（旧左大臣）の政治的意義と光源氏との二頭政治の実現を説いている。（注4）一方、兵部卿宮（紫上の父）に対する光源氏の冷淡な態度に対しては、継子譚の報復という側面に加え、先帝の皇子であり冷泉帝の伯父である宮を光源氏が牽制したためという指摘がなされている。（注5）このように、致仕大臣（旧左大臣）の摂政就任と兵部卿宮の後宮政策の阻止に対する光源氏の政治的意図に関しては、別々の観点から論じられている。しかしながら、両者の問題を合わせて考えると、光源氏は冷泉朝始発において、兵部卿宮家ではなく致仕大臣（旧左大臣）家と紐帯を結ぶことを選択したと理解できる。そして、冷泉朝始発における光源氏の政治構想は、即位に伴って行われる冷泉帝の元服にまで遡って考えることができるのである。(注6)その理由の一つ目は、成人儀礼である元服が婚姻を可能とすることから後宮政策の開始を意味するということ、二つ目は、帝の元服の有無が摂政・関白制度と直接関わってくるようになり、東宮や帝の元服は政治を左右する重要な事柄となることである。摂関政治は後宮政策と切り離せないため、平安時代中期における帝・東宮の元服には必ず、摂関制の問題と後宮政策（后妃入内）が派生する。そこで、冷泉朝における光源氏の具体的な施策は、冷泉帝の元服から開始しているものと捉えたい。冷泉帝の元服を直接取り上げた先行研究としては、浅尾広良が「十一歳」と明記される元服年齢に注目し、一条朝の史実に見られるような皇統迭立の可能性が物語に底流していることを指摘している。(注7)しかしながら、冷泉帝の元服は皇統の問題にとどまらず、その背景には光源氏の政治的な意図を見出すことができる。

冷泉帝の元服・即位の実現につながる直接的な叙述は、「明石」巻末にある父子の対面に窺われ、それは光源氏の視点から次のように語られている。

春宮（冷泉帝）を見たてまつりたまふに、【1】こよなくおよすげさせたまひて、めづらしう思しよろこびたるを、限りなくあはれと見たてまつりたまふ。【2】御才もこよなくまさらせたまひて、世をたもたせたまはむに憚りあるまじく賢く見えさせたまふ。

（「明石」②二七四〜二七五）

傍線部【1】は冷泉帝の成長、そして傍線部【2】は冷泉帝の帝王としての資質を示しており、冷泉帝の元服・即位が間近に控えていることを思わせる。朱雀帝から冷泉帝への譲位は、「御国譲りのことにはかなれば」（「澪標」

②二八二）とあるように、世間からは急な出来事と見なされている。この冷泉帝の成長と即位に関わる叙述が、光源氏の視点によるものであることから、冷泉帝の元服が後見光源氏の判断によって践祚の直前に行われたものと考えられるのである。

本章では、冷泉帝が即位してからの三年間を「冷泉朝始発」と位置づけ、この間の光源氏の政策を史実との比較によって検討する。特に、冷泉帝の元服を起点に、摂政職の問題と後宮政策とを関連づけることによって、冷泉朝始発における光源氏の政治戦略を見直し、致仕大臣（旧左大臣）登用と兵部卿宮排斥の政治的意義を考えたい。なお、本章では、葵の上の父を「致仕大臣（旧左大臣）」、紫の上の父を「兵部卿宮」と表記する。

二　史実の検証——醍醐天皇と一条天皇の事例——

冷泉帝の元服に見られる特異性は、践祚の直前に行われることと「十一歳」と明記される年齢の二点である。この点に留意して、冷泉帝の元服を、平安時代の史上の事例に照らして確認したい。【表一】は、平安時代における天皇・東宮の元服年齢を、即位（践祚）時の年齢とともに一覧にしたものである。(注8)天皇の元服がその践祚・即位と直接的な関わりを持つのは稀であるが、醍醐天皇の元服は、践祚の直前に行われる極めて珍しい例として見出せる。また、天皇の元服年齢は平安時代中期まで十四、五歳を平均とするが、時代を経るに従って低年齢化しており、その契機となったのが、一条朝における十一歳元服の出現である。十一歳での元服は、延喜天暦期から『源氏物語』成立期までの史実に照らしてみると、異例のことと見なせる。つまり、冷泉帝の十一歳での元服が急がれたものであることは明らかであり、さらに践祚・即位の直前に行われていることからも、ここに光源氏の政治的意図が存すると考えられるのである。

【表二】歴代天皇（東宮）の元服年齢

元服者	元服	即位
桓武天皇	不詳	45
平城天皇	15	33
嵯峨天皇	14	24
淳和天皇	13	38
仁明天皇	14	24
文徳天皇	16	24
清和天皇	15	9
陽成天皇	15	10
光孝天皇	16	55
宇多天皇	不詳	21
醍醐天皇	13	13
保明親王	14	なし
朱雀天皇	15	8
村上天皇	15	21
冷泉天皇	14	18
円融天皇	14	11
花山天皇	15	17
一条天皇	11	7
三条天皇	11	36
敦明親王	13	なし
後一条天皇	11	9
後朱雀天皇	11	28
後冷泉天皇	13	20
後三条天皇	13	35
白河天皇	13	20
実仁親王	11	なし
堀河天皇	11	8
鳥羽天皇	11	5
崇徳天皇	11	5
近衛天皇	12	3
後白河天皇	13	29
二条天皇	13	16
高倉天皇	11	8
後鳥羽天皇	11	5

物語における冷泉帝の元服の背景を理解するため、元服に同様の特徴が見られる醍醐天皇と一条天皇の事例を確認したい。醍醐天皇は、元服と践祚をともに寛平九年（八九七）七月三日に行っている。[注9]『日本紀略』には、次のように記されている。

於清涼殿加元服、〈年十三〉午三刻、太上皇（宇多上皇）譲天祚于紫宸殿、伝国詔命云、春宮大夫藤原朝臣（藤原時平）、権大夫菅原朝臣（菅原道真）、少主未長之間、一日万機之政可奏可請之事可宣可行云々、今日、光孝天皇皇女無品為子内親王参内

（『日本紀略』「醍醐天皇」寛平九年七月三日条）

醍醐天皇は元服後にも関わらず「少主」と表され、その務を補佐するため藤原時平と菅原道真が内覧に任じられている。十三歳での元服は、当時としては早いものと考えられたのであろう。醍醐天皇の元服が践祚と同日に行われる極めて珍しい事例であることに対して、『愚管抄』には次のような興味深い指摘がある。

延喜ノ御門ハ醍醐天皇ト申ニ御譲位アリケレバ、十三ニテイマダ御元服モナカリケルヲ、今日只元服ヲシテ位ニツカントテ、ニハカニ御元服アリテ摂政ヲモチヰラレズ

（『愚管抄』巻第三「醍醐天皇」一五四）

醍醐天皇の践祚の前に元服を済ませ、摂政職を置かなかったと記されている。これは、元服後の帝には摂政が不要となる観念に基づくものである。つまり、摂政職を置かないために、醍醐天皇の元服は践祚の同日に挙行されたと認識されているのである。(注10) 歴史学の見解によると、醍醐天皇に摂政が置かれなかった理由は、摂政適任者の不在に加え、摂政不設置に父宇多上皇の強い意向があったためとされる。(注11) また、河内祥輔や保立道久は、ここに宇多上皇の「院政」志向が看取できることを示唆する。(注12) このように、天皇や東宮の元服は、当時の政治形態である摂政・関白制と直接的に関わってくることがわかるのである。さらに、醍醐天皇の元服の同日に、宇多上皇の同母妹為子内親王が入内していることが注目される。宇多上皇が醍醐天皇の後宮政策に関与していることは、『九暦逸文』の

記事から窺われる。

延喜天皇（醍醐天皇）始加元服之夜、東院后（班子女王）御女妃内親王（為子内親王）并今太皇太后（藤原穏子）共欲参入、而法皇（宇多法皇）承母后（班子女王）之命、被停中宮（穏子）之参入也、其後彼妃内親王（為子内親王）不幾而依産而薨、其時彼東院后宮（班子女王）聞浮説云、依中宮母氏（人康親王女）之冤霊、有此妖云々、因之重可被停中宮（穏子）之参入云々、而故贈太政大臣〈（藤原）時平〉左右廻令参入也、法皇（宇多法皇）雖有怒気、事已成也、不能遏給

（『九暦逸文』天暦四年六月十五日条）

醍醐天皇の元服時には、藤原時平の妹穏子の入内もまた進められたが、宇多上皇は母后班子女王の命によってそれを阻止した。為子内親王は、産褥死するまで醍醐天皇の後宮に唯一の后妃として存在している。践祚の直前に急がれた醍醐天皇の元服には、摂関の問題と後宮政策それぞれに、宇多上皇の政策意図が窺われるのである。

次に、一条天皇の元服を取り上げる。既に確認したように、史実における「十一歳」元服の初例は一条朝に見えるが、ここでは一条天皇の元服が早められた理由について確認したい。次に挙げる資料は、一条天皇の元服と、藤原定子の裳着に関わる『小右記』の記事である。

小選参院（円融法皇）、左大臣（源雅信）被参入、主上（一条天皇）御元服明年正月五日、昨日以右大弁（藤原）在国朝臣従摂政殿（藤原兼家）有御消息、為令奏其由所参入也者、被候御前之後、余（藤原実資）又候御前之次、御元服事等密々洩奏、是吉事也、其外難注、入夜退出

（『小右記』永祚元年十一月二十三日条）

参内、両源納言（源保光・源伊陟）・修理権大夫・左大弁等相共参内大臣（藤原道隆）女（藤原定子）着裳所、〈南院霞［寝カ］殿、〉戌時着裳云々

（『小右記』永祚元年十月二十六日条）

一条天皇の元服と定子の入内準備の一環である裳着とが同時期に行われていることから、両者の関係性は明らかである。また、一条天皇の東宮居貞親王（三条天皇）も同じく十一歳で元服している。詫間直樹は、一条朝における十一歳元服の出現に関して、皇統の分裂など複雑な諸事情を挙げつつも、その直接的な理由は藤原兼家による居貞親王および一条天皇に対する婚姻政策が急がれたためと指摘する。（注13）一条天皇の元服に関しても、後宮政策との関連は歴史学の見解として定説となっている。摂政兼家は一条天皇の元服直後から数回に渡って摂政職を辞する復辟の上表を行っており、それは天皇の元服後に摂政職が不要になるという概念による。しかし、職能から考えて、摂関側にとっては関白職より摂政職の方が好都合であるにも関わらず、若年の一条天皇を急いで元服させてまで定子の入内を挙行している。これは、一条天皇の元服の時点で、兼家や道隆が摂政職の職能よりも後宮政策を優先したものと理解できる。（注14）定子は父道隆が薨去するまで、一条天皇の唯一の后妃であった。また、『小右記』永祚元年十一月二十三日条にあるように、兼家は円融法皇に、一条天皇の元服について密奏させている。先述のように、醍醐天皇の元服時、父宇多上皇は藤原氏からの后妃の入内を阻止したが、一条天皇の元服に関して円融法皇にそのような動きは見られない。それには、この状況下での円融法皇の立場、および一条朝における皇統の問題が関わっていると思われる。

このときの皇統は、冷泉系と円融系の両統が迭立している状況にあり、円融系皇統の後継者は一条天皇のみであるのに対し、冷泉系皇統には四人の皇子がいた。また、当時は村上系皇統の直系である冷泉系皇統が正統と見なされていた。（注15）さらに、兼家は外孫のうち、超子所生の冷泉天皇の三人の皇子たちを一条天皇よりも可愛がっていた

らしい。(注16) このような状況下で、円融法皇は自らの皇統を存続させるため、唯一の後継者である一条天皇の立場を安定化することが必要となり、兼家との血縁関係を重視したのである。時の権力者兼家の存在は大きい。例えば、花山朝が短命に終わったのは、花山天皇には兼家との婚姻関係がなかったためともいえる。すなわち一条天皇の元服と定子入内は、兼家ら摂関側だけでなく、皇統の存続を目指す円融法皇にとっても好都合だったと見なせるのである。

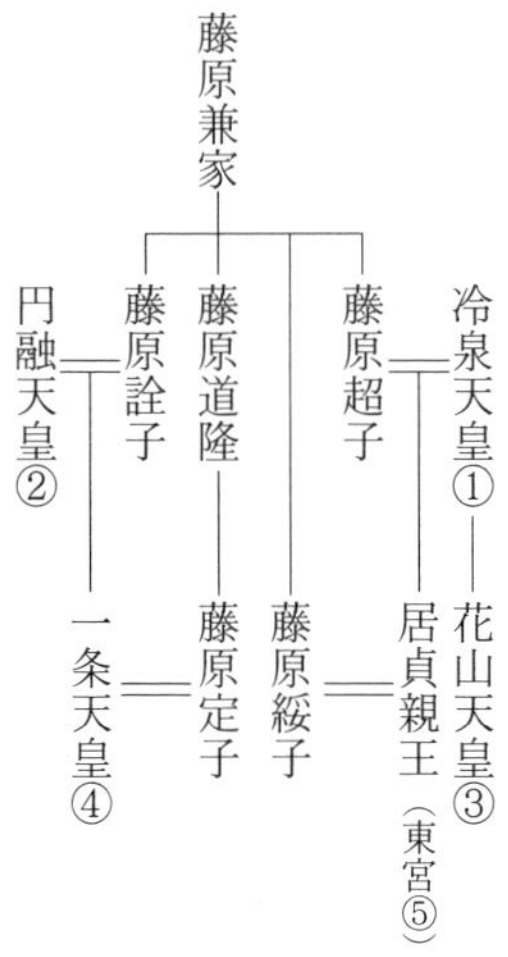

※数字は皇位継承順序を示す

このように、状況によって事情は変わるものの、天皇・東宮の元服は政治を左右する重要な事柄となり、それに伴って摂政・関白職の問題、後宮政策（后妃入内）が関わってくる。そのことを物語において、冷泉帝の元服・践祚が語られる「澪標」巻の本文に確認したい。

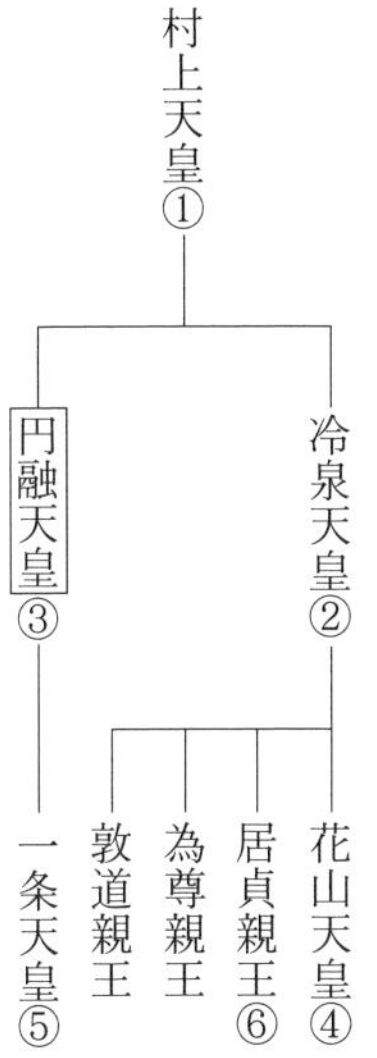

※数字は皇位継承順序を示す

【3】あくる年の二月に、春宮（冷泉帝）の御元服のことあり。十一になりたまへど、ほどより大きにおとなしうきよらにて、ただ源氏の大納言（光源氏）の御顔を二つにうつしたらむやうに見えたまふ。いとまばゆきまで光りあひたまへるを、世人めでたきものに聞こゆれど、母宮（藤壺中宮）は、いみじうかたはらいたきことに、あいなく御心を尽くしたまふ。【4】内裏（朱雀帝）にもめでたしと見たてまつりたまひて、世の中譲りきこえたまふべきことなど、なつかしう聞こえ知らせたまふ。同じ月の二十余日、御国譲りのことにはかなれば、大后（弘徽殿大后）思しあわてたり。「かひなきさまながらも、心のどかに御覧ぜらるべきことを思ふなり」とぞ、聞こえ慰めたまひける。坊には承香殿の皇子（今上帝）ゐたまひぬ。世の中改まりて、ひきかへいまめかしきことども多かり。源氏の大納言（光源氏）、内大臣になりたまひぬ。数定まりてくつろぐ所もなかりければ、加はりたまふなりけり。【5】やがて世の政をしたまふべきなれど、「さやうの事しげき職にはたへずなむ」とて、致仕の大臣（旧左大臣）、摂政したまふべきよし譲りきこえたまふ。（略）さる例もありければ、すまひはてたまはで、太政大臣になりたまふ。御年も六十三にぞなりたまふ。世の中すさまじきにより、かつは籠りゐたまひしを、とり返しはなやぎたまへば、御子どもなど沈むやうにものしたまへるを、みな浮かびたまふ。とりわきて宰相中将（旧頭中将）、権中納言になりたまふ。【6】かの四の君の御腹の姫君（弘徽殿女御）十二になりた

まふを、内裏（冷泉帝）に参らせむとかしづきたまふ。（「澪標」②二八一〜二八三）

傍線部をそれぞれ見てみると、【3】冷泉帝の元服、【4】朱雀帝の譲位と冷泉帝の践祚、【5】執政者の問題（摂政設置）、【6】后妃入内の準備が順に語られており、冷泉帝の元服に関連して摂関制の問題と後宮政策が派生していることがわかる。そこで、冷泉帝の元服後の摂関制の問題や後宮政策からは、冷泉朝始発における光源氏の政治戦略を考えることができるであろう。

しかしながら、冷泉帝の元服後に派生する摂関制と後宮政策に対する光源氏の政策には、それぞれ問題がある。まず、冷泉帝は元服後の即位であり、光源氏自身に就任意志がないにも関わらず摂政職が設置されることである。次に、冷泉帝の元服によって婚姻が可能となるが、この時、光源氏には入内させられる娘（養女）がいないことである。光源氏が前斎宮（斎宮女御、のちの秋好中宮）を養女とするのはまだ先のことであり、冷泉帝元服の時点では、光源氏は后妃の入内を行い得ない状況にあった。そこで、光源氏は帝の外戚ではない致仕大臣（旧左大臣）を摂政太政大臣に据え、そして、冷泉帝の后妃として、致仕大臣（旧左大臣）家の弘徽殿女御が入内することとなる。

このように、冷泉帝の元服に伴う摂政制の問題と後宮政策の問題は、どちらも致仕大臣（旧左大臣）家の政界復帰に収斂する。そこで、先行研究で明らかにされている致仕大臣（旧左大臣）登用の理由とはまた異なる視点から光源氏の政策を見直す必要があろう。まず、致仕大臣（旧左大臣）家の弘徽殿女御入内と兵部卿宮家の王女御入内に対する光源氏の政治戦略を考えたい。

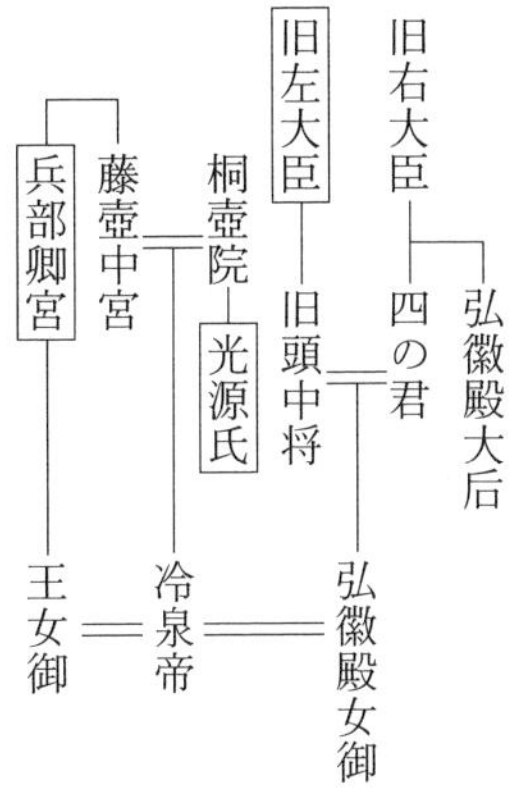

三　光源氏と致仕大臣家——弘徽殿女御の入内——

弘徽殿女御は、旧頭中将の北の方四の君腹の娘であり、后がねとして育てられた。次の引用本文からは、弘徽殿女御が入内時に祖父である致仕大臣（摂政太政大臣）の養女となるなど、致仕大臣（旧左大臣）家の期待を一身に背負っていることがわかる。

権中納言（旧頭中将）の御むすめ（弘徽殿女御）、その年の八月に参らせたまふ。祖父殿（致仕大臣）ゐたちて、儀式などいとあらまほし。（「澪標」②三〇一）

このような有力な後見のもと、弘徽殿女御は冷泉帝の元服に乗じて入内準備を行い、同年八月には内裏参入して冷泉帝の最初の后妃となる。秋山虔は、「いちはやく冷泉帝の後宮におくりこまれた弘徽殿女御の将来には当然后の位が約束されていたといえよう」という。(注17)一番先に入内することができた后妃が、最も后位に近い存在であることは、史実からも確認できる。【表二】は、平安時代の天皇・東宮の元服後、最初に入内した后妃を一覧にしたもので、元服から入内までのおよその期間と立后の有無を示した。(注18)表からは、天皇（東宮）に最初に入内した后妃が后に立つ確率の高いことがわかる。強調したいのは、最初に入内した后妃が立后できるのではなく、后位に昇る可能性の高い有力な后妃が、天皇の元服後、最初に入内できる資格を持つということである。天皇（東宮）の元服が近づくと、娘を持つ貴族たちは入内準備を始めるが、その中から最初に入内する后妃の選定が行われる。つまり、後宮の序列は、后妃が入内する時点で、ある程度既定されていると考えられるのである。

冷泉朝では、斎宮女御（秋好中宮）、弘徽殿女御、王女御の三者によって后位が争われる。立后争いが描かれる「少女」巻の本文を確認したい。

かくて、后ゐたまふべきを、「斎宮の女御をこそは、母宮（藤壺中宮）も御後見と譲りきこえたまひしかば」と、大臣（光源氏）もことつけたまふ。源氏のうちしきり后にゐたまはんこと、世の人ゆるしきこえず、弘徽殿（女御）の、まづ人より先に参りたまひにしもいかがなど、内々に、こなたかなたに心寄せきこゆる人々、おぼつかながりきこゆ。（「少女」③三〇～三一）

このように弘徽殿女御の場合、一番に入内したことが、その立后の根拠として挙げられる。「世の人」が斎宮女御の立后を非難する裏面には、冷泉帝の元服後、最初に入内した弘徽殿女御立后の正統性が窺われよう。また、次の傍線部【7】【8】からは、内大臣（旧頭中将）らが、弘徽殿女御の不立后を後々まで悔やんでいることがわかる。

【表二】天皇・東宮に最初に入内した后妃

元服者	后妃	后妃の父	元服から入内までの期間	立后の有無	備考
清和天皇	藤原多美子	藤原良相	同日	×	清和朝は后が不在
醍醐天皇	為子内親王	光孝天皇	同日	×	為子内親王は醍醐朝の立后前に没す
保明親王	藤原仁善子	藤原時平	同日	×	保明親王は東宮のまま没す
朱雀天皇	熙子女王	保明親王	一ヶ月半	×	朱雀朝は后が不在
村上天皇	藤原安子	藤原師輔	二ヶ月	○	
冷泉天皇	昌子内親王	朱雀天皇	同日	○	
円融天皇	藤原媓子	藤原兼通	一年	○	
花山天皇	藤原忯子	藤原為光	二年半	×	花山朝は后が不在
一条天皇	藤原定子	藤原道隆	三週間	○	
三条天皇	藤原綏子	藤原兼家	同日／一年	×	綏子は東宮妃時代に密通事件をおこす
後一条天皇	藤原威子	藤原道長	二ヶ月	○	
後朱雀天皇	藤原嬉子	藤原道長	一年半	×	嬉子は東宮妃時代に没す
後冷泉天皇	章子内親王	後一条天皇	五ヶ月	○	
後三条天皇	藤原茂子	藤原能信（養父）	三日	×	茂子は東宮妃時代に没す
堀河天皇	篤子内親王	後三条天皇	二年半	○	
鳥羽天皇	藤原璋子	白河天皇（継父）	五年	○	
崇徳天皇	藤原聖子	藤原忠通	一週間	○	
近衛天皇	藤原多子	藤原頼長（養父）	一週間	○	
二条天皇	姝子内親王	鳥羽天皇	三ヶ月	○	
高倉天皇	平徳子	後白河天皇（養父）	一年	○	
後鳥羽天皇	藤原任子	藤原兼実	一週間	○	

「【7】女御（弘徽殿女御）を、けしうはあらず、何ごとも人に劣りては生ひ出でずかしと思ひたまへしかど、思はぬ人におされぬる宿世になん、世は思ひの外なるものと思ひはべりぬる。この君（雲居の雁）をだに、いかで思ふさまに見なしはべらん。春宮（今上帝）の御元服ただ今のことになりぬるをと人知れず思うたまへ心ざしたるを、かう言ふ幸ひ人の腹の后がね（明石姫君）こそ、また追ひすがひぬれ。立ち出でたまへらんに、まして、きしろふ人ありがたくや」とうち嘆きたまへば、「などかさしもあらむ。【8】この家にさる筋の人出でものしたまはでやむやうあらじと故大臣（致仕大臣）の思ひたまひて、女御（弘徽殿女御）の御事をも、ゐたちいそぎたまひしものを、おはせましかば、かくもてひがむることもなからまし」など、【9】この御事にてぞ、太政大臣（光源氏）も恨めしげに思ひきこえたまへる。

（「少女」③三五～三六）

特に、傍線部【9】にあるように、弘徽殿女御が立后できなかったことに対して、大宮が光源氏を恨んでいることに注意したい。大宮の言葉からは、弘徽殿女御が光源氏の推す斎宮女御（秋好中宮）に敗北を喫したことへの恨みごと以上のものが感じられる。世間の見方とこのような大宮の言葉に留意すると、弘徽殿女御の立后の正統性は、冷泉朝始発における弘徽殿女御の存在の重要性に端を発しているように読める。つまり、光源氏が弘徽殿女御入内に関わった可能性が考えられるのである。弘徽殿女御は、光源氏が致仕大臣（旧左大臣）を摂政に据えることにより、摂政太政大臣の養女という立場をもって入内することが可能となった。(注19) 弘徽殿女御は摂政太政大臣の娘という肩書きによって冷泉帝の最初の后妃となり、この時点では限りなく后位に近い女御として後宮に参入したのである。そしてそれは、光源氏の政治的判断であった。弘徽殿女御入内に窺われる光源氏の政治的な意図を考えるには、前節で触れた一条天皇元服時における父円融法皇のあり方が参考となる。先述の通り、浅尾広良は、その年齢が「十一歳」と明記されることから、物語においても一条朝のような両統迭立の可能性を含む皇統分裂の問題が底流していることを指摘している。[注20] しかし厳密にいえば、物語における冷泉帝の即位は、朱雀系・冷泉系の両統の迭立ではなく、分裂した桐壺系皇統の継承をめぐって、両者が自らの皇統の存続をかけるという緊張関係を示唆していよう。朱雀帝が譲位と引き替えに自分の皇子を冷泉帝の東宮に立てたことは、朱雀系皇統の成立を意味しており、新東宮の存在は一方の冷泉系皇統の存続を脅かすものとなるのである。

皇統分裂の可能性

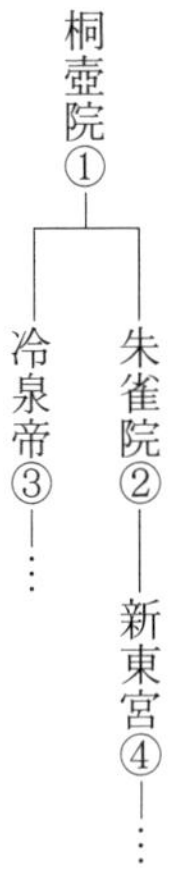

※数字は皇位継承順序を示す

冷泉系皇統の存続のためには、朱雀系皇統の後継者である新東宮（今上帝）の次に、冷泉帝の皇子を立てなければならない。そこで、冷泉帝の婚姻を早めるため、異例の若さで元服を挙行したのである。ただし、十一歳という年齢を考慮すると、冷泉帝の皇子誕生を望むばかりでなく、後宮を充実させ有力な貴族たちの支持を得る目的もあったであろう。これは、かつて朱雀帝の東宮時代、左大臣家に葵の上の入内要請があった理由と同様である。朱雀朝が短命に終わったのは右大臣家の専制のためと理解されているが、同時に他の公卿たちに支持されなかったため、具体的には致仕大臣（旧左大臣）の朱雀帝治世に対する不支持表明のためでもある。そしてそれが、致仕大臣（旧左大臣）家からの后妃（葵の上）を得られなかったことにまで遡るのは、弘徽殿大后が後々まで、葵の上が朱雀帝に入内しなかったことに拘っていることからわかる。朱雀帝にとって、右大臣家以外の有力な家からも后妃を得ることが必要であったのであるが、これと同様のことが冷泉帝にもあてはまる。そして、光源氏が弘徽殿女御入内を容認するだけでなく、積極的に迎えたと考える理由はそこにある。光源氏に養女を入内させられる可能性があるならば、むしろ冷泉帝の元服を遅らせた方が都合がよい。しかし、光源氏があえて冷泉帝の元服を急いだのは、有力な家の娘を后妃とすることが、冷泉朝の安定化に必要不可欠な政策であったからである。

弘徽殿女御は、「絵合」巻に語られるように弘徽殿大后からの助力も得ており、致仕大臣（旧左大臣）家の娘でありながら旧右大臣家勢力を吸収した、いわば連合「藤氏」の推す后妃であった。冷泉帝の後宮における弘徽殿女御の存在は、冷泉朝が「藤氏」の支持を得るための布石である。(注21)「藤氏」勢力の支持は冷泉朝の光源氏政権においても求められ、「藤氏」を外戚としない冷泉帝の安定化のため、それは後宮政策を通じて行われたのである。弘徽殿女御には、「藤氏」の勢力を統合する役割が課せられており、冷泉帝の後見である光源氏は、それを上手に利用することができたのだといえよう。

四　光源氏と兵部卿宮家――王女御入内の阻止――

さて、冷泉帝への弘徽殿女御の入内が、光源氏の政策の一端として重要であったことを指摘したが、それとは反対に、光源氏は兵部卿宮家の中の君（後の王女御）の入内を阻止している。次に引用した「澪標」巻の本文を確認したい。

【10】兵部卿の親王、年ごろの御心ばへのつらく思はずにて、ただ世の聞こえをのみ思し憚りたまひしことを大臣（光源氏）はうきものに思しおきて、昔のやうにも睦びきこえたまはず。なべての世にはあまねくめでたき御心なれど、この御あたりは、なかなか情なきふしもうちまぜたまふを、入道の宮（藤壺中宮）は、いとほ

しう本意なきことに見たてまつりたまへり。（略）【11】兵部卿宮の中の君（王女御）もさやうに心ざしてかしづきたまふ名高きを、大臣（光源氏）は、人よりまさりたまへとしも思さずなむありける。いかがしたまはむとすらむ。

（「澪標」②三〇一〜三〇二）

傍線部【10】【11】に見えるように、王女御の入内が遅延したことは兵部卿宮と光源氏との不仲が原因である。それればかりでなく、光源氏による王女御入内阻止が窺われる。この理由として藤本勝義は、光源氏が既に前斎宮（秋好中宮）入内を構想していたためとし、有力な「藤氏」の女御を弾き出すために皇族出身の二人の女御が据えられるという『うつほ物語』にも見られるような物語の論理を説く。(注22) しかし、六条御息所から光源氏に前斎宮（秋好中宮）が託されるのは先のことであり、六条御息所の遺言には前斎宮入内は明示されていないことからも、この時点では、前斎宮に入内の道が開けるかどうか疑問である。不思議なことに、光源氏は「藤氏」である弘徽殿女御を容認し、皇族出身の王女御を排除しようとしているのである。冷泉帝との血縁関係から考えると、王女御入内は冷泉朝安定化にとって最も好ましい。そのため、光源氏による王女御入内阻止は、冷泉朝の治世安寧のためには得策ではなかったという指摘もある。(注23) 光源氏の宮家に対する態度には、従来、須磨・明石に退去した光源氏に対する兵部卿宮の冷淡さが理由として挙げられているが、光源氏の政治的な視点を考えると、報復行為というだけでは説明できない。このことには、やはり兵部卿宮が冷泉帝の唯一の外戚であることが理由として考えられるであろう。冷泉朝における兵部卿宮は、次のように描かれている。

【12】兵部卿宮と聞こえしは、今は式部卿にて、この御時にはましてやむごとなき御おぼえにておはする、御むすめ（中の君）本意ありて参りたまへり。同じごと王女御にてさぶらひたまふを、同じくは、御母方にて親

しくおはすべきにこそ、母后（藤壺中宮）のおはしまさぬ御かはりの後見にとことよせて似つかはしかるべくと、とりどりに思し争ひたれど、なほ梅壺（斎宮女御）ゐたまひぬ。御幸ひの、かくひきかへすぐれたまへりけるを、世の人驚ききこゆ。

（「少女」③三一）

【13】親王（兵部卿宮、このときは式部卿宮）の御おぼえいとやむごとなく、内裏（冷泉帝）にも、この宮の御心寄せいとこよなくて、このことと奏したまふことをばえ背きたまはず、心苦しきものに思ひきこえたまへり。おほかたも、いまめかしくおはする宮にて、【14】この院（光源氏）、大殿（旧頭中将、現太政大臣）にさしつぎたてまつりては、人も参り仕うまつり、世人も重く思ひきこえけり。

（「若菜上」④一五九〜一六〇）

傍線部【12】【13】によると、兵部卿宮は母方の伯父という関係から、冷泉帝からの信望が厚いことが窺われ、このような宮の立場は冷泉朝を通して一貫している。兵部卿宮を疎んじる理由のひとつは、冷泉帝の唯一の外戚という存在が光源氏自身の立場を危うくするものと見なされたためである。一方、光源氏は自らの須磨退去の直接的な原因となった政敵弘徽殿大后に対し、敬意を表して丁重に対応することを忘れてはいない。これは、弘徽殿大后にはもはや光源氏の政治的な立場を脅かすような危険性がないためであろう。「賢木」巻および「須磨」巻に描かれる朱雀朝での光源氏失脚によって、後見を失った東宮（冷泉帝）は危機に直面し、残された東宮の立場を守れるのは、母藤壺中宮と伯父兵部卿宮に限られる。須磨・明石に退去している光源氏からすれば、兵部卿宮の冷淡な態度は朱雀朝の有力者右大臣家に追従しているように取れるが、見方を変えれば、宮家の動向は時勢の変化を見ながら慎重に行った結果であり、それは冷泉帝のためでもあったであろう。仮に光源氏が帰京できたとしても、冷泉帝の後見として政界復帰できる確証はなく、冷泉帝は東宮時代に廃太子未遂事件の憂き目を見るなど、その即位すら危ういものであった。旧右大臣薨去や弘徽殿大后と朱雀帝の病気といった複数の要因が重なり、政界に復帰して冷泉帝の後見の立場を取り戻した光源氏は、冷泉朝の安定化を第一に考えながらも、その反面、外戚兵部卿宮が自らの立場を脅かす存在と見なすようになったのではないだろうか。そのため、光源氏は冷泉帝の外戚である宮家ではなく、帝との血縁関係を有さない致仕大臣（旧左大臣）家と紐帯を結ぶ。二頭政治の実現は桐壺朝に倣う理想政治を標榜するだけではない。本来、天皇との外戚関係を条件とする「摂政」職に、敢えて致仕大臣（旧左大臣）を据える意味は、唯一の外戚兵部卿宮の勢力を抑えることにあったと理解できるのである。田坂憲二は、冷泉帝の外戚である兵部卿宮が、新東宮（今上帝）の外戚である髭黒一族と血縁関係を有している点に注目している。(注24)光源氏が冷泉帝および新東宮のそれぞれの外戚の勢力に対抗すべく、血縁関係を有しない致仕大臣（旧左大臣）家と手を結んだと思われる。傍線部【14】には、「さしつぎ」とある。吉海直人は、この「さしつぎ」という語に注目し、冷泉朝における兵部卿宮の立場を光源氏・致仕大臣（旧左大臣）家との連合政権に次ぐ二番手の勢力と論じている。(注25)光源氏が致仕大臣（旧左大臣）を登用することにより、冷泉朝では一貫して兵部卿宮を抑える目的は達成されたといえよう。

五　結語

以上のように、冷泉帝の元服に伴って摂政の問題と後宮政策（后妃入内）に注目して、冷泉朝始発における光源氏の政治構想を考えた。冷泉帝の元服に関連するふたつの事項、摂政設置と后妃入内は、ともに致仕大臣（旧左大臣）家の政権中枢への復帰に収斂され、そこには、外戚兵部卿宮家を抑えるという光源氏の目的が見出せる。そして、この後、光源氏が前斎宮を養女とすることによって、冷泉朝の後宮政策には、若干の軌道修正がなされたといえよう。

物語の描く理想政治は、帝が外威の圧力から逃がれて親政を実現することである。ここでは、桐壺帝の意志を光源氏が継承する形で、冷泉朝を聖代へと導く。物語には「源氏」と「藤氏」の相克という構図が繰り返し示される（注26）が、冷泉朝始発においては、皇族を排除し「藤氏」と結ぶという施策がとられている。冷泉朝における致仕大臣（旧左大臣）家と兵部卿宮家、両家と光源氏との関係性の変化は、父院と外戚・摂関家との関係性（相克あるいは協調）から明らかとなる。光源氏は冷泉帝の隠れた父でありながら、冷泉朝始発においては異母兄の立場から冷泉帝を後見し、状況に応じた政策を打ち出しているのである。「薄雲」巻では、十四歳になった冷泉帝が夜居の僧都から秘事を告げられる。このことは、冷泉帝が外戚よりも血縁関係の近しい父子関係を認識することによって、光源氏との強い紐帯が結ばれたことを意味し、これと引き替えに、外戚兵部卿宮の台頭は抑えられる。兵部卿宮家の王女御入内は、弘徽殿女御と斎宮女御に圧倒されて見送られ、それが実現したのは夜居の僧都の密奏の後のことである（注27）。そして、光源氏の宮家に対する態度が転換するのは、兵部卿宮（この時、式部卿宮）の五十賀をきっかけとするが、このことが、光源氏が養女斎宮女御（秋好中宮）の立后を果たし、後宮の覇権争いに勝利した直後であることは重要である。光源氏による兵部卿宮家の排斥は、冷泉朝の立后争いが決着するまでの期間に限られるのである。また、致仕大臣（旧左大臣）家の後継者である内大臣（旧頭中将）との対立が物語に表出してくるのが、兵部卿宮（式部卿宮）との関係の改善と時期を同じくすることは、冷泉朝始発において致仕大臣（旧左大臣）家と紐帯を結んだことが「やむごとなき御おぼえ」のある外戚兵部卿宮家を抑えるためであったことを如実に表しているだろう。このように、冷泉朝始発の光源氏は、公的には冷泉帝の「御後見」として父子関係を隠しながら、致仕大臣（旧左大臣）を摂政職に据えて冷泉帝治世を補強しつつ、一方では外戚兵部卿宮を抑え、自らの立場の安定化を図っているのである。

なお、冷泉帝が光源氏との父子関係を知る時期に関しては、藤壺中宮の崩御との関連性に注目されることが多いが、摂政である致仕大臣（旧左大臣）の薨去の直後であることとも関係している。冷泉朝に摂政が置かれた三年間は、光源氏が冷泉帝の父（院）ではなく、異母兄として存在した期間と重なり、冷泉朝始発の摂政設置の理由を父（院）不在のためとする見方ができるからである。（注28）そしてこれ以降、冷泉帝による親政が開始されたと考えられよう。

注

（1）伊藤博「「澪標」以後―光源氏の変貌―」（『日本文学』第一四巻第六号、一九六五・六）、秋山虔『源氏物語』（岩波書店、一九六八・一）、日向一雅「太政大臣光源氏の造型―主として『令集解』を媒介にして―」（『源氏物語の王権と流離』新典社、一九八九・一〇）。

（2）坂本曻（共展）「父桐壺帝」（『源氏物語構想論』明治書院、一九八一・三）、前掲注（1）日向論文。

（3）自派の人脈の構築を図ったとする田坂憲二、公正な政治の実現と太政官制度の再構築を目指したとする塚原明弘の論などがある。それぞれ、田坂憲二「内大臣光源氏をめぐって―源氏物語における〈政治の季節〉・その三―」（『源氏物語の人物と構想』和泉書院、一九九三・一〇）、塚原明弘「「澪標」巻の光源氏―『源氏物語』の政治的背景―」（『國學院雑誌』第一〇三巻第九号、二〇〇二・九、のち『源氏物語ことばの連環』（おうふう、二〇〇四・五）所収）、塚原明弘「光源氏の摂政辞退と夕霧の大学入学―「澪標」巻と「少女」巻の政治的背景―」（『源氏物語の鑑賞と基礎知識・少女』至文堂、二〇〇三・三、のち『源氏物語ことばの連環』（おうふう、二〇〇四・五）所収）。

（4）他に、田坂憲二「冷泉朝の始発をめぐって―貞観八年の影―」（『源氏物語の新研究』新典社、二〇〇五・九）、秋澤亙「さる例もありければ、すまひはてたまはで―『源氏物語』における政治の言葉―」（『源氏物語の新研究』新典社、二〇〇五・九、のち「冷泉朝の成立と摂政太政大臣」（『源氏物語の准拠と諸相』おうふう、二〇〇七・三））など。

（5）小山清文「源氏物語第一部における左大臣家と式部卿宮家をめぐって」（『中古文学』第四二号、一九八八・一一）。他に、田坂憲二「鬚黒一族と式部卿宮家―源氏物語における〈政治の季節〉・その二―」（『源氏物語の探究』第十五輯、風間書房、一九九〇・一〇）、木村祐子「兵部卿宮と桃園式部卿宮―光源氏との政治的関係―」（『中古文学』第六五号、二〇〇〇・六）、増田舞子「兵部卿宮と光源氏―冷泉帝の外戚と後見―」（『解釈』第五〇巻、二〇〇四・四）にも同様の指摘がある。

（6）践祚と即位は本来同義であったが、平安時代より先帝の崩御あるいは譲位の同日に践祚があり、その一年以内に即位が行われるのが慣例となる。「澪標」巻の叙述は、冷泉帝が元服の同月に朱雀帝の譲位を受けて践祚していると理解できる。本章では、践祚から即位までを含め、帝位に就くことを「即位」と表する。

（7）浅尾広良「光源氏の元服」（日向一雅・仁平道明編『源氏物語の始発―桐壺巻論集―』竹林舎、二〇〇六・一一）。これに関して、詳しくは後述する。

（8）『平安時代史事典』「天皇表」を参照して作成。表中の陽成・後鳥羽天皇は践祚の翌年、即位している。

（9）『日本紀略』『扶桑略記』『大鏡裏書』『皇年代私記』の説による。一方、『大鏡』『一代要記』は、醍醐天皇の元服を寛平七年（八九五）正月十九日、践祚を同九年（八九七）七月三日のこととする。本章では、通説とされる寛平九年説を採るが、寛平七年説では醍醐天皇の元服年齢は「十一歳」となり、『大鏡』成立期の史観や後に十一歳元服が定例化することと考え合わせると興味深い。

（10）島田とよ子「醍醐天皇元服について―『大鏡』醍醐天皇紀を発端にして―」（『園田国文』第一八号、一九九七・三）。

（11）摂政就任の条件のひとつは、帝との外戚関係を有することであり、醍醐朝の摂政適任者の不在の理由は、藤原時平が醍醐天皇と血縁関係を有しておらず、醍醐天皇の外戚が傍流藤原高藤であることによる。神谷正昌「平安期における王権の展開」（増刊号『歴史学研究』第七六八号、二〇〇二・一〇）など。

（12）河内祥輔「宇多「院政」論」（『古代政治史における天皇制の論理』吉川弘文館、一九八六・九）、保立道久「王統が動く―光孝・宇多をめぐるドラマ―」（岩波新書『平安王朝』岩波書店、一九九六・一一）。

（13）詫間直樹「天皇元服と摂関制―一条天皇元服を中心として―」（『史学研究』第二〇四号、一九九四・六）、倉本一宏『一条天皇』（人物叢書、吉川弘文館、二〇〇三・一二）にも同様の指摘がある。なお、一条天皇より先に十一歳で元服した居貞親王には、藤原兼家の娘綏子が最初に入内するが、その時期については諸説ある。

（14）ただし、摂政職を復辟して藤原兼家が就任した関白職は、藤原道隆に譲られた後、すぐに摂政職に戻されている。この理由として、一条天皇が元服後でありながら十一歳と若年のため政治能力に不足があったことや、関白職より摂政職の職能が道隆にとって都合が良いなどということが指摘されている。兼家が一条天皇の元服時、摂政職の職能よりも後宮政策を重視したことは明らかである。

(15)保立道久「円融・花山の角逐と兼家の台頭」(岩波新書『平安王朝』岩波書店、一九九六・一一)、沢田和久「円融朝政治史の一試論」(『日本歴史』第六四八号、二〇〇二・五)。

(16)『栄花物語』には、「大殿(兼家)は、院の女御(超子)の御男御子たち三所を、みな御懐にふせたてまつりたまへるを、二の宮(居貞親王)は東宮にゐさせたまひぬれば、今は三、四の宮(為尊親王、敦道親王)をいみじきものに思ひきこえさせたまへるに、あるがなかにも東宮と四の宮とぞたぐひなきものに思ひきこえたまへるも、来年ばかり御元服はと思しめす」(巻第三「さまざまのよろこび」①一四五)とある。また、『大鏡』にも、「いまひとつの御はらの大君(超子)は、冷泉院の女御にて、三条院・弾正の宮(為尊親王)・帥宮(敦道親王)の御母にて、三条院くらゐにつかせ給しかば、贈皇后宮と申き。この三人のみやたちを、祖父殿(兼家)事のほかにかなしうし申たまひき」(「兼家伝」一七二)とあり、続く逸話には、一条天皇よりも東宮居貞親王(三条天皇)を気にかける兼家が描かれる。

(17)秋山虔「もう一人の弘徽殿女御をめぐって」(『武蔵野文学』第四八号、二〇〇〇・一一)。

(18)平安初期の史料は残っておらず、最初に入内した后妃は確認できない。村上天皇の場合は、元服時にはまだ立太子していなかったが、皇位継承の有力な候補者と見なされていた可能性もあることから加えた。為子内親王は醍醐朝の后冊立前、藤原嬉子・藤原茂子は配偶天皇の東宮時代にそれぞれ逝去しており立后はなかったが、存命であれば后位に昇る可能性は高かったと思われる。

(19)倉田実『源氏物語』冷泉朝の養女入内—弘徽殿女御と斎宮女御—」(『大妻国文』第三六号、二〇〇五・三)には、弘徽殿女御が祖父の養女となったことは、「更衣」でなく「女御」とするためと指摘されている。本書の第Ⅲ部第十章では、女御になるだけでなく致仕大臣(旧左大臣)家の「后」志向を積極的に読み取るべきであると論じた。

(20)前掲注(7)浅尾論文。

(21)「藤氏」の后妃という観点から、田坂憲二は「真木柱」巻に見える「右の大殿の女御」(新全集では「左の大殿の女御」)の存在に着目し、冷泉朝における「藤氏」の協力の重要性を指摘している。田坂憲二「冷泉朝下の光源氏—太政大臣と後宮の問題をめぐって—」(『研究講座　源氏物語の視界二　光源氏と宿世論』新典社、一九九五・五)。

(22)藤本勝義「式部卿宮—「少女」巻の構造—」(『源氏物語の想像力』笠間書院、一九九四・四)。

(23)　久下裕利「兵部卿宮あるいは式部卿宮について―王朝物語官名形象論―」(『論叢源氏物語二、歴史との往還』新典社、二〇〇〇・五)。
(24)　田坂憲二「鬚黒一族と式部卿宮家―源氏物語における〈政治の季節〉・その二」(『源氏物語の探究第十五輯』風間書房、一九九〇・一〇)。
(25)　吉海直人「『源氏物語』「さしつぎ」考―兵部卿宮「ナンバー三」説の再検討―」(『日本文學論究』第六六冊、二〇〇七・三)。
(26)　辻和良「桐壺帝の企て―源氏物語の主題論的考察―」(『国語と国文学』第七二号、一九九五・二、のち『源氏物語の王権―光源氏と〈源氏幻想〉―』(新典社、二〇一一・一二)所収、岡部明日香「源氏物語と円融朝の史実―桐壺帝・朱雀帝治世下の政治情勢に関連して―」(『平安朝文学研究』復刊第五号、一九九六・一二)。
(27)　久下裕利は、宮の式部卿就任と関係していると指摘している。前掲注(23)久下論文。
(28)　摂政職の設置の背景に父院不在が影響することが指摘できる。例えば、藤原基経は譲位する清和天皇から幼帝陽成天皇の摂政に任じられた際、摂政職を一旦辞しており、その上表文には、「太上天皇在世、未聞臣下摂政」(『本朝文粋』巻第四「上表」、国史大系、吉川弘文館)とある。父院の在世中は、幼帝であっても摂政を置く必要がないという観念があったことを示す。

第二章　光源氏の摂政辞退——物語における摂関職——

一　問題の所在

「澪標」巻では、朱雀帝から冷泉帝への代替わりによって光源氏が実質的に政権を掌握する。伊藤博は、光源氏の人物像が「澪標」巻を境に変化したことを指摘し、それが光源氏の政治的な側面に現れていることを論じた。(注1) これを契機として、この巻は物語の転換期として捉えられている。冷泉帝治世の幕開けに際し、光源氏は新帝の後見としての摂政就任を辞退し、政界に復帰した致仕大臣（旧左大臣）に委譲する。(注2) このことについて、坂本曻は「源氏が前左大臣の宮廷復帰をはかった目的は、冷泉朝における文武百官の新秩序の確立と後宮の形成に、前左大臣の指導性を期待した」という。(注3) 一方、田坂憲二は、光源氏は摂政に就かなかったのではなく就けなかったという新たな視点を提示し、「暫定的に致仕左大臣を摂政太政大臣として幼帝の輔弼の臣とし、自身は陣定や外記政を通じて上卿としての足場を固め、更に自派直系の人脈の構築を果たすことこそが、自らが台閣の首班となった時それを長期安定となしうる唯一の方途である」と論じる。(注4) また、塚原明弘は、摂関になると太政官の政務に直接携わらなくなることから「光源氏は、摂政に就任せず、公卿にとどまるという、自家の利益を後回しにする率先垂範によって、公正な政治の実現と太政官制度の再構築を企てたと考えられる」と述べている。(注5)このように、摂政職の譲渡という美談に隠された光源氏の戦略的な政策があぶり出されている。先行研究で指摘されてはいないが、『源氏物語』における「摂政」の唯一の用例がある「澪標」巻で光源氏の摂政辞退が記されるものの、それ以降の本文には摂関就任を類推させるような記述は一切ない。このことに注意を払うと、「澪標」巻で敢えて「摂政」という具体的な官職名が明記されていることに意味が見出せるのではないか。まず、「摂政」の語義を見直すことによって光源氏にとっての摂政職について考察し、『源氏物語』の描く政治世界を明らかにしたい。

二　「摂政したまふ」の語義

「澪標」巻には、光源氏の摂政辞退について、「やがて世の政をしたまふべきなれど、「さやうの事しげき職にはたへずなむ」とて、致仕の大臣（旧左大臣）、摂政したまふべきよし譲りきこえたまふ」（「澪標」②二八二〜二八三）と叙述されている。ここで注目すべきは、「摂政」が名詞ではなく、「摂政したまふ」と表されることである。これを歴史学的な官職である摂政と捉えるにあたり、史実上の摂政の成立について確認しておきたい。以下、一条朝までの歴史史料を挙げる。

Ⅰ　藤原良房（清和天皇の摂政）

勅太政大臣（藤原良房）摂行天下之政

（『日本三代実録』「清和天皇」貞観八年八月十九日条）

Ⅱ　藤原基経（陽成天皇の摂政）

皇太子（陽成天皇）出自東宮、駕牛車、詣染殿院、是日、天皇（清和天皇）譲位於皇太子、勅右大臣従二位兼行左近衛大将藤原朝臣基経、保輔幼主、摂行天子之政、如忠仁公（藤原良房）故事

（『日本三代実録』「清和天皇」貞観十八年十一月二十九日条）

Ⅲ　藤原忠平（朱雀天皇の摂政）

先帝（醍醐天皇）逃位、譲於皇太子（朱雀天皇）〈年八〉、左大臣藤原朝臣（藤原忠平）摂政

（『日本紀略』「朱雀天皇」延長八年九月二十二日条）

Ⅳ　藤原実頼（円融天皇の摂政）

冷泉院天皇逃位譲於天皇（円融天皇）、于時新帝十一、新主（円融天皇）於襲芳舎受禅、詔令太政大臣藤原朝臣（藤原実頼）輔佐幼主、摂行政事、如貞信公（藤原忠平）故事

（『日本紀略』「円融天皇」安和二年八月十三日条）

Ⅴ　藤原伊尹（円融天皇の摂政）

今日、詔令右大臣藤原伊尹朝臣摂行政事

（『日本紀略』「円融天皇」天禄元年五月二十日条）

Ⅵ　藤原兼家（一条天皇の摂政）

花山天皇偸出禁中、奉剣璽於新皇（一条天皇）、〈年七〉、外祖右大臣（藤原兼家）参入、令固禁内警備、

翌日行先帝（花山天皇）譲位之礼、右大臣藤原朝臣（兼家）摂行万機、如忠仁公（藤原良房）故事
（『日本紀略』「一条天皇」寛和二年六月二十三日条）

Ⅶ　藤原道隆（一条天皇の摂政）
詔以関白内大臣（藤原道隆）改関白、摂行政事、如昭宣公（藤原基経）、貞信公（藤原忠平）故事
（『日本紀略』「一条天皇」正暦元年五月二十六日条）

以上からわかるように、「摂政」ばかりではなく、「摂行天下之政」「摂行政事」「摂行万機」などという表記をもって、摂政職を表している。(注6) また、「摂政す」に類する用例として、「関白す」「内覧す」という表現も含めると、『大鏡』をはじめ、『栄花物語』『狭衣物語』『夜の寝覚』に、その用例が見られる。(注7)

Ⅰ　年官・年爵の宣旨くだり、摂政・関白などしたまひて十五年こそはおはしましたれ。おほかた公卿にて卅年、大臣の位にて廿五年ぞおはする。この殿（藤原良房）ぞ、藤氏のはじめて太政大臣・摂政したまふ。
（『大鏡』「良房伝」六六）

Ⅱ　大臣のくらゐにて廿七年、天下執行、摂政・関白し給て廿年ばかりやおはしましけん。
（『大鏡』「実頼伝」八五）

Ⅲ　みかど（冷泉天皇・円融天皇）の御舅・東宮（師貞親王）の御祖父にて摂政せさせ給へば、よの中はわが御こゝ

ろにかなはぬことなく、過差ことのほかにこのませたまひて
（『大鏡』「伊尹伝」一三三）

Ⅳ　このおとゞ（藤原兼通）これ九条殿（藤原師輔）の二郎君、ほりかはの関白ときこえさせき。関白したまふ事、六年。
（『大鏡』「兼通伝」一五三）

Ⅴ　たゞし、殿の御まへ（藤原道長）は卅より関白せさせたまひて、一条院・三条院の御時、よをまつりごち、わが御まゝにておはしましゝに、又当代（後一条天皇）の、九歳にてくらゐにつかせ給にしかば、御とし五十一にて、摂政せさせ給とし、わが御身は太政大臣にならせ給て、摂政をばおとゞ（藤原頼通）にゆずりたてまつらせ給て
（『大鏡』「道長伝」二一三～二一四）

Ⅵ　太政大臣（藤原頼忠）この御世にもやがて関白せさせたまひ、中姫君十月に参らせたまふ。
（『栄花物語』巻第二「花山たづぬる中納言」①一一九）

Ⅶ　この頃、堀川の大臣と聞こえさせて関白したまふは、一条院、当帝などの一つ后腹の五の皇子ぞかし。
（『狭衣物語』巻一①二一）

Ⅷ　このころ内には、関白したまふ左大臣の御女、春宮の御母にて后に居たまへる
（『夜の寝覚』巻一、二一）

以上のように、摂政・関白それぞれの語に、動詞としての用法が認められる。これは、元来「執政する」との意

で動詞的用法によって抽象的に使われた「摂レ政」すなわち「摂政す」という表現が、職能の明確化された摂政職を表すようになったことを示す。また、ⅠからⅢ、Ⅴの用例のように、摂政就任者に限って「摂政す」との表現が見られる。[注8] 以上、歴史史料に見られる「摂行政事」や『源氏物語』以外の文学作品に見える「摂政す」との表現が摂政職と見做されるように、「澪標」巻における「摂政したまふべきよし」とは、すなわち官職としての摂政と解釈できる。

三　『源氏物語』における摂関職

次に、「澪標」巻における「摂政」の用例が『源氏物語』の中で唯一のものであることについて考えたい。「澪標」巻の直前の「明石」巻末では、朱雀帝が譲位を前に、東宮（冷泉帝）の後見である光源氏を政界復帰させる。「澪標」巻の本文とあわせて確認する。

春宮（冷泉帝）にこそは譲りきこえたまはめ、【1】朝廷の御後見をし、世をまつりごつべき人を思しめぐらすに、この源氏（光源氏）のかく沈みたまふこといとあたらしうあるまじきことなれば、つひに后（弘徽殿大后）の御諫めをも背きて、赦されたまふべき定め出で来ぬ。（「明石」②二六二）

あくる年の二月に、春宮（冷泉帝）の御元服のことあり。十一になりたまへど、ほどより大きにおとなしうきよらにて、ただ源氏の大納言（光源氏）の御顔を二つにうつしたらむやうに見えたまふ。いとまばゆきまで光りあひたまへるを、世人めでたきものに聞こゆれど、母宮（藤壺中宮）は、いみじうかたはらいたきことに、あいなく御心を尽くしたまふ。内裏（朱雀帝）にもめでたしと見たてまつりたまひて、世の中譲りきこえたまふべきことなど、なつかしう聞こえ知らせたまふ。同じ月の二十余日、御国譲りのことにはかなれば、大后（弘徽殿大后）思しあわてたり。「かひなきさまながらも、心のどかに御覧ぜらるべきことを思ふなり」とぞ、聞こえ慰めたまひける。坊には承香殿の皇子（今上帝）ゐたまひぬ。世の中改まりて、ひきかへいまめかしきことども多かり。源氏の大納言（光源氏）、内大臣になりたまひぬ。数定まりてくつろぐ所もなかりければ、加はりたまふなりけり。【2】やがて世の政をしたまふべきなれど、「さやうの事しげき職にはたへずなむ」とて、致仕の大臣（旧左大臣）、摂政したまふべきよし譲りきこえたまふ。「病によりて位を返したてまつりてしを、いよいよ老の積もり添ひて、さかしきことはべらじ」とうけひき申したまはず。他の国にも、事移り世の中定まらぬをりは深き山に跡を絶えたる人だにも、をさまれる世には白髪も恥ぢず出で仕へけるをこそ、まことの聖にはしけれ、病に沈みて返し申したまひける位を、世の中かはりてまた改めたまはむに、さらに咎あるまじう公私定めらる。さる例もありければ、すまひはてたまはで、太政大臣になりたまふ。御年も六十三にぞなりたまふ。
（「澪標」②二八一～二八三）

物語の叙述を追ってゆくと、冷泉帝の元服、朱雀帝の譲位、光源氏の内大臣就任が順に語られており、政治的な動きが、すべて連動していることがわかる。また、傍線部【1】「朝廷の御後見をし、世をまつりごつべき人」とは、東宮（冷泉帝）の後見人を指している。朱雀帝はその適任者として光源氏を想起しており、このことは、光源氏が「世の政をしたまふべき」と世間から認識されることと通ずる。つまり朱雀帝のいう「朝廷の御後見をし、世をまつりごつべき人」とは「世の政をしたまふべき」人であり、それは「摂政したまふべき」人を指している。『河海抄』には、次のような指摘がある。（注9）

清和天皇幼而即位外舅太政大臣従一位藤原良房〈忠仁公〉奉　文徳遺詔而摂政貞観八年八月十九日始蒙摂政宣下〈去天安二年十一月七日始行内外暦事〉是以人臣（為）摂政之初也尓降彼一門為執柄之臣

（『河海抄』巻第七「澪標」三三一）

ここからは、文徳天皇の「遺詔」によって藤原良房が清和天皇の摂政に任ぜられたことがわかる。また、清和天皇が譲位する際も同じように、宣命によって藤原基経を新帝陽成天皇の摂政に任じている。本来、摂政の任命は、先帝が譲位する際の最後の詔によって行われるものであった。物語における朱雀帝が譲位の前に、新帝冷泉帝の後見となる光源氏を都へ召還することで、朱雀帝自身が光源氏の摂政就任を示唆していたと解釈できる。興味深いのは、摂政を意図しながらも、「朝廷の御後見をし、世をまつりごつべき人」という漠然とした表現がなされていることである。これは、物語全体を通して窺われる特徴である。例えば、朱雀帝の外祖父である右大臣が摂政や関白に就任したという直接的な記述も見られない。その政治状況は、以下のように語られる。

帝（朱雀帝）はいと若うおはします、祖父大臣（旧右大臣）、いと急にさがなくおはして、その御ままになりなん世を、いかならむと、上達部、殿上人みな思ひ嘆く。

（「賢木」②九八）

帝（朱雀帝）は、院（桐壺院）の御遺言たがへずあはれに思したれど、若うおはしますうちにも、御心なよびたる方に過ぎて、強きところおはしまさぬなるべし、母后（弘徽殿大后）、祖父大臣（旧右大臣）とりどりにしたまふことはえ背かせたまはず、世の政御心にかなはぬやうなり。

（「賢木」②一〇四）

朱雀朝では外戚である右大臣家が実質的に政治を執り行ったと描かれることから、太政大臣となった右大臣が摂関職を帯びている可能性が指摘されている。特に、浅尾広良は、朱雀朝における右大臣の摂政就任を示唆する。(注10) しかし、朱雀帝の二十六歳という年齢から、関白あるいは内覧とも考えられる。また、冷泉帝から今上帝に代替わりのあった「若菜下」巻の記述にも、執政者を示す表現が見える。

太政大臣（旧頭中将）、致仕の表奉りて、籠りゐたまひぬ。「世の中の常なきにより、かしこき帝の君も位を去りたまひぬるに、年ふかき身の冠を挂けむ、何か惜しからん」と思しのたまふべし。左大将（鬚黒大将）、右大臣になりたまひてぞ、世の中の政仕うまつりたまひける。

（「若菜下」④一六五）

ここでは冷泉帝の譲位と今上帝の即位に伴って、太政大臣（旧頭中将）が致仕し、鬚黒大将が右大臣に就任する。これは鬚黒右大臣が今上帝の外戚として摂関職に就くことと理解されている。(注11) しかし、ここでもやはり「世の中の政仕うまつりたまふ」という執政したという表現に止まる。このように『源氏物語』では、摂関就任の可能性を持つ者を含めて、執政者を示す表現は「朝廷の御後見」や「世をまつりごつべき人」とされている。摂関に就任したことは認められながらも、本文に明記されない以上、それは断言できないし、摂政・関白・内覧のいずれか確定することは難しい。反対に、光源氏が摂政を辞退するこの場面が、本文に「摂政」と明記される唯一の用例であることの意味こそ、重視すべきである。「澪標」巻で光源氏の摂政辞退と致仕大臣の摂政就任が描かれる意味を考えることで、『源氏物語』にとっての摂政職のあり方を明らかにしたい。

四　歴史上の摂政と物語における摂政

まずは、史実上の摂政職の内実を踏まえ、物語における摂政設置の背景とその職能や権限について検討する。具体的には、摂政の置かれる冷泉帝が践祚を前にして元服していることについて考えたい。『花鳥余情』には以下のような指摘がある。

天皇御元服のゝちもいまた幼主の時［御時］は摂政とこれをいふ【3】復辟《ふくへき》の表をたてまつりて君に政をかへしたてまつりてのちは摂政をあらためて関白と称す　冷泉院十一にて御元服ありてすなはち御位につき給ふ【4】太子元服のゝち受禅の時摂政の例は清和天皇貞観六年御元服あり　同八年九月忠仁公（藤原）良房摂政の詔を蒙る　此例に准する也　六十三の年齢なと忠仁公（藤原良房）の例にたかはさる事也

（『花鳥余情』第九「澪標」一二〇）

傍線部【4】の指摘のように、「澪標」巻の摂政が冷泉帝の元服後の補任であることに注目される。これは元服前の天皇には摂政が置かれ、元服をすると摂政が関白に代わるという観念によるだろう。摂政職は、元服前の幼い天皇に代わり、政務の中核である除目の主導権や人事に関わる任免権を把握する、天皇権代行者である。一方、関白は天皇の補佐者であり臣下の筆頭と理解される。【表一】からもわかるように、元服前の天皇には摂政、元服後に践祚した天皇には関白が置かれている。そして天皇が元服すると、摂政は直ちに辞職を申請する復辟《ふくへき》の上表を数回に渡って行い、それが数か月から数年の間に受理される。(注12)例えば、元慶六年（八八二年）正月二日、陽成天皇は元服し、同じ月の二十五日、藤原基経は摂政復辟の上表を行っている。(注13)基経は自ら摂政を辞して、元服を済ませた陽成天皇に親政を行うことを求めているのである。このことは、天皇の元服とともに天皇権を代行する摂政職が必要なくなることを示す。基経の復辟上表は、元服した天皇に対して摂政の辞職を願い出る初例である。また、承平七年（九三七）正月四日に朱雀天皇が元服すると、摂政藤原忠平はその月の二十五日に摂政復辟上表を行っている。この時、天皇の元服をきっかけとして摂政が関白に改められたことが、後世の先例となる。『花鳥余情』の指摘は、元服後の冷泉帝に摂政が設置されることの特異性を言い当てている。

元服後の天皇に摂政が補任される事例は、平安時代の史実としては二例ある。(注14)清和天皇の摂政藤原良房と、一条天皇の摂政藤原道隆の例である。ただし、元服後の天皇に置かれた摂政ではあるものの、両者には位相差がある。竹内理三は、良房、基経の時代は摂政・関白・太政大臣の三者が即一的に考えられており、忠平の時代になってはじめて両者の別が明らかになったという。(注15)摂政・関白の制度的成立は忠平の時代であり、それ以前の良房、基経による政治体制は、後の時代と区別して「前期摂関政治」と呼ばれる。この見解は、橋本義彦にも継承され、歴史学において長く通説とされてきた。(注16)そして、基経の時代に関白が生まれ、時代を経るに従って内覧や准摂政など摂政に類する新たな官職が派生し、その過程において摂政の職能も具体化し明確化していったのである。(注17)良房は清和天皇が九歳で即位したときから既に摂政のような権限を有していたと推測されるが、実際に摂政に任じられたのは清和天皇の元服後のことであり、このとき天皇は十七歳であった。これについて竹内は「元来、後の摂政の性格からいえば、天皇の元服があればこれをやめるべきであるのに、却ってその勅があるのは、摂政がアスカ時代における如き執政官的性格をなおのこしたものといわざるを得ない」という。(注18)山本信吉もまた、「摂政については清和天皇の時の良房、陽成天皇の時の基経の両者共に、いずれも天皇の幼年時代とそれ以後とでは当時でも執政の在り方を区別して見る必要がある」と指摘する。(注19)このように、良房の摂政は「執政官的性格」を有しており、その職能は

【表二】歴代摂関一覧　※米田雄介「摂政・関白補任表」（『平安時代史事典』角川書店）を参照して作成。

天皇	摂政・関白	天皇との関係	補任	解	備考
清和	摂・藤原良房	外祖父	貞観8年（八六六）8月19日	貞観14年（八七二）9月2日	
陽成	摂・藤原基経	外伯父	貞観18年（八七六）11月29日	元慶8年（八八四）2月4日	
宇多	関・藤原基経	ナシ	仁和3年（八八七）11月21日	寛平2年（八九〇）12月14日	陽成朝からの継続
朱雀	摂・藤原忠平	外伯父	延長8年（九三〇）9月22日	天慶4年（九四一）11月8日	
	関・藤原忠平	外伯父	天慶4年（九四一）11月8日	天慶9年（九四六）4月20日	
村上	関・藤原忠平	外伯父	天慶9年（九四六）5月20日	天暦3年（九四九）8月14日	
冷泉	関・藤原実頼	外祖父（師輔）の兄	康保4年（九六七）6月22日	安和2年（九六九）8月13日	公卿に外戚不在
円融	摂・藤原実頼	外祖父（師輔）の兄	安和2年（九六九）8月13日	天禄1年（九七〇）5月18日	公卿に外戚不在
	摂・藤原伊尹	外伯父	天禄1年（九七〇）5月20日	天禄3年（九七二）10月23日	
	関・藤原兼通	外伯父	天延2年（九七四）3月26日	貞元2年（九七七）10月11日	
	関・藤原頼忠	外祖父（師輔）の甥	貞元2年（九七七）10月11日	永観2年（九八四）8月27日	兼通と兼家の争い
花山	関・藤原頼忠	外祖父（伊尹）の従兄弟	永観2年（九八四）8月27日	寛和2年（九八六）6月23日	円融朝からの継続
一条	摂・藤原兼家	外祖父	寛和2年（九八六）6月23日	永祚2年（九九〇）5月5日	
	関・藤原兼家	外祖父	永祚2年（九九〇）5月5日	永祚2年（九九〇）5月8日	
	関・藤原道隆	外伯父	永祚2年（九九〇）5月8日	永祚2年（九九〇）5月26日	
	摂・藤原道隆	外伯父	永祚2年（九九〇）5月26日	正暦4年（九九三）4月22日	
	関・藤原道隆	外伯父	正暦4年（九九三）4月22日	長徳1年（九九五）4月3日	
	関・藤原道兼	外伯父	長徳1年（九九五）4月27日	長徳1年（九九五）5月8日	
後一条	摂・藤原道長	外祖父	長和5年（一〇一六）1月29日	長和6年（一〇一七）3月16日	
	摂・藤原頼通	外叔父	長和6年（一〇一七）3月16日	寛仁3年（一〇一九）12月22日	

	関・藤原頼通	外叔父	寛仁3年(一〇一九)12月22日	長元9年(一〇三六)4月17日	
後朱雀	関・藤原頼通	外叔父	長元9年(一〇三六)4月17日	寛徳2年(一〇四五)1月16日	
後冷泉	関・藤原頼通	外伯父	寛徳2年(一〇四五)1月16日	治暦3年(一〇六七)12月5日	
	関・藤原教通	外伯父	治暦4年(一〇六八)4月17日	治暦4年(一〇六八)4月19日	
後三条	関・藤原教通	ナシ	治暦4年(一〇六八)4月19日	延久4年(一〇七二)12月8日	後冷泉朝からの継続
白河	関・藤原教通	養父(能信)の弟	延久4年(一〇七二)12月8日	承保2年(一〇七五)9月25日	養父能信、実の外祖父藤原実成は死去、外伯父実季は健在
	関・藤原師実	養父(能信)の甥	承保2年(一〇七五)10月15日	応徳3年(一〇八六)11月26日	
堀河	摂・藤原師実	義理の外祖父	応徳3年(一〇八六)11月26日	寛治4年(一〇九〇)12月20日	実の外祖父源顕房は健在
	関・藤原師実	義理の外祖父	寛治4年(一〇九〇)12月20日	寛治8年(一〇九四)3月9日	
	関・藤原師通	義理の外祖父(師実)の子	寛治8年(一〇九四)3月9日	康和1年(一〇九九)6月28日	
	関・藤原忠実	義理の外祖父(師実)の孫	長治2年(一一〇五)12月25日	嘉承2年(一一〇七)7月19日	
	摂・藤原忠実		嘉承2年(一一〇七)7月19日	永久1年(一一一三)12月26日	
鳥羽	関・藤原忠実		永久1年(一一一三)12月26日	保安2年(一一二一)1月22日	
	関・藤原忠通		保安2年(一一二一)3月5日	保安4年(一一二三)1月28日	
	関・藤原忠通		保安4年(一一二三)1月28日	大治4年(一一二九)7月1日	
崇徳	関・藤原忠通		大治4年(一一二九)7月1日	永治1年(一一四一)12月7日	
	摂・藤原忠通		永治1年(一一四一)12月7日	久安6年(一一五〇)12月9日	
近衛	関・藤原忠通		久安6年(一一五〇)12月9日	久寿2年(一一五五)7月23日	
	関・藤原忠通		久寿2年(一一五五)7月24日	保元3年(一一五八)8月11日	
後白河	関・藤原基実		保元3年(一一五八)8月11日	保元3年(一一五八)8月11日	

執政全般を指している。すなわち、従来の研究のように、一上《いちのかみ》制や太政官制度と関わって光源氏の摂政辞退を考える場合、それらの分明化する前の「執政官的性格」の摂政をもって説明することは難しいといえよう。(注20)

歴史学の見地からすれば、摂政就任の資格・条件とされるのは、天皇の外戚であること、藤原氏北家の出身者であること、大臣経験者であることとの三点である。先に挙げた一条朝までの七人の摂政就任者は、三つの条件を全て満たしている。(注21)そのことを踏まえると、物語において摂政職譲渡の記述の直前に光源氏の内大臣就任が描かれるのは、摂政就任者の条件を満たし、就任の蓋然性を高めるための処置であろう。(注22)しかし、一方で光源氏が帝と外戚関係を有していないこと、「源氏」であることは、史実における摂政歴任者の条件とは重ならない。【表一】に示した通り歴代の摂関はすべて藤原氏出身であり、それ以外の就任者は見られない。ところが、物語において源氏の摂政就任が異例であることは、全く問題視されていない。このような史実との齟齬、すなわち虚構が描かれるとき、そこに物語の論理が見出せよう。光源氏は「藤氏」ではなく「源氏」であり、なおかつ外戚でないにも関わらず、物語において摂政適任者として描かれている。そしてそれは、冷泉帝の後見としての立場からなのである。光源氏の摂政に「執政官的性格」を想定すると、光源氏の摂政辞退は従来の指摘のような美徳の態度を示すものと理解できる。しかしながら、冷泉朝の政治状況は「世の中の事、ただなかばを分けて、太政大臣、この大臣の御ままなり」(「澪標」②三〇一)と語られるように、光源氏もまた致仕大臣(旧左大臣)とともに執政に当たり、共同統治を行っている。光源氏は摂政を辞退することで、職能の明確化した後世の摂政のイメージを避けたのではないだろうか。

物語成立期である一条朝には既に関白・内覧および准摂政などが成立しており、摂政の具体的な職能や権限は明確化する。(注23)そこで、古注釈や先行研究には指摘のなかった、一条朝における藤原道隆の事例を確認したい。道隆が元服後の一条天皇の摂政に就任する経緯は、やや複雑である。一条天皇の践祚・即位はその元服前、七歳のときであり、外祖父である藤原兼家は摂政に就任する。永祚二年(九九〇)正月、一条天皇が元服すると、兼家は数回に及ぶ摂政復辟上表を行い、同年五月、摂政は関白に改められる。(注24)そして、病を患っていた兼家は、その数日後に出家し、関白職を息子の道隆に譲る。(注25)ところが、道隆は関白を辞し、改めて摂政に就任している。結果的に道隆は、元服を済ませた一条天皇の摂政に就任することとなるのである。同じ天皇の御世において、関白が摂政に改められることは、他に例がない。(注26)この理由として考えられることは、例えば道隆の立場からすると、関白では叙位・除目の人事権が不十分であり、それを確実に把握するためということ、(注27)一方、一条天皇にしても元服したとはいえ、まだ十一歳と幼く、政務に差支えがあり、摂政の補佐を必要としたためということなどである。(注28)道隆の摂政時代には、政務の運用に際して、元服した一条天皇への文書奏上がしばしば行われ、摂政でありながら関白に準じた文書内覧の立場がとられている。(注29)それは、摂政道隆が元服した一条天皇の立場を尊重したためであり、それまでの摂政のあり方とはやや異なるものであった。以上のような、設置状況を考えると、元服後の天皇に設置される摂政は、従来の摂政と関白の間くらいの権限を想定できる。(注30)つまり、ひとくちに「摂政」「関白」などと言っても、設置される過程や就任者の状況により職能や性格が変わるのである。

古注釈や先行研究において、もっぱら藤原良房の例が引かれるのは、致仕大臣の就任から摂政を捉えているためである。(注31)しかし、光源氏の辞意を考えるには、致仕大臣（旧左大臣）の就任した摂政とはまた性格の異なる、光源氏の就任した場合の摂政を考えなければならない。冷泉帝の十一歳元服、光源氏の内大臣という官職などから、当時の読者はむしろ物語成立期である一条朝の摂政道隆の史実を想起したのではないか。物語における摂政職のあり方を考えた上で、光源氏の摂政職について改めて考える必要がある。

五　光源氏にとっての摂政

「澪標」巻における光源氏の摂政辞退について考えたい。湯浅幸代は、「藤原氏のイメージが色濃く染み付いた摂関の地位は、天皇親政を目指していた桐壺帝の遺風を受け継ぐ「源氏」には相応しくなかったと思われる。「藤氏」である致仕の大臣が、良房と同じ六十三歳で摂政に就任することも偶然ではないだろう。ここで、光源氏は、「源氏」として「藤氏」である左大臣家と袂を分かちつつあると言える」という。(注32)しかしながら、既に述べた通り、史実では藤原氏に限定される摂関職であるが、物語においては源氏の摂政就任を実現し得る出来事として描いている。同様に、源氏の太政大臣の就任、およびその可能性を描くことも、史実からの逸脱を意味する。(注33)つまり、源氏や藤氏といった次元ではなく、光源氏個人の問題として描かれているのではないか。史実における源氏から隔絶したところに、光源氏の政治家としてのあり方が表象されているのである。(注34)

光源氏の就任する摂政と致仕大臣の就任する摂政とでは位相が異なることを述べたが、両者の権限の差異は、まず冷泉帝との血縁関係の有無に由来する。光源氏は冷泉帝の異母兄であるが、致仕大臣（旧左大臣）には帝との血縁関係がない。血縁関係の有無は、帝に対して親権を及ぼしうるかどうかという問題がある。例えば、歴代の藤原摂関家は、後宮政策によるミウチ関係の構築を最も有効な手段として、廟堂の独占をはかった。(注35)このような政治体制からすると、摂政を辞退して譲渡する光源氏の態度は史実と乖離する。光源氏は、なぜ摂政を辞退したのか。まず、先行研究でも指摘されているように、冷泉朝で理想的な政治を実現するにおいて、権力の均衡を保つためである。冷泉帝にとって、光源氏は臣下のうち唯一の血縁者である。光源氏が摂政に就任すれば、血縁関係を有するがゆえの親権によって影響力は増し、廟堂に不均衡を来たすこととなる。対して致仕大臣は、冷泉帝との外戚関係がない「よそ人」であるから、摂政として復権しても、光源氏やその他の権門とのバランスが取れる。冷泉帝治世の政治体制をどのように確立していくかは、後見である光源氏の采配にかかっており、それはまた物語全体を通して考えるべき、光源氏の政治家としてのあり方を示すものといえる。

「薄雲」巻、冷泉帝十四歳の春、摂政太政大臣（致仕大臣）は薨去する。この時、光源氏が摂政・関白といった官職に就任したか否か、先行研究では議論が分かれている。摂政・関白のいずれかに就任したとする説(注36)、内覧に就任したとする説(注37)である。内覧就任説は、内覧時代の藤原道長の史実に引き当てて説明されおり、光源氏の実質的な権限が内覧に近かったことは確かである。しかし、物語本文には光源氏の官職として、摂政・関白・内覧のいずれも明記されることはない。浅尾広良は、「本文の上では、実際に光源氏が摂政関白に任じたとの記述はなく、これはあくまで歴史を源氏物語の文脈に重ねて読んでいるにすぎない」と指摘し、光源氏の政治家像については、「決して摂政・関白とは語られず、太政大臣など臣下の身分でありながら、実は帝の父であって臣下とはいえないなど、光源氏の存在形式は両義性をもっている」という(注38)。また、加藤洋介は「同時代の藤原摂関体制の論理を凌駕し奪還すらしていく、「後見」ということばを駆使する〈虚構〉の物語の論理」とし、「光源氏と冷泉帝とが外戚関係になかったことと、摂関家的な光源氏の造型との間にある矛盾の物語的止揚こそが、源氏物語が光源氏を摂政・関白ではなく「おほやけの御後見」と呼び続けることなのである」と論ずる(注39)。しかし、「摂政」や「関白」ではなく「朝廷の御後見」「世をまつりごつ」などの表現をもって語られるのは光源氏には限らない。摂政の語が唯一見られる「澪標」巻にて光源氏がこれを辞退していることから、物語における摂政は光源氏とは切り離された官職として描かれていることを重視すべきである。そしてやはり、光源氏は「澪標」巻以降も、摂政やそれに類する職には就任しなかったと理解した方がよいであろう。その理由こそ、『源氏物語』の描く光源氏という政治家のあり方を示しているのではないだろうか。例えば、史実における慣例では、摂政職・関白職は天皇個人との関係で任命され、代替わりと同時に解任される。新帝が摂関を継続させるには、改めて宣旨が下されなければならないのであり、太政官など大臣以下の官職とは異なる。(注40)「澪標」巻における摂政も、冷泉帝との個人的な関係によって任じられる一代限りの職とされる。光源氏には、摂関を超えた身位が求められており、最終的にそれは、准太上天皇という地位によって示されている。

光源氏の政治家としてのスタートは、父桐壺院による臣籍降下の決定によるもので、その政治家像も父院に定められたものといえよう。それは、「ただ人にて朝廷の御後見をするなむ行く先も頼もしげなめることと思し定めて」（「桐壺」①四一）というものであった。また、「賢木」巻における桐壺院の遺言からも、光源氏の今後の政治家としてのあり方を示唆する表現が見出せる。

「はべりつる世に変らず、大小のことを隔てず何ごとも御後見と思せ。齢のほどよりは、世をまつりごたむにも、をさをさ憚りあるまじうなむ見たまふる。かならず世の中たもつべき相ある人なり。さるによりて、わづらはしさに、親王にもなさず、ただ人にて、朝廷の御後見をせさせむと思ひたまへしなり。その心違へさせたまふな」と、あはれなる御遺言ども多かりけれど、（略）大将（光源氏）にも、朝廷に仕うまつりたまふべき御心づかひ、この宮（冷泉帝）の御後見したまふべきことをかへすがへすのたまはす。

（「賢木」②九五〜九七）

このように、桐壺院は光源氏に対して、冷泉帝だけでなく朱雀帝を後見することもまた望んでいる。桐壺院が天皇親政を目指したことは先行研究でも指摘されているが、(注41)光源氏には、桐壺系皇統の代々の帝を後見する存在となることを希望した。そして、光源氏はその意図を明瞭に汲み取り、体現しているのである。「澪標」巻には、光源氏と新東宮（今上帝）との関係を示す以下の記述がある。

この大臣（光源氏）の御宿直所は昔の淑景舎なり。梨壺に春宮（今上帝）はおはしませば、近隣の御心寄せに、何ごとも聞こえ通ひて、宮（今上帝）をも後見たてまつりたまふ。

（「澪標」②三〇〇）

この東宮（今上帝）は朱雀院の皇子であり、朱雀系皇統の継承者である。朱雀帝と冷泉帝が兄弟継承をしたことによって桐壺系皇統は分裂する。史実を見てみると、一般的に、分裂した皇統は対立の構図を取ることが多い。(注42)しかし、光源氏は冷泉帝の後見という立場にありながら、一方の朱雀系皇統の東宮とも良好な関係を築いている。それればかりでなく、「後見たてまつる」と光源氏が東宮の補佐役として積極的に関わろうとする姿が読み取れる。それを朱雀院も以下のように述べている。

いかならむをりにか、その御心ばへほころぶべからむと世人もおもむけ疑ひけるを、つひに忍び過ぐしたまひて、春宮（今上帝）などにも心を寄せきこえたまふ。今、はた、またなく親しかるべき仲となり睦びかはしたまへるも、限りなく心には思ひながら、本性の愚かなるに添へて、子の道の闇にたちまじり、かたくなるさまにやとて、なかなか他のことに聞こえ放ちたるさまにてはべる。

（「若菜上」④二二～二三）

このような姿こそが、光源氏の政治家としてのあり方を示しているのである。代替わりに伴って廟堂が一新されるのは、天皇との外戚関係によって摂関就任者が決まった時代の史実によく見られることであるが、それは光源氏の目指す政治には是とされなかった。日向一雅は、「澪標」巻の光源氏による人事が、致仕大臣（旧左大臣）を摂政太政大臣に、宰相中将（旧頭中将）を権中納言とし、自らは内大臣に就任するものであったことについて、「それは旧来の人事の更迭としてではなく、権官など令外の官を活用することで、穏便な方法で漸進的になされたと見られるのである。（略）これは右大臣家が政権を取った時の対立勢力への容赦のない締め付けと比べるならば、明らかに光源氏政権の特色として意図されたものである」と述べる。(注43) 光源氏の内大臣就任は、「数定まりてくつろぐ所もなかりければ」と偶然性をもって語られるが、令外の官という官職の性格に注目すると光源氏の政治の理想性が見出せる。このように、物語の示す光源氏の官職遍歴からは、物語が光源氏に体現させる理想的な政治家像を窺い知ることができるのである。

六　結　語

以上のように、「澪標」巻の光源氏の摂政辞退について、史実を媒介として再検討を試みた。その理由のひとつとして、光源氏は、冷泉朝の権力の均衡を目的としており、冷泉帝と血縁関係を有する光源氏自らが敢えて下位にあって、致仕大臣（旧左大臣）との共同統治を目指したことが指摘できる。このような光源氏の態度は、史実における摂関とは乖離するものであり、物語の描く理想的な政治家像を形成している。また、以降の物語でも光源氏の摂関就任が語られないことから、光源氏の摂関就任は物語を通してなかったものと解釈できる。それは、一代限りの効力を持つという摂関職の性格が、光源氏の目指す政治家像とは軌を一にしないからであろう。本章で問題とした摂政のように、物語に表象される光源氏の官途からは政治家としてのあり方が窺え、同時に就任しない官職（また帝位に就かない問題）からもそれが見えてくる。摂政就任の否定によって、光源氏が冷泉帝の後見のみではなく朱雀系皇統を含めた桐壺系皇統の代々の帝を支えていく政治家であることがわかる。(注44) それは、桐壺院の遺志であり、また「歴史」を超越した理想的な政治家像を体現するものであった。

注

（1）伊藤博「「澪標」以後―光源氏の変貌―」（『日本文学』第一四巻第六号、一九六五・六）。

（2）厳密にいえば、光源氏が摂政職を致仕大臣に直接譲ることはできない。光源氏が冷泉帝（あるいは朱雀帝）より下された摂政任命の詔勅を辞退したため、改めて帝が致仕大臣を摂政に任じたのであろう。光源氏は摂政を辞退する際、致仕大臣を摂政就任者として推挙し、その召還を提言したはずである。そのため摂政職が光源氏から致仕大臣に「譲りきこえたまふ」（「澪標」②二八三）と表現されているものと思われる。

（3）坂本曻「父桐壺帝」（『源氏物語構想論』明治書院、一九八一・三）。

（4）田坂憲二「内大臣光源氏をめぐって―源氏物語における〈政治の季節〉その三―」（『論集・源氏物語の人物と構想』和泉書院、一九九三・一〇）。

（5）塚原明弘「「澪標」巻の光源氏―『源氏物語』の政治的背景―」（『國學院雑誌』第一〇三巻第九号、二〇〇二・九）、および「光源氏の摂政辞退と夕霧の大学入学―「澪標」巻と「少女」巻の政治的背景―」（『源氏物語の鑑賞と基礎知識・少女』至文堂、二〇〇三・三）。このような光源氏の態度は、藤原道長が一条・三条の時代に摂関に就任せず内覧左大臣にとどまったことに近似するという。それは摂関を帯びない大臣の蒙る「一上《いちのかみ》」の職能を重視したためと解せる。一上は太政官、ひいては朝廷の諸公事を執行する。

（6）また「関白」も「万機巨細を関《あずか》り白《まう》す」などと表現される。「詔、万機巨細、百官総己、皆関白於太政大臣（藤原忠平）」（『日本紀略』「朱雀天皇」天慶四年九月二十八日条）、「詔令左大臣（藤原実頼）関白万機」（『日本紀略』「冷泉天皇」康保四年六月二十二日条）など。

（7）『狭衣物語』、『夜の寝覚』引用本文は、新編日本古典文学全集『狭衣物語』（小町谷照彦・後藤祥子校注、小学館、一九九九・一一）、新編日本古典文学全集『夜の寝覚』（鈴木一雄校注、小学館、一九九六・九）による。

（8）ただし、良房の関白職就任は、元服後の天皇に関白を置くという後世の概念による『大鏡』作者の誤解と思われ、同じような認識が『大鏡裏書』『公卿補任』にも見られる。また、道長は実際には関白ではなく、内覧であった。しかし関白の主な職能が内覧であること、また道長が「御堂関白」と称されることから、このような認識があったと推察される。

（9）「ちしのおとゝ摂政し給へきよし」（『河海抄』巻七「澪標」三三一）の項に注されている。
（10）浅尾広良「朱雀帝御代の権力構造」（『源氏物語の准拠と系譜』翰林書房、二〇〇四・一）。朱雀帝が繰り返し「若い」（未熟だ）と語られることから、「それを補うために右大臣や大后が政を行ったことを考えると、関白や内覧として帝の補佐役となったというよりは、摂政として王権を代行したと考えるほうが見やすい」という。
（11）『岷江入楚』には「ひけ黒也　関白に成給ふ也」（「若菜下」三二五）とある。
（12）「復辟《ふくへき》」とは、摂政が天皇に大権を返還することである。『花鳥余情』にも「復辟の表」のことが見える。
（13）『日本三代実録』元慶六年正月二十五日条には、「太政大臣上表、請罷摂政帝親万機曰云々」とある。
（14）これ以降、以下五例が見られる。後光明天皇（十五歳）正保四年任摂政九条道房、霊元天皇（十歳）寛文三年任摂政二条光平、東山天皇（十三歳）貞享四年任摂政一条冬経、中御門天皇（十二歳）正徳二年任摂政九条輔実、桃園天皇（七歳）延享四年任摂政一条道香。
（15）竹内理三「摂政・関白」（『律令制と貴族政権』第二部、御茶の水書房、一九五八・一）。
（16）橋本義彦「貴族政権の政治構造」（岩波講座『日本歴史』古代四、岩波書店、一九七三・八）には、「良房・基経の摂政・関白は、いまだ地位としても、職名としても固定しておらず、むしろ太政大臣ないし主席大臣の権能の補強的な意味が強い」とある。
（17）「准摂政」とは関白あるいは内覧が、摂政に準じて叙位や除目を行う宣旨を下されたものをいう。後一条天皇の元服後に摂政復辟し関白に任じられた藤原頼通に准摂政の宣旨が下されている（准摂政B型）。それより先に、冷泉天皇の不予の間に関白藤原実頼が准摂政の儀を行っていたとされる（准摂政A型）。米田雄介「准摂政について」（日本歴史学会『日本歴史』第三四九号、一九七七・六）に詳しい。
（18）前掲注（15）竹内論文。
（19）山本信吉「平安中期の内覧について」（『摂関政治史論考』吉川弘文館、二〇〇三・六）。
（20）一上《いちのかみ》制の成立は藤原忠平の時代といわれる。また内大臣光源氏の上位には左右大臣が存在しており、通常ならば一上は左大臣が蒙るが、左大臣のあるときでもそれを差し置いて右大臣・内大臣あるいは大納言が天皇や摂関から宣旨を下される場合がある。山本信吉「一上考」（『摂関政治史論考』吉川弘文館、二〇〇三・六）。

(21) 外戚の範囲を天皇の生母の両親、同母兄弟姉妹までと見なした場合、円融天皇の摂政藤原実頼は天皇の外祖父の異母兄となり該当しない。しかし、このときの状況は、天皇の外祖父の藤原師輔が薨去し、伊尹以下の円融天皇の外舅たちは官位が低かったため、先代冷泉帝の関白であった実頼が引き続き就任したと考えられる。

(22) 物語成立期である道長の時代には、摂関の就任に大臣経験を要することが定着しつつあった。坂本賞三『藤原頼通の時代―摂関政治から院政へ―』(平凡社、一九九一・五)。

(23) ここでいう「准摂政」とは、前掲注(17)に示した二つの型のうち、准摂政B型を指す。なお『貞信公記』『九暦』『小右記』『御堂関白記』などに見られるように摂政は官職名にとどまらず、就任者を表す代名詞となっている。それを考えると摂政の語からは、より具体的なイメージが想起されるのではないか。

(24) 『日本紀略』には、「太政大臣(藤原兼家)上表辞摂政、同日詔又令関白万機、随身不改」(「一条天皇」正暦元年五月四日条)とある。なお、永祚二年十一月、正暦に改元される。

(25) 『日本紀略』には、「関白太政大臣従一位藤原朝臣兼家落飾入道、年六十二、法名如実、同日詔、令内大臣藤原朝臣道隆関白万機」(「一条天皇」正暦元年五月八日条)とある。

(26) 『日本紀略』には、「詔以関白内大臣(藤原道隆)改関白摂行政事、如昭宣公(藤原基経)、貞信公(藤原忠平)故事」(「一条天皇」正暦元年五月廿六日条)とあり、基経や忠平に倣ったものと記されているが、関白を摂政に代える例は他にない。

(27) 山本信吉「摂政・関白と左右大臣」(『摂関政治史論考』吉川弘文館、二〇〇三・六)。

(28) 土田直鎮「中関白家の栄光と没落」(『奈良平安時代史研究』吉川弘文館、一九九二・一一)、倉本一宏『一条天皇』(人物叢書、吉川弘文館、二〇〇三・一二)。

(29) 『小右記』正暦元年十一月十八日条、および正暦四年正月二十二日条からは、政務の運用に際して天皇への文書奏上がしばしば行なわれ、摂政でありながら関白に準じた文書内覧の立場が取られていることがわかる。前掲注(28)倉本著書。

(30) 道隆の摂政は後世における「准摂政」A型の前身と捉えられる。これは前掲注(17)のように、後一条天皇の時代に藤原頼通が蒙った例を初めとする。この「澪標」巻の摂政は、『源氏物語』以後に成立した准摂政A型に近い権限を想定できる。

(31)　田坂憲二「冷泉朝の始発をめぐって―貞観八年の影―」(『源氏物語の新研究―内なる歴史性を考える―』新典社、二〇〇五・九)、秋澤亙「さる例もありければ、すまひはてたまはで―『源氏物語』における政治の言葉―」(『源氏物語の新研究―内なる歴史性を考える―』新典社、二〇〇五・九)。

(32)　湯浅幸代「「澪標」巻の諸相」(『源氏物語の鑑賞と基礎知識　少女』至文堂、二〇〇三・三)。

(33)　源氏の太政大臣就任は、院政期においてはじめて実現する。保安三年(一一二二)源雅実の太政大臣就任である。

(34)　物語本文には言及されないが、明石中宮の皇子が即位した後には、夕霧は外戚として摂政・関白に就任する可能性がある。この点は、光源氏の政治家としてのあり方とは異なる。

(35)　倉本一宏「摂関期の政権構造―天皇と摂関とのミウチ意識を中心として―」(『摂関政治と王朝貴族』吉川弘文館、二〇〇〇・七)では、執政者と天皇家とのミウチ関係についての詳細な調査により、天皇に対する親権が政務運営に反映されていることが示唆されている。

(36)　山中裕「『源氏物語』の賜姓源氏と摂関制」(『源氏物語の史的研究』思文閣出版、一九九七・六)、「源氏物語の準拠と構想」(『平安朝文学の史的研究』吉川弘文館、一九七四・一)、今井源衛「一条朝と源氏物語」(『紫林照径　源氏物語の新研究』角川書店、一九七九・一二)などがある。

(37)　近年では、田坂憲二「冷泉朝下の光源氏」(研究講座『源氏物語の視界2―光源氏と宿世論―』新典社、一九九五・五)、藤本勝義「光源氏の官職―栄進の独自性と歴史的認識―」(坂本共展・久下裕利編『源氏物語の新研究―内なる歴史性を考える―』新典社、二〇〇五・九)など。

(38)　浅尾広良「研究の現在と展望」(研究講座『源氏物語の視界2―光源氏と宿世論―』新典社、一九九五・五)。

(39)　加藤洋介「冷泉―光源氏体制と「後見」―源氏物語における准拠と〈虚構〉―」(『文学』第五七巻第八号、一九八九・八)。

(40)　橋本義彦「藤原道長とその一門」(『平安の宮廷と貴族』吉川弘文館、一九九六・一二)。

(41)　日向一雅「桐壺帝の物語の方法」(『源氏物語の準拠と話型』至文堂、一九九九・三)。

(42)　村上天皇の皇子である冷泉天皇と円融天皇は、その後、冷泉系の花山天皇、円融系の一条天皇、さらに冷泉系の三条天皇と交互に天皇を輩出し、両統迭立のような状態となる。冷泉天皇の時代、藤原兼家が兄兼通を超えて昇進したのは冷泉天皇に重用されたからであるが、次に円融天皇の時代になると兼通が兼家を飛び越して摂関職に就任し、兼家は不遇をかこつこととなる。冷泉系皇統と円融系皇統との間で、貴族たちは身の振り方に苦心した。

（43）日向一雅「源氏物語の政治―官位と人事―」（『源氏物語の準拠と話型』至文堂、一九九九・三）。

（44）光源氏の政治家としての役割を桐壺系皇統の存続とすると、「澪標」巻以降に顕著となる式部卿宮家への対応にも説明がつく。先帝の后腹の皇子の存在は、桐壺系皇統の安定化をはかる上で無視できない。

第三章　明石姫君の袴着——腰結の役をめぐって——

一　問題の所在

袴着とは、幼児が初めて袴を着す人生儀礼である。袴着の儀式の流れは、以下の通りである。まず、刻限に客が参集し、袴着を行う幼児のための装束が届くと、主人および親昵の数名の手によってそれを着せ、その後祝宴が催される。(注1)中村義雄は、袴着を行う幼児の年齢が三歳を標準とすることについて、「古代人がこの時期を成長過程における一つの境界線と考えていたことを示す」と説明する。(注2)また、服藤早苗は、袴着を行う幼児の年齢、日時、腰結の役、主催者、参列者について歴史史料を検証し、平安時代における袴着の実態を明らかにしている。(注3)具体的には、年齢は三歳の例が多いこと、時期は十二月や十一月あたり、概ね秋から冬に行われていることなどを指摘する。文学研究の立場からは、おもに『源氏物語』に描かれる袴着について取り上げられている。堀淳一は、これが光源氏と明石姫君の二例であることから、「東宮のそれと変わらぬ次第で営まれた源氏の袴着は批判の対象となり、私の催しとして仕立てられた明石姫君の袴着は周囲から積極的に受け入れられた」と、両者が対照的であることを論

ずる。(注4)

本章では、平安時代の袴着の実態を押さえた上で、明石姫君の袴着の政治性について考える。その際、「腰結の役」と袴着の行われる場に着目する。「腰結の役」とは、儀式において袴の腰紐を結ぅ役割であり、袴着の儀礼の政治性・社会性を考える上で重要である。この観点から明石姫君の袴着の特異性を明らかにし、そこに物語意義を見出したい。

二　物語における袴着の描写

まず、『うつほ物語』において、袴着に関する記述を確認する。『うつほ物語』には、儀式が詳細かつ冗長に叙述されるが、袴着の儀そのものは描かれない。唯一、「楼の上・上」巻において、いぬ宮の琴の習得について藤原仲忠と女一の宮とが意見を交わす場面で、袴着に言及される。

「(略) 来年は、七つになり給ふ。『今まで、これを教へ奉らぬこと』と。尚侍のおとど(俊蔭の娘)は、四つよりこそ弾き給ひけれ。御袴のこと急ぎ侍りしに、ことにもあらざりけり」と嘆き聞こえ給へば、

(『うつほ物語』「楼の上・上」八四八〜八四九)

仲忠は四歳で既に琴の琴を弾いていたという俊蔭の娘の例をあげ、七歳になるいぬ宮にも習わせるべきだと説き、袴着の準備をしていたことに触れながらも、それは大したことではなかったという。貴族社会において、袴着はその子の人生に関わる社会的儀礼である。しかし、仲忠は世俗的なものの見方をしておらず、袴着よりも琴の伝授を

重視しているのである。(注5)このような仲忠の人物造型は、『うつほ物語』の主題に関わるものとして象徴的に描かれている。袴着という政治的・社会的なことより、娘の琴の伝授を優先させるという仲忠の判断からは、当時の貴族社会の常識を超える次元で、秘琴伝授の物語が展開されていることがわかるのである。

これに対し、『源氏物語』における袴着の場面はより政治性を帯びたものとなっており、儀礼の扱いも現実に即している。(注6)まず、「桐壺」巻の本文を引用し、光源氏の袴着の描写を確認する。

この皇子（光源氏）三つになりたまふ年、御袴着のこと、一の宮（朱雀帝）の奉りしに劣らず、内蔵寮、納殿の物を尽くしていみじうせさせたまふ。それにつけても世の譏りのみ多かれど、この皇子（光源氏）のおよすけもておはする御容貌心ばへありがたくめづらしきまで見えたまふを、えそねみあへたまはず。（「桐壺」①二一）

光源氏の袴着は、第一皇子（朱雀帝）に劣らない程の盛儀であった。吉海直人は、光源氏の袴着について、だれが腰結の役をつとめたのか明記されないことや、袴着の場面に桐壺更衣や祖母北の方の存在が見えないことに言及する。(注7)しかし、本文には「内蔵寮、納殿の物」とあることから、桐壺帝の主導で袴着が行われたことが推測できる。また、平安時代における皇子皇女の袴着の史実を踏まえると、光源氏の袴着はおそらく桐壺更衣の殿舎である桐壺で行われ、腰結の役は桐壺帝自身がその任にあたったのであろう。(注8)儀式の詳細は本文に書かれないものの、光源氏の袴着は世間から批判されるくらい盛大であった。これによって、光源氏と朱雀帝の立太子争いの可能性という緊張感をはらみつつ、物語は進行するのである。続いて、もう一つの用例である明石姫君の袴着について見たい。

御袴着は、何ばかりわざと思しいそぐことはなけれど、けしきことなり。御しつらひ、雛遊びの心地してをかしう見ゆ。参りたまへる客人ども、ただ明け暮れのけぢめしなければ、あながちに目もたたざりき。ただ、姫君の襷ひき結ひたまへる胸つきぞ、うつくしげさ添ひて見えたまへる。

（「薄雲」②四三六）

明石姫君の袴着については、儀式の詳細は記されず、簡潔な描写にとどまる。特に、「何ばかりわざと思しいそぐことはなければど」や、「あながちに目もたたざりき」とあることから、袴着の描き方を消極的に捉える見解がある。例えば、小嶋菜温子は、儀式が華やかに描かれないことを語り手の配慮とし、それは光源氏の政治的地盤が固められる前のことであり、袴着の儀が仰々しく語られる情勢ではないことを示す物語の仕組みであると論ずる。(注9)堀淳一もまた、「「わざと思しいそぐ事」の設定が可能であったにも関わらず周囲の推測、あるいは語り手の予想の枠に儀式の規模があてはまらなかった」と、指摘する。(注10)しかし、「あながちに目もたたざりき」というのは、日頃から光源氏の邸に出入りする人々が多いためであると説明されており、むしろ光源氏の権勢の強さを読み取ることもできよう。また、袴着の当日の流れが詳しく描かれないのは、書く必要性がなかったからであり、事前に準備されたことが滞りなく行われたものと理解できる。物語にとって重要なのは、当日の袴着の盛大さや儀式の詳細を描写することではなく、光源氏が袴着という社会的な儀礼の体裁をどのようにとらえ、事前に準備したかという点ではなかろうか。以下、「松風」巻の本文を引用する。

「まことは、らうたげなるものを見しかば、契り浅くも見えぬを、さりとてものめかさむほども憚り多かるに、思ひなむわづらひぬる。同じ心に思ひめぐらして、御心に思ひ定めたまへ。いかがすべき。ここにてはぐくみたまひてんや。蛭の子が齢にもなりにけるを。罪なきさまなるも、思ひ棄てがたうこそ。いはけなげなる下つかたも紛らはさむなど思ふをも、めざましと思さずはひき結ひたまへかし」と聞こえたまふ。（「松風」②四二三）

傍線部にある「ひき結ひたまへかし」とは、袴の腰紐を結うことである。ここで光源氏が腰結の役を紫の上に依頼していることから、明石姫君の袴着では紫の上が腰結の役をつとめたものと理解されている。(注11) 先に紹介した小嶋や堀は言及していないが、近年、秋澤亙は、腰結の役について新しい見解を示した。(注12) 秋澤は、史実における袴着の儀では例外なく男性が腰結の役を務めていること、本文では紫の上に依頼する場面のみで、袴着の儀式に関する詳細な描写がないことを指摘し、「あたかも紫の上が腰結の役を担ったかのような錯覚に読者を誘い込む、この作品一流の巧妙なレトリックだった」と論ずる。確かに、歴史上の袴着について調査すると、腰結の役を女性がつとめる事例は見出せないため、物語において紫の上が腰結の役をつとめることには違和感がある。しかし、「松風」巻で光源氏が「ひき結ひたまへかし」と発言していることが本文に明記されることもまた、看過できない。結論を先に述べると、物語に書かれることを重視し、一般的な慣例からは逸脱する設定にしてまで、明石姫君の袴着に紫の上を関わらせる必要があったのだと捉えたい。史実を踏まえつつ、紫の上が明石姫君の袴着の腰結の役を担うことに対し、物語における意義を見出すこととする。

三　歴史史料に見る袴着

まずは、歴史史料を確認しつつ、腰結の役とともに袴着の行われる場について検討する。【表一】は、平安時代の袴着の史実のうち、腰結の役と袴着の場を一覧にしたものである。(注13) これによると、平安時代の袴着は、母方の居所で行われる場合の多いことがわかる。(注14) 例えば、朱雀天皇の皇女である昌子内親王の袴着は、宮中の弘徽殿で行われ、その際、叔父にあたる村上天皇が腰結の役をつとめている。昌子内親王は、父朱雀天皇と母熙子女王を亡くし

【表二】平安時代の袴着

※服藤早苗「平安王朝社会の着袴」（『平安王朝の子どもたち―王権と家・童』吉川弘文館、二〇〇四・六）の表を参照して作成した。特に、袴着の場と腰結の役が明らかな事例を抜粋している。

袴着児	父	母	年月日	年齢	場所	腰結の役	袴着児との関係	備考
承子内親王	村上天皇	藤原安子（中宮）	天暦4年（九五〇）10月4日	3歳	飛香舎（安子居所）	村上天皇	父	
昌子内親王	朱雀天皇（故）	熙子女王（故女御）	天暦6年（九五二）11月28日	3歳	弘徽殿（穏子居所）	村上天皇	叔父	穏子養女
憲平親王	村上天皇	藤原安子（中宮）	天暦6年（九五二）12月8日	3歳	桂芳坊	藤原師輔	外祖父	
敦明親王	居貞親王（東宮）	藤原娍子（東宮妃）	長徳2年（九九六）12月14日	3歳	東宮	藤原道長	父の外叔父	
修子内親王	一条天皇	藤原定子（皇后）	長徳4年（九九八）12月17日	3歳	登華殿（定子居所）	藤原道長	父の外叔父	
敦儀親王	居貞親王（東宮）	藤原娍子（東宮妃）	長保1年（九九九）8月19日	3歳	東宮	藤原道長	父の外叔父	
敦康親王	一条天皇	藤原定子（故皇后）	長保3年（一〇〇一）11月13日	3歳	飛香舎（彰子居所）	一条天皇か	父	彰子養子
当子内親王	居貞親王（東宮）	藤原娍子（東宮妃）	寛弘1年（一〇〇四）8月23日	5歳	東宮	藤原道長	父の外叔父	
禔子内親王	居貞親王（東宮）	藤原娍子（東宮妃）	寛弘4年（一〇〇七）12月26日	5歳	東宮	藤原道長	父の外叔父	
師明親王	居貞親王（東宮）	藤原娍子（東宮妃）	同右	3歳	同右	藤原道長	父の外叔父	
敦成親王	一条天皇	藤原彰子（中宮）	寛弘7年（一〇一〇）10月22日	3歳	中宮御在所	一条天皇	父	
敦良親王	一条天皇（故）	藤原彰子（中宮）	寛弘8年（一〇一一）12月28日	3歳	枇杷殿（内裏）	藤原道長	外祖父	
禎子内親王	三条天皇	藤原妍子（中宮）	長和4年（一〇一五）4月7日	3歳	枇杷殿（内裏）	三条天皇	父	
藤原生子	藤原教通	藤原公任娘（正妻）	寛仁2年（一〇一八）11月9日	5歳	土御門邸	藤原道長	祖父	
藤原真子	藤原教通	藤原公任娘（正妻）	同右	3歳	土御門邸	藤原頼通	伯父	
藤原経季	藤原経通	源高雅娘（正妻）	寛仁3年（一〇一九）10月19日	10歳	小野宮邸	藤原実資	大叔父（養父）	
藤原経平	藤原経通	源高雅娘（正妻）	同右	6歳	同右	藤原実資	大叔父	
藤原延子	藤原頼宗	藤原伊周娘（正妻）	寛仁4年（一〇二〇）11月27日	5歳	脩子内親王居所	不明		脩子内親王養女
藤原信家	藤原教通	藤原公任娘（正妻）	治安2年（一〇二二）12月28日	5歳	高陽院	藤原頼通	伯父（養父）	
親仁親王	敦良親王（東宮）	藤原嬉子（故東宮妃）	万寿4年（一〇二七）4月5日	3歳	東宮	敦良親王	父	
馨子内親王	後一条天皇	藤原威子（中宮）	長元4年（一〇三一）10月24日	3歳	内裏	後一条天皇	父	
尊仁親王	後朱雀天皇	禎子内親王（皇后）	長暦2年（一〇三八）11月25日	5歳	麗景殿（禎子居所）	後朱雀天皇	父	

ており、祖母にあたる藤原穏子に養われていた。そして、穏子が当時居所としていたのが、弘徽殿であった。昌子内親王の袴着は、母親代わりの祖母の居所で行われ、その際、父親代わりの叔父が腰結の役を担っているのである。ついで、敦康親王の袴着について確認したい。『権記』には次のように記される。

亥二剋今上（一条天皇）一皇子（敦康親王）於飛香舎〈中宮（藤原彰子）〉、有御著袴之事、皇子（敦康親王）去秋以後渡給中宮（藤原彰子）、漢馬后例也、先上（一条天皇）渡御、時剋戌、皇子（敦康親王）亦渡御、飛香舎南廂額間鋪御座、

（『権記』長保三年十一月十三日条）

腰結の役については明記されないものの、袴着の場である飛香舎（藤壺）に一条天皇が渡御していることから、一条天皇がつとめたと推察される。袴着の行われた飛香舎は、このとき藤原彰子の居所であった。そしてそれは、敦康親王が彰子の養子となっていることと関係している。敦康親王は、養母にあたる彰子の居所で袴着の儀を行っているのである。ここでは、昌子内親王の事例と同じく、養母の居所において袴着が行われていることを押さえておきたい。さらに、藤原延子と藤原信家の袴着に関わる記事をあわせて確認する。（注15）

民部大輔（源）方理来伝一品宮（脩子内親王）御消息云、明後日聊有所営、可参入者、令申臨期無障者可参之由、或云、以左衛門督（藤原）頼宗女（藤原延子）為彼宮（脩子内親王）養子被着袴云々、□□不可追従下﨟卿相如着袴所、計之大納言達必不参入乎、抑人々興々歟、寄事於宮似招呼

（『小右記』寛仁四年十一月二十五日条）

参関白殿（藤原頼通）、今日申剋若宮［君カ］（藤原信家）着袴、仍令送御装束一具給也、有被物、〈白褂、袴白、

大宮皇太后宮（藤原彰子）、皆有御装束〉事了内府（藤原教通）以馬二疋釼一腰、被奉関白殿（頼通）、々々（頼通）又以馬二疋被奉内府（教通）、又自内府（教通）又自内府［衍カ］被儲関白殿（頼通）御前物云々、若君（信家）実内大［府カ］殿（教通）御子也、而関白殿（頼通）為養子、於賀陽院殿（頼通）令着袴給、仍□□有牽出物等也

（『左経記』治安二年十二月二十一日条）

『小右記』の著者である藤原実資は、藤原頼宗の娘にあたる延子の袴着の儀について、脩子内親王から消息を受け取り、それは、延子が脩子内親王の養女となっていたためと説明される。袴着の行われた場や腰結の役については明記されないが、養母である脩子内親王が袴着の主催者であることから、その邸で行われたと推測できる。また、『左経記』には、藤原教通の子である信家の袴着について記されている。傍線部からは、信家が伯父にあたる頼通の養子となっていた関係で、袴着は頼通の邸である高陽院で行われ、腰結の役は頼通がつとめていることがわかる。興味深いのは、袴着の行われる場や腰結の役について記される際、養子となっていることが説明される点である。服藤早苗は、腰結の役を父親がつとめることが多く、子どもが養子になる場合や親族に有力な者がいる場合は、養父や尊者がつとめていると指摘する。(注16) 袴着の行われる場や腰結の役について見てみると、袴着の儀が親子関係を公表する場として認識されていたことがわかるのである。

四　紫の上が「腰結の役」をつとめる意味

このような史実における袴着のあり方を踏まえ、物語を読んでいきたい。当時の一般常識から逸脱させてまで、紫の上を腰結の役に当たらせる意味を考える。注意したいのは、当日の袴着の儀式の様子ではなく、事前に光源氏

が紫の上に腰結の役を依頼する場面を描くことによって、そのことが示されている点である。これは、明石姫君を紫の上の養女に迎えるという光源氏の政治的判断として考える必要があることを意味する。光源氏は、三歳になった明石姫君の将来のため、早い段階で都へ引き取り、紫の上の養女として育ててゆくことを考える。このような光源氏の構想は、明石姫君の誕生時から既にあった。以下、「澪標」巻の本文を引用する。

めづらしきさまにてさへあなるを思すにおろかならず。【1】などて京に迎へてかかることをもせさせざりけむと口惜しう思さる。宿曜に「御子三人、帝、后かならず並びて生まれたまふべし。中の劣りは太政大臣にて位を極むべし」と勘へ申したりしこと、さしてかなふなめり。（略）いま行く末のあらましごとを思すに、住吉の神のしるべ、まことにかの人（明石の君）も世になべてならぬ宿世にて、ひがひがしき親も及びなき心をつかふにやありけむ、【2】さるにては、かしこき筋にもなるべき人のあやしき世界にて生まれたらむは、いとほしうかたじけなくもあるべきかな、このほど過ぐして迎へてん、と思して、東の院急ぎ造らすべきよしも よほし仰せたまふ。

（「澪標」②二八五〜二八六）

傍線部【1】に見えるように、光源氏は明石の君を都に迎えて出産させなかったことを後悔している。これは、「御子三人」の宿曜により、誕生した姫君がいずれ「后」となることを光源氏自身が確信しているからである。傍線部【2】には、明石姫君は「かしこき筋にもなるべき人」と表現されている。后がねの姫君が田舎で生まれ育つなどあるまじきことである。そこで、せめて養育にはしかるべき環境を整えてやらねばならないと、明石姫君を都へ迎える準備を急ぐ。明石姫君を紫の上の養女とすることが、光源氏の中で具体化してくるのである。

いかにせまし、隠ろへたるさまにて生ひ出でむが心苦しう口惜しきを、二条院に渡して心のゆく限りもてなさば、後のおぼえも罪免れなむかし、と思ほせど、また思はむこといとほしくて、えうち出でたまはで涙ぐみて見たまふ。

（「松風」②四一四～四一五）

身分の低い生母を持ち、田舎で生まれ育つことは、「罪」と表現される。それは、明石姫君がいずれ入内した際、予期される世間からの非難をいう。そこで、姫君を二条院に引き取り、紫の上の養女として育てる必要があるというのである。新全集の頭注には、「明石の姫君を引き取ろうという源氏の考えがはじめて語られる。切実な姫君への愛ゆえではあろうが、よりいっそう姫君を后がねとして養育しなければならぬ要請からである」（「松風」②四一五）とある。三歳の姫君を生母から引き離すことが、「切実な愛ゆえ」であろうか。光源氏のこの判断は、明石姫君を后位に据えることへの責務によるものであり、それは「御子三人」という宿曜に導かれたものである。倉田実は、「袴着を二条院で行うことで父方に位置づけ、さらに西の対を場にしたこと、及び、紫の上が自ら腰結役を務めたことによって、明石姫君が正式に紫の上の養女になったことが公表されたことになる」と論じている。（注17）まさに、光源氏の政治家としての決断であろう。そして、その心積もりを明石の君に伝える場面で、明石姫君の都への引き取りの口実に出されるのが、他でもない袴着なのである。

「さらばこの若君（明石姫君）を。かくてのみは便なきことなり。思ふ心あればかたじけなし。【3】対（紫の上）に聞きおきて常にゆかしがるを、しばし見ならはさせて、袴着のことなども人しれぬさまならずしなさんとなむ思ふ」と、まめやかに語らひたまふ。さ思すらんと思ひわたることなれば、いとど胸つぶれぬ。（略）尼君（明石尼君）、思ひやり深き人にて、「あぢきなし。見たてまつらざらむことはいと胸いたかりぬべけれど、つひにこの御ためによかるべからんことをこそ思はめ。浅く思してのたまふことにはあらじ。ただうち頼みきこえて、渡したてまつりたまひてよ。母方からこそ、帝の御子もきはぎはにおはすめれ。この大臣の君（光源氏）の、世に二つなき御ありさまながら世に仕へたまふは、故大納言（按察大納言）の、いま一階なり劣りたまひて、更衣腹と言はれたまひしけぢめにこそはおはすめれ。ましてただ人は、なずらふべきことにもあらず。また、親王たち、大臣の御腹といへど、なほさし向かひたる。劣りの所には、人も思ひおとし、親の御もてなしもえ等しからぬものなり。ましてこれは、やむごとなき御方々にかかる人出でものしたまはば、こよなく消たれたまひなむ。ほどほどにつけて、親にも一ふしもてかしづかれぬる人こそ、やがておとしめられぬはじめとはなれ。【4】御袴着のほども、いみじき心を尽くすとも、かかる深山隠れにては何のはえかあらむ。ただまかせきこえたまひて、もてなしきこえたまはむありさまをも聞きたまへ」と教ふ。（「薄雲」②四二七～四三〇）

傍線部【3】に見えるように、明石姫君を二条院に引き取り、紫の上に慣れさせてから袴着の儀式を行いたいと光源氏は明石の君に持ちかける。「いとど胸つぶれぬ」という明石の君の反応はもっともである。后がね教育のためとはいえ、姫君を手放すなど受け入れがたいことであった。動揺する明石の君を説得するのが、都の事情に詳しい明石尼君である。尼君は、桐壺更衣と光源氏の出自や身分を引き合いに出し、母方の身分の重要性を説明する。(注18)光源氏の子であっても劣り腹である明石姫君は、高貴な出自の妻妾に子どもが生まれでもしたら無視されてしまうような存在であるといい、紫の上の養女とする必要性を理路整然と説く。ここで、決め手となるのが、やはり袴着のことである。傍線部【4】のように、尼君は姫君の袴着を大堰の地で行うことの不都合さに言及する。袴着は多くの貴族たちが参集する儀式であり、子どもの父と母を世間に公表する場となる。都の二条院で行うか大堰の邸で行うか、これが姫君の将来に関わってくる重要な問題であることを明石尼君は冷静に見据えているのである。

さて、明石姫君は袴着の準備のため、大堰から都の二条院に移される。以下の引用本文からは、光源氏の心情が読み取れる。

山里のつれづれ、ましていかにと思しやるはいとほしけれど、明け暮れ思すさまにかしづきつつ見たまふは、ものあひたる心地したまふらむ。いかにぞや人の思ふべき瑕なきことは、このわたり（紫の上）に出でおはせでと口惜しく思さる。しばしは人々求めて泣きなどしたまひしかど、おほかた心やすくをかしき心ざまなれば、上（紫の上）にいとよくつき睦びきこえたまへれば、いみじううつくしきもの得たりと思しけり。

（「薄雲」②四三五～四三六）

傍線部に見えるように、光源氏はこの唯一の娘が紫の上の腹に生まれなかったことを口惜しく思う。光源氏は、「御子三人」の宿曜によって、明石姫君が将来入内して立后することを確信し、それと同時に、紫の上にはもはや子どもが望めないことを現実として突きつけられたに違いない。明石姫君を紫の上の養女とすることは、后がねの娘の将来だけでなく、この先、子を産むことのない紫の上の立場をも考慮した、光源氏の総合的な判断であった。

五　結　語

以上、明石姫君の袴着に際し、光源氏が腰結の役を紫の上に依頼することについて考えた。歴史史料を確認すると、袴着の腰結の役は、父親をはじめ後見となる男性がつとめるのが一般的であることがわかる。そこで、紫の上が腰結の役の任にあたるという設定の特異性が浮かび上がり、ここに物語意義を見出すことができるのである。物語本文を見てみると、当日の袴着の儀式の描写は簡潔で、むしろ準備までの過程に重点が置かれている。特に、光源氏が紫の上に腰結の役を依頼する場面が描き出されていることから、袴着にかける光源氏の政治的かつ社会的な狙いを読み取ることができる。光源氏は、「御子三人」の宿曜により、明石姫君が「后」となること、そして紫の上には子が望めないことを確信し、姫君の出自の低さを補うため、紫の上の養女として都に迎えることとする。その際、利用されたのが、親子関係を世間に公表する場となる袴着の儀礼だったのである。光源氏による明石姫君の格上げは、その誕生時から構想されたことであった。姫君の誕生の際、しかるべき筋の者を乳母として遣わし、袴着の儀では腰結の役を紫の上に任せて、その養女とする。裳着では秋好中宮に腰結の役を任せ、東宮への入内を果たし、さらに皇子誕生時には冷泉帝による産養が催される。このように、人生儀礼というそれぞれの節目を利用して、明石姫君の公的な地位を高めようとする光源氏の政治的戦略が窺われる。この袴着は、明石姫君の后位への第一歩と位置づけられるのである。

注

（1）『平安時代史事典』および『国史大辞典』を参照してまとめた。

（2）中村義雄「王朝貴族と通過儀礼」（『王朝の風俗と文学』塙書房、一九六二・五）。

（3）服藤早苗「平安王朝社会の着袴」（『平安王朝の子どもたち―王権と家・童―』吉川弘文館、二〇〇四・六）。

（4）堀淳一「「袴着」覚え書き」（『王朝文学研究誌』第一一号、二〇〇〇・三）。

（5）松野彩「『うつほ物語』と通過儀礼」（『うつほ物語と平安貴族生活―史実と虚構の織りなす世界―』新典社、二〇一五・四）には、仲忠は袴着を軽視しているのではなく、重要な袴着にまさるものとして秘琴伝授を位置づけていることが指摘されている。

（6）この他、『住吉物語』は袴着の場面を詳細に描き出しており、そこでは大納言が腰結の役をつとめることで住吉姫君との再会につながるという展開を見せている。

（7）吉海直人『源氏物語〈桐壺巻〉を読む』（翰林書房、二〇〇九・四）。
（8）秋澤亙「源氏物語の通過儀礼を読む―袴着考―」（小嶋菜温子編『王朝文学と通過儀礼』平安文学と隣接諸学3、竹林舎、二〇〇七・一二）に指摘される。また、桐壺更衣が同席した可能性にも言及されている。
（9）小嶋菜温子「語られない産養（3）―明石姫君の五十日・袴着・裳着、そして立后―」（『源氏物語の性と生誕―王朝文化史論―』立教大学出版会、二〇〇四・三）。
（10）前掲注（4）堀論文。
（11）玉上琢彌編『源氏物語評釈　第四巻「松風」』には、「三歳になると女の子は袴をはく。袴着。それまでは着流しであるため腰から下が乱れる。それをちゃんとしてやりたい、つまり袴着をしてやりたい。その袴を着せる式の役を紫の上に、と言うのである」と説明される。また、田中隆昭編『源氏物語　鑑賞と基礎知識　絵合　松風』（至文堂、二〇〇二・一）には、「「引き結ふ」とは、袴着の儀の際、袴の腰紐を結んでやること。この腰結の役は一族の年長者でしかるべき人物が引き受ける。しかし後文（薄雲巻）袴着の段にはこのことが見えない」とある。
（12）前掲注（8）秋澤論文。
（13）前掲注（3）服藤論文中の表3「袴着一覧」を参考に作成した。本章の趣旨に合わせ、袴着の行われた場と腰結の役が明らかな史料のみ反映させている。
（14）前掲注（3）服藤論文。
（15）『左経記』引用本文は、増補史料大成『左経記』（増補史料大成刊行会、臨川書店、一九六五・九）による。
（16）前掲注（3）服藤論文。
（17）倉田実「明石姫君の袴着―養女となる次第―」（『王朝摂関期の養女たち』翰林書房、二〇〇四・一一）。
（18）新全集の頭注には、「大臣以上の家柄の娘は女御になり得たが、大納言の娘は更衣にとどまる」（「薄雲」②四二九）と説明されている。この見解は、島田とよ子「桐壺更衣―女御昇格を中心に―」（『園田国文』第二二号、二〇〇一・三）で否定されているが、ここでは明石の君を説得するために一般理解を提示したものとして捉えたい。

第四章　冷泉帝主催の七夜の産養

一　問題の所在

「産養」とは、新生児の誕生から三日目、五日目、七日目、九日目の夜に催される人生儀礼である。親族や縁者から食物や調度品、衣服などが贈られ、新生児誕生を祝い、産婦の健康を祈念して酒宴が設けられる。(注1)平安時代の出産儀礼の研究は、現存史料の制限もあって等閑視されてきたが、近年、ジェンダー史や女性史の観点から産養に関する研究成果が発表され、その実態は明らかになってきている。(注2)文学研究の立場からは、おもに『うつほ物語』『源氏物語』『栄花物語』に描かれる産養の叙述について論じられており、(注3)とりわけ『源氏物語』に関しては、小嶋菜温子が多大な研究成果を発表している。(注4)『源氏物語』に描かれる産養は、葵の上の夕霧出産、明石女御の若宮出産、女三の宮の薫出産、そして宇治の中の君の若宮出産に関わるものがある。(注5)しかしながら、これらの記述は不明瞭で疑問点も多いため、従来の解釈には検討の余地がある。

そこで、まずは主催者に着目して産養の社会的意義について考えたい。大義名分が重視された平安時代の貴族社会のあり方を考慮すると、儀式がだれの名義で執り行われるかということは何よりも重要である。産養の主催者の特定こそ、物語に描かれる産養の政治的社会的意義を考える上で必要な手続きであろう。産養の主催者に関する先行研究としては、皇子皇女誕生時の産養は産婦方の関与が大きいこと、(注6)七夜の産養が重要視され天皇主催となる場合が多いことなどが指摘されている。(注7)ここでは、特に『源氏物語』「若菜上」巻における明石女御の出産時の産養について取り上げる。「若菜上」巻には、明石女御の出産に関して次のように記述される。

三月の十余日のほどに、たひらかに生まれたまひぬ。かねてはおどろおどろしく思し騒ぎしかど、いたくなやみたまふこともなくて、男御子にさへおはすれば、限りなく思すさまにて、大殿（光源氏）も御心落ちゐたまひぬ。【1】こなたは隠れの方にて、ただけ近きほどなるに、いかめしき御産養などのうちしきり、響きよそほしきありさま、げに「かひある浦」と尼君（明石尼君）のためには見えたれど、儀式なきやうなれば、渡りたまひなむとす。対の上（紫の上）も渡りたまへり。（中略）六日といふに、例の殿に渡りたまひぬ。【2】七日の夜、内裏（冷泉帝）よりも御産養のことあり。朱雀院の、かく世を棄てておはします御かはりにや、蔵人所より、頭弁、宣旨うけたまはりて、めづらかなるさまに仕うまつれり。【3】禄の衣など、また中宮（秋好中宮）の御方よりも、公事にはたちまさり、いかめしくせさせたまふ。次々の親王たち、大臣の家々、そのころの営みにて、我も我もときよらを尽くして仕うまつりたまふ。

（「若菜上」④一〇八～一一〇）

明石尼君が明石女御にその生い立ちを語り、和歌を詠み合うなど明石一族の結束が確認され、女御は東宮の若宮を出産する。ここで明記されるのは、七夜の産養が冷泉帝によって主催されたことのみであり、三夜、五夜、九夜の産養の主催者は書かれない。ただし、傍線部【1】に見える「いかめしき御産養など」とは、三夜・五夜いずれかの産養の儀を指しており、それが「隠れの方」である六条院の冬の町で執り行われたと理解できる。(注8)そして、傍線部【2】には、七夜の産養が冷泉帝の主催で行われ、蔵人所の頭弁が勅使として六条院に遣わされていることが見える。明石女御の若宮出産に際して冷泉帝が産養を主催することに、どのような意味を読み取ることができるであろうか。

本章では、史実における平安時代の皇子皇女誕生時の産養の主催者を検討することで、「若菜上」巻で冷泉帝主催の産養が行われるという特異性に着目し、その物語意義を考察したい。さらに『うつほ物語』や『栄花物語』の産養に関する従来の解釈についても、若干の検討を加えることとする。

二　平安時代における産養の主催者

ここでは、平安時代の産養に関する史実を確認し、皇子皇女誕生時の産養の主催者について検討する。まず、「若菜上」巻の産養に関する古注釈の注釈を見てみたい。例えば『河海抄』は、村上朝に成立した『新儀式』の記述を引いて、以下のように記す。

新儀式云【4】皇后有御産事、先遣中使被奉問之、七夜仰内蔵寮令設饗饌、有賜禄物、或穀倉院設屯食等也、【5】女御・更衣産所、七夜遣賜物、

（『河海抄』巻一三「若菜上」四七四）

傍線部【4】によると、皇后が出産した際の七夜の産養には、内蔵寮が「饗饌」を、穀倉院が「屯食等」をそれぞれ担当することが見える。饗饌とは、産養の儀式の出席者に供される酒肴であり、これは主催者によって準備さ

れる。(注9) つまり、公の機関である内蔵寮が饗饌を担当する場合、その産養は天皇主催であることを示している。それに対して、傍線部【5】のように、女御・更衣の産所には「賜物」が遣わされるだけであり、饗饌のことは見えない。『河海抄』は、皇子皇女誕生時、その産婦の後宮における身分によってその対応が異なっていることを指摘しているのである。一方、『花鳥余情』は、「若菜上」巻の産養の准拠として史上の事例を挙げる。

延長元年七月廿日朱雀院御誕生七日の御うふやしなひ内裏(醍醐天皇)よりせらる　同四年六月一日村上院御誕生七夜の御うふやしなひも内裏(醍醐天皇)よりせらる　これらの例也　(『花鳥余情』第一九「若菜上」二六二)

これは、朱雀天皇と村上天皇の誕生時、いずれも在位中の醍醐天皇が七夜の産養を主催した事例である。『花鳥余情』の指摘を受けて、多くの注釈書がこの延喜天暦期の史実を准拠として挙げる。(注10) このとき産婦である藤原穏子は既に立后しており、中宮という身分で二人の皇子を出産している。ところが、「若菜上」巻の明石女御は、出産時はまだ東宮妃でしかない。つまり、明石女御の出産の准拠として中宮穏子の事例を挙げる『花鳥余情』には、産婦の身分の違いに言及する『河海抄』のような認識はないのである。

では、『源氏物語』成立期、産養の主催者はどのように決定されていたのであろうか。【表二】は、平安時代における産養の主催者がわかる現存史料を反映させ、皇子皇女誕生時の産養の主催者を一覧にしたものである。これによると、産婦が皇后(中宮)である場合は新生児の父にあたる天皇が七夜の産養を主催しているのに対し、産婦がそれ以下の身分すなわち女御や東宮妃である場合には、天皇が産養を主催することはないことがわかる。そして、この慣例が初めて破られたのは、院政期における鳥羽天皇誕生時の産養である。このとき、産婦藤原苡子は女御であるにも関わらず、在位中の堀河天皇が七夜の産養を主催した。『御産部類記』所引の『為房卿記』には、以下のよ

【表一】平安時代における皇子女誕生時の産養の主催者

※『御産部類記　上・下』（宮内庁書陵部　図書寮叢刊、一九八二年）、『皇室制度史料　儀制　誕生　四』（宮内庁、二〇一一年）、前掲注（2）平間充子論文の【資料1】③を参照して作成。

新生児	生年月日	父	母	三夜	五夜	七夜	九夜	備考
寛明親王（朱雀）	延長1年（九二三）7月24日	醍醐天皇	中宮藤原穏子			醍醐天皇（父） 宇多法皇（祖父）	藤原忠平（外伯父）	
成明親王（村上）	延長4年（九二六）6月2日	醍醐天皇	中宮藤原穏子		寛明親王（兄）	醍醐天皇（父）	藤原忠平（外伯父）	
憲平親王（冷泉）	天暦4年（九五〇）5月24日	村上天皇	女御藤原安子	藤原興方・遠規（安子の外伯父と子）	藤原師輔（外祖父）	承子内親王（姉）		初夜は安子 十一夜は穏子
守平親王（円融）	天徳3年（九五九）3月2日	村上天皇	中宮藤原安子			村上天皇（父）		
敦康親王	長保1年（九九九）11月7日	一条天皇	中宮藤原定子			一条天皇（父）		
敦成親王（後一条）	寛弘5年（一〇〇八）9月11日	一条天皇	中宮藤原彰子	藤原彰子（母）	藤原道長（外祖父）	一条天皇（父）	藤原頼通（外叔父）	
敦良親王（後朱雀）	寛弘6年（一〇〇九）11月25日	一条天皇	中宮藤原彰子	藤原彰子（母）	藤原道長（外祖父）	一条天皇（父）	藤原頼通（外叔父）	
禎子内親王	長和2年（一〇一三）7月6日	三条天皇	中宮藤原妍子	藤原妍子（母）	藤原道長（外祖父）	三条天皇（父）	藤原彰子（外伯母）	
章子内親王	万寿3年（一〇二六）12月9日	後一条天皇	中宮藤原威子	藤原頼通（外伯父）	藤原威子（母）	後一条天皇（父）		
馨子内親王	長元2年（一〇二九）2月2日	後一条天皇	中宮藤原威子	藤原頼通（外伯父）	藤原威子（母）	後一条天皇（父）		
尊仁親王（後三条）	長元7年（一〇三四）7月18日	東宮敦良親王	東宮妃禎子内親王	禎子内親王（母）	藤原頼通（父の外叔父）	敦良親王（父）		

善仁親王（堀河）	承暦3年（一〇七九）7月9日	白河天皇	中宮藤原賢子			白河天皇（父）	禎子内親王（曽祖母）	
宗仁親王（鳥羽）	康和5年（一一〇三）1月16日	堀河天皇	女御藤原苡子	藤原苡子（母）	白河法皇（祖父）	堀河天皇（父）	令子内親王（伯母）	令子内親王は鳥羽の准母
顕仁親王（崇徳）	元永2年（一一一九）5月28日	鳥羽天皇	中宮藤原璋子	藤原璋子（母）	白河法皇（曽祖父）	鳥羽天皇（父）	令子内親王（大伯母）	
通仁親王	天治1年（一一二四）5月28日	鳥羽上皇	中宮藤原璋子	藤原璋子（母）	白河法皇（曽祖父）	鳥羽上皇（父）	令子内親王（大伯母）	
雅仁親王	大治2年（一一二七）9月11日	鳥羽上皇	女院藤原璋子	藤原璋子（母）	白河法皇（曽祖父）	鳥羽上皇（父）	令子内親王（大伯母）	
本仁親王	大治4年（一一二九）閏7月20日	鳥羽上皇	女院藤原璋子	藤原璋子（母）	藤原璋子（母）	鳥羽上皇（父）	藤原璋子（母）	大治4年7月、白河崩御
言仁親王（安徳）	治承2年（一一七八）11月12日	高倉天皇	中宮平徳子	平徳子（母）	平重盛（外伯父）	高倉天皇（父）		
潔子内親王	治承3年（一一七九）4月17日	高倉天皇	典侍藤原頼定娘			藤原頼輔（曽祖父の兄弟）		
昇子内親王	建久6年（一一九五）8月13日	後鳥羽天皇	中宮九条任子		九条兼実（外祖父）	後鳥羽天皇（父）	九条良経（外伯父）	

※括弧内は、新生児と産養主催者との血縁関係を示す

うにある。(注11)

召御前、被尋仰皇子降誕間事、御産養事先例奈何、(略)又奏云、【6】公家可有御養産事、御前物可調遣者、尋見先例、皇后之時、仰内膳司遣之、女御産時、無所見奈何者、仰云、最可然、先例可注申者、
(『為房卿記』康和四年十二月十七日条)

今夜事公家(堀河天皇)被設養産之儀、(略)〈件御前物后宮御産之時遣之、随供馬頭盤、内膳司所弁備也、今度有権議、止馬頭盤、御厨子所々備進也、【7】件御前物女御産時、全無違例、天暦冷泉院御産・天元一条院御産二遣絹・綿、不遣御前物、依為蔵人重隆之行事、可依先例之由、諷諫之処、清涼記云、后宮懐孕之時、遣産具、又女御・更衣同之由、被注者、[可弁備之]由、有天気云々、(略)〉【8】七夜、公家有御養産、非后位行之、今度始例也、
(『為房卿記』康和五年正月二十二日条)

傍線部【6】によると、天皇から御前物が遣わされる場合、産婦が皇后のときは内膳司によってなされるが、産婦が女御である場合、その先例はないという。御前物とは産婦の御膳であり、産養儀で最初に供されるものである。(注12)また、傍線部【7】に具体的な事例として挙げられる冷泉天皇と一条天皇の産養には、いずれも父である天皇からの御前物はなく、絹や綿といった賜物が遣わされるのみであった。これは産婦が女御であることによる。つまり、内膳司が御前物を準備するということは、今上天皇主催の産養であることを意味し、それは産婦が皇后(中宮)である場合に限られたことと認識できるのである。このことは、女御が産婦であるとき饗饌はなく、賜物のみが遣わされるという『河海抄』の指摘と一致する。そして傍線部【8】には、后位にない后妃、すなわち女御の出産時に

今上天皇主催の産養が行われるのは、女御藤原苡子の鳥羽天皇出産時の産養が初例であると明記される。以上のように、平安時代中期における産養の主催者には明確な規定が存したのであり、東宮妃明石女御の出産時の産養を冷泉帝が主催することは、史実に逸脱する設定といえる。

次に、前節で引用した「若菜上」巻の本文、傍線部【2】「朱雀院の、かく世を棄ておはします御かはりにや」（九九頁）という記述について考えたい。これについて小嶋菜温子は「本来なら東宮の父親である朱雀院が主催すべきところを、出家した院の代行で冷泉帝が主催した断り書きがあることから、「これは正確な意味での〝内裏の産養〟ではない」と否定的に解釈し、池田節子もまた、「若菜上」巻の冷泉帝主催の産養は異例であるといいながら、その意味については「読者に冷泉帝と光源氏との特別な関係を想起させるものである」と指摘するにとどまる。(注13) 本文では、朱雀院が主催しない理由について「出家しているため」と説明されているが、出家した人物によって主催された産養の事例は史実に確認できる。『御産部類記』所引の『山槐記』には、法皇主催の産養の先例に関して次のように記される。

祖父法皇無一夜之養産之条、古今不聞例也、延長元年朱雀院降誕之時、宇多法皇・公家（醍醐天皇）相共有七夜養産、白川法皇康和・元永以後、毎度有此事、而只為違元永例、可被改夜々之処　偏被奉除院之条、如何、

（『山槐記』治承二年八月二日条）

ここでは、後白河法皇が産養の主催者をつとめることに対して議論があったため、先例を引いてその正当性が説明されている。傍線部には、朱雀天皇誕生時、醍醐天皇と宇多法皇とが共同で産養を主催したことが見える。これが『源氏物語』成立期以前の史実であることを考慮すると、「若菜上」巻で朱雀院が産養を主催しない説明として

出家していることが理由とされるのは不審である。(注14)新生児である若宮からすれば、冷泉帝は大叔父（祖父朱雀院の異母弟）にあたり、秋好中宮は外祖父光源氏の養女なので義理の伯母にあたるが、いずれも産養を主催するほどの近しい血縁関係とはいえない。直系の祖父にあたる朱雀院ではないとの断り書きをすることによって、新生児である若宮と血縁関係のない冷泉帝が産養を主催することがかえって際立つのである。

三　冷泉帝による産養の物語意義

以上のように、皇子皇女誕生時の産養は、産婦の後宮における身分によって明確に規定されており、明石女御が東宮妃であるにも関わらず、その出産時の七夜の産養を時の帝である冷泉帝が主催するのは異例のことと見なせる。そして、このことは次の二点から説明できる。

まず一点は、明石女御とその若宮の将来性である。小嶋菜温子は、産養の品々の調進者を説明する具体的な記述がなく算賀も詠まれていないことから、若宮誕生の時点では、まだその皇位継承の可能性や明石女御の地位は安定していないと論ずる。(注15)しかし、産養の内容説明が簡略化されることより、儀式そのものの主催者が明記されることこそ、産養の政治的意義を考える上では重要である。そこで、産婦である明石女御が東宮妃でありながら、七夜の産養が冷泉帝によって主催されることに注目すべきである。検討したように、史実ではあくまでも出産時の産婦の身分が重視され、新生児の皇位継承の可能性とは必ずしも直接的には結び付かない。(注16)それに対して『源氏物語』では、その後の物語展開の布石として、新生児と産婦の将来性を暗示させるような形で産養の主催者が設定されている。具体的には、明石女御の立后とその皇子の即位の可能性である。「澪標」巻において、明石女御は誕生した際、「御子三人、帝、后かならず並びて生まれたまふべし。中の劣りは太政大臣にて位を極むべし」（「澪標」②二八五）

という宿曜の予言により、立后の可能性が示唆されていた。また、「若菜上」巻では、明石女御の出産ののち明石入道の夢告が明らかにされることで、将来的に明石女御が中宮に立てられ、その皇子が即位することが物語の中で確認される。そのような物語の文脈を考え合わせると、明石女御が東宮妃でありながら時の帝である冷泉帝から七夜の産養を催されることは、明石女御の栄華と明石一族の悲願達成を読者に予期させるものと理解できるのである。

　そして二点目は、七夜の産養の主催者が冷泉帝であることの物語意義である。袴田光康は「本来なら、東宮の父である朱雀院あたりが七日夜の産養を主催すべきところであろうが、それに代わって冷泉帝が主催することは、父方の朱雀―東宮という父方の系図を内裏の産養の場から隠蔽することになるのではないだろうか」と述べ、光源氏の実子である冷泉帝によって主催されたことについて、「そこには、源氏―冷泉―若宮」という幻の皇統譜が象徴的に描き出された」と論じている。[注17]このことを踏まえ、従来指摘されてきた、明石女御とその皇子の権威づけという表面的な意味合いだけでなく、冷泉帝が皇位継承できる皇子誕生のないまま退位するということに関連付けて解釈したい。以下、「若菜下」巻の本文を引用する。

　はかなくて、年月も重なりて、内裏の帝（冷泉帝）御位に即かせたまひて十八年にならせたまひぬ。「【9】次の君とならせたまふべき皇子おはしまさず、もののはえなきに、世の中はかなくおぼゆるを、心やすく思ふ人々にも対面し、私ざまに心をやりて、のどかに過ぐさまほしくなむ」と、年ごろ思しのたまはせつるを、日ごろいと重くなやませたまふことありて、にはかにおりゐさせたまひぬ。（略）【10】六条の女御（明石女御）の御腹の一の宮（東宮）、坊にゐたまひぬ。さるべきこととかねて思ひしかど、さしあたりてはなほめでたく、目おどろかるるわざなりけり。（略）【11】六条院（光源氏）は、おりゐたまひぬる冷泉院の御嗣おはしまさぬを飽かず御心の中に思す。同じ筋なれど、思ひ悩ましき御事なうて過ぐしたまへるばかりに、罪は隠れて、末の世まではえ伝ふまじかりける御宿世、口惜しくさうざうしく思せど、人にのたまひあはせぬことなればいぶせくなむ。【12】春宮の女御（明石女御）は、御子たちあまた数そひたまひて、いとど御おぼえ並びなし。源氏のうちつづき后にゐたまふべきことを、世人飽かず思へるにつけても、冷泉院の后（秋好中宮）は、ゆゑなくて、あながちにかくしおきたまへる御心を思すに、いよいよ六条院（光源氏）の御事を、年月にそへて、限りなく思ひきこえたまへり。

（「若菜下」④一六四～一六六）

傍線部【9】には、皇位継承できる皇子の不在が退位の理由の一つであると述べられ、傍線部【11】のように、光源氏自身もまた冷泉帝に皇嗣がいないことを惜しむ。このように、冷泉帝には皇子が誕生せず、皇統断絶を余儀なくされることが繰り返し書かれるのである。特に注意したいのは、「同じ筋なれど」とあるように、そのことが明石女御との比較から光源氏によって述懐される点である。明石女御を介して自らの血が皇統に流れ込むことよりも、実子である冷泉帝の皇統が存続することこそ、光源氏の望みであったのである。また傍線部【10】にあるように、明石女御の若宮立太子は「さるべきこと」と世間から見られ、すでに皇位継承の可能性が高かったことが確認でき、傍線部【12】には、明石女御が子に恵まれ将来的には立后も確実であることが示唆される。そして、明石女御の立后を前提として、「源氏」出身の中宮が続くことへの批判が想定され、「ゆゑなくて」つまり皇嗣なくして立后した秋好中宮へと話題が移る。（注18）このように、皇子皇女を大勢産んでいる明石女御とは対照的に、秋好中宮は皇嗣を儲けることができなかったことが強調されるのである。

ここで再度、先に引用した「若菜上」巻の本文（九九頁）を確認したい。傍線部【3】によると、冷泉帝の主催する七夜の産養には秋好中宮が関わっている。「公事にはたちまさり」とあり、公式の規定以上の華やかさでその儀を采配したという。明石女御の立場からすれば、時の帝と中宮による権威づけがなされたとも捉えられるが、見方を変えると、皇子が誕生しなかったため皇統断絶を余儀なくされる冷泉帝と秋好中宮とが、次代の皇位継承者たる皇子の産養を主催する場面として理解できるのではないか。仮に冷泉帝の時代、秋好中宮に皇子が誕生していれば、その七夜の産養は当然冷泉帝が主催し、冷泉帝の退位と同時に東宮に立てられたはずである。しかし、秋好中宮が皇嗣を儲けることはなく冷泉帝の皇統は断絶し、それによって明石一族の栄華の達成は確実なものとなる。つまり、明石女御が皇子を出産した際、その産養を冷泉帝と秋好中宮が執り行うことで、明石女御の栄華と冷泉帝の皇統断絶とが引き替えであることが浮き彫りとなってくるのである。

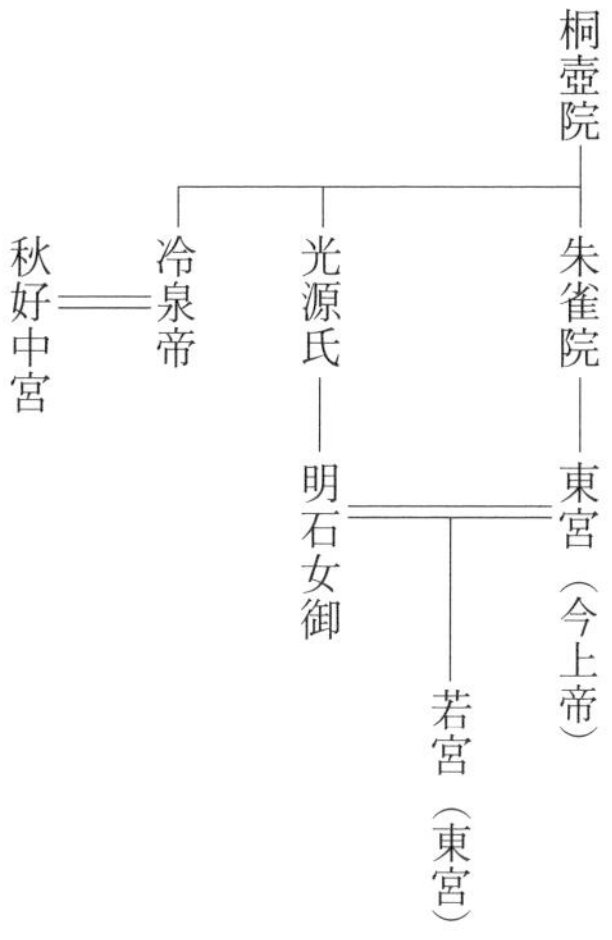

ところで、天皇主催の産養はもう一例、薫の誕生時にも描かれている。以下、「柏木」巻の本文を確認する。

御産屋の儀式いかめしうおどろおどろし。【13】御方々、さまざまにし出でたまふ御産養、世の常の折敷、衝重、高坏などの心ばへも、ことさらに心々にいどましさ見えつつなむ。【14】五日の夜、中宮（秋好中宮）の御方より、子持の御前の物、女房の中にも、品々に思ひ当てたる際々、公事にいかめしうせさせたまへり。【15】御粥、屯食五十具、所どころの饗、院の下部、庁の召次所、何かの隈までいかめしくせさせたまへり。宮司、大夫よりはじめて院の殿上人みな参れり。【16】七夜は、内裏（冷泉帝）より、それも公ざまなり。致仕の大臣（旧内大臣）など、心ことに仕うまつりたまふべきに、このころは、何ごとも思されで、おほぞうの御とぶらひのみぞありける。宮たち、上達部などあまた参りたまふ。

（「柏木」④二九九～三〇〇）

傍線部【16】に見えるように、薫誕生時の七夜の産養は今上帝主催で行われるが、これもやはり異例の事態と考えられる。たとえ産婦が有品の内親王であったとしても、臣下の子の誕生時に時の帝が産養を主催する事例は、史実には皆無である。(注19)このことを踏まえると、このケースは産婦女三の宮の身位ではなく、むしろ薫の表向きの父である光源氏が准太上天皇であることと関連づけて考えるべきであろう。つまり、新生児である薫を臣下の子として位置付けるよりも、准太上天皇の子、すなわち皇子に準ずる立場として理解する必要があるのである。

なお、このあたりの記述に関する従来の解釈には、再検討の必要性がある。例えば、傍線部【13】が、紫の上や花散里によって主催された三夜の産養と解されることである。(注20)「御方々」を六条院の女君たちと解釈するのは適当であるが、三夜の産養が共同で主催されたとするのは首肯しがたい。三夜は新生児の父である光源氏の主催で産養が行われ、それを手伝う形で六条院の女君たちが品々の準備を分担したものと捉えるべきであろう。さらに、傍線部【15】に見える「院の下部」について、多くの注釈書では「六条院」の下部と解釈されるが、これも不審である。その次の文に見える「院の殿上人」の「院」が冷泉院を指すことから、「院の下部」は六条院ではなく冷泉院と見るのが妥当ではないか。(注21)傍線部【14】のように、この五夜の産養は秋好中宮が主催し、産婦の御膳である「子持の御前の物」を準備しており、その他の品々は冷泉院が担当したものと理解できる。冷泉院と秋好中宮が名を連ねて産養を主催するという構図からは、本章で取り上げた「若菜上」巻の産養と同様の論点が見出せる。また、表向きは薫の父である光源氏が、この盛儀に関わる様子が全く書かれないことこそ、この産養のあり方を表していよう。(注22)今上帝主催であることなど産養の盛大さが強調されることで、光源氏の苦悩が一層際立っているのである。(注23)

四　『うつほ物語』における東宮妃出産時の産養

さて、「若菜上」巻における明石女御は東宮妃の身分で東宮（今上帝）の若宮を出産するが、それと同様のケースが『うつほ物語』に見える。まず、東宮妃であるあて宮が東宮の一の宮を出産した際の産養である。

【17】三日の夜、内裏（朱雀帝）の后の宮より、御産養、白銀の透箱十に、御衣十襲、御襁褓十襲、沈の衝重二十に、白銀の箸、匙・杯ども、皆同じ物、すみ物、いと厳し。碁手、銭百貫、大いなる紫檀の櫃に扱き入れて、宮の亮を御使にて、后の宮の御消息、大宮の御もとに、（略）かくて、【18】五日の夜、院（嵯峨院）の后の宮（大后の宮）より、同じごと、厳しうし給へり。所々より、いと清らに、あまた、碁手などいと多くて、上達部・親王たち、いと多くものし給へり。御衣・御襁褓など、皆被き給ふ。【19】七日の夜、春宮より、いと清らに厳しくて、権の亮を御使にて、御文あり。大宮、御返り聞こえ給ふ。

（『うつほ物語』「あて宮」三七〇〜三七二）

傍線部【17】【18】【19】には、それぞれの産養の主催者について記述されている。これについて室城秀之は、産養の日に名前の見える朱雀帝の后の宮や東宮などは、あくまでも手紙や祝いの品々の贈り主であり、産養の主催者ではないとする。(注24)しかし、史実の検討を踏まえて考えると、この場面の産養の主催者は、本文に明記される人物と理解して問題ないのではないか。古記録に見られる「○○より御産養」という表現は、単なる品々の贈り主ではなく、産養の説明として最も重要な主催者を示したものである。[注25] 例えば、傍線部【18】「院の后の宮より」や、傍線部【19】「春宮より」のあとには、本来あるべき「御産養」「御産養あり」などの語が省略されており、「厳しう」や「いと清らに厳めしくて」は、産養の儀式を形容する表現と見なせる。[注26] また、「御消息」や「御文」も、単なる手紙ではなく、産養の主催者から産婦に贈られる品々の目録を兼ねたものと考えられよう。つまりこの記述は、産養の主催者によって派遣された正使、ここでは中宮亮と東宮権亮によって、産養の目録がそれぞれ産婦のもとへ届けられたと理解すべきである。[注27] 次の『うつほ物語』の引用本文は、東宮妃梨壺が東宮の三の宮を出産した際の産養の記述である。

かくて、【20】三日の夜、一の宮（女一の宮）、産養し給ふ。五日の夜は、大将殿（藤原兼雅）。【21】七日の夜なむ、春宮より、例の御訪ひはありける。産屋、いと面白う清らにあり。父おとど（藤原兼雅）を始めて、左の官人、宮人引きて、幄打ちて、ふさなり。夜一夜、遊び明かす。【22】その夜は、祖父おとど（藤原兼雅か）・后の宮・大宮、御産養したまへり。（略）また、九日の夜は、右の大将（藤原仲忠）の御産養、例の、白銀の衝重・すみ物・碁手などし奉れり。

（『うつほ物語』「国譲上」六七〇）

これによると、三夜は女一の宮、五夜は藤原兼雅、九夜は藤原仲忠によって、それぞれ産養が主催されている。[注28] 傍線部【21】に見える「御訪ひ」とは、先述の通り、産養の品々の目録を携えた東宮からの使者の訪問であり、七夜の産養は東宮主催であろう。傍線部【22】の記述は、藤原兼雅や后の宮たちが分担して、七夜の東宮主催の産養に必要な品々を準備したと理解すべきである。【表一】に示したように、東宮の子の誕生時、七夜の産養は親族ではなく、父である東宮が主催している。(注29)『うつほ物語』において、あて宮の若宮と梨壺の若宮による立太子争いが、今後展開される物語のテーマとなることを考慮すると、先の引用本文は、いずれも有力な皇位継承者の誕生の場面といえるが、いずれも史実に見られる規定通りの産養が描かれている点で、史実と齟齬する『源氏物語』の書き方とは異なるのである。

五　結　語──『源氏物語』から『栄花物語』へ──

以上、明石女御の出産に際し、七夜の産養を冷泉帝が主催する意味について考えた。結論としては、明石女御の立后と皇子の立太子という将来性を暗示し、同時に皇統断絶を余儀なくされる冷泉帝と子のない秋好中宮の立場を浮かび上がらせるものと解釈できる。『うつほ物語』では産養の規定通りに主催者が設定されることを考えると、その後の物語展開の布石として産養を描く『源氏物語』の書き方は史実を超越する特異なものである。

そして、このような『源氏物語』の方法は、歴史物語に影響を与えている。次の『栄花物語』の引用本文は、一条天皇の中宮藤原定子が第一皇子敦康親王を出産した際の産養の記事である。

このたびは内（一条天皇）より御産養あべけれど、なほ思しはばかりてすぐさせたまふに、内（一条天皇）の御心をくませたまへるにや、大殿（藤原道長）、七日夜の御事仕うまつらせたまふ。【23】内（一条天皇）にも院（藤原詮子）にもうれしきことに思しめしたり。（略）【24】御湯殿の弦打や読書の博士など、みな大殿（道長）にぞ掟てまゐらせたまへる。大殿（道長）、「同じきものを、いときららかにもせさせたまへるかな。筋は絶ゆまじきことにこそありけれとのみぞ。【25】九条殿（藤原師輔）の御族よりほかのことはありなむやと思ふものから、そのなかにもなほこの一筋（藤原兼家流）は心ことなりかし」などそのたまはせける。

（『栄花物語』巻第五「浦々の別」①二八三～二八五）

一条天皇が産養を執り行うことを憚っていたところ、その意向を汲んだ藤原道長が七日の夜に産養を主催したという。ところが『権記』によると、七夜の産養の主催者は一条天皇であるであることがわかる。(注30) つまり、『栄花物語』は、敦康親王誕生前後の史実を改変しているのである。敦康親王の七夜の産養を、一条天皇ではなく道長が主催したとされることに関して、どのような解釈ができるであろうか。先行研究では、史実との齟齬が指摘されるのみで、具体的な解釈はなされていない。(注31) 小嶋菜温子は、『小右記』や『御堂関白記』などの古記録や『枕草子』にも敦康親王の産養の記事がないことから、「中宮定子と敦康親王の母子が、すでに社会的に認知されえない存在であったことを象徴する事柄と見なせよう」と論ずる。(注32) しかし、敦康親王の立太子は、はじめから否定されていたのであろうか。敦康親王が彰子の養子となっていることなどから、少なくとも彰子に敦成親王が誕生するまでは、その可能性があったと考えられる。

『栄花物語』は敦康親王の誕生を、中関白家の人々からだけでなく、一条天皇や女院藤原詮子からも歓迎されるものとして描く。(注33) 注意したいのは、道長の描写である。傍線部【24】によると、産養だけでなく誕生に際した儀式をすべて道長が執り行っており、敦康親王を後見するような動きを見せている。また、傍線部【25】のように、道長は敦康親王誕生を九条流および兼家流の発展の一環として捉えており、敦康親王の立太子の可能性を期待させるような文脈となっている。傍線部【23】にあるように、道長が七夜の産養を執り行ったことを一条天皇や女院詮子が嬉しく思うのも、敦康親王の将来を思えばこそであろう。(注34) ところが、敦康親王の立太子の可能性は、社会的立場の変化に伴ってなくなってゆき、『栄花物語』ではそれが一条天皇の心情に添って描かれている。津島知明は『源氏物語』からの影響を踏まえることで、一条天皇が敦康親王の立太子を望みながらも「後見」不在によって断念されていく経緯を、「道長その人が「おほやけの御後見」になれば立太子も実現できたという理屈に、進んで読み替える言説」と指摘する。(注35)敦康親王の立太子には道長の「後見」こそ重要であり、(注36)時の帝を上回るような存在として道長という人物が造型されていることがわかるのである。このような『栄花物語』の論理に則る形で、敦康親王の七夜の産養は一条天皇ではなく道長主催として描かれているのである。

『源氏物語』が「歴史」を踏まえつつ物語独自の世界を拓き、「歴史」を物語化した『栄花物語』は『源氏物語』の叙述方法に倣うことで、新たな〈歴史〉を創造してゆくこととなる。物語において産養の主催者がどのように描かれるかという本章で取り上げた観点からも、その一端が垣間見えるのである。

注

（1）産養については、『皇室制度史料 儀制・誕生』（宮内庁書陵部編、吉川弘文館、二〇〇一・三）に詳しい。産婦が里邸など産所に退出する日に「御産雑事定」があり、そこで産養の主催者が決められ、主催者によって御前物（産婦の御膳）・御衣・饗・屯食・襁褓等の調進者および数量が議定される。当日の産養の儀では、はじめに御前物と御衣が供され、続いて盃酌、朗詠（催馬楽）、攤、廻粥が順に行われる。

（2）服藤早苗『平安王朝の子どもたち―王権と家・童―』（吉川弘文館、二〇〇四・六）、服藤早苗『平安王朝のジェンダー―家・王権・性愛―』（校倉書房、二〇〇五・六）、平間充子「平安時代の出産儀礼に関する一考察」（『日本女性史論集7 文化と女性』吉川弘文館、一九九八・四、初出『お茶の水史学』第三四号、一九九一・四）など。

（3）中村義雄『王朝の風俗と文学』（塙書房、一九六二・五）、伊藤慎吾『風俗上よりみたる源氏物語描写時代の研究』（風間書房、一九六八・二）、室城秀之「「蔵開・上」の巻のいぬ宮の産養関係記事をめぐって」（『うつほ物語の表現と論理』若草書房、一九九六・一二）など。

（4）小嶋菜温子『源氏物語の性と生誕―王朝文化史論―』（立教大学出版会、二〇〇四・三）。

（5）「若菜上」巻の時点では、明石女御の第一子は親王の子であるが、便宜上「若宮」あるいは「皇子」と表記する。匂宮の第一子や『うつほ物語』の東宮の子たちも同様である。

（6）小町谷照彦・倉田実編『王朝文学文化歴史大事典』（笠間書院、二〇一一・一一）。それに対して、貴族の子女の産養は、夫方の関与の大きい事例も見られると指摘される。

（7）前掲注（3）伊藤論文。臣下の場合は一門の長老が主催していることが多いと指摘される。また、一条朝における中宮彰子の敦成親王（後一条天皇）出産時の産養が後世の規範とされたという。

（8）三夜・五夜・九夜の産養は、新生児の父である東宮、外祖父にあたる光源氏、外舅にあたる夕霧がそれぞれ主催したと推測できる。

（9）「饗饌」は、「女房饗」「公卿饗」「上達部饗」「殿上人饗」などと古記録に見える。前掲注（2）平間論文によると、具体的には、「酒食・粥・羹」「菓子・生魚・干魚・鳥」など。

（10）旧全集『源氏物語』は、『花鳥余情』の記事を引きつつ、朱雀天皇と村上天皇の誕生時に醍醐天皇が七夜の産養を行った事例を挙げる。旧大系『源氏物語』の補注や新全集『源氏物語』も同様に醍醐朝の史実を引く。

（11）『御産部類記』は、宮内庁書陵部編『御産部類記　上・下』（宮内庁書陵部図書寮叢刊、一九八一・二）による。なお、古記録の割注部分は山括弧で括る。

（12）「前物」「産婦前物」あるいは「御膳」などとも表記される。前掲注（2）平間論文によると、天皇が産養を主催する場合は必ず七夜であり、御前物は内膳司が、饗饌は内蔵寮が担当するのを基本とし、饗饌の一部は穀倉院や蔵人所が分担することもあったという。貴族の産養の場合、御前物はその日の産養の調進者のうち、最上位の人物が担当する。

（13）小嶋菜温子「語られる産養（1）―明石姫君所生の皇子、そして薫の場合」（『源氏物語の性と生誕―王朝文化史論―』立教大学出版会、二〇〇四・三）。池田節子「源氏物語の生誕―産養を中心に」（小嶋菜温子編『平安文学と隣接諸学3　王朝文学と通過儀礼』竹林舎、二〇〇七・一一）。

（14）鳥羽天皇・崇徳天皇の誕生時、白河法皇が七夜の産養を主催した事例の他、堀河天皇誕生時の九夜の産養を出家後の禎子内親王が主催した例がある。

（15）小嶋菜温子「「産ぶ屋」の算賀の不在―排された「鶴」「雉」「鯉」―」（『源氏物語の性と生誕―王朝文化史論―』立教大学出版会、二〇〇四・三）。

（16）前掲注（2）平間論文によると、「後宮女性たちの出産は、皇嗣を産むという可能性において位置付けられていたのではなく、彼女達自身の身分に基づいて位置付けられていた」という。例えば、冷泉天皇の誕生時、七夜の産養は同母姉承子内親王が主催しており、父である村上天皇は行っていない。それは、産婦である藤原安子がまだ女御の身分であったためである。冷泉天皇が生後二か月で立太子していることを考えると、産養の主催者と新生児の皇位継承の可能性は、直接的には関係しない。

（17）袴田光康「生誕　方法としての産養」（小嶋菜温子・長谷川範彰編『源氏物語と儀礼』武蔵野書院、二〇一二・一〇）。

（18）平安時代中期、皇子皇女出産が立后の条件のひとつと見なされていた。本書の第Ⅲ部第十章で言及している。

（19）平安時代の史実によると、東宮や上皇の皇子皇女の誕生時、今上天皇が産養を主催した例はない。

（20）新全集『源氏物語』の頭注には、「ここは第三夜の産養で、紫の上・明石の君・花散里らが主催」（「柏木」④三〇〇）と説明される。

（21）この前後の本文で、光源氏は「院」ではなく「大殿」と呼称されることからも、この「院」を冷泉院と理解するのが適切である。なお、新全集は「宮司、大夫」と読点をおいて並列に表記するが、これは「宮司の大夫」すなわち中宮職の長官である中宮大夫を指すものと解すべきである。

（22）薫の誕生をめぐる光源氏の立場については、産養の主催者と明記されないことを含め、否定的な見方がされている。飯沼清子「誕生・産養・裳着」（山中裕編『源氏物語を読む』吉川弘文館、一九九三・三）、小林正明「逆光の光源氏―父なるものの挫折―」（小嶋菜温子編『王朝の性と身体』森話社、一九九六・四）、小嶋菜温子「語られる産養（1）―明石姫君所生の皇子、そして薫の場合―」（『源氏物語の性と生誕―王朝文化史論―』立教大学出版会、二〇〇四・三）など。

（23）前掲注（15）小嶋論文に指摘される通りである。小嶋は、明石女御の皇子の誕生を「〈家〉と〈血〉をめぐる王権の主題」、薫の誕生を「王朝社会の秩序を破壊する」〈罪〉の系譜に位置付け、両者を対照的なものと見る。ただし、史実を超越する形で今上天皇主催の産養が行われる点では共通している。また、前掲注（17）袴田論文には、「皇族でもない薫に対して、今上帝の内裏の産養が語られるのは過剰性を意味する」と指摘されており、「中宮や今上帝によるこの過剰な産養こそ、柏木の血を引きながら源氏の子として誕生を祝われる、矛盾した薫の存在形式を映し出す物語の方法であった」とある。

(24) 前掲注（3）室城論文。三夜は朱雀帝の后の宮、五夜は嵯峨院の大后の宮、七夜は東宮がつとめたという伊藤慎吾の論を否定し、「これらは、産養の日に、それぞれから贈り物が届いたことをいうのであって、産養の宴の主催者ではない。伊藤の論は、贈り物の主と宴の主催者の区別をせずに、やや混乱しているように思われる」と指摘する。また、小嶋菜温子「「産ぶ屋」の賀歌（2）―『うつほ物語』の〈家〉と産養―」（『源氏物語の性と生誕―王朝文化史論―』立教大学出版会、二〇〇四・三）も、室城論を支持している。

(25) 古記録類では、「○○産養の事有り」「○○産養を奉仕す」「○○沙汰」あるいは、「○○御前物を設く」「○○御膳を供す」といった表現によって産養の主催者が明記される。

(26) 后の宮の準備した品々は「白銀の透箱十」「白銀の箸、匙・坏ども」と見えるが、現存史料を見ると、白銀の箸や匙・酒杯は、御前物と一緒に産養の主催者によって準備されている。前掲注（2）平間論文によると、産婦の御膳である御前物には、必ず銀の食器が用いられたという。

(27) 例えば、敦成親王誕生時の産養を記録する『紫式部日記』には、「七日の夜は、おほやけの御産養。蔵人の少将〈道雅〉を御使ひにて、もののかずかず書きたる文、柳筥に入れてまゐれり」（一四七）とある。本文は、新編日本古典文学全集『紫式部日記』（中野幸一校注、小学館、一九九四・九）。「もののかずかず書きたる文」とは、産養のために下賜される品々の目録である。古記録には「色目」「注文」と見え、産婦のもとに派遣された正使が持参する。『小右記』寛弘五年九月十七日条には、「蔵人右少将（藤原）道雅為勅使、御膳併禄物等随身参入、別有書注文、以件文付宮司」とある。

(28) おうふう本文は、「九日の夜は、左の大殿の御産養」と改訂し、藤原忠雅主催と解するが、ここでは底本のまま「右の大将」とし、藤原仲忠主催と解した。九夜よりも五夜の主催者の方が格が上なので、五夜の「大将殿」を藤原兼雅と解した。

(29) 東宮妃禎子内親王が尊仁親王（後三条天皇）を出産した際、七夜の産養は新生児の父である東宮敦良親王（後朱雀天皇）が主催している。

（30）『権記』長保元年十一月七日条には、「参内、仰云、中宮（藤原定子）誕男子（敦康親王）、天気快然、七夜可遣物等事、依例可令奉仕者、（略）此外様器並御膳等事、可仰内膳司、仍遣召奉膳（高橋）信通」とあり、中宮定子の敦康親王出産を一条天皇は喜び、先例に則って七夜の産養が手配されていることがわかる。また、産婦の御膳は内膳司によって準備され、その他の饗饌は穀倉院や内蔵寮、蔵人所などが分担している。

（31）松村博司『栄花物語全注釈（二）』（角川書店、一九七一・五）には、『権記』によると道長が敦康親王の産養を主催したとの記述はなく、『栄花物語』の記述は虚構であると指摘されている。また新全集『栄花物語』には、「一条帝の意をくんで、道長が七夜の準備をしたことは、他史料からは確かめられない」（巻第五「浦々の別」①二八四、頭注一）とある。

（32）小嶋菜温子「一条朝の珍事〝猫の産養〟」（『源氏物語の性と生誕―王朝文化史論―』立教大学出版会、二〇〇四・三）。

（33）例えば、「寝てはべりし夢にこそ、男宮生れたまはむと思ふ夢見てはべりしかば」（「浦々の別」①二七五）とあるように高階成忠は皇子誕生を夢に見ており、敦康親王誕生後は「一天下の君にこそはおはしますめれ」（「浦々の別」①二八四）と、その立太子・即位の可能性を口にしている。一条天皇や女院詮子については、「男御子におはしませば、いとゆゆしきまで思されながら、女院に御消息あれば、上に奏せさせたまひて、御剣もて参る。いとうれしきことに誰も誰も思しめさる」（「浦々の別」①二八三）と敦康親王誕生を喜ぶ様子が描かれる。

（34）伊周・隆家を召還する際、「つねに女院と上の御前と語らひきこえさせたまひて、殿にもかやうにまねびきこえさせたまへば」（「浦々の別」①二八五）とあり、一条天皇の意向が女院との相談の上、道長に伝えられることで実現し、それを喜ぶ一条天皇の様子が描かれる。

（35）津島知明「〈敦康親王〉の文学史―「源氏物語千年紀」という視界―」（『日本文学』第五七巻第五号、二〇〇八・五）のち、津島知明『枕草子論究―日記回想段の〈現実〉構成―』（翰林書房、二〇一四・五）所収。ここでいう「後見」とは、「私的な庇護者」ではなく「政権を支える公的存在」として特化されているという。

（36）倉本一宏『『栄花物語』における「後見」について』（『摂関政治と王朝貴族』吉川弘文館、二〇〇〇・七）。

第Ⅱ部

桐壺院の政治

——後宮運営と皇位継承——

第五章　光源氏立太子の可能性——桐壺更衣の女御昇格——

一　問題の所在

「いづれの御時にか」(「桐壺」①一七)という「桐壺」巻の書き出しは、『源氏物語』の始発としてあまりに有名である。しかし、多くの后妃たちの中で帝の寵愛を独占するヒロイン桐壺更衣は、「幸い人」としては描かれていない。それは、桐壺更衣が中宮でも女御でもなく、後宮で最下位の更衣でしかなかったためである。他の后妃たちの「恨み」のせいで病気がちになるが、桐壺帝は更衣が里下がりを繰り返すことでますます執着し、世間からの非難も憚らない。この問題は後宮にとどまることを知らず、とうとう殿上人や上達部など、男性社会にまで影響を及ぼす。桐壺帝と桐壺更衣の物語が悲劇に終わったのは、その恋愛が最初から政治的な制約に縛られていたからである。このような中、生を受けるのが光源氏である。

前の世にも御契りや深かりけん、世になくきよらなる玉の男御子(光源氏)さへ生まれたまひぬ。いつしかと心もとながらせたまひて、急ぎ参らせて御覧ずるに、めづらかなる児の御容貌なり。一の皇子（朱雀帝）は、右大臣の女御（弘徽殿女御）の御腹にて、寄せ重く、疑ひなきまうけの君と、世にもてかしづききこゆれど、この御にほひには並びたまふべくもあらざりければ、おほかたのやむごとなき御思ひにて、この君（光源氏）をば、私物に思ほしかしづきたまふこと限りなし。

（「桐壺」①一八〜一九）

ここで光源氏の誕生と同時に紹介されるのが、一の皇子（朱雀帝）の存在である。「疑ひなきまうけの君」とあるように、桐壺帝の第一皇子であることや有力な後見がいることから、一の皇子（朱雀帝）は東宮候補であった。しかしそれは、桐壺帝からではなく世間からの認識である。一方、二の皇子（光源氏）は、桐壺帝の寵愛が過ぎるあまり、一の皇子（朱雀帝）の公的な立場を脅かす存在となる。弘徽殿女御が一の皇子（朱雀帝）の立太子を危ぶむ様子が描かれるのは、「疑ひなきまうけの君」である朱雀帝と桐壺帝の「私物」である光源氏というふたりの皇子の均衡が崩れつつあることを示している。

しかし、桐壺更衣は病に倒れ、亡くなってしまう。立太子問題は、光源氏の四歳の春、一の皇子（朱雀帝）が東宮に冊立されることで決着するのである。

明くる年の春、坊定まりたまふにも、いとひき越さまほしう思せど、御後見すべき人もなく、また、世のうけひくまじきことなりければ、なかなかあやふく思し憚りて、色にも出ださせたまはずなりぬるを、「さばかり思したれど限りこそありけれ」と世人も聞こえ、女御（弘徽殿女御）も御心落ちゐたまひぬ。

（「桐壺」①三七）

この決定に対し世間の人々は「さばかり思したれど限りこそありけれ」（「桐壺」①三七）と噂し合った。この「限り」とは、皇位継承の規範や慣例、後宮の秩序を指す。光源氏の立太子は、制度上、困難な問題があったということであろう。いったい、光源氏が東宮となる可能性はどれほどあったのであろうか。増田繁夫は、桐壺更衣が「更衣」である以上、光源氏の立太子はあり得なかったとし、これらの叙述を「一種の物語的誇張」とする。(注1)しかし、増田のいうように、光源氏の立太子の可能性は、最初からなかったものと読んでよいのであろうか。注意したいのは、「いとひき越さまほしう思せど」とあるように、他ならぬ桐壺帝自身が、一の皇子(朱雀帝)を抑えて二の皇子(光源氏)を東宮に据えることを望んでいたとはっきり書かれることである。この立太子の経緯は、光源氏の立太子を望む桐壺帝の心情に添って描かれている。朱雀帝が東宮になってからも、弘徽殿女御や右大臣たちの心配が払拭されたわけではなかった。立太子こそなかったが、桐壺帝による光源氏の処遇は世間の注目するところで、特に高麗の相人に光源氏の相を占わせたことが世に知れ渡り、右大臣は疑念を抱く。

そのころ、高麗人の参れる中に、かしこき相人ありけるを聞こしめして、宮の内に召さむことは宇多帝の御誡あれば、いみじう忍びてこの皇子(光源氏)を鴻臚館に遣はしたり。御後見だちて仕うまつる右大弁の子のやうに思はせて率てたてまつるに、相人おどろきて、あまたたび傾きあやしぶ。「国の親となりて、帝王の上なき位にのぼるべき相おはします人の、そなたにて見れば、乱れ憂ふることやあらむ。朝廷のかためとなりて、天の下を輔くる方にて見れば、またその相違ふべし」と言ふ。(略)朝廷よりも多くの物賜す。おのづから事ひろごりて、漏らさせたまはねど、春宮の祖父大臣(右大臣)など、いかなることにかと思し疑ひてなんありける。

(「桐壺」①三九～四〇)

このような「疑ひ」は、東宮となった一の皇子(朱雀帝)の立場が未だ確固たるものとはいえないことを示しており、もしも二の皇子（光源氏）に親王宣下があったら、東宮の地位を脅かされる可能性があったことを推測させる。「桐壺」巻に見える弘徽殿女御や右大臣らの言動からは、桐壺帝の光源氏に対する寵遇が、常識を覆されかねないほどのものであったことが窺われるのである。同時に、光源氏の立太子の可能性は、桐壺帝の寵愛と皇位継承の規定との間に微妙なところにあった。弘徽殿女御や右大臣の危惧がいつまでも払拭されなかったのは、桐壺帝が光源氏の立太子を望んでいることを知っていたからである。

本章では、光源氏の立太子の可能性について考えながら「桐壺」巻を読解する。桐壺帝が具体的にどのような政策をもって光源氏立太子を実現させようとしたのか、後宮制度や皇位継承に関わる史実を媒介として検討したい。

二　平安時代中期の立太子

桐壺帝は即位して何年も経過しており、有力な皇子が誕生しているにも関わらず、東宮は不在であった。(注2)平安朝の史実を見てみると、冷泉朝以降は天皇の践祚と同時に立太子が行われている例が多く、遅くとも即位の一年以内には東宮が立てられていることがわかる。(注3)特に、有力な后妃に皇子が誕生した場合、その皇子がただちに立太子される例は少なくない。例えば、保明親王（醍醐天皇皇子、穏子所生）や憲平親王（村上天皇皇子、安子所生）などは、生後まもなく立太子している。しかるべき皇位継承候補者がいなければ、東宮が不在となるのは当然のことである。反対に、有力な候補がありながら立太子が延引されるのには理由があるといえよう。例を挙げると、宇多天皇が即位してから敦仁親王（醍醐天皇）が立太子するまで、およそ五年間、東宮不在期間がある。このことは、宇多天皇の女御となった関白藤原基経の娘温子に皇子誕生が期待されたためと理解されている。(注4)また、朱雀天皇が即位してから十四年もの間、東宮は空位であった。その後、朱雀天皇の同母弟成明親王（村上天皇）が立太子することとなるが、この長きにわたる東宮不在は、朱雀天皇の有力な女御であった熙子女王（保明親王女）に皇子が生まれるのを待っていたためである。成明親王（村上天皇）の立太子はその間、保留されていたと理解できるのである。

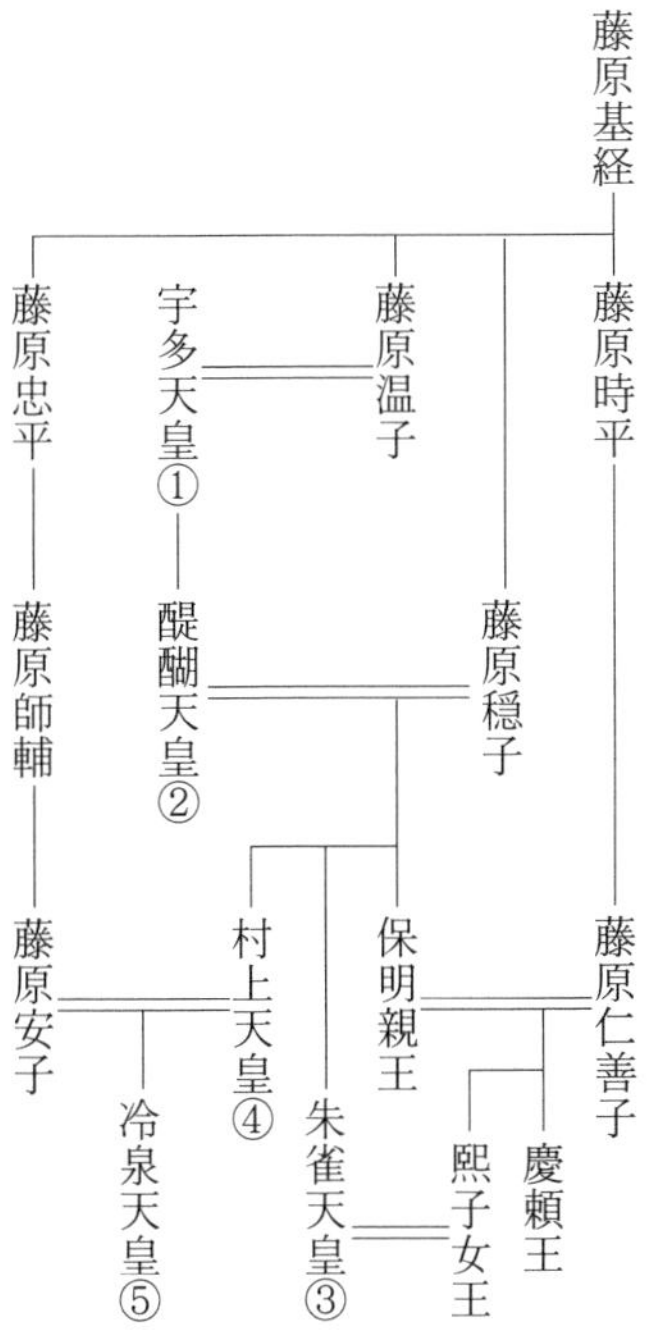

皇統の安定化を考えると、皇位継承者である東宮は天皇の即位と時期を同じくして冊立されるのが望ましいとされ、それはまた慣例ともなっている。換言すれば、東宮不在期間が不自然な形で見られる場合、そこに後宮の覇権や皇位継承をめぐる政治的な問題の存したことが看取できるのである。「桐壺」巻始発における桐壺帝の東宮不在には、同様の問題が考えられよう。つまり、桐壺帝は一の皇子（朱雀帝）と二の皇子（光源氏）とで、皇位継承者を決めかねていたと解釈できるのである。

平安時代中期の皇位継承に関わる史実を確認する。女御と更衣が並存し、かつ史料的制限の少ない時代を中心に検証する。【表一】は、平安時代の東宮の一覧である。（注5）ここから、平安時代中期における立太子の条件を確認する。

【表二】平安時代の東宮　※立太子時の年齢は数え年、かっこ内は月齢を示す。

東宮	生年月日	立太子の年月日	年齢	父	母	外祖父
山部親王（桓武）	天平9年（七三七）	宝亀4年（七七三）1月2日	37歳	光仁天皇	夫人高野新笠	和乙継
早良親王	天平勝宝2年（七五〇）	天応1年（七八一）5月1日	32歳	光仁天皇	夫人高野新笠	和乙継
安殿親王（平城）	宝亀5年（七七四）8月15日	延暦4年（七八五）11月25日	12歳	桓武天皇	皇后藤原乙牟漏	藤原良継
神野親王（嵯峨）	延暦5年（七八六）9月7日	大同1年（八〇六）5月19日	21歳	桓武天皇	皇后藤原乙牟漏	藤原良継
大伴親王（淳和）	延暦5年（七八六）	大同5年（八一〇）9月13日	25歳	桓武天皇	夫人藤原旅子	藤原百川
正良親王（仁明）	弘仁1年（八一〇）	弘仁14年（八二三）4月18日	14歳	嵯峨天皇	皇后橘嘉智子	橘清友
道康親王（文徳）	天長4年（八二七）8月	承和9年（八四二）8月4日	16歳	仁明天皇	女御藤原順子	藤原冬嗣
惟仁親王（清和）	嘉祥3年（八五〇）3月25日	嘉祥3年（八五〇）11月25日	1歳（生後8ヶ月）	文徳天皇	女御藤原明子	藤原良房
貞明親王（陽成）	貞観10年（八六八）12月16日	貞観11年（八六九）2月1日	2歳（生後3ヶ月）	清和天皇	女御藤原高子	藤原基経
定省親王（宇多）	貞観9年（八六七）5月5日	仁和3年（八八七）8月26日	21歳	光孝天皇	女御班子女王	仲野親王
敦仁親王（醍醐）	元慶9年（八八五）1月18日	寛平5年（八九三）4月2日	9歳	宇多天皇	女御藤原胤子（養母藤原温子）	藤原高藤
保明親王	延喜3年（九〇三）10月20日	延喜4年（九〇四）2月10日	2歳（生後4ヶ月）	醍醐天皇	女御藤原穏子	藤原基経
慶頼王	延喜21年（九二一）11月9日	延長1年（九二三）4月29日	3歳	東宮保明親王	東宮妃藤原仁善子	藤原時平
寛明親王（朱雀）	延長1年（九二三）7月24日	延長4年（九二六）10月21日	4歳	醍醐天皇	中宮藤原穏子	藤原基経
成明親王（村上）	延長4年（九二六）6月2日	天慶7年（九四四）4月22日	19歳	醍醐天皇	中宮藤原穏子	藤原基経
憲平親王（冷泉）	天暦4年（九五〇）5月24日	天暦4年（九五〇）7月23日	1歳（生後2ヶ月）	村上天皇	女御藤原安子	藤原師輔
守平親王（円融）	天徳3年（九五九）3月2日	康保4年（九六七）9月1日	9歳	村上天皇	中宮藤原安子	藤原師輔

師貞親王（花山）	安和1年（九六八）10月26日	安和2年（九六九）8月13日	2歳（生後10ヶ月）	冷泉天皇	女御藤原懐子	藤原伊尹
懐仁親王（一条）	天元3年（九八〇）6月1日	永観2年（九八四）8月27日	5歳	円融天皇	女御藤原詮子	藤原兼家
居貞親王（三条）	天延4年（九七六）1月3日	寛和2年（九八六）7月16日	11歳	冷泉天皇	女御藤原超子	藤原兼家
敦成親王（後一条）	寛弘5年（一〇〇八）9月11日	寛弘8年（一〇一一）6月13日	4歳	一条天皇	中宮藤原彰子	藤原道長
敦良親王（後朱雀）	寛弘6年（一〇〇九）11月25日	寛仁1年（一〇一七）8月9日	9歳	一条天皇	中宮藤原彰子	藤原道長
親仁親王（後冷泉）	万寿2年（一〇二五）8月3日	長暦1年（一〇三七）8月17日	13歳	後朱雀天皇	東宮妃藤原嬉子	藤原道長
尊仁親王（後三条）	長元7年（一〇三四）7月18日	寛徳2年（一〇四五）1月16日	11歳	後朱雀天皇	皇后禎子内親王	三条天皇
貞仁親王（白河）	天喜1年（一〇五三）6月19日	延久1年（一〇六九）4月28日	17歳	後三条天皇	東宮妃藤原茂子	藤原公成
実仁親王	延久3年（一〇七一）2月10日	延久4年（一〇七二）12月8日	2歳	後三条天皇	女御源基子	源基平
善仁親王（堀河）	承暦3年（一〇七九）7月9日	応徳3年（一〇八六）11月26日	8歳	白河天皇	中宮藤原賢子	藤原師実（実父源顕房）
宗仁親王（鳥羽）	康和5年（一一〇三）1月16日	康和5年（一一〇三）8月17日	1歳（生後7ヶ月）	堀河天皇	女御藤原苡子	藤原実季
顕仁親王（崇徳）	元永2年（一一一九）5月28日	保安4年（一一二三）1月28日	5歳	鳥羽天皇	中宮藤原璋子	藤原公実
躰仁親王（近衛）	保延5年（一一三九）5月18日	保延5年（一一三九）8月17日	1歳（生後3ヶ月）	鳥羽天皇	女御藤原得子	藤原長実
守仁親王（二条）	康治2年（一一四三）6月17日	久寿2年（一一五五）9月23日	13歳	後白河天皇	親王妃源懿子	源有仁（実父藤原経実）
憲仁親王（高倉）	永暦2年（一一六一）9月3日	仁安1年（一一六六）10月10日	6歳	後白河天皇	従三位平滋子	平時信
言仁親王（安徳）	治承2年（一一七八）11月12日	治承2年（一一七八）12月15日	1歳（生後1ヶ月）	高倉天皇	中宮平徳子	平清盛
尊成親王（後鳥羽）	治承4年（一一八〇）7月14日	寿永2年（一一八三）8月20日	4歳	高倉天皇	典侍藤原殖子	藤原信隆
守成親王（順徳）	建久8年（一一九七）9月10日	正治2年（一二〇〇）4月15日	4歳	後鳥羽天皇	従二位藤原重子	藤原範季

立太子する皇子は第一皇子とは限らず、弟が異母兄を超えて東宮に冊立される場合が少なくない。これは、皇子の年齢や兄弟の順ではなく、後宮における生母の身位と後見の有無が、立太子の条件として重要であったためである。特に注意したいのは、立太子する皇子の生母は中宮か女御に限られており、更衣を母とする東宮の例がないことである。更衣腹の皇子である光源氏には初めから立太子の可能性はなかったという増田繁夫の指摘は、このような史実の事例に基づく。しかしここで考えたいのは、桐壺更衣の後宮における身位である。ここでは、桐壺更衣が女御に昇格することさえできたら、光源氏の立太子も実現できたのではないかという視点から考えてみたい。まず、後宮における女御と更衣の差異について考えるため、女御・更衣が後宮に並存した時代である醍醐朝・村上朝の後宮に焦点を当てる。以下、醍醐天皇の皇子を生年の順に挙げ、その生母の後宮における身分を示す。(注6)

克明親王（九〇三）　更衣　源封子
保明親王（九〇三）　女御　藤原穏子
代明親王（九〇四）　更衣　藤原鮮子
重明親王（九〇六）　更衣　源昇女
常明親王（九〇六）　女御　源和子
式明親王（九〇七）　女御　源和子
有明親王（九一〇）　女御　源和子
時明親王（九一二）　更衣　源周子
長明親王（九一二）　更衣　藤原淑姫
源高明　（九一四）　更衣　源周子　※後に臣籍降下

源兼明　（九一四）　更衣　藤原淑姫
源時明　（九一八）　更衣　藤原淑姫
源允明　（九一九）　更衣　源敏相女
章明親王（九二三）　更衣　藤原桑子
寛明親王（九二三）　中宮　藤原穏子　※後の朱雀天皇
源為明　（九二六）　更衣　藤原伊衡女
成明親王（九二六）　中宮　藤原穏子　※後の村上天皇

醍醐天皇の皇子のうち、最初に立太子したのは第二皇子保明親王である。異母兄克明親王を超えて、生後四か月で立太子した。克明親王は第一皇子であるが更衣源封子の所生であり、女御藤原穏子を母とする保明親王とは出自の点で明らかな差があった。ところが、保明親王は延喜二十三年（九二三）三月、東宮のまま即位することなく二十一歳で亡くなる。これにより、また立太子の問題が浮上する。立太子の条件は女御を母とする皇子たちに限られているが、このとき、醍醐天皇の女御は穏子と源和子のふたりしかいない。保明親王の亡くなった時点で、立太子の条件を満たす皇子は常明親王（九〇六生）、式明親王（九〇七生）、有明親王（九一〇生）の三人であり、いずれも女御源和子の皇子であった。女御穏子は寛明親王（のちの朱雀天皇、同年七月誕生）を懐妊中であったが、まだ生まれていない。このような中、立太子したのは、当時三歳の保明親王の遺児慶頼王であった。慶頼王の生母は、左大臣藤原時平の娘仁善子であり、出自に問題はないが、これが女御源和子所生の皇子を差し置いての立太子であったことは注意すべきである。それを可能にしたのが慶頼王の立太子の直前、穏子が女御から中宮に冊立されていることである。年月日を表すと以下のようになる。

延喜二十三年（九二三）　三月二十一日　東宮保明親王の薨去
※閏四月延長に改元　四月二十六日　藤原穏子、立后
四月二十九日　慶頼王、立太子

藤原穏子の中宮冊立のわずか三日後に慶頼王は立太子している。慶頼王は醍醐天皇の中宮の皇孫という立場によって、醍醐天皇の正統な皇位継承者と位置づけられたのである。島田とよ子は、源和子の皇子たちを超えて慶頼王を立太子させるため藤原時平らが画策したものと指摘している。（注7）時平らにとって、光孝天皇の皇女源和子の皇子を抑えて慶頼王を立太子させるには、穏子の立后以外、手段はなかった。つまり、醍醐天皇の後宮における穏子の立場を格上げすることによって慶頼王の立太子を実現させたのである。

ところが、慶頼王もまた立太子からわずか二年後、延長三年（九二五）東宮のまま薨去する。そこで、同年十月、中宮穏子の生んだ寛明親王（朱雀天皇）が立太子する。寛明親王の誕生は、慶頼王立太子の三か月後のことであった。

この時、寛明親王が大勢の異母兄を越えてスムーズに立太子できたのは、生母穏子が中宮に冊立されていたためである。後宮における更衣と女御、そして女御と中宮の身分の差は歴然としたものであり、皇位継承をはじめとする所生皇子の社会的立場に直接関わってくる問題であった。皇子の立太子には生母の身分が重視されるため、有力な后妃の養子としたり、生母の身分を上げたりすることで皇子の出自という問題を補い、立太子を実現する道もあったのである。

三　更衣から女御への昇格

「桐壺」巻において、弘徽殿女御の産んだ朱雀帝が立太子すると、光源氏は臣籍降下して源姓となる。光源氏が臣籍降下したのは、生母が更衣という低い身分であったこと、そして桐壺更衣が女御に昇格できなかったのは、桐壺更衣の父である按察大納言の地位に原因があると理解されている。それを示すのが、次の本文である。

母方からこそ、帝の御子もきはぎはにおはすめれ。この大臣の君（光源氏）の、世に二つなき御ありさまながら世に仕へたまふは、故大納言（按察大納言）の、いま一階なり劣りたまひて、更衣腹と言はれたまひしけぢめにこそはおはすめれ。ましてただ人は、なずらふべきことにもあらず。（「薄雲」②四二九～四三〇）

明石尼君は娘である明石の君に、幼い明石姫君を手放し紫の上の養女とするべきであると説得する。入内、立后も視野に入れた姫君の将来を考えると、明石の君を生母とする卑しい素性を隠して、紫の上のもとで養育させるべきだといい、貴族の娘も母の出自が重要だと説くのである。そこで引き合いに出されるのが、かつての光源氏の例である。桐壺帝の皇子として生を受けた光源氏がすぐれた人物でありながらも臣下となったのは、桐壺更衣の父按察大納言が大臣に届かない身分であったため、世間から更衣腹の皇子と差別されたからであるという。つまり、光源氏が立太子、即位できなかったのは、女御でなく更衣を母とする皇子であったためで、その桐壺更衣が女御になれなかったのは、父親の按察大納言が大臣に昇進できなかったためと認識されているのである。新全集の頭注には、「大臣以上の家柄の娘は女御になり得たが、大納言の娘は更衣にとどまる」(「薄雲」②四二九)と説明されており、これは通説となっている。それに対して、島田とよ子は、平安時代の史実を検証した上で、大納言の娘であれば更衣から女御となれる可能性があることを指摘し、「薄雲」巻における明石尼君の認識は間違いであると論ずる。(注8) 確かに、平安時代中期の史実を確認すると、大納言の娘であっても女御になっている事例は見出せる。【表二】は、父が大臣ではないにも関わらず女御となった例を一覧にしたものである。これらの事例によると、大臣以上の娘は女御となり、大納言以下の娘は更衣となるという理解は、適切ではない。桐壺更衣の父親が更衣の入内時に、既に故人であったこともあるが、例えば、醍醐天皇の女御である藤原和香子が大納言であった父藤原定国の死後、更衣から女御に昇格する例が確認できる。これは、桐壺更衣の状況と一致する点が多く、物語を考える上で重要な事例である。

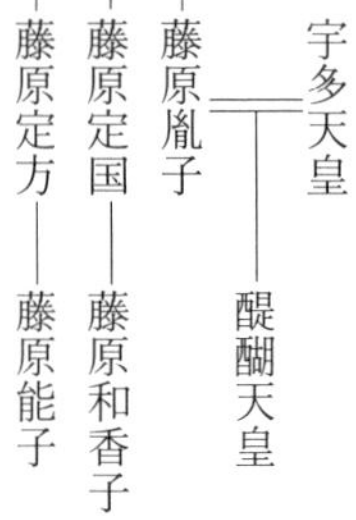

後宮における更衣という身分は、時代が経るにつれて史料から見えなくなり、事実上消滅する。(注9) それは、藤原氏

【表二】大納言以下の父をもつ女御　※『平安時代史事典』（角川書店）を参照して作成した。

后妃	配偶天皇	父	入内	更衣	女御	女御宣下時の父の官職	父の極官	備考
橘義子	宇多天皇	橘広相	不詳	仁和4年（八八八）9月	寛平5年（八九三）1月	参議	参議	女御宣下時、父は故人
藤原胤子	宇多天皇	藤原高藤	不詳	仁和4年（八八八）9月	寛平5年（八九三）1月	播磨権守	内大臣	
藤原能子	醍醐天皇	藤原定方	不詳	不詳	延喜13年（九一三）10月	中納言	右大臣	
藤原和香子	醍醐天皇	藤原定国	不詳	不詳	延長3年（九二五）11月	大納言	大納言	女御宣下時、父は故人
藤原慶子	朱雀天皇	藤原実頼	天慶4年（九四一）2月	なし	天慶4年（九四一）7月	大納言	摂政太政大臣	
藤原安子	村上天皇	藤原師輔	天慶3年（九四〇）4月	なし	天慶9年（九四六）5月	大納言	右大臣	
藤原芳子	村上天皇	藤原師尹	天暦10年（九五六）以前	なし	天徳2年（九五八）10月	中納言	左大臣	
藤原懐子	冷泉天皇	藤原伊尹	応和3年（九六三）頃	康保4年（九六七）	康保4年（九六七）9月	権中納言	摂政太政大臣	
藤原超子	冷泉天皇	藤原兼家	安和1年（九六八）	なし	安和1年（九六八）12月	蔵人頭	摂政太政大臣	
藤原媓子	円融天皇	藤原兼通	天禄4年（九七三）2月	なし	天禄4年（九七三）4月	宮内卿	摂政太政大臣	
藤原姚子	花山天皇	藤原朝光	永観2年（九八四）12月	なし	永観2年（九八四）12月	権大納言	大納言	
藤原忯子	花山天皇	藤原為光	永観2年（九八四）10月	なし	永観2年（九八四）11月	大納言	太政大臣	
藤原義子	一条天皇	藤原公季	長徳2年（九九六）7月	なし	長徳2年（九九六）	大納言	太政大臣	
藤原娍子	三条天皇	藤原済時	正暦2年（九九一）頃	なし	寛弘8年（一〇一一）	大納言	大納言	女御宣下時、父は故人

の中でも特に有力な家によって、後宮が独占されるようになっていくことと関わる。醍醐天皇の時代までは、藤原氏北家ではない傍系の藤原氏や橘氏などを含め、大勢の后妃が後宮に存在していたが、朱雀天皇以降の後宮には、摂関を輩出できるような権門出身の后妃に限られるようになり、後宮における更衣という身分自体、不要となる。入内する際、父親が大納言以下の身分であっても、いずれは大臣にまで昇るのが約束されているような有力な公卿たちであれば、その娘は初めから女御として入内する。そのため、更衣から女御に昇格する事例は多くはなく、平安時代を通しても以下の五例に限られる。それぞれ、更衣から女御となった年月日を示す。

Ⅰ　藤原元善（光孝天皇女御）……仁和三年（八八七）二月十六日
Ⅱ　藤原温子（宇多天皇女御）……仁和四年（八八八）十月六日
Ⅲ　藤原胤子（宇多天皇女御）……寛平五年（八九三）一月二十二日
Ⅳ　橘義子（宇多天皇女御）………寛平五年（八九三）一月二十二日
Ⅴ　藤原能子（醍醐天皇女御）……延喜十三年（九一三）十月八日

このうち注意したいのは、宇多天皇の後宮における三人の女御、藤原温子、藤原胤子、橘義子である。宇多天皇は源定省時代に胤子、義子と結婚して、それぞれに子女を儲けた。その後、宇多天皇が皇族に復帰して即位すると同時に、胤子と義子はともに後宮に上がり更衣となる。一方、温子は時の権力者であった関白藤原基経の娘であり、即位した宇多天皇に入内して更衣となり、いち早く女御に昇格される。そして、寛平五年（八九三）四月、胤子所生の敦仁親王（醍醐天皇）が立太子するのであるが、ここで注意したいのは、その三か月前に、胤子が更衣から女御に昇格していることである。胤子の父藤原高藤は当時播磨権守でしかなく、胤子の女御昇格は極めて異例である。

それは胤子所生の敦仁親王を立太子させる狙いがあり、それには更衣であった生母胤子を女御に昇格させる必要があったからである。平安時代において、更衣腹の皇子が立太子、即位する事例はなく、天皇の生母の身分は、女御以上であることが必須であった。所生皇子の皇位継承権の有無という点で、女御と更衣との身分的差異は明確なものといえるのである。

四　桐壺帝による桐壺更衣の処遇

以上のことを踏まえつつ、「桐壺」巻における叙述を確認する。特に、桐壺更衣に対する処遇から、桐壺帝が光源氏の立太子のために行った政治的手段を本文から読み取っていきたい。

はじめよりおしなべての上宮仕したまふべき際にはあらざりき。おぼえいとやむごとなく、上衆めかしけれど、わりなくまつはさせたまふあまりに、さるべき御遊びのをりをり、何ごとにもゆゑあることのふしぶしには、まづ参上らせたまふ、ある時には、大殿籠りすぐしてやがてさぶらはせたまひなど、あながちに御前さらずもてなさせたまひしほどに、おのづから軽き方にも見えしを、この皇子（光源氏）生まれたまひて後は、いと心ことに思ほしおきてたれば、坊にも、ようせずは、この皇子（光源氏）のゐたまふべきなめりと、一の皇子（朱雀帝）の女御（弘徽殿女御）は思し疑へり。（「桐壺」①一九）

弘徽殿女御は、朱雀帝を差し置いて光源氏が立太子するのではないかと疑うのであるが、それは桐壺帝による桐壺更衣の待遇が根拠となっている。当初、桐壺帝の寵愛が厚いがゆえ常にそば近くにいたため、桐壺更衣は后妃というよりは女官のように軽く見られていたが、光源氏の誕生を契機として、桐壺帝の待遇が重く変化したという。後宮における后妃の立場を決める要素として、皇子の有無は重要である。光源氏誕生後の桐壺帝による桐壺更衣の厚遇ぶりは度を超したものであり、弘徽殿女御が光源氏の立太子を危惧するほどであった。朱雀帝の外祖父は右大臣であり、「寄せ重く」（「桐壺」①一八）とあるように、その後見は有力である。ところが、弘徽殿女御や右大臣は、ただ父帝の私的な寵愛だけを頼りとする更衣腹の皇子を脅威と見なしている。本文に繰り返されるこのような描写によって、光源氏の立太子への期待が高められるのである。後宮における桐壺更衣の特殊な待遇は、次の本文からも窺われる。

御局は桐壺なり。あまたの御方々を過ぎさせたまひて隙なき御前渡りに、人の御心を尽くしたまふもげにことわりと見えたり。（略）事にふれて、数知らず苦しきことのみまされば、いといたう思ひわびたるをいとどあはれと御覧じて、後涼殿にもとよりさぶらひたまふ更衣の曹司をほかに移させたまひて、上局に賜す。その恨みましてやらん方なし。（「桐壺」①二〇）

まず重要なのは、桐壺更衣に殿舎が与えられていることである。桐壺（淑景舎）は、後宮十二殿舎の中では、最も格の下がる殿舎ではあるが、更衣の身分で殿舎を賜ることは異例である。史実において、更衣は「中将更衣」「宰相更衣」などと呼ばれており、「弁」「按察」などといった官職に由来する女官に近い性質があった。後宮殿舎を冠した呼称を持つ更衣の例は皆無である。そのことは更衣が後宮に殿舎を与えられることはなく、「桐壺」巻の桐壺更衣の存在は極めて特殊であることを示している。（注10）さらに上局まで下賜されており、桐壺更衣は更衣でありながら、女御格の扱いをされていることが読み取れる。桐壺更衣に対する待遇と同様に、光源氏に対するそれも目を見張るものがあった。次の本文は、光源氏の袴着の記事である。

この皇子（光源氏）三つになりたまふ年、御袴着のこと、一の宮（朱雀帝）の奉りしに劣らず、内蔵寮、納殿の物を尽くしていみじうせさせたまふ。それにつけても世の譏りのみ多かれど、この皇子（光源氏）のおよすけもておはする御容貌心ばへありがたくめづらしきまで見えたまふを、えそねみあへたまはず。ものの心知りたまふ人は、かかる人も世に出でおはするものなりけりと、あさましきまで目をおどろかしたまふ。

（「桐壺」①二一）

桐壺帝が光源氏の人生儀礼をどのように行うかによって、世間の人々の皇子に対する認識は変化する。更衣腹の皇子の袴着を東宮候補である一の皇子（朱雀帝）のそれと同じように行うことへの批判はあるものの、一方で卓越した光源氏の魅力を認める人々もいるという。「世の譏り」とは弘徽殿女御や右大臣たちからのもので、「ものの心知りたまふ人」とは左大臣たちを想定できようか。光源氏の厚遇ぶりが繰り返し強調されることで、光源氏の立太子の可能性は現実味を増すように描かれている。このように、光源氏の立太子の可能性は、ぎりぎりのところで描かれている。それは、桐壺更衣が更衣でありながら、女御待遇であるという微妙な位置づけがなされていることと不可分である。

さて、度重なる心労により衰弱した更衣は、ようやく里下がりを許され、内裏を退出する。その際、桐壺更衣には輦車の宣旨が下される。「輦車の宣旨などのたまはせても、また入らせたまひてさらにえゆるさせたまはず」（「桐壺」①二二）と見える。「輦車の宣旨」とは、輦車に乗って宮門を入り、そのまま御殿に寄せることを勅許する宣旨である。『延喜式』や『西宮記』によると、輦車の宣旨を下される女性は皇后・中宮・内親王・妃・女御・命婦・三位の嫡・大臣の嫡妻に限られるという。(注11) 実際に輦車の宣旨を受けた后妃の事例を史料に求めると、藤原時平の娘仁善子が東宮保明親王に入内する際、(注12) 藤原頼忠の娘遵子が円融天皇に入内する際、(注13) また藤原道長の娘彰子が一条天皇に入内する際、(注14) などである。このように、輦車の宣旨は有力な摂関家の娘が入内する際に下される例が目立つ。

『源氏物語』において、輦車の宣旨の事例は、「藤裏葉」巻にも見える。東宮（今上帝）に入内する明石姫君に養母として付き添った紫の上が、内裏から退出する際、輦車の宣旨を被っている。

　またいと気高う盛りなる御けしきを、かたみにめでたしと見て、そこらの御中にもすぐれたる御心ざしにて、並びなきさまに定まりたまひけるも、いと道理と思ひ知らるるに、かうまで立ち並びきこゆる契りおろかなりやはと思ふものから、出でたまふ儀式のいとことによそほしく、御輦車などゆるされたまひて、女御の御ありさまに異ならぬを、思ひくらぶるに、さすがなる身のほどなり。

（「藤裏葉」③四五一）

このときの紫の上は、『延喜式』に見える「大臣嫡妻」という条件に当てはまることから、輦車の勅許を得た紫の上が光源氏の「正妻格」として世間から認められていたことが指摘できる。ここでは特に、輦車の宣旨を下された紫の上が、「女御の御ありさまに異ならぬ」と形容される点に注意したい。この表現からは、輦車の宣旨が一般的に女御に対して下されるものであるとの認識が窺われよう。

その一方、女御格であっても輦車の宣旨が下されず、徒歩で内裏に参上する例がある。例えば、藤原為光の娘怟子や藤原頼忠の娘諟子がそれぞれ花山天皇に入内する際の史料には、「徒歩参入」「徒歩被参」などとあり、輦車の宣旨はなかったことが窺われる。(注15) 遵子と諟子はともに関白藤原頼忠の娘であるのに、その入内時の処遇に差がある。これは、后妃の出自や家格だけでなく、天皇との個人的な関係などとの関わりも考えられるであろう。(注16)いずれにせよ、女御格の后妃であっても輦車の宣旨は容易に下されるものではなく、宣旨が下りる場合には天皇の后妃に対する処遇の重さが看取できることは間違いない。(注17)桐壺更衣の場合は、病気による衰弱もまた理由のひとつではあったが、何より桐壺帝による処遇の重さを読み取ることができる。そしてそれは、更衣でありながら女御待遇を受け続ける桐壺更衣のあり方を示す。

最後に、桐壺更衣が亡くなった後、桐壺帝が三位を追贈していることについて考えたい。通常、更衣の位階は四位、五位が相当であり、追贈とはいえ、三位の更衣というのは異例の事態である。女御であっても、四位、五位の場合があり、三位の女御は有力な后妃に限られるからである。(注18)ここに、桐壺帝の強い意思を看取することができる。追贈の目的は故人への追悼のためだけではない。例えば、一条天皇の生母である藤原詮子が皇太后に冊立された際や、詮子の母藤原時姫に正一位が追贈された例があるが、これは一条天皇の外祖母という立場によるもので、子女の栄達による追贈と見なせる。一方、三条天皇が女御藤原娍子を皇后とするため、娍子の父である故大納言藤原済時に右大臣を追贈した例がある。それは、立后の条件として大臣以上の娘であることが慣例化していたためである。娍子は三条天皇の女御として大勢の皇子女を生んでいたが、大納言の娘という立場のままでは立后に支障があった。そこで、既に故人となっていた済時に右大臣が追贈されたのである。つまりこれは、故人である親に位階や官職を追贈することで、その子女の立場を格上げする事例である。これらの例を踏まえると、桐壺帝が亡き桐壺更衣に三位を追贈したことは、単なる追悼の意味合いだけではないことがわかる。亡くなった桐壺更衣の格上げは、更衣自身のみならず遺児である光源氏の社会的立場を向上させることに結び付くからである。次の本文は、桐壺更衣への三位追贈の場面である。

内裏より御使あり。三位の位贈りたまふよし、勅使来て、その宣命読むなん、悲しきことなりける。女御とだに言はせずなりぬるがあかず口惜しう思さるれば、いま一階の位をだにと贈らせたまふなりけり。これにつけても、憎みたまふ人々多かり。（「桐壺」①二五）

桐壺更衣に三位を追贈する桐壺帝の心情がわかる。特に、傍線部に見られる「女御とだに」という言葉からは、桐壺更衣を女御とすることだけでなく、「后」とすることまで視野に入れていたことが読み取れる。桐壺帝の在位中に中宮として立后することは難しいかもしれないが、光源氏が即位すれば皇太后として后位につくことはできる。桐壺帝は光源氏の立太子を望み、そのために、桐壺更衣の女御昇格を試みていたのである。

五　結　語

以上、史実を踏まえることで、桐壺帝の桐壺更衣に対する破格の待遇について、その政治的意義を考えた。桐壺帝の目的は、弘徽殿女御の産んだ一の皇子（朱雀帝）ではなく、桐壺更衣の産んだ光源氏を立太子させることであった。そのため、桐壺更衣を「女御」に昇格させる必要があったのである。浅尾広良は、嵯峨朝から村上朝までの皇子女のうち、更衣腹の第一子は親王となり、第二子以下が臣籍降下していることから、光源氏は桐壺更衣の第一子であるため、親王宣下される可能性は十分あったことを指摘している。(注19)しかしながら、親王宣下はなされても、更衣腹の親王に皇位継承権はない。光源氏の立太子を望むのであれば、親王とするだけでなく、生母桐壺更衣を女御にする必要がある。宇多朝・醍醐朝の史実を確認すると、更衣を女御に昇格させてから所生皇子を立太子、即位させることは可能である。それを踏まえて「桐壺」巻の叙述を見てみると、桐壺帝が桐壺更衣を女御として光源氏の立太子を試みていたと理解できる。桐壺帝が光源氏の立太子を断念したのは、桐壺更衣の死が決定的となったからである。

『源氏物語』の始発である「桐壺」巻には、主人公光源氏の人生を規定する要素が示されている。桐壺帝は「帝王の相」を有する光源氏を臣籍降下させることで、その立太子、即位の可能性を封印するわけであるが、物語はその存在の代替として「瑕なき玉」(注20)である冷泉帝の出現を待つ。そして、光源氏は冷泉帝の隠れた父として准太上天皇となることで王権を回復し、予言通り「帝王の相」を実現することとなるのである。桐壺帝が桐壺更衣の女御昇格と光源氏の立太子を望みながらも結局挫折してしまうことで、物語は新たに展開するのである。「桐壺」巻における立太子争いの敗北は、光源氏の政治家としての人生、そして光源氏の王権の物語の始発となった。

注

(1) 増田繁夫「桐壺巻の後宮―桐壺巻―」(『源氏物語講座3　光る君の物語』勉誠社、一九九二・四)。

(2) 弘徽殿女御が桐壺帝の東宮時代に入内した古参の女御であるから、朱雀帝の誕生の時期は、桐壺帝の即位前後のことであろう。そして、桐壺更衣の入内がそれとほぼ同時期のことと推測すると、桐壺帝の東宮の不在時期は約五年間と思われる。なお、本章では「桐壺」巻を中心に読解するので、後に明らかとなる「前坊」の存在には触れない。

(3) 藤木邦彦は、代替わりと同時に行われる立太子について、冷泉天皇以降は新東宮の外祖父が継続して存在したこととの関連を示唆している。藤木邦彦『平安王朝の政治と制度』(吉川弘文館、一九八六・四)。

(4) 河内祥輔「宇多「院政」論」(『古代政治史における天皇制の論理』吉川弘文館、一九九一・三)など。なお、宇多朝・醍醐朝に東宮が速やかに立てられなかったのは、新しい光孝系皇統が正当な皇統として安定するまでの過渡期であったためと考えられる。この間、光孝天皇を擁立した関白藤原基経と皇室側とで皇位継承をめぐる調整がなされた。

(5) 『平安時代史事典』「天皇表」を参照し、作成した。なお、立太子時の年齢は数え年である。

(6) 『平安時代史事典』『国史大辞典』などを参照し、作成した。

(7) 島田とよ子「班子女王の穏子入内停止をめぐって」(『園田学園女子大学論文集』第三二号、一九九七・一二)。

(8) 島田とよ子「桐壺更衣―女御昇格を中心に―」(『園田国文』第二二号、二〇〇一・三)。松岡智之「女御の父の地位―『源氏物語』の女御観―」(田坂憲二・久下裕利編『源氏物語の方法を考える―史実の回路』武蔵野書院、二〇一五・五)にも指摘がある。

(9) 実態としての更衣の存在は、醍醐朝の更衣である源周子や藤原淑姫、村上朝の更衣である源計子、藤原祐姫、藤原正妃、藤原脩子、藤原有序などが史料から確認できる。『拾遺和歌集』(恋五、二七八)に「円融院御時、少将更衣のもとに遣はしける」(新日本古典文学大系『拾遺和歌集』岩波書店、一九九〇・一)とあり、『平安時代史事典』は、円融朝を最後の例とする。それ以降の史料としては、『一代要記』に、「道恵法親王〈母八幡別当光清女、美乃更衣〉」(続神道大系『一代要記』神道大系編纂会、二〇〇六・一〇)、『年代記』に、「夜故参議家政卿女〈世号三条殿、上皇〈鳥羽〉更衣〉於稲荷辺堂被殺害」「重仁親王〈母更衣、法橋信縁女、永治元年十二月二日為親王、年二〉」(神道大系『皇代記付年代記』神道大系編纂会、一九八〇・二)とあり、鳥羽天皇の時代、複数の更衣が存在したという確証はない。

(10) 増田繁夫「女御・更衣・御息所の呼称―源氏物語の後宮の背景―」(『平安時代の歴史と文学　文学編』吉川弘文館、一九八一・一一)。増田繁夫「弘徽殿と藤壺―源氏物語の後宮―」(『国語と国文学』第六一号、一九八四・一一)。栗本賀世子「殿舎名で呼ばれる更衣たち―梅壺更衣から桐壺更衣へ―」(『むらさき』第四七輯、二〇一〇・一二、のち『平安朝文学における後宮空間―宇津保物語から源氏物語へ―』武蔵野書院、二〇一四・四)には、『源氏物語』における桐壺更衣が『うつほ物語』の梅壺更衣から影響を受けて造型されたものと指摘されている。ただし『うつほ物語』には、梅壺更衣の詳細な情報は記されていない。

(11) 『延喜式』には、「凡乗輦車・腰輿出入内裏者、妃限曹司、夫人及内親王限温明・後涼殿後、命婦三位限兵衛陣(略)妃已下大臣嫡妻已上限宮門外、四位已下、及内侍者、聴出入土門、但不得至陣下」(国史大系『延喜式　中篇・後篇』五十、雑式、吉川弘文館、一九七二・四)とあり、輦車で進入可能な場所が細かく規定されていることがわかる。また、『西宮記』には「親王・大臣中老宿人有此恩、女親王・女御・尚侍毎出入」(故実叢書第六・第七『西宮記』八、臨時「輦車」新訂増補、明治図書出版、一九五二〜一九五三)とある。

(12) 『北山抄』延喜十六年十月二十二日条には、「故左大臣(藤原時平)女(藤原仁善子)参入、用輦」(故実叢書第四十『内裏儀式、内裏儀式疑義弁／内裏式／北山抄』新訂増補、明治図書出版、一九五四・六）とある。
(13)『日本紀略』天元元年四月十日条には、「左大臣（藤原頼忠）二女（藤原）遵子入掖庭、准女御被免輦」とある。
(14)『御堂関白記』長保元年十一月一日条には、「参着了内輦車宣旨蔵人（藤原）泰通仰」とある。
(15)『小右記』永観二年十月二十九日条には、「大納言（藤原為光）如［女］（藤原忯子）去夜徒歩参入云々、依不被免輦也」、同じく永観二年十二月十五日条には、「亥刻姫君（藤原諟子）入内、（略）徒歩被参」とある。
(16) これに関しては、島田とよ子「諟子入内について―花山院と頼忠―」（『大谷女子大国文』第一八号、一九八八・三）にて論じられている。
(17) 松野彩「女御宣下と牛車宣旨」（『うつほ物語と平安貴族生活―史実と虚構の織りなす世界―』新典社、二〇一五・四、初出は『国語と国文学』第八四巻四号、二〇〇七・四）には、『うつほ物語』において梨壺に牛車宣旨が下されることについて取り上げられている。例外的な臨時措置としての牛車宣旨に対し、輦車宣旨は女御待遇であるという。
(18)『皇室制度史料　后妃四』（宮内庁書陵部編、吉川弘文館、一九九〇・一）により、女御・更衣の位階を確認した。
(19) 浅尾広良「女御・更衣と賜姓源氏―桐壺巻の歴史意識―」（『中古文学』第八一号、二〇〇八・六）。
(20)「かうやむごとなき御腹に、同じ光にてさし出でたまへれば、瑕なき玉と思ほしかしづくに」（「紅葉賀」①三二八）とある。冷泉帝は光源氏と同じような美質を持ち、さらに先帝の后腹の内親王藤壺の宮を母とする高貴な出自であることから、桐壺帝には「瑕なき玉」とうつる。

第六章　藤壺の宮の立后——藤原遵子との比較から——

一　問題の所在

藤壺の宮の准拠は、仁明天皇の皇后正子内親王や醍醐天皇の「妃」である為子内親王、冷泉天皇の中宮昌子内親王や、円融天皇に入内した尊子内親王などが挙げられる。(注1) とりわけ、為子内親王の例は、延喜天暦期の史実であることもあり、先行研究ではよく取り上げられ、為子内親王の入内が宇多上皇の意向によるものであることから、桐壺院のあり方と重なることが指摘されている。(注2) このように、先行研究において藤壺の宮の入内と立后を考える上で、引き寄せられる史実は内親王である。本章では、平安時代における后の条件を検討し、藤壺の宮の「内親王」という身分にとらわれず、その立后の経緯について考えてみたい。具体的には、円融朝における藤原遵子の立后の事例に比定する。それは、両者の立后に至る経緯や後宮の状況に重なる部分があるためである。岡部明日香は、円融朝の史実を取り上げ、『源氏物語』に描かれる桐壺朝や朱雀朝の政治状況について論じているが、(注3) 藤壺の宮と遵子との直接的な比較はなされていない。そこで、藤原遵子の立后事情と円融朝の後宮の情勢を検討することで、『源氏物語』における藤壺の宮の立后と桐壺朝の後宮のあり方、そして物語における后位の問題について考察したい。

二　藤壺の宮立后の特異性

藤壺の宮の立后は、「紅葉賀」巻に描かれる。それは、桐壺帝の治世の末期であった。東宮冊立からおよそ十五年経っているにも関わらず、桐壺帝の中宮は不在であった。立后は事実上、藤壺の宮と弘徽殿女御との間で争われる。(注4)物語本文には次のように叙述される。

【1】帝（桐壺帝）おりゐさせたまはむの御心づかひ近うなりて、この若宮（冷泉帝）を坊にと思ひきこえさせたまふに、御後見したまふべき人おはせず、御母方、みな親王たちにて、源氏の公事知りたまふ筋ならねば、母宮（藤壺の宮）をだに動きなきさまにしおきたてまつりて、強りにと思すになむありける。弘徽殿（女御）、いとど御心動きたまふ、ことわりなり。されど「春宮（朱雀帝）の御世、いと近うなりぬれば、疑ひなき御位なり。思ほしのどめよ」とぞ聞こえさせたまひける。【2】げに、春宮の御母にて二十余年になりたまへる女御（弘徽殿女御）をおきたてまつりては、引き越したてまつりたまひがたきことなりかしと、例の、安からず世人も聞こえけり。（略）【3】同じ后と聞こゆる中にも、后腹の皇女、玉光りかかやきて、たぐひなき御おぼえにさへものしたまへば、人もいとことに思ひかしづききこえたり。

（「紅葉賀」①三四七～三四八）

傍線部【1】には、桐壺帝が若宮（冷泉帝）を立太子させるため、藤壺の宮の立后を推進したことが見え、藤壺の宮の立后は、冷泉帝立太子の伏線として描かれている。そして、傍線部【2】のように、この藤壺の宮の立后を世人は「引き越したてまつりたまひがたきことなりかし」と批判したという。注意したいのが、藤壺の宮が弘徽殿女御を抑えて立后したことについて「引き越す」と表現されている点である。問題となってくるのが、このときの藤壺の宮の後宮における身分である。古注釈の指摘に始まり、藤壺の宮の後宮における身位は「女御」と認識されていた。弘徽殿女御と藤壺の宮が同じ女御であれば、弘徽殿女御が東宮の母であり藤壺の宮よりも重い立場であると解釈でき、「引き越す」という表現は不自然ではない。しかしながら、藤壺の宮が物語本文において一度も「女御」と呼称されないことや、平安時代の史実では入内した内親王の多くが令制の「妃」となることから、近年では藤壺の宮は令制の「妃」であったとされている。(注5) 令制の「妃」は女御の上位にあるため、藤壺の宮が立后することは弘徽殿女御を「引き越す」状況であると表現されることへの不自然さが指摘されている。(注6) このことについて、考えてみたい。

「引き越す」という語は、「順序を越えて引き上げる。他人よりも、または通常の基準以上に官位を進ませる。他人を追い越させる」と説明される。(注7)「引き越す」の用法を確認する。

山井（藤原道頼）の中納言にておはするに、小千代君（藤原伊周）宰相中将にておはするを、摂政殿（藤原道隆）やすからず思して、引き越して大納言になしたてまつらせたまひつ。山井（道頼）いと心憂く思ひきこえたまへり。

（『栄花物語』巻第四「みはてぬゆめ」①一九七）

おとこ君たちは、太郎君（藤原道頼）、故伊予守守仁のぬしの女のはらぞかし、大千与君よな。それは、祖父おとゞ（藤原兼家）の御子にしたてまつりたまて、道頼六郎君とこそはましゝか。大納言までなり給へりき。（中略）いまひとゝころは、小千与ぎみ（藤原伊周）とて、かのほかばらの大千与ぎみ（道頼）にはこよなくひきこし、

廿一におはせしとき、内大臣になしたてまつりたまて、　（『大鏡』「道隆伝」一八一）

道隆は祖父兼家の養子となった長男道頼よりも、正妻腹である次男伊周を可愛がっていた。そこで、中納言であった道頼を飛び越えて伊周を大納言に任じ、それ以降、兄弟の身分は逆転したままとなる。この状況に関して、『栄花物語』『大鏡』ともに「引き越す」と表現している。新全集『栄花物語』は、「兄をとび越して」（巻第四「みはてぬゆめ」①一九七）と訳出され、旧大系『大鏡』の頭注には、「妾腹の大千代君に比べて格段官位を引越し昇進せしめて」（「道隆伝」一八一）、新全集『大鏡』の頭注には、「兼家在世時には道頼の官職が先行したが、正暦三年（九九二）八月、伊周が権大納言に任じた時から兄を超えた」（「道隆伝」二六〇）などと説明されている。当時、上席の者を越えてより高い官職に任じられるケースは決して珍しいことではない。これは、伊周の官職が道頼より下位にあったことを指しているが、それだけではなく、道頼が伊周の兄であることが要点であろう。異腹とはいえ、実の兄を越えて伊周が昇進していく様子を「引き越す」と表現しているものと解釈できる。特に、『大鏡』に「こよなくひきこし」と表現されることは、伊周が大納言に就任し、初めて兄道頼を越えたときだけでなく、それ以降、ずっと兄弟の官職は逆転したままであったことを意味している。

このことを踏まえ、藤壺の宮の立后について考えたい。藤壺の宮はやはり令制の「妃」であり、「引き越す」という表現は、後宮における身分ではなく、入内や立后の順序にある明文化されていない規則の上に生じたものであろう。弘徽殿女御は桐壺帝に一番先に入内した后妃であり、かたや藤壺の宮は最後に入内した新参者である。そして何より、弘徽殿女御は現東宮の生母という立場であり、他の后妃より格上なのである。桐壺帝が「疑ひなき御位」と言うのは、弘徽殿女御に約束された皇太后位を指す。その弘徽殿女御の「后位」よりも先に藤壺の宮が中宮の「后位」に昇ることとは、立后の順序が適切でないという道理に基づいて世間の人々から批判されたのである。また、傍線部【3】（一四七頁）には、藤壺の宮の立后が賞賛されるにあたり、「后腹の皇女」という出自について触れられている。(注8) しかし、換言すると、弘徽殿女御にまさる藤壺の宮の立后の条件が、その点にしか認められないことの裏返しでもある。後宮の覇権争いである立后問題は、皇位継承にも関わる重要な人事であった。それは、当事者である帝や后妃たちだけの問題でなく、后妃の生家や皇子たちの政治的な立場を左右する。世人が「引き越したてまつりたまひがたきこと」と批判する点について検討する必要があろう。

三　円融朝における藤原遵子の立后

藤壺の宮の立后に関わる問題点を押さえつつ、円融朝における藤原遵子の立后について確認したい。円融朝では、中宮藤原媓子が亡くなった後、藤原遵子と藤原詮子との間で立后争いが起き、その結果、遵子が立后する。遵子は、関白太政大臣頼忠の娘、そして詮子は、円融天皇の外戚である右大臣兼家の娘である。遵子は皇子なくして立后したため、「素腹の后」などという不名誉なあだ名をつけられたことが『栄花物語』や『大鏡』に見える。(注9) しかしながら、円融天皇の一人目の中宮媓子や、その前の冷泉天皇の皇后となった昌子内親王もまた、皇子を産まずして立后している。彼女たちは遵子と同じように「素腹の后」でありながら、批判されることはなかった。それは、立后の時点で対抗し得る后妃が存在しなかったためだと思われる。つまり、遵子に向けられた批判は、懐仁親王（一条天皇）の母詮子の存在なくしてはありえない。そして何より、懐仁親王が円融天皇の唯一の皇子であり、東宮候補であったことも関わってくる。

懐仁親王を産んだ詮子の立后が当然視されるなか皇子のない遵子が中宮に立ったということから、遵子立后は否定的に捉えられる傾向にある。それは、道長の姉にあたる詮子の不立后を不本意なものと描く歴史物語の影響もあるであろう。(注10)一方で、関白太政大臣頼忠と右大臣兼家という二大勢力の間で、円融天皇が両者の均衡を保つため、遵子の立后を行ったという見解がある。(注11)頼忠は関白ではあるが、円融天皇との血縁関係はない。そこで、詮子の立后によって、円融天皇の外戚である兼家の勢力がさらに増長するのを危惧したというのである。(注12)円融天皇が詮子ではなく遵子を立后させたことは、兼家ではなく頼忠との政治的連携を選択したことを示す。しかしながら、それが先述したような政治勢力の均衡を保つか否かは、判断が難しい。むしろ、兼家側の反発は必至である。円融天皇が自らの治世を安定化したいのならば、遵子ではなく詮子を立后させ、頼忠ではなく兼家と協調する方が得策であったようにも思える。(注13)土田直鎮が「実際の姿としては摂関は決して自己の一存で事を左右する慣例も実力もなかった(これは天皇も同様であるが)(注14)」と述べたように、摂関政治は天皇と摂関の双方が互いに牽制し、協調し合うことで成立している政治形態であり、摂関政治期の天皇を摂関の傀儡と見なすのは早計である。また、摂関政治が天皇の外戚関係を基軸としており、政権構造と後宮情勢が密接に関わってくることから、後宮の秩序を決定付ける立后問題は、天皇自身にとっても政治的に重要である。(注15)そこで、遵子立后を決断した円融天皇の思惑を、もっと積極的に考えてみたい。歴史学では、円融天皇は当初から、詮子の産んだ懐仁親王への皇位継承を望んでおらず、遵子に皇子が産まれることを期待したというように、円融天皇の判断を積極的に捉える見方がされている。(注16)この時点では、まだ懐仁親王は立太子していない。そこで、遵子の立后は、その所生皇子の立太子のためと解釈できるのである。これは、『源氏物語』において桐壺帝が藤壺の宮を立后させた背景と同じである。ただし、弘徽殿女御の皇子(朱雀帝)は、既に東宮になっている。この状況下で、桐壺帝が冷泉帝の誕生の後に藤壺の宮を立后させたことは、正しい判断といえよう。藤壺の宮が后腹の内親王であるとはいえ、東宮の母である弘徽殿女御が存在する以上、皇子のないまま立后していたら、「素腹の后」という非難は免れなかったにちがいない。桐壺帝が、中宮不在のまま東宮の母である弘徽殿女御を据え置き、さらに藤壺の宮に皇子が誕生するまで立后を延引したことは決して偶然ではない。

藤壺の宮立后は、冷泉帝を出産した好機に決行された。

四　后位の問題と後宮の変遷

さて、円融朝では、懐仁親王の母である藤原詮子ではなく、藤原遵子が立后したことによって、「后位」の問題が起きることとなる。それは、譲位した上皇（法皇）に複数の后（中宮と皇太后）が存在することである。これを「一院二后」と便宜的に呼びたい。「一院二后」の出来する原因には、二つのケースある。まず、一つ目は母親の異なる複数の兄弟が相次いで即位し、二人の生母がそれぞれ皇太后となり后位に昇る場合、そして、二つ目は天皇の在位中に立后した后妃とは別の后妃の産んだ皇子が即位して、その后妃が皇太后となる場合である。

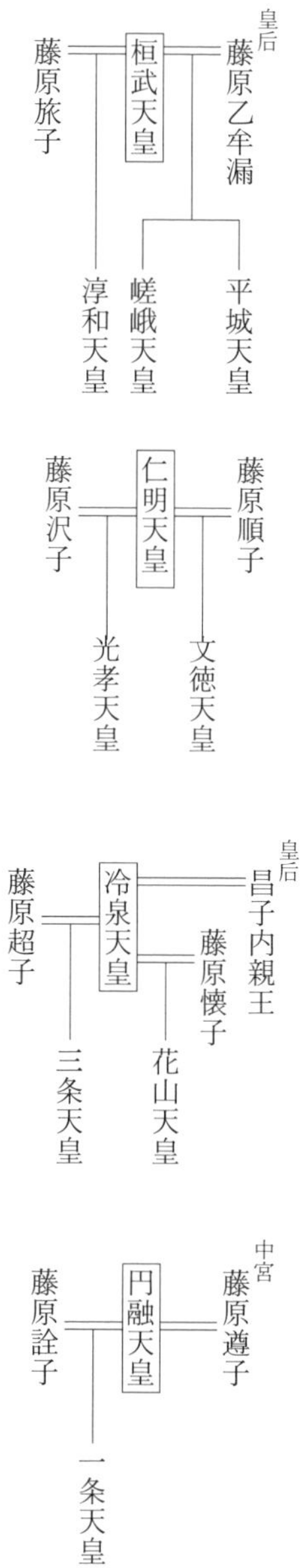

平安時代における異母兄弟による皇位継承は、次の三例ある。まず、桓武天皇の三人の皇子がそれぞれ即位して、平城天皇（母は藤原乙牟漏）・嵯峨天皇（母は平城に同じ）・淳和天皇（母は藤原旅子）が立ったケースである。桓武天

皇の皇后は藤原乙牟漏なので、淳和天皇の母藤原旅子が皇太后となった場合、「一院二后」の出来する可能性があった。ところが、旅子は淳和天皇の即位前に亡くなっていたため、后位が追贈されるにとどまり、「一院二后」は回避された。また同じように、仁明天皇の皇子である文徳天皇（母は藤原順子）と光孝天皇（母は藤原沢子）も異母兄弟であるが、光孝天皇の即位の前に生母沢子は亡くなっているので、「一院二后」は実現していない。最後に、冷泉天皇の場合である。花山天皇（母は藤原懐子）と三条天皇（母は藤原超子）という異母兄弟がそれぞれ即位しているばかりか、冷泉天皇には皇子を出産していない昌子内親王が皇后に冊立されており、この場合には、「一院三后」という事態が出来する可能性もあった。しかしながら、これもまた懐子や超子がその皇子の即位前に亡くなっていたため、偶然にも后位の問題は起こりえなかったのである。歴史上、初めて「一院二后」が実現するのが、円融朝である。それは、異母兄弟による皇位継承ではなく、円融天皇の在位中に藤原遵子が立后し、次いで藤原詮子が所生皇子（懐仁親王、のちの一条天皇）の即位時に皇太后となることで出来した。

『源氏物語』の場合、異母兄弟である朱雀帝と冷泉帝がそれぞれ即位するので、桐壺帝を配偶者とするふたりの「后」（中宮と皇太后）が立つのは必至であった。問題なのは桐壺帝が先に即位する朱雀帝の生母弘徽殿女御ではなく、次に即位する冷泉帝の生母藤壺の宮の方を先に立后させたことである。この「一院二后」は、結果的には異母兄弟による皇位継承を原因としているように見えるが、桐壺帝がその在位中に東宮の母女御（弘徽殿女御）ではなく別

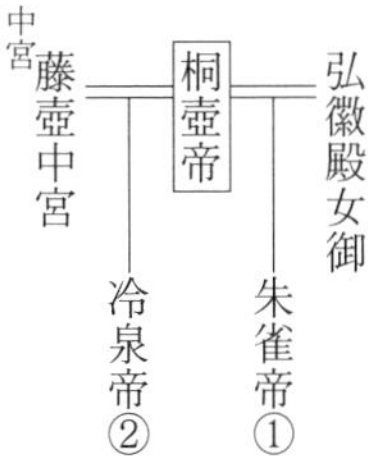

の后妃（藤壺の宮）を中宮に立后させたことにある。本章において、藤壺の宮の立后の問題を考えるにあたり、先行研究では取り上げられなかった円融朝の藤原遵子を比較対象とした理由はここにある。

さて、藤原詮子が懐仁親王（一条天皇）の即位時に皇太后となるに及び、円融天皇を配偶者とするふたりの「后」が存在することとなった。このような事態によって、後宮には支障が生まれる。従来、「后位」は皇后・皇太后・太皇太后の「三后」であったが、ひとりの天皇（院）に対して複数の后が存在すると、后位の枠が足りなくなるのである。一条天皇の即位時には、皇后位（中宮）に藤原遵子（配偶者は円融天皇）、皇太后位に藤原詮子（配偶者は円

【表一】三后対応表　※橋本義彦『平安貴族社会の研究』（吉川弘文館、一九七六・八）の附表2「三后対照表」を参照して作成した。

配偶天皇	后妃	中宮（皇太夫人）	皇后	皇太后	太皇太后
桓武天皇	藤原乙牟漏		延暦2年（七八三）4月18日		
嵯峨天皇	橘嘉智子		弘仁6年（八一五）7月13日	弘仁14年（八二三）4月23日	天長10年（八三三）3月2日
淳和天皇	正子内親王		天長4年（八二七）2月27日	天長10年（八三三）3月2日	仁寿4年（八五四）4月26日
仁明天皇	藤原順子	（嘉祥3年（八五〇）4月17日）		仁寿4年（八五四）4月26日	貞観6年（八六四）1月7日
文徳天皇	藤原明子	（天安2年（八五八）11月7日）		貞観6年（八六四）1月7日	元慶6年（八八二）1月7日
清和天皇	藤原高子	（貞観19年（八七七）1月3日）		元慶6年（八八二）1月7日	
光孝天皇	班子女王	（仁和3年（八八七）11月17日）		寛平9年（八九七）7月26日	
宇多天皇	藤原温子	（寛平9年（八九七）7月26日）			
醍醐天皇	藤原穏子	延喜23年（九二三）4月26日		承平1年（九三一）11月28日	天慶9年（九四六）4月26日
村上天皇	藤原安子	天徳2年（九五八）10月27日			
冷泉天皇	昌子内親王	康保4年（九六七）9月4日		天禄4年（九七三）7月1日	寛和2年（九八六）7月5日
円融天皇	藤原媓子	天禄4年（九七三）7月1日			
	藤原遵子	天元5年（九八二）3月11日	永祚2年（九九〇）10月5日	長保2年（一〇〇〇）2月25日	寛弘9年（一〇一二）2月14日

	藤原詮子			寛和2年（九八六）7月5日	
一条天皇	藤原定子	永祚2年（九九〇）10月5日	長保2年（一〇〇〇）2月25日		
	藤原彰子	長保2年（一〇〇〇）2月25日		寛弘9年（一〇一二）2月14日	寛仁2年（一〇一八）1月7日
三条天皇	藤原妍子	寛弘9年（一〇一二）2月14日		寛仁2年（一〇一八）10月16日	
	藤原娍子		寛弘9年（一〇一二）4月27日		
後一条天皇	藤原威子	寛仁2年（一〇一八）10月16日			
後朱雀天皇	禎子内親王	長元10年（一〇三七）2月13日	長元10年（一〇三七）3月1日	永承6年（一〇五一）2月13日	治暦4年（一〇六八）4月17日
	藤原嫄子	長元10年（一〇三七）3月1日			
後冷泉天皇	章子内親王	永承1年（一〇四六）7月10日		治暦4年（一〇六八）4月17日	延久1年（一〇六九）7月3日
	藤原寛子	治暦4年（一〇六八）4月17日	永承6年（一〇五一）2月13日	延久1年（一〇六九）7月3日	延久6年（一〇七四）6月20日
	藤原歓子		治暦4年（一〇六八）4月17日	延久6年（一〇七四）6月20日	
後三条天皇	馨子内親王	延久1年（一〇六九）7月3日	延久6年（一〇七四）6月20日		
白河天皇	藤原賢子	延久6年（一〇七四）6月20日			
堀河天皇	篤子内親王	寛治7年（一〇九三）2月22日			
鳥羽天皇	藤原璋子	永久6年（一一一八）1月26日			
	藤原泰子		長承3年（一一三四）3月19日		
	藤原得子		永治1年（一一四一）12月27日		
崇徳天皇	藤原聖子	大治5年（一一三〇）2月21日		永治1年（一一四一）12月27日	
近衛天皇	藤原多子		久安6年（一一五〇）3月14日	保元1年（一一五六）10月27日	保元3年（一一五八）2月3日
後白河天皇	藤原忻子	保元1年（一一五六）10月27日	保元4年（一一五九）2月21日		
二条天皇	姝子内親王	保元4年（一一五九）2月21日			
高倉天皇	藤原育子	応保2年（一一六二）2月19日	承安2年（一一七二）2月10日		
	平徳子	承安2年（一一七二）2月10日			
後鳥羽天皇	藤原任子	建久1年（一一九〇）4月26日			

融天皇）、太皇太后位に昌子内親王（配偶者は冷泉天皇）がそれぞれおり、「三后」全てが埋まっていたのである。このような中、一条天皇の女御藤原定子の立后を強行するため、「皇后」と「中宮」を区別する打開策が講じられ、遵子は「皇后」、定子は「中宮」とされる。これを先例として、一条朝においても定子を皇后として「中宮」位を空け、藤原彰子の立后が実現されるのである。平安後期における「二后並立」の慣例化は一条朝に始まるが、そもそもは円融天皇の「一院二后」による「后位」の問題に起因していたといえるのである。【表二】は、三后対応表である。それぞれ中宮（皇太夫人）・皇后・皇太后・太皇太后に立后した年月日を示している。このうち、詮子の皇太后立后は一条天皇の即位に伴っており、中宮や皇后を経ずに女御から皇太后に立った特殊な事例である。なぜならば、詮子は東宮の生母でありながら、配偶天皇の在位中に立后できなかったからである。詮子は遵子との立后争いに敗れたため、所生皇子の即位まで、東宮の母でありながら女御の地位に据え置かれた。従来は、東宮や東宮候補といった皇子を産んでいる后妃が中宮（あるいは皇太夫人）となったが、昌子内親王や藤原媓子のような皇子のない后の出現と、東宮候補の母女御を差し置いて立后した藤原遵子の例によって、後宮が変容していったのである。

続いて、皇太后冊立について確認する。班子女王から藤原妍子までの皇太后（皇后）への后位の転上の年月日を示す。(注17)

Ⅰ	班子女王	寛平九年（八九七）七月二十六日	藤原温子立皇太夫人時
Ⅱ	藤原穏子	承平元年（九三一）十一月二十八日	
Ⅲ	昌子内親王	天禄四年（九七三）七月一日	藤原媓子立后時
Ⅳ	藤原詮子	寛和二年（九八六）七月五日	一条天皇即位時
Ⅴ	藤原遵子	永祚二年（九九〇）十月五日（皇后）	藤原定子立后時

Ⅵ　藤原定子　長保二年（一〇〇〇）二月二十五日　藤原彰子立后時
Ⅶ　藤原彰子　長保二年（一〇〇〇）二月二十五日（皇后）　藤原彰子立后時
Ⅷ　藤原妍子　寛弘九年（一〇一二）二月十四日　藤原妍子立后時
　　　　　　　寛仁二年（一〇一八）十月十六日　藤原威子立后時

これによると、藤原穏子を除く后妃が、新たな中宮冊立時に押し上げられる形で、中宮から皇太后（皇后）に転上していることがわかる。例えば、冷泉天皇の皇后である昌子内親王は、次の円融天皇の即位時ではなく、円融朝の女御藤原媓子の立后の際、皇太后となっている。円融天皇の即位後四年間、昌子内親王は「中宮」と呼ばれていた。藤原遵子もまた、花山天皇の時代には「中宮」のままである。もし花山朝に立后が行われていたら、遵子は皇太后に転上したであろう。ところが、花山天皇は二年で譲位し、次の一条天皇が藤原定子を立后させるまで、遵子は「中宮」であり続けるのである。このように、代替わりではなく、新たな后の冊立時に、后位が転上されるのが通例であり、藤原詮子の立皇太后のタイミングが異例であることがわかる。

以上のことを踏まえ、『源氏物語』における「后位」の問題を考えたい。藤壺の宮（中宮）の立后は桐壺帝の在位中のことであり、桐壺帝の治世下では「后」は藤壺中宮ひとりである。しかしながら、朱雀朝になると弘徽殿女御（大后）は朱雀帝の生母という立場から皇太后位に昇り、もうひとりの「后」となる。つまり、桐壺院にはふたりの后が存在することとなる。桐壺院に藤壺中宮（中宮）と弘徽殿大后（皇太后）というふたりの后が立ったことは、物語世界にどのような影響を与えているのだろうか。岡部明日香は、藤壺中宮が存在したため、朱雀帝に中宮が冊立されることはなかったと指摘する。（注18）しかしながら、朱雀朝において后位は、中宮に藤壺中宮、皇太后に弘徽殿大后がいるものの、太皇太后は空位であった可能性が高い。すると、藤壺中宮と弘徽殿大后の后位をそれぞれ押し上げる形で、朱雀帝の后妃が中宮に立つことは不可能ではなかった。しかし、藤壺中宮は朱雀朝においても「中宮」と呼ばれており、先帝の中宮として据え置かれている。これは、朱雀帝に中宮が立てられることがなく、藤壺中宮の「后位」を転ずる必要性がなかったためである。つまり、朱雀朝における中宮不在こそ、藤壺中宮が「中宮」のままであり続けた理由であり、藤壺中宮の存在が朱雀朝における中宮冊立を妨げたわけではないのである。なお、冷泉帝の秋好中宮は、所生皇子のない中宮ではあるが、次代の明石女御が立后するに及び、皇太后となったと解釈してよいであろう。

五　『栄花物語』における円融朝の後宮

以上のように、『源氏物語』における藤壺の宮の立后を、円融朝の史実である藤原遵子の立后を手がかりとして、再検討した。ここでは、『源氏物語』「紅葉賀」巻の藤壺の宮の立后と『栄花物語』「花山たづぬる中納言」に描かれる円融朝の立后事情を比較することにより、后位の問題についてさらに考察する。『栄花物語』が『源氏物語』の叙述方法に倣っていることは自明のことであるが、それればかりでなく、『源氏物語』を読み解く手段として歴史物語の記述を活かすことができる。『栄花物語』巻第二「花山たづぬる中納言」には、円融天皇のふたりの女御、藤原遵子と藤原詮子とが立后をめぐって争い、遵子が立后する経緯が描かれている。その本文を以下に引用する。

一の御子（懐仁親王）生れたまへる梅壺（藤原詮子）を置きてこの女御（藤原遵子）のゐたまはんを、世人いかにかは言ひ思ふべからんと、人敵はとらぬこそよけれなど、思しつつ過ぐしたまへば、「などてか。梅壺（詮子）は今はとありともかかりとも、かならずの后なり。世も定めなきに、この女御（遵子）の事をこそ急がれめ」と、つねにのたまはすれば、うれしうて人知れず思しいそぐほどに、今年もたちぬれば、口惜しう思しめす。
（『栄花物語』「花山たづぬる中納言」①一〇六〜一〇七）

傍線部にあるように、円融天皇は詮子がいずれ后位に昇ることを確約する引き替えに、ここでは遵子の立后を進めたいという。そして、これは『源氏物語』「紅葉賀」巻で、桐壺帝が藤壺の宮の立后を説得する際、弘徽殿女御（大后）に対してかけたことばに酷似している（一四七頁）。弘徽殿女御にとって東宮（朱雀帝）の即位による「疑ひなき御位」が約束されていることは、「かならずの后」と同じ意味である。つまり、桐壺帝も円融天皇も皇太后位を持ち出して、立后問題を収束させようとしているのである。しかし、この時、詮子の皇子である懐仁親王はまだ立太子していない。既に述べたことであるが、歴史学において円融天皇は懐仁親王への皇位継承を望んでおらず、遵子に皇子誕生を期待したと指摘されている。しかしながら『栄花物語』の記述では、円融天皇は懐仁親王の立太子を確約しているなど、詮子の立場は『源氏物語』における弘徽殿女御のそれに極めて近いように描かれている。興味深いのは、『栄花物語』における遵子と詮子の入内時期が逆に設定されていることである。（注19）史実では、先に遵子が入内し、後から詮子が参入するのであるが、『栄花物語』ではその順序が逆転している。それに加え、円融天皇の寵愛は詮子に注がれているのに対し、遵子は関白の娘という立場を重んじるのみであることが繰り返し述べられている。このように、詮子の立后の正当性が強調されることで、遵子を立后させた円融天皇の決断に対する批判へと収斂させているのである。なお、入内順序という問題については、『源氏物語』「少女」巻における冷泉朝の立后争いの場面でも触れられている。

源氏のうちしきり后にゐたまはんこと、世の人ゆるしきこえず、弘徽殿（女御）の、まづ人より先に参りたまひにしもいかがなど、内々に、こなたかなたに心寄せきこゆる人々、おぼつかながりきこゆ。
（「少女」③三〇〜三一）

ここでは、冷泉帝の三人の女御のうち、斎宮女御（秋好中宮）が弘徽殿女御（弘徽殿大后の姪）と王女御を抑えて立后する。冷泉帝の後宮に入内した順序は、弘徽殿女御が一番早く、その約二年後に斎宮女御が入内し、最後が王女御であった。ここでは、斎宮女御よりも弘徽殿女御の方が先に入内していた事実を理由に、斎宮女御の立后が批判されており、入内する順序が立后の条件のひとつとされていることがわかる。ただし、明石女御の立后について、物語は詳細を語らない。「御法」巻において、明石女御を「后の宮」と呼称することではじめて、その立后が明らかにされる。これは、物語において明石女御の立后が当然のことと描かれ、読者にも違和感なく受け止められるからであろう。明石女御は、准太上天皇光源氏の娘であること、そして既に東宮の皇子たちを大勢産んでおり、他の后妃を圧倒する存在であった。唯一、麗景殿女御（のちの藤壺女御）は、明石女御より先に入内しているが、それは他の后妃の入内を促すため明石女御入内を延期させるという光源氏の配慮によるものであり、立后問題とは直接関わらなかったのである。以上のことを考慮すると、「紅葉賀」巻において、藤壺の宮（中宮）が弘徽殿女御（大后）を差し置いて立后する際、弘徽殿女御が「春宮の御母にて二十余年になりたまへる女御」と表現されていることの意味が見えてくる。単に「春宮の御母」ではなく、桐壺帝の古参の女御であることが重要であり、その年数が具体的に表記されることによって、弘徽殿女御（大后）の後宮での重みが示されているといえよう。

六　もうひとりの后妃尊子内親王

以上、藤壺の宮の立后について藤原遵子の史実を媒介として検討した。最後に円融天皇のもうひとりの后妃である尊子内親王について取り上げる。尊子内親王は、冷泉天皇の皇女であり、藤原懐子を母とする花山天皇の同母姉である。尊子内親王は、その住まいが火事に遭ったことから「火の宮」と呼ばれた。この「ひの宮」呼称が、令制の「妃」を掛けたものであったとの説から、藤壺の宮が「かかやくひの宮」と呼ばれることとの関わりが指摘されている。(注20)ここでは、尊子内親王の冷泉天皇の皇女という立場に注目し、皇統の問題との絡みから藤壺の宮の入内、立后について考えたい。

尊子内親王の入内の経緯は明らかではない。尊子内親王が円融天皇の後宮に入内した時には、母懐子や外祖父伊尹は既になく、父冷泉上皇も後見人としては難しい精神状態であったことから、円融天皇からの入内要請があったとする見解や、藤原兼家が藤原頼忠の娘遵子の排斥を狙って推進したという指摘などがある。(注21)ここでは特に、皇統の問題との関わりから考える。村上天皇の後、冷泉天皇と円融天皇が兄弟で皇位を継承したことによって皇統は分裂する。そして、冷泉天皇の皇女である尊子内親王が円融天皇の後宮に入ることによって、円融天皇に正統性が付与されることが指摘されている。(注22)このような観点から『源氏物語』における藤壺の宮の入内、立后を考えることができる。藤壺の宮が先帝の后腹の内親王であったことは、桐壺帝の皇統にとって重要であった。弘徽殿女御を圧倒する存在としてだけではなく、先帝の后腹の内親王を迎えることで、桐壺帝の新しい皇統に正統性を付与する目的があったと考えられる。后腹という点だけ除けば、この状況は尊子内親王の円融天皇への入内と同じ構造である。しかし尊子内親王は立后できなかった。一方、桐壺帝は弘徽殿女御を抑えて、藤壺の宮の立后を強行した。桐壺帝の政治的な企図は、藤壺の宮が断絶する先帝の皇統の皇女であったことによるのではないだろうか。例えば、史実における朱雀天皇の皇女昌子内親王は、冷泉天皇の即位前という異例の早さで立后している。昌子内親王は断絶する皇統の皇女である。ここには、兄弟による皇位継承が行われた後、断絶する皇統の皇女を新皇統の天皇の后妃とすることで、直系の権威や正統性を補完するという観念がある。それは、『源氏物語』以降の史実を見ても同様である。例えば、三条天皇の皇女禎子内親王が後朱雀天皇の后となる例や、後一条天皇のふたりの皇女章子内親王と馨子内親王がそれぞれ後冷泉天皇と後三条天皇に入内し立后する例なども、同様のケースである。一方、冷泉天皇の皇女である尊子内親王の場合、同母弟師貞親王（花山天皇）が立太子しており、円融天皇の東宮となっていることから、冷泉系は断絶する皇統とは見なされてはおらず、尊子内親王の立后の必要性は低かった。さらに、尊子内親王には異母弟が三人（居貞親王・為尊親王・敦道親王）おり、それぞれ皇位継承権を有している。この時点では、直系である冷泉天皇の皇統が正統であり、むしろ皇子のいない円融天皇の皇統の存続こそ危ぶまれていた。事態は全く異なっていたのである。もしも仮に、冷泉天皇に跡継ぎとなる皇子がいなかったら、尊子内親王は断絶する皇統の皇女という立場で、円融天皇の後宮で立后する可能性が生じていたであろう。

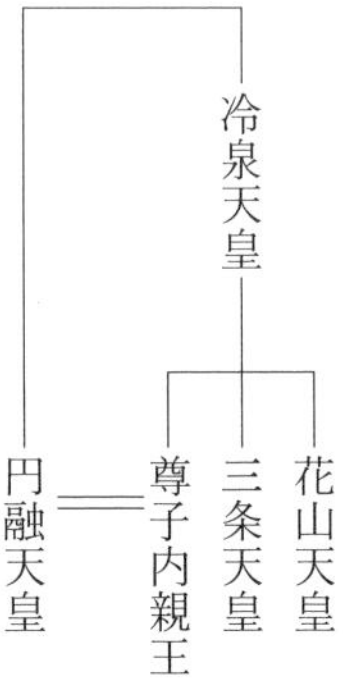

以上のことを踏まえ、『源氏物語』における立后と皇統の問題について、桐壺帝の立場から考えてみる。まず、桐壺帝が藤壺の宮を入内・立后させたのは、自らの皇統を安定化させるため、先帝の皇統の正統性を利用したものである。そればかりでなく、先帝の皇統を断絶させなければならない。そこで、藤壺の宮の立后を行うことで、先帝の后腹の皇子である兵部卿宮の皇位継承を阻止したのではないだろうか。藤壺の宮の入内・立后を、桐壺帝の皇統意識から考えてみると、自身の皇統の安定化のため、先帝系皇統の正統性を利用するとともに、先帝系皇統を確

実に終焉させる目的も見出せる。桐壺帝は、皇統の存続が天皇の最も重要な責務であることを自覚し、藤壺の宮を後宮に迎えて后に立てたのである。それは、まさに桐壺帝の巧妙で大胆な政治的手腕といえるであろう。

注

（1）『河海抄』は、為子内親王や源和子を挙げる（巻一「桐壺」二〇七）。また、今西祐一郎「「火の宮」尊子内親王──「かかやくひの宮」の周辺──」（『国語国文』第五一巻第八号、一九八二・八）には尊子内親王が、後藤祥子「藤壺の宮の造型」（森一郎編『源氏物語作中人物論集』勉誠社、一九九三・一）には昌子内親王の例が取り上げられている。ほか、浅尾広良「藤壺の准拠」（上原作和編『人物で読む源氏物語　藤壺の宮』勉誠出版、二〇〇五・六）には、正子内親王の造型が指摘されている。

（2）日向一雅「桐壺帝の物語の方法──源氏物語の準拠をめぐって──」（『源氏物語の準拠と話型』至文堂、一九九九・三）、吉野誠「藤壺「妃の宮」の出産と生死をめぐって──物語における「史実」考──」（『物語研究』第二号、二〇〇二・三）。

（3）岡部明日香「源氏物語と円融朝の史実──桐壺帝・朱雀帝治世下の政治情勢に関連して──」（『平安朝文学研究』復刊五号、一九九六・一二）。

（4）立后の可能性のある后妃は、藤壺の宮、弘徽殿女御の他に、承香殿女御（四の宮の母）、八の宮の母女御、麗景殿女御（花散里の姉）、帥宮の母女御（本文に明記されないが、おそらく女御であろう）である。

（5）小松登美「「妃の宮」考」（『跡見学園短期大学紀要』第七・八併号、一九七一・三）、今西祐一郎「「かかやく妃の宮」考」（『文学』第五〇巻第七号、一九八二・七）、および前掲注（1）今西論文。

（6）増田繁夫「藤壺は令制の〈妃〉か」（『人文研究』第四三巻第一〇号、一九九一・一二）では、藤壺の宮が令制の妃でない理由として、これを根拠のひとつに挙げる。

（7）中村幸彦・岡見正雄・阪倉篤義編『角川古語大辞典』（角川学芸出版、二〇一二・八）。

（8）島田とよ子「『源氏物語』の皇后冊立の状況」（『大谷女子大学紀要』第一八号、一九八三・九）。

（9）『栄花物語』には、「一の御子（懐仁親王）おはする女御（詮子）を措きながら、かく御子もおはせぬ女御（遵子）

の后にゐたまひぬること、やすからぬことに世の人なやみ申して、素腹の后とぞつけたてまつりたりける」（巻第二「花山たづぬる中納言」①一一一）とあり、『大鏡』には、「進内侍かほをさしいでゝ、「御いもうとのすばらの后（遵子）は、いづくにかおはする」ときこえかけたりけるに」（「頼忠伝」九四）と見える。

(10) 山中裕「藤原兼家」（『平安人物志』東京大学出版会、一九七四・一一）には、円融天皇の優柔不断な態度が指摘されている。

(11) 加藤友康「摂関政治と王朝文化」（『日本の時代史6　摂関政治と王朝文化』吉川弘文館、二〇〇二・一一）。

(12) 前掲注（3）岡部論文。このような観点は、『源氏物語』において桐壺帝が東宮（朱雀帝）の外戚である右大臣家の勢力の拡大を抑制するため、後宮政策をしていない左大臣を登用し、両者を対抗させようとしていたことと通底する。

(13) 目崎徳衛「円融上皇と宇多源氏」（『貴族社会と古典文化』吉川弘文館、一九九五・二）には、円融天皇の譲位の理由のひとつに、兼家との対立を挙げている。そして、その対立激化の契機は、詮子ではなく遵子を立后させたことにあるという。

(14) 土田直鎮「摂関政治に関する二、三の疑問」（『奈良平安時代史研究』吉川弘文館、一九九二・一一）には、「とかく機械的、図式的に天皇（或は朝廷）と摂関家とを対立して考えがちな風があるのは、私としても自戒すべき所であると思う」とある。

(15) 倉本一宏「一条天皇後宮の変遷」（『摂関政治と王朝貴族』吉川弘文館、二〇〇〇・七）。

(16) 保立道久「摂関政治と王統分裂」（『平安王朝』岩波書店、一九九六・一一）、沢田和久「円融朝政治史の一試論」（『日本歴史』第六四八号、二〇〇二・五）。

(17) 藤原温子、藤原安子、藤原媓子は中宮のまま没しており、皇太后には冊立されていない。

(18) 前掲注（3）岡部論文。および、岡部明日香「朱雀院論―桐壺院の遺言からの考察―」（『中古文学論攷』第一九号、一九九八・一二）にも同様の指摘がある。

(19) 入内の順序という問題で言えば、『栄花物語』「花山たづぬる中納言」には、花山天皇の後宮の后妃たちの入内順序が史実とは異なって描かれている。史実では、藤原忯子、藤原姫子、藤原諟子、婉子女王であるが、『栄花物語』は、藤原諟子、婉子女王、藤原姫子、藤原忯子という順序になっている。ここで特筆すべきは、忯子が史実では一番先に入内しているところ、『栄花物語』では最後に入内したように描かれることである。

(20) 前掲注（1）（5）今西論文、前掲注（6）増田論文など。

(21) 川田康幸「円融天皇の治世の特色—遵子立后—」（『信州豊南短期大学紀要』第一八号、二〇〇一・三）など。

(22) 河内祥輔「宇多「院政」論」（『古代政治史における天皇制の論理』吉川弘文館、一九八六・四）。醍醐天皇の三人の皇子のうち、皇位継承の順序は保明親王、朱雀天皇、村上天皇であった。しかし、保明親王は東宮のまま亡くなり、朱雀天皇には皇子がなかったため、結局、村上天皇の皇統が存続することとなる。これに関わる婚姻関係を見ると、保明親王の娘熙子女王が朱雀天皇に入内していること、さらにその間の皇女昌子内親王が村上天皇の皇子である冷泉天皇に入内している。これは、保明親王や朱雀天皇の正統性が重視され、それが婚姻によって継承されているものと理解できる。

第七章　桐壺院の〈院政〉確立——後三条朝の史実から——

一　問題の所在

『源氏物語』における桐壺朝は聖代と見なされ、(注1)桐壺帝の推進した政治は、物語の標榜する理想的な政治体制と理解できる。そして同様のことが、譲位後の桐壺院の政治的関与にもいえる。すなわち、朱雀朝における桐壺院は理想的な院(太上天皇)のあり方を体現しており、それは物語における院のあるべき姿として描かれていると考えられるのである。朱雀朝初期における桐壺院の政治的立場については、桐壺院の崩御に伴って変化する政治状況と桐壺院の遺言を履行できない朱雀帝の政治的立場や、(注2)桐壺院の遺言の解釈によって桐壺院の目指した政治体制について論じられている。(注3)その中で、桐壺院の准拠として『花鳥余情』が嵯峨院を指摘することや、(注4)『小右記』に見える円融院の後見依頼を媒介として、(注5)桐壺院の志向する政治が理解されるなどしている。朱雀朝初期の桐壺院については、「御位を去らせたまふといふばかりにこそあれ、世の政をしづめさせたまへることも、わが御世の同じことにておはしまいつる」(「賢木」②九七〜九八)、あるいは「除目のころなど、院(桐壺院)の御時をばさらにも言はず、年ごろ劣るけぢめなくて」（「賢木」②一〇〇）と記されており、桐壺院が譲位後も変わらない立場にあって、人事に関わる影響力を有していたことが見える。これは、朱雀帝の外戚である弘徽殿大后・右大臣勢力の動きを押さえ込むほどであり、桐壺院の政治的権限として積極的に評価すべきであろう。桐壺院の政治的関与に対して、村口進介は、院として光源氏・左大臣方と右大臣方との間に立ち、朱雀朝の政治的安定をはかったと論ずる。(注6) 確かに桐壺院の政治関与は、光源氏や左大臣そして藤壺中宮や東宮（冷泉帝）の立場を考慮したものといえる。さらに、物語が朱雀朝における桐壺院の院としてのあり方に理想性を表象していることを考慮すると、桐壺朝から朱雀朝にかけて桐壺院の目指した政治を構造から考える必要がある。特に、桐壺院の院権力の起源を物語から見出すことによって、朱雀朝における桐壺院の政治的立場を、桐壺院が在位中から志向してきた政治の延長として理解できるであろう。

先行研究では、「賢木」巻の「わが御世の同じこと」という本文の解釈として、朱雀朝において桐壺院が「院政」を展開させたことが指摘されている。(注7) ただし、『源氏物語』成立期は摂関政治の行われていた平安時代中期であり、歴史学において、院政期の政治体制とは区別される時代である。さらに、院政の定義は研究者によって異なるため、これを歴史学で言うところのタームを用いて「院政」と表現できるか、判断は難しい。小峯和明は、院政という政治形態が時代の画期として捉えられていることへの疑問を提示しており、院政とは天皇制が始発から本質として抱え込んでいた制度と言えることを指摘している。(注8) このような小峯の説に即して、「院政」が十二世紀の時代呼称であることにとらわれず、院政という政治体制を構造的に理解したい。ここでは朱雀朝における桐壺院の政治関与を歴史学的な用語と区別して、〈院政〉と表記しておく。本章では後三条朝の史実を媒介として、桐壺院の〈院政〉が実現される過程とその物語意義を考え、それを基軸として、『源氏物語』における院（太上天皇）のあり方、あるいは物語の理想とする政治体制を明らかにしたい。

二　院政前史としての後三条朝

まず歴史学における院政について確認する。一般的な概説書では、院政は白河上皇によって開始された政治体制と理解されている。しかし、院政の概念については諸氏によって見解に相違があるため、平安時代中期までの院の性格と白河上皇（法皇）以後のそれとの違いから考えたい。宇多上皇や円融上皇の存在を院政の前提となるものとして重視する見方はあるもの[注9]の、平安中期の父院は天皇家の家父長的性格が強く、あくまでも私的な立場にあったとする見解がほぼ定説化している[注10]。では、院の存在に公的な意味合いが増すようになった契機は何であろうか。河内祥輔は、院政の定義を皇位継承との問題と関連付けており、白河上皇が直系の皇統をつくることを目指して、困難を克服して希望通りの皇位継承を実現し、院としての意志の発現を強く印象づけたと述べている[注11]。それは、白河上皇が在位中、皇位継承の第一候補者と見られた異母弟の輔仁親王ではなく、実子である善仁親王（堀河天皇）の立太子を強行したことによって、院政が開始されたと理解できるためである。

しかし、このような天皇（上皇・法皇）による皇位継承の決定は、白河上皇に始まることではなく、その前代である後三条天皇によって開かれた。後三条天皇の東宮は第一皇子貞仁親王（白河天皇）であったが、天皇は晩年、源基子を寵愛し、第二皇子実仁親王が誕生する。源基子は、そもそも白河天皇の同母姉聡子内親王の女房であり、東宮の母となれるような身分の女性ではなかった。しかし、実仁親王の誕生後、生母である源基子は女御に昇格され、後三条天皇は貞仁親王に譲位すると、実仁親王を次の東宮に立てる。つまり、源基子は一介の女房であったところ正式な后妃に据えられ、所生皇子実仁親王には皇位継承権が与えられたのである。この一連のことは、『栄花物語』巻第三十八「松のしづえ」に詳細な記事が載せられている。そこには「後冷泉院にかやうのことおはしまさ

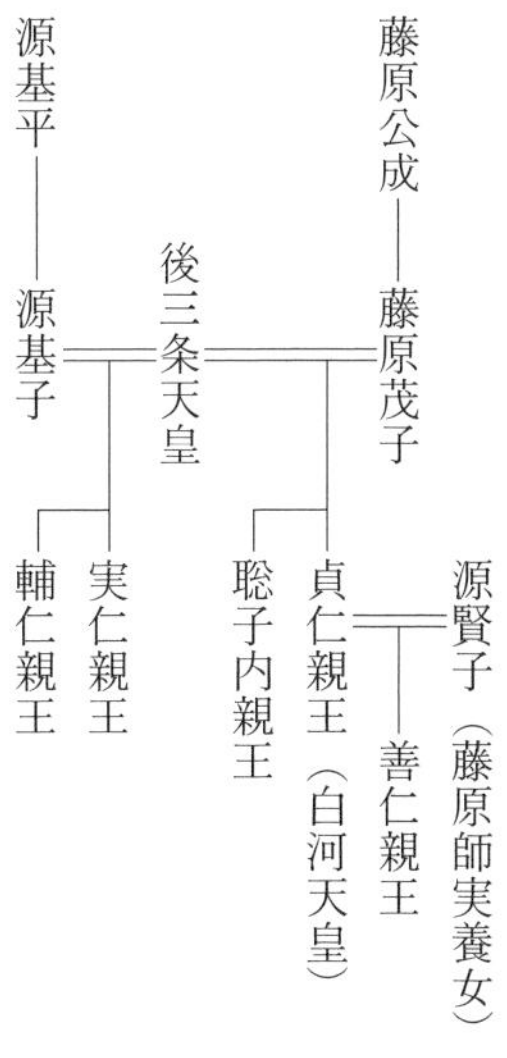

ましかば、また御子おはしまさずとも、うけばりてかくはもてなさせたまはざらまし。人知れず、「さる人おはしますなり」などばかりこそは聞かせたまはましか」（巻第三十八「松のしづえ」③四三一）とある。後冷泉天皇は後三条天皇の異母兄にあたるが、もし后妃でない女性が後冷泉天皇の皇子を産んだとしても、正式に認知されることはなく、ただそういう人が存在することだけが伝えられたという。このことは、後冷泉天皇と後三条天皇の時代とでは、その後宮秩序に明確な違いが見られることを『栄花物語』が言い当てていることに他ならない。すなわち、藤原摂関家によって后妃をあてがわれ、皇位継承者を決められていた時代から、天皇が自ら后妃を選び、皇位継承者を選ぶ時代への転換を後三条天皇が成し遂げたのである。伴瀬明美は、後三条天皇による源基子の女御昇格と実仁親王の立太子を「王家が皇位継承者再生産システムを自らのもとに奪還する端緒をひらいた」出来事として位置づけている[注12]。そして、このような後三条朝における皇位継承や後宮の変容は、院政という政治形態を生み出すひとつの条件と考えられるのである。

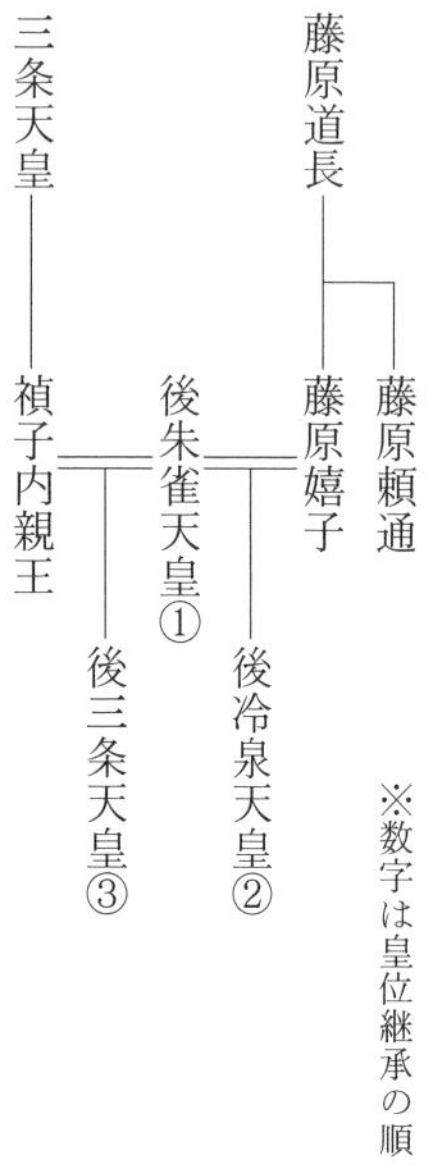

かつて、歴史学では後三条天皇の院政志向について議論が行われた。その発端となったのが、『今鏡』の「いますこし、おりゐの帝とて、御心のままにとや思し召しけむ」(注13)(一二〇)、『愚管抄』の「脱屣ノ、チ太上天皇トテ政ヲセヌナラヒハアシキコトナリトヲボシメシテ」(注14)(巻第四「後三条天皇」一八八)という記述である。現在では、この指摘は確証のないものとして否定され、後三条天皇の譲位の理由は病身のため、あるいは実仁親王の立太子のためと理解されている。しかし、院政の厳密な定義や後三条院政の是非を問うよりも、中世の史料が後三条天皇の譲位の理由を院政開始に結びつけ、院政という政治体制を好意的に見ている点を重視したい。後三条天皇の譲位の理由が実仁親王への皇位継承であったことを考えると、急がれた譲位と院政との関係は密接である。下向井龍彦は、院権力の根源は皇位継承の決定権を握ることであると示唆しており、後三条天皇の譲位こそ、院政の開始と言えると述べている。(注15)つまり、院政は白河院によって開始されたと見るのが定説ではあるが、その端緒を作ったのが後三条天皇による実仁親王への皇位継承の決定であったと考えられるのである。(注16)

ただし、後三条上皇や白河上皇が自らの意志で院政を実現させたというよりは、さまざまな政治的事情が重なり合い、時代の要請に応える形で新たな政治形態が成立した結果である。その中で、後三条朝における後宮秩序と皇位継承の論理の変容が、院政体制の前身となったことは間違いない。(注17)摂関政治期から院政期への政治体制の変遷における院権力の拡大は、後三条朝における後宮と皇位継承の問題に端を発しており、それは、天皇（上皇・法皇）が藤原摂関家から後宮編成と皇位継承の決定権を奪還したことによるのである。

三　桐壺帝の政治――後宮と皇位継承の問題から――

以上のことを踏まえ、桐壺帝の目指す政治を後宮秩序や皇位継承の問題から見ていきたい。「桐壺」巻には、桐壺更衣や光源氏に対する桐壺帝の偏愛が語られる。本文からは、桐壺帝が第一皇子である朱雀帝ではなく、第二皇子である光源氏への皇位継承を望んでいたことが読み取れる。そしてそれは、桐壺帝が単に私的な感情から桐壺更衣への愛を貫いたのではなく、政治的な意味があったからだと考えられる。何より、桐壺帝が与えられた後宮である弘徽殿女御を拒否して桐壺更衣や藤壺の宮を寵愛し、自らが皇位継承者を決定することを望んだ結果と理解できないだろうか。

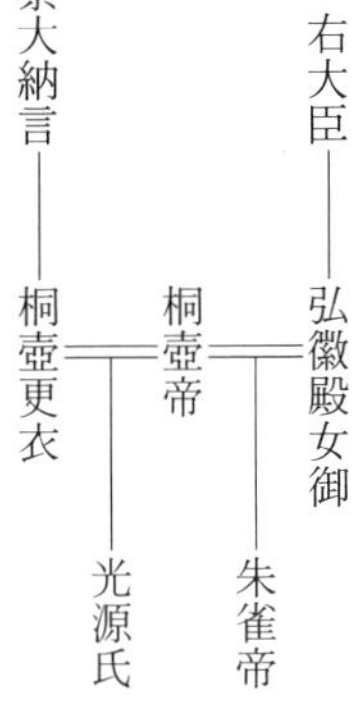

「桐壺」巻に描かれる構図は、後三条朝の皇位継承の問題と似ている。岡﨑真紀子は、後三条朝を描く『栄花物語』巻三十八「松のしづえ」と『源氏物語』「桐壺」巻の叙述の類似性を指摘しながら、「後三条時代に起こった〈現実〉

の出来事を、桐壺巻の物語に重ね合わせてとらえる意識によって、『源氏物語』が皇統の継承という政治問題と結びつけて享受されるようになっていたのである」と論じている。(注18) このような視点から考えると、桐壺帝の政治とは、後宮編成と皇位継承の決定権を奪還する試みであったことが浮かび上がってくる。桐壺帝がなぜ、右大臣や弘徽殿女御を抑えて桐壺更衣や藤壺の宮を寵愛し、また朱雀帝ではなく光源氏や冷泉帝への皇位継承を望んだのか。それは、桐壺帝自身が後宮を支配し皇位継承を決定する権限を欲したためと考えられるのである。

光源氏への皇位継承という桐壺帝の試みは挫折する。しかし、藤壺の宮の立后と冷泉帝の立太子を実現したことによって、桐壺帝は後宮編成と皇位継承の決定権を掌握し得たといえる。藤壺の宮の立后は「紅葉賀」巻に次のように叙述される。

帝（桐壺帝）おりゐさせたまはむの御心づかひ近うなりて、【1】この若宮（冷泉帝）を坊にと思ひきこえさせたまふに、御後見したまふべき人おはせず、御母方、みな親王たちにて、源氏の公事知りたまふ筋ならねば、母宮（藤壺の宮）をだに動きなきさまにしおきたてまつりて、強りにと思すになむありける。弘徽殿（女御）、いとど御心動きたまふ、ことわりなり。されど、「春宮（朱雀帝）の御世、いと近うなりぬれば、疑ひなき御位なり。思ほしのどめよ」とぞ聞こえさせたまひける。【2】げに、春宮の御母にて二十余年になりたまへる女御（弘徽殿女御）をおきたてまつりては、引き越したてまつりたまひがたきことなりかしと、例の、安からず世人も聞こえけり。

（「紅葉賀」①三四七〜三四八）

傍線部【2】のように、藤壺の宮の立后には弘徽殿女御らの反対があったことが見えるが、これは藤壺の宮の立后だけではなく、冷泉帝の立太子に対するものでもあった。それは、朱雀朝において八の宮という別の皇子を擁して、東宮（冷泉帝）を廃する動きがあったことが読み取れるように、[注19]冷泉帝に対抗し得る皇位継承候補者の存在が窺われるためである。[注20]このようなことから、藤壺の宮がいかに出自の高い皇女ではあっても令制の「妃」のままでは、冷泉帝の立太子は難しかったと理解できる。[注21]そのため、桐壺帝は冷泉帝の出自を差異化するため、藤壺の宮を立后させ、その立太子に備えたのである。傍線部【1】には、藤壺の宮立后が冷泉帝立太子の布石であることが見える。皇子の立太子のための生母の格上げは、皇子を産んでいる他の后妃たちとの身位の差を明確にし、皇子の立場を盤石なものとするための手段である。[注22]桐壺帝にとって冷泉帝への皇位継承は、藤壺の宮立后という後宮の問題にまで遡っており、藤壺の宮を入内させその立后を実現したことは、まさに桐壺帝による後宮編成の一環であった。これとは逆に、朱雀帝が葵の上や斎宮（秋好中宮）の入内を望みながらも実現できず、在世中に中宮を立てることすらできなかったのは、朱雀帝がその治世において親政を行い得ていないことの証左でもある。ただし、注意したいことは、親政と院政とは相容れない政治体制ではなく、天皇（上皇・法皇）が後宮編成と皇位継承の決定権を藤原摂関家から奪還するという観点からすれば、むしろ両者は同じ位相にあるといえる点である。桐壺帝は、その在位中から後宮編成と皇位継承の決定権を奪還することを目指しており、それらを実現することによって〈院政〉を体現し得たのである。

四　『源氏物語』における〈院政〉の意味——桐壺院から光源氏へ——

ここでは、朱雀朝における桐壺院の〈院政〉を表す具体的な表現について本文を確認したい。桐壺帝の譲位と朱雀帝の即位は本文において詳しく言及されることはないが、桐壺院の崩御時には、それに伴う政治転換が詳細に語られている。このことからも、桐壺帝から朱雀帝への譲位の際ではなく、桐壺院の崩御によって物語世界の政治状況は変化したと理解できる。また、物語には朱雀帝から冷泉帝、あるいは冷泉帝から今上帝への代替わりごとに、政治状況の変化が語られていること(注23)を考え合わせると、譲位後の桐壺院が物語に見える他の院（一院・朱雀院・冷泉院）とは異なる政治的立場を有していたと見なせる。この点を踏まえ、朱雀朝の政治状況を窺うことができる記述を確認したい。

【3】院（桐壺院）のおはしましつる世こそ憚りたまひつれ、后（弘徽殿大后）の御心いちはやくて、かたがた思しつめたることどもの報いせむと思すべかめり。（「賢木」②一〇一～一〇二）

【4】帝（朱雀帝）は、院（桐壺院）の御遺言たがへずあはれに思したれど、若うおはしますうちにも、御心なよびたる方に過ぎて、強きところおはしまさぬなるべし、母后（弘徽殿大后）、祖父大臣（旧右大臣）とりどりにしたまふことはえ背かせたまはず、世の政御心にかなはぬやうなり。（「賢木」②一〇四）

傍線部【3】からは、桐壺院の存在が外戚勢力を抑制しており、桐壺院の崩御をきっかけに弘徽殿大后が政治に関与してくることが窺われる。また、傍線部【4】には、母后や外祖父の存在によって桐壺院の遺言が守れない朱雀帝の様子が描かれ、桐壺院の遺志が外戚の意向とは相反するものであることを示している。このような朱雀朝における政治体制の変化は、桐壺院による〈院政〉から外戚による摂関政治への移行といえるであろう。(注24)同様のことが読み取れる「賢木」巻の本文を再度引用する。

【5】御位を去らせたまふといふばかりにこそあれ、世の政をしづめさせたまへることも、わが御世の同じこ

とにておはしまいつるを、帝（朱雀帝）はいと若うおはします、【6】祖父大臣（旧右大臣）、いと急にさがなくおはして、その御ままになりなん世を、いかならむと、上達部、殿上人みな思ひ嘆く。（「賢木」②九七〜九八）

傍線部【5】は桐壺院の〈院政〉を表し、傍線部【6】は外戚による政治、すなわち摂関政治を表している。そして来るべき摂関政治を嘆く人々の様子を描くことによって、物語は〈院政〉の時代こそ理想的な政治体制であると逆説的に証立てている。これに対して、浅尾広良は「今上帝の御代を支え得る指導者は外祖父ではなく太上天皇にこそその資格があるとの価値観を看取できる」と述べている。(注25) このような見方は、物語を通して一貫しており、光源氏が准太上天皇となることとの論理にも通底するだろう。

『源氏物語』では賜姓源氏だけでなく親王や皇族も含めて「源氏」と称され、一方では桐壺朝における右大臣家のように「藤氏」が外戚や摂関就任者の代名詞のように扱われることもあり、桐壺院の政治が源氏と藤氏の対立の構図を呈していると指摘される。(注26) ところが、物語を通して見てみると、例えば桐壺朝や冷泉朝において藤氏である左大臣が登用されることや、冷泉朝で光源氏が広義の「源氏」である兵部卿宮を冷遇することは、このような見方からでは説明できない。むしろ、外戚ではなく父院による政治を理想としていると理解した方がよい。光源氏が冷泉朝において左大臣を摂政太政大臣に抜擢し、一方では王女御の入内を妨げたのは、外戚である兵部卿宮家の勢力を牽制するためと考えられる。すなわち、外戚による摂関政治ではなく、父院による〈院政〉を理想とする物語の論理がここに見て取れるだろう。摂関政治の構造は帝の母系家父長制を基軸としており、一方、院政は帝の父系家父長による政治であると一般的にいわれる。(注27) 桐壺院は、朱雀帝の母后とその外戚による政治を妨げるため、父系家父長としての権限による〈院政〉を自らの近親者によって行ったと考えられるのである。(注28) 桐壺院の目指す政治とは、帝と外戚ではなく、帝と父院による政治であった。

一方、冷泉朝における朱雀院や今上帝治世の冷泉院には、目立った政治的関与は見られない。それは、院の権力の起源が、太上天皇であることではなく、直系の父子関係に求められるためである。浅尾広良は、冷泉朝の朱雀院の院としての存在が薄いことに対して、女院としての藤壺中宮の存在を指摘している。[注29] そればかりでなく、冷泉朝における藤壺中宮の立場が女院として重視されているのは、彼女が帝の外戚である兵部卿宮ではなく光源氏の意に寄り添う姿勢を貫いているからであろう。国母として政治性の増す女院藤壺中宮の背後には、父（院）である光源氏が存在することを忘れてはならない。朱雀朝における弘徽殿大后が帝の父院である桐壺院ではなく、外戚右大臣家と歩調を合わせていたこととは対照的である。このように、外戚ではなく、帝の父院と同調することを理想としている点で、冷泉朝における藤壺中宮のあり方もまた物語の理想政治を体現しているものであることを強調しておきたい。

五　結　語

本章では、朱雀朝における桐壺院の〈院政〉実現の過程について、在位中の後宮編成と皇位継承の問題から考えた。先行研究では桐壺院は、宇多上皇や円融上皇などといった平安時代中期の家父長的な存在に比定されている。しかしながら、「賢木」巻に見える桐壺院は、外戚である右大臣家勢力を押さえ込むほどであり、史上の宇多上皇や円融上皇を上回るほどの院権力が認められる。そこで、桐壺院の〈院政〉確立について、後三条朝を媒介にして検討した。後三条天皇が後宮の秩序を新たにし、皇位継承を決定することによって、藤原摂関家から人事に関わる権限を奪還し、この過程において院政という新しい政治形態は生み出された。同様に桐壺院が朱雀朝において〈院政〉を実現できたのは、藤壺の宮の立后と冷泉帝の立太子に見られるように、弘徽殿女御・右大臣の勢力に屈することなく、自らの意志で人事権を行使できたことによるであろう。

　また、『源氏物語』を通して、母系家父長による摂関政治よりも父院による〈院政〉を理想とする物語の論理が読み取れるが、このことには、摂関政治の全盛期に成立した『源氏物語』が、当時の政治形態を批判し相対化する以上のものを認めるべきである。なぜならば、物語の理想とする政治は桐壺朝から冷泉朝へと継承されるが、それは何より冷泉朝における光源氏の准太上天皇（院）としてのあり方が、桐壺院の〈院政〉を継承したものとして考えられるからである。すなわち、冷泉朝において兵部卿宮よりも光源氏の意志が重んじられることは、帝が外戚よりも父（院）の存在を重視するという物語の理想政治を示しており、それは朱雀朝における桐壺〈院政〉の理念に倣うものなのである。

　本章では、物語理解を深めるため、物語成立期以降の史実である後三条朝を桐壺朝に比定したが、これは、従来の『源氏物語』准拠論からの脱却の試みの一環である。吉森佳奈子は、『河海抄』が『源氏物語』成立以後の史実を挙げていることに対して、「物語の史実化、先例化」という指摘をしている。(注30)『河海抄』の指摘する院政期の史実だけでなく、『栄花物語』などの歴史物語の叙述や『源氏物語』成立以後の史実は、『源氏物語』理解に有益なものとなるはずである。さらに、院政期の人々と『源氏物語』との関係性を考えることは、物語の享受の問題にとどまらない。(注31)このような観点から、『源氏物語』と物語成立期以降の史実や歴史物語との関係について検討する余地があるであろう。

注

（1）　糸井通浩「桐壺院」（『源氏物語講座2　物語を織りなす人々』勉誠社、一九九一・九）、望月郁子「末世の聖帝桐壺の意志と須磨・明石巻の転変」（『二松』第一六巻、二〇〇二・三）など。それはまた、物語において桐壺帝の時代が何度も懐古されることや、冷泉朝では光源氏が中心となり桐壺朝の遺風を継承していることなどからも読み取ることができる。

（2）春日美穂「朱雀院の懺悔―遺言破棄の導くもの―」（『國學院雑誌』第一〇三巻第七号、二〇〇二・七、のち『源氏物語の帝―人物と表現の連関』（おうふう、二〇〇九・一一）所収）、吉川奈緒子「朱雀院治世の再検討―父院の遺言と源氏への処遇との連関から―」（『王朝文学研究誌』第一四号、二〇〇三・三）。

（3）田中隆昭「光源氏の孝と不幸―『史記』とのかかわりから―」（『源氏物語引用の研究』勉誠出版、一九九九・二）、浅尾広良「「太上天皇になずらふ御位」攷」（『源氏物語の准拠と系譜』翰林書房、二〇〇四・二）、加藤静子「寛平御遺誡を介して光源氏の物語を読む」（日向一雅・仁平道明編『源氏物語　重層する歴史の諸相』竹林舎、二〇〇六・四）、岡部明日香「源氏物語と円融朝の史実―桐壺帝・朱雀帝治世下の政治情勢に関連して―」（『平安朝文学研究』復刊第五号、一九九六・一二）。

（4）「位をさりて猶世の政を行給ふ事嵯峨天皇の御例なり　後々の世には連綿也」（『花鳥余情』第七「賢木」九二）とある。

（5）『小右記』永祚元年十二月五日条には、「公卿無数有れとも公を思奉たる無を、向後必御後見仕れ、又行幸有ム次ニ可申其由者」とある。

（6）村口進介「『源氏物語』朱雀朝前期の政治状況について」（『国文論叢』第三四号、二〇〇四・三）。

（7）日向一雅「桐壺帝の物語の方法」（『源氏物語の準拠と話型』至文堂、一九九九・三）には、「譲位後の朱雀朝に対する院政的関与」とあり、前掲注（3）浅尾論文には「〈院政〉とでも言うべき状況」、湯浅幸代「摂関と母后―『源氏物語』朱雀王権の「摂関政治」を中心として―」（『文化継承学論集』第二号、二〇〇六・三）には、「院政を展開」と表現されている。

（8）小峯和明「院政期の文化と時代〈見る〉ことの政治文化学」（『院政期文化論集　第一巻　権力と文化』院政期文化研究会、森話社、二〇〇一・九）。

（9）龍粛「延喜の治」「女院制の成立」（『平安時代』春秋社、一九六二・七）。

（10）目崎徳衛「宇多上皇の院の国政」「円融上皇と宇多源氏」（『貴族社会と古典文化』吉川弘文館、一九九五・二）、元木泰雄「治天の君の成立」（『院政期政治史研究』思文閣出版、一九九六・二）。
(11) 河内祥輔「宇多「院政」論」（『古代政治史における天皇制の論理』吉川弘文館、一九八六・四）。
(12) 伴瀬明美「院政期における後宮の変化とその意義」（『日本史研究』第四〇二号、一九九六・二）。
(13) 『今鏡』「すべらぎの中」第二「手向」（竹鼻績編『今鏡』講談社学術文庫、一九八四・六）。しかし、『今鏡』流布本系統に見られるような後三条院の院政志向を示す記事は、畠山本では脱落している。これに関して竹鼻績は、流布本系統の『今鏡』には『愚管抄』などを踏まえた増補改訂が行われた可能性があることを示唆している。
(14) 引用本文は、日本古典文学大系『愚管抄』（岩波書店、一九六七・一）による。
(15) 下向井龍彦「激動の院政」（『日本の歴史　第七巻　武士の成長と院政』講談社、二〇〇一・一〇）。
(16) 今谷明「院政と皇位継承」（『院政期文化論集　第一巻　権力と文化』院政期文化研究会、森話社、二〇〇一・九）。また、美川圭「院政の開始」（『院政』中公新書、二〇〇六・一〇）にも、院政と皇位継承の関連性について指摘がある。
(17) 後三条・白河親政期を摂関時代から院政期につなぐ時代として、院政前史と見なすことができる。『平安時代史事典』「院政時代」より。
(18) 岡﨑真紀子「『源氏物語』と院政期の叙述―『栄花物語』巻三十八「松のしづえ」をめぐって―」（『やまとことば表現論―源俊頼へ―』笠間書院、二〇〇八・一二）。
(19) 「源氏の大殿の御弟、八の宮とぞ聞こえしを、冷泉院の春宮におはしましし時、朱雀院の大后の横さまに思しかまへて、この宮を世の中に立ち継ぎたまふべく、わが御時、もてかしづきたてまつりたまひける騒ぎ」（「橋姫」⑤一二五）とある。
(20) 八の宮の他、蛍の宮、四の宮なども女御腹の皇子と思われる。
(21) 藤壺の宮の身位については、本文に明確な記述はないが、本章では令制の「妃」であったと認識しておく。今西祐一郎「「かかやくひの宮」考」（『文学』第五〇巻第七号、一九八二・七）、今西祐一郎「「火の宮」尊子内親王―「かかやくひの宮」の周辺―」（『国語国文』第五一巻第八号、一九八二・八）など。
(22) 藤原穏子の立后のわずか三日後、慶頼王は立太子されており、それには、源和子所生の皇子の存在があったためと指摘されている。島田とよ子「班子女王の穏子入内停止をめぐって」（『園田学園女子大学論文集』第三二号、一九九七・一二）。

(23) 朱雀朝から冷泉朝への代替わりには「世の中改まりて、ひきかへいまめかしきことども多かり」（「澪標」②二八二）とあり、政情の変化が窺われる。また、今上帝への代替わりの際には、太政大臣（旧頭中将）の致仕と鬚黒の右大臣就任という政権交代が描かれている（「若菜下」④一六五）。

(24) ここでは、〈院政〉に対応して、物語に描かれる藤氏の外戚政治を摂関政治と表記する。本文には明記されないが、外祖父である旧右大臣は、朱雀朝において摂関職に就いたと考えられる。諸説あるが、おそらく桐壺院の崩御後、関白に就任したのではないか。

(25) 前掲注（3）浅尾論文、および浅尾広良「朱雀帝御代の権力構造」（『源氏物語の准拠と系譜』翰林書房、二〇〇四・一）。

(26) 前掲注（3）岡部論文には、「右大臣家に代表される藤原摂関家と対抗する構図」が指摘されている。また、辻和良は、桐壺帝には皇族や源氏を中心とした政治構想があったと指摘しており、これを「源氏幻想」と表現している。辻和良「桐壺帝の企て―源氏物語の主題論的考察―」（『国語と国文学』第七二巻第二号、一九九五・二、のち『源氏物語の王権―光源氏と〈源氏幻想〉―』（新典社、二〇一一・一一）所収）。

(27) 前掲注（16）今谷論文。

(28) 岡部明日香「朱雀院論―桐壺院の遺言からの考察―」（『中古文学論攷』第一九号、一九九八・一二）によると、桐壺院の遺言に見る政治構想は母后の身内による摂関政治ではなく、父院とその身内が政権を握るものであったという。

(29) 前掲注（3）浅尾論文。

(30) 吉森佳奈子「『河海抄』の『源氏物語』」（『『河海抄』の『源氏物語』』和泉書院、二〇〇三・一〇）。

(31) 三谷邦明・三田村雅子『源氏物語絵巻の謎を読み解く』（角川選書、一九九八・一二）では、白河天皇や源有仁の『源氏物語』との関わりについて論じられている。

第八章　殿舎「桐壺」に住まう后妃の形象——桐壺更衣から明石女御へ——

一　問題の所在

後宮十二殿舎は、弘徽殿、登花殿、貞観殿、宣耀殿、麗景殿、承香殿、常寧殿の七つの殿と、飛香舎（藤壺）、昭陽舎（梨壺）、凝華舎（梅壺）、淑景舎（桐壺）、襲芳舎（雷鳴壺）の五つの舎から成っており、七殿五舎と呼ばれる。そのひとつ淑景舎は、中庭に桐が植えられていたため、桐壺という異称で呼ばれた。『源氏物語』の首巻「桐壺」巻には、桐壺更衣というヒロインが登場する。ところが、平安時代の文学作品を見てみると、「淑景舎」の用例はあるが、「桐壺」の用例は皆無である。歴史史料をひも解いてみると、三条天皇の東宮妃となった藤原原子が「淑景舎」と呼ばれる例しか見出せず、その他に后妃が「桐壺」に住まう例はない。(注1) このことから、平安時代を通して殿舎桐壺が后妃の居所に宛てられることは少なく、後宮殿舎としての役割はさほど大きくはなかったことが窺われる。その中で、平安時代の文学作品において、淑景舎に住まい「桐壺」と呼称される女性が『源氏物語』にのみ登場することは、特筆すべきである。物語の主人公光源氏の母である桐壺更衣が、「桐壺」という殿舎に住まわった理由としては、天皇の日常生活の場である清涼殿から最も離れた殿舎であり、多くの后妃の住まいを横切らなければならない設定であったことなどが指摘されている。[注2] しかし、先行研究で取り上げられるのは桐壺更衣の殿舎としての「桐壺」であって、それが明石女御へと継承されることには言及されない。[注3] 先行する文学作品においても、史上の例を見てみても、「桐壺」を冠する后妃の存在は『源氏物語』における桐壺更衣と明石女御の二人に限定されるのである。そこで本章では、『源氏物語』において、桐壺更衣と明石女御が「桐壺」に住まう意義を考えたい。

　桐壺更衣と明石女御の二人が時期を隔てて同じ殿舎に住み、ともに「桐壺」と呼称されることの答えとして、まず血縁関係がある。それは、『源氏物語』においては、後宮の殿舎が同族の女性によって使用されるためである。例えば、殿舎弘徽殿が、弘徽殿大后から妹の朧月夜に譲られ、さらに姪の弘徽殿女御も使用すること、また藤壺中

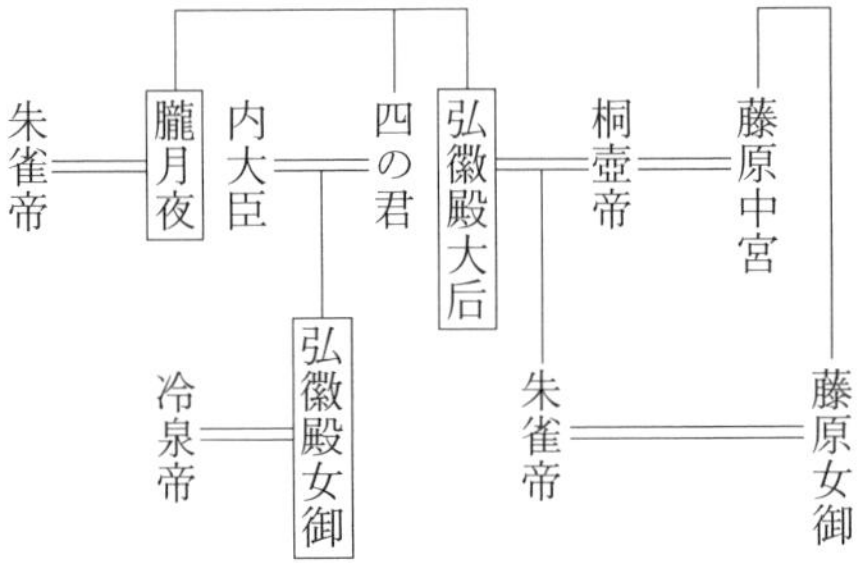

宮と藤壺女御という異母姉妹が殿舎藤壺を使用することなどが挙げられる。反対に、物語本文には明記されない場合でも、同じ殿舎を使用する后妃には血縁関係が指摘される。(注4)それと同時に、殿舎のイメージが人物造型や物語展開にまで影響を及ぼすこともある。具体的には、殿舎弘徽殿に住まう朧月夜が朱雀帝の後宮で筆頭の后妃となり他の妃たちを圧倒したことや、冷泉朝での立后争いに敗れる弘徽殿女御の状況が、それぞれ弘徽殿大后に似ている。これは『源氏物語』における「弘徽殿」のイメージが、桐壺朝の弘徽殿女御の影響によって形成されている例であろう。一方、光源氏が藤壺女御の娘である女三の宮に興味を抱き、読者がそれに共感するのは「藤壺」という呼称からである。同族の女性が同じ殿舎に住まうことによって、呼称の重複や類似から読者に与える印象を左右し、それが物語における機能を示すことにもなる。本章で問題とする桐壺更衣と明石女御にも血縁関係がある。桐壺更衣は光源氏の母親、そして明石女御は光源氏の一人娘であり、二人は祖母と孫娘という関係になる。これは、『源氏物語』における殿舎の使用のパターンのひとつと見ることができるだろう。そのことに加え、平安時代における〈桐〉のイメージをもって、桐壺更衣から明石女御への系譜の意味と二人の物語における役割を考えたい。『源氏物語』の首巻が「桐壺」という殿舎名であることもあり、物語において最も重要な殿舎として「桐壺」は位置づけられるからである。なお、明石女御は場面によって「明石姫君」「明石中宮」と呼称すべきだが、ここでは桐壺を居所とした東宮妃時代に焦点を当てるため、「明石女御」という呼称を一貫して使用する。また、光源氏の父帝は一般的に「桐壺帝」と呼ばれるが、『源氏物語』本文において「桐壺帝」と呼称されることはないので、ここでは考察の対象とはしない。

二　本文に見える呼称としての「桐壺」

『源氏物語』本文から桐壺更衣と明石女御に関する呼称を確認する。「桐壺」系の呼称と「淑景舎」系の呼称を、それぞれ以下に挙げる。まず、『源氏物語』における「桐壺」の用例は、ⅠからⅥまで全部で六例ある。

Ⅰ　御局は桐壺なり。あまたの御方々を過ぎさせたまひて隙なき御前渡りに、人の御心を尽くしたまふもげにことわりと見えたり。（「桐壺」①二〇）

Ⅱ　母后（藤壺の宮の母后）、「あな恐ろしや、春宮の女御（弘徽殿女御）のいとさがなくて、桐壺更衣のあらはにはかなくもてなされにし例もゆゆしう」と思しつつみて、すがすがしうも思し立たざりけるほどに、后（母后）も亡せたまひぬ。（「桐壺」①四二）

Ⅲ　桐壺更衣の御腹の源氏の光る君（光源氏）こそ、朝廷の御かしこまりにて、須磨の浦にものしたまふなれ。吾子（明石の君）の御宿世にて、おぼえぬことのあるなり。いかでかかるついでに、この君（光源氏）に奉らむ。（「須磨」②二一〇）

Ⅳ　桐壺の御方（明石女御）は、うちはへえまかでたまはず。（「若菜上」④八六）

Ⅴ　桐壺の御方（明石女御）近づきたまひぬるにより、正月朔日より御修法不断にせさせたまふ。
（「若菜上」④一〇二）

Ⅵ　聞こしめしおきて、桐壺の御方（明石女御）より伝へて聞こえさせたまひければ、まゐらせたまへり。
（「若菜上」④一五七）

このうちⅠ・Ⅱ・Ⅲは桐壺更衣、Ⅳ・Ⅴ・Ⅵは明石女御に関するものである。Ⅰは桐壺更衣の使用した殿舎そのものを指しているため、桐壺更衣が本文において「桐壺」と呼称される例は二例となる。次に、『源氏物語』における「淑景舎」の用例を確認したい。「淑景舎」の用例は以下に挙げ、ⅦからⅩまで、全部で四例ある。

Ⅶ　内裏には、もとの淑景舎を御曹司にて、母御息所（桐壺更衣）の御方の人々まかで散らずさぶらはせたまふ。
（「桐壺」①五〇）

Ⅷ　この御方（明石姫君）は、昔の御宿直所、淑景舎を改めしつらひて、御参り延びぬるを、宮（今上帝）にも心もとながらせたまへば、四月にと定めさせたまふ。
（「梅枝」③四一四）

Ⅸ　大殿（光源氏）は、宮の御方（女三の宮）に渡りたまひて、「夕方、かの対にはべる人（紫の上）の、淑景舎（明石女御）に対面せんとて出で立つ、そのついでに、近づききこえさせまほしげにものすめるを、ゆるして語らひたまへ。（略）」
（「若菜上」④八七〜八八）

Ⅹ　心ばへのかどかどしくけ近くおはする君（玉鬘）にて、対面したまふ時々も、こまやかに隔てたる気色なくもてなしたまへれば、大将（夕霧）も、淑景舎（明石女御）などのうとうとしく及びがたげなる御心ざまのあまりなるに、さま異なる御睦びにて、思ひかはしたまへり。

（「若菜上」④一五九）

このうち、Ⅶ・Ⅷは殿舎そのものを指しており、Ⅸ・Ⅹは明石女御の人物呼称となっている。つまり、「淑景舎」という呼称が使用されるのは、今上帝の東宮妃時代の明石女御ただ一人であることがわかる。史実において桐壺を居所とした后妃の唯一の例が、三条天皇の東宮妃となった藤原原子であることは先述したが、このことに関して吉海直人は、若くして頓死する藤原原子が桐壺更衣の人物造型に投影されると指摘している。[注5]しかし、原子が東宮妃である点や、呼称が「淑景舎」に一貫していることは、むしろ明石女御と共通しており、桐壺更衣に藤原原子のイメージを投影したいのであれば、なぜ桐壺更衣を「淑景舎」と呼ばなかったのかという疑問も出てくる。さらに、明石女御には、藤原原子のような悲劇的な印象は全くない。このことからもやはり、桐壺更衣から明石女御へという系譜を重視して、「桐壺」そして〈桐〉の問題を捉えるべきではないだろうか。なお、東宮妃時代の明石女御の呼称のうち、「桐壺」ではなく「淑景舎」を冠する二例がそれぞれ光源氏と夕霧の目線から述べられていることに注意を払いたい。[注6]

桐壺と〈桐〉に関わる先行研究としては、以下のものがある。まず、伊原昭は、桐の花が紫であることから、桐壺更衣に容貌のよく似ている藤壺の宮を物語に招来する存在として、桐壺更衣が「紫のゆかり」の系譜に位置づけられることを提示する。[注7]また、新間一美は、『長恨歌』の「秋雨梧桐葉落時」に関連して、〈桐〉が「秋の悲哀」のイメージを有することを指摘し、[注8]森田直美は、元白唱和に見える「紫桐花」から桐壺更衣の人物造型との関連性について論ずる。(注9) このように、殿舎桐壺に関する先行研究では、〈桐〉の連想と桐壺更衣との関わりから考えられており、同じように桐壺に住み、「桐壺」と称される明石女御との関連にはまったく触れられていない。そこで、明石女御が桐壺を居所として「桐壺」と呼称される物語的意味を考え、桐壺更衣と明石女御への系譜を再検討したい。

三　〈桐〉と〈鳳凰〉の故事

『源氏物語』の成立した平安時代中期、〈桐〉はどのようなイメージをもって人々に見られていたのであろうか。『枕草子』には、次のような記述がある。(注10)

【1】桐の木の花、紫に咲きたるは、なほをかしきに、葉のひろごりざまぞうたてこちたけれど、こと木どもとひとしう言ふべきにもあらず。【2】唐土に名つきたる鳥の、選りてこれにのみゐるらむ、いみじう心ことなり。【3】まいて琴に作りて、さまざまなる音の出で来るなどは、をかしなど、世の常に言ふべくやはある。いみじうこそめでたけれ。

（『枕草子』三十五段「木の花は」八六）

傍線部【1】には〈桐〉の花が紫色であること、傍線部【2】には「名つきたる鳥」と見える〈鳳凰〉と〈桐〉との関係、そして傍線部【3】には、〈桐〉の木が琴の材料として使われたことが書かれている。(注11) 〈桐〉のイメージから桐壺更衣と明石女御の物語における役割を考えるにあたり、ここでは〈桐〉と〈鳳凰〉との関係を探りたい。〈桐〉と〈鳳凰〉との関係については、故事に示されており、中国からもたらされた思想と考えられる。『詩経』には、次のような記述がある。(注12)

鳳凰鳴矣、于彼高岡、梧桐生矣、于彼朝陽、菶菶萋萋、雝雝喈喈

（『詩経』「大雅、巻阿」二五一）

これは、王の出遊に際して歌われためでたい頌徳の歌であり、王が〈鳳凰〉に喩えられている。そして、〈鳳凰〉が梧桐に宿ることが見える。このような〈桐〉と〈鳳凰〉との関係については、平安時代初期の空海による漢詩文集『遍照発揮性霊集』にも確認できる。(注13)

（略）許脱貫三望、鸞鳳梧桐集、大鵬臥風床

（『遍照発揮性霊集』「遊山慕仙詩　并序」一五八）

これは、古代中国の聖帝である堯が、許由を召して王位を譲ろうとしたところ、許由はそれを拒み箕山のふもとに逃れたという故事であり、やはり、〈鳳凰〉が梧桐に留ることが窺われる。「貫三」とは、三の画のまんなかを貫く意で、王のことを指している。このように、『枕草子』や『性霊集』に見られる桐と〈鳳凰〉との関係や〈鳳凰〉が王に喩えられることから、〈鳳凰〉は王権を表す動物であることがわかる。そして、この観念は日本にも伝わり、貴族社会の一般常識として理解されていたのである。

また、瑞祥としての〈鳳凰〉に関しても触れておきたい。『日本書紀』二十五巻には、朝廷に白雉が献上され、瑞祥として改元されたことが見える。(注14)

詔曰、聖王出世、治天下時、天則応之、示其祥瑞、（略）所謂、鳳凰・麒麟・白雉・白烏、若斯鳥獣、及于草木、有符応者、皆是、天地所生、休祥嘉瑞也。

（『日本書紀』二十五「孝徳」三一五）

このように、鳳凰や麒麟、白雉、白烏のような鳥獣が現れるのは、天皇が理想的な政治を行っていることの象徴とされていることがわかる。〈鳳凰〉は、聖帝・聖代の比喩として見なせるのである。〈桐〉が「〈鳳凰〉の宿る木」であり、さらに〈鳳凰〉が聖帝と王権を象徴するものであったことは、『源氏物語』の読者も了解していたと考えられるだろう。吉海直人は、「鳳凰（帝）の留る木と考えれば、寵愛を一身に受けた桐壺更衣の比喩として機能していることにもなる」と指摘する。(注15) 確かに、明石女御もまた今上帝の最愛の后妃といえるので、鳳凰の留る桐を帝が桐壺に留る意と考えられる。さらに〈鳳凰〉は、帝王の喩と見なせるばかりではなく、王権の象徴と捉えることもできよう。桐壺更衣と明石女御は、帝の寵愛を得て皇子を産むことにより、王権への回帰を目指した。(注16) つまり、物語が後宮の十二殿舎のうち「桐壺」を始発としていることと、王権への回帰という役割を背負って帝に入内する桐壺更衣と明石女御がともに桐壺に住まう后妃であることは、物語の必然だったのである。

四　結　語――桐壺更衣から明石女御へ――

本章では、桐壺の象徴である〈桐〉のイメージを彼女たちの人物造型および物語における役割と関連付けて考えた。『源氏物語』において桐壺に住まう后妃は、桐壺更衣と明石女御の二人が挙げられるのみで、それ以前の文学作品にも歴史史料にも「桐壺」と呼称される女性は存在しない。それは、現実的に桐壺が后妃の住まう殿舎として機能することが少なかったためであるが、なぜ『源氏物語』において重要な二人の后妃に殿舎桐壺が与えられたのか、その答えが「桐壺」の〈桐〉から見出せる。

〈桐〉には、〈鳳凰〉の宿る木という広く知られた故事があり、さらに、〈鳳凰〉からは王権、あるいは聖帝のイメージが連想される。このことから、『源氏物語』の首巻の巻名ともなり、「桐壺」は物語を通して重要な殿舎とされた。すなわち、〈桐〉の喩である桐壺は、帝王に最も寵愛される后妃を象徴しており、さらには王権への回帰というテーマを提示し、物語を展開させる役割を担っていると理解できるのである。明石女御が父方のみならず母方からも桐壺更衣と血縁関係を有することから、桐壺更衣から明石女御への系譜は、「紫のゆかり」とは別の、もうひとつのゆかりであることが指摘される。[注17]このことに加えて、桐壺更衣と明石女御の入内には王権への回帰という問題が関わり、それを示すのが「桐壺」という呼称であったと理解できよう。[注18]

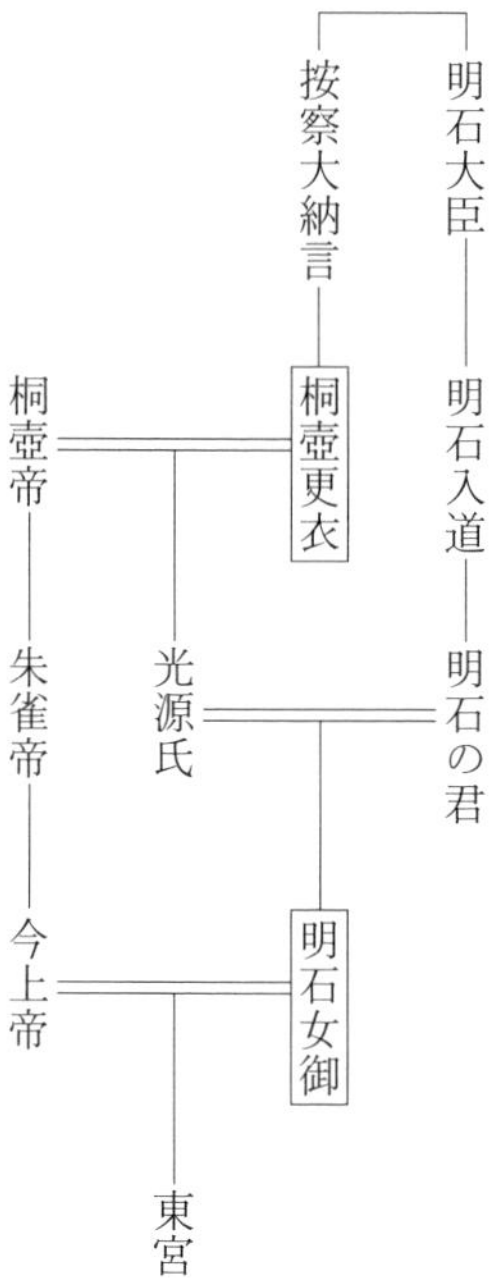

さて、「若菜下」巻において、明石女御の産んだ皇子が東宮に立てられたことによって明石女御の立后は確実となり、明石入道の一族の悲願は達成される。桐壺更衣には挫折に終わったことが、その孫娘である明石女御によって引き継がれたと見なし得る。明石入道の家と桐壺更衣の生家である按察大納言家とが同族であることが明記され、断絶する家のため娘を貴人に嫁がせようとする大納言と入道の考え方に共通性が見出せることは重要である。このような王権への回帰の物語は、殿舎桐壺の系譜につながる二人の后妃によって展開されたといえるであろう。注意したいのは、光源氏が冷泉帝の隠れた父として王権を回復することとは別のところで、この物語が進行しているこ

とである。明石一族の栄華に取り込まれ、埋没してゆく光源氏は、そのことを自ら認識する。以上のように、『源氏物語』における「桐壺」は、〈鳳凰〉の宿る〈桐〉のイメージによって、帝王から最も寵愛される后妃を示しており、さらには王権への回帰という物語の重要なテーマを担う二人の女性の呼称となっているのである。

注

（1）殿舎桐壺は、摂関家の直廬としての利用が多かったようである。藤原道隆の二女で三条天皇の東宮妃となった藤原原子は、『枕草子』『栄花物語』などに「淑景舎」「淑景舎女御」と見える。

（2）源氏物語の殿舎に関わる先行研究として、以下のものがある。目崎徳衛「後宮の成員と殿舎」（『解釈と鑑賞』第三七号、一九七二・四）、増田繁夫「女御・更衣・御息所の呼称―源氏物語の後宮の背景―」（山中裕編『平安時代の歴史と文学　文学編』一九八一・一二）、増田繁夫「弘徽殿と藤壺―源氏物語の後宮―」（『国語と国文学』第六一巻第一一号、一九八四・一一）、山中和也「殿舎名を冠した皇妃の呼称のかたち―宇津保物語の国譲下巻から源氏の承香殿女御へ―」（『古代文化』第四二号、一九九〇・九）、高田信敬「後宮殿舎の使われ方―玉蔓出仕を手がかりに―」（『むらさき』第三一輯、一九九四・一二）、高田祐彦「光源氏と二条院・桐壺―源氏物語の空間と時間―」（『文学』第八巻第一号、二〇〇七・一）、栗本賀世子『平安朝物語の後宮空間―宇津保物語から源氏物語へ―』（武蔵野書院、二〇一四・四）など。

（3）栗本賀世子「桐壺の一族―後宮殿舎継承の方法をめぐって―」（古代文学論叢 第二〇輯『源氏物語　読みの現在　研究と資料』武蔵野書院、二〇一五・四）には、殿舎桐壺の継承について指摘されている。

（4）前掲注（2）増田論文。

（5）吉海直人「宮中殿舎の幻想を問う―「桐壺」を中心として―」（『叢書　想像する平安文学第七巻　系図を読む／地図を読む―物語時空論―』勉誠出版、二〇〇一・五）。

（6）「淑景舎」という呼称は、「桐壺」よりかしこまった印象を受け、公的な存在としての政治的なイメージを読み取ることができる。

（7）伊原昭「源氏物語における象徴―紫による―」（『むらさき』第五輯、一九六六・一一）。
（8）新間一美「桐と長恨歌と桐壺巻」（『源氏物語と白居易の文学』和泉書院、二〇〇三・二）。
（9）森田直美「桐壺更衣という呼称―元白唱和における「紫桐花」の受容を中心に―」（『国文目白』第四五号、二〇〇六・二）。
（10）『枕草子』引用本文は、新編日本古典文学全集『枕草子』（松尾聰・永井和子校注、小学館、一九九七・一一）による。
（11）『源氏物語』において、琴の琴の奏者は王統に連なる者とされており、このことを〈桐〉が琴の材料とされたことと関わらせて考えることもできる。
（12）『詩経』引用本文は、中国古典文学大系第十五巻『詩経　楚辞』（目加田誠訳、平凡社、一九六九・一二）による。
（13）『遍照発揮性霊集』引用本文は、日本古典文学大系『三教指帰　性霊集』（渡邊照宏・宮坂有勝校注、岩波書店、一九六五・一一）による。
（14）『日本書紀』引用本文は、日本古典文学大系『日本書紀　下』（坂本太郎校注、岩波書店、一九九三・九）による。
（15）前掲注（5）吉海論文。
（16）日向一雅「按察使大納言の遺言―明石一門の物語の始発―」（日向一雅・仁平道明編『源氏物語の始発―桐壺巻論集―』竹林舎、二〇〇六・一一）。
（17）伊藤博「明石一族との出会い―明石・澪標―」（『国文学　解釈と教材の研究』第三二号、一九八七・一一）。久富木原玲「もうひとつのゆかり―桐壺更衣・六条御息所から明石君・明石中宮へ―」（『研究講座　源氏物語の視界3　光源氏と女君たち』新典社、一九九六・四）。
（18）桐壺更衣の生家は明石入道と同じ一族であるが、これを「源氏」と捉えたい。桐壺更衣と明石女御が「源氏」出身の后妃とすると、「源氏」の王権回帰の問題として理解できる。

第Ⅲ部

大臣家の政治

――後宮政策と摂関政治――

第九章　弘徽殿大后の政治的機能

――朱雀朝の「母后」と「妻后」――

一　問題の所在

　摂関政治とは、摂政または関白が主導して行う政治であり、天皇を中心として外戚、母后といった母方の親族によって行われることから、「ミウチ政治」ともいわれる。(注1)『源氏物語』に描かれる四代の帝の治世のうち、「ミウチ政治」としての狭義の摂関政治が展開されたのは、藤原氏を外戚とする朱雀帝の時代である。(注2)朱雀帝には、外戚である右大臣や藤大納言、母后弘徽殿大后などがおり、摂関政治を推進する上で理想的な後見体制が整っていることから、安定政権となる見込みがあった。(注3)ところが朱雀帝の治世は、わずか七年で瓦解してしまう。(注4)外祖父右大臣の摂関職就任や、母后弘徽殿大后による政治的関与など、朱雀朝における外戚政治に関しては、多くの先行研究がある。(注5)後宮運営という点では、右大臣や弘徽殿大后は朧月夜ではなく藤大納言の娘である麗景殿女御を後見すべきであったとして、その後宮政策の誤りを指摘する論がある。(注6)確かに、右大臣家は朱雀帝の外戚という有利な立場にありながら、その政策はいずれも実を結ばず、朱雀帝の譲位とともに物語の政治世界から姿を消してゆくこととなる。

本章では、歴史学における研究成果を踏まえ、摂関政治の構造を押さえた上で、母后弘徽殿大后による朱雀朝の政治について再検討したい。ここでは、朱雀帝の母后は一貫して弘徽殿大后とし、朱雀帝の外祖父大臣は、朱雀朝には太政大臣に昇進するが右大臣（あるいは旧右大臣）、葵の上の父大臣は、冷泉朝においても左大臣（あるいは旧左大臣）と表記する。

二　史実の母后と弘徽殿大后――藤原詮子の例から――

まず、平安時代の母后たちのうち、藤原詮子の政治的権限について検討する。詮子は『源氏物語』成立期である一条朝、母后として政治に関わった。『大鏡』にはそれを示す印象的な逸話がある。

されば、うへの御つぼねにのぼらせ給て、「こなたへ」とは申させ給はで、われよるのおとゞにいらせたまひて、なく〳〵申させ給。その日は、入道殿（藤原道長）はうへの御つぼねに候はせ給。いとひさしくいでさせ給はねば、御むねつぶれさせ給けるほどに、［とばかりありて、］とをゝしあけて、いでさせ給ける御かほはあかみぬれつやめかせ給ながら、御口はこゝろよくゑませ給ひて、「あはや、宣旨くだりぬ」とこそ申させ給けれ。

（『大鏡』「道長伝」二二五～二二六）

これは、藤原道長か藤原伊周、いずれが次の摂関となるかという緊迫した場面であり、中宮藤原定子への愛情からなかなか結論を出せない一条天皇を、詮子は涙ながらに説得し、遂に道長に内覧の宣旨が下るのである。天皇を中心とする複数の「ミウチ」によって行われた摂関政治のもとでは、天皇といえども自らの意志ひとつで重要な決定を下すことができない場合があり、その際、親権を有することから天皇の母后の発言権が強くなる。『大鏡』のこの場面は、それをよく表していよう。

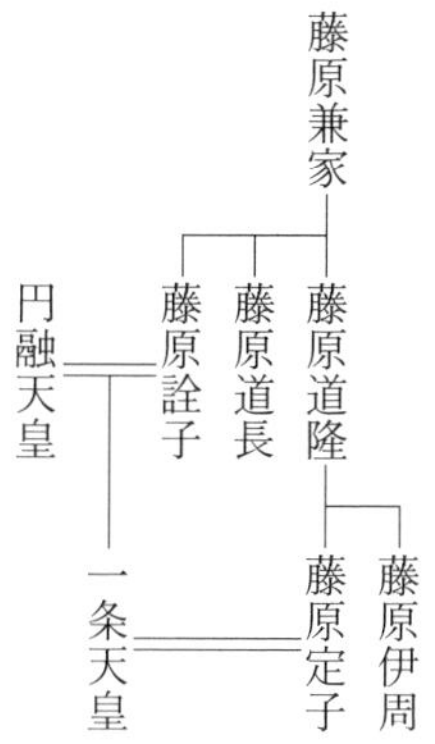

歴史学によると、母后の政治的関与の由来するところは、「母后同殿」という体制にあるという[注7]。円融天皇は譲位すると内裏を出て後院に移ったが、一条天皇の即位の後、皇太后となった詮子は天皇とともに内裏に居住し、天皇を後見し続けた。上皇は譲位後、内裏を出なければならないのに対し、母后は所生皇子が即位すると、天皇を後見するという名目で内裏に入ることができる。すなわち「母后同殿」という形態によって、天皇と摂関との政治的やりとりをそばで見聞きするため、母后は政治的に関与しやすい立場に置かれる。天皇との物理的な距離の近さが、そのまま母后の政治への関与につながったのである。これと同じことが、『源氏物語』の弘徽殿大后にもいえる。

「葵」巻冒頭、桐壺朝から朱雀朝への代替わりが描かれる。

今は、まして隙なう、ただ人のやうにて添ひおはしますを、今后（弘徽殿大后）は心やましう思すにや、内裏にのみさぶらひたまへば、立ち並ぶ人なう心やすげなり。

（「葵」②一七）

弘徽殿大后は「今后」と呼称されており、朱雀帝の即位によって新たに皇太后に立てられたことがわかる。注意したいのは、朱雀帝とともに内裏にいることが明記される点である。これはまさに「母后同殿」を表していよう。朱雀朝における弘徽殿大后の政治的権限は、朱雀帝の後見として内裏に住まうことに由来すると考えてよい。[注8]以下、朱雀朝において、弘徽殿大后や右大臣による政治が展開されたことが読み取れる本文を確認する。いずれも、外戚が帝に代わって政治を執り行う摂関政治のあり方を表したものである。

【1】院（桐壺院）のおはしましつる世こそ憚りたまひつれ、后（弘徽殿大后）の御心いちはやくて、かたがた思しつめたることどもの報いせむと思すべかめり。事にふれてはしたなきことのみ出で来れば、かかるべきこととは思ししかど、見知りたまはぬ世のうさに、立ちまふべくも思されず。（「賢木」②一〇一〜一〇二）

【2】帝（朱雀帝）は、院（桐壺院）の御遺言たがへずあはれに思したれど、若うおはしますうちにも、御心なよびたる方に過ぎて、強きところおはしまさぬなるべし、【3】母后（弘徽殿大后）、祖父大臣（旧右大臣）とりどりにしたまふことはえ背かせたまはず、世の政御心にかなはぬやうなり。（「賢木」②一〇四）

傍線部【1】は、桐壺院亡き後、積年の恨みを晴らそうとする弘徽殿大后の様子が描かれる。弘徽殿大后の政治的関与が桐壺院の死後、本格化したという書き方は、天皇に対する母后の親権が父院のそれに次ぐものであったという歴史学の指摘に照応する。[注9]沼尻利通は、「いちはやし」とあることに着目し、弘徽殿大后に「摂関政治期以前の古代的な国母像」を読み取り、その「時代錯誤的な政治」が敗れたと論ずる。[注10]しかし、「いちはやし」とは、弘徽殿大后の性急な性格を捉えたもので、他の場面で説明される「后の御気色はいと恐ろしう」（「賢木」②一一五）、「宮はいとどしき御心なれば」（「賢木」②一四八）などと同じように解せる。むしろ、朱雀朝に展開された右大臣家と弘徽殿大后による政治こそ、物語成立期の現実に即した典型的な摂関政治として理解できるのではないか。また、傍線部【3】に「母后、祖父大臣とりどりにしたまふ」とあることについても沼尻は、朱雀朝における大后と右大臣とは連帯するどころか、その初期から亀裂が潜在化していたことも指摘する。(注11) 確かに、朧月夜の処遇をめぐる右大臣と弘徽殿大后の意見の相違など、右大臣家は一枚岩でなかったことが表出している。しかし、ここでは右大臣と弘徽殿大后とがそれぞれ太政官と後宮とで役割分担して政治にあたっているものとして、「とりどり」の意味を解釈できないか。例えば、朱雀朝の政治に対する世間の評価を見てみると、右大臣に対しては「上達部、殿上人みな思ひ嘆く」（「賢木」②九八）とあるが、弘徽殿大后に対するそれは藤壺中宮の心中に多く見られる。(注12) 母后は摂関政治の一環として政治的権力を掌握し、その母后の存在が外戚による摂関政治を円滑化させる。母后の発言権は後宮運営や摂関家の人事に関わる場合が多いと指摘されるように、(注13) 弘徽殿大后の政治的権限もまた後宮を中心としていたことが窺われる。そこで、朱雀朝における弘徽殿大后の政治性を後宮政策の観点から考えることとする。具体的には、弘徽殿大后が朧月夜を後見し続けた理由について考察し、それに基づいて『源氏物語』の描く摂関政治のあり方と政治に関与する母后の造型に迫りたい。(注14)

三　弘徽殿大后による朧月夜の後見

朱雀帝の後宮には複数の女御・更衣が存在したが、中宮の冊立は行われなかった。その理由として、朱雀朝が物語における他の治世と比べると短命に終わったこと、また、中宮候補となるような有力な后妃が存在しなかったことなどが指摘される。(注15) しかし、本文に明記される五人の后妃のうち、承香殿女御は大臣の娘、藤壺女御は先帝の皇女、朧月夜尚侍と麗景殿女御は朱雀帝の外戚である右大臣家の出身であり、いずれも立后するのに遜色ない出自である。中宮が立てられなかったことは、朱雀朝の後宮の問題であろう。以下、朱雀帝の后妃たちについて、順に確認したい。次の本文は、「若菜上」巻で朱雀朝の後宮について回想される場面である。

その中に、藤壺（女御）と聞こえしは、先帝の源氏にぞおはしましける、まだ坊と聞こえさせしとき参りたまひて、高き位にも定まりたまふべかりし人の、とりたてたる御後見もおはせず、母方もその筋となくものはかなき更衣腹にてものしたまひければ、御まじらひのほども心細げにて、大后（弘徽殿大后）の、尚侍（朧月夜）を参らせたてまつりたまひて、かたはらに並ぶ人なくもてなしきこえたまひなどせしほどに、気おされて、帝（朱雀帝）も御心の中にいとほしきものには思ひきこえさせたまひながら、おりさせたまひにしかば、かひなく口惜しくて、世の中を恨みたるやうにて亡せたまひにし、その御腹の女三の宮を、あまたの御中にすぐれてかなしきものに思ひかしづききこえたまふ。

（「若菜上」④一七〜一八）

朱雀帝の藤壺女御は、第二部に新たに招来されるヒロイン女三の宮の紹介に際して、初めて名の挙がる朱雀帝の后妃である。先帝の皇女として東宮時代に入内、中宮にもなれるような立場であったが、女三の宮一人を残して亡くなったという。そして、その藤壺女御が後宮で気圧されたのは、朧月夜に対する弘徽殿大后の後見が絶対的なものであったからであると説明される。同様のことは、次の「賢木」巻からも読み取れる。ここでは、尚侍に就任した朧月夜が弘徽殿を居所としたことが見える。

御匣殿（朧月夜）は、二月に尚侍になりたまひぬ。院（桐壺院）の御思ひに、やがて尼になりたまへるかはりなりけり。やむごとなくもてなして、人柄もいとよくおはすれば、あまた参り集まりたまふ中にもすぐれて時めきたまふ。后（弘徽殿大后）は、里がちにおはしまいて、参りたまふ時の御局には梅壺をしたれば、弘徽殿には尚侍の君（朧月夜）住みたまふ。登花殿の埋れたりつるに、晴れ晴れしうなりて、女房なども数知らず集ひ参りて、いまめかしうはなやぎたまへど、御心の中は、思ひの外なりしことどもを、忘れがたく嘆きたまふ。

（「賢木」②一〇一）

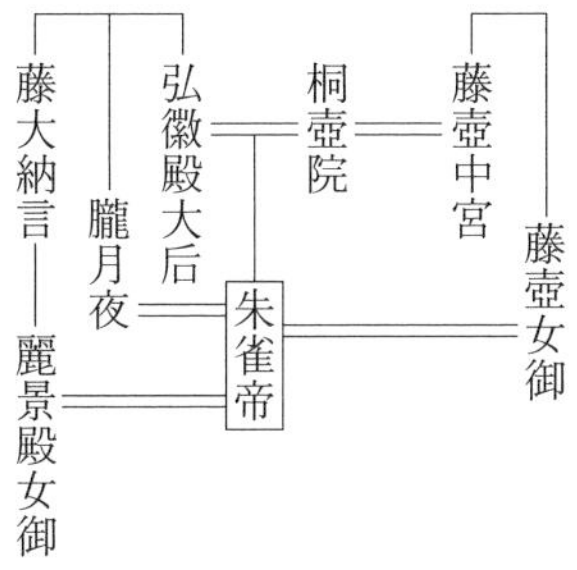

弘徽殿は藤壺（飛香舎）と並び、有力な后妃の住まう重要な殿舎とされ、尚侍が利用するには破格の待遇といえる。朱雀帝の意向もあろうが、弘徽殿大后が梅壺に移ったことが明記されることから、大后自身の意思で朧月夜に自らの局を譲ったものと理解できよう。つまり、大后は朱雀帝の後宮において朧月夜を後見することを公表しているのである。このような体制は朱雀朝を通してのことであった。弘徽殿大后が生家右大臣家の繁栄のため、末の妹である朧月夜を後見するのは当然のことといえる。しかし問題なのは、朧月夜が入内前から光源氏と通じたため、正式

な入内が叶わなくなったことである。朧月夜と光源氏との密会を見咎めた右大臣は、次のようにいう。

【4】昔も心ゆるされでありそめにけることなれど、人柄によろづの罪をゆるして、さても見むと言ひはべりしをりは、心もとどめずめざましげにもてなされにしかば、安からず思ひたまへしかど、さるべきにこそはとて、【5】世にけがれたりとも思し棄つまじきを頼みにて、かく本意のごとく奉りながら、なほその憚りありて、うけばりたる女御なども言はせはべらぬをだに飽かず口惜しう思ひたまふるに、またかかることさへはべりければ、さらにいと心憂くなむ思ひはべりぬる。（「賢木」②一四七）

傍線部【5】にあるように、右大臣は朧月夜を女御にできなかったことを悔やむ。光源氏との関係さえなければ、朧月夜は大臣家の娘として女御どころか立后することもできたのである。朱雀帝の東宮時代から朧月夜の入内は決定しており、いずれは中宮になることも望まれた右大臣家の大切な持ち駒であった。傍線部【4】に見えるように、光源氏との関係が明らかになった際、右大臣は光源氏との結婚話を持ち出す。それに対して弘徽殿大后は、依然として朧月夜の入内を強く主張するのである。

今后（弘徽殿大后）は、御匣殿（朧月夜）なほこの大将（光源氏）にのみ心つけたまへるを、「げに、はた、かくやむごとなかりつる方（葵の上）も亡せたまひぬめるを、さてもあらむになどか口惜しからむ」など大臣（旧右大臣）のたまふに、いと憎しと思ひきこえたまひて、宮仕もをさをさしくだにしなしたまへらば、などかあしからむと、参らせたてまつらむことを思しはげむ。（「葵」②七五〜七六）

弘徽殿大后の憎しみは、光源氏に思いを寄せる朧月夜や、右大臣の認識の甘さに向けられていく。右大臣が朧月夜自身の気持ちを考えるのに対して、弘徽殿大后はあくまでも入内を強行しており、二人の意見の相違は右大臣家の内部分裂を招く。藤大納言の娘が麗景殿女御として存在するにも関わらず、弘徽殿大后は中宮どころか女御にすらなれない朧月夜の入内にこだわり、後宮において支援し続ける。このような弘徽殿大后の政策の意図はどこにあったのであろう。

四　弘徽殿大后の政治戦略——朱雀帝の母として、右大臣家の娘として——

朱雀朝における弘徽殿大后の後宮政策について、ここでは朱雀帝の母としての立場、右大臣家の娘としての立場、双方の観点から考える。朧月夜と光源氏との関係について右大臣からの報告を受けた弘徽殿大后は、次のようにいう。

【6】みなかの御方（光源氏）にこそ御心寄せはべるめりしを、その本意違ふさまにてこそは、かくてもさぶらひたまふめれど、いとほしさに、いかでさる方にても、人に劣らぬさまにもてなしきこえん、さばかりねたげなりし人（光源氏）の見るところもありなどこそは思ひはべりつれど、【7】忍びてわが心の入る方になびきたまふにこそははべらめ。斎院の御事はましてさもあらん。何ごとにつけても、朝廷（朱雀帝）の御方にうしろやすからず見ゆるは、春宮（冷泉帝）の御世心寄せことなる人なればことわりになむあめる。

（「賢木」②一四八～一四九）

傍線部【6】および【7】に見えるように、弘徽殿大后の怒りは、朧月夜の入内を断念して光源氏と結婚させることを考えた右大臣、そしていまだに光源氏を慕っている朧月夜に対しても向けられる。朱雀帝の后妃でありながら、光源氏に思いを寄せるなどあるまじきことである。「朝廷の御方」とあるように、これは朱雀帝の立場が軽んじられたことへの怒りなのである。弘徽殿大后の言動からは、朱雀帝の立場を尊重して第一に考えていることが一貫して読み取れる。例えば、かつて左大臣は一人娘葵の上を光源氏と結婚させるが、弘徽殿大后はそのことを後々まで恨みに思っている。

【8】故姫君（葵の上）を、ひき避きてこの大将の君（光源氏）に聞こえつけたまひし御心を、后（弘徽殿大后）は思しおきて、よろしうも思ひきこえたまはず。大臣（左右大臣）の御仲ももとよりそばそばしうおはする、故院（桐壺院）の御世にはわがままにおはせしを、時移りてしたり顔におはするをあぢきなしと思したる、ことわりなり。（「賢木」②一〇二）

【9】帝（朱雀帝）と聞こゆれど、昔より皆人思ひおとしきこえて、致仕の大臣（旧左大臣）も、またなくかしづくひとつ女（葵の上）を、兄の坊にておはする（朱雀帝）には奉らで、弟の源氏（光源氏）にていときなきが元服の添臥にとりわき、またこの君（朧月夜）をも宮仕にと心ざしてはべりしに、をこがましかりしありさまなりしを、誰も誰もあやしとやは思したりし。（「賢木」②一四八）

傍線部【8】【9】のように、左大臣が葵の上を朱雀帝に入内させず、光源氏と結婚させたことに対して、弘徽殿大后は恨みを抱き続けている。桐壺朝において左右大臣家は拮抗する二大勢力であり、右大臣家は東宮時代の朱雀帝に左大臣家の娘葵の上を入内させることで左大臣家の勢力を取り込む目的があった。(注16)ところが、それは葵の上と光源氏との結婚によって断念させられる。弘徽殿大后がこのことを恨み続ける理由は、朱雀帝の後宮に葵の上の入内を望んだのが、他ならぬ朱雀帝自身だったからではないか。

引入れの大臣（左大臣）の、皇女（大宮）腹にただ一人かしづきたまふ御むすめ（葵の上）、春宮（朱雀帝）よりも御気色あるを、思しわづらふことありけるは、この君（光源氏）に奉らむの御心なりけり。（「桐壺」①四六）

葵の上の入内が朱雀帝の意向であったとはっきり書かれている。そして、それが実現しなかったことを弘徽殿大后が恨むのは、朱雀帝の立場を軽んじられたことへの怒りによる。(注17)朧月夜の入内にこだわり、後見し続けた理由もまた、朱雀帝の気持ちを重んじたためである。なぜならば、朱雀帝が複数の后妃のうち最も寵愛するのが朧月夜であることを、弘徽殿大后はわかっていたからであろう。朱雀帝の朧月夜に対する寵愛の深さは、次の本文から読み取れる。

七月になりて参りたまふ。【10】いみじかりし御思ひのなごりなれば、人の譏りも知ろしめされず、例の上につとさぶらはせたまひて、よろづに恨みかつはあはれに契らせたまふ、御さま容貌もいとなまめかしうきよらなれど、思ひ出づることのみ多かる心の中ぞかたじけなき。（「須磨」②一九七）

女御、更衣みな例のごとさぶらひたまへど、【11】春宮の御母女御（承香殿女御）のみぞ、とりたてて時めきたまふこともなく、尚侍の君（朧月夜）の御おぼえにおし消たれたまへりしを、かくひきかへめでたき御幸ひにて、離れ出でて宮に添ひたてまつりたまへる。

（「澪標」②三〇〇）

女御（承香殿女御）にも、心うつくしきさまに聞こえつけさせたまふ。【12】されど、母女御（藤壺女御）の、人よりはまさりて時めきたまひしに、みないどみかはしたまひしほど、御仲らひどもえうるはしからざりしかば、そのなごりにて、げに、今はわざと憎しなどはなくとも、まことに心とどめて思ひ後見むとまでは思さずもやとぞ推しはからるるかし。

（「若菜上」④二〇〜二一）

傍線部【10】には、朧月夜が朱雀帝から大切にされていること、傍線部【11】には、東宮の母である承香殿女御でさえ比肩すべくもないほど、朧月夜の帝寵が厚かったことが見える。そして、傍線部【12】からは、朱雀朝の後宮で承香殿女御の寵愛が藤壺女御のそれに劣っていたという。「やむごとなくもてなして、人柄もいとよくおはすれば、あまた参り集まりたまふ中にもすぐれて時めきたまふ」（「賢木」②一〇一）とあるように、朱雀帝の後宮で最も時めいたのが朧月夜であったという事実は、物語に繰り返し述べられている。朱雀朝の後宮では、朧月夜、藤壺女御、承香殿女御の順で、朱雀帝の寵愛が深かったと解釈できよう。このことを踏まえると、弘徽殿大后が女御にすらなれない朧月夜を後見し続けた理由は、朧月夜に朱雀帝の皇子誕生を期待したからと考えられるのである。先行研究で指摘されている藤大納言の娘麗景殿女御は、右大臣家の後宮政策を考える上で重要な存在ではあるが、「賢木」巻にその名前が本文に見えるのみで作中人物としての実体が描かれないばかりか、それ以降の物語には名前すら挙がらない。そのことから、朱雀帝の寵愛はそれほどではなく、後宮における重要性は低かったといえる。(注18) 朱雀帝の後宮において皇子誕生を期待できるのは、麗景殿女御よりも朧月夜であり、そのことを考えたからこそ、弘徽殿大后は朧月夜を後見し続けたのである。もし朧月夜に皇子が生まれていたら、弘徽殿大后と右大臣家という強力な後見体制からして、次の東宮に立てられていたことは間違いない。朧月夜は現時点では尚侍でしかないが、所生皇子が即位すれば皇太后として立后できる。それを見込んで、弘徽殿大后は朧月夜の後見を続けたのである。つまり、弘徽殿大后は、名より実を取ったのである。反対に、朱雀帝の女御にすらなれない朧月夜が后位に昇るには、朱雀帝の皇嗣を産むこと以外、手だてはない。そのため、弘徽殿大后は「中宮」（＝妻后）ではなく「皇太后」（＝母后）を右大臣家から輩出することを重視し、朧月夜の後見を続けたのである。

五　朱雀朝の「母后」と「妻后」——朧月夜の后位への道——

以上のように、弘徽殿大后が朧月夜の入内にこだわり後見し続けた理由は、まず朱雀帝の意思を重んじたこと、そして朧月夜に皇子誕生を望んだことにある。それは、朱雀帝の母としての立場のみならず、右大臣家の繁栄にもつながるものであった。そして、朱雀帝自身もまたそのことを自覚している。

【13】今まで御子たちのなきこそさうざうしけれ。春宮（冷泉帝）を院（桐壺院）ののたまはせしさまに思へど、よからぬことども出で来めれば心苦しう」など、世を御心のほかにまつりごちなしたまふ人のあるに、若き御心の強きところなきほどにて、いとほしと思したることも多かり。（「須磨」②一九八）

ほろほろとこぼれ出づれば、「さりや。いづれに落つるにか」とのたまはす。「

「大臣（旧右大臣）亡せたまひ、大宮（弘徽殿大后）も頼もしげなくのみ篤いたまへるに、わが世残り少なき心地するになむ、いといとほしうなごりなきさまにてとまりたまはむとすらむ。（略）

【14】などか御子をだに持たまへるまじき。口惜しうもあるかな。契り深き人（光源氏）のためには、いま見出でたまひてむと思ふも口惜しや。限りあれば、ただ人にてぞ見たまはむかし」など、行く末のことをさへのたまはするに、いと恥づかしうも悲しうもおぼえたまふ。（「澪標」②二八〇〜二八一）

傍線部【13】からは、朱雀帝の抱える皇位継承問題がすき見える。その後文に、「よからぬことども」とあることには、「橋姫」巻で明かされる八の宮擁立事件を想定できよう。朱雀帝は東宮（冷泉帝）の存在を重視しているが、朧月夜に皇子が産まれていれば、右大臣家の勢力は強まり、弘徽殿大后たちの動きは激化したかもしれない。そして、傍線部【14】のように、朱雀帝は譲位する直前まで朧月夜の行く末を案じており、子の誕生を繰り返し訴えている。これは、光源氏に思いを寄せる朧月夜に対して、朱雀帝が嫉妬や恨みを口にしている場面として理解できるばかりではない。自分の外戚である右大臣家出身の后妃に、皇子を誕生させることが責務のひとつであることを、朱雀帝は自覚していたのである。（注19）

以上のように、弘徽殿大后による後宮政策は、「中宮」（＝妻后）ではなく、「皇太后」（＝母后）になることで朧月夜の后位への道を目指したものである。そしてそれは、自らの経験を生かした上での弘徽殿大后の政治的判断だったと考えられる。なぜならば、弘徽殿大后自身、桐壺朝で立后できなかったという過去があるからである。「紅葉賀」巻には、弘徽殿大后と藤壺の宮による立后争いが描かれている。

七月にぞ后ゐたまふめりし。源氏の君（光源氏）、宰相になりたまひぬ。帝（桐壺帝）おりゐさせたまはむの御心づかひ近うなりて、この若宮（冷泉帝）を坊にと思ひきこえさせたまふに、御後見したまふべき人おはせず、御母方、みな親王たちにて、源氏の公事知りたまふ筋ならねば、母宮（藤壺の宮）をだに動きなきさまにしおきたてまつりて、強りにと思すになむありける。弘徽殿（女御）、いとど御心動きたまふ、ことわりなり。されど、「春宮（朱雀帝）の御世、いと近うなりぬれば、疑ひなき御位なり。思ほしのどめよ」とぞ聞こえさせたまひける。げに、春宮の御母にて二十余年になりたまへる女御（弘徽殿女御）をおきたてまつりては、引き越したてまつりたまひがたきことなりかしと、例の、安からず世人も聞こえけり。
（「紅葉賀」①三四七〜三四八）

桐壺帝は弘徽殿大后を差し置いて、藤壺の宮を立后させる。入内してから二十年以上も経つ筆頭女御であり、所生皇子は東宮に立てられている、その弘徽殿大后が立后争いに敗れたのである。その動揺は当然のことであった。朱雀朝になり、皇太后立后という形で后位につくことのできた弘徽殿大后は、「かたがた思しつめたることどもの報いせむ」（「賢木」②一〇二）と政界に身を乗り出すのであるが、桐壺朝で立后できなかった恨みは依然として消えていない。これを恐れた藤壺中宮が、「大后（弘徽殿大后）のあるまじきことにのたまふなる位をも去りなん」（「賢木」②一一四）と出家を志すほどであった。そこまで、弘徽殿大后の立后争いの敗北は痛恨の出来事であり、同時に后位への執着を強くするものであった。そして、朱雀朝において右大臣家から「后」を輩出することが見込めなくなったとき、弘徽殿大后は朧月夜の皇太后立后を目指したのである。

六　結　語――『源氏物語』に描かれる摂関政治――

以上、弘徽殿大后による朱雀朝の後宮政策を考えた。弘徽殿大后が朱雀朝の后妃たちのうち、朧月夜を後見し続けたことは、弘徽殿大后に課せられた右大臣家の娘としての役割、そして朱雀帝の母としての立場という二つの側面から説明できる。右大臣と弘徽殿大后は、光源氏の政敵としてひと括りにされることが多いが、右大臣が愛娘朧月夜の気持ちを第一に考えるのに対し、弘徽殿大后は一貫して朱雀帝の立場を重視している。また、弘徽殿大后が中宮に立てられる可能性のない朧月夜を後見し続けたのは、「中宮」（＝妻后）ではなく「皇太后」（＝母后）となることで朧月夜が后位に昇る道を目指したからであり、それは朱雀帝の朧月夜への寵愛が最も厚いことを考慮しての判断である。それと同時に、朧月夜が朱雀帝の皇子を産むことによって、現在は尚侍でしかない朧月夜の未来もまた開けるはずであり、弘徽殿大后のこの政治的判断は右大臣家にとっても得策であった。

　このような朱雀朝における右大臣家の摂関政治は、摂関政治の展開された当時の貴族社会では一般的な政策であったが、物語では理想政治としては描かれていない。「上達部、殿上人みな思ひ嘆く」（「賢木」②九八）とあり、右大臣家の政治に対する批判は光源氏側からのものに限らないのである。一方、物語における桐壺朝や冷泉朝は理想的な政治が行われた時代として描かれており、これらは史実における摂関政治の論理とは異なる政治体制といえる。[注20]例えば、桐壺朝において左大臣家と右大臣家のとった政治政策は対照的である。桐壺帝の同母妹大宮を正妻に迎え、光源氏を婿取ることで桐壺帝との接近をはかる左大臣に対し、右大臣は娘（弘徽殿大后）を入内させ、所生皇子（朱雀帝）の即位によって帝の外戚となることを目指すという後宮政策を推進する。一人娘である葵の上を東宮や帝に入内させない左大臣の選択は、摂関政治の常識からは考えられない。しかし、それが左大臣家の政策だったのであり、左大臣家は光源氏と紐帯を結んだことが奏功し、東宮の外戚である右大臣家を凌駕する形となる。[注21]入内した娘に皇子を産ませ、外孫である皇子に皇位継承させることで帝と「ミウチ」関係を結ぶという、当時の常識的な政策をとった右大臣家が敗れるのである。朱雀朝における弘徽殿大后の政策は、決して誤っていたわけではない。その政策が実を結ばなかったのは、朧月夜が朱雀帝の女御になれなかった上、皇嗣を産まずに終わったためであり、それは入内前の朧月夜が光源氏と密通し、朱雀帝の寵愛を受けながらも光源氏を恋慕い続けたことが原因である。そのことは「いづれに落つるにか」（「須磨」②一九八）や「契り深き人のためには」（「澪標」②二八一）などと見えるように、朱雀帝が朧月夜との子を切望する際、必ず光源氏への恨み言を口にしていることから読み取れる。つまり、右大臣家の政治的敗北の原因は朱雀朝の後宮政策の失敗であり、それは光源氏との恋愛に関係づけられているのである。右大臣家が物語の政治世界から去ると、帝との外戚関係の構築に積極的になるのは、左大臣家の長男内大臣（旧頭中将）である。内大臣は、冷泉帝に弘徽殿女御（大后の姪）を入内させ、その立后をはかり、続く今上帝にも同じように娘（雲居の雁）を入内させようとする。そして、次第に光源氏と対立する立場をとるが、内大臣の政治的目論見はことごとく外れる。(注22) 外戚関係の構築によって摂関政治を目指すという藤原氏の政策が光源氏を前にして敗れるという展開は、物語にパターン化して繰り返される。弘徽殿大后と右大臣家の政策は、摂関政治の論理からすれば正統であるが、光源氏が栄華を極めるという物語は「歴史」を超越したところで描き出されているといえよう。

注

（1）倉本一宏「摂関期の政権構造―天皇と摂関のミウチ意識を中心として―」（『摂関政治と王朝貴族』吉川弘文館、二〇〇〇・七）。

（2）『源氏物語』における四代の帝の治世のうち、冷泉朝には摂政職が置かれるが、史実上の摂関政治とは重ならない。むしろ、平安時代中期の「ミウチ政治」としての狭義の摂関政治が展開されたのは、朱雀帝や今上帝の時代と考えられよう。

（3）前掲注（1）倉本論文。倉本によると、天皇と摂関との血縁関係および婚姻関係の濃い場合、最も「ミウチ」意識が強く「権力核」を構成できると指摘する。『源氏物語』成立期までの史実では、外祖父と母后がともに存する治世は、清和朝の藤原良房と明子、一条朝の藤原兼家と詮子、後一条朝の藤原道長と彰子の三例に限られる。

（4）桐壺朝は二十年以上、冷泉朝は十六年間、今上帝は「夢浮橋」巻で即位二十九年目であるのに対し、朱雀朝はわずか七年間である。林田孝和・原岡文子編『源氏物語事典』（大和書房、二〇〇二・五）。

（5）弘徽殿大后については、今井源衛「源氏物語登場人物の性格と役割」（『国文学 解釈と鑑賞』第二四巻第一二号、一九五九・一〇）や清水好子「人物像の変形」（『源氏物語の文体と方法』東京大学出版会、一九八〇・六）によってその政治的立場が見直され、弘徽殿大后の人物論としては、林田孝和「弘徽殿女御私論―悪のイメージをめぐって―」（『国語と国文学』第六一巻第二号、一九八四・一一）、渡辺仁史「弘徽殿女御小論―『源氏物語』における悪―」（『日本文芸論叢』第六号、一九八八・三）、増田繁夫「弘徽殿女御―母親というもの―」（森一郎編『源氏物語作中人物論集』勉誠社、一九九三・一）、田坂憲二「弘徽殿大后試論―源氏物語における〈政治の季節〉―」（『源氏物語の人物と構想』和泉書院、一九九三・一〇）などがある。また、朱雀朝の摂関政治に関しては、田坂憲二「髭黒一族と式部卿宮家―源氏物語における〈政治の季節〉その二―」（『源氏物語の探究』第一五輯、風間書房、一九九〇・一〇）、田中隆昭「源氏物語における政治世界と右大臣」（森一郎編『源氏物語作中人物論集』勉誠社、一九九三・一、のち『源氏物語 歴史と虚構』勉誠社、一九九三・六）、浅尾広良「朱雀帝御代の権力構造」（『源氏物語の准拠と系譜』翰林書房、二〇〇四・一）、村口進介「源氏物語の外戚政治と〈右大臣〉〈大将〉」（『関西学院大学日本文藝研究』第五九巻第一号、二〇〇七・六）などがある。

（6）上野英子「右大臣家の姫君たち」（『源氏物語の探究』第一五輯、風間書房、一九九〇・一〇）、島田とよ子「左大臣の選択―右大臣家の姫君の存在―」（『園田国文』第一四号、一九九三・三）、増田舞子「弘徽殿大后と右大臣家―朧月夜入内の再計画―」（ノートルダム清心女子大学『赤羽淑先生退職記念論文集』二〇〇五・三）など。

（7）吉川真司「摂関政治の転成」（『律令官僚制の研究』塙書房、一九九八・三）は、母后が内裏で天皇と同居し、日常的に天皇を後見したことが摂関の政権掌握と連動していると論ずる。古瀬奈津子「摂関政治成立の歴史的意義―摂関政治と母后―」（『日本史研究』第四六三号、二〇〇一・三）、服藤早苗「王権と国母―王朝国家の政治と性―」（『民衆史研究』第五六巻、一九九八・一一）、服藤早苗「九世紀の天皇と国母―女帝から国母へ―」（『物語研究』第三号、二〇〇三・三）、東海林亜矢子「母后の内裏居住と王権」（『お茶の水史学』第四八号、二〇〇四・一二）などにも同様の指摘がある。

（8）のちに、「后（弘徽殿大后）は、里がちにおはしまいて、参りたまふ時の御局には梅壺をしたれば」（「賢木」②一〇一）とあり、「母后同殿」は朱雀朝初期の体制であったことがわかる。

（9）前掲注（1）倉本論文、および倉本一宏「『源氏物語』に見える摂関政治像」（『摂関政治と王朝貴族』吉川弘文館、二〇〇〇・七）。
（10）沼尻利通「物語の国母—『うつほ物語』『源氏物語』を中心に—」（『日本文学』第五一巻第九号、二〇〇二・九）。
（11）沼尻利通「弘徽殿大后・国母としての政治」（『むらさき』第三八輯、二〇〇一・一二）。前掲注（10）沼尻論文にも同様の指摘がある。
（12）桐壺院の崩御後には、「大后（弘徽殿大后）の御心も知りたまへれば、心にまかせたまへらむ世のはしたなく住みうからむを思す」（「賢木」②九九）とあり、藤壺中宮が出家を志す際も「内裏わたりを見たまふにつけても、世のありさまあはれにはかなく、移り変ることのみ多かり、大后（弘徽殿大后）の御心もいとわづらはしくて、かく出で入りたまふにもはしたなく、事にふれて苦しければ」（「賢木」②一一五）と見える。
（13）前掲注（7）古瀬論文。例えば、『小右記』寛仁元年十一月二十一日条には、「大入道［殿脱カ］（藤原兼家）坐摂政、即拝給太政大臣、雖奉寄事於母后（藤原詮子）命」とあり、円融法皇の存命中でありながら、皇太后藤原詮子の命によって藤原兼家の太政大臣就任が決まったことが見える。また、『権記』長保元年十二月七日条によると、藤原彰子の立后については、女院である詮子を通して一条天皇の勅許があったという。
（14）后妃とは、中宮（皇后）・女御・更衣などを含む天皇の妻を広く意味し、特に「后」と表記した場合は中宮（皇后）・皇太后・太皇太后、いわゆる三后を指す。政治に関与できる后妃は、女御・更衣クラスではなく、后位にある者つまり三后に限定される場合が多い。
（15）石津はるみ「若菜への出発—源氏物語の転換点—」（『国語と国文学』第五一巻第一一号、一九七四・一一）には、中宮不在による朱雀朝の脆弱さが指摘される。
（16）前掲注（5）田坂論文。
（17）前掲注（11）沼尻論文には、物語本文において弘徽殿大后が「宮」と呼称される際、大后は右大臣家の論理ではなく皇統の側の主張をしており、朱雀帝と結びついて右大臣家と対峙していることを示していると指摘される。
（18）「大宮（弘徽殿大后）の御兄弟の藤大納言の子の頭弁といふが、世にあひはなやかなる若人にて、思ふことなきなるべし、姉妹の麗景殿の御方に行くに」（「賢木」②一二五）と見えるのみである。坂本共展「明石姫君構想とその主題」（『源氏物語構成論』笠間書院、一九九五・一〇）は、朱雀朝に藤大納言が左大臣に昇進した可能性を指摘するが、本文に書かれない以上、その存在を過大評価することはできない。

(19) 前掲注（1）倉本論文。

(20) 冷泉朝の摂政職については、冷泉帝の異母兄にあたる光源氏が就任を辞退し、致仕大臣（旧左大臣）が政界復帰して就任するなど、史実とは異なる独自の物語世界が描かれており、さまざまな角度から検討の余地がある。光源氏の摂政辞退については、本書第Ⅰ部第二章で論じた。冷泉帝の外戚でも前代の摂関でもない旧左大臣が摂政に就任することは、冷泉帝の後見である光源氏の政策の一環と捉えた。

(21) 日向一雅「桐壺帝と大臣家の物語」「桐壺帝と桐壺更衣」（『源氏物語の準拠と話型』至文堂、一九九九・三）。

(22) 冷泉帝に入内した弘徽殿女御が中宮の有力候補でありながら立后できなかったのは、光源氏が藤壺中宮とともに秋好中宮を後見したからである。その秋好中宮は、かつての恋人六条御息所の遺児を引き取って養女にしたものである。また、雲居の雁は夕霧と恋愛関係にあったため、今上帝への入内が断念される。本章で論じた右大臣家を含め、摂関政治を念頭に置いた藤原氏による後宮政策は、光源氏を相手にことごとく敗れる。それが、光源氏側の血縁関係ではない人間関係によるものであることには、「歴史」を超越した物語の論理を見出だすことができる。また、光源氏が准太上天皇となり、王権を回復するのは、光源氏が冷泉帝の隠れた父であることによる。それは藤壺の宮との密通に起因しており、光源氏の政治家としての成功もまた、その恋愛遍歴と関わっているのである。

第十章　左大臣家の後宮政策――冷泉朝における立后争い――

一　問題の所在

「少女」巻では冷泉朝の立后争いが描かれ、弘徽殿女御は光源氏の後見する斎宮女御（秋好中宮）に敗れる。弘徽殿女御は、内大臣（旧頭中将）の娘であり、冷泉帝の後宮に最初に入内した后妃である。致仕大臣（旧左大臣）は、冷泉朝への代替わりに乗じて政界復帰して摂政太政大臣に就任すると、孫娘にあたる弘徽殿女御を養女に迎え、その入内の準備を念入りに執り行った。先行研究では、「澪標」巻を起点として、物語における左大臣家のあり方が変容してゆくことが指摘されており、特に左大臣家の入内・立后志向が物語に表出する。小山清文は、「左大臣家は、澪標巻で弘徽殿女御の入内を果たし、以後源氏と対立関係におかれることになるわけだが、源氏との対立や執拗な入内志向は、主として、左大臣家の嫡子、かつての頭中将である内大臣が、左大臣の遺志を受け継いで演じていくことになる」と述べている。(注1)ここでは特に、致仕大臣のことば「この家にさる筋の人出でものしたまはでやむやうあらじ」（「少女」③三六）に焦点を当て、冷泉朝を中心とした左大臣家の入内志向と後宮政策について考える。

致仕大臣のいう「さる筋の人」とは「后」を指すが、これはどのような性格のものなのであろうか。『源氏物語』において「后」と呼称されるのは、藤壺中宮、秋好中宮、明石中宮のほか、弘徽殿大后のような帝の生母として皇太后に立后した者も含まれており、立后事情は不明ながら、藤壺中宮の生母や桐壺帝の生母も「后」と呼ばれている。本章では、左大臣家の志向した「后」の内実と後宮政策について考え、『源氏物語』における摂関政治がどのように描かれているのか解明したい。なお、ここでは一貫して、致仕大臣（旧左大臣）、内大臣（旧頭中将）、弘徽殿大后といった「少女」巻における呼称を使用する。ただし、致仕大臣（旧左大臣）の家は、便宜的に左大臣家と表記する。

二　弘徽殿女御の入内

はじめに「少女」巻の本文を引用する。これは、弘徽殿女御が立后争いに敗れた直後の大宮と内大臣の会話である。

「女御（弘徽殿女御）を、けしうはあらず、何ごとも人に劣りては生ひ出でずかしと思ひたまへしかど、思はぬ人（秋好中宮）におされぬる宿世になん、世は思ひの外なるものと思ひはべりぬる。この君（雲居の雁）をだに、いかで思ふさまに見なしはべらん。春宮（今上帝）の御元服ただ今のことになりぬるをと人知れず思うたまへ心ざしたるを、かう言ふ幸ひ人の腹の后がね（明石姫君）こそ、また追ひすがひぬれ。立ち出でたまへらんに、ましてきしろふ人ありがたくや」とうち嘆きたまへば、「などかさしもあらむ。【1】この家にさる筋の人出でものしたまはでやむやうあらじと故大臣（致仕大臣）の思ひたまひて、女御（弘徽殿女御）の御事をも、ゐたちいそぎたまひしものを、おはせましかば、かくもてひがむることもなからまし」など、この御事にてぞ、太政大臣（光源氏）も恨めしげに思ひきこえたまへる。

（「少女」③三五〜三六）

弘徽殿女御が立后争いに敗れたことについて、大宮は傍線部【1】のように述べ、斎宮女御（秋好中宮）を養女とした光源氏に対する恨み言を口にする。もし致仕大臣が存命であれば、斎宮女御ではなく弘徽殿女御が冷泉帝の中宮に立つはずであり、それを見込んで、致仕大臣は弘徽殿女御の入内の世話を入念に取り行ったというのである。同様のことは、以下の本文からも窺われる。

やがて世の政をしたまふべきなれど、「さやうの事しげき職にはたへずなむ」とて、致仕の大臣（旧左大臣）、摂政したまふべきよし譲りきこえたまふ。（略）さる例もありければ、すまひはてたまはで、太政大臣になりたまふ。御年も六十三にぞなりたまふ。世の中すさまじきにより、かつは籠りゐたまひしを、とり返しはなやぎたまへば、御子どもなど沈むやうにものしたまへるを、みな浮かびたまふ。とりわきて【2】宰相中将（旧頭中将）、権中納言になりたまふ。かの四の君の御腹の姫君（弘徽殿女御）十二になりたまふを、内裏（冷泉帝）に参らせむとかしづきたまふ。かの高砂うたひし君も、かうぶりせさせていと思ふさまなり。腹々に御子どもいとあまた次々に生ひ出でつつ、にぎははしげなるを、源氏の大臣（光源氏）はうらやみたまふ。（略）世の中の事、ただなかばを分けて、太政大臣（致仕大臣）、この大臣（光源氏）の御ままなり。【3】権中納言（内大臣）の御むすめ（弘徽殿女御）、その年の八月に参らせたまふ。祖父殿（致仕大臣）ゐたちて、儀式などいとあらまほし。兵部卿宮の中の君もさやうに心ざしてかしづきたまふ名高きを、大臣（光源氏）は、人よりまさりたまへとしも思さずなむありける。いかがしたまはむとすらむ。

（「澪標」②二八二〜三〇二）

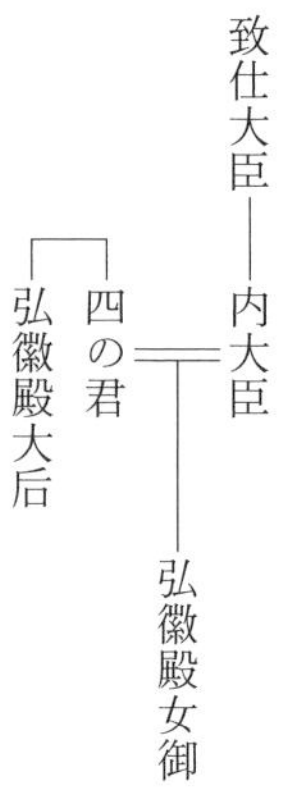

入道の宮（藤壺中宮）、兵部卿宮の、姫君（中の君）をいつしかとかしづき騒ぎたまふめるを、大臣（光源氏）の隙ある仲にて、いかがもてなしたまはむと心苦しく思す。【4】権中納言の御むすめは、弘徽殿女御と聞こゆ。大殿（致仕大臣）の御子にて、いとよそほしうもてかしづきたまふ。上（冷泉帝）もよき御遊びがたきに思いたり。「宮（兵部卿宮）の中の君も同じほどにおはすれば、うたて雛遊びの心地すべきを、おとなしき御後見はいとうれしかべいこと」と思しのたまひて、さる御気色聞こえたまひつつ、

（「澪標」②三二一～三二二）

傍線部【3】【4】からは、致仕大臣が孫娘にあたる弘徽殿女御を自分の養女として世話をして、冷泉帝に入内させたことが見える。このことについて、倉田実は、「史実では、境遇的に女御ではなく更衣相当となるが、そうならなかったのは、「大殿の御子」としての入内であったからになる」と指摘し、「祖父の養女となることは、ひとえに実父が権中納言という身分の低さであったからに他ならない」と述べる。[注2] また、本橋裕美は、父親が中納言でも女御になれないわけではないことを指摘し、ここで祖父大臣の養女となることは「冷泉帝の後見として屹立する光源氏への遠慮であろう」とし、「左大臣の孫として、光源氏と対立しない女御、むしろ光源氏も共に支援できる存在として据えることで宥和を図った」と論じている。[注3] この時点ではまだ光源氏には入内させられる娘がなく、左大臣家が弘徽殿女御への光源氏の支援を期待したことは首肯できるが、それが光源氏への遠慮と言えるであろうか。

むしろ、致仕大臣が弘徽殿女御を養女としたのは女御に据えるためであり、いずれ中宮に立てられることを視野に入れていたものと理解できよう。もちろん、中宮が複数の女御の中から選ばれる以上、立后するため女御となることは不可欠である。ただし、女御は序列化されており、例えば、立后争いに加わることのできない女御も存在する。(注4)同じように「女御」と呼ばれる身分ではあっても、有力な女御でなければ中宮候補となるのは難しい。その点、弘徽殿女御は、后位に近い有力な女御として後宮に入内したと考えるべきである。

では、史実において更衣と女御の線引きがどのようになされていたのであろうか。後宮における后妃の身位は、出自（家格）、父親（後見人）の官職などが直接的に関わってくる。醍醐天皇の後宮では、藤原定方が大納言に昇進するに伴い、その娘藤原能子は更衣から女御に昇格している。しかし、源昇は大納言に就任しても、その娘の女御昇格は行われていない。つまり、同じ大納言の娘であっても、更衣から女御に昇格できる場合と更衣のまま据え置かれる場合とがある。このことは、醍醐天皇の後宮において顕著である。島田とよ子は、女御と更衣の差は、その后妃の生家が醍醐天皇と血縁関係を有しているかどうかに左右されたと指摘する。(注5)つまり、父親の官職だけではなく、天皇との血縁関係の有無が、入内した娘の身位に関わってくるというのである。朱雀帝に入内した麗景殿女御の場合、父（藤大納言）が大納言であるにも関わらず、更衣ではなく女御になっているのは、麗景殿女御の父（藤大納言）が朱雀帝の外戚であるからと理解できる。島田の指摘は、『源氏物語』における後宮のあり方を考える上で有益であり、入内した女の身位を左右するものは、父親の官職だけには限らないことがわかる。すなわち、弘徽殿女御の父親が権中納言であるから、通常ならば更衣であったと短絡的にはいえない。島田は続けて、「冷泉帝の弘徽殿の場合、祖父は摂政でも外戚ではないから、父の権中納言の身分では女御に為ることは困難であったのではないだろうか」と述べ、醍醐朝の事例のように、外戚関係が関わってくることを指摘する。(注6)問題は、史実において重視される外戚関係の有無が、物語における制度的な概念として、どこまで適用できるかということである。左大臣家には帝との外戚関係が認められないから、弘徽殿女御を筆頭の女御とするため、摂政である祖父の養女とする必要があったというが、そもそも帝と外戚関係を持たない摂政は、物語成立期までの史実には存在しない。[注7]摂政就任者は帝と外戚関係を有することが前提なのである。致仕大臣や左大臣家のあり方が、史実から乖離していることを踏まえた上で、物語においてどのように位置づけられるか考察する必要がある。

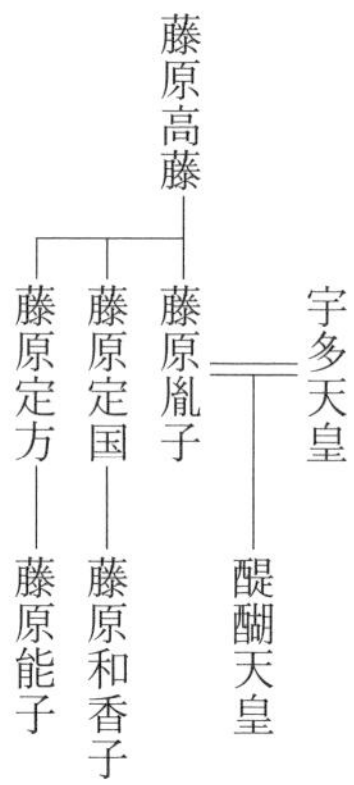

まず、后妃の身位について考えたい。次の【表一】は、父親が大納言以下の官職である期間に、女御宣下された后妃を一覧にしたものである。ここからは、大納言あるいは大納言に満たない父親を持つ者も女御宣下を受けている例が見られることがわかる。注意したいのは、女御宣下時における父親の官職は確かに低いものの、彼らの極官が大臣クラスであることである。女御宣下があるのは、后妃の父親に昇進が見込まれているためであり、それは生家の家格として定まっていたことなのではないだろうか。[注8]例えば、桐壺更衣の父は、娘の入内時には既に亡くなっていたため、極官は大納言である。一方、朱雀帝の麗景殿女御の場合、父藤大納言は同じ大納言ではあるが、時の権力者である右大臣の長男であり、また朱雀帝の外戚という立場からも、今後の昇進は見込まれている。大納言というのは、あくまでも現時点での官職であり、こののち、大臣にまで昇る可能性は大きい。つまり、后妃の身位に父親の官職が関係するとして、それは入内時の官職ではなく極官こそ重要なのである。冷泉帝の弘徽殿女御の場合、

父内大臣は、娘の入内時には権中納言と低い官職ではあったが、最終的に太政大臣にまで昇りつめる。祖父にあたる致仕大臣が若年ながら左大臣に就任していたことからも、代々、この家は大臣を輩出する家柄と考えられよう[注9]。帝との外戚関係を持たずして、致仕大臣が摂政太政大臣となり、あるいは遡って桐壺帝の同母妹（大宮）が父院の裁可を得て降嫁することが実現されていることも、左大臣家の家格の高さを示している。そしてこのことが同時に、致仕大臣のいう「この家にさる筋の人出でものしたまはでやむやうあらじ」という信念を持つ所以なのであろう。「権中納言（内大臣）は、思ふ心ありて聞こえたまひけるに」（「絵合」②三七四）とあるように、正妻腹の弘徽殿女御

【表二】大納言以下の父親を持つ女御

※『平安時代史事典』「歴代皇妃表」および橋本義彦『平安貴族社会の研究』所収「中宮の意義と沿革」の附表一および附表二を参照して作成した。

后妃	配偶天皇	女御宣下の年	父親（極官）	女御宣下時の官職
橘義子	宇多天皇	寛平5年（八九三）	故橘広相（参議）	（参議）
藤原胤子	宇多天皇	寛平5年（八九三）	藤原高藤（内大臣）	播磨権守
藤原和香子	醍醐天皇	延長3年（九二五）	故藤原定国（大納言）	（大納言）
藤原能子	醍醐天皇	延喜13年（九一三）	藤原定方（右大臣）	中納言
藤原安子	村上天皇	天慶9年（九四六）	藤原師輔（右大臣）	大納言
藤原芳子	村上天皇	天徳2年（九五八）	藤原師尹（左大臣）	中納言
藤原懐子	冷泉天皇	康保4年（九六七）	藤原伊尹（摂政太政大臣）	権中納言
藤原超子	冷泉天皇	安和1年（九六八）	藤原兼家（摂政太政大臣）	蔵人頭
藤原忯子	花山天皇	永観2年（九八四）	藤原為光（太政大臣）	大納言
藤原姚子	花山天皇	永観2年（九八四）	藤原朝光（大納言）	権大納言
藤原義子	一条天皇	長徳2年（九九六）	藤原公季（太政大臣）	大納言
藤原娍子	三条天皇	寛弘8年（一〇一一）	故藤原済時（大納言）	（大納言）

は、左大臣家の后がねの娘として、入内する当初から、あるいは生まれた時から、中宮となることを望まれていた。太政大臣を輩出することのできる家、后を輩出することのできる家として、致仕大臣は自家の格式の高さを自負していると考えられる。

三　冷泉朝の立后争い――所生皇子の不在――

冷泉朝の立后が行われた時点では、弘徽殿女御、斎宮女御、そして王女御の三人の女御たちには、皇子女は生まれていない。このような所生子（皇嗣）なくしての立后という点に注目をして、冷泉朝の立后事情を見直したい。まず、史実における立后事情を調査し、所生子（皇嗣）の有無との関わりを確認する。【表二】は、「立后と皇嗣立太子との関連性」として、歴代后と后所生の皇嗣の立太子を一覧にしたものである。立后のタイミングは、次の〈ケース①〉から〈ケース④〉に分けられる。

〔八、九世紀型〕
〈ケース①〉皇嗣の誕生→立后→皇嗣の立太子
〈ケース②〉皇嗣の誕生→皇嗣の立太子→立后

〔十、十一世紀型〕
〈ケース③〉立后→皇嗣の誕生→皇嗣の立太子
〈ケース④〉立后→皇嗣なし

この四つのケースは、立后の時点で皇子が生まれている〈ケース①〉〈ケース②〉と、立后の時点ではまだ皇子が生まれていない〈ケース③〉〈ケース④〉のふたつに大きく分けられる。次の【表二】からは、八、九世紀には、前者の〈ケース①〉〈ケース②〉が多いが、十、十一世紀には、後者の〈ケース③〉〈ケース④〉が多く見られることがわかる。つまり、元来は立后する際、その后妃に皇子がいることが条件とされていたのに対し、時代を経るに従って、皇子の生まれる前に立后する事例が多くなったことを示している。このような史実における立后の実情は、『源氏物語』の后の性格を考える上で示唆的である。先述の通り、冷泉朝の立后の場合は、どの女御にも皇嗣がいないので、十、十一世紀型の立后事情に重なる。桐壺朝の前半では、弘徽殿大后が東宮（朱雀帝）の生母として有力な女御であり、もっとも后位に近い立場にあったにも関わらず、藤壺の宮が皇子（冷泉帝）を出産し立后する。これを①から④のケースに当てはめると、藤壺中宮の場合は〈ケース①〉であり、もし弘徽殿大后が立后していたら〈ケース②〉となる。桐壺朝の立后争いは、複数の女御や妃のうち皇嗣を生んだ者の中から中宮（后）が選ばれており、八、九世紀型の立后といえる。岡村幸子は、「それは「先に親王ありき」とも言えるやり方であったから、極端に言うとある程度の出自であれば親王を産んだキサキ全てに立后の可能性と、皇太子の母となる可能性があった」という。(注10) 弘徽殿大后が、光源氏を出産した桐壺更衣の存在を危惧した理由は、まさにここにある。さらに、桐壺朝で弘徽殿大后と藤壺の宮の立后争いがあったのは、ふたりだけが皇嗣（ここでは立太子する可能性の高い皇子を含む）を出産していたためである。(注11)

このような立后事情の変遷は、元来皇嗣の母という立場が重んじられて立后が行われた慣例が次第に変化し、立后に皇嗣の有無が重要視されなくなっていったことを示している。(注12) 平安時代において、所生子（皇嗣）のない后の出現は、冷泉天皇の中宮となった昌子内親王の立后を初例とする。昌子内親王の立后には、村上天皇の意向が関

【表二】配偶天皇在位中の立后と皇嗣立太子との関係性

※『平安時代史事典』「歴代皇妃表」「天皇表」、および橋本義彦「中宮の意義と沿革」附表一・附表二（『平安貴族社会の研究』吉川弘文館、一九七六）を参照して作成した。

配偶天皇	皇后・中宮	皇嗣	皇嗣誕生	皇嗣立太子	立后	ケース	備考
天武天皇	鵜野讃良皇女	草壁皇子	天智1年（六六二）	天武10年（六八一）2月25日	天武2年（六七三）2月	①	
聖武天皇	藤原光明子	基王	神亀4年（七二七）閏9月29日	神亀4年（七二七）11月2日	天平1年（七二九）8月10日	②	生母の立后前に皇嗣が没す
		阿倍内親王（孝謙・称徳）	養老2年（七一八）	天平10年（七三八）1月13日	天平1年（七二九）8月10日	①	
光仁天皇	井上内親王	他戸親王	不詳	宝亀2年（七七一）1月23日	宝亀1年（七七〇）11月6日	①	
桓武天皇	藤原乙牟漏	安殿親王（平城）	宝亀5年（七七四）8月15日	延暦4年（七八五）11月25日	延暦2年（七八三）4月18日	①	
嵯峨天皇	橘嘉智子	正良親王（仁明）	弘仁1年（八一〇）	弘仁14年（八二三）4月18日	弘仁6年（八一五）7月13日	①	
淳和天皇	正子内親王	恒貞親王	天長2年（八二五）	天長10年（八三三）2月30日	天長4年（八二七）2月27日	①	
醍醐天皇	藤原穏子	保明親王	延喜3年（九〇三）	延喜4年（九〇四）	延喜23年（九二三）4月26日	②	生母の立后前に皇嗣が没す
		慶頼王	延喜21年（九二一）	延長1年（九二三）4月29日※		（①）	※慶頼王の立太子は祖母穏子の立后の三日後
村上天皇	藤原安子	憲平親王（冷泉）	天暦4年（九五〇）5月24日	天暦4年（九五〇）7月23日	天徳2年（九五八）10月27日	②	
冷泉天皇	昌子内親王	ナシ	―	―	康保4年（九六七）9月4日	④	
円融天皇	藤原媓子	ナシ	―	―	天禄4年（九七三）7月1日	④	
	藤原遵子	ナシ	―	―	天元5年（九八二）3月11日	④	
一条天皇	藤原定子	敦康親王	長保1年（九九九）11月7日	ナシ	永祚2年（九九〇）10月5日	（③）	敦康親王は立太子せず
	藤原彰子	敦成親王（後一条）	寛弘5年（一〇〇八）9月11日	寛弘8年（一〇一一）6月13日	長保2年（一〇〇〇）2月25日	③	
三条天皇	藤原妍子	ナシ	―	―	寛弘9年（一〇一二）2月14日	④	
	藤原娍子	敦明親王	正暦5年（九九四）5月9日	長和5年（一〇一六）1月29日	寛弘9年（一〇一二）4月27日	①	
後一条天皇	藤原威子	ナシ	―	―	寛仁2年（一〇一八）10月16日	④	

後朱雀天皇	禎子内親王	尊仁親王（後三条）	長元7年（一〇三四）7月18日	寛徳2年（一〇四五）1月16日	長元10年（一〇三七）2月13日	①	
後朱雀天皇	藤原嫄子	ナシ	—	—	長元10年（一〇三七）3月1日	④	
後冷泉天皇	章子内親王	ナシ	—	—	永承1年（一〇四六）7月10日	④	
後冷泉天皇	藤原寛子	ナシ	—	—	永承6年（一〇五一）2月13日	④	
後冷泉天皇	藤原歓子	ナシ	—	—	治暦4年（一〇六八）4月17日	④	
後三条天皇	馨子内親王	ナシ	—	—	延久1年（一〇六九）7月3日	④	
白河天皇	藤原賢子	敦文親王	承保1年（一〇七四）12月26日	ナシ	延久6年（一〇七四）6月20日	（③）	敦文親王は立太子の前に没す
白河天皇	藤原賢子	善仁親王（堀河）	承暦3年（一〇七九）7月9日	応徳3年（一〇八六）11月26日	延久6年（一〇七四）6月20日	③	
堀河天皇	篤子内親王	ナシ	—	—	寛治7年（一〇九三）2月22日	④	
鳥羽天皇	藤原璋子	顕仁親王（崇徳）	元永2年（一一一九）5月28	保安4年（一一二三）1月28日	永久6年（一一一八）1月26日	③	
鳥羽天皇	藤原璋子	雅仁親王（後白河）	大治2年（一一二七）9月11日	久寿2年（一一五五）7月24日※	永久6年（一一一八）1月26日	③	※後白河に立太子の事実はなくこれは践祚の年月日
鳥羽天皇	藤原泰子	ナシ	—	—	長承3年（一一三四）3月19日	④	
鳥羽天皇	藤原得子	体仁親王（近衛）	保延5年（一一三九）5月18日	保延5年（一一三九）8月17日	永治1年（一一四一）12月27日	②	
崇徳天皇	藤原聖子	ナシ	—	—	大治5年（一一三〇）2月21日	④	
近衛天皇	藤原多子	ナシ	—	—	久安6年（一一五〇）3月14日	④	
近衛天皇	藤原呈子	ナシ	—	—	久安6年（一一五〇）6月22日	④	
近衛天皇	藤原忻子	ナシ	—	—	保元1年（一一五六）10月27日	④	
二条天皇	姝子内親王	ナシ	—	—	保元4年（一一五九）2月21日	④	
二条天皇	藤原育子	ナシ	—	—	応保2年（一一六二）2月19日	④	
二条天皇	藤原多子	ナシ	—	—		④	
高倉天皇	平徳子	言仁親王（安徳）	治暦2年（一一七八）11月12日	治承2年（一一七八）12月15日	承安2年（一一七二）2月10日	③	
後鳥羽天皇	藤原任子	ナシ	—	—	建久1年（一一九〇）4月26日	④	

わっており、冷泉天皇が即位する前、践祚と同時に実現されているなど、異例の事態であった。(注13)これは、昌子内親王が朱雀天皇の唯一の子であること、そして、その生母が故東宮保明親王の娘熙子女王であることが重視されたからである。これは、正統な後継である保明親王と朱雀系皇統の血統を、村上系皇統に結合させることで、村上系皇統の補完を意図した結果であった。(注14)昌子内親王立后は、皇嗣のない后の先例となり、次の円融朝において、藤原媓子や藤原遵子が皇嗣なくしての立后を果たす。媓子の立后時、父藤原兼通は内覧内大臣であり、(注15)また遵子の立后時、父藤原頼忠は関白であった。所生子（皇嗣）を持たないふたりの立后を可能にしたのは、執政者（摂政・関白）の娘であることが大きい。つまり、摂関の養女となることは、立后への近道といえる。そこで、物語における弘徽殿女御の場合も、后妃の立后の条件を満たすことを目的として、摂政太政大臣に就任した祖父大臣の養女となったと考えられるのである。(注16)

このことを示す記事が、『栄花物語』にある。そこでは、後朱雀天皇の寵愛が厚いにも関わらず、立后が叶わない藤原生子の悲劇が語られている。生子は藤原教通の娘であり、「弘徽殿女御」と呼ばれた人であった。

はかなく月日も過ぎて、内の大殿（藤原教通）の御匣殿（藤原生子）、十二月に参らせたまふ。宮（嫄子女王）の御事のほどなきになど、殿（藤原頼通）は思しめしたり。今年ぞ二十六にならせたまひける。【5】年ごろいつしかと思しめしける御事にて、殿（教通）、御心を尽させたまへり。内の大殿の上は、三条院の女二の宮（禔子内親王）、このたびは添ひたてまつらせたまへり。新しく人なども参らず、ありつき目やすし。京極殿に参らせたまへり。いと愛敬づき気高くをかしげに、御髪などめでたくおはしましけり。おぼえありてさぶらはせたまふ。殿（教通）片時まかでさせたまはず、あはれに添ひさぶらはせたまふ。（略）

かくて、内には、女御殿（生子）、いとおぼえありてさぶらはせたまふままに、いとをかしく、御簾ひき上げて渡らせたまふにも、心あらむと見えて、はかなきことも故ありてものしたまふ。いかでかくこの大臣（教通）髯がちにて、母もなき子をおほしたてけん、手など書きたまへるさまよと思しめしけり。さぶらふ人々も心にくくもてつけて、うちとくるをりなく、ゆゑゆゑしき御方のやうになんありける。（略）年返りぬれば、所どころの有様どももいとめでたし。【6】梅壺の女御殿（生子）の御おぼえ、月日に添へていとめでたく世人は申せど、いかなるにか、后にはえゐたまふまじとのみ申す。何ごとにてしるきにか。

（『栄花物語』巻第三十四「暮まつほし」③三〇五〜三一五）

傍線部【5】には、娘の入内を待ち望んでいた教通が、万端に準備を整えて生子入内に臨んだことが見える。そして、「おぼえ」という語が繰り返され、生子に対する後朱雀天皇の寵愛の厚いことが強調して語られる。それにも関わらず、生子の立后はあり得ないという噂が立つのである。結局、後朱雀天皇はそのまま病に崩じ、生子の立后は実現しなかった。その理由として説明されるのが、次の傍線部である。

内の大殿（藤原教通）、女御（藤原生子）の御事を思すにもいみじ。年ごろも后に立たせたまはんことを思しつるに、この際はましていかにいかにと思しめす。（略）十四日に、斎宮（良子内親王）准三宮の宣旨下り、年官年爵賜はらせたまふ。この折にやと世の人思ひ申したりつる梅壺（生子）の御事、さもあらずなりぬれば、いみじう思し嘆かせたまふ。女御殿（生子）も、殿（教通）の思しめしたる御気色を御覧ずるに、わりなく苦しう思しめさる。関白殿（頼通）を、つゆ御心寄せなく情けなくおはしますと、恨めしう思ひ申させたまふ。一の人の御女ならぬ人の、御子おはしまさぬがならせたまふ例はまたなきことと思しめして、せさせたまはぬなりけり。（略）さるは「御心ざしありておはしまし、おぼえおはします」と、世をののしりつるに、このことをせさせたまはずなりぬることをぞ、あやしく人々思ひ申しける。さるまじきにこそはおはしましけめ。

（『栄花物語』巻第三十六「根あはせ」③三三二〜三三四）

「一の人」とは摂政・関白を指している。つまり、皇嗣なくしての立后は、摂関の子女（養女）か内親王に限られるという当時の観念が窺われるのである。(注17) 一方、生子に先んじて後朱雀天皇の後宮に入内した嫄子女王は、関白藤原頼通の養女となることで問題なく立后を果たしている。後朱雀天皇を喪った生子の嘆きを、語り手は、「いづかたに落つる涙にか」（巻第三十六③「根あはせ」三三八）と語る。生子は「根あはせ」巻を通して、立后できなかった悲劇の女御として造型されているのである。

四　「素腹の后」遵子と秋好中宮に対する批判

ここで再度、円融朝の后に目を向けたい。円融天皇の一人目の中宮藤原媓子の薨後、次の中宮候補として浮上したのは、関白藤原頼忠の娘遵子と、右大臣藤原兼家の娘詮子であった。さらに後宮には、冷泉上皇の第二皇女、尊子内親王もいる。その中、天元五年（九八二）三月に遵子が立后し、世間の批判が集中するのである。『栄花物語』には、遵子が「素腹の后」と呼ばれたことが見える。

三月十一日中宮立ちたまはんとて、太政大臣（藤原頼忠）いそぎ騒がせたまふ。これにつけても右大臣（藤原兼家）あさましうのみよろづ聞しめさるるほどに、后立たせたまひぬ。いへばおろかにめでたし。太政大臣のしたまふもことわりなり。帝（円融天皇）の御心掟を、世人も目もあやにあさましきことに申し思へり。一の御子（懐仁親王）おはする女御（藤原詮子）を措きながら、かく御子もおはせぬ女御（藤原遵子）の后にゐたまひぬること、やすからぬことに世の人なやみ申して、素腹の后とぞつけたてまつりたりける。されどかくてゐさせたまひぬるのみこそめでたけれ。

（『栄花物語』巻第二「花山たづぬる中納言」①一一一）

「素腹の后」とは遵子への蔑みであり、同時に皇子を産んでいない遵子を立后させた円融天皇に対する批判でもある。なぜならば、一方の詮子は、円融天皇の唯一の皇子であり東宮候補でもある懐仁親王（一条天皇）の生母であり、世間は詮子の立后こそ当然のことと見ていたからである。そのため、円融天皇が詮子ではなく、子のない遵子を立后させることを不都合なことと取り沙汰したのである。同じような記事は、『大鏡』にも見え、そこには「進内侍かほをさしいでゝ、御いもうとのすばらの后（遵子）は、いづくにかおはするときこえかけたりけるに」（「頼忠伝」九四）とある。『栄花物語』の記事では、「素腹の后」という批判は、立后の判断を誤った円融天皇に対して向けられていたが、『大鏡』には、詮子の女房である進内侍が、同母姉遵子の立后に得意になる藤原公任の鼻っ柱を折るという逸話が紹介されている。どちらも、皇子を生んだ詮子を措いて、遵子が所生子なくして立后することへの批判と捉えられよう。ここで考えたいのは、このような批判が、同じように所生子（皇嗣）のない媓子に対しては見られないことである。遵子立后との決定的な違いとして、立后時の媓子は円融天皇の唯一の女御であり、他に有力な妃や女御がいなかった。一方、遵子の場合は他に詮子や尊子内親王がおり、中でも詮子には懐仁親王が生まれていた。（注18）遵子立后への批判は、詮子を差し置いたことにある。換言すれば、詮子に所生子（皇嗣）がなければ、遵子に対する「素腹の后」という批判もまたなかったのではないか。

　以上のことを踏まえ、物語における冷泉朝の立后事情を見直すため、視点を変えて弘徽殿女御が后に立てなかったことを、斎宮女御（秋好中宮）の立場から確認したい。それは、左大臣家側の抱く弘徽殿女御立后の正当性が、斎宮女御（秋好中宮）の立后への批判の形となって表れるからである。

かくて、后ゐたまふべきを、「斎宮の女御をこそは、母宮（藤壺中宮）も御後見と譲りきこえたまひしかば」と、大臣（光源氏）もことつけたまふ。源氏のうちしきり后にゐたまはんこと、世の人ゆるしきこえず、弘徽殿（女御）の、まづ人より先に参りたまひにしもいかがなど、内々に、こなたかなたに心寄せきこゆる人々、おぼつかながりきこゆ。兵部卿宮と聞こえしは、今は式部卿にて、この御時にはましてやむごとなき御おぼえにておはする、御むすめ（中の君）本意ありて参りたまへり。同じごと王女御にてさぶらひたまふを、同じくは、御母方にて親しくおはすべきにこそ、母后（藤壺中宮）のおはしまさぬ御かはりの後見にとことよせて似つかはしかるべくと、とりどりに思し争ひたれど、なほ梅壺（斎宮女御）ゐたまひぬ。御幸ひの、かくひきかへすぐれたまへりけるを、世の人驚ききこゆ。

（「少女」③三〇〜三一）

「まづ人より先に」と見えるように、弘徽殿女御が冷泉帝に最初に入内したことが明記される。これについて秋山虔は、「いちはやく冷泉帝の後宮におくりこまれた弘徽殿女御の将来には当然后の位が約束されていたといえよう」という。（注19）一番先に入内することができた「妃」（令制）や女御は、后位に最も近い存在であった。特に、光源氏が斎宮女御（秋好中宮）を養女とするのは「澪標」巻末であり、弘徽殿女御入内時、光源氏にはこれに対抗できる娘がいなかった。冷泉朝の執政者は、光源氏と摂政である致仕大臣のふたりであり、娘（養女）を持たない光源氏を措くと、后を輩出できるのは弘徽殿女御を有する左大臣家ということになろう。弘徽殿女御の強みは、古参の女御であることに加え、時の摂政の養女となっている点である。しかし、立后の行われた時点で、致仕大臣は既に薨じていた。大宮の発言に、「故大臣（致仕大臣）の思ひたまひて、女御（弘徽殿女御）の御事をも、ゐたちいそぎたまひしものを、おはせましかば、かくもてひがむることもなからまし」（「少女」③三六）とある。致仕大臣の生前のことであったならば、弘徽殿女御は立后できただろうという大宮や内大臣の思いが読み取れる。これは、単なる後悔の念ではなく、冷泉朝の立后がもう少し早く行われていたら、事態は変わっていたに違いないという強い思いがある。斎宮女御（秋好中宮）の入内や、致仕大臣の薨去などの事情が重なり、弘徽殿女御の立后は実現しなかった。弘徽殿女御が冷泉帝の唯一の女御であった一年半のうちに、あるいは斎宮女御の入内後でも、せめて致仕大臣が摂政として健在であった時分に立后が行われていたら、弘徽殿女御はもっとも有力な女御として間違いなく立后していたであろう。「少女」巻で秋好中宮の立后があった直後、光源氏の太政大臣就任に伴い、弘徽殿女御の父も昇進して内大臣に就く。これについて、立后が行われるまで光源氏が内大臣にとどまったのは、弘徽殿女御の立后を妨げるためとの指摘がある。(注20)昇進の機会や立后の時期は、光源氏に操作された。弘徽殿女御の有力な後見である致仕大臣（摂政太政大臣）が健在の間は延引しておき、その薨後、次の後見である実父（内大臣）が大臣に就任する前というタイミングで冷泉朝の立后が行われたのは、それが光源氏にとって斎宮女御立后を実現し得る絶好の機会だからであった。大宮が、「この御事にてぞ、太政大臣（光源氏）も恨めしげに思ひきこえたまへる」（「少女」③三六）と恨むのは、光源氏のこのような政治戦略を知っているためであろう。養父である祖父の薨去によって、弘徽殿女御の後見は摂政太政大臣から、実父である大納言となる。弘徽殿女御側にとって、この状況で立后争いに臨むことは、不利だったのである。

　さて、秋好中宮の立后に対する批判は、入内の順序が弘徽殿女御より遅かったこと、そして、「源氏」の后が二代続いたことにある。(注21)注意したいのは、「源氏」の后が続くことへの批判が、物語中の他の「源氏」の后である藤壺中宮や明石中宮の立后に関わって直接的に言及されることはなく、秋好中宮のみに向けられている点である。明石中宮の場合は、立后に至る経緯が詳しく語られることはなく、「御法」巻の本文に「内裏（今上帝）、春宮、后の宮たちをはじめたてまつりて」（「御法」④四九六）とあり、秋好中宮と一緒に「后の宮たち」と呼称されることで、初めて立后のことが既成事実として明かされるという形になっている。これは、明石中宮の立后が当然のこととして物語に語られ、読者もそのように読み進めていることの表れでもある。それは、准太上天皇である光源氏の娘という出自の高さに加え、東宮妃時代に皇子女を多く儲け、第一皇子が既に立太子しているからである。明石中宮の入内の際、光源氏は東宮（今上帝）の元服時期に合わせて裳着を済ませたにも関わらず、「左大臣なども思しとどまるなるを聞こしめして」（「梅枝」③四一四）、敢えて延引させた。それは、大勢の后妃たちのいる後宮を理想とする観念によるものであり、明石中宮が早々に後宮に上がることで他の公卿たちが娘の入内を遠慮することを懸念したからである。これは、当代の実力者である光源氏に対する憚りである。明石中宮が筆頭の女御となることは、入内前から確定しており、さらに入内してからは早い段階で立后が有力視されていたのである。(注22)同じ「源氏」でありながら批判対象とならない明石中宮は、秋好中宮とはどのように違うのか。「若菜下」巻には、そのことが窺える。

春宮の女御（明石女御）は、御子たちあまた数そひたまひて、いとど御おぼえ並びなし。源氏のうちつづき后にゐたまふべきことを、世人飽かず思へるにつけても、冷泉院の后（秋好中宮）は、ゆゑなくて、あながちにかくしおきたまへる御心を思すに、いよいよ六条院（光源氏）の御事を、年月にそへて、限りなく思ひきこえたまへり。（「若菜下」④一六六）

この時点では立后はまだ先のことであるが、東宮妃時代の明石中宮は皇子女を多く儲けて時めいており、後の立后が予期される。「源氏」の后が続くことへの批判が起こっているが、その対象は明石中宮ではなく秋好中宮に向けられていく語りとなっている。冷泉帝の譲位のすぐ後に、自らの立后を振り返り、「ゆゑなくて」、すなわち所生子がないにも関わらず后位に就けたことから、光源氏に対する感謝の思いをかみしめるのである。秋好中宮は所生子なくして立后するが、このことは立后時には取り沙汰されておらず、またそれ以降も世間の人々の批判の声として語られることはない。「若菜下」巻のこの場面で、秋好中宮自身が自らの立后を顧みる形で、皇嗣のないのを立后の条件の欠如として捉えているのが、物語において唯一そのことに言及されるところなのである。これはその直前に、「六条院は、おりゐたまひぬる冷泉院の御嗣おはしまさぬを飽かず御心の中に思す」（「若菜下」④一六五）と語られることと関わってくるであろう。「ゆゑなくて」というのは、冷泉帝の在位中に皇子誕生を望まれながら果たせなかったことに対する秋好中宮の思いとして読み取れる。つまり、秋好中宮の立后に対する批判は、「源氏」の后が二代続いたことへの批判として表面化するが、その内実は皇嗣を出産できなかったことと関わっているのである。(注23)

五　左大臣家の入内・立后志向

再度、冷泉朝の立后争いに敗れた弘徽殿女御と左大臣家について考えたい。左大臣家が一家を挙げて推した弘徽殿女御の立后が叶わず、その後の左大臣家の入内・立后志向はさらに高まる。特にそれは、雲居の雁の東宮入内を目指す内大臣の言動に顕著に現れてくる。以下、本文を引用して確認する。まず、夕霧と雲居の雁の関係を知った内大臣の心内語である。

殿（内大臣）は道すがら思すに、いとロ惜しく悪しきことにはあらねど、めづらしげなきあはひに、世人も思ひ言ふべきこと、大臣（光源氏）の、しひて女御（弘徽殿女御）をおし沈めたまふもつらきに、わくらばに、人にまさることもやとこそ思ひつれ、ねたくもあるかな、と思す。殿の御仲の、おほかたには、昔も今もいとよくおはしながら、かやうの方にては、いどみきこえたまひしなごりも思し出でて、心憂ければ、寝覚めがちにて明かしたまふ。

（「少女」③四〇）

致仕大臣――内大臣┬玉鬘
　　　　　　　　　├弘徽殿女御
　　　　　　　　　├雲居の雁
　　　　　　　　　└紅梅大納言――大君

雲居の雁を入内させたら、東宮の寵愛を得ることもあるのではないかと期待していたにも関わらず、その望みが絶たれ、口惜しく思う内大臣の様子がわかる。ここで、冷泉朝の弘徽殿女御の不立后に言及されることに注意したい。それは、光源氏が斎宮女御を養女として後見したことにより、弘徽殿女御の立后が叶わなかったことへの不満であろう。この無念な思いは、内大臣の中に、いつまでもくすぶり続ける。次の本文は、夢占いをさせて、玉鬘の存在を知る場面であり、新たなヒロインの招来につながる。弘徽殿女御が立后争いに敗れ、雲居の雁の東宮入内が断念されたことによって、行方知れずの娘を探すきっかけとなるのである。

内大臣は、御子ども腹々いと多かるに、その生ひ出でたるおぼえ、人柄に従ひつつ、心にまかせたるやうなるおぼえ、勢ひにて、みななし立てたまふ。女はあまたもおはせぬを、女御（弘徽殿女御）もかく思ししことのとどこほりたまひ、姫君（雲居の雁）もかく事違ふさまにてものしたまへば、いと口惜しと思す。かの撫子（玉鬘）を忘れたまはず、もののをりにも語り出でたまひしことなれば、いかになりにけむ、ものはかなかりける親（夕顔）の心にひかれて、らうたげなりし人を、行く方知らずなりにたること、すべて女子といはむものなん、いかにもいかにも目放つまじかりける、さかしらにわが子といひて、あやしきさまにてはふれやすらむ、とてもかくても聞こえ出で来ば、とあはれに思しわたる。

（「蛍」③二一八～二一九）

このように、冷泉朝において弘徽殿女御が立后できなかったことは、左大臣家のその後の後宮政策に影響している。（注24）そして、さらに第三部の「紅梅」巻にもまた、冷泉院の弘徽殿女御の不立后のことが話題にのぼっている。

例の、かくかしづきたまふ聞こえありて、次々に従ひつつ聞こえたまふ人多く、内裏（今上帝）、春宮より御気色あれど、内裏（今上帝）には中宮（明石中宮）おはします、いかばかりの人かはかの御けはひに並びきこえむ、さりとて、思ひ劣り卑下せんもかひなかるべし、春宮には、右大臣殿（夕霧の大君）の並ぶ人なげにてさぶらひたまへばきしろひにくけれど、さのみ言ひてやは、人にまさらむと思ふ女子を宮仕に思ひ絶えては、何の本意かはあらむ、と思したちて、参らせたてまつりたまふ。十七八のほどにて、うつくしうにほひ多かる容貌したまへり。（略）

まづ春宮の御事を急ぎたまうて、春日の神の御ことわりも、わが世にやもし出で来て、故大臣（内大臣）の、院（冷泉院）の女御（弘徽殿女御）の御事を胸いたく思してやみにし慰めのこともあらなむと心の中に祈りて、参らせたてまつりたまひつ。いと時めきたまふよし人々聞こゆ。

（「紅梅」⑤四一～四二）

内大臣と紅梅大納言は、致仕大臣や大宮の思いを受け、娘の入内志向を継承している。「この家にさる筋の人出でものしたまはでやむやうあらじ」という信念は、致仕大臣のことばとして大宮が発しており、それは内大臣に継承された。さらに、ここでは紅梅大納言が「故大臣（内大臣）」の名前を持ち出して、大君を東宮妃として入内させるのである。このように、冷泉院の弘徽殿女御が后に立てられなかったことに対する内大臣の悔恨が繰り返し振り返られる意味を考えると、紅梅大納言は娘の入内に止まらず、立后を目指していると理解できよう。娘の立后は、左大臣家三代にわたる悲願なのである。

ここでは、冷泉朝を中心とした立后事情を取り上げたが、それに関連して、朱雀朝に立后が行われなかった理由についても触れておきたい。『源氏物語』は、桐壺帝、朱雀帝、冷泉帝、今上帝の四代にわたって描かれる物語であるが、そのうち三人の帝には后（中宮）が立てられている。その中で唯一、朱雀帝に后が立てられなかったのには、複数の要因が推測できる。(注25)そのひとつとして、旧右大臣家勢力が、朱雀朝の立后にそれほど積極的ではなかったためである。それは、弘徽殿大后が、立后どころか女御にさえ昇格できない尚侍朧月夜を、「（弘徽殿）大后の、尚侍（朧月夜）を参らせたてまつりたまひて、かたはらに並ぶ人なくもてなしきこえたまひなどせしほどに」（「若菜下」④一八）というように、筆頭の后妃として後押ししたことと関わる。右大臣家や弘徽殿大后にとっては、朧月夜ではなくむしろ麗景殿女御こそ、後見するにふさわしい后妃と見なすべきであったという指摘がある。(注26)これに対しては、弘徽殿大后が息子である朱雀帝の意思を尊重していたからではないかと、本書第Ⅲ部第九章にて論じた。寵愛の深い朧月夜に皇嗣が誕生すれば、朧月夜に対する待遇は重々しくなり、女御昇格はもとより、后となる可能性さえ生じる。それは弘徽殿大后自身が、朱雀帝という皇嗣の存在によって后位に昇ったことと同じである。このように、朱雀帝の後宮にもっとも影響力を持ち得た弘徽殿大后や旧右大臣家は、朧月夜が皇嗣を産んで皇太后になることを期待する一方、朱雀帝に朧月夜以外の后妃が中宮に立つことを阻止したのである。

六　結語

以上、「この家にさる筋の人出でものしたまはでやむやうあらじ」という致仕大臣のことばを端緒として、冷泉朝の立后争いを中心に、左大臣家の後宮政策と物語における立后事情を再検討した。致仕大臣が孫娘にあたる弘徽殿女御を養女としたことは、女御はもとより中宮とすることを目的としたためと積極的に考えた。左大臣家の家格や父内大臣の将来性を考慮すると、その可能性は十分ある。左大臣家は、桐壺帝や冷泉帝との外戚関係を構築しなかったにも関わらず、二代続けて太政大臣を輩している。内大臣は、弘徽殿女御の入内時はまだ権中納言であったが、時の摂政の嫡男として将来的な昇進が見込まれる。すなわち弘徽殿女御は「太政大臣家」の娘として、女御となることを前提として、立后が望まれていたのである。そのことが、「この家にさる筋の人出でものしたまはでやむやうあらじ」という、后の輩出を自負する左大臣家の人々の信念から読み取れる。

さらに、冷泉朝の立后争いが、秋好中宮、弘徽殿女御、王女御という、所生子のない女御による点に注目して、史実上の后妃の変質を物語に描かれる立后の様相に引き合わせた。それによって、桐壺朝の立后の事例に見られるような、皇嗣の有無が重視される八、九世紀型（皇嗣あり）の后に対し、冷泉帝の后は所生子のない女御たちによって争われた、十、十一世紀型（皇嗣なし）の立后であることが明らかになった。(注27)ここでいう十、十一世紀型の后の特徴は、皇嗣誕生より先に立后が決定されることが挙げられる。その場合、后の条件となるのは出自であり、特に内親王か摂関家の娘に限られる。八、九世紀型（皇嗣あり）の立后が、皇嗣を生んだ后妃であれば身分が低くとも后位に昇れる可能性があったのに対し、十、十一世紀型（皇嗣なし）の立后は、皇位継承から切り離された形で選定される。冷泉帝の后である秋好中宮に皇嗣がない以上、弘徽殿女御に皇嗣が誕生すれば、のちに母后として「后位」に昇る可能性もあった。ところが、弘徽殿女御が冷泉帝の立后争いに敗れたことは、後々まで左大臣家の人々の語り草になっているのに、弘徽殿女御が皇嗣を儲けられなかったことに対しては、何の言及もされていない。左大臣家にとっては、皇嗣を望み帝の外戚となること以前に、自家から「后」を輩出することが何より重要だったのである。皇嗣のない后は、皇統に関わらない性格を持つことから有名無実化し、次第に形骸化する。(注28)それにも関わらず、左大臣家にとって「この家にさる筋の人出でものしたまはでやむやうあらじ」という信念は継承され続ける。自家の娘に皇孫誕生を期待することよりも、自家から后が立てられることを至上の名誉としているのである。そして、それは朱雀朝における朧月夜後見に見られるような右大臣家の名より実を取る後宮政策とは、対照的である。

『源氏物語』において、藤氏出身で中宮となった者はない。旧右大臣家勢力に連なる弘徽殿大后と承香殿女御は、帝の母となることで「后」と呼ばれた。同じ「后」でも、中宮としての后位と皇太后としての后位は位相が異なる。(注29)左大臣家の人々は、弘徽殿女御に中宮としての立后を望んだが、それは叶わなかった。しかし、それ以降も「この家にさる筋の人出でものしたまはでやむやうあらじ」との自負を抱き、自家からの后の輩出を目指し、后を輩出できる家としての誇りを遵守しようとしている。弘徽殿大后や承香殿女御など、他の藤氏がなし得なかった立后志向は、致仕大臣、内大臣、紅梅大納言の三代にわたって描かれ、それは左大臣家の政策の一環として、また物語の原動力のひとつになっているのである。

注

（1）小山清文「源氏物語第一部における左大臣家と式部卿宮家をめぐって」（『中古文学』第四二号、一九八八・一一）。

（2）倉田実「『源氏物語』冷泉朝の養女入内―弘徽殿女御と斎宮女御―」（『大妻国文』第三六号、二〇〇五・三）。

（3）本橋裕美「『源氏物語』后妃の儀礼」（小嶋菜温子・長谷川範彰編『源氏物語と儀礼』武蔵野書院、二〇一二・一〇）。

（4）『栄花物語』巻第一「月の宴」には、「九条殿の師輔の大臣の姫君、あるがなかに一の女御にてさぶらひたまふ」（①

二二）とあり、後に中宮となる藤原安子が村上天皇の後宮で筆頭の女御であると紹介されている。また、『うつほ物語』「国譲下」巻には、今上帝の即位の後、女御宣下が行われる際、「小宮、妃に、故太政大臣殿の、一の女御、今の大殿の、二の女御、藤壺とをなし給はむとする時に」（国譲下、七五三）とあり、やはり女御が序列化されていることがわかる。

（5）島田とよ子「桐壺更衣―女御昇格を中心に―」（『園田国文』第二二号、二〇〇一・三）に、「故大納言の女であろうと、ときに父が中納言であろうと、天皇の外戚、もしくは准外戚とでもいう親密な関係にあれば、直接に女御、もしくは更衣から女御に昇格しうるが、そのような関係になければ、上臈の大納言であろうとともかく大納言以下の女は女御に為れない、と言うことになる」とある。

（6）前掲注（5）島田論文。

（7）帝と外戚関係を持たない摂政の初例は、嘉承二年（一一〇七）、鳥羽天皇の摂政となった藤原忠実である。

（8）これは皇子女の誕生がない后妃についていえることである。宇多天皇の後宮において、更衣であった藤原胤子と橘義子は皇子女を儲けており、同時期に女御に昇格する。この女御昇格は、皇子の母としての立場を重視されたものであろう。一方、藤原温子が入内してすぐに女御となったのは、関白藤原基経の娘であることによる。

（9）日向一雅「桐壺帝と大臣家の物語」（『源氏物語の準拠と話型』至文堂、一九九九・三）には、「左大臣の父が太政大臣であったことは確かであり、左大臣が後には太政大臣になり、その息頭の中将がまた太政大臣になったように、この家は歴代の太政大臣たりえた屈指の名門であったのである」と指摘されている。

（10）岡村幸子「皇后制の変質―皇嗣決定と関連して―」（古代学協会編『古代文化』第四八巻第九号、一九九六・九）。

（11）八の宮という立太子の可能性のある皇子がいるにも関わらず、母女御が立后争いに絡まないのは、後見である父大臣が他界していたためだと思われる。

（12）並木和子「平安時代の妻后について」（歴史学会編『史潮』新三七号、一九九五・九）には、「八・九世紀の妻后は、若干の例外を除き、所生子があり、かつその子が皇嗣とみなされるようになってから後に、妻后として冊立されているのである。一〇世紀には所生子・皇嗣の存在とは別個に存在する妻后が出現したのである。いいかえれば、皇統・皇位継承から独立した地位としての妻后の地位が出現したといえよう」とある。

（13）冷泉天皇の践祚は康保四年五月二十五日、即位は同年十月十一日であり、昌子内親王は即位前の同年九月四日に立后している。『中右記』嘉承二年閏十月九日条には「御即位以前立后例　冷泉御時、上［立カ］昌子内親王例、件事小一条左大臣（藤原師尹）家記云、即位以前立后頗不許也」（大日本古記録『中右記（七）』岩波書店、二〇一四・三）とあり、異例であったことが記されている。

（14）河内祥輔「宇多「院政」論」（『古代政治史における天皇制の論理』吉川弘文館、一九八六・四）。

（15）このときの藤原兼通の官職には諸説あり、『扶桑略記』や『公卿補任』などは関白とする。しかしここでは、天禄三年（九七二）十一月に病死した摂政太政大臣藤原伊尹の後継となった際に就任したのは内覧であり、関白就任は二年後の天延二年（九七四）三月とする説を採る。藤原媓子の立后のあった天禄四年（九七三）七月、兼通が内覧であれ関白であれ、廟堂の最上にあって執政していたことに変わりはない。山本信吉「平安中期の内覧について」（『摂関政治史論考』吉川弘文館、二〇〇三・六）。

（16）弘徽殿女御は、致仕大臣の養女となることで、立后の条件を満たしている。一方、斎宮女御の場合、身位は女王であり、養父光源氏も内大臣でしかないが、前東宮を父とすることから内親王格と見なされたと考えられようか。

（17）藤氏のうち、后を輩出できる条件として「氏長者であること」も挙げられるか。史実においては、摂関が氏長者となり、摂関が不在の場合は、太政官における最上位の者が就く。物語では、朱雀朝で致仕大臣が致仕した後は旧右大臣（太政大臣）が氏長者になり、致仕大臣（旧左大臣）が「澪標」巻で政界復帰し摂政太政大臣に就任するに及び、氏長者に返り咲いたと理解できよう。

（18）遵子立后の事由として、円融天皇と藤原兼家の確執や、円融天皇が遵子に皇子誕生を望んだことなどが指摘されている。沢田和久「円融朝政治史の一試論」（『日本歴史』第六四八号、二〇〇二・五）に詳しい。

（19）秋山虔「もう一人の弘徽殿女御をめぐって」（『武蔵野文学』第四八号、二〇〇〇・一二）。

（20）玉上琢彌『源氏物語評釈』「乙女」巻には、「后にだれを立てるかという問題にさいし、もっとも大きな発言力を有するのはやはり内大臣なのであって、太政大臣では動きにくくてちょっと弱い」とある。塚原明弘「冷泉政権論―光源氏の摂政辞退と夕霧の大学入学―」（『源氏物語ことばの連環』おうふう、二〇〇四・五）には、「光源氏が太政大臣要請を拒絶する背景に、大納言の内大臣就任阻止という意図があったと考えられるのである。秋好立后のためには、有効な手だてであったろう」と指摘される。

（21）ここでは、皇族、王族をも含めた広義の源氏を「源氏」と表現する。福長進「「源氏」立后の物語」（日向一雅編『源氏物語 重層する歴史の諸相』至文堂、二〇〇六・四）に詳しい。
（22）前掲注（10）岡村論文によると、冷泉天皇以後には、天皇即位当初（幼帝の場合は元服後）から中宮候補が決定されるのが慣例となり、醍醐朝における為子内親王薨後の藤原穏子や村上朝の藤原安子もそれに準ずるものとみなせるという。
（23）「源氏」であることに対する批判ならば、それが弘徽殿女御の立場により近しい藤原氏から上がっていることは、想像に難くない。
（24）弘徽殿女御の立后争いの敗北と雲居の雁の東宮入内の断念により、生き別れとなっていた娘を求める動きにつながり、それは玉鬘の招来にまで発展する。
（25）立后が行われる前に朱雀朝が終焉を迎えたこと、朱雀帝の造型が後宮運営に象徴される理想的な帝王像からの乖離を示すこと、筆頭の后妃である朧月夜に不都合があったことなどが考えられる。
（26）島田とよ子「左大臣の選択―右大臣家の姫君の存在―」（『園田国文』第一四号、一九九三・三）。
（27）史実における后（中宮）の性格の変容には、女院の出現が関わっている。
（28）配偶天皇の退位した後、后権を持ち得ない昌子内親王や藤原遵子のあり方にも見受けられる。
（29）桐壺朝の弘徽殿大后や朱雀朝の承香殿女御が、皇嗣を産みながら立后できなかったのは、ともに右大臣の娘であることからしても、決してその出自が問題なのではない。それは、物語に描かれる「中宮」が理想的な「妻后」であることを示しており、左大臣家はこのような「后」の輩出を志向したのであろう。

第十一章　匂宮の皇位継承の可能性——夕霧大臣家と明石中宮——

一　問題の所在

光源氏の死後、匂宮と薫を主人公とする新たな物語が展開される。物語の舞台となる宇治の地が、政治の中枢である都から離れていることなどから、第三部を「王権」の物語として理解することを否定する見方もあるが、近年、宇治十帖の物語における政治性は見直されつつある。「王権」を象徴的に表すのが、皇位継承と皇統のあり方である。『源氏物語』には、桐壺院、朱雀院、冷泉院、今上帝という四代の帝の治世が描かれ、皇統はこの後、今上帝の第一皇子である東宮へと継承される。本章で取り上げるのは、『源氏物語』第三部に描かれる東宮の後の皇位継承である。特に、今上帝の第三皇子匂宮の社会的立場を示す本文叙述に関して、先行研究では不審な点が指摘され、その解釈をめぐって議論が分かれている。

「匂兵部卿」巻には、「帝、后いみじうかなしうしたてまつり、かしづききこえさせたまふ宮」（「匂兵部卿」⑤一八）とあり、匂宮は今上帝と明石中宮から私的な寵愛を受ける親王として描かれている。それに対して「右の大殿（夕霧）の中姫君を得たてまつりたまへり。次の坊がねにて、いとおぼえことに重々しう、人柄もすくよかになんものしたまひける」（「匂兵部卿」⑤一八）とあり、次兄二の宮は夕霧の娘と結婚し、次期東宮（皇太子）候補として世間から大切にされていることが見える。ところが、「総角」巻から「宿木」巻にかけて、二の宮に関する叙述はなくなり、代わって匂宮が東宮候補であることが繰り返し語られるようになる。第三部の本文叙述は、矛盾を抱えるのである。これに関する先行研究の見解は、以下の三つに大別することができる。まず、①「東宮、二の宮、匂宮の三人が続けて即位する説」は、三人の皇子の生母である明石中宮の栄華や、明石中宮の言葉に見られる「家族原理」のあり方が指摘されるなどしている。(注1) ②「匂宮が二の宮を越えて立太子する説」を唱える論は、それぞれの見解が微妙に異なっており、後述する。③「匂宮の立太子を否定する説」は、語り手が匂宮を卓越化して語ったものに過ぎないという見解である。(注2) しかし、物語は語り手の語る世界そのものであり、「作中世界の「事実」」とはまた別の物語を読者が想定しなければならないという③の助川幸逸郎の論には従い難い。

本文の叙述からは、匂宮が立太子、即位することを見据えて、今後の物語が展開されていると理解できる。ここでは、②「匂宮が二の宮を越えて立太子する説」を採用し、匂宮への皇位継承が物語に及ぼす意義について考えたい。匂宮の立太子の可能性が向上することは、宇治の物語においてどのように位置付けられ、匂宮に至る皇統の描かれ方は、『源氏物語』全体をどのように映し出しているであろうか。

二　平安時代の史実から——為平親王の例——

平安時代の史実を確認しながら、①「東宮、二の宮、匂宮の三人が続けて即位する説」と②「匂宮が二の宮を越えて立太子する説」について考える。平安時代の史実において、三人の兄弟が相次いで即位する例としては、桓武天皇の皇子である平城天皇、嵯峨天皇、淳和天皇の例、鳥羽天皇の皇子である崇徳天皇、近衛天皇、後白河天皇の例がある。しかし、この二例は、いずれも異母兄弟による皇位継承であるのに対し、『源氏物語』で描かれる今上帝の三人の皇子は明石中宮を母とする同母兄弟である。また、平城天皇や近衛天皇は、病気のため早く譲位したことが史料に見えるなど、史上の兄弟三人の皇位継承は、不測の事態により偶然に出来している。しかし、『源氏物語』の方はそのような記述はなく、明石中宮の三人の皇子たちの年齢を考えると、父今上帝の譲位後に、三人が相次いで即位することは物理的に想定し難い。「夢浮橋」巻で、東宮は三五歳、匂宮は二九歳である。二の宮は、「蜻蛉」巻で式部卿となっていることが見えるのみで、物語に全く登場しないことからも、長兄東宮の次に、二の宮ではなく匂宮が立太子すると理解するのが適当ではないかと思う。

②「匂宮が二の宮を越えて立太子する説」を唱える藤本勝義は、為平親王が同母弟守平親王に超されて立太子された史実を指摘する。(注3) 村上天皇と中宮藤原安子の間には、皇子が三人おり、長兄憲平親王（後の冷泉天皇）は村上天皇の東宮となっていた。その次の東宮候補は、次兄為平親王と目されていたにも関わらず、村上天皇の退位の後、為平親王ではなく弟守平親王（後の円融天皇）が冷泉天皇の東宮に立てられるのである。この理由が為平親王の婚姻関係にあることは、明らかであった。『大鏡』には、以下のように語られる。

この后（藤原安子）の御はらには、式部卿の宮（為平親王）こそは、冷泉院の［御］つぎにまづ東宮にもたちたまふべきに、西宮殿（源高明）の御むこにおはしますによりて、御おとゝのつぎの宮（守平親王）にひきこされさせたまへるほどなどの事ども、いといみじく侍り。そのゆへは、式部卿の宮（為平親王）みかどにゐさせたまひなば、西宮殿（高明）のぞうに世中うつりて、源氏の御さかへになりぬべければ、御舅達の、たましひふかく、非道に御おとゝ（守平親王）をばひきこしまうさせたてまつらせたまへるぞかし（『大鏡』「師輔伝」一一九）

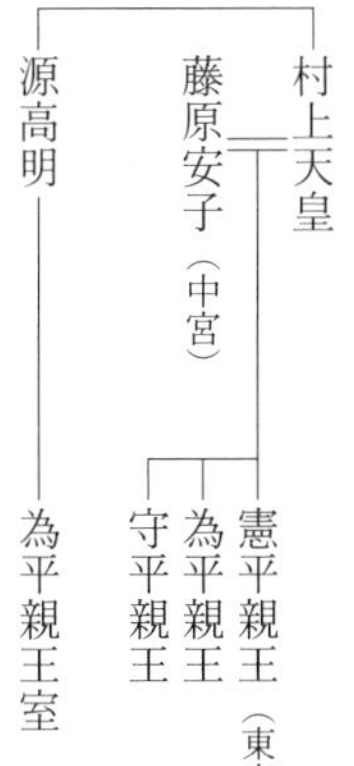

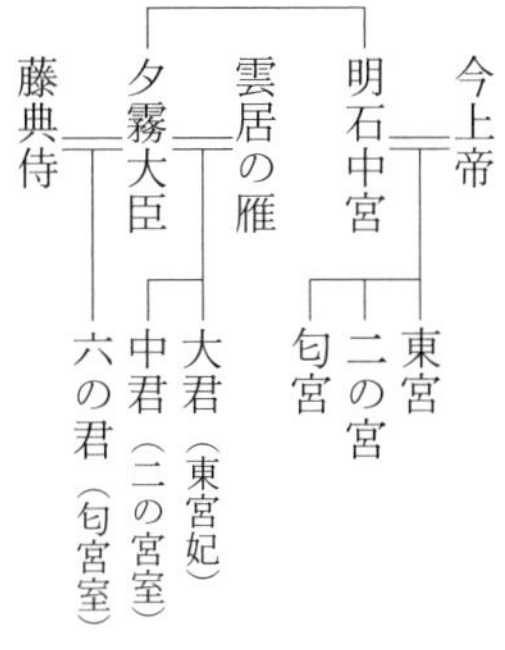

為平親王は源高明の娘を妻としていたため、為平親王が次の帝となれば、高明は外戚として勢力を拡大させることとなるため、それを嫌った藤原氏が、為平親王を排斥したというのである。藤本は、この為平親王の史実を指摘し、『源氏物語』では、長兄東宮の次に匂宮が次兄二の宮を越えて立太子する可能性を指摘する。

確かに、三人の同母兄弟のうち、末の弟が同母兄をさしおいて皇位継承する点では、為平親王の史実と通ずるが、為平親王が排斥された理由である婚姻の問題は、物語に描かれる内容とは当てはまらない。なぜならば、今上帝と明石中宮の三人の皇子たちは、みな時の権力者である夕霧の娘と結婚しているからである。ただし、匂宮の妻六の君だけが、藤典侍の産んだ娘であることに着目して、匂宮の立太子の可能性を指摘する論もある。縄野邦雄は、匂宮の妻六の君が夕霧の正妻雲居の雁の産んだ娘ではないことが、夕霧の勢力の拡大を好まない今上帝にとっては好都合であったと指摘する。[注4] 今上帝と夕霧との政治的な関係を念頭に置いた説であるが、今上帝が二の宮を排斥する理由としては首肯しがたい。今上帝が夕霧を排斥する目的のため匂宮を東宮に据えるならば、夕霧の娘六の君を匂宮の妻とすることを阻止するはずである。後述するが、明石中宮や今上帝の了解があって、この縁談は進められている。次世代、匂宮が即位することとなれば、夕霧の息子たちは、異母妹六の君を介して政治的勢力を維持し続けることを目指すであろう。さらに、有力な東宮候補であった二の宮が、その後の物語に登場しなくなり、匂宮の社会的立場が繰り返し言及されることからも、物語における二の宮の存在意義が低下し、一方、匂宮の立太子すべき必要性が高まってゆくことがわかる。やはり、第三部の叙述からは、二の宮を越えて匂宮が立太子すると理解できるのである。

三　据え直される匂宮

前節では、匂宮が同母兄である二の宮を越えて立太子する可能性として、為平親王の史実を確認したが、「匂兵部卿」巻と「総角」巻以降の本文とが抱える矛盾は、それぞれの物語における匂宮の役割が異なっていたことを意味する。「匂兵部卿」巻では、東宮の次の皇位継承候補者は二の宮であり、三の宮である匂宮は、兄たちよりは社会的に身軽な立場にあることが書かれていた。このような叙述からは、出自は良いが皇位継承には直接は関わらない点で、匂宮は新たに始まる恋愛物語の主人公にふさわしい立場に据えられたことがわかる。「総角」巻以降、匂宮の立太子の可能性が高まるにつれ、宇治の物語における匂宮の位置付けは変化している。つまり、本文に矛盾をきたしてまで、匂宮の立場を物語に据え直す必要があったのである。先行研究には、匂宮の皇位継承者としての立場が物語の展開に直接的に関わってくると指摘する論がある。②「匂宮が二の宮を越えて立太子する説」をとる青島麻子や星山健の見解である。例えば、青島は、匂宮の立太子の可能性が高まることによって、夕霧の娘六の君との縁談を進めさせ、それが宇治の大君を苦悩させその死を招くなど、匂宮の据え直しが物語を展開させる役割を担うことを指摘する。(注5)また、星山は、中の君が薫と匂宮とを政治的に結びつける役割を担うことを論ずる。(注6)これらの先行研究を踏まえながら、匂宮の社会的地位が向上することの意味を物語の中で捉えたい。

「総角」巻以降、匂宮の立太子の可能性を意図する言葉は、おもに明石中宮や匂宮の言葉に見える。例えば、宇治の中の君に通う匂宮を、明石中宮は繰り返し諫めている。明石中宮の言葉は、「なほかく独りおはしまして、世の中にすいたまへる御名のやうやう聞こゆる、なほいとあしきことなり。何ごとももの好ましく立てたる心なつかひたまひそ。上（今上帝）もうしろめたげに思しのたまふ」（「総角」⑤二七六）というものであり、匂宮が未だに正式な結婚をせず、いろいろなところで浮き名を流すことは好ましくないと戒め、今上帝が立太子を含む匂宮の将来を考えていることをほのめかす。ここからは、明石中宮が匂宮と中の君との結婚を正式なものとは捉えていないこと、そして匂宮の社会的地位が高まることが、後の夕霧の娘六の君との結婚を進める原因となっていくことが読み取れる。同様のことは、別の場面からもわかる。明石中宮や今上帝は、匂宮の頻繁な宇治訪問に難色を示しており、「内裏につとさぶらはせたてまつりたまふ。左の大殿（夕霧）の六の君をうけひかず思したることなれど、おしたちて参らせたまふべくみな定めらる」（「総角」⑤三〇二）と、内裏に住まうことを強制し、同時に六の君との縁談を進めるのである。その際も、やはり「筋ことに思ひきこえたまへるに、軽びたるやうに人の聞こゆべかめるも、いとなむ口惜しき」（「総角」⑤三〇三）と、明石中宮は匂宮に立太子する可能性のあることを繰り返す。このように、社会的地位の高まりを理由に、匂宮は今上帝や明石中宮から宇治訪問を制限される。そして、匂宮の夜離れによって、宇治の中の君やその姉大君の悲嘆は増すこととなるのである。大君の死後、本格化する六の君との縁談について、本文には以下のようにある。明石中宮は、「親王たちは、御後見からこそともかくもあれ。上（今上帝）の、御代も末になりゆくとのみ思しのたまふめる」（「宿木」⑤三八一）と、匂宮のように将来性のある親王には後見が必要であるとし、今上帝の退位が近いことを示唆しつつ、六の君との結婚を繰り返し進めるのである。さらに、「宮たちと聞こゆる中にも、筋ことに世人思ひきこえたれば、幾人も幾人もえたまはんことも、もどきあるまじければ、人も、この御方（中の君）いとほしなども思ひたらぬなるべし」（「宿木」⑤四一一）とあるように、匂宮の皇位継承者となることが六の君との結婚を実現化し、これによって中の君は匂宮の愛情のみを頼みとする不安定な立場を自覚しつつ苦悩する。

以上のように、匂宮の立太子の可能性が高まることで、権勢家である夕霧の娘六の君との結婚を進め、それが宇治の中の君を苦悩させることとなる。これは、匂宮が物語に据え直される理由のひとつとして、まずは押さえておきたい。

四　中の君と若君の社会的立場

匂宮と六の君との縁談が進み、それが宇治の姉妹を苦悩させることについて確認したが、匂宮に皇位継承の道が開けることは同時に、中の君の社会的立場を向上させる意味合いも生ずる。この点について、本文を確認しながら検討したい。匂宮の心内語には、次のようにある。「なべてに思す人の際は、宮仕の筋にて、なかなか心やすげなり、さやうの並々には思されず、もし世の中移りて、帝、后の思しおきつるままにもおはしまさば、人より高きさまにこそなさめ」（「総角」⑤二九〇）。匂宮は中の君を決して宮仕えの女房のような存在として考えてはおらず、いずれ匂宮自身が立太子して即位することとなれば、この中の君を中宮にも立てたいと思っているという。同様のことは、匂宮が中の君に対して発せられた言葉にも見える。「もし思ふやうなる世もあらば、人にまさりける心ざしのほど、知らせたてまつるべき一ふしなんある」（「宿木」⑤四〇九〜四一〇）とあり、これもまた、匂宮が将来帝位についたら、中の君を中宮に立てる約束をしていることを意味する。つまり、匂宮が皇位継承する可能性が高まることは、中の君の社会的立場の向上に直結するのである。

「総角」巻以降、匂宮の社会的地位が向上することで、今上帝と明石中宮は匂宮の宇治訪問を制限するようになり、そのことが夕霧の娘六の君との縁談を進める。それによって宇治の大君や中の君は悲嘆し、大君は苦悩の末、命を落とすこととなる。しかし同時に、中の君が将来中宮となる可能性が浮上するなど、中の君の匂宮の妻としての社会的立場の向上も示唆される。そして、それが物語に直接的に描かれるのは、中の君が懐妊してからである。匂宮は心痛して方々で御修法などをさせる。そのような中、「いといたくわづらひたまへば、后の宮よりも御とぶらひあり」（「宿木」⑤四七〇）と、明石中宮からのお見舞いがある。「かくて三年になりぬれど、一ところの御心ざしこそおろかならね、おほかたの世にはものものしくもてなしきこえたまはざりつるを、このをりぞ、いづこにもいづこにも聞こしめしおどろきて、御とぶらひども聞こえたまひける」（「宿木」⑤四七〇）とあるように、匂宮と結婚してから三年、中の君は世間的には匂宮の妻としてほとんど認められていなかったが、明石中宮からの見舞いに刺激され、六の君への遠慮もなく、諸所から見舞いが寄せられる。これによって、中の君の存在が世間に認められてゆくこととなる。かつて明石中宮は、匂宮が宇治の中の君に通うことを戒める際、「御心につきて思す人あらば、ここに参らせて、例ざまにのどやかにもてなしたまへ」（「総角」⑤三〇三）と、中の君を召人として都に呼び寄せるよう、匂宮に進言している。「召人」とは、貴人の側に侍る女房であり、当初、明石中宮は中の君を匂宮の妻として認めてはいなかった。しかし、このように正式な見舞いを遣わすことで、中の君の社会的立場は重くなる。そして、とうとう中の君は若君を出産するのである。

からうじて、その暁に、男にて生まれたまへるを、宮（匂宮）もいとかひありてうれしく思したり。大将殿（薫）も、よろこびにそへてうれしく思す。（略）御産養、三日は、例の、ただ宮（匂宮）の御私事にて、五日の夜は、大将殿（薫）より（略）七日の夜は、后の宮（明石中宮）の御産養なれば、参りたまふ人々多かり。宮の大夫をはじめて、殿上人、上達部数知らず参りたまへり。内裏（今上帝）にも聞こしめして、「宮（匂宮）のはじめておとなびたまふなるには、いかでか」とのたまはせて、御佩刀奉らせたまへり。九日も、大殿（夕霧）より仕うまつらせたまへり。（「宿木」⑤四七二～四七四）

中の君が無事に男御子を出産し、匂宮や薫は、これを嬉しく思う。そして、華やかな産養の儀が催される。この産養の儀を誰が主催するかというのは、新生児や産婦の社会的立場を考える指標となる。ここでは、三夜の産養は若君の父である匂宮、五夜は中の君の後見である薫、七夜は匂宮の母明石中宮、九夜は匂宮の外戚である夕霧がそれぞれ主催する。注意したいのは、明石中宮が七夜の産養を主催していることである。これは、産気づく中の君に見舞いを遣わしたことと同様、明石中宮が中の君を匂宮の妻として正式に認めたことといえよう。そればかりでなく、匂宮の父今上帝は匂宮がはじめて一人前の親になったと喜び、若君に「御佩刀」（新生児に贈られる守り刀）を贈る。今上帝や明石中宮の対応に明らかな変化が示されるように、中の君は若君を出産することではじめて、匂宮の妻としての立場を確固たるものとしたことがわかる。そして、問題はこの若君の存在である。吉井美弥子は、「宿木」巻の産養の記事が『源氏物語』において最も詳細な叙述であることから、匂宮の立太子の可能性を踏まえ、この若君が匂宮の次に皇位継承する立場にあることを示唆する。(注7)これを受けて、小嶋菜温子や星山健も同様の指摘をしている。(注8)匂宮の立太子の可能性が高まることによって、中の君の立場は向上し、その間の若君への皇位継承が想定される。『源氏物語』の皇統は、東宮の後、匂宮から中の君の若君へと皇位継承されると考えられよう。すなわち、第三部において、匂宮が物語に据え直され、立太子の可能性を帯びてくることの意義は、中の君の社会的立場の向上と若君の皇位継承にこそ見出すことができる。

五　もうひとりの皇位継承候補者——冷泉院の皇子——

前節では、匂宮と中の君の間の若君について、将来、皇位継承する可能性が高いことを指摘した。このことは、「夢浮橋」巻で物語が幕を閉じるまで、匂宮の兄である東宮と二の宮に、皇子誕生が描かれないこととも関わる。中の君の出産した若君は今上帝の唯一の皇孫であり、次世代の有力な皇位継承者と理解できるのである。ところで、第三部において誕生する次世代の皇位継承候補者は、匂宮の若君ひとりではなかった。「竹河」巻では、晩年の冷泉院に皇子が誕生している。次世代の皇位継承候補者としては、第三部で誕生するもうひとりの皇子、冷泉院の若宮についても取り上げる必要がある。

「若菜下」巻、冷泉院は皇子も皇女もないまま帝位を退く。第三部「匂兵部卿」巻では、女一の宮の存在がはじめて明かされる。匂宮や薫の憧れの対象として描かれることなどから、この冷泉院の女一の宮を新たな物語のヒロインとして位置付ける構想があったことなどが指摘できる。ただし、女一の宮は冷泉院の唯一の子であり、皇子は依然、不在であった。ところが、「竹河」巻では、かつて冷泉院から想いを寄せられたことのある玉鬘が、鬚黒大臣との間に儲けた大君を参院させることとなり、その間に皇女、皇子が相次いで誕生するのである。この時、冷泉院は五十歳前後である。皇女（女二の宮）の誕生に関する叙述は、「ことにけざやかなるもののはえもなきやうなれど」（「竹河」⑤一〇〇）とあり、退位後であることを否定的に見ている。大君が皇女を産んだことで、女一の宮の母である弘徽殿女御や、秋好中宮との軋轢を生じるという皮肉な結果となる。弘徽殿女御は玉鬘の異母姉妹であり、秋好中宮も玉鬘もともに光源氏の養女である。このような関係から、大君は参院して皇子女を出産することで却って憎まれ、その立場の悪化を招いたのである。大君の参院は過ちであったと兄弟たちは口々に言い、玉鬘もそのことを嘆く。さらに続く皇子誕生も、単なる慶事として描写されているわけではない。冷泉院は、「おりゐたまはぬ世ならましかば、いかにかひあらまし、今は何ごともはえなき世を、いと口惜しとなん思しける」（「竹河」⑤一〇四～一〇五）と、退位後の皇子誕生という張り合いのない現状を残念に思うのである。この部分に関して、新全集には、「源氏の罪の子である冷泉院に男宮が生れるのは、すでに退位した帝の子で、将来即位の可能性がないことを前提とした設定か」（「竹河」⑤一〇六）と注されている。しかし、父帝が退位した後に誕生した皇子でありながら、後に立太子、即位した例は、史実にも見える。『源氏物語』成立期の史実では、三条天皇が父冷泉天皇の譲位後の誕生であることが確認できるし、また院政期には近衛天皇、後白河天皇、高倉天皇、後鳥羽天皇の事例が史料に見える。つまり、父が退位してから誕生した皇子に、皇位継承権がないという理解は、必ずしも正しくはない。では、「竹河」巻で誕生する冷泉院の皇子をどのように捉えることができるであろうか。この皇子が帝位に昇る可能性はあるのであろうか。

先述した通り、物語において冷泉院の皇子への皇位継承は否定的に描かれている。そしてこれは、物語に描かれる冷泉院の存在に関わる問題として考えるべきである。「竹河」巻以降、冷泉院の若宮が物語に全く登場しなくなることが、まず大きな理由である。「匂兵部卿」巻で次期東宮候補と明記されていた二の宮の存在が、それ以降の物語に見えなくなることと同様である。そして何より、冷泉院の皇統が断絶することが、宿世として物語に既定されていることこそ重要である。「若菜下」巻の本文を以下に引用する。

内裏の帝（冷泉帝）御位に即かせたまひて十八年にならせたまひぬ。「次の君とならせたまふべき皇子おはしまさず、もののはえなきに、世の中はかなくおぼゆるを、心やすく思ふ人々にも対面し、私ざまに心をやりて、のどかに過ぐさまほしくなむ」と、年ごろ思しのたまはせつるを、日ごろいと重くなやませたまふことありて、にはかにおりゐさせたまひぬ。（略）六条院（光源氏）は、おりゐたまひぬる冷泉院の御嗣おはしまさぬを飽かず御心の中に思す。同じ筋なれど、思ひ悩ましき御事なうて過ぐしたまへるばかりに、罪は隠れて、末の世まではえ伝ふまじかりける御宿世、口惜しくさうざうしく思せど、人にのたまひあはせぬことなればいぶせくなむ。

（「若菜下」④一六四～一六六）

冷泉院は即位して十八年になる。皇位継承させる皇子がいないことを冷泉院は残念に思いつつ、心穏やかに過ごしたいと譲位を決める。光源氏もまた、冷泉院に皇子がいないことを口惜しく思う。さらに、藤壺中宮との密通による冷泉院の誕生という自分の〈罪〉が露見しないことと引き替えに、冷泉院の皇統が断絶することは宿世であるというのである。この光源氏の理解は、『源氏物語』の主題にも関わる重要な部分である。このように「若菜下」巻で冷泉系皇統の断絶を決定的なものとして描いておきながら、なぜ「竹河」巻で冷泉院に皇子誕生を描くのであろうか。これについては、『源氏物語』における第三部の意義、あるいは「竹河」巻の抱える問題を考える必要もあるが、ここでは、第三部で誕生する次世代の皇位継承候補者のうち、匂宮の若君を相対化する存在として、冷泉院の若宮のあり方を理解したいと思う。なぜならば、匂宮の若君の母中の君は宇治の八の宮の娘であり、その八の宮こそ、かつて冷泉院と政治的に対立した親王として物語に描き出されているからである。

六　ふたつの対立構図――冷泉院と八の宮、夕霧と薫――

「橋姫」巻は、いわゆる「宇治十帖」のはじめの巻である。第三部の最初の三つの巻「匂兵部卿」巻、「紅梅」巻、「竹河」巻と同時期に位置付けられながらも、ここから新たな物語が展開される。「橋姫」巻の冒頭で宇治の八の宮は、「世に数まへたまはぬ古宮」（「橋姫」⑤一一七）という落魄した親王のイメージをもって登場する。そして、「筋ことなるべきおぼえなどおはしけるを、時移りて、世の中にはしたなめられたまひける紛れに」（「橋姫」⑤一一七）とあるように、八の宮は母方の出自も高く、立太子の呼び声も高かったが、政治的に敗北し、時勢の変化とともに、世間から顧みられないようになったという。二人目の娘中の君を出産すると北の方は逝去し、荒れてゆく邸で八の宮は二人の娘を養育しつつ、俗体のまま仏道修行をする「俗聖」となる。

物語が進むにつれて、八の宮の悲運の半生が初めて明かされる。本文には、「源氏の大殿（光源氏）の御弟、八の宮とぞ聞こえしを、冷泉院の春宮におはしましし時、朱雀院の大后（弘徽殿大后）の横さまに思しかまへて、この宮を世の中に立ち継ぎたまふべく、わが御時、もてかしづきたてまつりたまひける騒ぎ」（「橋姫」⑤一二五）とあり、この「古宮」が、朱雀院や光源氏の弟であり、桐壺院の第八皇子であることが明かされる。そして、冷泉院が東宮であった時代、つまり朱雀院の治世に、朱雀院の母后弘徽殿大后が、八の宮を擁立し、冷泉院の廃太子を企てるものの、それは失敗に終わったという。その後、冷泉院は光源氏の後見のもと、無事に即位することとなり、さらに次の東宮（今上帝）に光源氏の娘明石女御が入内すると、「いよいよかの御次々になりはてぬる世にて、えまじらひたまはず、また、この年ごろ、かかる聖になりはてて、今は限りとよろづを思し棄てたり」（「橋姫」⑤一二五）と、光源氏の勢力に押しやられて、八の宮の政権復帰は絶望的なものとなり、すっかり「俗聖」と成り果てたことが書かれている。八の宮は、かつて光源氏の後見する冷泉院と対立した親王として、物語に招来されるのである。冷泉院は、光源氏の実子であるが、表向きには桐壺院の第十皇子である。ここに、冷泉院と八の宮の対立構図が表出する。

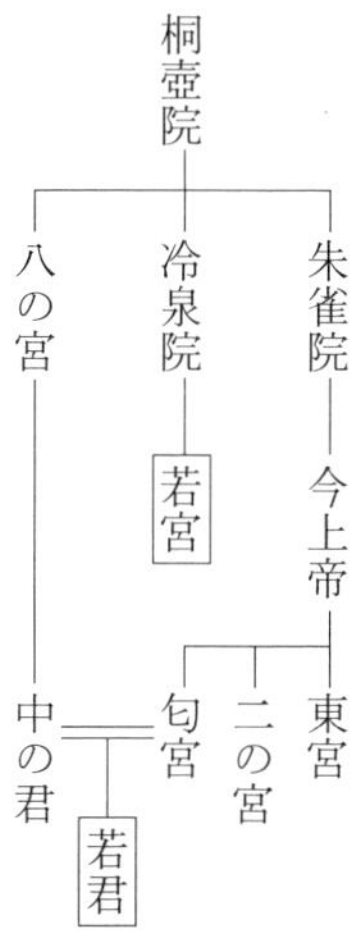

東宮候補として描かれる匂宮の若君が八の宮の娘中の君を母とすることと、第三部で誕生するもうひとりの皇子が、晩年の冷泉院の若宮であることを考慮すると、この二人の皇子誕生の物語意義は八の宮と冷泉院の関係から見出す必要がある。『源氏物語』の皇統が、匂宮から匂宮の若君へと皇位継承されるとすると、それによって冷泉院の若宮の存在が相対化されるのではないであろうか。

先行研究では、第三部における冷泉院の描かれ方について、第一部、第二部との相違点が様々に指摘されている。例えば、陣野英則は、「竹河」巻では「冷泉院の失墜」を描き、それによって藤壺中宮との密通という光源氏の〈罪〉を想起させるとともに、光源氏の王権が完全に失われていることを描き出すとしている。[注9] また、辻和良は、第三部における冷泉院が第一部、第二部とは異なることを指摘し、それを冷泉院の「聖性の欠如」による「冷泉院の変貌」と位置付け、光源氏や冷泉院の存在の裏に、「八の宮の恨み」があったことに言及している。[注10] また、三谷邦明は、八の宮が「復讐と陰謀」を抱いて故意に薫や匂宮に接近したという大胆な仮説を提示している。[注11] それぞれの先行研究で指摘されているように、ここには第三部における冷泉院をどのように捉えるかという問題が存している。「橋姫」巻冒頭、八の宮と冷泉院に関わる過去の事件に言及されることが、その後の物語展開に影響していると考えたいのである。

一方、薫は自らの出生の問題に苦悩し、道心を抱くようになり、八の宮に惹かれて宇治に通うこととなる。そのきっかけは、冷泉院に出入りする宇治の阿闍梨から、八の宮の噂を聞いたことである。興味深いのは、八の宮の生き方に心惹かれる薫に対し、冷泉院は八の宮の姫君たちの存在に関心を抱くことである。薫が道心を志し、世俗的な結婚を厭うのに対し、老齢の域に達している冷泉院の方が、宇治の姉妹に好色な関心を示すのである。冷泉院は、「朱雀院の、故六条院（光源氏）にあづけきこえたまひし入道の宮（女三の宮）の御例を思ほし出でて、かの君たちをがな、つれづれなる遊びがたきに、などうち思しけり」（「橋姫」⑤一二九）と、かつて光源氏が朱雀院の娘である女三の宮を妻としたことを例に出して、八の宮の姫君たちを世話したいというのである。しかし、冷泉院の思いは叶わず、宇治の姉妹は、薫と匂宮との間で恋愛物語を展開させる。ここで、冷泉院が八の宮の姫君たちを所望することは、どのような意味を持つのか。例えば、東宮時代の朱雀院が葵の上の入内を望みながらも、その意向は汲まれず、葵の上は光源氏の妻となり、朱雀院が前坊の姫君（秋好中宮）に思いを寄せることを知りながら、光源氏は養女として冷泉院の女御に据えた。第一部、第二部の世界では、「光源氏」対「朱雀院」あるいは「冷泉院」対「朱雀院」という対立構図が敷かれ、朱雀院は常に光源氏や冷泉院の引き立て役に徹していた。しかし、「橋姫」巻では、冷泉院の要求は受け入れられない。冷泉院はかつての朱雀院の立場に置き換わっており、「聖性」の喪失が、このような点から窺われる。

また、八の宮を擁立して東宮時代の冷泉院の廃太子未遂事件を企てたのが、他ならぬ弘徽殿大后であったことも重要である。ここから、八の宮の周辺を考えることができるからである。八の宮の母女御と北の方は、本文には明記されないものの、弘徽殿大后の血縁につながることが推測される。(注12)坂本和子は、八の宮の母女御に弘徽殿大后の妹（旧右大臣の娘）を、八の宮の北の方には弘徽殿大后の兄弟である藤大納言の娘をそれぞれ想定している。(注13)物語に書かれないことを推測するのは難しいが、八の宮が弘徽殿大后に擁されている事実からは、八の宮と旧右大臣家との血縁関係を含めた浅からぬつながりを想定できるであろう。第一部の世界で光源氏の政敵として描き出されている藤氏、旧右大臣・弘徽殿大后の勢力圏内に、かつて八の宮が存在していたことは意義深い。藤氏の勢力下にある八の宮が政治的な争いの末、内親王を母とする冷泉院に敗北することには、「藤氏」対「源氏」の対立構図が見出せる。そして、中の君を後見する薫は、表向きは光源氏の子でありながら、実は柏木の実子である。その柏木は旧右大臣の娘四の君を母としており、母女三の宮は弘徽殿大后の産んだ朱雀院の娘である。つまり、薫は表向きは光源氏の子であり「源氏」として生きるが、実は旧大臣家とは二重の血縁関係を有する「藤氏」である。それに対し、夕霧は「源氏」である。しかし、夕霧は大勢の娘を持つものの、東宮と二の宮に嫁がせた娘たちに皇子誕生の気配はなく、また匂宮の妻となった六の君は世間の呼び声は高いが、宇治の中の君が匂宮の若君を出産することで、正妻としての地位を脅かされつつある。匂宮に立太子の可能性が高まるにつれ、宇治の中の君の将来性もまた向上することを先述したが、そのことは夕霧の娘六の君の敗北もまた意味するのである。ここには、「薫」対「夕霧」という対立構図が敷かれており、これは形を変えた「藤氏」対「源氏」という対立構図と見なせる。第一部、第二部の世界では、「氏」の対立構図による「源氏」の勝利を描いてきたが、第三部では、「藤氏」でありながら「源氏」として生きる薫が物語の主人公として据えられ、かつての旧右大臣・弘徽殿大后勢力圏にいた八の宮が呼び戻される。これによって、第一部、第二部で描かれてきた光源氏を中心とする「源氏」優位の物語世界は、瓦解する兆しを見せるのである。

七　結　語

以上、第三部における匂宮の立太子の可能性について考察した。「匂兵部卿」巻と「総角」巻以降の本文が矛盾するのは、それぞれの物語における匂宮の存在意義が異なるためである。「匂兵部卿」巻では、匂宮に奔放な恋愛物語の主人公像があてがわれながら、「総角」巻以降、その立太子を示唆する記述が繰り返されるのは、匂宮の社会的地位の向上が宇治の物語を展開させる原動力となっているためである。先行研究では、匂宮が東宮候補の親王であることから、明石中宮によって宇治訪問を制限され、それが宇治の中の君や大君に苦悩をもたらしたと指摘されている。それればかりでなく、匂宮がいずれ皇位継承する親王であることは、妻中の君とその間の若君の社会的地位の向上をも意味する。匂宮が、自分自身が即位した暁には、中の君を中宮に据えることを約束しており、若君誕生時の明石中宮や今上帝の対応からも、中の君の立場の変化が窺われる。つまり、匂宮が物語に据え直されるのは、中の君の社会的立場の向上と、その間の若君への皇位継承にこそ意味があるのである。

さらに、「竹河」巻で冷泉院に誕生する皇子の存在は、匂宮の若君の皇位継承を相対化するものとして理解できる。冷泉院は、「若菜下」巻で皇統の断絶が決定的なものとなり、それは『源氏物語』全体に関わる光源氏の〈罪〉の代償という宿世として描かれていた。そこで、「竹河」巻で冷泉院に皇子が誕生することは、第三部の物語の中で理解しなければならない。次世代、皇位継承の候補者は、冷泉院の皇子と匂宮の若君の二人に限られる。匂宮への皇位継承が確定してゆく中で、冷泉系皇統の後継者の存在は、かつて冷泉院と八の宮との間に起きた政治的争いと関連して考える必要がある。それは、匂宮の若君が八の宮の娘である中の君を母とすることに、重要な意味が存しているからである。「橋姫」巻では、八の宮は冷泉院の廃太子未遂事件に関わった親王であったことが語られ、それは八の宮が光源氏の政敵であった旧右大臣家・弘徽殿大后の勢力下の人物であったことを意味する。冷泉院の皇子誕生は「はえなし」と否定的に描かれるのに対し、八の宮の娘の産んだ若君は、皇位継承する可能性を有する存在として理解でき、ここに冷泉院と八の宮との対立構図を見出すことができる。

さて、桐壺系皇統の正統な後継者はだれなのかという問いは、『源氏物語』の重要な問題である。桐壺院は朱雀院ではなく光源氏への皇位継承を強く望みながらも、出自の低さからそれを断念し、新たに迎えた藤壺中宮に冷泉院が誕生すると、自らの譲位時に立太子させる。桐壺院が、時の東宮であった朱雀院の母弘徽殿大后ではなく藤壺中宮を立后させたことから、桐壺院自身は朱雀院ではなく冷泉院を自らの正統な後継者と見做していたと理解できる。第一部では、朱雀院は帝王でありながら常に「ただ人」光源氏と比較され、その引き立て役に徹する。それに対して、冷泉院は光源氏に支えられながら、桐壺院の遺風を受け継ぐ理想的な治世を築き、聖代を実現する。ここからも物語が桐壺系皇統の正統な後継者として、朱雀院ではなく冷泉院を描く目的が看取できる。しかし、第二部では、正統であったはずの冷泉系皇統が断絶し、朱雀系皇統が存続することで、かつての聖帝冷泉院は相対化されてゆく。冷泉院は理想的な治世を築いた帝王という面だけでなく、光源氏が藤壺中宮と密通して生まれた不義の子であるという負の面をも併せ持つ。冷泉系皇統の断絶が、光源氏の〈罪〉の報いとして理解されていることは、第二部で冷泉院の有する負の面が「聖帝」という正の面を侵食することと解釈できるのである。第三部において、朱雀院の子孫たちが活躍する中で、冷泉院の「聖性」の欠如が描かれることは、第一部、第二部を踏まえた物語の必然であろう。

注

（1）玉上琢彌『源氏物語評釈』一〇巻「橋姫・椎本・総角」、辻和良「明石中宮と「皇太弟」問題——「源氏幻想」の到達点——」（日向一雅編『源氏物語　重層する歴史の諸相』竹林舎、二〇〇六・四）。

（2）助川幸逸郎「匂宮の社会的地位と語りの戦略——〈朱雀王統〉と薫・その一——」（物語研究会編『物語研究』第四号、二〇〇四・三）。

（3）藤本勝義「式部卿宮——「少女」巻の構造——」（『源氏物語の想像力——史実と虚構——』笠間書院、一九九四・四）。

（4）縄野邦雄「東宮候補としての匂宮」（上原作和編『人物で読む源氏物語　第一八巻　匂宮・八の宮』勉誠出版、二〇〇六・一一）。

（5）青島麻子「宿木巻における婚姻―「ただ人」をめぐって―」（『国語と国文学』第八五巻第四号、二〇〇八・四、のち、『源氏物語 虚構の婚姻』武蔵野書院、二〇一五・四）。
（6）星山健「宇治十帖における政治性―中君腹御子立太子の可能性と、薫・匂宮に対する中君の役割―」（『王朝物語史論―引用の『源氏物語』―』笠間書院、二〇〇八・一二）。
（7）吉井美弥子「宇治を離れる中君」（『源氏物語講座　第四巻　京と宇治の物語・物語作家の世界』勉誠社、一九九二・七）。
（8）小嶋菜温子「語られる産養（二）―宇治中君の皇子と、明石中宮主催の儀―」（『源氏物語の性と生誕―王朝文化史論―』立教大学出版会、二〇〇四・三）、前掲注（6）星山論文。
（9）陣野英則「「光源氏の物語」としての「匂宮三帖」―「光隠れたまひにしのち」の世界―」（『源氏物語の話声と表現世界』勉誠出版、二〇〇四・一一）。
（10）辻和良「第三部の〈冷泉院〉―「源氏幻想」の行方―」（高橋亨編『源氏物語と帝』森話社、二〇〇四・六）。
（11）三谷邦明「宇治八の宮論―薫出生の〈謎〉あるいは誤読への招待状―」（論集平安文学四号『源氏物語試論集』勉誠社、一九九七・九）。
（12）八の宮の母女御は、「母方などもやむごとなくものしたまひて、筋ことなるべきおぼえなどおはしけるを」（「橋姫」⑤一一七）、八の宮の北の方は、「北の方も、昔の大臣の御むすめなりける」（「橋姫」⑤一一七）とある。八の宮の母女御は、立后まで期待されていた。
（13）坂本和子「中君」（『源氏物語講座　第二巻　物語を織りなす人々』勉誠社、一九九一・九）。

第十二章　物語作品における中央政治——諸寮の様相——

一　はじめに

平安時代の文学作品は、宮中などを舞台として貴族社会の様相が描かれている。その中で、官職や位階は、作中人物の性質や役割を表するものとして機能し、そこから当時の中央政治のあり方を窺うことができる。延喜式に規定された官司である寮には、大舎人、図書、内蔵、縫殿、陰陽、内匠、大学、雅楽、玄蕃、諸陵、主計、主税、木工、大炊、主殿、典薬、掃部、馬（左右）、兵庫、斎宮がある。諸寮は令制官職制度のうち、二官八省の下に位置づけられ、斎宮寮、馬寮、兵庫寮は、省の所管ではなく独立している。比較的研究が進んでいる斎宮寮や大学寮などを除くと、平安時代の文学作品において諸寮の機能や実態がどのように現れているか、未だ明らかにされてはいない。そこで本章では、寮の機能や歴史的変遷を踏まえた上で、平安時代の文学作品における用例を調査し、作品世界を支える政治的な側面を諸寮の存在という点から確認したい。ここでは、大寮である大舎人、図書、内蔵、縫殿、内匠、雅楽、玄蕃、諸陵、主計、主税、木工、馬（左右）、兵庫について取り上げる。(注1) 調査の対象とした文学作品は、以下である。『竹取物語』『伊勢物語』『大和物語』『堤中納言物語』『落窪物語』『平中物語』『土佐日記』『蜻蛉日記』『和泉式部日記』『紫式部日記』『源氏物語』『栄花物語』『狭衣物語』『篁物語』『浜松中納言物語』『夜の寝覚』（以上、小学館刊新編日本古典文学全集）、『枕草子』『大鏡』『大鏡裏書』『古今著聞集』『宇治拾遺物語』『本朝文粋』（以上、岩波書店刊日本古典文学大系）、『うつほ物語』（室城秀之校注『うつほ物語（全）』おうふう、二〇〇一・一〇）である。なお、諸寮の概略については、『平安時代史事典』『国史大辞典』（吉川弘文館、一九七九〜一九九七）および阿部猛編『増補改訂　日本古代官職辞典』（同成社、二〇〇七）を参照した。

二　大舎人寮

大舎人寮《おおとねりりょう》は中務省の被官で、四等官である頭、助、大允《じょう》、少允、大属《さかん》、少属の下に、大舎人、使部《しぶ》、直丁《じきちょう》が配される。大寮の四等官は各一人ずつで、頭は従五位上、助は正六位下、大允は正七位下、少允は従七位上、大属は従八位上、少属は従八位下に、それぞれ相当する。これは、本章で取り上げる他の寮も同様である。大舎人寮は平安時代初期に機構改革が行われ、左右各寮をあわせて一寮とし、その後、大舎人は四百人に半減された。大舎人寮の職掌は、践祚大嘗、諸祭、斎会、節会、元日の儀式や車駕行幸に供奉、陳列すること、諸司の朝廷への奏事の取り次ぎなどがある。(注3)

平安時代中期以降の大舎人の動向には不明な点が多く、文学作品には、大舎人寮の働きが直接うかがわれる場面は少ない。『うつほ物語』において、「さるべき歳老いたる大舎人の神輪大古といふ」（「楼の上・上」八七七）とあり、これが大舎人寮の官人と確認できる唯一の用例である。その他、『大鏡裏書』に、藤原冬嗣と藤原周家が大舎人頭に任じられていることが記されるのみである。

なお、「舎人」は、本居宣長の『古事記伝』によると「殿侍り」が語源であるとされ、元来は、天皇や皇族に近侍し、護衛、雑役を務めた下級官人を指す。律令制下には、大舎人寮に管された大舎人の他、内舎人、東宮舎人、中宮舎人があり、それぞれ中務省、春宮坊舎人監、中宮職に配された。その他、令外の舎人として近衛の舎人などがある。内舎人は中務省に配属されており、五位以上の人の子孫で聡敏、端正な者が選ばれ、天皇に奉仕する。内舎人に採用されなかった者は大舎人、東宮舎人、中宮舎人に任命され、そのうち大舎人が大舎人寮に配属される。内舎人は、禁中に帯刀宿直し雑使をつとめ、行幸の前後の分衛を職掌とする。平安中期ごろまでは、内舎人より出身し、大臣その他公卿の地位に昇った例がかなり見られ、有力貴族の子弟の出世コースとされた。しかし、次第に卑官化し、摂関に賜る内舎人随身など、高官の家人の任例も見える。『源氏物語』「浮舟」巻において、薫の荘園の管理者が「内舎人」(「浮舟」⑥一八〇、一八二、二一二)と呼ばれるのは、この例であろう。令制以前の舎人が有する文官的要素が大舎人や内舎人に継承されたのに対し、左右兵衛府の兵衛、衛門、左右衛士府の衛士は武官的舎人と捉えられる。近衛府の下級官人である舎人は摂関家などの随身として奉仕し、舞楽や馬芸などの芸能を以て宮中に奉仕する体制が形成された。「七　雅楽寮」でも触れるが、楽所は近衛の舎人らによって組織されている。その他、「舎人」の種類としては、親王・内親王に与えられる帳内《ちょうない》、諸臣に与えられる資人《しじん》や、貴人に随従する牛飼や口取りなども広く「トネリ」と呼ばれた[注4]。また、「小舎人童」は、蔵人所に属して殿上の雑用に従った殿上童や、近衛少将、中将が召しつれて歩く召使いの少年などを指す。私的に貴人に仕えて雑用に従事する少年も「小舎人童」と称され、摂関家には小舎人所が設けられた。

三　図書寮

図書寮《ずしょりょう》は中務省の被官の官司で、頭、助、大少允、大少属のもと、技術者としての写書手、造紙手、造墨手、造筆手などが属していた。おもに、宮中の図書と仏像の保管、国史の編纂、宮中の法会、書物の筆写や校正、紙、筆、墨の諸司への支給を業務とする。(注5) また、寮の別所である紙屋院が野宮の東にあり、そこでは紙屋紙の名声を持つ優美な紙を漉き、和紙の基礎が確立された。和紙独特の流し漉きの技法は紙屋院で開発され、唐紙にまさる優秀な紙を生産したと言われる。『源氏物語』には、「紙屋紙に唐の綺を陪して」(「絵合」②三八一)、「ここの紙屋の色紙の色あはひはなやかなるに」(「梅枝」③四二〇)と見える。その一方、「うるはしき紙屋紙、陸奥国紙などのふくだめるに、古言どもの目馴れたるなどはいとすさまじげなるを」(「蓬生」②三三一)、「常陸の親王の書きおきたまへりける紙屋紙の草子をこそ」(「玉鬘」③一三八)などとあり、古風で堅苦しい紙屋紙のイメージは、末摘花の反時代的な人物造型を形成している。平安時代後期には、紙屋院で漉かれる紙屋紙はほとんど再生紙となり、宣命など公文書に用いられる実用的なものとなった。『枕草子』には「蔵人所の紙屋紙ひき重ねて」(一三六段、一八九)とあり、これは蔵人所で使われた漉き返しの実用紙を指している。平安時代末期に至ると、優れた地方産紙が出回るに及び、紙屋院の機構は衰微し、紙屋紙の紙質も低下した。文学作品には、紙屋紙の他には、図書寮の機能が窺われる描写は見られない。

四　内蔵寮

内蔵寮《くらりょう》は中務省被官で、頭、助、允、大少属、大少主鑰《しゅやく》、蔵部《くらべ》、価長《かちょう》などによって構成され、平安時代初期、大寮への昇格に伴い允が大、少二人に増員された。主として天皇や後宮の供御を掌り、別勅用物の出納、調進を任務とするが、倉庫管理、諸国、諸寮司から納入される物品の出納の他、需品の製造も手広く行うようになった。また、賀茂臨時祭の酒饌、正月子の日の若菜の準備や宋船との博多貿易にも携わり、京送された唐物を寮の主催で宮城門外に市売した。(注6)

諸陵、諸社への奉幣の用例としては、『うつほ物語』に「内蔵寮の使には内蔵頭かけたる行正」(「祭の使」二〇三)とあり、賀茂祭の奉幣使として斎院の行列に同行する内蔵頭が見える。また、内蔵寮は御服倉をはじめいくつかの倉庫を管理しており、朝廷の儀式に際し、物品の出納を行っている。「帝、内蔵寮の絹三百疋、三唐櫃に入れさせ、寮の御衣、十に入れ」(「祭の使」二〇九)とあり、源正頼邸へ引出物を遣わす場面をはじめ、「蔵人所・内蔵寮のわたりに」(「内侍のかみ」四三六)、「今十掛の御衣櫃に、内蔵寮の絹の限り、になき選り出だして」(「内侍のかみ」四四〇)と、朱雀帝の仰せによって内蔵寮の絹が俊蔭の娘に贈られる。朱雀帝から女一の宮へは、「内蔵寮の呉服・唐の朝服」(「沖つ白波」四五三)が贈られた。また、「故侍従の御弟、大夫なりしは、内蔵頭にて、蔵人にぞものしたまふ」(「蔵開・下」五八一)と見える他、「内蔵允平忠遠」(「嵯峨の院」一七八)、「右近少将には近澄の内蔵頭かけて」(「蔵開・下」五九五)など、内蔵寮の役人が登場する。

次に、『源氏物語』における内蔵寮の機能について確認する。「桐壺」巻には、「御袴着のこと、一の宮(朱雀帝)の奉りしに劣らず、内蔵寮、納殿の物を尽くしていみじうせさせたまふ」(「桐壺」①二一)、「所どころの饗など、内蔵寮、穀倉院など、公事に仕うまつれる」(「桐壺」①四五)とあり、光源氏の袴着や元服の場面に内蔵寮の働きが見られる。また、光源氏の四十賀が夕霧によって主催される場面でも「所どころの饗なども、内蔵寮、穀倉院より仕うまつらせたまへり」(「若菜上」④九九)とある。このように、内蔵寮の機能は富を表すだけでなく、帝の権威の象徴としても描かれている。光源氏の袴着や元服の際、桐壺帝が公の機関である内蔵寮に儀式の準備をさせる意味を考える必要があろう。この他、文学作品の本文中で、内蔵寮の官人と確認できるのは、『大和物語』「火取り」において「内蔵の助」（一三五段、三五二）と称される藤原兼輔はじめ、『大鏡』『栄花物語』にも見える。また、『うつほ物語』には、「内蔵助のおとど」（「あて宮」三七二）と呼ばれる女房が登場している。

なお、『源氏物語』「桐壺」巻において、内蔵寮と併記される「穀倉院」は、平安時代初期に、京中の非常の備蓄のための穀倉として設けられた令外の官である。もとは非常備蓄用の穀倉であったが、九世紀後半以降、律令財政機構の変質に伴って次第にその機能は拡大し、宮中行事における饗饌の弁備など、内蔵寮とともに内廷経済に深く関わった。

五　縫殿寮

縫殿寮《ぬいどのりょう》は中務省被官の官司で、もとは頭、助、允、大少属、使部、直丁からなったが、延暦十八年（七九九）に大寮となり、允が大、少二員に増員されている。律令体制確立の過程では、女王をはじめ内外命婦の名帳、考課を掌るなど天皇家の家政機関的性格を持ち、平安時代初期には専ら衣服の裁縫を行うようになる。大同三年（八〇八）に大蔵省の縫部司と宮内省の采女司を統合し、後者はその後また元に戻った。

作り物語において、縫殿寮の機能が直接描写される場面は少ない。『うつほ物語』には、「右大将の御もとなる縫殿頭笙の笛」（「国譲・下」七七二）とあり、作中人物の官職として見えるが、寮官人としての働きは窺われない。また、九世紀後半には縫殿寮の別所として、采女町の北に糸所の存在が確認できる。そこでは、毎年正月に卯杖の献上に際して五色の糸が用意され、五月五日には薬玉が献上された。『枕草子』には「中宮などには、縫殿より御薬玉とて、色々の糸を組み下げて参らせたれば」（三九段、八六）とあり、縫殿寮の糸所で製作された薬玉が描かれている。その他、『栄花物語』にも縫殿寮の官人である人物が登場する。

六　内匠寮

内匠寮《たくみりょう》は中務省の被官の官司で、四等官である頭、助、大少允、大少属のもと、史生《ししょう》、織手《おりて》、さらに所属の工人として、画師《えし》、金銀工、轆轤《ろくろ》工、細工、木工、屏風工、漆塗工などがある。平安時代初期には、典鋳司、画工司、漆部司をそれぞれ併合し、供御物や伊勢・賀茂の初斎院、野宮の備品などの制作、さらには御殿の修理などを掌った。(注7)

『竹取物語』には、「内匠寮の工匠」（三四）とあり、くらもちの皇子は内匠寮の工匠たちに蓬莱の玉の枝を作らせている。そこに登場するあやべの内麻呂をはじめ、「一の宝なりける鍛冶工匠六人」（二八）の「工匠」も内匠寮配下の工人であろう。また、『源氏物語』には、「里の殿は、修理職、内匠寮に宣旨下りて、二なう改め造らせたまふ」（「桐壺」①五〇）とあり、桐壺帝が内匠寮に桐壺更衣の里邸である二条院の修理を行わせている。

内匠寮の職掌は、寛平二年（八九〇）に再置された修理職や、九世紀以降規模を広げた木工寮のそれと重複する部分が多いため、作品中に明記されない限り、内匠寮の働きか判断しかねる場合がある。例えば、『うつほ物語』には、轆轤をひく工人が何度か登場するが、轆轤工は内匠寮にも木工寮にも配されており、どちらの寮に属する工人か判別できない。「工匠」と称される工人も、内匠寮、木工寮、修理職それぞれに配されており、『源氏物語』「宿木」巻の八の宮邸を造営修理する場面に「工匠」の名が見えるが、その配属は不詳である。(注8)ただし、「道々の細工ども いと多く召しさぶらはせたまへば」（「宿木」⑤四七七）とある「細工」は、彫刻や鍛冶などの細工をする工人を指し、内匠寮の工人である可能性が考えられる。

絵師（画師）は、内匠寮配下に十二人の規定がある。もとは八世紀、画工司として組織されたが、大同三年（八〇八）内匠寮に縮小合併された。九世紀半ばに画工司の後身として絵所（画所）が設置され、内匠寮の絵師の職掌と重複することとなる。絵所では、事務官である別当、預の下には墨書と呼ばれる主任画家をはじめ、補助的な彩色絵師その他の雑工が所属して工房的作業を行い、その主要画人たちは名人・上手などと謳われて世評を博した。「帚木」巻には、「絵所に上手多かれど、墨書きに選ばれて」（「帚木」①六九）とある。『うつほ物語』や『源氏物語』にも絵師は多く見られるが、やはりこれらが内匠寮、画工司、絵所のいずれに属するものか判断しかねる場合がある。『うつほ物語』には、「鋳物師・絵師、作物所の人・金銀の鍛冶など」（「吹上・上」二四四）、「絵師召して造るべきやうあらせ給ふ」（「楼の上・上」八五四）などとある。『源氏物語』「桐壺」巻に「絵に描ける楊貴妃の容貌は、いみじき絵師といへども」（「桐壺」①三五）とある絵師は、内匠寮あるいは絵所の者と想定できるであろう。また、「絵師どもなども、御随身どもの中にある、睦ましき殿人などを選りて」（「浮舟」⑥一六二）ともあり、特定の技術集団からではなく、随身の中から絵の得意な者が「絵師」に選ばれたことがわかる。

なお、先述した作物所《つくもどころ》について言及する。作物所は、宮中の調度品などを調進する所で、もと内匠寮の雑工であって蔵人所の管轄下に置かれた。成立時期ははっきりしないが、承和七年（八四〇）以前であることがわかる。作物所別当は、蔵人頭が兼ねることも多かったようである。『源氏物語』「若菜下」巻には、光源氏が出家した朧月夜に贈る調度を「作物所の人召して、忍びて、尼の御具どものさるべきはじめのたまはす」（「若菜下」④二六五）と依頼する場面に確認できる他、今上帝が女二の宮の裳着の準備を行う際、「作物所、さるべき受領どもなど、とりどりに仕うまつることどもいと限りなし」（「宿木」⑤四七一）とある。『うつほ物語』「吹上・上」巻には、神奈備種松の邸に作物所が置かれていたことが見え、「細工三十人ばかり居て」（「吹上・上」二六五）、「轆轤師ども居て、御器ども、同じ物して挽く」（「吹上・上」二六五）とある。なお、修理職については「一二　木工寮」で後述する。

七　雅楽寮

雅楽寮《うたりょう》は治部省の被官の官司で、頭、助、大少允、大少属、史生、使部などによって構成される。そのもとで、歌師、舞師、笛師などの師、あるいは倭楽、唐楽、高麗楽、百済楽、新羅楽などの楽師と楽生がそれぞれ配される。内外諸楽舞の演奏と教習を管掌し、当初の定員は四三八名に及んだが、平安時代中期には、国風の歌舞は大歌所に移り、唐韓伝来の楽舞は楽所の従事するところとなり、雅楽寮は次第に縮小された。(注9)

平安時代の文学作品には、雅楽寮に関わる人物は多く見られるが、ここでは作り物語を中心にその動向を見てみたい。雅楽寮の四等官の官人であることが確認できる作中人物は、『うつほ物語』のみに登場する。「雅楽允楠武」（「嵯峨の院」一七八）、「このそしにの雅楽頭などらは」（「菊の宴」三〇五）と見える雅楽頭や、「受領の子どもの、雅楽亮」（「楼の上・上」八七〇）、「雅楽の権の頭、琴持たせたり」（「国譲・下」七七〇）、「松方の雅楽頭」（「国譲・下」七七二）のように、清原松方を挙げることができる。また、『源氏物語』「胡蝶」巻では、六条院の春の町での船楽に際し、「雅楽寮の人召して、船の楽せらる」（「胡蝶」③一六五）と雅楽寮の楽人が招かれ、宇治の八の宮は「雅楽寮の物の師どもなどやうのすぐれたるを召し寄せつつ」（「橋姫」⑤一二四～一二五）とあるように、宇治の邸に雅楽寮に所属する音楽の師を召している。雅楽寮で「師」のつく職名は、上記した歌師、舞師、笛師の他に、唐楽師、高麗楽師、百済楽師、新羅楽師、伎楽師、腰鼓師がある。まず、音楽の師（歌師・舞師・笛師など）の用例を以下に挙げたい。『うつほ物語』には、「琴をばさらにも言はず、異才も、さるべき師ども召して、笙・横笛も習はせ給ふ」（「俊蔭」五三）、「今、舞の師召して仰せのたまはむ」（「嵯峨の院」一八六）、「民部卿の殿の御方に、舞の師するゐて」（「嵯峨の院」一八六）、「舞の師秀遠・兵衛志遠忠などいふ逸物の限り、いと多かり」（「嵯峨の院」一八六）、「舞の師ども、かたちよく若き人こそあれ」（「嵯峨の院」一九八）、「右近将監清原松方、琴の師、府の少将仲頼に」（「吹上・上」二四五）、「親王たち・男君たちは、殿にて、舞の師ら調ず」（「菊の宴」三一一）などの用例がある。このように、貴族の子弟が音楽を習う際に、師匠として召される者が「舞の師」「琴の師」などと称されている。『源氏物語』においては、「舞の師ども」（「紅葉賀」①三一四）、「物の師ども」（「胡蝶」③一七三）、「舞のさまも世に見えぬ手を尽くして、御師どもも、おのおの手の限りを教へきこえけるに」（「若菜下」④二七九）、「手ひとつ弾きとれば、師を起居拝みてよろこび」（「東屋」⑥二一）などと見える。

　また、『うつほ物語』や『源氏物語』には、雅楽寮の楽人の他に、「楽所《がくそ》」に所属する人々も多く登場する。楽所は蔵人所の管轄で、近衛府の楽人などによって構成されており、延喜から天暦年間に常置となった諸所のひとつである。楽所が楽舞の調習や儀礼などに参画するに及び、雅楽寮は単なる事務機関となり、その実質を失ったと見られる。まず、『うつほ物語』における「楽所」の用例を以下に挙げる。「垣下には行正、楽所には仲頼、そこらの遊び人どもにます人なく遊ぶ」（「嵯峨の院」一九二）、「楽所・舞人も、参る。舞の君たち、青色に蘇枋襲・綾の上の袴、楽所の君たち、闕腋・柳襲など着つつ参る」（「菊の宴」三一六）、「左、右近衛の府の楽所どももあり」（「蔵開・上」四九三）、「花の陰に、舞人ども、楽所の者ども、皆候ふ」（「国譲・下」八一七）、「文人・楽所の者どもなどに、物賜ふ。（略）楽所には、楽仕うまつり合はせて、いと面白し」（「国譲・下」八一九）などである。また、「楽所」と明記はなくとも、近衛府の楽人であることから、楽所に属する者と見なせる用例もある。例えば、「左、右近の楽人、おりととのへて候ふ」（「内侍のかみ」三九六）、「舎人八人、節舎人ども同じ数なり。これらは、物の師・舞人、声あり、かたちある者選びたり」（「吹上・上」二五一）にある「節舎人」とは、近衛府の舎人の中で催馬楽や神楽歌などの優れた者で、楽所の楽人と見なせる。『源氏物語』「藤裏葉」巻の六条院行幸の場面には、「暮れかかるほどに楽所の人召す」（「藤裏葉」③四六〇）、「楽所などおどろおどろしくはせず」（「藤裏葉」③四六一）、「楽所のこと行ひたまはむに便なかるべし」（「若菜下」④二六六）などとある。ここでは、「楽所」は機関そのものではなく、雅楽の演奏を表している。その他、「楽所遠くておぼつかなければ」（「少女」③七三）、「辰巳の方の釣殿につづきたる廊を楽所にして」（「若菜下」④二七八）など、演奏する場所を指す用例などもある。他に、「院の御賀の楽所の試みの日参りて」（「柏木」④三一六）や、藤壺の藤花の宴では「後涼殿の東に、楽所の人々召して」（「宿木」⑤四八一）、「楽所の人々には、宮の御方より品々に賜ひけり」（「宿木」⑤四八五）と見える。この楽所のように、雅楽寮とは関係のない機関が設けられ、それらが同時に機能しているため、本文に明記がない限り、物語に登場する舞人や楽人が、どこに所属するか判別できない。用例を検討したところ、特に『うつほ物語』『源氏物語』においては、雅楽寮の人々よりも比較的、楽所の楽人の活躍の方が目立つように思われる。この他、『うつほ物語』『源氏物語』には、所属を特定できない楽人・舞人の用例も多数見える。（注10）

舞人は雅楽寮などの専門機関とは関係なく、貴族の子弟から選ばれる場合が多い。『大和物語』「井手の山吹」に見える「兵衛の尉、離れてのち、臨時の祭の舞人にさされていきけり」（一一三段、三三七）や、『落窪物語』の「三の君の夫の蔵人の少将、にはかに臨時の祭の舞人にさされたまひければ」（巻之一、八一）、「舞すべき人の子どものことなど、召し仰せなどしたまふ」（二七一）、『うつほ物語』の「舞人は、殿ばらの君達・殿上人・わが御君達より始めて、世の中に名高き逸物の者どもをなむ」（「春日詣」一三七）などは、雅楽寮などの専門的な舞人ではなく、身分の高い者から人選されたものである。また、『源氏物語』の「十月に朱雀院の行幸あるべし。舞人など、やむごとなき家の子ども、上達部、殿上人どもなどもその方につきづきしきは、みな選らせたまへれば」（「若紫」①二三九）、『狭衣物語』巻四に「殿（堀川の大臣）の御賀茂詣で近うなりぬれば、舞人にさされたる殿上の若君達など、心ことに思ひ急ぎたり」（②二一八）とある舞人も同様である。

さらに、舞楽の奉納や御賀の際には、主催者側による舞人・楽人の人選が行われている。『うつほ物語』「吹上・下」巻の九日の菊の宴には、「笙四十人・笛四十人、弾き物・舞人、数を尽くして参る。穴ある物・緒ある物、めづらかなる声□□御時なり。その道の上手、数を尽くしたり。選びすぐりたる上手を整へたり」（「吹上・下」二八五～二八六）と、音楽の道の名人たちが参集し、選り抜きの名手たちが集められたことが見える。『源氏物語』にも、「朱雀院の行幸、今日なむ、楽人、舞人定めらるべきよし」（「末摘花」①二八五）、式部卿宮の五十賀の準備にある「楽人舞人の定め」（「少女」③七七）、六条院の春の町での船楽の「舞人など、心ことに選ばせたまひて」（「胡蝶」③一六八）とある。また、朱雀院の五十賀では「舞人、楽人などを心ことに定め」（「若菜下」④一八〇）と、光源氏による人選があり、「大将のつくろひ出だしたまふ楽人、舞人の装束のことなど」（「若菜下」④二七八）と、その装束は夕霧が用意したことが見える。紫の上主催の法会は、「楽人、舞人などのことは、大将の君、とりわきて仕うまつりたまふ」（「御法」④四九五）とあり、夕霧によって楽人、舞人の選定がなされた。

なお、内教坊は、雅楽寮とはまた別の令外の官で、女楽を教習することを掌る機関である。内教坊妓女は貴族の子女などによって構成され、師によって踏歌を主とする歌舞の教習があり、正月の節会、宮中の内宴に歌舞を奏す。『うつほ物語』には、「にはかに、内教坊よりも、いづくよりもいづくよりも、髪上げ、装束してふさに出で来て、この御折敷取りて参る」（「内侍のかみ」四三四）とある。『源氏物語』には、「内教坊、内侍所のほどに」（「末摘花」①二九〇）とその名が見える他、実際に常陸介が娘の音楽教育のために、「琴琵琶の師とて、内教坊のわたりより迎へとりつつ習はす」（「東屋」⑥二一）と、内教坊から音楽の師を招いていることがわかる。

八　玄蕃寮

玄蕃寮《げんばりょう》は治部省の被官の官司で、頭、助、大少允、大少属の四等官と史生、使部、直丁によって構成される。職掌は、仏寺、僧侶の名籍、監督、京内の仏寺法会など仏教関係、外国使節の送迎、饗宴や在京の蝦夷など外国人関係に分けられる。

玄蕃寮の管理する鴻臚館は、平安京および大宰府、難波に置かれた外国使節の宿泊施設であり、荘厳な建物が用意され、外交関係の公式行事のほか、交易活動なども行われた。『源氏物語』には、「いみじう忍びてこの皇子（光源氏）を鴻臚館に遣はしたり」（「桐壺」①三九）とあり、光源氏が鴻臚館で高麗の相人と対面して予言され、そこでは漢詩が作り交わされている。このことは平安京の鴻臚館において、来日渤海使との間に詩文の交歓が行われたことを示している。『本朝文粋』に見える大江朝綱の「夏の夜鴻臚館にして、北客を餞す」（三八八）や、菅原文時が天徳元年（九五七）の意見封事で、鴻臚館における外国使節との詩文交歓の重要性を述べたとの記録からもそのことは窺われる。しかし、延長八年（九三〇）、渤海滅亡後、諸外国との公的外交が終わると、平安京の鴻臚館もその存在意義を失って次第に衰微した。

玄蕃寮の官人は、『うつほ物語』に宮中の神楽の召人の一人として「玄蕃助藤原遠正」（「嵯峨の院」一七八）が挙げられ、『大鏡裏書』には、裏書第一巻「当代（後一条）御事」に、誕生時の読書の儀を務めた「蔵人玄蕃助源為善」（三〇七）の名が見える。また、裏書第二巻「菅贈太政大臣御事」には、菅原道真の官歴として「同（貞観）十三年正月廿九日任玄蕃助」（三一九）とある。なお、『宇治拾遺物語』巻一一ノ五「白川法皇北面受領のくだりのまねの事」（三一四）には「玄蕃頭久孝」が登場する例などもある。

九　諸陵寮

諸陵寮《しょりょうりょう》は治部省の被官の官司で、頭、助、大少允、大少属、史生によって構成される。令の規定では陵霊を祀り、喪葬、凶礼、諸陵及び守衛のために諸陵に置かれた陵戸の戸籍のことを掌った。平安時代中期以降、諸陵頭は賀茂氏が世襲するが、名称のみあって既にその実はなく、やがて廃絶した。

平安時代の文学作品には諸陵寮に関わる描写はなく、諸陵寮の前身である「諸陵司」が『古今著聞集』に見えるのみである。巻第七「中原貞説医書に通ずる事」（術道第九、二四〇）に、「叡感ありて、申うくるにしたがひて、和気の姓を給はせける。後には諸陵正になりて、子孫いまにたえず」（二四一）とある。陵墓を嫌忌する風習のために、諸陵寮の官人は欠員を生じがちであり、平安時代後期以降は、令制の弛廃につれて式の規定は次第に行われなくなったという。

一〇　主計寮

主計寮《かずえりょう》は民部省被官の官司で、頭、助、大少允、大少属が置かれ、算師《さんし》、史生、使部、直丁が配属される。調庸、その他の貢納物の計納など、中央財政の収支の計算を職掌とした。毎年の諸国計帳が民部省を通じて主計寮に入ると、官人は大帳と照合して庸の多少を調べ、役民に支給する雇直、食料をはじめとするさまざまな国用（予算）を計上して割り振る。また、大蔵省や内蔵寮の倉庫の出納にも関与し、調庸の未進の有無を調べるなどした。平安時代初期の貢納制が衰退過程にあった時代では、それに歯止めをかける官司として活発な動きを示したが、平安時代

中期になると形骸化した。(注11)

『源氏物語』「蛍」巻には、光源氏による物語論のくだりに、『住吉物語』の登場人物「主計頭」(「蛍」③二一〇)の名が見える。この主計頭の人物造型は『落窪物語』の典薬助に引き継がれたといえるが、このような特徴的な作中人物が、それぞれ主計寮と典薬寮の官人とされることは興味深い。また、『狭衣物語』巻一には、飛鳥井の女君の乳母が「乳母の、主計頭といふ者の妻にて」(①八五)と紹介され、『宇治拾遺物語』巻一〇ノ九「小槻當平事」には、「いまは昔、主計頭小槻當平といふ人ありけり。その子に算博士なるものあり。名は茂助となんいひける。主計頭忠臣が父、淡路守大夫史奉親が祖父也。生きたらば、やんごとなくなりぬべきものなれば、いかでなくもなりなん。是が出たちなば、主計頭、主税頭、助、大夫史には、異人はきしろふべきやうもなかんめり」(二九八)とある。主計寮官人は計数に精通していることを求められていたので、多く算道出身者が任用され、頭には大外記や大夫史などが任ぜられた。『官職秘抄』によると、主計頭は必ず算博士を兼ね、主計属は算師から転任するとある。また、『古今著聞集』「東大寺春豪房并びに主計頭師員蛤を海に放ち夢に愁訴を受くる事」(「魚虫禽獣」第三十、五二一)の他、『大鏡』『栄花物語』にも主計寮の官人の名が見える。

二　主税寮

主税寮《ちからりょう》は民部省被官の官司で、頭、助、大少允、大少属、および算師、史生、使部、直丁によって構成される。職掌は地方の財政収支の監査で、田租を蓄積する倉庫の出納、諸国の田租、田租の一部を舂米《しょうまい》として大炊寮に納入する。作り物語における主税寮関係の記事はなく、作中人物の呼称としては皆無である。『今昔物語集』『古今著聞集』には、主税寮の官人の存在が見える他、「一〇　主計寮」の用例として引用した『宇治拾遺物語』巻一〇ノ九「小覲当平事」に、主税頭の名が見えるのみである。なお、主税寮は、中央の会計事務をみる主計寮と並び、最も繁忙な官司であるが役得も多く、「温職（官）」と称された。

一二　木工寮

木工寮《もくりょう》は宮内省被官で、令規定において頭、助、大少允、大少属と工部《たくみべ》、使部、直丁、駆使丁によって構成され、算師や飛騨工、轆轤工などが配される。その職掌は、建築物の造営と材木の調達などである。平安時代初期に造宮職や鍛冶司、土工司をあわせて大規模な官司となるが、内匠寮や修理職の職掌と重複し、弘仁九年（八一八）に設置され天長三年（八二六）に停止された修理職が寛平年間に再置されたことにより、木工寮は衰退した。(注12)

『うつほ物語』には、滋野真菅の子が「木工助」（「藤原の君」九六、「祭の使」二二五）と呼ばれる他、「木工助惟元」（「春日詣」一四三）、「蔵人の木工助を御使にて」（「あて宮」三六一）、「木工助なる蔵人して」（「国譲・下」七九〇）などとある。また、『うつほ物語』には「木工の君」と呼ばれるあて宮づきの女房が登場し、『源氏物語』「真木柱」巻にも「木工の君」と呼称される鬚黒の召人が見える。ともに系譜など詳細は不明であるが、木工寮の官人を親族に持つ女房の呼び名と思われる。しかし、これらの用例も同じく呼称として確認できるのみで、木工寮の具体的な機能は描かれない。『源氏物語』において「飛騨の工匠も恨めしき隔てかな」（「東屋」⑥九二）と見える「飛騨工」は、木工寮や修理職にも配されており、「六　内匠寮」に用例を挙げた「轆轤工」は、木工寮にも置かれている。

次に、修理職の存在が窺われる用例を挙げる。『うつほ物語』「藤原の君」巻には、「朝廷、修理職に仰せ給ひて」（「藤原の君」六八）とあり、修理職によって大宮（正頼の北の方）の母后の邸宅が造営されている。また、藤原仲忠による楼の造営は、「この三月十余日頃造るべきよしを、修理大夫、宮の御乳母のはらからなり、仰せ給ふ」（「楼の上・

上」八五四）とあるように、修理大夫に命ぜられており、「これ造らむには、なべての工匠には寄せじ。修理職の中に、すぐれたらむ者二十人を選りて、方分きて、心殊に造らすべきなり」（「楼の上・上」八五四）と見える。なお、あて宮の推挙によって、在原忠保は宮内卿から修理大夫に抜擢されており（「国譲・下」八〇二）、『枕草子』には「修理の亮則光」（八二段、一一八）と見える。『源氏物語』には、「里の殿は、修理職、内匠寮に宣旨下りて、二なう改め造らせたまふ」（「桐壺」①五〇）とある他、「修理大夫」（「紅葉賀」①三四一、「宿木」⑤三七五）「修理宰相」（「絵合」②三七二）という呼称が確認できる。

一三　左・右馬寮

馬寮《めりょう》は衛府に準ずる軍事警察官司として省からは独立し、左・右の二寮それぞれに、頭、助、大少允、大少属、馬医、馬部《めぶ》、使部、直丁、飼丁などが置かれた。諸国から馬匹の貢進を受けて、直属の牧や厩舎で飼養し、儀式や衛府へ牽進を行う。特に、正月の白馬節会、四月の駒牽、五月の端午節会における競馬の際は、寮馬の献上とともに馬寮官人の奏上が行われた。駒牽は八月にも行われ、端午節会における騎射や走馬にも馬寮の働きが見える。(注13)

文学作品における馬寮の用例は、儀式におけるものが多い。『うつほ物語』『源氏物語』をはじめ、『伊勢物語』『落窪物語』『大和物語』『堤中納言物語』および、『大鏡』『栄花物語』にも広く見える。ここでは、作り物語を中心に、その用例を確認したい。まず、『うつほ物語』「祭の使」には源正頼邸での盛儀が描かれており、そこでは騎射、打毬、そして競馬が行われ、馬寮の官人たちが登場する。以下、本文を引用する。

かかるほどに、殿、右の馬寮の検校したまふ。「明日、御府の手番なり。比べの官人ごとに賜ぶべき御馬の脚、調べ御覧ぜむ」とて、御馬十引かせて、御頭・助・下部ら、右近中将・少将・物の節ら、引きて参りたり。おとど、「興あるわざかな。切に、『聞こし召さましかば』など思ひつるに」などて、幄ども打ちて、上より始めて着き、中、少将、馬頭・助着き並み、馬寮の御馬に、右近将監より始めて這ひ乗りつつ、騎射仕うまつる」
（「祭の使」二〇七〜二〇八）

かくて、左、右の馬寮の御馬、左、右大将、頭にておはします、上達部・親王たち、方分きて比べ給ふ。左の乗尻は、左近将監より始めて、物の節まで、逸物を選び、右の乗尻は、右近将監まで選び、西、東、幄打ちて、馬寮着き並みたり。御前松燈したること、埒より南に、御前に向きて、馬出しより馬とどめまで、隙なく、褐の衣着たる男ども燈したり。
（「祭の使」二一〇）

さらに、夜の管絃の遊びの際には、「下部の人ども・馬寮の男ども・物の節らに、腰絹さしなどす」（「祭の使」二一二）と、禄が与えられている。このように、源正頼が左・右馬寮や近衛府の人々を自邸に迎えるなどして、宮中での公的な行事を凌駕する盛儀となったことが窺われる。また、「祭の使」巻に描かれる賀茂祭の場面では、「馬寮のには式部卿の宮の右馬の君と出で立ち給ふ」（「祭の使」二〇三）とあり、馬寮の頭が斎院の行列に同行したことが見える。これは、「式部卿の右馬頭の君など、この北の方を、切に聞こえ給ふを」（「菊の宴」三二九）、「つとめて、右馬頭の君を御使にて、おとど（源正頼）の御文あり」（「蔵開・下」五九四）などと見える「右馬頭」と同一人物とされる。

続いて、『源氏物語』における馬寮の用例を確認する。まず、「桐壺」巻で光源氏の元服に際し、加冠の役を務めた左大臣に桐壺帝から寮馬が下賜されていることが、「左馬寮の御馬、蔵人所の鷹すゑて賜りたまふ」（「桐壺」①四七）との本文からわかる。また、「藤裏葉」巻での六条院行幸では「まづ馬場殿に、左右の寮の御馬牽き並べて」（「藤裏葉」③四五八〜四五九）とあり、宮中における端午の節会さながらの盛儀が行われている。夕霧主催の光源氏の四十賀では、「御馬四十疋、左右の馬寮、六衛府の官人、上より次々に牽きととのふるほど」（「若菜上」④一〇〇）と、冷泉帝から寮馬が下賜される他、「御馬ども迎へとりて、右馬寮ども高麗の楽してののしる」（「若菜上」④一〇一）とあるように、夕霧が右大将であるため、右馬寮の官人によって右舞の高麗楽の演奏が行われたことが見える。

この他、馬寮の官人と見なせる作中人物を以下に挙げる。『伊勢物語』には、「右の馬の頭なりけるおきな」（七七段「春の別れ」一七九）、「右の馬の頭なりける人」（七八段「山科の宮」一八一）、「右の馬の頭なりける人」（八二段「渚の院」一八三〜一八四）、「馬の頭なるおきな」（八三段「小野」一八六）などとある。在原業平は貞観七年（八六五）、右馬頭に就任している。『大和物語』には、八九段「網代の氷魚」の「右馬の頭」（三一一）、一三段「泣く泣くしのぶ」の「右馬の允藤原の千兼」（二六三）、『落窪物語』には「馬允になりたる田舎の人」（巻之二、一六七）と見える他、『堤中納言物語』「虫めづる姫君」には、「右馬佐」（四一四）と呼ばれる好色人が登場する。さらに、『うつほ物語』には、朱雀院からいぬ宮の京極邸への見送りを命じられた「左の馬頭源宗良」（「楼の上・上」八七〇）、京極邸御幸に際する朱雀院からの使者も「右馬頭なる人」（「楼の上・下」九二〇）とあり、それぞれ馬寮の官人であることがわかる。『源氏物語』の雨夜の品定めの場面には、「左馬頭」（「帚木」①五八）、「馬頭」（「夕顔」①一四五）と呼称される人物が見え、夕霧の側近が「馬助」（「野分」③二八四）と呼ばれる他、蜻蛉の宮の北の方の兄弟は「兄の馬頭にて」（「蜻蛉」⑥二六三）と紹介されている。

なお、馬寮が管理した牧場は、勅旨牧あるいは官牧などがあり、飼育された馬は朝廷で行われる八月の駒牽の儀式や左右の馬寮に貢馬される。勅旨牧は、甲斐国、信濃国、武蔵国、上野国に三十二牧の名が見え、「御牧《みまき》」とも呼ばれる。ただし、『うつほ物語』にある「信濃の御牧より持て来ためる二百反・上野の布三百反なむ」（「嵯峨の院」

一七九）、『源氏物語』の「領じたまふ御庄、御牧よりはじめて」（「須磨」②一七六）、「国々の御庄、御牧などより奉る物ども」（「鈴虫」④三七九）とある「御牧」は、いずれも牧場の敬称であり、勅旨牧を指しているものではない。『堤中納言物語』「よしなしごと」にある「楠葉の御牧に作るなる河内鍋」（五〇六）は、河内国交野郡にある朝廷の牧場を指し、これが勅使牧を指す唯一の例であろう。

一四　兵庫寮

兵庫寮《ひょうごりょう》は頭、助、大少允、大少属、使部、直丁などによって構成されており、寛平八年（八九六）に、左右兵庫と造兵司・鼓吹司の四司を併合して新たに置かれた令外の官である。おもに、儀仗、兵器の棚を作って色別に安置し、その出納や修理に当たった。兵庫寮は宮城内の安嘉門の脇に庁舎が設けられ、累代の戎具を収める兵庫がかなり建てられたようである。作り物語のうち、兵庫寮の官人は『大和物語』八七段「別れ路の雪」に「但馬の国に通ひける兵庫の允なりける男」（三一〇）と見えるのみである。『延喜式』に記された兵庫寮の雑工戸の所在地として摂津国や播磨国や丹波国があるが、但馬国は挙げられておらず、兵庫允が但馬国に通う理由がその職掌と関係するかは不明である。なお、『落窪物語』には、「兵庫」（巻之二、一四八）という女房が登場するが、これは「木工の君」や「内蔵助のおとど」と同様、親族が兵庫寮の官人であったため、このように呼ばれたものであろう。

この他、『古今著聞集』には、巻第十六「坊門院侍長兵庫助則定雑仕の老女小松を最愛の事并びに物騒の小侍の事」（「興言利口」第二五、四一七）および、巻第十六「兵庫頭仲正美女沙金を秘蔵の事并びに佐実髻を切らるる事」（「興言利口」第二五、四四六）に、それぞれ兵庫寮の官人の逸話が見える。

一五　結　語

以上、延喜式に規定された諸寮について、平安時代の文学作品における用例を調査し、その様相を確認した。平安時代後期までには、諸寮の存廃がほぼ定まるため、働きの目立つ寮がある反面、用例が見られない寮もあり、そのことは文学作品上での機能の差異にも反映されていることがわかる。特に、作り物語で取り上げられる儀式や節会の場面には、馬寮や雅楽寮などの活躍が多く見られる。『うつほ物語』や『源氏物語』といった貴族社会の上層部を描き出す物語においても、二官八省の下に位置づけられる諸寮の働きを垣間見ることができる。このことは、物語世界を支える貴族社会の重層的な構造を把握した上で、文学作品の読解に当たる必要性を示していよう。また、諸寮の機能には直接関わりがないものの、作中人物の呼称として諸寮に関わる官職名が付される場合には、物語において何らかの意味を持つ場合もある。本章では、個別の用例に関して考察を深めることはできなかったので、諸寮の職掌が物語に描かれる意味などそれぞれの場面ごとの具体的な寮のあり方については、別の機会に検討を試みたい。

注

（1）大学寮はここでは省く。なお、内蔵寮と縫殿寮は平安時代初期に小寮から大寮に昇格している。
（2）用例検索に関しては、国文学研究資料館の日本古典文学本文データベースを利用した。
（3）大舎人寮に関する歴史学の研究には、井上薫「トネリ制度の一考察―大舎人・坊舎人・宮舎人・職舎人―」（『日本古代の政治と宗教』吉川弘文館、一九六一・七）、土田直鎮「奈良時代における舎人の任用と昇進」（『奈良平安時代史研究』吉川弘文館、一九九二・一一）などがある。

（4）「大舎人」は大舎人寮所属、「内舎人」は、①有力貴族の子弟の出世コース②摂関の内舎人随身や高官の家人、「舎人」は、①近衛の舎人（芸能に従事）②貴人の牛飼、口取り、「小舎人（童）」は、①蔵人所に属すもの②近衛少将、中将の召使い③摂関家など私的な召使いがある。平安時代の文学作品に登場する「舎人」は、おおよそ以上のように区別して考えることができるであろう。

（5）図書寮や日本古代の製紙については、小野晃嗣『日本産業発達史の研究』（至文堂、一九四一・三）に詳しい。

（6）内蔵寮の成立と変遷については、森田悌「平安中期の内蔵寮について」（『日本古代の社会と経済　下巻』吉川弘文館、一九七八・八）、今正秀「平安中・後期から鎌倉期における官司運営の特質―内蔵寮を中心に―」（広島大学大学院『史学雑誌』第九九巻第一号、一九九〇・一）などがある。

（7）内匠寮の研究は、中西康裕「内匠寮考」（『ヒストリア』第九八号、一九八三・三）、芳之内圭「平安時代の内匠寮」（『史泉』第一〇六号、二〇〇七・七）、十川陽一「内匠寮について」（『続日本紀研究』第三七七号、二〇〇八・一二）などがある。

（8）「その工匠も絵師も」（「宿木」⑤四四九）、「花降らせたる工匠もはべりけるを」（「宿木」⑤四四九）、「変化の工匠求めたまふいとほしさにこそ」（「宿木」⑤四五一）、「もののゆゑ知りたらん工匠二三人を賜りて」（「宿木」⑤四五六）。

（9）雅楽寮については、荻美津夫『日本古代音楽史論』（吉川弘文館、一九七七・九）に詳しい。

（10）『うつほ物語』「俊蔭」巻や「春日詣」巻などには「舞人」が見え、「内侍のかみ」巻や「楼の上・下」巻には「楽人」が見える。また、『源氏物語』には、「楽人十列など装束をととのへ容貌を選びたり」（「澪標」②三〇二）、「朱雀院の御薬のこと、なほ平ぎはてたまはぬにより、楽人などは召さず」（「若菜上」④五八）、「舞台の左右に、楽人の平張うちて」「未の刻ばかりに楽人参る」「夜に入りて、楽人どもまかり出づ」（「若菜上」④九四〜九五）、「楽人、舞人など参りつつ、御遊び絶えず」（「若菜下」④一八三）、「楽人三十人、今日は白襲を着たる」（「若菜下」④二七八）、「かの蔵人少将、楽人の数の中にありけり」（「竹河」⑤九六）などとある。

（11）主計寮および主税寮に関しては、梅村喬『日本古代財政組織の研究』（吉川弘文館、一九八九・一一）に詳しい。

（12）木工寮に関しては、浅香年木『日本古代手工業史の研究』（法政大学出版局、一九七一・三）、修理職については、松原弘宣「修理職についての一研究」（『ヒストリア』第七八号、一九七八・三）などの研究がある。

（13）馬寮については、森田悌「平安前期の左右馬寮について」（『日本歴史』第二七一号、一九七〇・一二）、佐藤健太郎「平安前期の左右馬寮に関する一考察」（『ヒストリア』第一八九号、二〇〇四・四）などがある。

第Ⅳ部

『源氏物語』から歴史物語へ

——〈歴史〉の創造——

第十三章　『栄花物語』円融朝の立后争い

一　問題の所在

『栄花物語』は、『源氏物語』の叙述方法に倣いながらも、史実に材を取ることで、歴史物語という新しいジャンルを生み出した。冒頭では、六国史を継承する史書としての姿勢を打ち出しており、『日本三代実録』を継ぐ意図から、宇多朝より語り起こされている。(注1)『栄花物語』正編は、天皇の時代を編年体で語りながら、藤原道長の栄華を主題とした歴史叙述が展開されており、天皇との婚姻関係を基礎とする摂関政治のあり方や後宮の規範に関心が向けられている。(注2)本章では、『栄花物語』における円融天皇の描写について考える。『栄花物語』の円融天皇に関わる先行研究では、巻第一「月の宴」における立太子問題や藤原兼通との関係、(注3)巻第二「花山たづぬる中納言」に描かれる立后について取り上げられることが多い。(注4)特に、円融天皇の唯一の皇子（懐仁親王）を産んだ藤原兼家の娘詮子ではなく、藤原頼忠の娘遵子の立后がなされたことに焦点が当てられる。

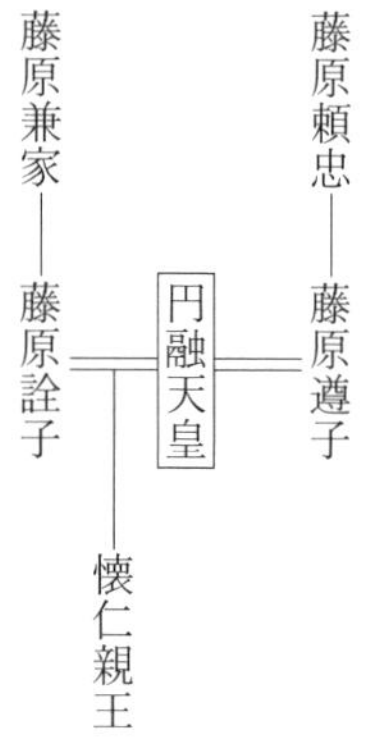

『栄花物語』では、遵子立后は誤った判断と捉えられ、その決断をした円融天皇に批判が集中していると理解されている。(注5) これに関して中村康夫は、円融天皇の人格を相対的に低めることにより、摂関政治への流れを見ることができると指摘する。(注6) 確かに、『栄花物語』は道長の系譜から外れる人物を否定的に描くなど、九条流および御堂流の発展史に逆行する出来事を厳しく断じている。(注7) このような観点からすれば、立后問題に関して円融天皇ひとりが非難されていることは、九条流の詮子ではなく小野宮流の遵子の立后が、物語の主題とする九条流・御堂流の栄華に直結する出来事ではないと判断されたためであろう。(注8) また、中村成里は近年の研究で『栄花物語』続編における帝王像を明らかにしており、天皇よりも道長の一族を高める叙述がなされていることを指摘している。(注9)『栄花物語』が九条流の栄華の賞賛を主題としている以上、物語における天皇は帝王でありながら、あくまでも九条流の人々の脇役、引き立て役に徹すると理解することもできる。そのような意味で、先行研究においては、九条流ではない遵子を立后させた円融天皇に対して、判断の誤りを批判するような書き方が指摘されてきたのである。円融天皇が遵子を立后させたことは、兼家の視点からすれば誤った判断ではある。しかし、見方を変えると遵子立后を決断した円融天皇には何らかの意図があり、そこには一貫した論理が見出せるのではないだろうか。例えば、歴史学においては、円融天皇が遵子立后を決行したことに、政治的な思惑があったことが指摘されている。(注10) 従来の視点を変えて『栄花物語』叙述の論理を見出すことにより、遵子立后を中心とした円融朝の歴史叙述を読み解くことが可

能であろう。

本章では、円融朝の立后争いをめぐる『栄花物語』の物語表現に注目をして、円融天皇が遵子立后を決定した理由を考えたい。そして、『栄花物語』における円融天皇の位置づけを検討することにより、『栄花物語』の歴史認識を明らかにする。

二　円融朝の立后問題と皇位継承

円融天皇の後宮では、一人目の中宮である藤原媓子（藤原兼通の娘）の薨去の後、兼家の娘詮子と頼忠の娘遵子とで立后争いがあり、遵子が立后する。これに関して歴史学では、円融天皇が兼家ではなく頼忠との協調を望んだという指摘や、(注11)円融天皇は詮子の産んだ懐仁親王（一条天皇）への皇位継承を望んではおらず、遵子に新たな皇子が誕生することを期待したという見解がある。(注12)しかしながら、このような理解は、『栄花物語』に描かれる円融天皇の叙述とは、必ずしも一致しない。『栄花物語』には、円融天皇の懐仁親王に対する愛情が細かに描写され、円融天皇が懐仁親王を後継者として大切にしており、早くからその立太子を望んでいたことが読み取れるからである。次の引用本文は、詮子が懐仁親王を出産する前後の『栄花物語』の記述である。

世もわづらはしければ、一二月は忍ばせたまへど、さりとて隠れあべきことならねば、三月にて奏せさせたまふに、帝（円融天皇）いみじううれしう思しめさるべし。一品宮（資子内親王）も、梅壺（藤原詮子）をば御心寄せ思ひきこえさせたまへれば、いとうれしうかひあるさまに思しきこえさせたまふ。里に出でさせたまはんとするを、上（円融天皇）いとうしろめたうわりなく思しめしながら、さてあるべきことならねば、出でさせたまふほどの御有様いへばおろかなり。（略）【1】上（円融天皇）も年ごろにならせたまひぬれば、今はおりさせたまはまほしきに、いかにもいかにも御子のおはせぬことをいみじう思し嘆くに、男、女の御ほどは知らず、ただならずおはしますを世にうれしきことに思しめして、さべき御祈りども数をつくさせたまふ。長日の御修法、御読経など内方よりもはじめさせたまひ、すべてかからんにはいかでかと見えさせたまふ。

（巻第二「花山たづぬる中納言」①一〇一～一〇二）

ただ今世にめでたきことの例になりぬべし。内（円融天皇）より夜昼わかぬ御使暇なし。げにことわりに見えさせたまふ。いつしかとのみ思しめすほどに、五月のつごもりより御気色ありて、その月をたてて六月一日寅の時に、えもいはぬ男御子（懐仁親王）平らかに、いささか悩ませたまふほどもなく生れさせたまへり。内（円融天皇）にまづ奏せさせたまへれば、御剣奉らせたまふほどぞ、えもいはずめでたき御気色なるや。七日のほどの御有様思ひやるべし。

（巻第二「花山たづぬる中納言」①一〇三）

このように、出産を待ちわびる様子や、皇子誕生に対する円融天皇の気持ちが繰り返し描写されている。傍線部【1】のように、円融天皇は在位中に御子誕生のないことが悩みであった。しかし、詮子が懐仁親王を出産するに及び、その譲位の意向が固まってゆく。これは、円融天皇が生まれたばかりの懐仁親王を既に自分の後継者と見なし、その立太子を企図していることを表している。同様のことが、次の引用本文からも読み取れる。

帝（円融天皇）、御心のうちの御願などやおはしましけん、賀茂、平野などに、二月に行幸あり。御子の御祈りなどにこそはと、ことわりに見えさせたまふ。帝（円融天皇）、今は御子（懐仁天皇）も生れさせたまへり、いかでおりなんとのみ思しいそがせたまふ。

（巻第二「花山たづぬる中納言」①一〇五〜一〇六）

懐仁親王が誕生したことにより、円融天皇は自らの譲位を志向していることからも、懐仁親王を皇嗣と見なしていると理解できる。円融天皇が遵子に皇子誕生を望んでいたと歴史学では指摘されていたが、そのことは『栄花物語』からは読み取れず、むしろ詮子の産んだ懐仁親王への皇位継承を当初から考えていたと描かれているのである。円融天皇が詮子の産んだ懐仁親王への皇位継承を望んでいる記述は、次の本文からも窺われる。

【2】上（円融天皇）、この御子（懐仁親王）を見たてまつりたまふが、いみじううつくしければ、この女御（藤原詮子）の御ためにおろかなるさまに見えんは罪得らんかし、かばかりうつくしうめでたくてわが継したまふべき人をと、思しめして、いみじき事どもをせさせたまひ、女御（詮子）をもよろづに申させたまへど、心解けたる御気色にもあらぬを口惜しく思しめす。

（巻第二「花山たづぬる中納言」①一一四）

【3】「来月ばかりにとなん思ふを、東宮（師貞親王）位につきたまひなば、若宮（懐仁親王）をこそ東宮には据ゑめと思ふに、祈り所どころによくせさせて、思ひのごとくあべう祈らすべし。おろかならぬ心の中を知らで、誰々も心よからぬけしきのある、いと口惜しきことなり。あまたあるをだに、人は子をばいみじきものにこそ思ふなれ。ましていかでかおろかに思はん」など、よろづあべき事ども仰せらるる、うけたまはりて、かしこまりてまかでたまひて、

（巻第二「花山たづぬる中納言」①一一七〜一一八）

傍線部【2】のように、円融天皇の心内語の中で、懐仁親王は「わが継したまふべき人」と表現されており、傍

線部【3】には、「東宮には据ゑめ」と皇位継承の意思が明示されている。そしてこれが円融天皇が自らの譲位の際に懐仁親王の立太子を実現させることを兼家に伝えている場面であることに注意したい。円融天皇は、かねてより兼家の自分に対する不信感に気付いており、それを懐仁親王の立太子を示唆することで解こうとしているのである。そもそも、兼家が不信感を抱いたのは、円融天皇が詮子ではなく遵子を立后させたことにある。しかし、円融天皇の懐仁親王への愛情と皇位継承の意向は当初からあり、そのことは『栄花物語』を通して一貫しているのである。

次の本文は、同母姉である資子内親王に対して、円融天皇が遵子を立后させた理由を説明する場面である。(注13)

一品宮（資子内親王）の御方に、上（円融天皇）若宮（懐仁親王）抱きたてまつらせたまひておはしましたれば、いみじうもて興じきこえさせたまふ。「この御ためにおろかにおはします、いと悪しきことなり」など申させたまへば、「いかでかおろかにははべらん、おのづからはべるなり」など聞えさせたまふ。

（巻第二「花山たづぬる中納言」①一一四〜一一五）

遵子立后すなわち詮子の不立后は、ことの成り行きであり、懐仁親王の立太子を妨げるものではないという。円融天皇は自らの譲位と引き替えに、懐仁親王の立太子を望んでいることが繰り返されている。歴史学の指摘する遵子立后の理由のように、円融天皇が遵子に皇子が誕生することを望み、詮子の産んだ懐仁親王ではなく遵子の皇子への皇位継承を志向したことは、『栄花物語』の叙述からは窺われない。円融天皇による遵子の立后は、皇位継承とは別のところに企図されているのである。

三　遵子立后に関わる円融天皇の意思

円融天皇の後宮の変遷を確認しながら、遵子立后がどのようにして進められたのか、『栄花物語』本文を見ていきたい。まずは、詮子と遵子が円融天皇に入内した直後の、後宮の描写である。兼通の娘である中宮媓子が亡くなり、詮子と遵子との間で立后争いが起きる。

（藤原詮子は）参らせたまへるかひありて、ただ今はいと時におはします。中宮（藤原媓子）をかくつつましからず、ないがしろにもてなしきこえたまふも昔の御情けなさを思ひたまふにこそはと、ことわりに思さる。東三条の女御（詮子）は梅壺に住ませたまふ。御有様、愛敬づき気近くうつくしうおはします。（略）梅壺（詮子）いみじう時めかせたまふ。中宮（媓子）月ごろ御心地あやしう悩ましう思しめされて、よろづ宮司も、また公よりも、御祈りの事さまざまにいみじけれど、六月二日うせさせたまひぬ。あへなう、あさましうあはれにいみじう思しきこえさせたまへどかひなし。【4】世の人例の口やすからぬものなれば、「東三条殿（藤原兼家）の御幸ひのますぞ」「梅壺女御（詮子）后にゐたまふべきぞ」など言ひののしる。（略）かやうにて過ぎもていくに、【5】その冬、関白殿（藤原頼忠）の姫君（藤原遵子）内に参らせたてまつりたまふ。世の一の所におはしませば、いみじうめでたきうちに、殿の御有様なども奥深く心にくくおはします。【6】梅壺（詮子）はおほかたの御心有様気近くをかしくおはしますに、このたびの女御（遵子）はすこし御おぼえのほどやいかにと見えきこゆれど、ただ今の御有様に上（円融天皇）も従はせたまへば、おろかならず思ひきこえさせたまふなるべし。

（巻第二「花山たづぬる中納言」①九九〜一〇一）

傍線部には、円融天皇の詮子に対する寵愛の深さが繰り返し強調され、傍線部【4】にあるように、詮子の立后を当然のことと世間の人々は噂し合う。さらに、傍線部【5】【6】には、詮子と遵子との比較がなされており、親しみやすい人柄から円融天皇の愛情が深い詮子に対し、遵子は関白の娘という公的な立場を重んじて大切にしている様が窺われる。史実における円融朝の後宮の変遷を時系列に表すと、次のようになる。(注14)

天禄三年（九七二）　一月　　円融天皇元服
　　　　　　　　　　十一月　摂政伊尹薨去
　　　　　　　　　　　　　　兼通任関白(注15)
天禄四年（九七三）　二月　　媓子入内
　　　　　　　　　　七月　　媓子立后
貞元二年（九七七）　十一月　関白兼通薨去
貞元三年（九七八）　四月　　遵子入内
　　　　　　　　　　八月　　詮子入内
天元二年（九七九）　六月　　媓子薨去

注意したいのは、『栄花物語』に見える詮子と遵子の入内時期が、史実とは異なる点である。史実では、遵子入内、詮子入内、媓子薨去の順となっているが、『栄花物語』の記事は、詮子入内、媓子薨去、遵子入内、という順序で描かれている。遵子と詮子の入内の順が逆になっており、遵子の入内は媓子の薨去の後とされている。遵子よりも詮子の入内を先にしたことに関しては、松村博司が、後宮における詮子の存在を重視するためと指摘しており、従来はそのように解釈されてきた。(注16) ここでは遵子の入内が媓子の薨去の後としていることについて考えたい。『栄花物語』は、頼忠が遵子の入内を延引させている理由を次のように叙述している。

内には中宮（藤原媓子）のおはしませば、誰も思しはばかれど、堀河殿（藤原兼通）の御心掟のあさましく心づきなさに、東三条の大臣（藤原兼家）、中宮（媓子）に怖ぢたてまつりたまはず、中姫君（藤原詮子）参らせたてまつりたまふ。大殿（藤原頼忠）の、姫君（遵子）をこそ、まづと思しつれど、堀河殿（兼通）の御心を思しはばかるほどに、右大臣（兼家）はつつましからず思したちて、参らせたてまつりたまふ、ことわりに見えたり。

（巻第二「花山たづぬる中納言」①九九）

ここからは遵子、詮子のそれぞれの入内の経緯が読み取れる。頼忠をはじめ他の公卿たちが娘の入内を遠慮する中、兼家ひとりがはばかることなく詮子入内を強行したという。『栄花物語』の語り手が兼家の行動を容認することや、詮子立后を当然視する立場から詮子の入内時期を改変した理由は、その視点が兼家・詮子親子の側にあるためと説明できる。ここでは、詮子の入内時期の操作ではなく、むしろ頼忠が兼通や中宮媓子に配慮して遵子の入内を遅らせたとする点に着目すべきである。史実では、頼忠は詮子よりも早い時期に、遵子の入内を行なっている。ところが、『栄花物語』は、その記事を改変させてまで、頼忠が遵子の入内を延引させたとし、何よりそれは、兼通や中宮媓子に対する頼忠の配慮であったというのである。これをどのように解釈すべきであろうか。

四　円融天皇と関白頼忠

『栄花物語』の叙述を確認しながら、円融天皇が遵子の立后を決断した理由を考えたい。

【7】帝（円融天皇）、太政大臣（藤原頼忠）の御心に違はせたまはじと思しめして、「この女御（藤原遵子）后に据ゑたてまつらん」とのたまはすれど、大臣（頼忠）、なまつつましうて、一の御子（懐仁親王）生れたまへる梅壺（藤原詮子）を置きてこの女御（遵子）のゐたまはんを、世人いかにかは言ひ思ふべからんと、人敵はとらぬこそよけれなど、思しつつ過ぐしたまへば、「【8】などてか。梅壺（詮子）は今はとありともかかりとも、かならずの后なり。世も定めなきに、この女御（遵子）の事をこそ急がれめ」と、つねにのたまはすれば、うれしうて人知れず思しいそぐほどに、今年もたちぬれば、口惜しう思しめす。

（巻第二「花山たづぬる中納言」①一〇六〜一〇七）

円融天皇は頼忠の意向に沿おうとして、遵子立后の内意を伝える。ところが、頼忠は円融天皇が遵子立后を決断したことを嬉しく思う反面、懐仁親王を産んだ詮子を差し置いてということには難色を示す。それに対して、円融天皇は傍線部【8】のように答える。懐仁親王の即位により、詮子の立后（皇太后）は確実であるから、その予定のない遵子を自らの在位中に立后させておきたいという。ところが、円融天皇のこのような気持ちは周囲に理解されることはなく、頼忠が心配した通り、世間の人々の反応は冷ややかであった。その批判は、皇子（懐仁親王）を産んだ詮子を差し置いて、皇子のいない遵子が立后したことに対して向けられるのである。

三月十一日中宮立ちたまはんとて、太政大臣（藤原頼忠）いそぎ騒がせたまふ。これにつけても右大臣（藤原兼家）あさましうのみよろづ聞しめさるるほどに、后立たせたまひぬ。いへばおろかにめでたし。太政大臣（頼忠）のしたまふもことわりなり。帝（円融天皇）の御心掟を、世人も目もあやにあさましきことに申し思へり。一の御子（懐仁親王）おはする女御（藤原詮子）を措きながら、かく御子もおはせぬ女御（藤原遵子）の后にゐたまひぬること、やすからぬことに世の人なやみ申して、素腹の后とぞつけたてまつりたりける。されどかくてゐさせたまひぬるのみこそめでたけれ。

（巻第二「花山たづぬる中納言」①一一一）

世間の批判は、遵子が皇子を産んでいないことに対するものであるが、反対に円融天皇は遵子に皇子がいないからこそ、詮子ではなく遵子を立后させようという。円融天皇は懐仁親王が誕生した当初から、懐仁親王を自分の後継者と見なしており、ここでも詮子が懐仁親王の即位の後に后位（皇太后）に昇ることを当然視している。一方、遵子は皇子がいないからこそ、今のうちに后位（中宮）につけておきたいというのである。つまり、円融天皇は譲位を念頭に置き、遵子の将来を案じて、その立后に踏み切るのである。

ではなぜ、円融天皇はこれほど遵子の立場を配慮するのであろうか。先の引用本文の傍線部【7】のように、詮子ではなく遵子を立后させるという円融天皇の決断は、遵子の父である頼忠の意向を重視したためと見える。これらの文脈から、遵子立后は、頼忠を尊重する円融天皇の判断と理解することができる。本文には、円融天皇が頼忠に対して遠慮しているという記述が繰り返される。

（円融天皇は）東三条に行幸あらまほしう思せど、太政大臣（藤原頼忠）の御心に思しはばからせたまふなるべし。

（巻第二「花山たづぬる中納言」①一〇五）

梅壺女御（藤原詮子）の御気色もつつましう思されて、内（円融天皇）には、若宮（懐仁親王）の御袴着の事を、御心のかぎり思しめしいそがせたまふもさすがなり。それは女御（詮子）の御ためにおろかにおはしますにはあらで、太政大臣（藤原頼忠）をいと恐ろしきものに思ひきこえさせたまふなりけり。

（巻第二「花山たづぬる中納言」①一一三）

遵子立后は、詮子を疎んじるからではなく、頼忠の意向にそむくことへの恐れによるという。しかし、このような円融天皇の頼忠に対する遠慮や恐れが、何に起因するのかは物語本文では説明されない。また同時に、頼忠が立后のことを円融天皇に直接、働きかけをしたという描写はなく、あくまでも遵子の立后は、円融天皇が頼忠の立場を配慮しながら自発的に進めているように描かれる。このような円融天皇の頼忠に対する一種異様な感情を、どのように理解すべきであろうか。円融天皇は外戚にあたる右大臣兼家ではなく、血縁関係のない関白太政大臣頼忠を政治的に重んじている。先述したように、『栄花物語』においては、円融天皇の寵愛は詮子の方がまさっており、遵子に対しては関白の娘という立場を尊重した扱いがなされていると描写される。つまり、円融天皇の抱く頼忠への遠慮や憚り、恐れといった感情は、頼忠の関白太政大臣という公的な立場に対するものではないだろうか。特に、頼忠が関白の地位にあることが要点となってくると思われる。

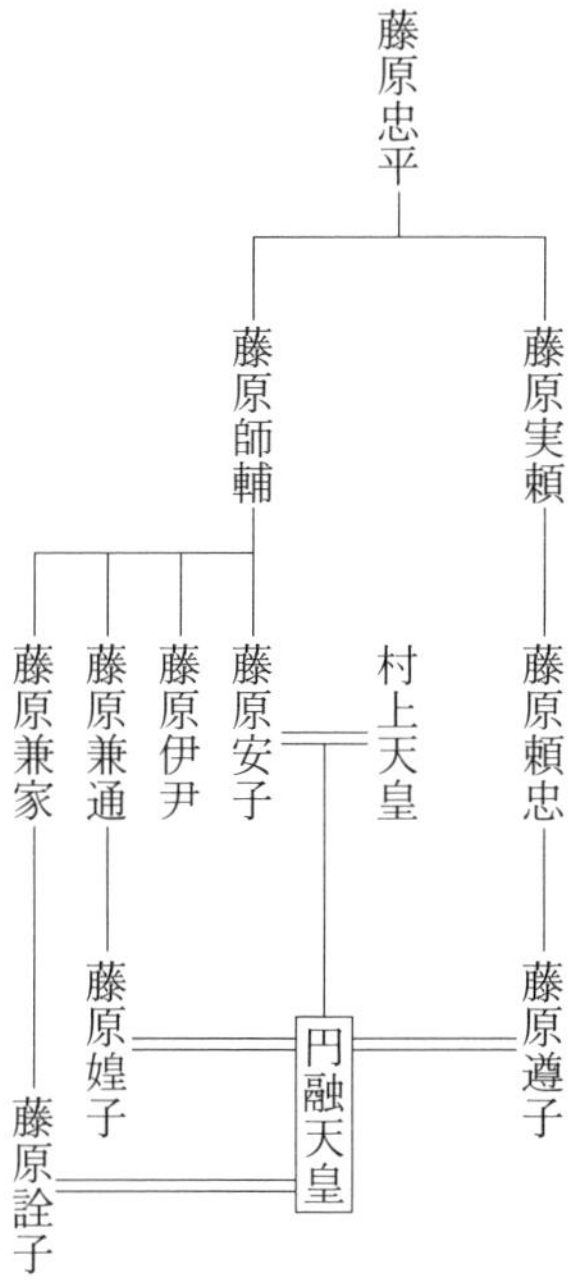

五　兼通・兼家兄弟の不和と摂関職

円融天皇とは血縁関係を有しない頼忠が関白に就任した経緯には、兼通・兼家兄弟の不和が関係している。この兄弟の熾烈な権力争いは、『大鏡』にも見られるところであるが、ここでは『栄花物語』の本文叙述を確認していきたい。円融天皇の摂政であった長兄伊尹が亡くなると、摂関職をめぐって、兼通と兼家とが争う。兄弟の順序でいえば次兄兼通が相応しいが、冷泉朝から弟兼家の方が昇進が早く、この時点で、兼家が兼通よりも上席にあった。結局、兄の兼通が関白内大臣に就任して権勢を握ることとなり（注17）、それ以降、兼通は兼家を政治的に排斥しようとする。

中姫君（藤原詮子）の御事をいかでと思しめすほどに、上（円融天皇）の御気色ありてのたまはせければ、いかでと思さるれど、この関白殿（藤原兼通）、もとよりこの二所の御仲よろしからずのみおはしますに、中宮（藤原媓子）かくてさぶらはせたまへば、つつましく思さるるなるべし。（略）小野宮殿（藤原実頼）の御次郎（藤原）頼忠の大臣と、この関白殿（兼通）の御仲いとよくおはしければ、よろづの政聞えあはせてぞせさせたまひける。
（巻第二「花山たづぬる中納言」①九〇～九一）

兼通は弟兼家とは折り合いが悪く、一方、従兄弟の頼忠とは親しくしていた。円融朝における政治は、兼通が頼忠と相談して進めるが、兼通の兼家に対する憎悪はさらにエスカレートする。

この東三条殿（藤原兼家）、関白殿（藤原兼通）との御仲ことに悪しきを、世の人あやしきことに思ひきこえたり。いかでこの大将（兼家）をなくなしてばやとぞ、御心にかかりて大殿（兼通）は思しけれど、いかでかは。（略）この堀河殿と東三条殿とは、ただ閑院をぞ隔てたりければ、東三条に参る馬車をば、大殿（兼通）には「それ参りたり」「かれ参づなり」といふことを聞しめして、「それかれこそ追従するものはあなれ」など、くせぐせしうのたまはすれば、いと恐ろしきことにて、夜などぞ忍びて参る人もありける。さるべき仏神の御催しにや、東三条殿（兼家）、なほいかで今日明日もこの女君（藤原詮子）参らせんなど思したつと、おのづから大殿（兼通）聞しめして、「いとめざましきことなり。中宮（藤原媓子）のかくておはしますに、この大納言（兼家）のかく思ひかくるもあさましうこそ。いかによろづにわれを呪ふらん」などいふことをさへ、つねにのたまはせければ、大納言殿（兼家）いとわづらはしく思し絶えて、さりともおのづからと思しけり。
（巻第二「花山たづぬる中納言」①九二～九三）

このように、兼家を追い落とそうとする兼通の言動が細かく描写されている。兼家の東三条殿への訪問者や詮子の入内の噂を聞きつけて、悪し様に吹聴している。本文には「つねに」と繰り返され、兼通の悪意に満ちた言動が日常的なものであることが窺われる。この兄弟争いの記述で特徴的なのは、兼通の兼家に対する敵愾心ばかりが取り沙汰されていることである。そして、次の傍線部【9】にあるように、兼通は兼家に摂関職を譲りたくないという一心で、従兄弟の頼忠を後継に指名するのである。

【9】かかるほどに、大殿（藤原兼通）思すやう、世の中もはかなきに、いかでこの右大臣（藤原頼忠）今すこしなし上げて、わが代りの職をも譲らんと思したちて、（略）さて左大臣には小野宮の頼忠の大臣をなしたてまつりたまひつ。（略）かかるほどに、堀河殿（兼通）、御心地いと悩ましう思されて、御心の中に思しけるやう、いかでこの東三条の大将（藤原兼家）、わが命も知らず、なきやうにしなして、この左大臣（頼忠）をわが次の一の人にてあらせんと思す心ありて、帝（円融天皇）につねに「この右大将兼家は、冷泉院の御子（居貞親王）を持ちたてまつりて、ともすればこれをこれをと言ひ思ひ、祈りすること」と言ひつげたまひて、帝（円融天皇）は堀河院におはしましければ、われは悩ましとて里におはしますに、わりなくて参らせたまうて、この東三条の大将（兼家）の不能を奏したまひて、「かかる人は世にありては公の御ために大事出で来はべりなん。かやうのことはいましめたるこそよけれ」など奏したまひて、貞元二年十月十一日大納言（兼家）の大将をとりたてまつりたまひて、治部卿になしたてまつりたまひつ。

（巻第二「花山たづぬる中納言」①九五～九六）

兼通は関白職を頼忠に譲ることを決め、その内意を円融天皇に伝えるとともに、兼家の企てを讒奏する。それは、兼家が冷泉上皇の皇子（居貞親王）を擁して権力を掌握する狙いがあるというもので、皇子のない円融天皇に危機感を生じさせるものであった。冷泉上皇の皇子の存在については、同様のことが、次の本文にも見える。

かの冷泉院の女御（藤原超子）と聞ゆるは、東三条の大将（藤原兼家）の御姫君なり、去年の夏よりただにもおはしまさざりけるを、二三月ばかりにあたらせたまひて、その御祈りなどいみじうせさせたまふを、大殿（藤原兼通）聞しめして、「東三条の大将（兼家）は、『院（冷泉上皇）の女御（超子）、男御子生みたまへ。世の中かまへん』とこそ言ふなれ」など、聞きにくきことをさへのたまはせければ、むつかしうわづらはしと思しながら、さりとてまかせきこえさすべきことならねば、いみじう祈り騒がせたまひけり。さて三月ばかりに、いとめでたき男御子（居貞親王）生れたまへり。（略）太政大臣（兼通）聞しめして、「あはれめでたしや、東三条の大将（兼家）は、院（冷泉上皇）の二の宮（居貞親王）得たてまつりて思ひたらんけしき思ふこそめでたけれ」など、いとをこがましげに思しのたまふを、大将殿（兼家）は、あやしう、あやにくなる心ついたまへる人にこそと、やすからずぞ思しける。

（巻第二「花山たづぬる中納言」①九三〜九四）

このように、冷泉上皇の皇子（居貞親王）の存在が脅威となることを、兼通は再三、円融天皇に奏上している。この時点で円融天皇に皇子は生まれておらず、このままでは東宮師貞親王（花山天皇）の次に、冷泉上皇の第二皇子居貞親王が東宮となるのは必至であった。居貞親王の生母は、兼家の娘超子である。また、円融天皇の兄冷泉上皇は、村上天皇の直系であることから、正統な皇位継承者と見なされていた。それに対して、円融天皇にはこの時点で一人も皇子がおらず、このままでは円融系皇統は断絶を余儀なくされる。兼通はこのような円融系皇統の危機を円融天皇に自覚させ、冷泉上皇の皇子（居貞親王）を擁する兼家を政治的に排斥しようとしたのである。

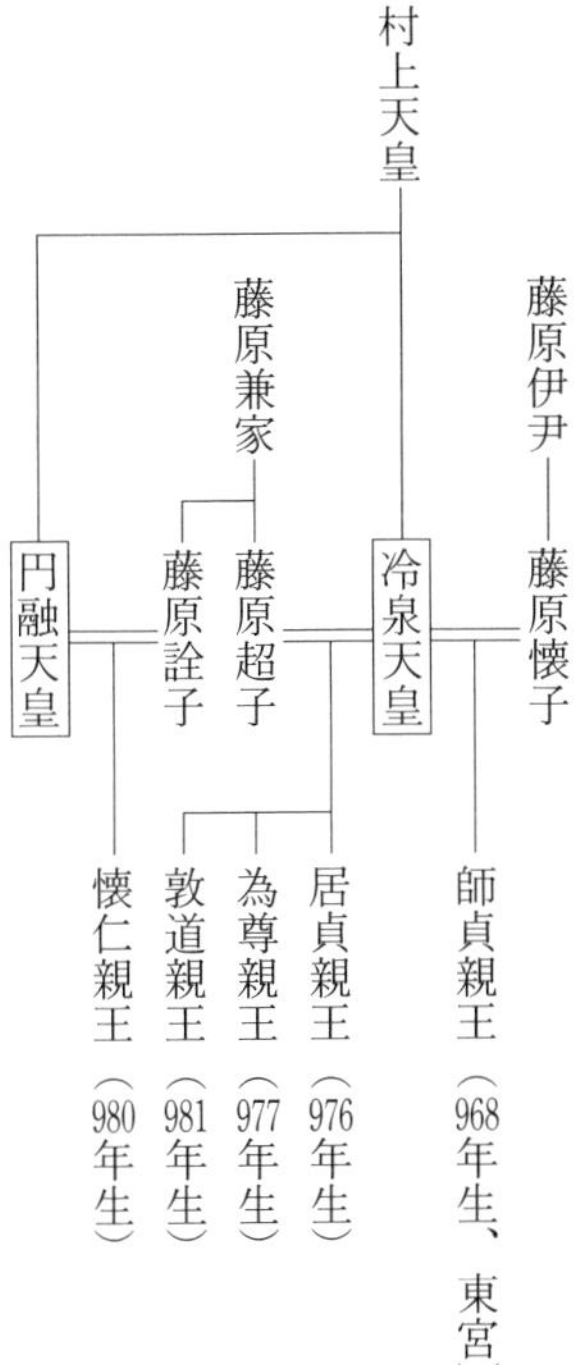

そして、円融天皇は兼通の意見を受け入れて、兼家を治部卿に左降してしまう。さらに、兼家ではなく頼忠に摂関職を譲るという兼通の意向を重んじ、円融天皇は頼忠を関白に任じるのである。

かくいくばくもおはしまさざりけるに、東三条の大納言（藤原兼家）をあさましう嘆かせたてまつりたまひけるも心憂し。小野宮の（藤原）頼忠の大臣に世は譲るべきよし一日奏したまひしかば、そのままにと帝（円融天皇）思しめして、同じ月の十一日、関白の宣旨かぶりたまひて、世の中みなうつりぬ。あさましく思はずなることに、世に申し思へり。
（巻第二「花山たづぬる中納言」①九七）

以上のような経緯を見ると、円融天皇は常に関白兼通の意向に沿って政治的判断を下していることがわかる。円融天皇は外戚の中では兼通に最も信頼を寄せており、兼通の意向を尊重して、頼忠を関白に任じている。そして、円融天皇がその治世を通して外戚兼家よりも関白である頼忠の立場を重んじたこともまた、亡き兼通の遺志を尊重した結果であろう。このように、円融天皇の判断は、兼通の意向に従うという点で、一貫しているのである。

さらに、円融天皇が兼通・頼忠の立場を重視するもうひとつの理由として、二人が摂関職に就いていたことがある。例えば、頼忠については「世の一の所」（巻第二「花山たづぬる中納言」①一〇二）という表現があり、遵子が関白の娘という立場により重んじられていると説明される。同様に、兼通が頼忠に摂関を譲る際、摂関職の後継者を「わが次の一の人」（巻第二「花山たづぬる中納言」①九五）と表現していることが見える。詮子が里がちであることを不服に思う円融天皇に、兼家が「わが一の人にあらぬを、何かは」（巻第二「花山たづぬる中納言」①一〇六）と言っていることは対照的である。

『栄花物語』においては、「一の人」つまり摂関が特別な地位と見なされており、円融天皇が兼通や頼忠の意向を尊重する際、その表現が見える。円融天皇が兼通の意向で関白に就任した頼忠を「一の人」として重んじることも同様である。（注18）円融天皇が、その治世を通して兼通と頼忠の意向を優先したことは、彼らの摂関という立場を何より尊重したためと考えられるのである。

六　結　語

以上、円融朝における遵子と詮子の立后争いを中心として、『栄花物語』における円融天皇の描写について考察した。遵子立后は、兼家の立場からすれば、円融天皇の誤った政治的判断と捉えられるが、円融天皇の視点から読めば、兼通の意向を尊重して頼忠を関白に任じ、そして関白である頼忠を重んじて遵子を立后させたという一貫した姿勢が見出せる。そこには、一の人（摂関）を重視するという『栄花物語』の論理が内在されているのである。

最後に、譲位してからの円融天皇が『栄花物語』においてどのように描かれているか確認したい。次の本文には、兄冷泉上皇との対比によって、出家した円融法皇の様子が賞賛されている。

院（円融法皇）はいみじうめでたくておはします。冷泉院こそ、あさましう、おはしますかひなき御有様なれ、この院（円融法皇）はいみじう多くの人靡きて仕うまつれり。（巻第三「さまざまのよろこび」①一五五）

前節で述べたように、冷泉系皇統と円融系皇統とでは、直系であり皇嗣の多い冷泉系皇統に対して、円融系皇統の存続は危ぶまれていた。ところが、ここでは冷泉上皇との比較によって、円融法皇が「いみじうめでたし」と賞賛され、両者の立場は逆転している。次の本文は、一条天皇の崩御する直前の記述である。

村上（天皇）の御事こそは、世にめでたきたとひにて、二十一年おはしましけれ。円融院の上、世にめでたき御心掟、たぐひなき聖の帝と申しけるに、十五年ぞおはしましけるに、から久しうおはしましつれば、いみじきことに世人申し思へれど、御心地のなほいみじく重らせたまひて、寛弘八年六月二十二日の昼つ方、あさましうならせたまひぬ。（巻第九「いはかげ」①四七一〜四七二）

円融天皇の在位年数が十五年であり、村上天皇の次に長いことに言及し、円融天皇を「たぐひなき聖《ひじり》の帝」と表現している。『栄花物語』において、「聖帝」と称されるのは、円融天皇の他は醍醐天皇、村上天皇のふたりである。一条天皇の聖性を語る上で、村上天皇と円融天皇とが引き合いに出されており、ここで円融天皇は『栄花物語』における「聖の帝」の系譜に組み入れられたのである。これは、先の引用本文で兄冷泉上皇との比較によって円融天皇が賞賛されることとも関わる。つまり、村上天皇の正統なる後継者が、冷泉系ではなく円融系皇統となることが示唆されているのである。『栄花物語』における「聖の帝」の系譜が醍醐—村上—円融—一条へと継承されたことが明確に示され、さらに、村上天皇の次に円融天皇の名が挙げられることによって、円融天皇が村上天皇の「聖の帝」の系譜を受け継ぐ帝王として位置づけられるのである。

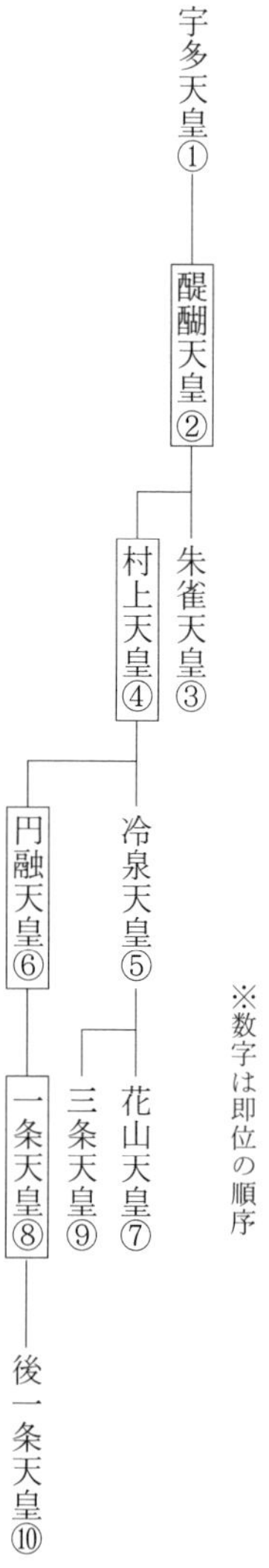

注

（1）巻第一「月の宴」冒頭は、「世始りて後、この国の帝六十余代にならせたまひにけれど、この次第書きつくすべきにあらず。こちよりてのことをぞしるすべき。世の中に宇多の帝と申す帝おはしましけり」（巻第一「月の宴」①一七）とある。

（2）後宮を理想的に宰領することを天皇の資性として特に重視する点や「後見」の重要性を言い当てていることなどは、摂関政治史の根本を見る『栄花物語』の史観とされる。新全集『栄花物語』①解説「『栄花物語』の本質と主題」などに詳しい。

（3）中村康夫「栄花物語巻一における円融天皇」（『鳥取大学医療技術短期大学部研究報告』第七号、一九八三・三）、川田康幸「『栄花物語』における円融天皇像の特色—その治世の前半—」（『信州豊南女子短期大学紀要』第一五号、一九九八・三）。

（4）中村康夫「栄花物語における円融天皇像」（『中古文学』第三三号、一九八四・五）、川田康幸「円融天皇の治世の特色―遵子立后―」（『信州豊南短期大学紀要』第一八号、二〇〇一・三）、川田康幸「『栄花物語』における円融天皇像の特色―その治世の後半―」（『信州豊南女子短期大学紀要』第一七号、二〇〇〇・三）。

（5）新全集の頭注には、「『栄花』においては、遵子の立后や、円融帝の内意を受けて女の立后に奔走した頼忠の行動は、それぞれ、賞賛や是認の対象となっており、批判はされていない。批判は遵子立后を決断した円融帝の判断ミスに向けられている」とある。（巻第二「花山たづぬる中納言」①一一〇〜一一二）。

（6）前掲注（3）中村論文。

（7）巻第一「月の宴」では、九条流に対する小野宮流と小一条流の人々は、好意的に描かれてはいない。また、同じ九条流でも、道長の系譜にはつながらない人物、例えば兼通や定子などの描き方は、やはり御堂流のそれとは筆致が異なる。

（8）新全集の頭注には、遵子立后が九条流の発展と相即しない出来事として説明されている。（巻第二「花山たづぬる中納言」①一一二）。

（9）中村成里「『栄花物語』続編における白河院の肖像」（『日本文学』第五八巻第二号、二〇〇九・二）には、「『栄花物語』続編が描く歴史とは、天皇とは別の「地上の王」たる地位を御堂流嫡流の人々に与え続ける営為であった」とある。中村成里「『栄花物語』続編における後三条院の位相」（『国文学研究』第一五〇号、二〇〇六・一〇）など。

（10）保立道久「円融・花山の角逐と兼家の台頭」（『平安王朝』岩波書店、一九九六・一一）、沢田和久「円融朝政治史の一試論」（『日本歴史』第六四八号、二〇〇二・五）。

（11）加藤友康「摂関政治と王朝文化」（『日本の時代史6　摂関政治と王朝文化』吉川弘文館、二〇〇二・一一）。

（12）前掲注（10）保立論文、沢田論文。

（13）なお、『栄花物語』には、円融天皇の治世を通して、「一品宮資子内親王」が頻繁に登場しており、円融天皇の同母姉として、特に兼家・詮子側の視線で物事を見ている。例えば、詮子の懐妊の際には、「一品宮（資子内親王）も、梅壺（詮子）をば御心寄せ思ひきこえさせたまへれば、いとうれしうかひあるさまに思しきこえさせたまふ」（巻第二「花山たづぬる中納言」①一〇一〜一〇二）とある。また、立后争いをめぐって円融天皇と兼家・詮子との不和が生じると、「一品宮は世にいふことを漏り聞きたまひて、さやうに思したるにこそと、世を心づきなく思しきこえさせたまふべし」（巻第二「花山たづぬる中納言」①一〇七）、あるいは「一品宮もいと心憂きことに思し申させたまふ」（巻第二「花山たづぬる中納言」①一一二）と心を痛めている。『栄花物語』における資子内親王は、円融天皇の言動を見守り、そして導く存在としての役割を担っている。

（14）新全集の頭注を参照し、史実に基づく年表を作成した。

（15）兼通の関白就任の時期については諸説ある。『日本紀略』は、天延二年三月のこととし、『公卿補任』は、天禄三年十一月の任内大臣と同日のこととする。いずれにしても、摂政伊尹の薨後、兼通が摂関職を継ぐ存在と見なされた。

（16）松村博司『栄花物語全注釈 一』（角川書店、一九八九・八）。

（17）これに関して、流布本系古活字本や異本系『大鏡』「兼通」には、兼通が円融天皇の生母である安子に、摂関就任は兄弟の順で行うようにという書付をもらっており、それを見た円融天皇が亡き母に対する孝養の心から、兼家ではなく兼通を関白に任じたという逸話がある。

（18）頼忠は次の花山朝でも同様に「一の人」としての自負を抱いている。「太政大臣（頼忠）この御世にもやがて関白せさせたまひ、中姫君（諟子）十月に参らせたまふ、前を払ひ、われ一の人にておはしませば、さはいへど御心のままに思し掟つるもあるべきことなりとぞ見えたる。（略）かくやむごとなくおはしませば、いといみじう時にしも見えさせたまはねど、大臣（頼忠）、后にはわれあらばと思すべし。」（巻第二「花山たづぬる中納言」①一一九）とある。

第十四章　『大鏡』の歴史認識――「すゑのよの源氏のさかえ」――

一　問題の所在

『大鏡』は、院政期に成立した歴史物語であり、藤原氏の発展を紀伝体で綴りながら、藤原道長の栄華を描く。『栄花物語』が、『源氏物語』の叙述方法に倣いつつ貴族社会を好意的に描き、道長の栄華の賞賛に終始するのに対し、『大鏡』は批判的な視点を合わせ持ち、それぞれの人物を多角的に捉えようとしている。語りの現在は、道長の全盛期である万寿二年（一〇二五）五月に設定されており、その執筆姿勢は次のように明確に示される。

たゞいまの入道殿下（藤原道長）の御ありさまの、よにすぐれておはしますことを、道俗男女のおまへにて申さんとおもふが、いとことおほくなりて、あまたの帝王・后、又大臣・公卿の御うへをつゞくべきなり。そのなかにさいはひ人におはしますこの御ありさま申さむとおもふほどに、世の中のことのかくれなくあらはるべき也。（「序」三九）

このように、「幸ひ人」である道長の栄華の由来を明らかにすることを目的とし、帝・后妃・大臣・公卿の有様を述べ、それによって世の中のことを語るのが、語り手大宅世次である。大臣列伝で取り上げられる大臣が全て「藤氏」であるのも、藤原氏の栄華を語る『大鏡』の姿勢からいえば、当然のことといえよう。ところが、「道長伝」には、藤氏ではなく源氏について述べられる箇所がある。

このきたのまんどころの二人（源倫子・源明子）ながら源氏におはしませば、すゑのよの源氏のさかえたまふべきとさだめ申なり。かゝれば、このふたところの御ありさま、かくのごとし。（「道長伝」二一三）

道長の妻である源倫子と源明子がともに「源氏」であることに関わって、「すゑのよの源氏のさかえ」が到来することを人々が予期しているという。この「すゑのよの源氏のさかえ」とは、先行研究では院政期における村上源氏の繁栄と解釈されており、ほぼ通説となっている。(注1)それは、源顕房の娘賢子が白河天皇の中宮となり堀河天皇を産み、それによって村上源氏が外戚として繁栄することであり、院政期における村上源氏の繁栄という、その後の史実を踏まえたものである。しかしながら、万寿二年を語りの現在とする『大鏡』が、村上源氏の繁栄に言及する理由は判然としない。また、道長の二人の妻が「源氏」であるとの文脈において言及されることを考慮すると、いささか違和感がある。本章では、先行研究を検証しつつ、「すゑのよの源氏のさかえ」という表現について検討したい。特に、「源氏」とは何か、「栄え」とは何かという点を『大鏡』における用例から導き出し、最終的には、『大鏡』の歴史認識について考える。

二　先行研究と「源氏の栄え」――道長の妻、源倫子と源明子――

まず、「すゑのよの源氏のさかえ」について、先行研究の解釈を確認したい。桜井宏徳は、『大鏡』において「源氏の栄え」の語が二例に限られることから、「すゑのよの源氏のさかえ」と、源高明の繁栄を指す「師輔伝」の「源氏の栄え」とを関連付けて解釈している。(注2) 源高明は為平親王の立太子争いの敗北と関わって安和の変で失脚したため、「源氏の栄え」の実現はならなかったが、源高明の娘明子が藤原道長の妻となり、その間の娘尊子が村上源氏である源師房の正妻となったことで、院政期の村上源氏の繁栄に寄与したというのである。村上源氏は堀河天皇の外戚となることで繁栄するが、その堀河天皇の生母は源顕房の娘賢子、そして賢子は尊子の孫娘にあたるからである。「師輔伝」の本文を確認する。

この后（藤原安子）の御はらには、式部卿の宮（為平親王）こそは、冷泉院の［御］つぎにまづ東宮にもたちたまふべきに、西宮殿（源高明）の御むこにおはしますによりて、御おとゝのつぎの宮（守平親王）にひきこされさせたまへるほどなどの事ども、いといみじく侍り。そのゆへは、式部卿の宮（為平親王）みかどにゐさせたまひなば、西宮殿（源高明）のぞうに世中うつりて、源氏の御さかへになりぬべければ、御舅達の、たましひふかく、非道に御おとゝ（守平親王）をばひきこしまうさせたてまつらせたまへるぞかし。世中にも宮のうちにも、とのばらのおぼしかまへけるをばいかでかはしらん。「次第のまゝにこそは」と式部卿の宮（為平親王）の御事をばおもひ申たりしに、にはかに、「わかみや（守平親王）の御ぐしかいけづりたまへ」など御めのとたちにおほせられて、大入道殿（藤原兼家）御車にうちのせたてまつりて、北の陣よりなんおはしましけるなど

こそ、つたへうけたまはりしか。　（「師輔伝」一一九～一二〇）

村上天皇の中宮である藤原安子の産んだ皇子のうち、冷泉天皇の東宮位をめぐって、為平親王と守平親王とが争う。当初は、為平親王が立太子するのが当然のこととされたが、為平親王が源高明の娘婿であったため、弟の守平親王が為平親王を越えて東宮に立てられた。傍線部には、その理由が述べられている。為平親王が即位すれば源高明は外戚として権勢を振るうこととなるため、それを恐れた藤原氏の外舅たちが、非道にも兄為平親王を措いて弟の守平親王を擁立したというのである。つまり、ここでいう「源氏の栄え」とは、具体的には源高明が天皇（為平親王の皇子）の外戚となり繁栄することを指している。

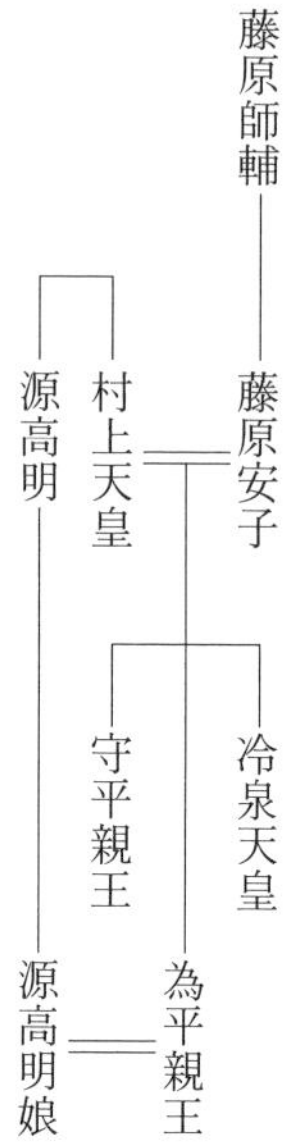

確かに、源高明―源明子―藤原尊子―源顕房―源賢子―堀河天皇という系譜は、源高明から堀河天皇へと繋がる。しかし、当時の貴族社会の婚姻関係は緊密であるため、女系を含めて系譜をたどれば、ほとんどの場合で血縁関係を確認できる。例えば、立太子争いに敗れた為平親王の場合、高明娘と結婚して生まれた娘は具平親王の正妻となって村上源氏の祖となる源師房を産んでいる。この系譜をたどれば、源明子や藤原尊子を介することなく堀河天皇へと繋がる。むしろ、安和の変の被害者である源高明と為平親王との子孫であるという点でいえば、源高明の娘

である為平親王室と為平親王の娘である具平親王室を介した系譜の方が、「源氏の栄え」の意味合いが強くなるともいえよう。

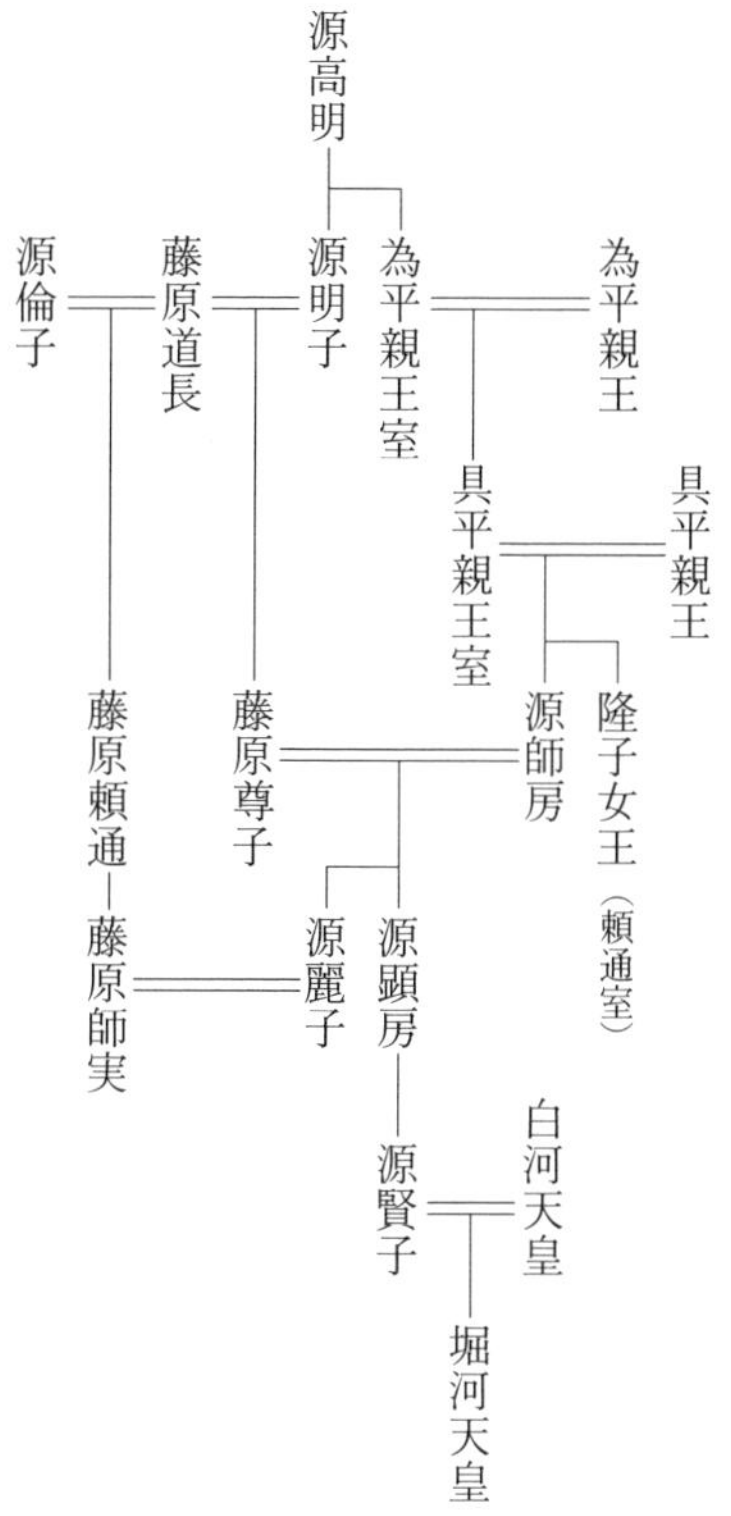

一方、高橋照美は、「すゑのよの源氏のさかえ」を院政期における村上源氏の繁栄と解しながらも、それを道長の栄華へと帰着させるものと論じている。[注3] そもそも、源賢子が白河天皇の中宮となり堀河天皇の生母となりえたのは、賢子が藤原師実の養女として入内したからというのである。院政期には、異姓間における養子養女が増加しており、源賢子は藤原師実の正妻となった源麗子の姪という血縁関係から、師実の養女となる。賢子の存在によって村上源氏は繁栄し、養父である師実もまた外祖父という立場をもって堀河天皇の摂政となることができた。養女が入内した場合、実父の家と養父の家、どちらにも対しても利益をもたらすことが可能であった。[注4] また、村上源氏の

祖であり、賢子の祖父にあたる源師房は、姉隆子が藤原頼通の正妻であった関係から、長らく嫡子のなかった頼通の養子となる。そして、頼通の後継と目されていた師房に、明子腹の尊子を結婚させたのは他ならぬ道長であり、そのことから院政期における村上源氏の繁栄を道長の栄華に収斂させると解釈されているのである。それ以降、院政期における摂関家と村上源氏とは婚姻を重ねており、氏は異なるものの村上源氏は道長の子孫であるという見方ができる。(注5) しかしながら、村上源氏の繁栄を藤氏である道長に帰着させる意図があるならば、敢えて「源氏の栄え」と表現する必要はないのではないか。「すゐのよの源氏のさかえ」という表現には、藤氏ではなく源氏であることの意味を読み取るべきであろう。

これらに対して、菊地真は全く異なる見解を提示している。(注6) 「すゐのよの源氏のさかえ」を院政期における村上源氏の栄えとするのは、「道長伝」の文脈からすると唐突であることを指摘し、『大鏡』における「末の世」の用例の検討から、これを従来説の院政期ではなく、『大鏡』の語りの現在である万寿二年（一〇二五）と理解する。それならば、確かに「源氏の栄え」とは源倫子や源明子を指し、この文脈の解釈は落ち着く。しかし、今度は、万寿二年現在が「末の世」と表現されることに違和感が出てくるのである。例えば、「末の世」という表現は、基点となる時から下った時代という意であり、当然のことながら、『大鏡』本文に見える「末の世」の用例全てが同じ時点を指すとは限らない。他の用例は、過去の出来事を語って万寿二年現在を「末の世」と表現しているが、「道長伝」における「すゐのよの源氏のさかえ」とは、万寿二年現在の出来事を語った上で「末の世」に言及されるわけであるから、それは万寿二年を基点とした未来のことを指していると解釈しなければならない。また、源氏の栄えと藤氏の栄えが並び立つものと理解することにも疑問が残る。後述するように、『大鏡』においては、あくまでも「藤氏」と「源氏」とは区別して把握されていると考えられるからである。

では、「道長伝」の中で倫子や明子は、どのように評価されているのであろうか。以下、長い引用になるが、物語の流れを把握するため、本文を順に確認していきたい。

この殿（藤原道長）は、きたの方ふたところ（源倫子・源明子）おはします。このみや〳〵（藤原彰子・妍子・威子）の母うへとまうすは、土御門左大臣源雅信のおとゞの御むすめ（倫子）におはします。雅信のおとゞは、亭子のみかど（宇多天皇）の御子一品式部卿の宮敦実みこの御子、左大臣時平のおとゞの御女のはらにうまれたまひし御子なり。その雅信のおとゞの御むすめ（倫子）を、今の入道殿下（道長）のきたのまんどころとまうす也。その御はらに、女ぎみ四ところ（彰子・妍子・威子・嬉子）・おとこぎみふたところ（藤原頼通・教通）ぞおはします。その御ありさまは、たゞいまのことなれば、みな人みたてまつりたまふらめど、ことばつゞけまうさんとなり。（略）【1】かかれば、このきたのまんどころ（倫子）の御さかえきはめさせ給へり。たゞ人と申せど、みかど（後一条天皇）・春宮（敦良親王）の御祖母にて、准三宮の御位にて、年官・年爵給はらせ給。（略）たゞいま三后（彰子・妍子・威子）・東宮の女御（嬉子）・関白左大臣（頼通）・内大臣（教通）御母、みかど（後一条天皇）・春宮（敦良親王）はたまうさず、おほよそよのおやにておはします。【2】入道殿（道長）と申もさらなり、おほかた「この」ふたところ（道長・倫子）ながら、さるべき権者にこそおはしますめれ。御なからひ卌年ばかりにやならせ給ぬらん。あはれにやんごとなき物にかしづきたてまつらせ給といへばこそをろかなれ。【3】世中にはいにしへ・たゞいまの国王・大臣みな藤氏にてこそおはしますに、このきたのまんどころ（倫子）ぞ、源氏にて御さいはひきはめさせ給にたる。をとゝしの御賀のありさまなどこそ、みな人みきゝ給しことなれど、なをかへすぐ〵もいみじく侍しものかな。又、高松殿のうへ（源明子）と申も、源氏にておはします。延喜の皇子高明親王を左大臣になしたてまつらせ給へりしに、おもはざるほかのことによりて、帥にならせ給て、いと〳〵こゝろうかりし「事ぞかし。その」御女におはします。（略）

女君と申は、いまの小一条院女御（藤原寛子）。いまひとゝころは、故中務卿具平のみことまうす、村上のみかどの七の親王におはしましき、その御男ぎみ三位中将師房のきみとまうすを、入道殿（道長）むこどりたてまつらせたまへり。「あさはかに、こゝろえぬこと」ゝこそ、よの人まうしゝか。殿のうちの人もおぼしたりしかど、入道殿おもひをきてさせ給やうありけむそかしな。（略）

この殿（藤原道長）の君達、おとこ・女あはせたてまつりて、十二人、かずのまゝに［て］おはします。おとこも女も、御つかさ・くらゐこそこゝろにまかせ給［へ］らめ、御こゝろばへ・人がらどもさへ、いさゝかかたほにてもどかれさせ給べきもおはしまさず、とり〴〵に有識にめでたくおはしまさふも、たゞこと〴〵ならず、入道殿（道長）の御さいはひのいふかぎりなくおはしますなめり。さき〴〵の殿ばらのきんだちおはせしかども、みなかくしもおもふさまにやはおはせし。をのづから、おとこも女も、よきあしきまじりてこそおはしまさふめりしか。【4】このきたのまんどころの二人（倫子・明子）ながら源氏におはしませば、すゑのよの源氏のさかえたまふべきとさだめ申なり。かゝれば、このふたところの御ありさま、かくのごとし。

（「道長伝」二〇五～二一三）

「道長伝」では、まず源倫子の系譜説明と六人の子女の紹介がなされる。万寿二年現在における三后は、中宮藤原威子、皇太后藤原妍子、太皇太后藤原彰子であり、全て倫子の娘である。さらに、後一条天皇と東宮敦良親王（後朱雀天皇）は倫子の外孫にあたり、関白左大臣藤原頼通と内大臣藤原教通も倫子の所生である。このような倫子の子女たちの栄達は繰り返し説明され、その上で、倫子の有様が賞賛されており、傍線部【1】に見えるように、倫子は源氏の女性でありながら「栄え」の対象となっている。さらに、傍線部【2】には、「ふたところながら、さるべき権者」と表現されるなど、道長と倫子とが対になっていることがわかる。

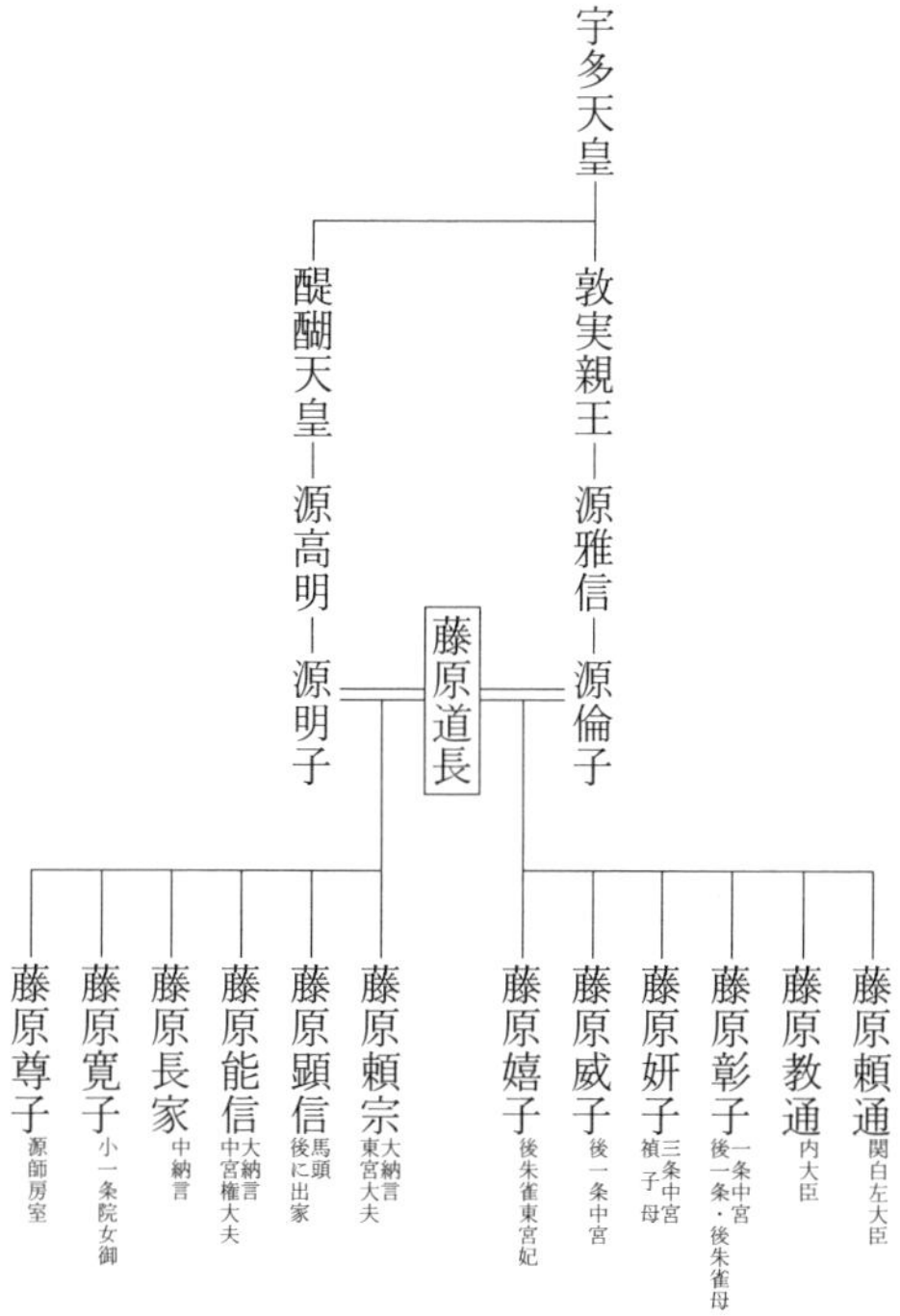

このように、栄華が強調される倫子に対して、「高松殿のうへと申も」と紹介される源明子は、あくまでも倫子の次に位置づけられる。倫子の子女たちの華々しさに対して、明子の系譜説明に続いて綴られる逸話は、藤原尊子と源師房との結婚に対する評価の後、藤原顕信の出家に多くの筆が費やされている。明子に関わる逸話は、その生い立ちから悲劇的な印象が拭えず、現在の道長の栄華への寄与にはつながらない。明子との比較からもわかるように、「道長伝」において倫子が圧倒的な存在感を放っているのである。

注目したいのは、先に引用した本文（三一五頁）の傍線部【3】である。世の中で繁栄しているのは藤氏であるが、

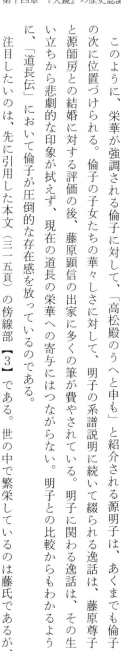

倫子のみが源氏でありながら栄華を極めているという。『大鏡』が、「藤氏」と「源氏」とを明確に区別していると理解する理由のひとつは、この記述である。「ただ今の国王」とは、彰子の生んだ後一条天皇であり、「いにしへ」は歴代の天皇を指す。このように、天皇を「藤氏」と見なすことは、天皇の生母の氏を重視したものであり、それによって氏が栄えると理解する『大鏡』の歴史認識が窺われるのである。

そして、傍線部【4】は、本章で問題としている部分である。この一文のみを取り上げれば、源倫子と源明子をともに賞賛しており、同じように「すゑのよの源氏のさかえ」に関わっているように読める。しかし、ここに至る文脈を追っていくと、倫子が第一で、明子は第二の妻であることは、明白であろう。四人の娘たちが次々と天皇や東宮の后妃となり、道長の栄華に直接寄与している倫子に対し、明子の逸話に華やかさはない。このことを踏まえ、「すゑのよの源氏のさかえ」を解釈するにあたり、『大鏡』における「栄え」「源氏」「藤氏」の解明から取り掛かりたい。

三　「藤氏の栄え」の意味するところ

まず、『大鏡』における「栄え（ゆ）」の用例から、その語義を検討する。『大鏡』には、「源氏の栄え」二例を含めて、「栄え」の用例は二十五例見られる。(注7)「栄え」の主体は、個人と個人を含めた子孫（子と孫）である場合、さらに「家」や「氏」などを広く含む場合などがある。個人を主体とする「栄え」の用例は道長や兼家に見られ、子孫を含める場合も、忠平や師輔の子孫などというように、道長の万寿二年現在の繁栄を含めて表現される場合が多い。これは、『大鏡』が道長の栄華を主題とし、忠平から師輔、そして兼家、道長という摂関家の系譜をたどりながら語っていることからすれば、当然の結果である。一方、伊尹や道隆など、道長の系譜から外れる人物を「栄え」の主体とする用例もある。ただし、これらの文脈は、あくまでも万寿二年を基点とした過去のある時点で、一時的に「栄え」ていたことを振り返って語っているに過ぎない。(注8)すなわち、『大鏡』における「栄え（ゆ）」表現は、全て万寿二年現在の道長のことを含めたものとなっているのである。

ここでは、「源氏の栄え」の検討を目的とすることから、個人ではなく「氏の栄え」を中心に考えたい。「道長伝」藤氏物語において、藤原氏の始祖である鎌足から始まり、不比等の出生、藤原四家、そして北家の主要人物を紹介してゆく過程に、藤氏を対象とする「栄え」の用例が三例見られる。「藤氏の四家」の「栄え」である。

さて、不比等のおとゞの男子二人又御弟二人とを四家と名づけて、みな門わかちたまへりけり。その武智麿をば「南家」となづけ、二郎房前をば「北家」となづけ、御はらからの宇合の式部卿をば「式家」となづけ、その弟の麿をば「京家」となづけ給て、これを、「藤氏の四家」とはなづけられたるなりけり。この四家よりあまたのさま〴〵の国王・大臣・公卿おほくいで給てさかえおはします。

（「道長伝（藤氏物語）」二二九〜二三〇）

不比等の四人の子が、それぞれ南家・北家・式家・京家の始祖となったことがあり、ここでの「栄え」の対象は「藤氏の四家」である。注意したいのは、藤原四家から「あまたのさまざまの国王」をはじめ、大臣・公卿を輩出したとする点である。これは、先に引用した傍線部【3】「いにしへ・たゞいまの国王・大臣みな藤氏にてこそおはします」（三一五頁）と同様の表現であり、藤氏が天皇を輩出したことで「藤氏の栄え」がもたらされるものと理解できる。これは、「氏の栄え」がどのように実現されるかを考える上で、重要な問題となってくるだろう。さらに、次の本文には、「藤氏の栄え」について記されている。

朱雀院むまれ給て三年は、おはします殿の格子もまいらず、よるひる火をともして、御帳のうちにておほしたてく〳〵まいらせ給、北野（菅原道真）にをぢまうさせ給て。天暦のみかど（村上天皇）は、いとさもまもりたてまつらせ給はず。【5】いみじきをりふしにむまれをはしましたりしぞかし。朱雀院むまれをはしまさずば、藤氏の御さかへいとかくしも侍らざらまし。

（「道長伝（昔物語）」二五三〜二五四）

朱雀天皇は、菅原道真の怨霊から守るようにして、帳の内で大切に育てられる。傍線部【5】には、朱雀天皇が誕生しなければ、藤原氏の繁栄は現在のようにはならなかったと語られる。しかし、この朱雀天皇の誕生がどのような観点から、「藤氏の栄え」に寄与したのか、それに対する説明はなされていない。朱雀天皇は醍醐天皇の皇子で、中宮藤原穏子を母とする。ところが、朱雀天皇には皇子が生まれず、皇位は弟村上天皇に継承され、朱雀系皇統は断絶する。それを考えると、朱雀天皇の重要性は、どこにあるのであろうか。

ここでは、菅原道真の怨霊を恐れて大切に育てられたことに言及しつつ、藤原氏にとって朱雀天皇の存在の重要性が指摘されていることに着目したい。朱雀天皇には、同母兄にあたる保明親王がいた。保明親王は醍醐天皇の東宮となるが、即位しないまま二十一歳の若さで亡くなる。そこで、保明親王の遺児である慶頼王が立太子するが、慶頼王もまた東宮のまま、幼くして亡くなる。このように、醍醐天皇の東宮がたて続けに亡くなったことは、菅原道真の祟りと見なされた。朱雀天皇の誕生のタイミングは、まさに「いみじきをりふし」と表現されているのである。醍醐天皇の後宮には、藤原穏子の他には源和子という有力な女御がいた。和子は光孝天皇の皇女である。穏子が保明親王に続く皇子を産むことはしばらくなく、朱雀天皇（寛明親王）を出産したのは保明親王誕生から実に二十年も後のことであった。その間、和子は常明親王、式明親王、有明親王などを次々と産んでいる。保明親王と慶頼王が亡くなった後、もしも朱雀天皇が生まれていなかったら、醍醐天皇の東宮には源和子の皇子たちが立てられていた可能性は極めて高い(注9)。源和子の皇子が立太子・即位したら源氏が外戚となり、相対的に藤原氏の勢力は削がれるであろう。つまり、このような経緯を踏まえて、朱雀天皇の誕生が源和子の皇子の即位を回避し、そして藤原氏の現在の繁栄をもたらしたと『大鏡』は理解しているのではないか。万寿二年現在、後一条天皇の皇統に直接つながるわけではない朱雀天皇の重要性は、「源氏の栄え」に対する「藤氏の栄え」という観点から、道長の栄華に繋がるものとして強調されているのである。なお、流布本の「朱雀天皇本紀」には、増補記事として同様の記述が見える[注10]。

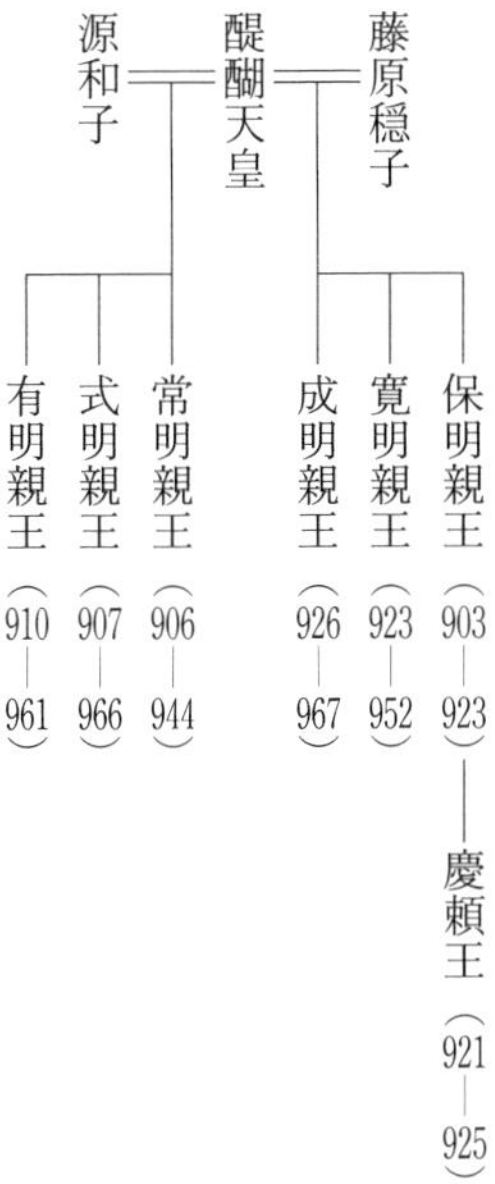

以上、「藤氏の栄え」は、藤原氏から天皇を輩出することで実現されるものと理解する『大鏡』の歴史認識が窺われる。特に、傍線部【5】「朱雀院むまれをはしまさずば、藤氏の御さかへいとかくしも侍らざらまし」（三二〇頁）との評言には、醍醐朝において東宮の相次ぐ死による藤原氏の危機を救ったのが他ならぬ朱雀天皇であったとする見方が窺われ、直接書かれないものの、「藤氏の栄え」と「源氏の栄え」とを対立するものと理解していることが看取できよう。続いて、「藤氏の栄え」の最後の用例を確認したい。

かまたり（藤原鎌足）の御よゝりさかえひろごりたまへる御すゑ〴〵やう〳〵うせ給て、この（藤原）冬嗣のほどは無下に心ぼそくなりたまへりし。そのときは、源氏のみぞ、さま〴〵大臣・公卿にておはせし。それに、このおとゞ（藤原冬嗣）なん、南円堂をたてゝ、丈六不空羂索観音をするゐたてまつりたまふ。

（「道長伝（藤氏物語）」二三一〜二三二）

藤原鎌足の頃には栄えていた藤氏の権勢は次第に衰え、藤原冬嗣は一族の繁栄を願い、氏寺である興福寺の境内に南円堂を建立して、そこに観音を据えたという。ここで注意したいのは、冬嗣の時代に、藤氏が衰え、源氏が大臣や公卿となって台頭したと理解されていることである。実際、嵯峨源氏である源信や源常らが大臣となったのは、冬嗣が亡くなってからのことであり、その点では史実と齟齬するものの、この記事からもやはり藤氏と源氏とを対立するものとして『大鏡』が解釈していることが読み取れる。つまり、「源氏の栄え」とは、「藤氏の栄え」を妨げるものと考えられているのである。このことを合わせて考えると、先述した通り、藤原氏から天皇を輩出することで「藤氏の栄え」は実現するという。さらに、藤原氏が天皇の外戚となることができなかった場合、「藤氏の栄え」は脅かされ、代わって「源氏の栄え」が到来すると認識されているのではないだろうか。

四　禎子内親王の位置づけ

以上、「源氏の栄え」「藤氏の栄え」の用例を検討した結果、『大鏡』では「源氏の栄え」の到来を「藤氏の栄え」の衰退と引き替えのものとして認識していることがわかった。そしてその「氏の栄え」とは、天皇や后を輩出することで実現するものと理解できる。そこで、【表一】歴代天皇とその生母について確認したい。

【表二】歴代天皇とその生母

天皇	藤氏	源氏	その他	備考
桓武天皇			高野新笠	
平城天皇	藤原乙牟漏			
嵯峨天皇	藤原乙牟漏			
淳和天皇	藤原旅子			
仁明天皇			橘嘉智子	
文徳天皇	藤原順子			帝紀1
清和天皇	藤原明子			帝紀2
陽成天皇	藤原高子			帝紀3
光孝天皇	藤原沢子			帝紀4
宇多天皇		班子女王		帝紀5
醍醐天皇	藤原胤子			帝紀6
朱雀天皇	藤原穏子			帝紀7
村上天皇	藤原穏子			帝紀8
冷泉天皇	藤原安子			帝紀9
円融天皇	藤原安子			帝紀10
花山天皇	藤原懐子			帝紀11
一条天皇	藤原詮子			帝紀12
三条天皇	藤原超子			帝紀13
後一条天皇	藤原彰子			帝紀14
後朱雀天皇	藤原彰子			（東宮）
後冷泉天皇	藤原嬉子			（誕生の予言）
後三条天皇		禎子内親王		（誕生の予言）
白河天皇	藤原茂子			なし
堀河天皇	藤原賢子	（←源賢子※）		

※藤原賢子は源顕房娘、藤原師実養女

平安時代を通して、ほとんどの天皇が藤氏を母とする。問題となってくるのは、藤原氏以外の母をもつ天皇の存在である。『大鏡』の天皇本紀が文徳天皇から起こされていることから、文徳天皇以降を考察の対象とする。すると、藤原氏以外の母をもつ天皇としては、班子女王を母とする宇多天皇が挙げられ、それ以降、禎子内親王を母とする後三条天皇、さらに源賢子を母とする堀河天皇と続く。「藤氏の栄え」の衰退を「源氏の栄え」の到来と解釈すると、その契機となったのは、禎子内親王を母とする後三条天皇の出現である。結論を先に述べると、「するのよの源氏のさかえ」とは藤原氏全盛期である摂関期から院政期へと転換する後三条朝以降を指しているのではないだろうか。後三条天皇と堀河天皇の生母は、それぞれ禎子内親王と源賢子であり、どちらも藤原氏以外の母をもつ天皇である点で「藤氏の栄え」に逆行する存在である。『大鏡』は、「するのよの源氏のさかえ」の到来を、禎子内親王を母とする後三条天皇の出現によって、それ以降の時勢が変容することを指していると考えられるのである。

『大鏡』における禎子内親王の重要性については、既に先行研究でも指摘されている。特に、次の本文に見えるように、『大鏡』の聞き手が禎子内親王の周辺の人物であることがある。

「世次が思事こそ侍れ。便なきことなれど、あすともしらぬ身にて侍れば、たゞ申てむ。この一品宮（禎子内親王）の御ありさまのゆかしくおぼえさせ給にこそ、又いのちおしくはべれ。そのゆへは、むまれおはしまさんとて、いとかしこき夢想みたまへりし也。さ覚侍しことは、故女院（藤原詮子）・この太宮（藤原彰子）などはらまれさせ給はんとてみえしたゞおなじさまなるゆめにはべりしなり。それにてよろづをしはかられさせ給御ありさまなり。皇大后宮（藤原妍子）にいかで啓せしめんとおもひ侍れど、そのみやの辺の人にえあひ侍ぬがくちをしさに、こゝらあつまり給へるなかに、もしおはしましやすらんとおもふたまへて、かつはかく申侍ぞ。ゆくすゑにも「よくいひけるものかな」とおぼしあはすることも侍りなん」といひしおりこそ、「こゝにあり」とて、さしいでまほしかりしか。

（「道長伝（藤氏物語）」二四九）

語り手である大宅世次が、禎子内親王の将来を見届けたいと思う理由は、禎子内親王の誕生時、藤原詮子や藤原彰子が生まれる時と同様の夢を見たためと説明する。そのことを禎子内親王の生母である藤原妍子に伝えてくれる人がいないものかと世次が言うと、聞き手は「ここにあり」と名乗り出たかったものだと述べる。このことから、『大鏡』の聞き手は妍子・禎子内親王の周辺の女房であることが推測できる。一方、『大鏡』の語り手である大宅世次は、宇多天皇の生母である班子女王に仕えたことが紹介されている。(注11) つまり、『大鏡』の語り手は、班子女王の関係者で、聞き手は禎子内親王の関係者であることがわかるのである。【表一】で確認したように班子女王と禎子内親王は、『大鏡』で語られる中では藤原氏以外の母后として特別な存在といえるが、その関係者が、それぞれ『大鏡』の語り手・聞き手に設定されていることは特筆すべきである。安西廸夫は、班子女王と禎子内親王とが対応していることには『大鏡』の史観が示されているといい、(注12)さらに加納重文は、ここに「道長流の摂関独占政治に批判的な姿勢」を読み取っている。(注13)しかし、語り手・聞き手の設定によって道長を批判するよりは、むしろ道長の権力を客観視し相対化する意味合いと考えるのが妥当ではないか。加藤静子は、班子女王と禎子内親王が藤原氏に対峙する立場にあったことを指摘しつつ、「主な〈歴史語り手〉と〈聞き手〉はいわば摂関政治史の始めと終りを括っている女性に伝えた」という。(注14)このような聞き手の設定が、『大鏡』の歴史認識を示していることは明白である。そのことを踏まえた上で、『大鏡』における禎子内親王の位置づけについて考える必要があるであろう。

『大鏡』における禎子内親王は、父三条天皇や祖父道長との関係の中で描かれることが多い。そのことについて、加藤静子は、「『大鏡』に描かれた禎子内親王は、道長「一門」の出なのである」と指摘する。(注15)また、松本治久は、禎子内親王が後に後朱雀天皇に入内して後三条天皇の母后となることを『大鏡』が重視しているためとし、(注16)さらに、石原のり子は、兼家と三条天皇そして禎子内親王から後三条天皇へとつながる系譜を提示している。(注17)禎子内親王が後三条天皇の母后となることは、禎子内親王の将来を見届けたいという世次の夢から読み取れる。禎子内親王には詮子や彰子と同じ将来が予期されており、それは、他ならぬ天皇の母后となることを指しているものと理解できるからである。詮子は一条天皇の母后であり、彰子は後一条天皇と後朱雀天皇の母后である。そして、禎子内親王もいずれ後朱雀天皇に入内して後三条天皇の母后となるが、この逸話はそのことを暗示する世次の予言といえるであろう。このように、『大鏡』は後三条天皇の出現を示唆しており、それを踏まえ、近い将来実現する「源氏の栄え」に言及していると考えられるのである。

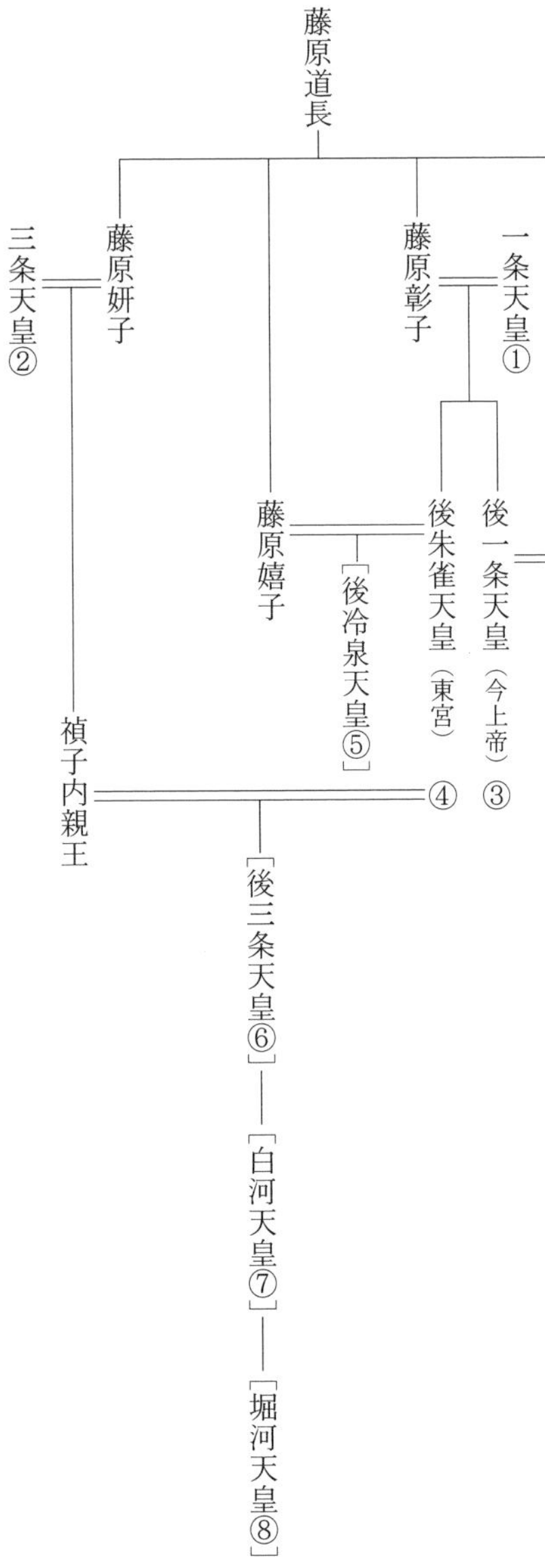

※後冷泉・後三条天皇は、『大鏡』に登場しないが世次の予言には出てくる。

五　「すゐのよの源氏のさかえ」

以上、「すゐのよの源氏のさかえ」の理解として、堀河朝における村上源氏の繁栄を視野に入れつつも、「末の世」を後三条朝以降の時代と解釈し、それが『大鏡』において禎子内親王の重視される理由のひとつであることを提示した。このことを考慮しながら、『大鏡』が、語りの現在である万寿二年を基点とした近い未来を、どのように見据えているか考えたい。先述した通り、『大鏡』は万寿二年以降の史実である後三条天皇の出現に言及するが、後冷泉天皇の誕生もまた、世次によって予言されている。

「又次の女ぎみ（藤原嬉子）、それもないしのかみ、十五におはします、いまの東宮（後朱雀天皇）十三にならせたまふとし、まいらせ給て、東宮の女御にてさぶらはせ給。（略）妊じ給て七八月にぞあたらせ給へる。入道殿（藤原道長）の御ありさまみたてまつるに、かならずをのこにてぞおはしまさん。このおきな、さらによも申あやまちはべらじ」と、あふぎをたかくつかひつゝいひしこそ、おかしかりしか。

（「道長伝」二〇六）

万寿二年五月現在、東宮（後朱雀天皇）の女御である道長の娘嬉子は懐妊中であるが、世次は「かならずをのこにてぞ」と発言しており、嬉子の産むのが皇子であることを確信している。それが親仁親王、のちの後冷泉天皇である。万寿二年以降の出来事であるため直接的には書かれないものの、世次の予言という形を取りながら、後冷泉天皇の出現を『大鏡』が見据えている証左であろう。つまり、近い将来、後冷泉天皇・後三条天皇が誕生することは、『大鏡』の語りの範囲内であったといえるのである。しかしながら、これとは逆に、『大鏡』には触れられないことがある。それは、後三条天皇の皇子である白河天皇の存在である。

このおとゞ（藤原公季）、たゞいまの閑院のおとゞにおはします。（略）この太政大臣殿（公季）の御ありさま、かくなり。みかど・きさき、たゝせたまはず。

（「公季伝」一六一〜一六二）

ここでは、藤原公季を祖とする閑院流からの天皇・后の出現は、はっきり否定されている。ところが史実では、閑院流の藤原茂子が白河天皇の母となるのをはじめ、鳥羽天皇、崇徳天皇、後白河天皇が即位し、茂子、苡子、璋子と、相次いで母后を輩出した閑院流は繁栄する。『大鏡』には、公季が養子とした孫公成を溺愛する様が描かれ

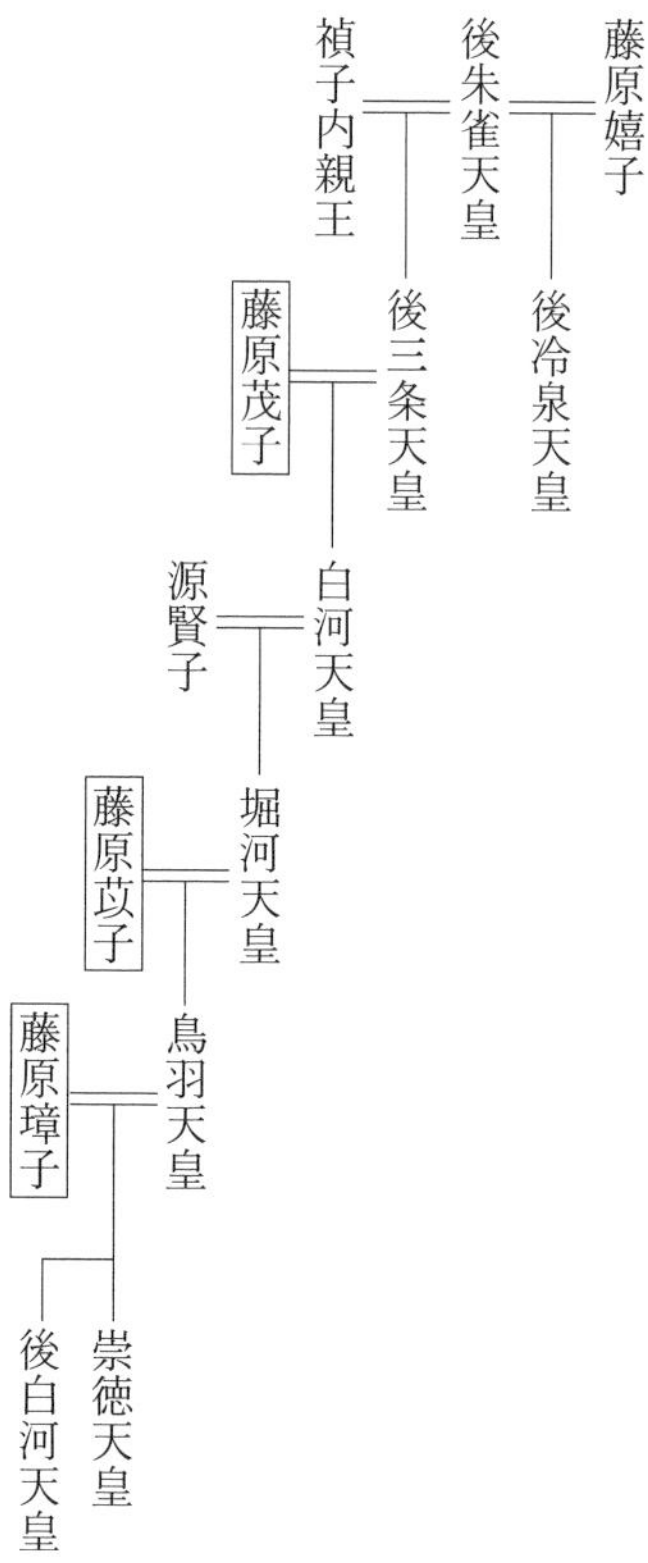

ているが、白河天皇の生母茂子は、その公成の娘である。ところが、『大鏡』では、白河天皇の出現は、世次も予言できない出来事として処理されているのである。

藤原師輔──公季【閑院流】──実成──公成──茂子──白河天皇

『大鏡』は万寿二年を語りの現在としながらも、後冷泉・後三条天皇の出現を暗示しており、その一方で、白河天皇の出現を否定している。このことには、『大鏡』の歴史認識が窺われる。加藤静子は、「公季伝」の記述に対して、「むしろ公季曾孫茂子が生んだ白河帝即位と、茂子への贈皇太后宮とを意識しての表現」と指摘する。[注18]しかし、『大鏡』が白河天皇を意識しているとするならば、後冷泉天皇や後三条天皇と同じようにその出現を示すような予言を世次にさせてもよい。ところが『大鏡』本文では、白河天皇の出現はあえて否定されているのである。このことについて、桜井宏徳は、『大鏡』成立時には閑院流が外戚となっていることを逆説的に喚起させる仕掛けであるとして加藤の説を肯定しつつ、ここで公季の子孫の繁栄に触れることは、『大鏡』の主題である道長の栄華に逆行するため、あえて藤原茂子が白河天皇の生母となることには触れられていないとする(注19)。しかし、『大鏡』は決して道長の栄華に逆行する話題を避けているわけではない。伊尹や道隆など、道長に直接つながらない人物であっても、天皇や后を輩出したことを取り上げ、詳しく紹介している。後三条天皇や後冷泉天皇に対し、白河天皇の出現が予言されないことは、『大鏡』が独自の歴史認識によって言及すべき院政期の史実を取捨選択したとするのではなく、白河天皇の即位は『大鏡』の語りの範囲ではなかったと理解する方が妥当である。すると、『大鏡』が感知せぬ未来のこととして白河天皇の存在に言及しないにも関わらず、さらに次の代である堀河天皇を視野に入れた物言いをすることには矛盾が生ずる。「するゑのよの源氏のさかえ」を、白河天皇の中宮である源賢子が堀河天皇の母后となることで村上源氏が繁栄することと解釈できなくなるのである。このことからも、「するゑのよの源氏のさかえ」に見える「末の世」とは、『大鏡』の語ることのできる近い未来として、後三条天皇の時代を指していると理解できる。

六　結　語

以上のように、「するゑのよの源氏のさかえ」とは、源氏出身の后を母とする天皇の出現によってもたらされるものであり、それは従来説の堀河天皇ではなく、後三条天皇であることを導き出した。『大鏡』の描く時代の天皇は、文徳天皇から後一条天皇までで、宇多天皇（班子女王所生）を除くすべてが藤原氏出身の女性を母とする。そして、『大鏡』の語りの現在である万寿二年以降、初めて藤原氏以外の母をもつ天皇は、禎子内親王の生んだ後三条天皇であり、後三条天皇の出現こそが「するゑのよの源氏のさかえ」をもたらす契機となったと考えられるのである。最後に、次の本文を確認しておきたい。

又、太宮（藤原彰子）のいまだをさなくおはしましける時、北政所（源倫子）ぐしたてまつらせたまて、かすがにまいらせたまひつりけるに、おまへのものどものまいらせすへたりけるを、俄につじかぜのふきまつひて、東大寺の大佛殿の御前におとしたりけるを、【6】かすがの御まへなる物の、源氏の氏寺にとられたるは、よからぬことにや。これをも、そのおり、世人申し丶かど、ながく御すゑつがせ給は、吉相にこそはありけれとぞおぼえ侍な。ゆめもうつ丶も、「これはよきこと」丶人申せど、させることなくてやむやう侍り。又、かやうに怪だちてみたまへきこゆることも、かくよき事も候な。

（「道長伝（昔物語）」二七五〜二七六）

これは、藤原彰子の幼い頃、母である源倫子とともに春日詣でをしたときの逸話であり、春日社の御前の供物が、つむじ風によって東大寺大仏殿にまで運ばれたというものである。東大寺は奈良時代に聖武天皇の発願によって建立された寺院であり、平安時代には皇族はじめ源氏を中心とした貴族たちの崇敬を受けた。東大寺がここでは「源氏の氏寺」と表現されている。これは当然、藤原氏の氏神である春日社と対応させたものである。「源氏の氏寺」との表現は歴史史料にも見えず、当時このような観念が存在したかどうかは不明である。(注20)しかし、ここからは『大鏡』が藤氏と源氏とを対立的に捉えていること、また、皇族を含めて「源氏」と表現していることが窺われよう。例えば、『源氏物語』では、源姓を有する者だけでなく、親王や内親王をはじめとする皇族を含めて、「源氏」と表現されている。(注21)傍線部【6】に見えるように、藤氏の氏神から、源氏の氏寺へと供物がさらわれたことは不吉だと噂されたが、現在の藤原氏の様子を見ていると、それはむしろ吉相であったと、世次はいう。『大鏡』が万寿二年五月という道長の全盛期を語りの現在として設定していることと考え合わせると、この逸話の語るところは意味深い。「ながく御すゑつがせ給」という万寿二年五月現在における藤原氏の繁栄を目の当たりにしてこのエピソードを理解すると、不吉なはずはないと思われるが、吉相というのはもちろん誤解である。藤氏の氏神から源氏の氏寺へと供物が奪われてしまうという不吉な逸話があえて語られるのは、『大鏡』が万寿二年以降の史実を見据えたものと捉えられる。考える必要があるのは、つむじ風によって運ばれた供物が何を象徴しているかという問題である。ちなみに、これは、長保元年（九九九）五月に道長が妻倫子と彰子・頼通を伴った春日詣でのこととされる。しかし、『大鏡』の記述によると、春日詣での中心人物は彰子として描かれており、彰子の奉納した供物が、源氏の氏寺へと運ばれる。彰子は、万寿二年現在、時の帝である後一条天皇の生母であり、国母である。すなわち、彰子から「源氏」へと委譲されるもの、それは、他ならぬ国母の地位であったと考えられるのである。[注22] そして、彰子の次に国母となるのは禎子内親王であることから、国母の地位が藤氏から源氏へと委譲されることを意味している。これは、まさに万寿二年五月現在に全盛期を迎えている「藤氏の栄え」が衰え、いずれ「源氏の栄え」が到来することを示唆しているのである。

　また、春日詣でに付き添う人物として、倫子の名前が挙げられるが、このことは、「すゑのよの源氏のさかえ」に言及される直前の本文に、道長の栄華に寄与した倫子が藤氏の中でただ一人栄えている「源氏」であることが強調されていることと関わるだろう。禎子内親王もまた、『大鏡』においては祖父道長との関わりなど家族間の逸話の中で描かれることが多く、「道長一門の出」[注23]としての印象が強い。ただし、倫子のように道長の栄華に包含される形で栄えた「源氏」とは対照的に、禎子内親王は道長の栄華の中で生まれながらも後朱雀天皇に入内して、新たな皇統を紡ぐ「源氏の帝」後三条天皇を生み、「藤氏の栄え」を内側から瓦解させる存在となっていく。[注24] このように、『大鏡』は、道長の栄華の由来を明確に把握しながら、それが偶然の重なりによる幸運によってもたらされたものであり、その後、「源氏の栄え」の到来が「藤氏の栄え」の終焉を招くことを示唆しているのである。

［付記］

本章の成稿後、中瀬将志「『大鏡』における「源氏の栄え」―「三条院の御末」へのまなざし―」（『中古文学』第九五号、二〇一五・六）に接した。「源氏の栄え」の従来説を再考し、禎子内親王の栄華という解釈を提示するなど、本章と重なる点は多い。本章では、『大鏡』のそれぞれの場面に「源氏」と「藤氏」の対立の構図を読み取り、禎子内親王の出現を意味する「源氏の栄え」が「藤氏の栄え」の衰えを暗示すると解釈するのに対し、中瀬氏は「やがて来るべき禎子内親王・源基子の「栄え」に対する祝意と、道長栄華の永続性を保証するという目論見が併存している」と述べ、「源氏の栄え」も道長の栄華の一環として結論づけている。本章では触れなかったが、基子の存在を「源氏の栄え」と捉えることは説得力があり、従うべき見解である。

注

（1）新全集の頭注には、次のように説明されている。「道長自身が出自の高い源氏と結婚しただけでなく、長男頼通を具平親王女と結婚させ、女尊子には頼通室の弟源師房を婿に迎えた。その後も、頼通の子息師実が師房女と結婚するなど、摂関家と村上源氏との婚姻が続いた。これらの婚姻こそが村上源氏の隆盛をうみ、白河帝の寵妃中宮源賢子（顕房女・師実養女）が誕生した由縁。ここの予言は、そういう歴史経過を視野に入れたものであろう。ただしこの予言を、作者が源氏だからとする説は短絡的すぎる」（新全集『大鏡』頭注、三〇八～三〇九）。

（2）桜井宏徳は、『『大鏡』の主題を成す北家藤原氏の発展史の水面下で、安和の変という悲劇を新生の起点としてゆるやかに進行しつつあった、いわば〈もう一つの歴史〉としての、源氏の発展史であった」と述べる。秋本宏徳「『大鏡』における安和の変―その表現機構を中心として―」（『国語と国文学』第八三巻第二号、二〇〇六・二）、のち「『大鏡』における安和の変―世次の物語行為と「源氏の御栄え」の行方―」と題して、桜井宏徳『物語文学としての大鏡』（新典社、二〇〇九・九）所収。

（3）高橋照美「『大鏡』源氏繁栄の予言考」（『論究日本文学』第五五号、一九九一・一二）。

（4）倉田実「平安時代の養子女論」（『王朝摂関期の養女たち』翰林書房、二〇〇四・一二）には、高橋秀樹「平安貴族社会における養女について」（『日本中世の家と親族』吉川弘文館、一九九六・七）における整理をもとに、時代によって養子制度の性格が変容したことが指摘されており、十一世紀以降、入内を意図した養女の例を挙げる。

（5）藤原頼長の『台記』仁平三年十二月二日条には、「源氏と雖も土御門右丞相（源師房）の子孫は御堂（藤原道長）の末葉に入る」と記されている。

（6）菊地真「『大鏡』の歴史認識―安和の変について―」（『文学・語学』第一五六号、一九九七・五）には、「「現在」が「源氏の栄え」の世となったから道長の繁栄が比類なきものになった、と解釈すべきである」とある。

（7）国文学研究資料館のデータベース（日本古典文学大系）、および古典総合研究所ホームページのデータベース（新編日本古典文学全集）の用例検索を用いた。ここでは「栄華」など別の語は含めない。

（8）藤原伊尹の用例は、以下の通りである。「大臣になりさかへ給て三年」（「伊尹伝」一三二）は、円融朝にて摂政太政大臣となって繁栄したこと、「かやうの御さかへを御覧じをきて」（「伊尹伝」一三四）とあるのは、外孫師貞親王（のちの花山天皇）が即位する前に伊尹が亡くなったことをいう。また藤原道隆の用例として、「関白になりさかへさせたまて六年ばかりやおはしけん」（「道隆伝」一七五）とあるのは、一条朝にて関白内大臣となり繁栄したことを指し、摂政関白であった六年間、「栄え」たと表現されている。

（9）島田とよ子「班子女王の穏子入内停止をめぐって」（『園田学園女子大学論文集』第三二号、一九九七・一二）には、藤原穏子を立后させたのは、源和子の皇子たちの立太子を阻止するためであったと指摘されている。

（10）以下に引用する本文は、流布本系の記事であり、新全集『大鏡』による。「この帝（朱雀天皇）生まれさせたまひては、御格子もまゐらず、夜昼灯をともして御帳の内にて三まで生したてまつらせたまひき。北野に怖ぢ申させたまひてかくありしぞかし。この帝生まれおはしまさずは、藤氏の栄えいとかうしもおはしまさざらまし。いみじき折節生まれさせたまへりぞかし」（新全集『大鏡』「朱雀天皇本紀」三八）とある。

（11）重木の言葉に、「たゞし、をのれは、故太政のおとゞ貞信公、蔵人の少将と申しおりのこどねりわらは、おほいぬまろぞかし。主は、その御時の母后の宮（班子女王）の御方のめしつかひ、高名の大宅世次とぞいひ侍りしかしな」

（「序」三五〜三六）と見える。

（12）安西廸夫「語り手（世継・繁樹）の観点―班子と忠平の意味するもの―」（『歴史物語の史実と虚構』桜楓社、一九八七・三）。

（13）加納重文「歴史意識」（『歴史物語の思想』京都女子大学、一九九二・一二）。

（14）加藤静子（新全集『大鏡』解説、四三八）。

（15）加藤静子「道長伝の構成―いわゆる「藤氏物語」の位置づけ―」（『王朝歴史物語の生成と方法』風間書房、二〇〇三・一一）。

（16）松本治久「大鏡の主題と歴史批判」（『大鏡の主題と構想』笠間書院、一九七九・一〇）。

（17）石原のり子「『大鏡』における兼家と三条天皇―もうひとつの系譜―」（『中古文学』第七六号、二〇〇五・一一）。

（18）加藤静子「『大鏡』と家伝・本系帳」（『王朝歴史物語の生成と方法』風間書房、二〇〇三・一一）。また、新全集頭注には、「公季流に天皇や中宮が出ないと言及するが、わざとらしい。現在時万寿二年という設定のためだが、後年に公成の女茂子から白河天皇が誕生、即位後茂子に皇太后が追贈された経緯を見て、書けない事柄を喚起させたものか」（新全集『大鏡』頭注、二三二）とある。

（19）秋本宏徳「『大鏡』「太政大臣公季」の表現機構」（『成蹊国文』第三八号、二〇〇五・三）、のち、「「太政大臣公季」の表現機構―閑院流藤原氏へのまなざし―」と題して、桜井宏徳『物語文学としての大鏡』（新典社、二〇〇九・九）所収。

（20）岡野友彦「源氏長者の淵源について」（国史学会『国史学』第一四九号、一九九三・三）には、薬師寺や東大寺、あるいは平野社や八幡宮などは、「広義の王氏」たる皇族の氏寺・氏社であったが、源氏の氏寺・氏社へと変化していくことが指摘されている。

（21）藤壺の宮が立后する際、「御母方、みな親王たちにて、源氏の公事知りたまふ筋ならねば」（「紅葉賀」①三四七）とあり、藤壺の宮の兄弟にあたる親王たちを「源氏」と表現している。また、斎宮女御が立后する際、「源氏のうちしきり后にゐたまはんこと、世の人ゆるしきこえず」（「少女」③三〇〜三一）と見え、女王である斎宮女御と内親王である藤壺中宮とを合わせて「源氏」と表現している。

(22) 新全集頭注には、「後々、藤原氏彰子から源氏(天皇家)禎子内親王へと委譲されたのが、ほかならぬ天皇の母后の地位だからである。彰子は曾孫の白河天皇まで生き、禎子も孫の堀河天皇まで見届けて、ともに長寿を保ち世に重んじられた。そういう二人の母后を視野に入れた物言いであろう」(新全集『大鏡』頭注、四〇六)とある。

(23) 前掲注(15)加藤論文。

(24) 「源氏の帝」とは源氏出身の女性を母とする天皇のことを指す。『大鏡』において、藤原氏出身の女性を母とする天皇が「藤氏の国王」と表現されていることに対するものである。本文には、「世中にはいにしへ・たゞいまの国王・大臣みな藤氏にてこそおはしますに」(「道長伝」二〇八)、「この四家よりあまたのさま〴〵の国王・大臣・公卿おほくいで給てさかえおはします」(「道長伝(藤氏物語)」二三〇)とある。

第十五章　歴史物語における「源氏」の位相──創造される〈歴史〉──

一　はじめに

『源氏物語』と歴史物語との関係について論じるとき、成立期を考慮して『源氏物語』から『栄花物語』、そして『大鏡』へと時系列に処理されるのが一般的である。しかし、院政期以降の読者は、『大鏡』を介して『栄花物語』を読み直したり、『栄花物語』を以て『源氏物語』を理解したりすることもまた可能である。『源氏物語』准拠論の成立には、その深層に歴史物語の存在が関わっている。そこには、歴史的事実とは異なる創造された〈歴史〉が介在しており、われわれは歴史物語を通して『源氏物語』を読んでいるのである。本章では、歴史物語における「源氏」の描かれ方に着目し、『源氏物語』との引用関係が表現や叙述など物語の表層だけでなく、構造や思想といった深層にまで及んでいることを示したい。(注1)特に、『栄花物語』と『大鏡』において、「源氏」がどのように描かれているか、『源氏物語』からの影響を視野に入れて考察する。そのことを踏まえ、再び『源氏物語』に照射することで、『源氏物語』の歴史性を明らかにすることができよう。

二　『栄花物語』における後三条天皇と源基子

『栄花物語』巻第三十八「松のしづえ」巻頭には、後三条天皇と源基子の恋愛物語が展開される。後三条天皇の後宮には、中宮をはじめとする后妃がいたが、(注2)身分の低い基子ひとりに後三条天皇の寵愛が集中する。基子は懐妊して里下がりし、後三条天皇の第二皇子である実仁親王を出産するのである。

「このたび帰りまゐらせたまはんには、更衣などにてなんおはすべき」と言ひののしる。（源基子が）出でさせたまふ夜は、暁までおはしまし、御供の人などのたちやすらふも、昔物語の心地す。さべき睦まじき殿上人、御送りすべき宣旨ありていとめでたし。殿ばらなど、「なほ女子こそ持つべきものはあれ」などめでたまふ。母北の方も（藤原）良頼の中納言の女にものしたまへば、仲らひいとあてやかに、昔物語の心地す。御息所、更衣などに、皆中将、少将の女、受領のも皆参りけるを、この近き世には、おぼろけの人は参りたまはぬものに慣ひたるに、いとあさましきなり。（略）【1】女御になりて入らせたまふ。更衣になどいひしをだに世にめでたくめづらしきことに思ひ申ししを、けざやかにめでたくいみじく、世に例なきことに、世人このごろの言種にしたり。さらぬことだに聞きにくきもの言ひは、ましてことわりなり。【2】かくもてなさせたまふも、人の御ほど、御位こそ浅くものしたまひしか、侍従宰相（源基平）、この斎院（斉子女王）の御せうと、小一条院（敦明親王）の御子、堀河の右の大殿（藤原頼宗）の御姫君の御腹、などてかわろからんと思しめすなるべし。

（『栄花物語』巻第三十八「松のしづえ」③四二六～四三〇）

源基子は、東宮貞仁親王（のちの白河天皇）の同母姉聡子内親王の女房であったが、皇子出産を機に女御となり、正式な后妃として後三条天皇の後宮に迎えられる。この前後の文脈で、「昔物語の心地す」という表現が繰り返されている。「昔物語」とは、言うまでもなく『源氏物語』を指している。(注3)傍線部【1】には、更衣でさえすばらしいのに、女御に昇格することは言うまでもないと基子の幸運が語られる。後宮における更衣は、後三条朝には事実上、消滅していたと考えられるが、(注4)ここでは『源氏物語』「桐壺」巻を想起させる用語として有効的に用いられているのである。「桐壺」巻には、桐壺更衣に対する桐壺帝の寵愛があまりにも深く、それがゆえに他の后妃たちの嫉妬や恨みが渦巻くという後宮の様子が描かれている。「松のしづえ」巻が、「桐壺」巻を踏まえたものであることは明らかであろう。

先行研究では、「松のしづえ」の巻頭の語り起こしや物語展開の方法についても、「桐壺」巻との類似性について指摘されている。(注5)中村成里は、「桐壺」巻の桐壺帝を踏まえることで、「松のしづえ」巻では後三条天皇が批判的に描かれていると論ずる。(注6)しかし、両者の物語叙述は類似するものの、桐壺帝と後三条天皇に対する物語の評価は対照的ではないか。むしろ、「桐壺」巻を踏まえることで、桐壺更衣との差異が明確化されているように読める。例えば、「松のしづえ」では「めでたし」の語が多用されており、物語は後三条天皇と基子を賞賛する姿勢に終始する。世人からのそしりを受けた桐壺帝とは異なり、後三条天皇と基子の物語は好意的に描かれ、思いがけない幸運を得た基子は、世間の人々から賞賛されるのである。桐壺帝が批判されたのは、身分の低い更衣のみを寵愛したことに対してであった。しかし、桐壺更衣は后妃に列する更衣であるが、源基子の場合は当初は一介の女房でしかない。なぜ、後三条天皇と基子は世間から批判されないのか。

注意したいのは傍線部【2】である。身分の低い源基子が後三条天皇からこれほど厚遇される理由として、基子の系譜が紹介されている。源基子は小一条院敦明親王の孫にあたり、一方、後三条天皇の生母は小一条院の異母妹禎子内親王である。つまり、後三条天皇は母方の系譜で三条天皇につながり、基子もまた東宮でありながら即位しなかった小一条院敦明親王を介する三条源氏であった。岡﨑真紀子は、源基子の桐壺更衣を凌駕するめでたさが強調されるのは、基子が小一条院敦明親王の孫であり、皇統の「源氏」である点に必然性があることを指摘している（注7）。第一皇子貞仁親王（白河天皇）の母茂子が、藤原氏であることから、ここに「源氏」対「藤氏」の構図を読み取ることができよう。「桐壺」巻では、桐壺更衣に対する桐壺帝の寵愛が批判されるにも関わらず、「松のしづえ」では、基子の系譜が後三条天皇からの寵愛を受ける道理として確認されており、それゆえ基子の身分の低さも問題とはされず、皇子が誕生してからはなおさら、後三条天皇も基子も一貫して称賛される。すなわち、後三条天皇と基子の物語を好意的に描くために、基子が後三条天皇と近しい血縁関係にあることが、身分の低い基子が帝寵を受ける道理とされるのである。

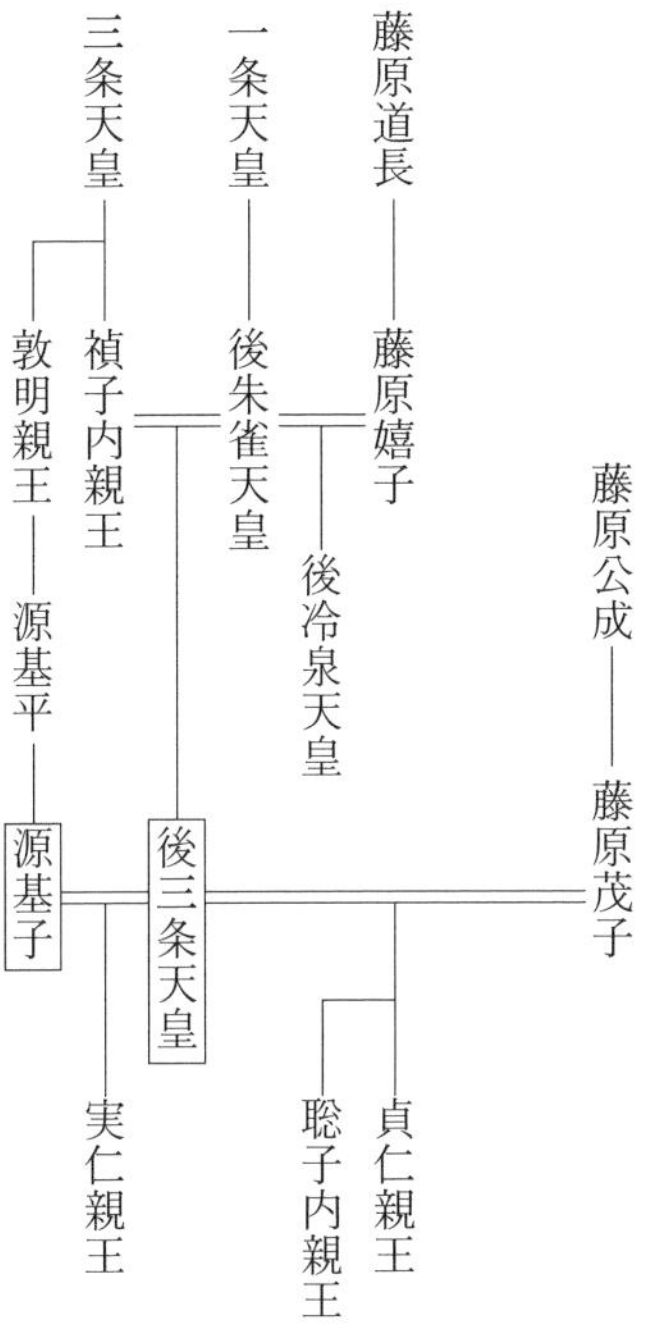

一方、桐壺更衣の系譜は、物語に明記されることはない。先行研究では、桐壺更衣が明石の君と血縁関係を有すること、藤壺中宮と容貌が酷似することなどから、桐壺更衣が「源氏」である可能性が示唆されている。(注8)特に、「桐壺」巻では言及されない桐壺更衣の系譜について、「須磨」巻で明石一門との血縁関係が明らかにされることは意義深い。これは、「桐壺」巻では読み取れないことが、物語を読み進めるうちに明らかになるという『源氏物語』の語りの構造とも関わっている。物語の展開とともに「桐壺」巻を振り返り、改めて理解を深めることができるのである。先行研究の指摘の通り、物語の文脈からは桐壺更衣が「源氏」である可能性が読み取れるが、問題なのは桐壺更衣の氏が最後まで本文に明記されないことである。弘徽殿女御もまた、「桐壺」巻においてはその氏は明かされず、「賢木」巻で兄弟が「藤大納言」と紹介されることによって、藤氏であることが初めて確認できる。つまり、「桐壺」巻の叙述のみからでは、「弘徽殿女御」対「桐壺更衣」という構図に、「藤氏」対「源氏」という対立は読み取れない。氏が明らかにされないことで、その背後に存在する政治性もまた隠される。このことは、桐壺帝と後三条天皇との評価が対照的である原因のひとつと考えられないか。つまり、『源氏物語』は、物語を読み進めていく中で作中人物の氏が明らかとなり、政治性が表出することで、物語を政治的な観点から理解することができる仕掛けとなっているのである。

『源氏物語』の主人公が「源氏」であることの意味は、シンプルでありながら重要な問題である。例えば、『伊勢物語』『平中物語』の主人公や『うつほ物語』の主要な人物には、王統につながる設定がなされている。『源氏物語』が影響を受けた先行物語に、その淵源を求めることもできる。しかし、『源氏物語』の場合、臣籍降下した主人公が准太上天皇になるという物語の展開において、光源氏は一世の源氏でなければならなかった。つまり、主人公が皇統に回帰するためには「源氏」であることは必然であり、その点で『源氏物語』の有する「源氏」の意義は先行物語とは異なるのである。(注9)そしてこれは後期物語にも継承され、『狭衣物語』は「源氏」である狭衣の即位を実現させた。『源氏物語』によって特化された「源氏」のあり方は、『栄花物語』『大鏡』など歴史物語が藤原摂関家の〈歴史〉を描くにあたり、藤氏に対する存在としてともに典型化され、院政期以降の歴史認識に継承されたと考えられよう。このことは、次に取り上げる『大鏡』に、より顕著に表れている。

三　『大鏡』に描かれる安和の変と「源氏」

安和の変は、藤原氏による他氏排斥事件という一元的なものではなく、藤原氏内部の対立や皇位継承問題が根源にあることが歴史学において指摘されている(注10)。しかし、史料の制限もあって安和の変に関する諸論は微妙に異なり(注11)、史実との比較のみで歴史物語に描かれる政変を理解することには限界がある。近年、『大鏡』を文学テキストとして読解する研究が展開され、安和の変の叙述から『大鏡』の歴史認識が指摘されている(注12)。ここでは、『大鏡』における安和の変の叙述を通し、「源氏」の位相について考えたい。

村上天皇には中宮藤原安子を母とする三人の皇子がおり、長兄である東宮憲平親王（冷泉天皇）の次の東宮候補は次兄為平親王であったが、弟守平親王（円融天皇）が擁立されることとなる。『大鏡』はその理由を次のように語る。

この后（藤原安子）の御はらには、式部卿の宮（為平親王）こそは、冷泉院の［御］つぎにまづ東宮にもたちたまふべきに、西宮殿（源高明）の御むこにおはしますによりて、御おとゝのつぎの宮（守平親王）にひきこされさせたまへるほどなどの事ども、いといみじく侍り。【3】そのゆへは、式部卿の宮（為平親王）みかどにゐさせたまひなば、西宮殿（源高明）のぞうに世中うつりて、源氏の御さかへになりぬべければ、御舅達の、たましひふかく、非道に御おとゝ（守平親王）をばひきこしまうさせたてまつらせたまへるぞかし。世中にも宮のうちにも、とのばらのおぼしかまへけるをばいかでかはしらん。「次第のまゝにこそは」と式部卿の宮（為平親王）の御事をばおもひ申たりしに、にはかに、「わかみや（守平親王）の御ぐしかいけづりたまへ」など御めのとたちにおほせられて、大入道殿（藤原兼家）御車にうちのせたてまつりて、北の陣よりなんおはしましけるなどこそ、つたへうけたまはりしか。【4】されば、道理あるべき御方人たちは、いかゞはおぼされけむ。そのころ宮たちあまたおはせしかど、ことしもあれ、威儀のみこをさへせさせたまへりしよ、みたまへりける人も、あはれなる事にこそ申けれ。【5】そのほど西宮殿（高明）などの御心地よな、いかゞおぼしけむ。さてぞかし、「いと」おそろしくかなしき御事どもいできにしは。かやうにまうすも、なか〳〵いと〳〵ことをろかなりや。かくやうの事は、人なかにて下臈の中にいとかたじけなし、とゞめさぶらひなん。されどなを、われながら無愛のものにて「おぼえ」さぶらふにや。

（『大鏡』「師輔伝」一一九～一二〇）

傍線部【3】のように、為平親王が即位すれば源高明が外戚となり、源氏が繁栄するので、それを阻むため、藤氏の「御舅達」が守平親王を東宮に立てたという。ここでは、安和の変が「藤氏」対「源氏」の対立構図によって認識されている。かつてこの政変が、藤原氏の他氏排斥事件と一元的に理解されていたのは、このような歴史物語の創り出した歴史認識によって安和の変が理解されたためであろう。特に、傍線部【3】で藤氏が「非道」とされることに対し、傍線部【4】では為平親王や源高明ら「源氏」は、「道理あるべき」と対照的に据えられており、藤氏を厳しく断じるのに対し、源氏に対しては同情的であることがわかる。一方、『栄花物語』における源氏と藤氏の扱い方は、『大鏡』の認識とは若干異なる。例えば、立太子争いの決着はあくまでも村上天皇自身の決断によるとし、そこに「藤氏」対「源氏」の対立構図は読み取れない。(注13) また、『栄花物語』では、安和の変に関わる一連の事件を為平親王の悲劇譚として捉えているが、『大鏡』では為平親王よりも源高明の心情を忖度するような語りがなされている。例えば、傍線部【5】のように、守平親王の即位に際し威儀の親王を務めた為平親王自身ではなく、それを見ている高明の心境を慮っている。『大鏡』の叙述からは、安和の変の被害者を源高明ひとりに絞り込む意図が感じられ、高明は藤氏の陰謀によって、罪なくして失脚した悲劇の源氏として位置付けられるのである。

『大鏡』には、「道長伝」において再び安和の変に関する叙述が見える。そこには「延喜の皇子高明親王を左大臣になしたてまつらせ給へりしに、おもはざるほかのことによりて、帥にならせ給て、いと〳〵こゝろうかりし［事ぞかし］」（「道長伝」二〇八）とある。ここでは源高明が「高明親王」と表記されている。『栄花物語』でも同様に、中宮大夫に就任した源高明は「帝（村上天皇）の御はらからの高明親王と聞えさせし、今は源氏にて、例人になりておはするぞ」（巻第一「月の宴」①三〇～三一）と紹介される。しかし、高明は延喜二十年（九二〇）源氏姓を賜り臣籍に下っており、親王宣下の事実はない。『大鏡』『栄花物語』がともに、源高明を「高明親王」と呼称するのはなぜであろうか。ここに見える「延喜の皇子」「帝の御はらから」という表現は、源高明が醍醐天皇の皇子であり、かつ村上天皇の兄弟であることを再確認させるものである。聖代と讃えられた二人の天皇と近しい血縁関係にあることを強調しながら、源高明を「親王」と表することで、その存在をより高める意図があるのではないか。このような源高明の位相は、『源氏物語』において一世源氏でありながら准太上天皇となり、「院」と称され皇族に列せられる光源氏のそれと通ずるものがあろう。また、『紫明抄』は、光源氏の准拠として源高明を挙げる。「たとふるに高明の親王にこそに給へれ、醍醐のみかとには御子也、朱雀院には御弟也、大臣の位をとゝめられて大宰権帥にうつされてめしかへされてのちもとの宮にいつかれ給しそかし」（巻一「桐壺」一一）とあり、やはり源高明を「高明の親王」と表するのである。これは、『大鏡』『栄花物語』において、源高明が「高明親王」と表記されたことと通じ、一世源氏である高明を皇族と同等に位置づける行為である。そして、このような歴史物語と古注釈の共通点からも、中世における准拠説は、歴史物語の存在なくしては成立し得なかったと推測できる。

『源氏物語』は、狭義の源氏と皇族を含めて「源氏」と表し、その観念が『大鏡』『栄花物語』に継承されている。源高明が無実の罪で左遷された安和の変の被害者であることを強調した上で、高明を親王と称し皇族に列する扱いがなされていることには、高明に対する鎮魂の意味もあろう。『河海抄』には、『源氏物語』は源高明の鎮魂のために執筆されたことが記される。「西宮左大臣（源高明）安和二年大宰権帥に左遷せられ給しかは藤式部おさなくよりなれたてまつりて思なけきける比」（巻一「料簡」一八六）と見える通りである。紫式部が幼少期、源高明に慣れ親しんでいたことは史実ではなく、ここに准拠を補完するための事実の捏造という倒錯現象が見て取れる。つまり、『河海抄』は歴史物語によって創造された源高明像という〈歴史〉をもって『源氏物語』を理解しようとしているのである。(注14)

『源氏物語』に倣う歴史物語が〈歴史〉を造り、歴史物語による歴史認識は院政期以降継承され、中世の准拠論は歴史物語によって創造された〈歴史〉を『源氏物語』に還元しようとした。吉森佳奈子が、『河海抄』の注釈態度に『源氏物語』が「歴史」として認識される過程を読み取り、中世における准拠論のあり方を説いたように、(注15)『源氏物語』と「歴史」との関係は一元的ではない。史実を踏まえて『源氏物語』は成立し、歴史物語は『源氏物語』に倣うことで〈歴史〉を創造し、その歴史認識の中で『源氏物語』准拠論が生まれたといえよう。『源氏物語』と「歴史」とは往還関係にあり、そこには歴史物語によって創造された〈歴史〉の介在を見てとることができるのである。

注

（1）『源氏物語』では、親王・内親王を含め皇族や王族も「源氏」と表される。ここでは源姓を名乗る狭義の源氏と区別するため、括弧付けで「源氏」と表記し、それに対応して物語における藤原氏を「藤氏」と表記する。

（2）「松のしづえ」巻の冒頭は、延久二年（一〇七〇）であり、この時点で後三条朝の後宮には、中宮馨子内親王、女御藤原昭子がいる。東宮妃であった故藤原茂子には、貞仁親王（白河天皇）と聡子内親王の他に、三人の皇女が生まれている。

（3）新全集の頭注には、「ここは、帝の寵愛のさまを、昔物語にならありそうなことと、賛美的に評したもの。『標注』は、『源氏物語』桐壺巻の、更衣退出の場面との類似を指摘する」（巻第三十八「松のしづえ」③四二六）とある。

（4）実態としての更衣の存在は、醍醐朝の更衣である源周子や藤原淑姫、村上朝の更衣である源計子、藤原祐姫、藤原正妃、藤原脩子、藤原有序などが史料から確認できる。『拾遺和歌集』（恋五、二七八）には、「円融院御時、少将更衣のもとに遣はしける」（新日本古典文学大系『拾遺和歌集』岩波書店、一九九〇・一）と見え、『平安時代史事典』は、円融朝を最後の例とする。第Ⅱ部第五章注（9）参照。

（5）中村成里『『栄花物語』続編における後三条院の位相」（早稲田大学国文学会『国文学研究』第一五〇号、二〇〇六・一〇）、岡崎真紀子『『源氏物語』と院政期の歴史叙述―『栄花物語』巻三十八「松のしづえ」をめぐって―」（『やまとことば表現論―源俊頼へ―』笠間書院、二〇〇八・一二）。

（6）前掲注（5）中村論文。

（7）前掲注（5）岡崎論文。

（8）村井利彦「桐壺の夢」（『源氏物語の探究　第十輯』風間書房、一九八五・一〇）、辻和良「桐壺帝の企て―源氏物語の主題論的考察―」（『国語と国文学』第七二号、一九九五・二、のち『源氏物語の王権―光源氏と〈源氏幻想〉―』新典社、二〇一一・一一所収）、日向一雅「按察使大納言の遺言―明石一門の物語の始発―」（日向一雅・仁平道明編『源氏物語の始発―桐壺巻論集―』竹林舎、二〇〇六・一一）など。

（9）横井孝「「源氏」の物語という選択」（河添房江他編『叢書　想像する平安文学　第六巻　家と血のイリュージョン』勉誠出版、二〇〇一・五）。

（10）加藤友康「摂関政治と王朝文化」（『日本の時代史　六　摂関政治と王朝文化』吉川弘文館、二〇〇二・一一）。

（11）山中裕「安和の変」（『平安朝文学の史的研究』吉川弘文館、一九七四・一）、山本信吉「冷泉朝における小野宮家・九条家をめぐって―安和の変の周辺―」（『摂関政治史の研究』吉川弘文館、一九六五・六）、山口博「源高明論」「安和の辺補考」（『王朝歌壇の研究―村上冷泉円融朝篇―』桜楓社、一九六七・一〇）、安西廸夫「歴史物語と安和の変」（『歴史物語の史実と虚構―円融院の周辺―』桜楓社、一九八七・三）。

（12）菊地真「『大鏡』の歴史認識―安和の変について―」（『文学・語学』第一五六号、一九九七・五）、桜井宏徳「『大鏡』における安和の変―世次の物語行為と「源氏の御栄え」の行方―」（『物語文学としての大鏡』新典社、二〇〇九・一〇）。

（13）『栄花物語』には、「「もし非常の事もおはしまさば、東宮には誰をか」と御気色たまはりたまへば「式部卿宮（為平親王）とこそは思ひしかど、今におきてはえゐるたまはじ。五の宮（守平親王）をなんしか思ふ」と仰せらるれば、うけたまはりたまひぬ」（巻第一「月の宴」①五八）とある。

（14）歴史物語の記事が歴史的事実と異なる場合、それらを歴史物語によって創造された〈歴史〉と捉える。そこから、個々のテキストの歴史認識を窺うことができる。

（15）吉森佳奈子「先例としての『源氏物語』」（『『河海抄』の『源氏物語』』和泉書院、二〇〇三・一〇）。

第十六章　「帝の御妻《みめ》をも過ったぐひ」
——后妃密通という話型——

一　はじめに

『源氏物語』は、臣籍に下された主人公光源氏が、どのようにして「帝王の相」を実現するのかという問題が、物語の主題のひとつとなっている。(注1)さまざまな女性遍歴を重ねる中で、光源氏の「色好み」としての主人公像が定着するが、それは単なる恋愛物語としての要素にとどまらない。継母にあたる藤壺の宮との密通により生まれた不義の子冷泉帝が即位すると、光源氏は天皇の実父という立場をもって准太上天皇となり、名実ともに王権を回復することとなるのである。このように、光源氏と藤壺の宮との恋愛は、物語の極めて重要な核として位置付けられる。そして、この光源氏と藤壺の宮との密通は、『源氏物語』が初めて描き出した「后妃の密通」なのである。本章では、これを話型として捉え、平安時代の史実を検討した上で、『源氏物語』から歴史物語への流れについて考察したい。

二　「帝の御妻をも過つたぐひ」

「薄雲」巻、藤壺の宮の死後、冷泉帝は夜居の僧都から自らの出生の事実を聞かされる。それを知った冷泉帝は苦悩し、皇統乱脈の先例を中国や日本の史書に求める。

いよいよ御学問をせさせたまひつつさまざまの書どもを御覧ずるに、唐土には、顕れても忍びても乱りがはしきこといと多かりけり。日本には、さらに御覧じうるところなし。たとひあらむにても、かやうに忍びたらむことをば、いかでか伝え知るやうのあらむとする。（「薄雲」②四五五）

中国の歴史書には皇統の乱れに関わる不祥事が多いのに対し、日本のものにはそれが見出せない。ただし、たとえ皇統の乱れに関わる事実があったとしても、それを後世に伝えるような記録はない。歴史書に書かれないだけで、現実はどうかわからないという。このことは、正史には書かれないもうひとつの〈歴史〉としての「后妃の密通」の可能性を示唆している。「若菜下」巻では、女三の宮と柏木の密通を知った光源氏が、次のように思いを巡らす。

帝の御妻をも過つたぐひ、昔もありけれど、それは、また、いふ方異なり、宮仕といひて、我も人も同じ君に馴れ仕うまつるほどに、おのづからさるべき方につけても心をかはしそめ、ものの紛れ多かりぬべきわざなり、女御、更衣といへど、とある筋かかる方につけてかたほなる人もあり、心ばせかならず重からぬうちまじりて、思はずなることもあれど、おぼろけの定かなる過ち見えぬほどは、さてもまじらふやうもあらむに、ふとしも

あらはならぬ紛れありぬべし、（略）　　（「若菜下」④二五四）

これまで「后妃の密通」が事実としてあったが、確かな証拠がない限り、その醜聞は露見することがないという。これには、直後の本文に「近き例を思す」（「若菜下」④二五五）と見えるように、光源氏自身がかつて藤壺の宮に通じたことを含む。注意したいのは、「后妃の密通」は正史には書かれないものの、現実には起きていた可能性のあることが、「昔もありけれど」と物語本文に繰り返し示されることで示される点である。

六国史をひもとくと、『日本三代実録』には、仁明天皇の后妃と密通した嫌疑をかけられて藤原有貞が左遷されたという記事がある。(注2)増田繁夫は、これが正史に見える唯一の「后妃の密通」の記録であることを指摘し、「こうした密通の事例は他にも多くあったに違いないが、表に出ることとなしに処理された」という。(注3)ただし、『日本三代実録』の記事は、有貞の左遷された理由として后妃との密通の疑惑を説明するものである。「見疑私通」とあり、あくまでも疑惑があるとされることで、これは「后妃の密通」という事実ではなくその可能性を示唆する記事でしかない。では、『源氏物語』が「后妃の密通」を描く意義はどこにあるのか。

三　歴史物語に描かれる「后妃の密通」

『河海抄』は、「帝の御妻《みめ》をも過つたぐひ」の先例として、以下の五人の后妃の名を挙げている。(注4)

Ⅰ　藤原順子（藤原冬嗣娘、仁明天皇女御）と在原業平
Ⅱ　藤原高子（藤原長良娘、清和天皇女御）と在原業平

Ⅲ　婉子女王（為平親王娘、花山天皇女御）と藤原実資・藤原道信
Ⅳ　藤原綏子（藤原兼家娘、三条天皇東宮妃）と源頼定
Ⅴ　藤原元子（藤原顕光娘、一条天皇女御）と源頼定

このうち、婉子女王と藤原元子の場合は、厳密な意味での「后妃の密通」ではない。いずれも、配偶天皇との婚姻関係が終了した後に再婚した事例である。婉子女王は花山天皇に入内するものの、その半年後に天皇が出家したため里に下がり、藤原実資と藤原道信から求婚された婉子は実資と再婚する。『大鏡』「師輔」伝には、この結婚に対して「いとあやしかりし御事どもぞかし」（「師輔伝」一二二）という評価がなされる。后妃の再婚は倫理的には問題ないが、決して一般的というわけではなく、見方によっては不都合なことと捉えられたようである。また、藤原元子も夫である一条天皇の崩後、源頼定と再婚する。『栄花物語』には、一条天皇の崩御の後、里に住まっていた元子に頼定が通い始め、二人の関係を知った元子の父顕光は、怒りのあまり元子の髪を下ろして尼にしてしまったという逸話が載せられている。未婚の男女が親の許可を得ずに関係を持った場合、事後承認という形で正式な結婚に至ることが多かったようである。(注5)しかし、元子と頼定の結婚は、最後まで父顕光の裁可を得ることはなかった。『栄花物語』には、「あやにくにこの殿（藤原顕光）のたまふを、かへすがへすあやしきことに人聞ゆめる」（巻第十一「つぼみ花」②二〇）とあり、むしろ元子と頼定の結婚を認めない顕光に対して批判的な見方がなされている。その直後の本文には、同じく一条天皇の女御であった藤原尊子が、母藤三位の采配によって藤原通任と再婚したことが記されており、(注6)これによって、顕光の正常でないさまがさらに強調される。

一方、藤原綏子は、三条天皇（居貞親王）の東宮妃であった時期に源頼定と密通している。『栄花物語』には、「かくて麗景殿の尚侍（綏子）は東宮（居貞親王）へ参りたまふことありがたくて、式部卿宮（為平親王）の源中将（源頼定）

忍びて通ひたまふといふこと聞えて、宮（居貞親王）もかき絶えたまへりしほどになくならせたまひにしかば、宮（居貞親王）さすがにあはれに聞しめしけり」（巻第七「とりべ野」①三三三〜三三四）とあり、東宮妃綏子と頼定との密通によって東宮居貞親王との関係が絶えたこと、綏子亡き後にはさすがに居貞親王も同情したことなどが描かれている。『大鏡』「兼家伝」には、密通が発覚する経緯をめぐり、さらに詳細なエピソードが載せられている。

あやしきことは、源宰相頼定のきみのかよひたまふとよにきこえて、さとにいで給にきかし。たゞならずおはすとさへ、三条院（居貞親王）きかせたまて、この入道殿（藤原道長）に、「さることのあなるは、まことにやあらん」とおほせられければ、「まかりて、みてまいり侍らん」とて、おはしましたりければ、例ならずあやしくおぼして、几帳ひきよせさせ給けるを、をしやらせたまへれば、もとはなやかなるかたちにいみじうけさうじたまへれば、つねよりもうつくしうみえたまふ。「春宮（居貞親王）にまいりたりつるに、しかゞおほせられつれば、みたてまつりにまいりつるなり。そらごとにもおはせんに、しかきこしめされ給はんが、いとふびんなれば」とて、御むねをひきあけさせ給て、ちをひねりたまへりければ、御かほにさとはしりかゝるものか。ともかくものたまはせで、やがてたゝせ給ぬ。東宮（居貞親王）にまいり給て、「まことにさぶらひけり」とて、したまひつるありさまを啓せさせたまへれば、さすがに、もと心ぐるしうおぼしめしならはせたまへる御なかなればにや、いとをしげにこそおぼしめしたりけれ。【1】「ないしのかみ（綏子）は、殿（道長）かへらせ給てのちに、人やりならぬ御心づから、いみじうなきたまひけり」とぞ、そのおりみたてまつりたる人かたり侍し。春宮（居貞親王）にさぶらひたまひしほども、宰相（頼定）はかよひまいりたまふ。ことあまりいでゝこそは、宮（居貞親王）もきこしめして、「帯刀どもしてけさせやせまし」とおもひしかど、故おとゞ（藤原兼家）のことを、なきかげにもいかゞと、いとおしかりしかば、さもせざりし」とこそ、おほせられけれ。【2】この御あやまちより、源宰相（頼定）、三条院の御時は、殿上もしたまはで、地下の上達部にておはせしに、この御時（後一条朝）にこそは、殿上し、検非違使別当などになりて、うせ給にしか。

（『大鏡』「兼家伝」一七一～一七二）

綏子と頼定との関係を噂で聞いた東宮居貞親王（三条天皇）が、道長にその真偽を確かめさせようとし、道長は異母妹とはいえ東宮妃である綏子に対して無礼な行動に出る。東宮妃の乳房から母乳がほとばしるという描写は、「后妃の密通」だけでなく、綏子懐妊の事実をはっきりと示す。この頃にはすでに綏子に対する居貞親王（三条天皇）の寵愛は衰えていたようであるが、道長の乱暴なやり方を聞いて、綏子に同情し、頼定に対する表立った咎めはなかったもの(注7)の、三条朝を通して頼定の清涼殿昇殿が許されなかったという。このように、「后妃の密通」と不義の子の懐妊は、『源氏物語』成立期の史実として、確かに歴史物語に記されている。歴史書でなく歴史物語だからこそ、具体的なエピソードを交えつつ鮮明に伝えられたともいえよう。特に、傍線部【1】のように、綏子の様子はそば近くで見聞きした女房から伝え聞いたものと説明し、その真実性を裏付ける。そして、傍線部【2】には、頼定が三条朝を通して「地下の上達部」であったことについて「この御あやまちより」と直接的な因果関係を示すことにより、密通事件がまぎれもない事実であったことを説明している。

このように、『栄花物語』『大鏡』が「歴史」を再構築するにあたり、『源氏物語』から影響を受けた過程を読み取る必要がある。歴史書には書かれない〈歴史〉を『源氏物語』は取り込み、さらに『源氏物語』の影響によって成立した歴史物語は、物語の虚構の方法によって「虚構の真実性」を後世に伝えることに成功したのである。そして、この事例が『河海抄』に挙げられることには、『源氏物語』の創作過程において綏子の史実が踏まえられたという「作者の方法」と同時に、この「帝の御妻をも過つたぐひ」という本文からは綏子の史実が想起されるという「読者の方法」もまた読み取ることができる。

四　「后妃の密通」と皇統断絶

「后妃の密通」に関わる先行研究では、『伊勢物語』と『源氏物語』との関連性を論じるものが多く、特に『伊勢物語』二条の后章段が『源氏物語』の光源氏と藤壺の宮との密通、あるいは光源氏と朧月夜との私通に与えた影響について論じられている。[注8]しかし、『伊勢物語』では、藤原高子と在原業平との恋愛は、高子が清和天皇に入内する前のこととされている。例えば、三段「ひじき藻」には、「二条の后（藤原高子）の、まだ帝にも仕うまつりたまはで、ただ人にておはしましける時のことなり」（一一五）、六段「芥川」には「まだいと若うて、后（藤原高子）のただにおはしける時とや」（一一八〜一一九）などと見える。[注9]業平との関係を高子の入内前のこととすると、これは厳密には「后妃の密通」とは言えない。[注10]片桐洋一は、「一〇世紀中頃までの『伊勢物語』には、東五条の大后邸の西の対に住む女は描かれていても、「二条の后」という名は記されていなかった」とし、高子と業平の関係は事実ではなく、『伊勢物語』の享受過程において広く信じられるようになったことと指摘する。[注11]さらに、『河海抄』の指摘する五条の后藤原順子についても、年齢のことなどを考慮すると、業平と恋愛関係にあった事実は信じがたい。虚構の恋愛関係が物語を通して人々の周知するところとなり、次第に事実として認識されていったのである。例えば、『大鏡』「文徳天皇本紀」には、文徳天皇の母后である順子について、次のように記される。

御母后（藤原順子）の御年十九にてぞ、この御かど（文徳天皇）をうみたてまつり給。嘉祥三年四月に、きさいにたゝせ給、御年四十二。斉衡元年甲戌のとし、皇后宮にあがりゐ給。（略）これを五条の后と申。伊勢語に（在原）業平中将の、「よひ〳〵ごとにうちもねなゝん」とよみたまひけるは、この宮（順子）の御ことなり。「春やむかしの」なども。

（『大鏡』「文徳天皇本紀」四一）

ここには、順子と業平の恋愛について触れられており、「よひよひごとに」「春や昔の」という二首の和歌にも言及されている。これについて、『伊勢物語』の本文を確認する。この二首の和歌が収められている第四段「西の対」と第五段「関守」を合わせて引用する。

【3】むかし、東の五条に、大后の宮（藤原順子）おはしましける西の対に、すむ人（藤原高子）ありけり。それを、本意にはあらで、心ざしふかかりける人、ゆきとぶらひけるを、正月の十日ばかりのほどに、ほかにかくれにけり。【4】あり所は聞けど、人のいき通ふべき所にもあらざりければ、なほ憂しと思ひつつなむありける。またの年の正月に、梅の花ざかりに、去年を恋ひていきて、立ちて見、ゐて見、見れど、去年に似るべくもあらず。うち泣きて、あばらなる板敷に、月のかたぶくまでふせりて、去年を思ひいでてよめる。

月やあらぬ春やむかしの春ならぬわが身ひとつはもとの身にして

とよみて、夜のほのぼのと明くるに、泣く泣くかへりにけり。

（『伊勢物語』第四段「西の対」一一五～一一六）

むかし、男ありけり。【5】東の五条わたりに、いと忍びていきけり。みそかなる所なれば、かどよりもえ入らで、わらはべの踏みあけたるついひぢの崩れより通ひけり。人しげくもあらねど、たび重なりければ、あるじ聞きつけて、その通ひ路に、夜ごとに人をすゑて守らせければ、いけどもえあはでかへりけり。さてよめる。

人しれぬわが通ひ路の関守はよひよひごとにうちも寝ななむ

とよめりければ、いといたう心やみけり。あるじ許してけり。【6】二条の后（藤原高子）に忍びて参りけるを、世の聞えありければ、兄たちの守らせたまひけるとぞ。（『伊勢物語』第五段「関守」一一六～一一七）

傍線部【3】に見える「大后の宮」とは藤原順子であり、「西の対に、すむ人」とは藤原高子を指す。傍線部【5】も同様に、五条の后と呼ばれた順子の邸宅の西の対に、順子の姪にあたる高子が住んでおり、そこに業平が通っていたことをいう。そして、傍線部【4】「人のいき通ふべき所にもあらざり」というのは、「宮中とか権門の邸宅とかを暗示する」（新全集『伊勢物語』一一六）と説明でき、高子が東宮妃として宮中に上がったことを示唆する。傍線部【6】に見えるように、逸話の最後、この話が二条の后と呼ばれた高子と業平の恋愛であったと種明かしするのである。ここで昔男の詠んだ歌として紹介されるのが、「春や昔の」と「よひよひごとに」という二首である。

ところが、この『伊勢物語』の記事に対して、『大鏡』がこの二首を五条の后藤原順子への恋心を詠んだ歌であると記すことは矛盾する。これについて、新全集『大鏡』頭注には、「『源氏物語』や『大鏡』の作者の時代には塗籠本に近い本文の『伊勢物語』が享受されていたふしがある」（二一五）と説明されている。つまり、『大鏡』作者が読んだ『伊勢物語』は、現在の定家本『伊勢物語』とは異なる本文であった可能性が高いのである。このことを踏まえると、『河海抄』が順子・高子の名を挙げ、それぞれ業平との恋愛関係を示すことは、院政期から中世にかけての『伊勢物語』享受の問題でもある。

さて、『大鏡』「陽成天皇本紀」には、二条の后高子と業平の関係についての記述が見える。

「【7】およばぬみに、かやうの事をさへ申は、いとかたじけなき事なれど、［是は］みな人のしろしめしたる事なれば。いかなる人かは、このごろ、古今・伊勢語などおぼえさせたまはぬはあらんずる。「みもせぬ人の恋しきは」など申ことも、この御なからひのほど〵こそはうけたまはれ。【8】すゑのよまでかきおき給けむ、おそろしきすきものなりかしな。いかに、むかしは、なか〳〵に、けしきある事も、おはしき事もありける物」とて、うちわらふけしきことになりて、いとやさしげなり。二条のきさい（高子）と申は、この御事也。

（『大鏡』「陽成天皇本紀」四四）

傍線部【7】のように、語り手世次は「后妃の密通」という醜聞を暴露することに若干の抵抗を見せるものの、高子と業平の関係が『古今和歌集』『伊勢物語』を通して世間の知るところであることを理由に歴史語りを進める。注意したいのは、傍線部【8】に「すゑのよまでかきおき給けむ」とあるように、これは業平本人が書き留めたものと理解されていることである。このことは、高子と業平の恋愛が事実であったと『大鏡』が認識していることに他

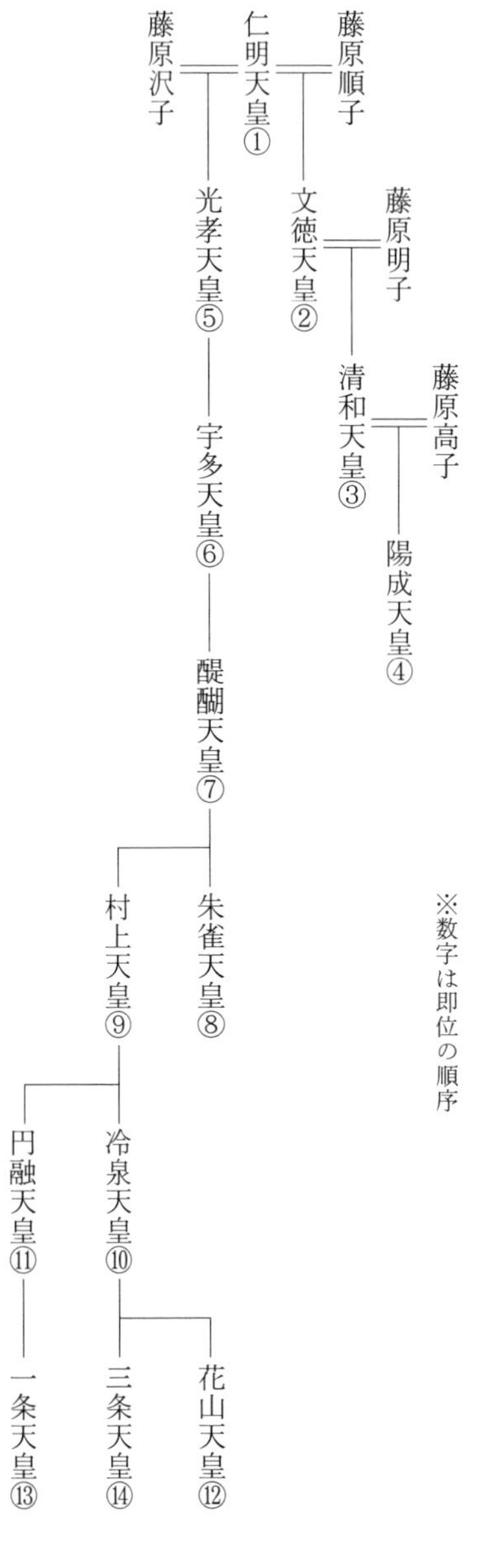

ならない。そして問題なのは、恋愛関係が事実か否かということではなく、「后妃の密通」というスキャンダルが物語に描かれる意図である。私見を述べると、これは文徳天皇の皇統が陽成天皇で断絶してしまうことと関わりがあるのではないだろうか。仁明天皇の後継者として光孝系皇統の正統性を強調する必要があり、そのため、文徳系皇統を貶める手段が取られたのである。光孝天皇・宇多天皇に始まる新たな皇統にとって、『伊勢物語』が享受される過程で、五条の后順子や二条の后高子の「后妃の密通」が事実のように認識されてゆくことは、決して不都合なことではなかった。つまり、陽成天皇の廃位と文徳系皇統の断絶の理由づけとして、密通する母后の造型がなされたと考えられるのである。(注12)

さて、「后妃の密通」と皇統断絶との関連性は、『源氏物語』にも見られる。「若菜下」巻において冷泉帝が退位する際、光源氏は次のように述懐する。

六条院（光源氏）は、おりゐたまひぬる冷泉院の御嗣おはしまさぬを飽かず御心の中に思す。同じ筋なれど、思ひ悩ましき御事なうて過ぐしたまへるばかりに、罪は隠れて、末の世まではえ伝ふまじかりける御宿世、口惜しくさうざうしく思せど、人にのたまひあはせぬことなればいぶせくなむ。（「若菜下」④一六五～一六六）

冷泉帝には、皇位継承できる皇子はおろか、皇女さえ誕生しなかった。冷泉帝の退位とともに、冷泉系皇統は断絶を余儀なくされるのである。そして、光源氏はこのことを自らの〈罪〉が露見しないことと引き替えであったとし、まさに「宿世」であると認識している。つまり、『源氏物語』は、藤壺の宮の密通の報いとして、冷泉系皇統の断絶を描いているのである。また、朱雀帝の后妃である朧月夜にも皇子女は誕生しないが、これも光源氏との密通に関連付けて考えることができるであろう。朱雀帝は、朧月夜に子が産まれることを切望していた。

「などか御子をだに持たまへるまじき。口惜しうもあるかな。契り深き人（光源氏）のためには、いま見出でたまひてむと思ふも口惜しや。限りあれば、ただ人にてぞ見たまはむかし」など、行く末のことをさへのたまはするに、いと恥づかしうも悲しうもおぼえたまふ。（「澪標」②二八一）

このように皇子女誕生を望む朱雀帝の描写が繰り返されることで、物語において朧月夜が子を産まないことが強調される。つまり『源氏物語』は、密通の代償として子孫の断絶を描いているのである。密通する后妃として造型される朧月夜は、朱雀帝の皇統の存続に寄与し得ない存在である。そして、これは女三の宮と柏木の密通という〈罪〉を背負った不義の子薫にもいえる。女三の宮の場合、「后妃の密通」の範疇に入れられるかは議論の余地があろうが、准太上天皇である光源氏の正妻であること、そして薫に子の誕生を描かないまま物語が閉じられることには、同じ意義を読み取ることができる。

『源氏物語』に描かれる「后妃の密通」は、光源氏の王権の問題や皇統断絶に関わることで、物語の展開に機能している。そして、それは歴史物語に取り込まれた場合も同様である。本章では、『大鏡』における『伊勢物語』引用の一端を確認したように、断絶する皇統と新たな皇統という二つの力のせめぎ合いの中で、歴史物語の中に「后妃の密通」という〈歴史〉が創造され、それが政治的に利用されてゆく過程が見て取れるのである。(注13)

注

（1）深沢三千男『源氏物語の形成』（桜楓社、一九七二・一）、河添房江『源氏物語の喩と王権』（有精堂、一九九二・一一）など。

（2）「前近江権守従四位下藤原朝臣有貞卒、有貞者、右大臣贈従一位（藤原）三守朝臣之第七子也、年在童乱、侍奉仁明天皇、姉［貞子］為女御、因而蒙寵狎、及弱冠、承和十一年授従五位下、拝丹波介、不之任、十二年見疑私通後宮寵姫、出為常陸権介」（『日本三代実録』「清和天皇」貞観十五年三月二十六日条）とある。

（3）増田繁夫「密通・不倫という男女関係」（『平安貴族の結婚・愛情・性愛』青簡舎、二〇〇九・一〇）。

（4）藤原実資や藤原道信に通じた花山女御とは、婉子女王のことと解せるので、「花山院女御」を「元方民部卿女」とし、「三条后」と付記するのは不審である。また、藤原実資を「関白」とするのも誤りであろう。『河海抄』巻一四「若菜下」四九〇。

（5）前掲注（3）増田論文。光源氏と朧月夜の私通に関しても、父右大臣はその関係を追認し、正式な結婚を進めるような態度をとっている。

（6）「また、暗部屋の女御（藤原尊子）と聞えしには、母の藤三位（藤原繁子）、今の宣耀殿（藤原娍子）の御はらからの修理大夫（藤原通任）をぞあはせきこえためる」（『栄花物語』「つぼみ花」②二〇）とある。

（7）前掲注（3）増田論文には、頼定と綏子が密通の発覚後も叙位されるなど昇進していることから、密通に関わる公的な処分を受けた様子は特にないことが指摘されている。

（8）秋山虔「伊勢物語から源氏物語へ」（『源氏物語の世界』東京大学出版会、一九六四・一二）、深沢三千男「光源氏像形成の基盤―伊勢物語から源氏物語へ―」（『源氏物語の形成』桜楓社、一九七二・九）、高橋亨「源氏物語の〈ことば〉と〈思想〉」（『源氏物語の対位法』東京大学出版会、一九八二・五）、深沢三千男「紫式部の皇室秘史幻想への幻想―帝の御妻密通物語発想源考、高子・陽成帝母子をめぐって―」（神戸商科大学経済研究所『人文論集』第二七巻第三・四号、一九九二・三）、室伏信助「伊勢物語から源氏物語へ」（『王朝物語史の研究』角川書店、一九九五・六）など。

（9）『伊勢物語』引用本文は、新編日本古典文学全集『伊勢物語』（福井貞助校注、小学館、一九九四・一二）による。

（10）七六段「小塩の山」には、東宮（後の陽成天皇）の母となった高子に、業平が歌を詠みかける逸話が見え、『伊勢物語』からは、高子の入内後も業平との交流のあったことが窺われる。同様の逸話は、『大和物語』一六一段「小塩の山」にも載せられる。

（11）片桐洋一「二条の后と在原業平―その文学史的役割―」（『中古文学』第七七号、二〇〇六・六）。

（12）『今昔物語集』巻第二十第七には、清和天皇の母后である染殿后藤原明子が、物の怪に憑りつかれて鬼と交わる話が載せられている。順子・明子・高子の三人の母后それぞれに密通のエピソードが伝わっていることは特筆すべきである。

（13）「后妃密通」ではないが、物語が〈歴史〉を創造する過程は、以下のことからも見出せる。『伊勢物語』第六九段「狩の使」には、昔男と伊勢斎宮の禁忌の恋愛について描かれており、本文には「斎宮は水の尾の御時、文徳天皇の御女、惟喬の親王の妹」（一七四）と、これが恬子内親王であることが明記される。そして、一条朝における立太子問題に際して、『権記』寛弘八年五月二十七日条に、「但故皇后宮（藤原定子）外戚高氏先、依斎宮（括子内親王）事為其後胤之者、皆以不和也」（増補史料大成『権記（二）』臨川書店、一九六五・九）とあるように、藤原定子の外戚高階氏が在原業平と伊勢斎宮の恬子内親王との間の不義の子を祖とする一族であることを理由に、敦康親王の立太子が不都合であると説かれるのである。これは、『伊勢物語』の記事が事実として認識され、政治的に利用される事例であろう。

終章　『源氏物語』と史実・准拠・歴史物語——今後の展望——

本書では解決できなかった問題を含め、今後の研究課題について述べたい。序章では、「作者の方法」から「読者の方法」へと転換することで、准拠論に新たな可能性を求めるという研究方法について述べている。しかし、それは博士論文をまとめる過程で導き出した結論であり、最初からその研究目的に従って論じたものではないため、各章の研究姿勢には差が生じている。そのことを踏まえ、今後の研究課題として、『源氏物語』と歴史物語との関係性に焦点を当てたい。従来の准拠論が、古注釈の指摘を手掛かりとして『源氏物語』の創作過程を追求するという「作者の方法」が論点の中心であったように、『源氏物語』と歴史物語との関係性についても、やはり『源氏物語』から歴史物語への影響という「作者の方法」として理解されてきた。これが、次に示した【図1】「作者の方法」である。この構図に「読者の方法」という視点を取り込むことで、【図2】「読者の方法」のような三角構造の相関を見出し、『源氏物語』における史的論理を新たに提示する。注目したいのは、【図2】「読者の方法」に示した（a）〈歴史〉の創造、（b）歴史認識、（c）物語理解という三点である。

以下、具体的な事例として、藤原伊周の左遷・召還に関わる記事を挙げ、『栄花物語』『河海抄』の記事を比較しつつ、（a）（b）（c）について説明する。『河海抄』「料簡」には「伊周公ヲ光源氏に擬するといふ一儀もある歟」（一

【図1】作者の方法

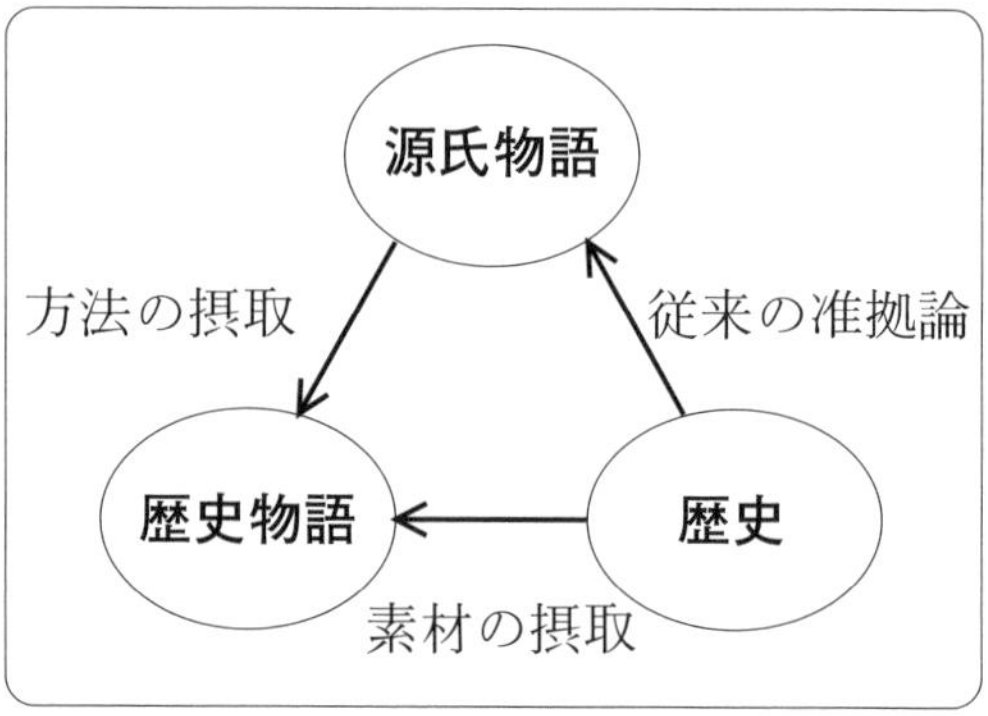

【図2】読者の方法

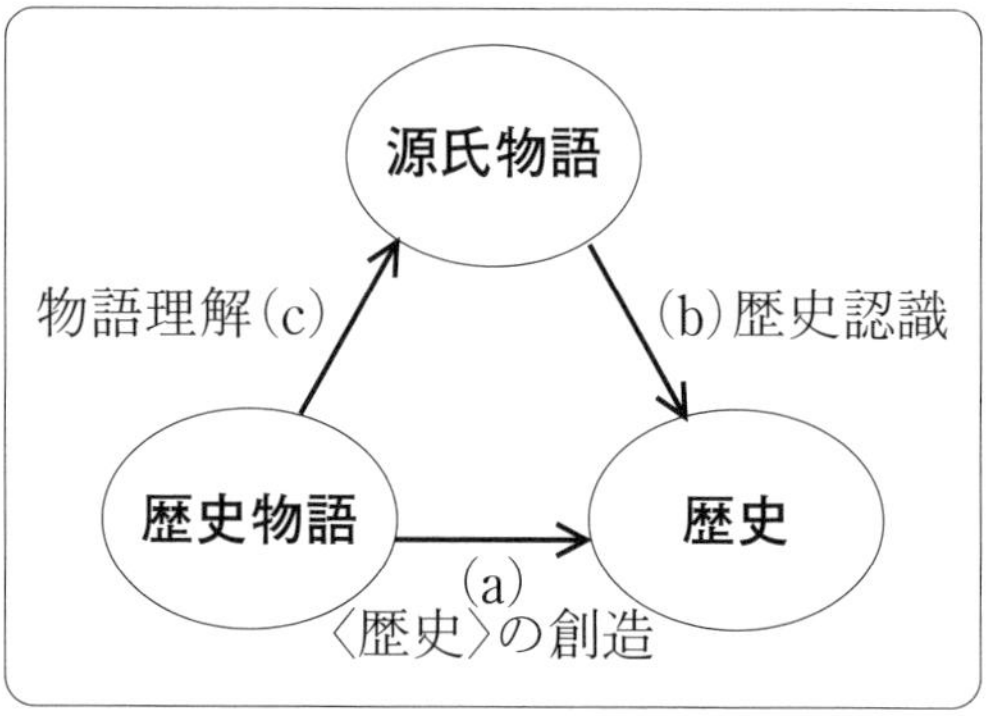

八七）とあり、光源氏の准拠の一人として藤原伊周が挙げられる。それは、伊周の左遷・召還の史実が、光源氏の須磨流離に重なるからであろう。以下、『栄花物語』の本文を引用する。

御車、御門のもとにてかきおろして、内大臣殿（藤原伊周）おりさせたまふ。検非違使どもみなおりて土に並みゐたり。見たてまつれば、御年は二十二三ばかりにて、御かたちととのほり、太りきよげに、色合まことに白くめでたし。かの光源氏もかくやありけむと見たてまつる。薄鈍の御衣の綿うすらかなる三つばかり、同じ色の御単の御衣、御直衣、指貫同じさまなり。御身の才もかたちもこの世の上達部にはあまりたまへりとぞ人聞ゆるぞかし、あたらものを、あはれに悲しきわざかなと、見たてまつるに、涙もとどめがたくてみな泣きぬ。

（『栄花物語』巻第五「浦々の別」①二四七〜二四八）

伊周の大宰府への配流が決定し、検非違使たちが二条殿を取り囲む中、伊周は姿を現す。ここでは、「見たてまつる」と繰り返され、伊周の様子が検非違使の目を通して描写されている。興味深いのは、「かの光源氏のかくやありけむ」とあり、その姿が光源氏にたとえられることである。これは、『栄花物語』が『源氏物語』を踏まえて史実を認識することを読者に要請しているものと捉えられる。(注1)伊周の史実は『源氏物語』成立期以前のことであり、伊周を見る検非違使が光源氏を想起するなど、事実ではあり得ない。(注2)しかし、院政期の『栄花物語』の読者たちは当然、『源氏物語』を読んでいるから、光源氏を踏まえて『栄花物語』の伊周の記事を読む行為は自然なことであったに違いない。

配流の宣命を受けた伊周は、この直前、父道隆の葬られている木幡に参る。しかし、それは『栄花物語』の記事にあるのみで、史実ではない。新全集『栄花物語』頭注には、「伊周が二条第を密かに抜け出して木幡の道隆の墓所に詣ったことを伝えるのは『栄花』のみ。『源氏物語』須磨巻の、光源氏が須磨に退去する直前に父、桐壺帝の山陵に詣でた場面に酷似する」（「浦々の別」①二四四）と指摘され、さらに、「伊周が北野に詣で、無実を訴え、事態の打開を祈願するのは、伊周と同じ境遇にあった道真との類比による『栄花』独自の虚構であろう。過去の類型的な事件の積堆や、それに刺激された物語的想像力の所産である『源氏物語』の表現が、虚実の区別なく『栄花』の想像的歴史再現に寄与している」（「浦々の別」①二四五）と説明されている。『源氏物語』における光源氏の須磨流謫に関する言説と、菅原道真や源高明に関する史実と語り継がれた〈歴史〉が、様々に織り交ぜられながら、伊周の左遷という新たな〈歴史〉を紡ぐ過程が見て取れるのである。

『栄花物語』の記述に「須磨」巻からの積極的な影響を読み取るのは、山中裕や加納重文である。(注3)一方、中村康夫は、敦康親王関連の情報収集に限界があり、『源氏物語』をもって史料不足が補われたとする。(注4)これらの見方はいずれも『源氏物語』から『栄花物語』への影響であり、「作者の方法」というレベルで論じられている。しかし、中村は次のようにも述べている。(注5)

『源氏物語』が読まれていたときに、光源氏の配流の記事を、人々は史実として聞いている伊周の話を重ねながら読んだのではないか、ということである。（略）つまり、人々は諸事実を理解する上で、『源氏物語』に拘束されているのではないか。もっといえば、『源氏物語』に拘束されることで、かなり、人々と共有できる信頼の基盤が確保された面はなかっただろうかということである。

『源氏物語』の読者は、伊周の史実を踏まえて、光源氏の須磨退去の話を読んだ。そして、『栄花物語』の作者は、『源氏物語』を踏まえて、伊周の記事を書く。従来は、『源氏物語』から『栄花物語』への影響として理解されてきたが、ここでは逆に、『栄花物語』を通して伊周と光源氏を重ね合わせ、『源氏物語』を読むという行為について考えたい。『河海抄』には、『源氏物語』「須磨」巻において光源氏が桐壺院の山陵に向かう場面の注釈として、『栄花物語』本文が引かれている。

栄花物語云帥殿（伊周公）夜半はかりにいみしうしのひて御おちのあきのふはかり御ともに人二三人はかりし

てぬすまはれいてさせ給てこわたの御はかへまいり給

（『河海抄』巻六「須磨」三一一）

伊周が配流される直前、木幡に詣でたという逸話は、『栄花物語』にのみ記されるもので史実ではない。ちなみに、『光源氏物語抄』には、『河海抄』の記事よりさらに長く『栄花物語』本文が引かれる。(注6) 古注釈が『栄花物語』を引用することには、『源氏物語』における光源氏の須磨退去が伊周の史実を参照して書かれたとする「作者の方法」だけではなく、『源氏物語』を理解するために『栄花物語』を用いるという（c）物語理解の視点を読み取ることができる。それと同時に、『源氏物語』を通して〈歴史〉を創造するという（a）〈歴史〉の創造、そして『栄花物語』が『源氏物語』を通して「歴史」を把握するという（b）歴史認識の立場も指摘できよう。

これに続く伊周の都への召還についても、『栄花物語』は史実とは異なる描き方をしている。史実は、①伊周左遷（九九六）、②伊周召還（九九八）、③敦康親王誕生（九九九）であり、『小右記』には、伊周と隆家の召還は詮子の病気平癒のための「非常大赦」であったと記される。(注7) ところが、『栄花物語』には、①伊周左遷、②敦康親王誕生、③伊周召還となっており、史実が改変されているのである。これを表したものが、【図3】である。あわせて『栄花物語』の叙述を確認したい。

【1】かかるほどに、今宮（敦康親王）の御事いといたはしければ、いとやむごとなく思さるるままに、「いかで今はこの御事（敦康親王の誕生）の験に旅人を」とのみ思しめして、つねに女院（藤原詮子）と上の御前（一条天皇）と語らひきこえさせたまひて、殿（藤原道長）にもかやうにまねびきこえさせたまへば、【2】「げに御子（敦康親王）の御験ははべらむこそはよからめ。今は召しに遣はさせたまへかし」など奏したまへば、上（一条天皇）いみじううれしう思しめしながら、「さはさるべきやうにともかくも」とのどやかに仰せらる。

（『栄花物語』巻第五「浦々の別」①二八五～二八六）

【図3】 伊周の左遷・召還に見る『源氏物語』と「歴史」の相関

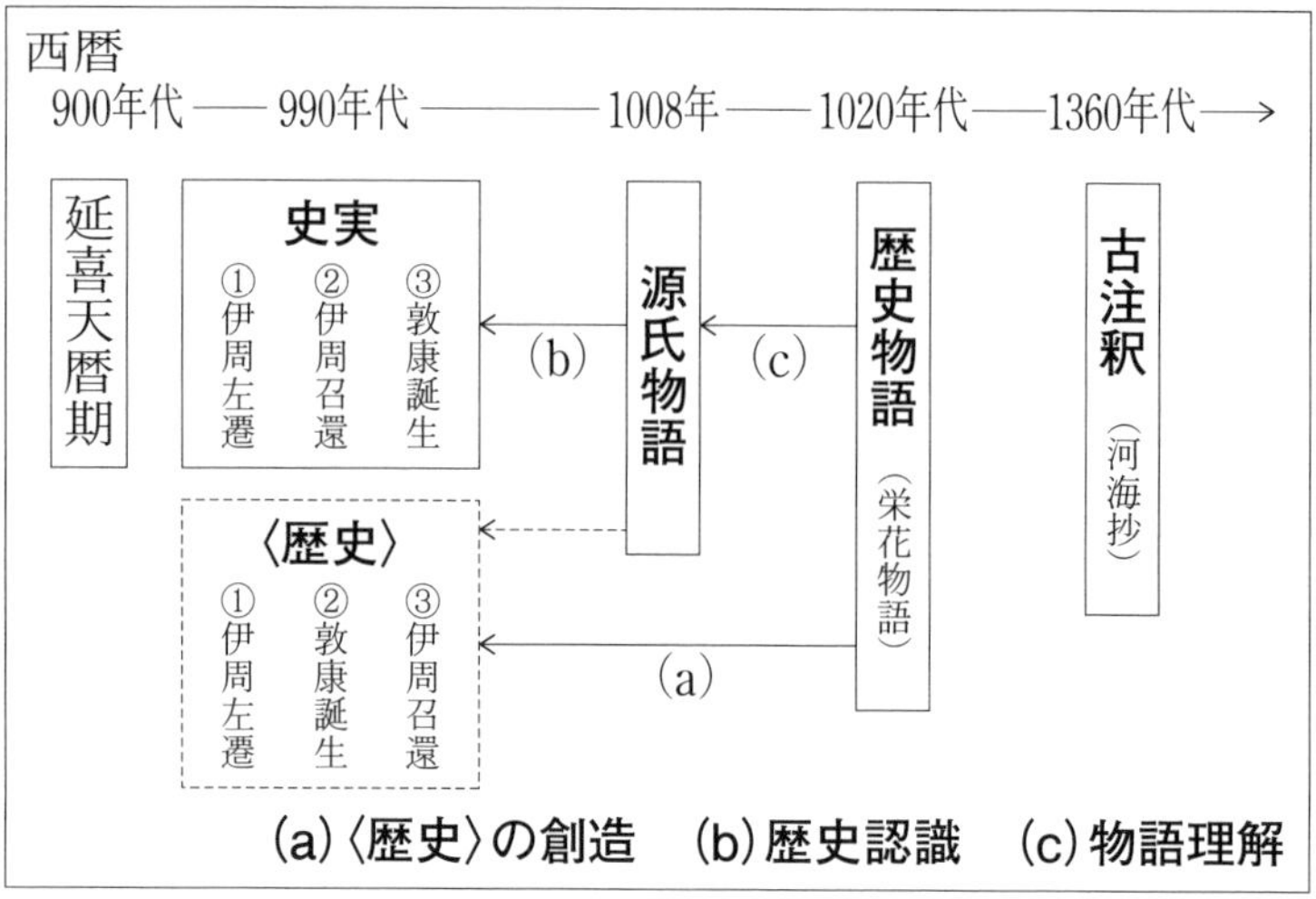

左遷された伊周の都への召還は、敦康親王の誕生を受けて決定されたことと述べられる。傍線部【1】に「この御事の験」、傍線部【2】に「御子の御験」とあり、宣旨が下されたことについても「若宮（敦康親王）の御徳」（「浦々の別」①二八六）と言及されるなど、敦康親王誕生との関係性が繰り返し強調されている。つまり、伊周召還と敦康親王誕生とが史実とは逆の順にされたことは、伊周の召還を敦康親王と関係づけて描く意図があったからである。このような『栄花物語』の書き方について、新全集の頭注には、次のように説明されている。「『栄花』は、伊周、隆家の召還の年時を史実より一年後のこととする。また、その理由も事実と異なり、敦康親王の誕生により、その後見をする人が必要となったからだとする。『源氏物語』明石巻の、冷泉帝に譲位するにあたり「朝廷の御後見をし、世をまつりごつべき人」として光源氏を召還することを決定する朱雀帝の思惟と重なり、おそらく『源氏物語』を下敷きにした書きなしであろう」（「浦々の別」①二八六）。実際、伊周は都に召還されるが、敦康親王の後見として実権を掌握することはなかった。しかし、『栄花物語』では、敦

康親王の誕生を喜ぶ一条天皇や女院詮子の姿が鮮明に描かれており、道長もまた敦康親王の存在を九条流の栄華と認識するなど、敦康親王の立太子の可能性が窺われる。(注8)つまり、『栄花物語』は伊周召還の史実を改変し、敦康親王誕生と関係づけることで、『源氏物語』「明石」巻の光源氏が冷泉帝の後見のために政界復帰したことを読者に想起させ、敦康親王の即位への道と伊周政権の確立を期待させるのである。

さて、『栄花物語』巻第三十一「殿上の花見」冒頭には、藤原道長の死後の様子が語られる。

入道殿（藤原道長）ぅせさせたまひにしかども、関白殿（藤原頼通）、内大臣殿（藤原教通）、女院（藤原彰子）、中宮（藤原威子）、あまたの殿ばらおはしませば、いとめでたし。督の殿（藤原嬉子）、皇太后宮（藤原妍子）のおはしまさぬこそは、口惜しきことなれど、いかでかはさのみ思ふさまにはおはしまさん。光源氏隠れたまひて、名残もかくやとぞ、さすがにおぼえける。めでたきながらも、あはれにおぼえさせたまふ。后宮（明石中宮）、右大臣殿（夕霧）、薫大将などばかりものしたまふほどのおぼえさせたまふなり。さすが末になりたる心地してあはれなり。

（『栄花物語』巻第三十一「殿上の花見」③一八七）

道長の死後も子女たちは健在であることから、道長の栄華は今なお続いているという。そこでたとえられるのが、光源氏の死後のことである。道長亡き後の感慨は、「光源氏隠れたまひて、名残もかくや」と表現され、『源氏物語』を踏まえることで読者の共感を求める書き方がなされる。そして、頼通、教通、彰子、威子といった道長の子女たちは、それぞれ夕霧、薫、明石中宮に重ねられている。これは、『栄花物語』が『源氏物語』の影響を受けたという単純なものではなく、『栄花物語』が『源氏物語』を通して「歴史」を把握しようとしている記述として捉えられよう。院政期の人々は、一世代前の歴史を捉える際、『源氏物語』の発想や枠組みを利用したのである。つまり、

『源氏物語』を通して人々の共有する類型が、史実を理解する際の歴史認識となっているのである。道長の薨去は、万寿四（一〇二七）年であり、『源氏物語』成立期以降のことである。しかし、これを時系列で考える必要はない。『栄花物語』が『源氏物語』の歴史認識を踏まえて歴史叙述を展開していることにこそ、意味があるのである。

以上、【図2】「読者の方法」に示した（a）〈歴史〉の創造、（b）歴史認識、（c）物語理解という三つの視点を確認した。これにより、『源氏物語』と歴史物語のあり方が、中世の准拠説の成立に直接的な影響を与えたものと理解できる。『栄花物語』が、光源氏をたとえに出して藤原伊周や藤原道長を描写することは、『源氏物語』を通して「歴史」を認識するという方法であった。そして、古注釈は『源氏物語』に描かれる光源氏の須磨流謫について、『栄花物語』の本文を引用して藤原伊周の例を示す。このような注釈態度からは、これまで指摘されてきた「作者の方法」だけではなく、「読者の方法」をも読み取ることができるのである。ただし、『栄花物語』の本文が直接引用されることについては、慎重に考えたい。古注釈が歴史物語を虚構ではなく歴史的事実と認識したからかもしれないし、『源氏物語』を深く理解するための手だてとして、史実と虚構とを分かつことなく、その類話の持つ普遍性を提示したかったからかもしれない。今後、古注釈それぞれの注釈姿勢の検討とともに、解明していきたい課題である。

注

（1）木村朗子「二人の光源氏―『栄花物語』と『源氏物語』の間を読む―」（助川幸逸郎・立石和弘・土方洋一・松岡智之編『新時代への源氏学Ⅰ　源氏物語の生成と再構築』竹林舎、二〇一四・五）には、『栄花物語』において藤原道長と藤原伊周の二人が光源氏に重ねて描かれていることについて述べられている。

（2）新全集の頭注には、「「見たてまつる」の主語は検非違使。長徳二年（九九六）当時は『源氏物語』はまだ成立していないので、検非違使が伊周を見て光源氏を想起したというのは、不自然な類想」と指摘される。

（3）山中裕『歴史物語成立序説―源氏物語・栄花物語を中心として―』（東京大学出版会、一九六二・八）、加納重文「栄花物語の記述の誤りをめぐって」（『国語国文』第四〇巻第九号、一九七一・九）、のち「記述の誤りをめぐって」（『歴史物語の思想』京都女子大学、一九九二・一二）。

（4）中村康夫「『栄花物語』と史実」（山中裕編『王朝歴史物語の世界』吉川弘文館、一九九一・六）。

（5）前掲注（4）中村論文。

（6）中野幸一・栗山元子編『源氏物語古註釈叢刊　第一巻　源氏釈　奥入　光源氏物語抄』「光源氏物語抄　二〈九　すま〉」二四四（武蔵野書院、二〇〇九・九）。

（7）『小右記』長徳三年四月五日条には、「左大臣（藤原道長）依喚参上御所、頃之復陣、仰諸卿云、大宰前帥（藤原伊周）・出雲権守藤原（隆家）朝臣可霑去月廿五日恩詔乎否、不可召上歟、雖潤恩詔尚可在所歟、其間定申者」とある。

（8）道長は敦康親王誕生に際し、「同じきものを、いときららかにもせさせたまへるかな。筋は絶ゆまじきことにこそありけれとのみぞ。九条殿（藤原師輔）の御族よりほかのことはありなむやと思ふものから、そのなかにもなほこの一筋（藤原兼家流）は心ことなりかし」（『栄花物語』「浦々の別」①二八四〜二八五）と発言している。

初出一覧

序章　『源氏物語』准拠論の可能性――物語の政治世界を読み解く――　書き下ろし

第Ⅰ部　光源氏の政治――〈家〉の形成と王権――

第一章　冷泉帝の元服――摂政設置と后妃入内から――
「冷泉朝始発における光源氏の政治構想――冷泉帝の元服と後宮政策から――」
（中古文学会『中古文学』第八一号、二〇〇八年）

第二章　光源氏の摂政辞退――物語における摂関職――
『源氏物語』光源氏の「摂政」辞退――「摂政」の流動性と光源氏の政治家像――」
（古代文学研究会『古代文学研究 第二次』第一五号、二〇〇六年）

第三章　明石姫君の袴着――腰結の役をめぐって――
「明石姫君の袴着――腰結の役をめぐって――」
（紫式部学会『むらさき』第五二輯、二〇一五年）

第四章　冷泉帝主催の七夜の産養
「『源氏物語』冷泉帝主催の七夜の産養――平安時代における産養の史実から――」
（中古文学会『中古文学』第九三号、二〇一四年）

第Ⅱ部　桐壺院の政治――後宮運営と皇位継承――

第五章　光源氏立太子の可能性――桐壺更衣の女御昇格――

「桐壺帝による「桐壺女御」の実現――宇多朝から一条朝の史実を媒介として――」

（明治大学大学院『文学研究論集』第二三号、二〇〇五年）

第六章　藤壺の宮の立后――藤原遵子との比較から――

「『源氏物語』藤壺の宮立后の再検討――円融朝における遵子立后との比較――」

（明治大学大学院『文学研究論集』第二四号、二〇〇六年）

第七章　桐壺院の〈院政〉確立――後三条朝の史実から――

「『源氏物語』桐壺院の〈院政〉確立――後三条朝における後宮と皇位継承の問題から――」

（日本文学協会『日本文学』第五八巻第九号、二〇〇九年）

第八章　殿舎「桐壺」に住まう后妃の形象――桐壺更衣から明石女御へ――

「『源氏物語』桐壺に住まう后妃の形象――〈桐〉と〈鳳凰〉の故事から――」

（『東亜日本語教育日本研究前沿分存』中山大学出版会、二〇〇九年）

第Ⅲ部　大臣家の政治――後宮政策と摂関政治――

第九章　弘徽殿大后の政治的機能――朱雀朝の「母后」と「妻后」――

「弘徽殿大后の政治的機能と摂関政治――朱雀朝における「母后」と「妻后」――」

（助川幸逸郎・土方洋一・立石和弘・松岡智之編『新時代への源氏学6　虚構と歴史のはざまで』竹林舎、二〇一四年）

第十章　左大臣家の後宮政策――冷泉朝における立后争い――
「『源氏物語』冷泉朝における立后争い――「この家にさる筋の人出でものしたまはでやむやうあらじ」――」
（明治大学古代学研究所『古代学研究所紀要』第四号、二〇〇七年）

第十一章　匂宮の皇位継承の可能性――夕霧大臣家と明石中宮――
「『源氏物語』皇統の行方――匂宮への皇位継承をめぐって――」
（吉村武彦・石川日出志・日向一雅編『交響する古代』東京堂出版、二〇一一年）

第十二章　物語作品における中央政治――諸寮の様相――
「平安時代の文学作品における諸寮の様相」
（平安文学と隣接諸学4 日向一雅編『王朝文学と官職位階』竹林舎、二〇〇八年）

第Ⅳ部　『源氏物語』から歴史物語へ――〈歴史〉の創造――

第十三章　『栄花物語』円融朝の立后争い
「『栄花物語』円融天皇による遵子立后――摂関職と皇統の問題から――」
（物語研究会『物語研究』第一〇号、二〇一〇年）

第十四章　『大鏡』の歴史認識――「すゐのよの源氏のさかえ」――　書き下ろし
※口頭発表「『大鏡』における〈安和の変〉の位置づけ――「道理」と「源氏の栄え」をめぐって――」（古代文学研究会例会、於名古屋大学、二〇〇八年二月）および、「『源氏物語』と歴史物語との往還――『大鏡』「源氏の栄え」をめぐって――」（日本文学協会第二九回研究発表大会、於静岡大学、二〇〇九年七月）に基づく。

第十五章　歴史物語における「源氏」の位相――創造される〈歴史〉――

「『栄花物語』『大鏡』における〈源氏〉の位相――『源氏物語』と創造された「歴史」――」
（高橋亨編『〈紫式部〉と王朝文芸の表現史』森話社、二〇一二年）

第十六章　帝の御妻《みめ》をも過つたぐひ――后妃密通という話型――
「「帝の御妻をも過つたぐひ」――『源氏物語』から歴史物語へ――」
（日向一雅編『源氏物語の礎』青簡舎、二〇一二年）

終章　『源氏物語』と史実・准拠・歴史物語――今後の展望――　書き下ろし

あとがき

小学生の頃、学研の『日本の歴史』シリーズを読んで、日本史に興味を持った。NHK大河ドラマを欠かさず見て、家のふすまに歴史上の人物の系図を書き、夏休みの自由研究は織田信長を取り上げて、安土城跡や桶狭間の古戦場を訪れた。中学生になると、『大鏡』や『和泉式部日記』など古典文学に夢中になり、筆で和歌を書いたり十二単を描いたり、平安時代の文化に憧憬した。日本史や古典の本ばかり読んでいる私に、高校時代の先生は「あなたのやりたいことは大学に行けばできるから、今は大学に入るための道具だと思って、他の教科も勉強しなさい」と仰った。明治大学を受験したのは、担任の先生の出身大学だったからである。

明治大学文学部に入学し、日向一雅先生に出会えたことで私の人生は変わった。両親の影響から高校の教員になることを目指していたが、日向先生の准拠論の講義を聞いて新しい世界を知り、その魅力にとりつかれた。醍醐―朱雀―村上と桐壺―朱雀―冷泉の系図を示しながら日向先生が講義されたことは、今でも鮮明に覚えている。そして、日向先生の『源氏物語の準拠と話型』を心躍らせながら読んだ。以降、卒業論文も修士論文も『源氏物語』の准拠について扱った。興味関心が明確で研究テーマに困ることがなかった一方、自分の研究に偏りや限界を感じて、悩んだ時期もあった。しかし、自分にしかできないことを愚直にやっていくしかないのだと思い直し、今に至る。

本書は、二〇〇九年度に明治大学に提出した博士論文「『源氏物語』における政治と後宮制度に関する研究――『源氏物語』准拠論から「物語と歴史」の問題へ――」に基づく。主査の日向先生はじめ、東京大学名誉教授の三角洋一先生、中世史をご専門とされる明治大学教授の上杉和彦先生には副査としてご指導いただいた。三角先生のご訃報を聞き、本書をお届けできなかったことが悔やまれる。

私が本格的に文学研究を志そうと思ったのは、博士後期課程に進学した年である。「研究を形にするのには、どのくらいかかりますか」という質問に、日向先生は「十年くらいかな」とお答えくださった。若かった私は、なんと気の遠くなる話かと感じた。しかし、初めて論文を書き上げてから本書をまとめるまでちょうど十年、先生のお話の通りだったと思う。いつも優しく、時に厳しくご指導くださり、研究者としてだけではなく、人間的に成長できたのは、日向先生のおかげだと実感している。また、物語研究会と古代文学研究会に入会してから、会員の先生方にはさまざまな場でご指導いただき、現在の私の研究の土台ができたものと思う。

そして今の私があるのは、長い学生時代を経済的に支え、研究生活を心から応援してくれる両親のおかげである。いつか恩返ししたいと思いつつ、なかなかできないでいることが歯がゆいが、本書を世に出すことで少しは形にできるように思う。いつもそばにいてくれる夫・太郎と妹・香澄も私の心の支えになっている。

本書を刊行するにあたり、笠間書院の橋本孝編集長と相川晋氏には大変お世話になった。索引作成をお引き受けいただいた立正大学の布村浩一先生、大学院時代の後輩の久保田由香さんにもお礼を述べる。

なお、本書は日本学術振興会科学研究費補助金（研究成果公開促進費）の交付を受けた。最後に感謝の意を表す。

高橋麻織

平成二十八年八月吉日　　紫苑三歳の夏

平安京内裏図

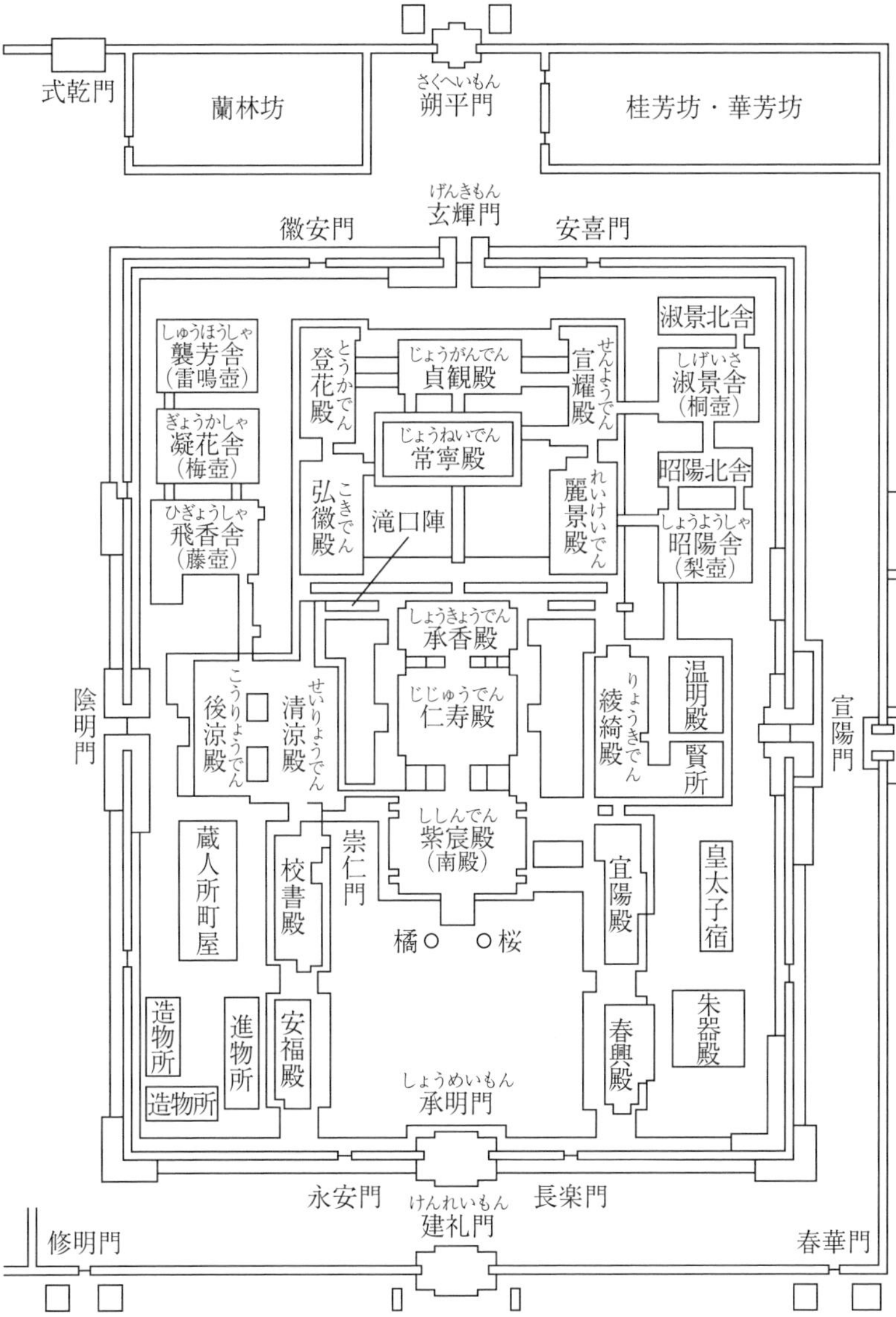
式乾門
蘭林坊
朔平門《さくへいもん》
桂芳坊・華芳坊
玄輝門《げんきもん》
徽安門
安喜門
淑景北舎
襲芳舎《しゅうほうしゃ》
（雷鳴壺）
登花殿《とうかでん》
貞観殿《じょうがんでん》
宣耀殿《せんようでん》
淑景舎《しげいさ》
（桐壺）
凝花舎《ぎょうかしゃ》
（梅壺）
常寧殿《じょうねいでん》
昭陽北舎
飛香舎《ひぎょうしゃ》
（藤壺）
弘徽殿《こきでん》
滝口陣
麗景殿《れいけいでん》
昭陽舎《しょうようしゃ》
（梨壺）
承香殿《しょうきょうでん》
後涼殿《こうりょうでん》
清涼殿《せいりょうでん》
仁寿殿《じじゅうでん》
綾綺殿《りょうきでん》
温明殿
賢所
陰明門
宣陽門
建春門
紫宸殿《ししんでん》
（南殿）
崇仁門
蔵人所町屋
校書殿
宜陽殿
皇太子宿
橘
桜
造物所
進物所
安福殿
春興殿
朱器殿
造物所
承明門《しょうめいもん》
永安門
長楽門
建礼門《けんれいもん》
修明門
春華門

【天皇・源氏系図】

※数字は皇位継承の順を示す

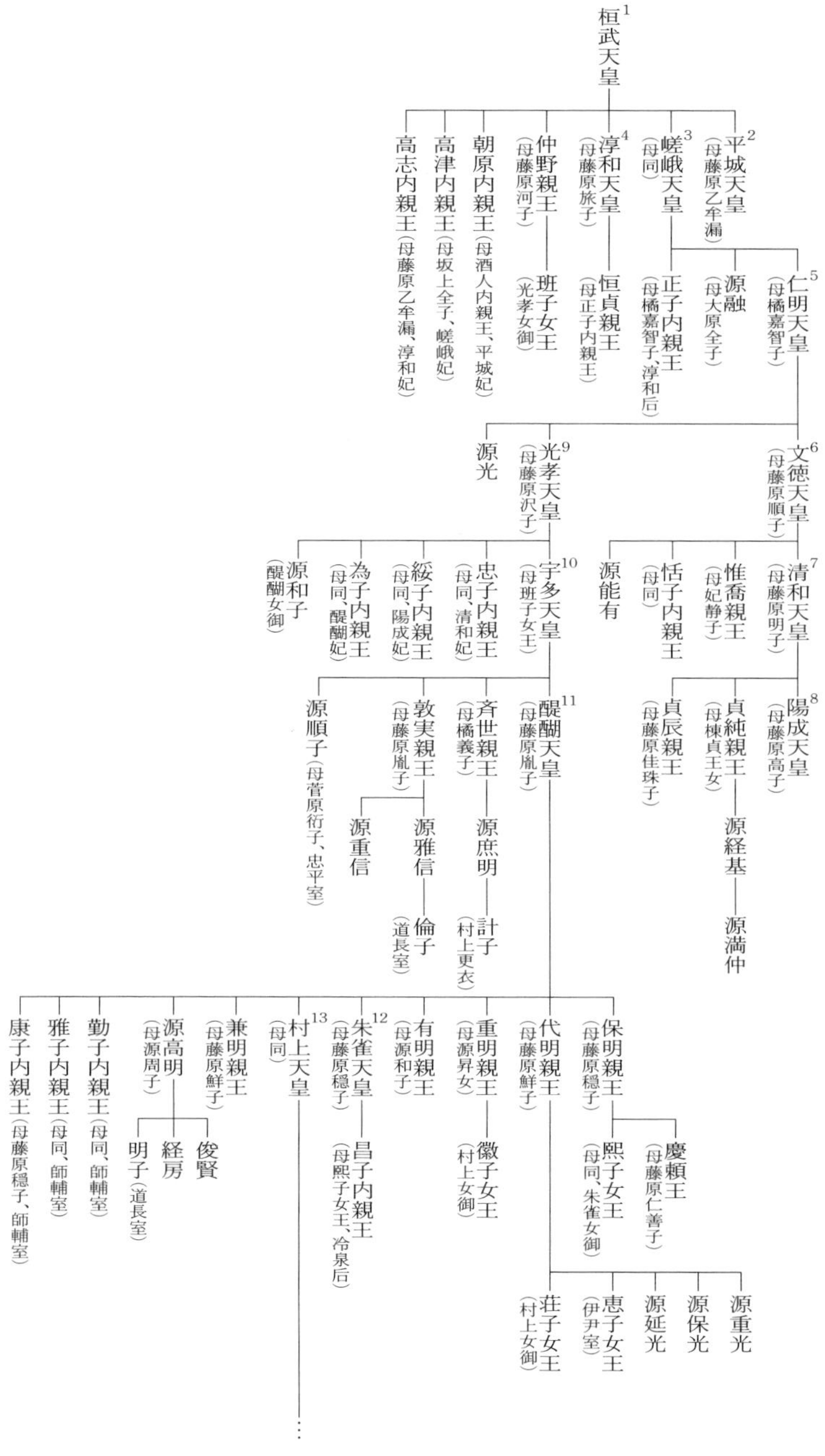

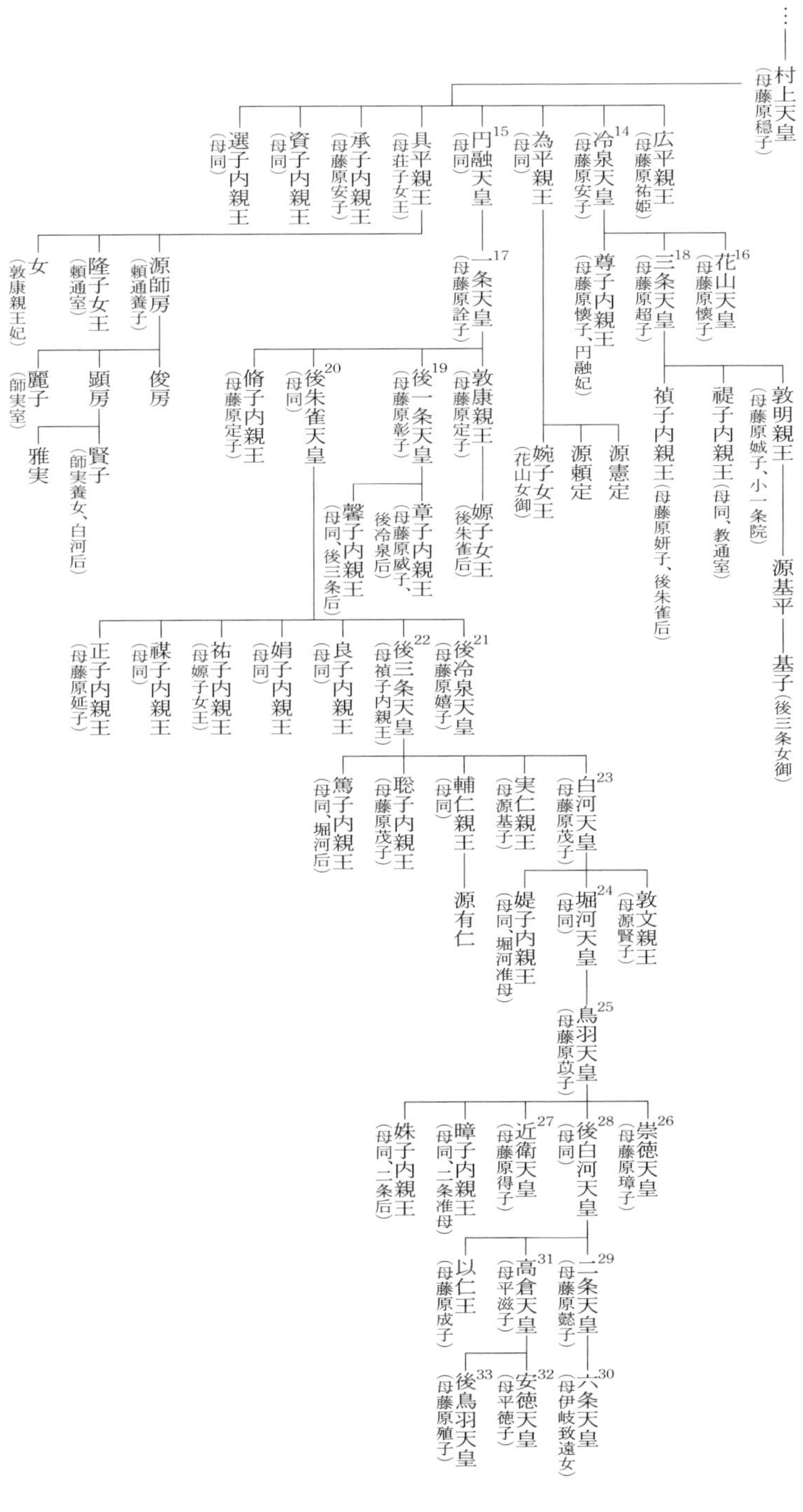
村上天皇（母藤原穏子）
広平親王（母藤原祐姫）
冷泉天皇[14]（母藤原安子）
為平親王（母同）
円融天皇[15]（母同）
具平親王（母荘子女王）
承子内親王（母藤原安子）
資子内親王（母同）
選子内親王（母同）
花山天皇[16]（母藤原懐子）
三条天皇[18]（母藤原超子）
尊子内親王（母藤原懐子、円融妃）
一条天皇[17]（母藤原詮子）
源師房（頼通養子）
隆子女王（頼通室）
女（敦康親王妃）
敦明親王（母藤原娍子、小一条院）
禔子内親王（母同、教通室）
禎子内親王（母藤原妍子、後朱雀后）
源憲定
源頼定
婉子女王（花山女御）
敦康親王（母藤原定子）
後一条天皇[19]（母藤原彰子）
後朱雀天皇[20]（母同）
脩子内親王（母藤原定子）
俊房
顕房
麗子（師実室）
賢子（師実養女、白河后）
雅実
源基平
基子（後三条女御）
嫄子女王（後朱雀后）
章子内親王（母藤原威子、後冷泉后）
馨子内親王（母同、後三条后）
後冷泉天皇[21]（母藤原嬉子）
後三条天皇[22]（母禎子内親王）
良子内親王（母同）
娟子内親王（母同）
祐子内親王（母嫄子女王）
禖子内親王（母同）
正子内親王（母藤原延子）
白河天皇[23]（母藤原茂子）
実仁親王（母源基子）
輔仁親王（母同）
聡子内親王（母藤原茂子）
篤子内親王（母同、堀河后）
源有仁
敦文親王（母源賢子）
堀河天皇[24]（母同）
媞子内親王（母同、堀河准母）
鳥羽天皇[25]（母藤原苡子）
崇徳天皇[26]（母藤原璋子）
後白河天皇[28]（母同）
近衛天皇[27]（母藤原得子）
暲子内親王（母同、二条准母）
姝子内親王（母同、二条后）
二条天皇[29]（母藤原懿子）
高倉天皇[31]（母平滋子）
以仁王（母藤原成子）
六条天皇[30]（母伊岐致遠女）
安徳天皇[32]（母平徳子）
後鳥羽天皇[33]（母藤原殖子）

【藤原氏系図】

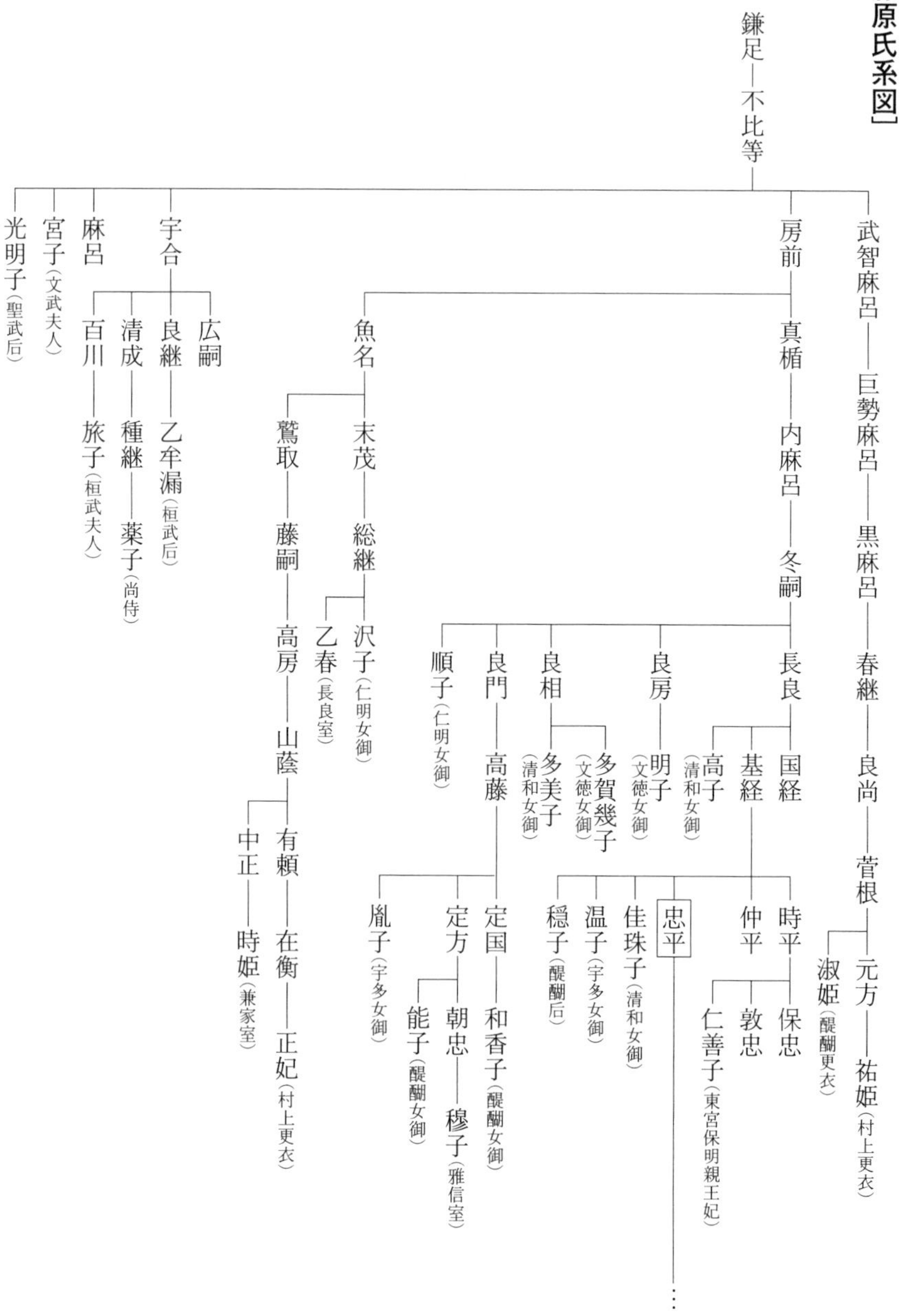
鎌足
不比等
武智麻呂
巨勢麻呂
黒麻呂
春継
良尚
菅根
元方
祐姫（村上更衣）
淑姫（醍醐更衣）
房前
真楯
内麻呂
冬嗣
長良
国経
基経
時平
保忠
仲平
敦忠
仁善子（東宮保明親王妃）
忠平
佳珠子（清和女御）
温子（宇多女御）
穏子（醍醐后）
高子（清和女御）
良房
明子（文徳女御）
良相
多賀幾子（文徳女御）
多美子（清和女御）
良門
高藤
定国
和香子（醍醐女御）
定方
朝忠
穆子（雅信室）
能子（醍醐女御）
胤子（宇多女御）
順子（仁明女御）
魚名
末茂
総継
沢子（仁明女御）
乙春（長良室）
鷲取
藤嗣
高房
山蔭
有頼
在衡
正妃（村上更衣）
中正
時姫（兼家室）
宇合
広嗣
良継
乙牟漏（桓武后）
清成
種継
薬子（尚侍）
百川
旅子（桓武夫人）
麻呂
宮子（文武夫人）
光明子（聖武后）

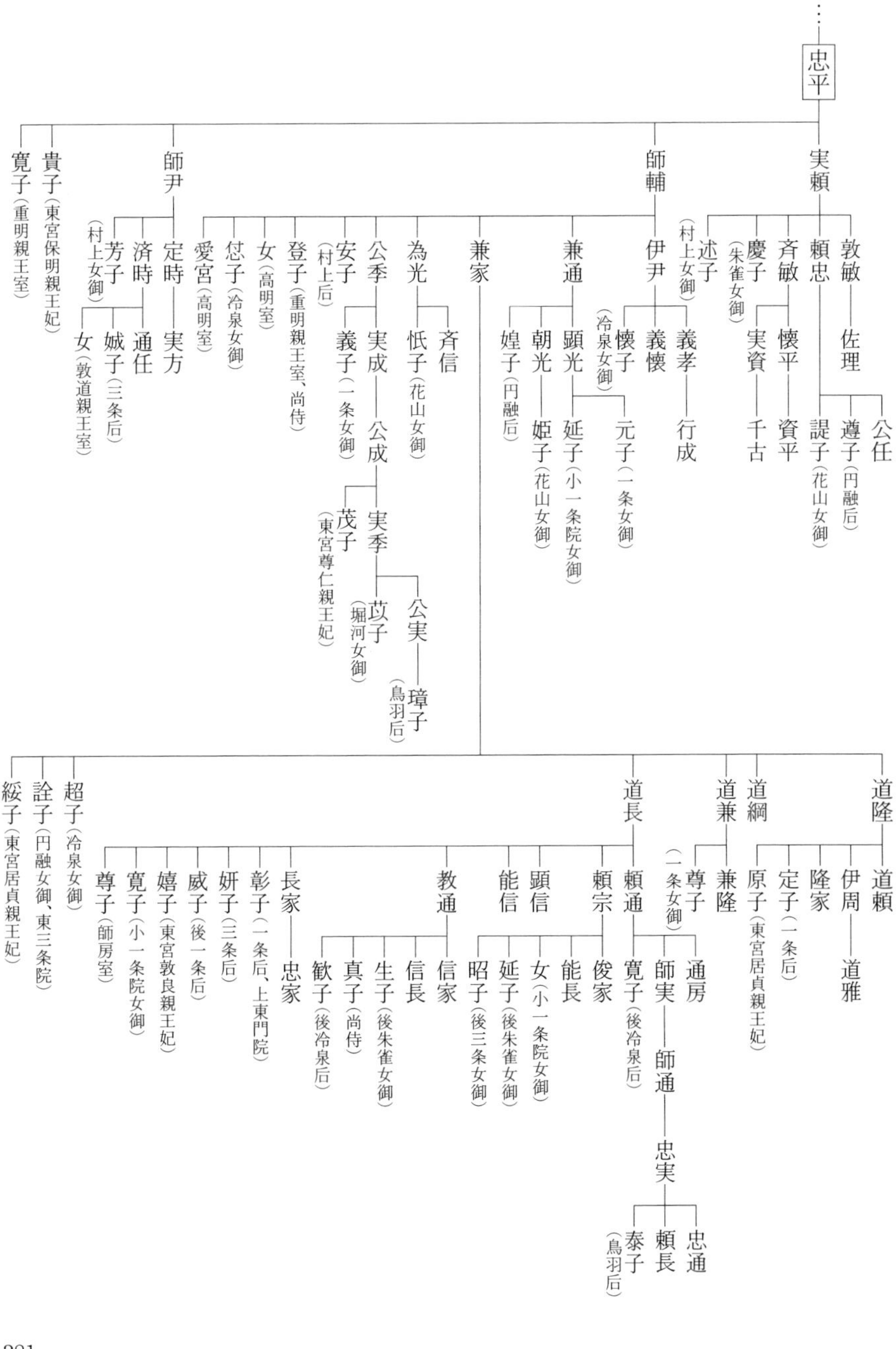
忠平
実頼
師輔
師尹
貴子（東宮保明親王妃）
寛子（重明親王室）
敦敏
頼忠
斉敏
慶子（朱雀女御）
述子（村上女御）
佐理
公任
遵子（円融后）
諟子（花山女御）
懐平
実資
資平
千古
伊尹
兼通
兼家
為光
公季
安子（村上后）
登子（重明親王室、尚侍）
女（高明室）
怤子（冷泉女御）
愛宮（高明室）
義孝
義懐
懐子（冷泉女御）
行成
顕光
朝光
媓子（円融后）
元子（一条女御）
延子（小一条院女御）
姫子（花山女御）
斉信
忯子（花山女御）
実成
義子（一条女御）
公成
実季
茂子（東宮尊仁親王妃）
公実
苡子（堀河女御）
璋子（鳥羽后）
定時
済時
芳子（村上女御）
実方
通任
娍子（三条后）
女（敦道親王室）
道隆
道綱
道兼
道長
超子（冷泉女御）
詮子（円融女御、東三条院）
綏子（東宮居貞親王妃）
道頼
伊周
隆家
定子（一条后）
原子（東宮居貞親王妃）
道雅
兼隆
尊子（一条女御）
頼通
頼宗
顕信
能信
教通
長家
彰子（一条后、上東門院）
妍子（三条后）
威子（後一条后）
嬉子（東宮敦良親王妃）
寛子（小一条院女御）
尊子（師房室）
通房
師実
寛子（後冷泉后）
師通
忠実
忠通
頼長
泰子（鳥羽后）
俊家
能長
女（小一条院女御）
延子（後朱雀女御）
昭子（後三条女御）
信家
信長
生子（後朱雀女御）
真子（尚侍）
歓子（後冷泉后）
忠家

『源氏物語』人物系図

第一部（桐壺～藤裏葉）

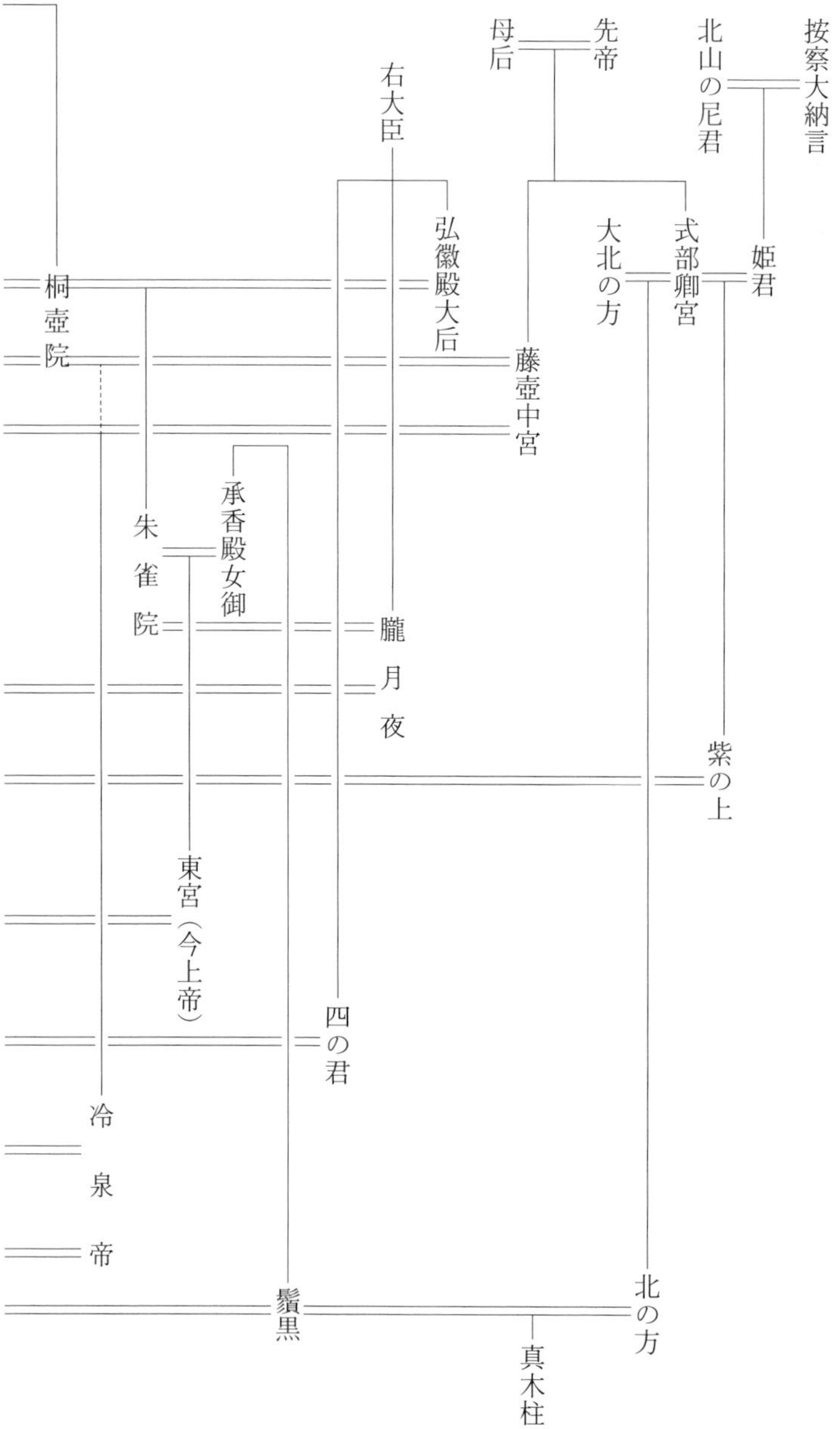

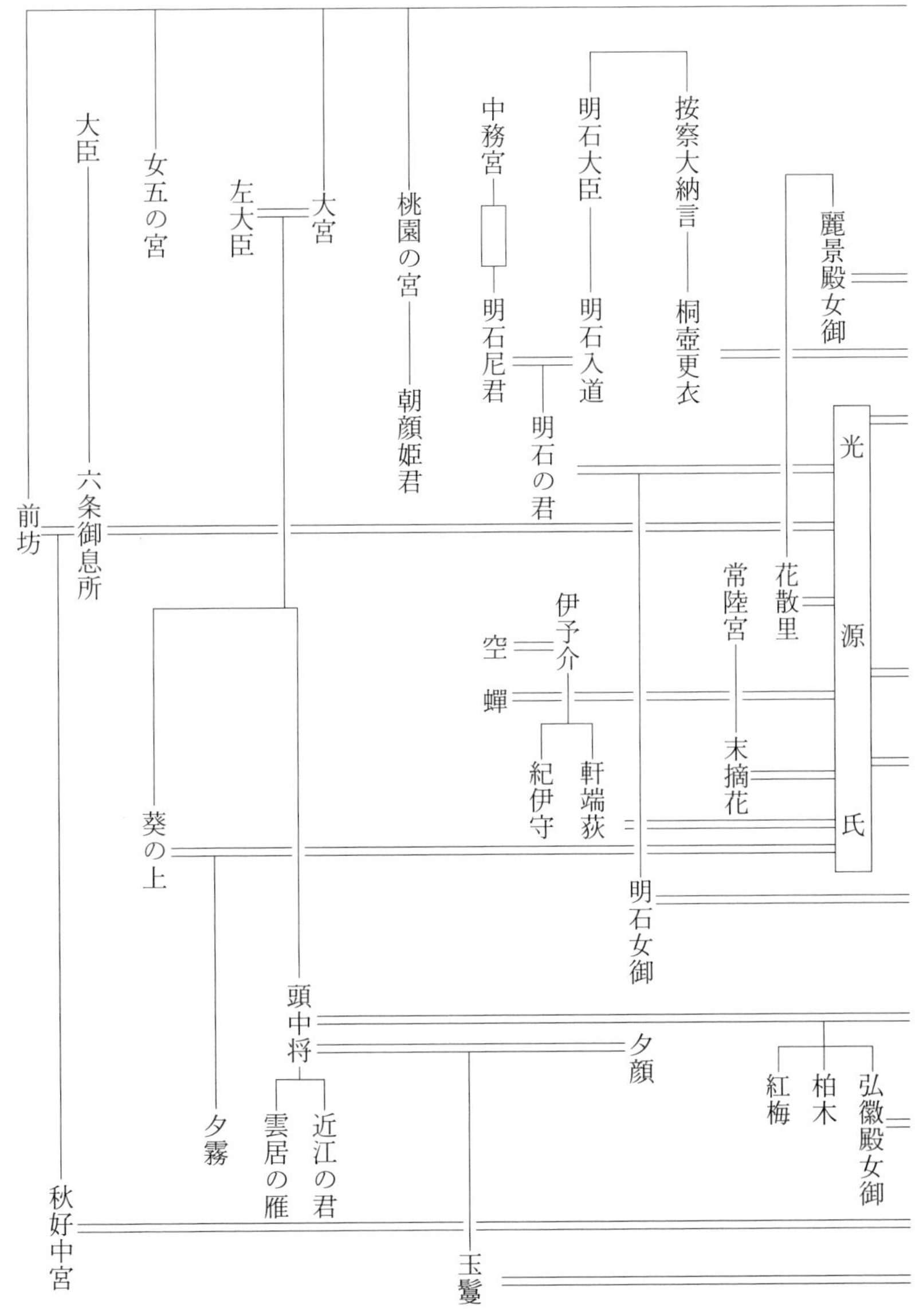
按察大納言
明石大臣
中務宮
桃園の宮
大宮
左大臣
女五の宮
大臣
麗景殿女御
桐壺更衣
明石入道
明石尼君
朝顔姫君
明石の君
光源氏
六条御息所
前坊
花散里
常陸宮
伊予介
空蟬
末摘花
軒端荻
紀伊守
葵の上
明石女御
頭中将
夕顔
弘徽殿女御
柏木
紅梅
近江の君
雲居の雁
夕霧
秋好中宮
玉鬘

第二部（若菜上～幻）

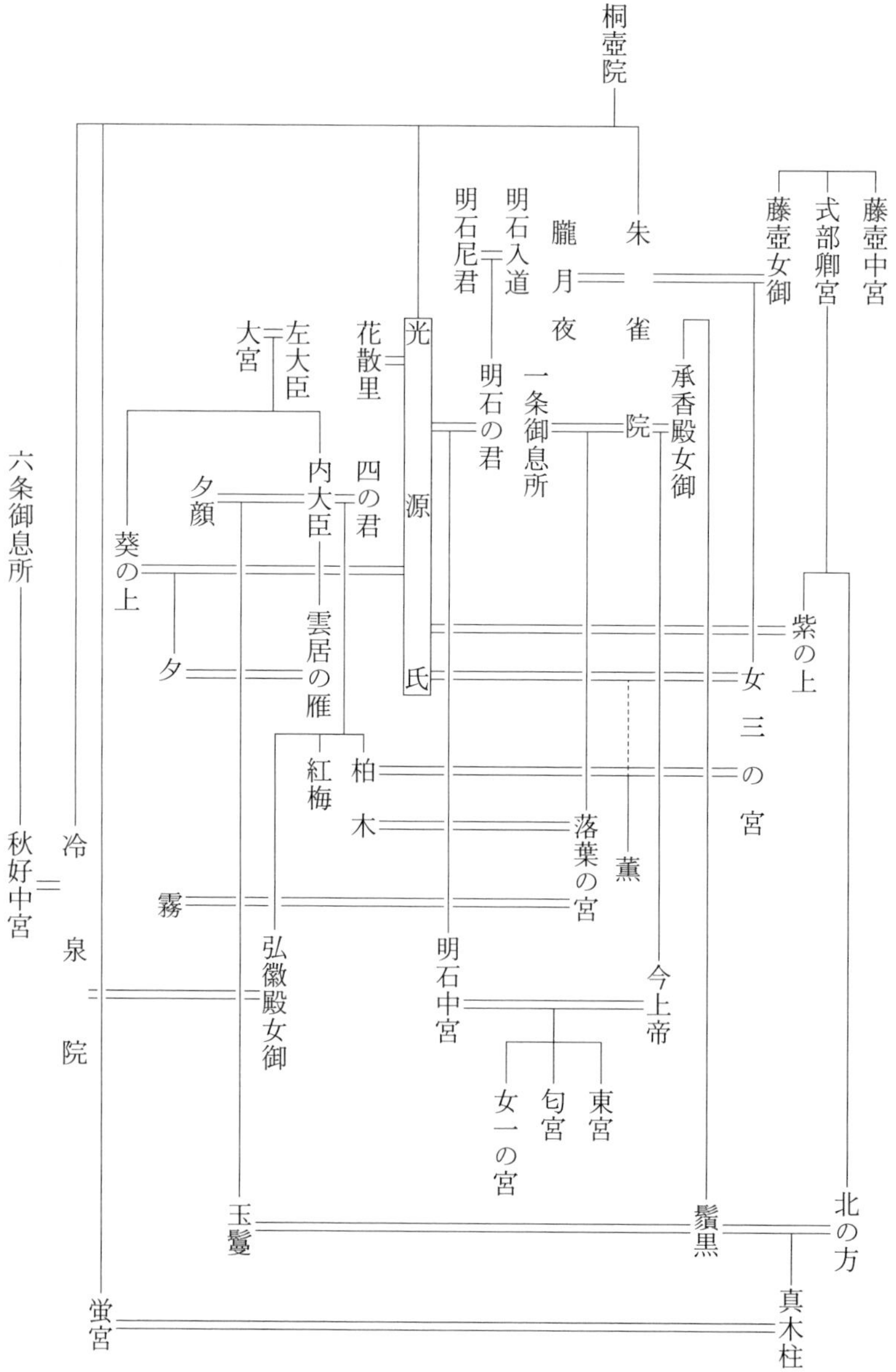
藤壺中宮
式部卿宮
藤壺女御
桐壺院
朱雀院
朧月夜
明石入道
明石尼君
光源氏
花散里
左大臣
大宮
承香殿女御
一条御息所
明石の君
四の君
内大臣
夕顔
葵の上
紫の上
女三の宮
雲居の雁
夕
柏木
紅梅
落葉の宮
薫
六条御息所
秋好中宮
冷泉院
霧
弘徽殿女御
明石中宮
今上帝
東宮
匂宮
女一の宮
北の方
鬚黒
玉鬘
真木柱
蛍宮

第三部（匂兵部卿～夢浮橋）

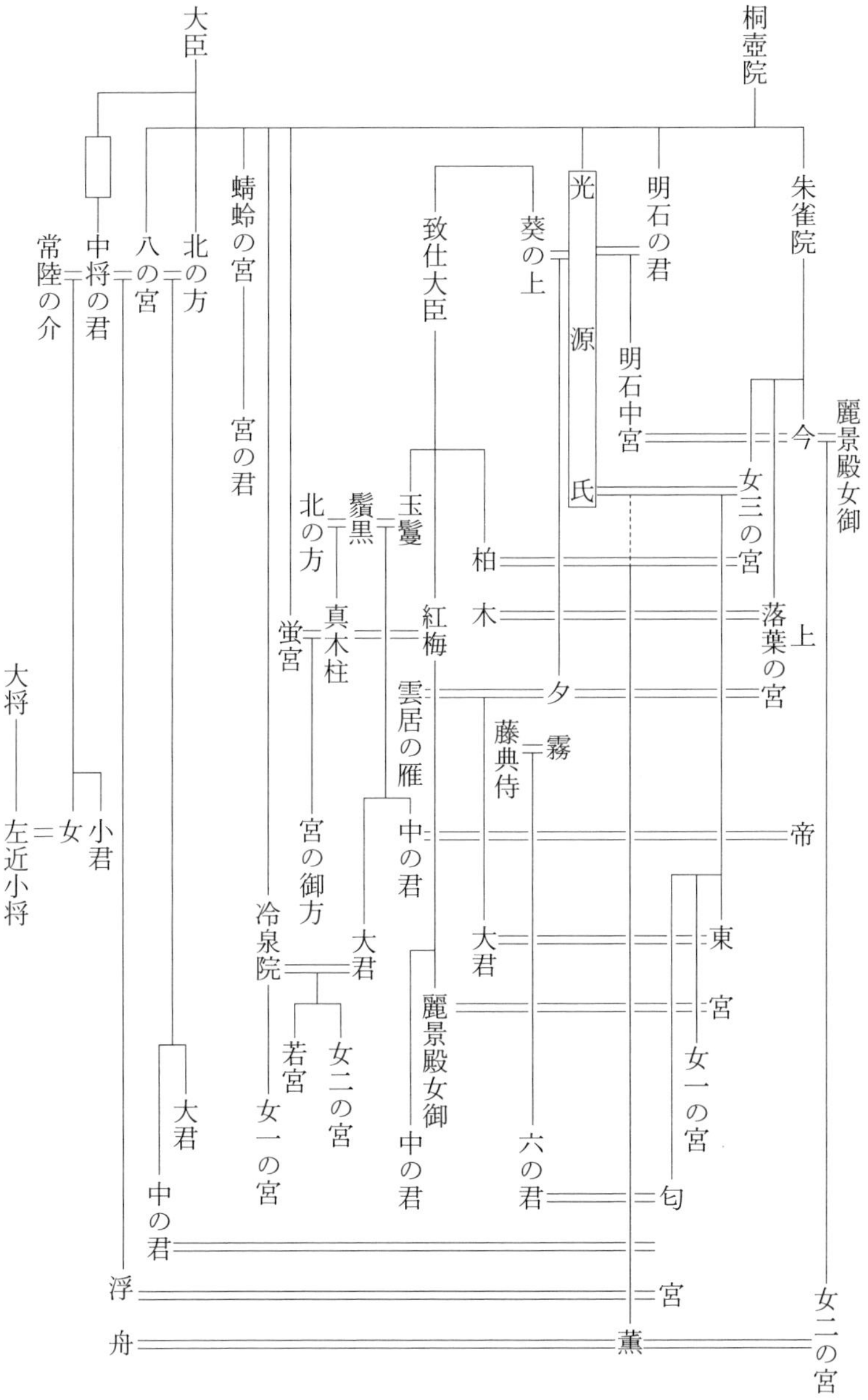
桐壺院
朱雀院
明石の君
光源氏
葵の上
致仕大臣
大臣
北の方
八の宮
中将の君
常陸の介
蜻蛉の宮
宮の君
麗景殿女御
今上
明石中宮
女三の宮
落葉の宮
柏木
玉鬘
鬚黒
北の方
紅梅
真木柱
蛍宮
夕霧
雲居の雁
藤典侍
帝
中の君
宮の御方
冷泉院
大君
大君
東宮
女一の宮
麗景殿女御
若宮
女二の宮
女一の宮
中の君
六の君
匂宮
大君
中の君
浮舟
薫
女二の宮
大将
左近小将
女
小君

索　引

1　本索引は、固有名と論旨に関わる項目を取り上げ、作成したものである。『源氏物語』関連とその他に分け、五十音順に配列し、頁を示した。
2　特に、『源氏物語』関連の項目には、物語における観念を強調し、〈　〉を付したものがある。これは、史実におけるタームとの違いを意識した表現であり、詳しくは各章で説明している。
3　光源氏など、頻出する項目はとらない。

人名・書名・事項

【あ行】

青島麻子　246, 260
秋澤亙　17, 30, 55, 82, 88, 97
秋山虔　5, 25, 26, 45, 55, 57, 230, 240, 359
浅尾広良　17, 29, 30, 36, 48, 56, 67, 75, 80, 82, 142, 145, 163, 175, 176, 178, 180, 212
浅香年木　282
飛鳥井の女君（『狭衣物語』）　275
足立繭子　26
敦明親王（小一条院）　338, 339
敦康親王　19, 90, 113-115, 119, 360, 364-367, 369
あて宮（『うつほ物語』）　31, 111, 113, 276, 277
阿部秋生　7, 26
あやべの内麻呂（『竹取物語』）　267
有明親王　131, 320
在原業平　13, 279, 349, 353-356, 359, 360
在原忠保（『うつほ物語』）　277
安西廸夫　325, 334, 345
安和の変　311, 312, 332, 341- 343, 344
飯沼清子　117
位階　141, 145, 261
池田節子　105, 116
遺志　78, 174, 215, 303
石川徹　27
石田穣二　28
石津はるみ　213
為子内親王　39, 40, 57, 146, 163, 241
石原のり子　325, 334
『和泉式部日記』　262
『伊勢物語』　8, 13, 262, 277, 279, 340, 353-360
一位　66, 81, 141, 359
一院三后　153
一院二后　152, 153, 156
一条朝　16, 36, 37, 40, 41, 48, 60, 72, 73, 116, 156, 196, 211, 333, 360
一条天皇（懐仁親王）　8, 12, 38, 40-42, 48, 56, 57, 61, 62, 69, 72, 82, 90, 104, 113-115, 119, 140, 141, 150, 152, 154, 156, 157, 159, 196, 197, 213, 229, 287, 289, 290-292, 296, 297, 305, 325, 350, 367
『一代要記』　56, 144
一の人　227, 228, 301, 304, 308
一の宮（『うつほ物語』）　111
一世源氏　11, 12, 17, 31, 343
糸井通浩　177
伊藤慎吾　115, 118
伊藤博　27, 55, 59, 79, 192
いぬ宮（『うつほ物語』）　85, 279
井上薫　281
伊原昭　186, 192
今井源衛　82, 212
今井久代　29
『今鏡』　170, 179

今谷明　179
今西祐一郎　163, 179
色好み　347
院政　19, 22, 23, 167-170, 173, 175, 176, 179
院政期　3, 19, 20, 22, 24, 82, 101, 167, 170, 177, 252, 309, 310, 311, 313, 314, 323, 329, 337, 341, 345, 355, 363, 367
引用論　16
植田恭代　30
上野英子　212
氏神　330, 331
『宇治拾遺物語』　262, 273, 275
氏寺　322, 330, 331, 334
氏長者　240
後見　19, 22, 23, 35, 37, 45, 46, 50, 52-54, 59, 64-67, 72, 75-78, 95, 114, 115, 119, 124, 125, 130, 138, 147, 161, 166, 172, 178, 195, 197-201, 205-207, 209, 210, 212, 214, 215, 218, 219, 230, 231, 234, 236, 238, 239, 247, 250, 254, 257, 306, 366, 367
宇多朝　9, 142, 143, 287
宇多天皇（源定省・定省王）　19, 39-41, 105, 126, 136, 168, 176, 239, 323, 324, 329, 357
歌物語　4
雅楽寮　263, 269, 270-272, 281, 282
『うつほ物語』　24, 51, 85, 86, 98, 100, 111-113, 144, 145, 239, 262, 265-273, 276, 277, 279, 281, 282, 340
内舎人　263, 282
産養　96, 98-119, 250
梅壺更衣（『うつほ物語』）　144
梅村喬　282
栄華　35, 107, 109, 191, 211, 243, 287, 288, 309, 310, 313, 314, 317, 318, 321, 329, 331, 333, 367
『栄花物語』　4, 9, 24, 27, 57, 62, 98, 100, 113-115, 119, 148-150, 158, 159, 164, 168, 169, 171, 177, 191, 227-229, 238, 262, 266, 267, 275, 277, 287, 288, 309, 336, 337, 341, 343, 344, 346, 350, 352, 361-364, 366-368
絵師（画師）　268, 282
絵所　268
『延喜式』　139, 140, 144, 280
延喜天暦期　16, 18, 32, 37, 101, 146, 366
婉子女王　164, 165, 350, 359
円融系皇統　41, 83, 302, 305
円融朝　24, 70, 144, 146, 150, 152-154, 157, 158, 226, 228, 288, 289, 294, 300, 304, 333, 345
円融天皇（守平親王）　41, 42, 48, 61, 81, 82, 140, 146, 150, 151, 153, 154, 157-159, 161, 162, 164, 166, 168, 176, 197, 213, 228, 229, 240, 244, 287-294, 296-299, 301-308, 312, 341-343
往還関係　10, 344
王権論　21
皇子皇女　86, 99, 100, 101, 106, 108, 117
大朝雄二　32
『大鏡』　4, 9, 10, 56, 57, 62, 63, 149, 150, 196, 229, 244, 262, 266, 275, 277, 309, 336, 341-344, 350-356, 358
『大鏡裏書』　56, 79, 262, 273
大后の宮（『うつほ物語』）　118
大舎人寮　262, 263, 281, 282
大宮（『うつほ物語』）　276
大宅世次（『大鏡』）　9, 310, 324, 327, 330, 356
岡崎真紀子　171, 179, 339, 345
岡田英弘　25
岡野友彦　334
岡部明日香　58, 146, 157, 163, 164, 178, 180
岡村幸子　223, 239
荻美津夫　282
納殿　86, 139, 265
『御産部類記』　101, 105
『落窪物語』　262, 271, 277, 279, 280
小野晃嗣　282
小野宮流　288, 307
御前物　91, 104, 115, 116, 118
女一の宮（『うつほ物語』）　85, 112, 265
怨霊　320

【か行】

外戚　19, 22, 23, 44, 50-54, 56, 67, 70, 72, 81, 82, 150, 151, 164, 167, 174-177, 180, 195, 198-200, 208, 210, 214, 219, 220, 238, 239, 245, 250, 298, 303, 310-312, 320, 322, 329, 342, 360
外戚関係　19, 53, 56, 72, 74, 75, 77, 151, 211, 219-221, 237, 239
外祖父　66, 70-72, 81, 89, 102, 103, 106, 116, 128, 138, 143, 161, 174, 175, 180, 195, 196, 211, 313
『河海抄』 3, 12-14, 17, 18, 30, 31, 65, 66, 80, 100, 101, 104, 163, 177, 344, 349, 352, 353, 355, 359, 361, 364
雅楽寮→うたりょう
楽所　263, 269, 270, 271
楽人　269-272, 282
『蜻蛉日記』 262
花山天皇（師貞親王） 42, 82, 140, 153, 157, 161, 162, 164, 302, 333, 350
主計寮　274-276, 282
春日美穂　178
春日社　330
片桐洋一　353, 360
『花鳥余情』 3, 68, 69, 101, 116, 166, 178
加藤静子　178, 325, 328, 334
加藤友康　164, 307, 345
加藤洋介　16, 30, 75, 82
『角川古語大辞典』 163
仮名　9, 10, 27
加納重文　325, 334, 364, 369
神谷正昌　56
賀茂真淵　14, 28
賀茂祭（臨時祭） 265, 271, 278
高陽院　89, 91
河北騰　28
河添房江　26, 30, 31, 358
川田康幸　165, 306
漢詩　273
官職　60, 64, 69, 73, 75, 76, 78, 135, 138, 141, 149, 219-221, 240, 261, 266
『官職秘抄』 275
官人　112, 262, 263, 266, 267, 269, 273-277, 279, 280
上達部　66, 110, 111, 123, 175, 199, 210, 250, 271, 278, 352, 363
神奈備種松（『うつほ物語』） 268
神野藤昭夫　26
関白職　41, 42, 56, 73, 75, 79, 301
漢文体　9, 10
桓武天皇（山部親王） 11, 152, 243
菊地真　314, 333, 346
后の宮（『うつほ物語』） 31, 111, 112, 118
后腹　63, 83, 145, 147, 150, 151, 161, 162
后がね　45, 48, 92-95, 216, 222
熙子女王　88, 127, 165, 226
騎射　277, 278
貴族社会　12, 16, 85, 86, 98, 188, 210, 261, 281, 309, 312
牛車の宣旨　140
紀伝体　309
絹　104, 265
木村朗子　368
木村祐子　55
客観性　4, 12, 14, 20, 31
『九暦』 81
『九暦逸文』 39, 40
堯　188
凝華舎（梅壺） 181, 201, 212, 293
共感性　8
享受　3, 31, 172, 177, 353, 355, 357
饗饌　100, 101, 104, 116, 119, 266
虚構　4, 5, 7-10, 15-17, 19, 22, 25, 27, 29, 31, 72, 75, 119, 352, 353, 363, 368
清原松方（『うつほ物語』） 269
許由　188
儀礼　16, 36, 84-87, 96, 98, 139, 270
今上帝（『うつほ物語』） 111, 112, 239
近世　3, 4, 14
近代　4, 14, 20
琴の琴　85, 192
琴の伝授　85, 86
『愚管抄』 39, 170, 179
公卿　49, 60, 62, 70, 136, 178, 232, 263, 295, 309, 310, 319, 322, 335
『公卿補任』 79, 240, 308
久下裕利　58

九条流　114, 288, 307, 367
薬玉　266, 267
工藤重矩　7, 26, 27, 30
久冨木原玲　192
倉田実　30, 57, 93, 97, 116, 218, 238, 333
競馬　277
くらもちの皇子（『竹取物語』）　267
倉本一宏　56, 81, 82, 119, 164, 211, 213
内蔵寮　86, 100, 101, 116, 119, 139, 265, 266, 274, 281, 282
グリーンブラッド, スティーヴン　31
クリステヴァ, ジュリア　16, 29
栗本賀世子　30, 144, 191
蔵人所　99, 100, 116, 119, 263-265, 268, 270, 278, 282
馨子内親王　162, 344
血縁関係　22, 23, 42, 51, 53, 54, 56, 74, 78, 103, 106, 151, 182, 183, 190, 211, 214, 219, 256, 257, 298, 299, 312, 313, 339, 340, 343
源氏　11, 12, 17, 19, 28, 31, 175, 180, 241, 316, 318, 320, 322, 330-332, 334, 335, 339, 340, 342-344
「源氏」　17, 19, 24, 31, 54, 72, 74, 175, 192, 231-233, 241, 257, 310, 314, 318, 330-332, 334, 336, 339-342, 344
嫄子女王　18, 19, 228
現実　8, 18, 22, 23, 86, 95, 139, 171, 189, 199, 348, 349
「源氏の栄え」　311-314, 318, 319, 321-323, 325, 331-333
『源氏物語玉の小櫛』　14
言説　8, 26, 115, 364
玄蕃寮　273
元服　22, 36-46, 48-50, 53, 56, 57, 64, 65, 68, 69, 72, 73, 79, 80, 204, 216, 232, 241, 265, 266, 278, 294
元服年齢　36-38, 56
五位　141, 262, 263, 359
後一条天皇（敦成親王）　80, 81, 116, 118, 162, 316, 318, 321, 325, 329, 331
后位　46, 48, 57, 93, 96, 104, 142, 147, 149, 152-154, 156-159, 207-210, 213, 219, 223, 230, 233, 236-238, 297
更衣　57, 100, 101, 104, 123, 127, 130, 131, 133, 134, 136-139, 141, 142, 144, 199, 200, 203, 213, 218, 219, 239, 337, 338, 345, 348
皇位継承　23, 57, 106-109, 113, 117, 125-127, 132, 133, 137, 142, 143, 150-153, 159, 161, 162, 165, 168-173, 176, 179, 208, 210, 237, 239, 242-246, 248, 250-253, 255, 258, 289, 291, 292, 302, 341, 357
更衣腹　94, 130, 133, 134, 137-139, 142, 200
降嫁　221
後宮　21, 23, 24, 40, 45, 46, 48-50, 54, 59, 101, 106, 123, 125, 127, 130, 132-134, 136, 138, 146-150, 154, 156, 160-164, 169, 171-173, 176, 182, 183, 189, 199-201, 203, 205, 206, 215, 219, 228, 230, 232, 236, 239, 265, 287, 289, 293-295, 306, 320, 337, 338, 344, 359
後宮運営　19, 23, 195, 241
後宮政策　19, 21, 23, 24, 35-37, 39-42, 44, 50, 53, 57, 74, 164, 195, 199, 203, 206, 208-211, 215, 216, 235, 237, 238
後宮制度　126
後宮秩序　169-171
後宮殿舎　138, 181
後宮編成　171-173, 176
皇位継承者　109, 113, 127, 132, 169, 171, 246, 248, 251, 302
光孝天皇（時康親王）　9, 132, 143, 153, 320, 357
皇嗣　11, 19, 108, 109, 117, 207, 210, 222-224, 226, 228, 229, 233, 236-239, 241, 291, 305
皇族　19, 51, 54, 117, 136, 175, 180, 241, 263, 330, 334, 343, 344
皇太后　141, 142, 149, 152-154, 156-159, 164, 197, 198, 207-210, 213, 216, 236, 238, 296, 297, 316, 334
皇太夫人　154, 156
河内祥輔　39, 56, 143, 165, 168, 179, 240
皇統　11, 36, 41, 42, 49, 77, 108, 109,

127, 143, 161-163, 165, 168, 172, 213, 238, 239, 242, 243, 250, 252, 253, 255, 258, 321, 331, 339, 340, 348, 357, 358
皇統迭立　36
皇統断絶　108, 109, 113, 253, 258, 259, 357, 358
皇統分裂　48, 49
『皇年代私記』 56
神野志隆光　26
后妃　17, 18, 21-24, 36, 40-42, 44-50, 53, 57, 104, 123, 126, 133, 136-138, 140, 141, 149, 150, 152, 154, 156-158, 160, 161, 163, 164, 168, 169, 173, 181-183, 186, 189, 190-192, 199-201, 204, 205, 208, 209, 213, 215, 219, 220, 223, 226, 232, 236, 237, 239, 241, 310, 318, 337, 338, 349, 350, 357, 358
后妃密通　24, 347-350, 352, 353, 356-358, 360
興福寺　322
紙屋紙　264
鴻臚館　125, 273
弘徽殿（殿舎名） 88-90, 181-183, 200, 201
『古今和歌集』 356
国学　4
『国史大辞典』 96, 262
穀倉院　100, 116, 119, 265, 266
克明親王　131
国母　176, 198, 331
『古今著聞集』 262, 274, 275, 280
後三条朝　19, 20, 167, 169-171, 176, 177, 323, 326, 338, 347
後三条天皇（尊仁親王） 19, 118, 162, 168-170, 176, 323, 325-329, 331, 337-340
『古事記伝』 263
小嶋菜温子　30, 87, 88, 97, 98, 105, 106, 114-119, 250, 260
腰結の役　85, 86, 88-92, 95-97
後白河天皇（雅仁親王） 105, 244, 252, 327
後朱雀朝　19
後朱雀天皇（敦良親王） 18, 118, 162, 226-228, 316, 325, 327, 331
極官　135, 220, 221
後藤祥子　29
小舎人童　263
後鳥羽天皇（尊成親王） 56, 252
近衛天皇（体仁親王） 244, 252
近衛府　263, 270, 278
小林正明　117
高麗楽　269, 279
小町谷照彦　116
小松登美　163
小峯和明　167, 178
小山清文　55, 215, 238
後冷泉天皇（親仁親王） 162, 169, 326, 328, 329
婚姻関係　42, 165, 211, 244, 287, 312, 350
権官　78
『権記』 12, 90, 114, 119, 213, 360
『今昔物語集』 275, 360
今正秀　282

【さ行】

『西宮記』 12, 139, 144
妻后　207, 208, 210, 239, 241
斎藤正昭　28
嵯峨院（『うつほ物語』） 118
嵯峨源氏　322
嵯峨朝　16, 142
嵯峨天皇（神野親王） 11, 152, 166, 244
坂本和子　256, 260
坂本賞三　81
坂本共展（昇） 55, 59, 79, 213
作者論　18
作品論　3
桜井宏徳　25, 311, 329, 332, 334, 346
『左経記』 91
狭衣（『狭衣物語』） 340
『狭衣物語』 62, 63, 262, 271, 275, 340
左遷　11-13, 344, 349, 361, 362, 364-366
佐藤健太郎　283
実仁親王　168-170, 337
沢田和久　57, 164, 240, 307

『山槐記』　105
三后　154, 156, 213, 315, 316
三条源氏　339
三条天皇（居貞親王）　19, 41, 56, 57, 82, 141, 153, 162, 181, 186, 191, 252, 301, 302, 325, 339, 350-352
三の宮（『うつほ物語』）　112
三位　129, 141, 142, 144
四位　141, 144, 359
ジェンダー史　98
『詩経』　187
淑景舎（桐壺）　77, 138, 181, 184-186, 191
滋野真菅（『うつほ物語』）　276
史実　3-5, 8, 10, 11, 14-24, 29, 32, 36, 37, 40, 46, 60, 68, 69, 72-75, 77, 78, 86, 88, 91, 100, 101, 105, 106, 111, 113, 114, 116, 117, 126, 127, 130, 134, 138, 142, 146, 148, 158, 159, 161, 162, 165, 167, 177, 186, 210, 211, 214, 218-220, 222, 223, 237, 240, 241, 243-246, 252, 287, 294, 295, 308, 310, 322, 326, 327, 329, 331, 341, 344, 347, 352, 362-368
事実　4, 5, 7, 8, 11, 19, 27, 160, 206, 243, 256, 343, 344, 346, 348, 349, 352, 353, 356, 357, 360, 363, 364, 366
資子内親王　292, 308
賜姓源氏　19, 175
七殿五舎　181
私通　349, 353, 359
失脚　52, 311, 343
篠原昭二　29
島田とよ子　56, 97, 132, 134, 143, 145, 163, 179, 212, 219, 239, 241, 333
清水好子　14-16, 19, 29, 212
『紫明抄』　10-12, 14, 15, 30, 343
除目　68, 73, 80, 166
下向井龍彦　170, 179
社会性　85
社会的儀礼　85
『拾遺和歌集』　144, 345
脩子内親王　91
襲芳舎（雷鳴壺）　61, 181
主計寮→かずえりょう
主催　100, 101, 104-119, 250, 265, 272, 279
主催者　84, 91, 98-103, 105-107, 111-115, 117, 118
主税寮→ちからりょう
主題　21, 29, 86, 253, 287, 288, 318, 329, 332, 347
入内　19, 22-24, 39-42, 44-51, 54, 56, 57, 93, 95, 96, 133, 134, 136, 140, 143-146, 148, 149, 159-162, 164, 165, 173, 175, 189, 190, 200-205, 207, 209-211, 214, 215, 217-222, 227, 228, 230-237, 239, 241, 254, 256, 293-295, 301, 313, 325, 331, 333, 350, 353, 359
出家　28, 105, 106, 116, 209, 213, 268, 305, 317, 350
准摂政　69, 72, 80, 81
淳和天皇（大伴親王）　11, 152, 153, 244
叙位　73, 80, 359
譲位　19, 36, 39, 44, 49, 56, 58, 61, 62, 64-67, 152, 157, 164, 166-168, 170, 173, 174, 178, 195, 197, 208, 233, 244, 252, 253, 259, 290-292, 297, 304, 366
女王　17, 240, 266, 334
召還　66, 79, 119, 361, 362, 366, 367
貞観殿　181
承香殿　181
東海林亜矢子　212
正子内親王　146, 163
承子内親王　117
昌子内親王　88, 90, 146, 150, 153, 156, 157, 161, 163, 165, 223, 226, 239, 241
章子内親王　162
常寧殿　181
『小右記』　40, 41, 81, 90, 91, 114, 118, 145, 166, 178, 213, 369
昭陽舎（梨壺）　77, 181
式明親王　131, 320
所生皇子　133, 137, 142, 151, 153, 156, 158, 168, 197, 207, 209, 210
女性史　98
諸陵寮　274

白河天皇（貞仁親王） 19, 116, 168, 170, 310, 313, 327-329, 338, 339, 344
史料 4, 21, 57, 60, 64, 84, 88, 95, 97, 98, 101, 118, 119, 134, 140, 144, 170, 181, 189, 244, 252, 330, 341, 345, 364
身位 76, 110, 130, 148, 173, 179, 219, 220, 240
『新儀式』 100
真実 5, 7, 8, 10, 15, 25, 27, 352
親政 22, 54, 55, 69, 74, 76, 173, 179
臣籍降下 76, 130, 133, 142, 143, 340
陣野英則 255, 260
親王宣下 126, 142, 343
進内侍 229
人物造型 8, 86, 183, 186, 189, 264, 275
新間一美 186, 192
菅原文時 273
菅原道真 39, 273, 320, 364
助川幸逸郎 243, 259
輔仁親王 168
朱雀系皇統 226, 320
朱雀帝（『うつほ物語』） 111, 118, 265, 279
朱雀天皇（寛明親王） 11, 61, 69, 88, 101, 105, 116, 126, 131-133, 136, 161, 165, 226, 320, 321
図書寮 264, 282
鈴木日出男 25
崇徳天皇（顕仁親王） 116, 244, 327
素腹の后 150, 151, 164, 228, 229, 297
住吉姫君（『住吉物語』） 96
『住吉物語』 96, 275
修理職 267, 269, 276, 277, 282
正妻（正室） 89, 210, 245, 257, 311-314, 358
正妻腹 149, 221
正史 7, 9, 10, 24, 27, 348, 349
政治家 22-24, 74-78, 82, 83, 93, 143, 214
政治学 20, 21
政治史 21, 22, 306, 325
政治性 21, 35, 85, 86, 176, 199, 242, 340
政治世界 4, 21, 60, 195, 211
政治的 19, 21-24, 35-37, 48, 51, 52, 59, 65, 86, 87, 92, 96, 99, 106, 123, 127, 137, 142, 150, 151, 161, 163, 166, 167, 170, 171, 174, 176, 191, 195-199, 208, 210-212, 245, 246, 253, 254, 257, 258, 261, 288, 298, 299, 302-304, 340, 358, 360
聖性 255, 256, 259, 305
聖代 11, 12, 35, 54, 166, 189, 259, 343
聖帝 11, 188, 189, 259, 305, 306
制度史 16
政変 341, 342
成立論 18
清涼殿 39, 182, 352
清和天皇（惟仁親王） 58, 60, 66, 69, 353, 360
摂関 19, 40-42, 53, 55, 59, 60, 67, 68, 72, 74, 76-81, 83, 136, 151, 175, 195-197, 211, 212, 214, 226, 228, 240, 263, 282, 299, 301, 303, 304, 308, 325
摂関家 54, 74, 75, 140, 164, 169, 171, 173, 176, 179, 180, 191, 199, 237, 263, 282, 314, 318, 332, 341
摂関政治 19, 20, 22, 23, 36, 69, 151, 167, 170, 174, 175, 177, 180, 195, 196, 198, 199, 210-212, 214, 216, 287, 288
摂関政治期 23, 151, 170, 198
摂関政治史 306, 325
摂政辞退 60, 67, 72, 74, 78, 214
摂政職 35, 37, 39, 41, 44, 54, 56, 58, 60, 62, 64, 67-69, 72, 73, 75, 79, 211, 214
践祚 37-40, 42, 44, 56, 68, 72, 126, 225, 226, 239, 262
宣命 66, 141, 264, 363
宣耀殿 181
先例 12, 16, 18, 31, 69, 104, 105, 119, 156, 177, 226, 348, 349
造型 75, 115, 144, 163, 199, 228, 241, 357, 358
聡子内親王 168, 338, 344
創造 10, 24, 115, 336, 344, 346, 358, 360-362, 365, 368
即位 15, 19, 22, 36-38, 44, 49, 52, 56, 66, 67, 69, 72, 82, 106, 107, 119, 126, 127, 131, 134, 136, 137, 142, 143,

152-154, 156, 157, 159, 161, 173, 197, 198, 207, 210, 211, 226, 239-241, 243, 244, 246, 248, 252-254, 258, 296, 297, 306, 312, 320, 321, 327-329, 333, 334, 339, 340, 342, 343, 347, 356, 367
素寂　10
ソシュール, フェルディナン・ド　25
尊子内親王　146, 161, 163, 228, 229

【た行】

退位　107-109, 241, 244, 247, 251, 252, 357
代替わり　35, 59, 67, 77, 143, 157, 174, 180, 197, 215
醍醐朝　47, 56, 57, 116, 130, 142-144, 219, 241, 321, 345
醍醐天皇（敦仁親王）　11, 12, 37-41, 56, 101, 105, 116, 126, 130-132, 134, 136, 146, 165, 219, 305, 320, 343
大臣列伝　310
高倉天皇（憲仁親王）　252
高階成忠　119
高田信敬　191
高田祐彦　191
高橋照美　313, 333
高橋亨　16, 29, 359
高橋秀樹　333
『篁物語』　262
打毬　277
詑間直樹　41, 56
内匠寮　267, 268, 276, 277, 282
竹内理三　69, 80
『竹取物語』　8, 262, 267
竹鼻績　179
田坂憲二　53, 55, 57-59, 79, 82, 212
太政官　59, 79, 199, 240
太政官制度　55, 60, 72
ただ人　76, 94, 133, 197, 208, 259, 353, 358
橘義子　136, 239
田中隆昭　29, 97, 178, 212
玉上琢彌　14, 15, 28, 97, 240, 259
賜物　99-101, 104
為平親王　244-246, 311-313, 341-343
『為房卿記』　101, 104
主税寮　272, 275, 276, 282
父院　54, 58, 76, 168, 175-177, 180, 198, 221
中宮　12, 17, 89, 101, 104, 107, 108, 130-133, 139, 142, 147, 149-154, 156-158, 164, 199, 200, 202, 203, 207, 208, 210, 213, 214, 217, 219, 222-224, 226, 236-239, 241, 248, 258, 266, 289, 297, 310, 312, 313, 329, 337
中宮候補　199, 219, 228, 241
注釈書　3, 12, 21, 25, 101, 110
注釈態度　12, 17, 18, 30, 31, 368
中世　3, 4, 8, 12, 15, 17, 18, 21, 25, 31, 170, 343, 344, 355, 368
『中右記』　240
『長恨歌』　186
追贈　141, 142, 153, 334
塚原明弘　55, 59, 79, 240
塚原鉄雄　8, 27
作物所　268
つくり物語　4
辻和良　58, 180, 255, 259, 345, 260
津島知明　114, 119
土田直鎮　81, 151, 164, 281
『堤中納言物語』　262, 277, 279, 280
常明親王　131, 320
帝紀（天皇本紀）　323
禎子内親王　18, 19, 116, 118, 162, 323, 324, 326, 329, 331, 332, 339
『貞信公記』　81
輦車　140, 144
輦車の宣旨　139-141, 145
手塚昇　28
典拠　3
恬子内親王　360
殿上人　66, 110, 123, 175, 199, 210, 250, 271, 337
天皇　19, 29, 37, 39, 41, 42, 46, 53, 68, 69, 72, 73, 75, 77, 79-83, 99, 101, 104, 109, 116, 126, 127, 137, 140, 151, 152, 154, 162-164, 169, 171, 182, 189, 195-198, 211-213, 219, 239, 241, 263, 265, 287, 288, 306, 307, 318,

319, 321-323, 325, 327, 329, 334, 335, 343, 347
天皇権　68, 69
典薬助（『落窪物語』）　275
登花殿　181, 201
東宮　23, 36, 37, 39, 42, 46, 47, 49, 52, 53, 57, 61, 77, 84, 89, 96, 99, 102, 105, 107, 109, 111, 112, 116-118, 124-128, 130-132, 143, 147-149, 151, 153, 156, 160, 162, 165, 168, 190, 200, 202, 204, 206, 207, 209, 210, 233, 234, 241-246, 254, 256, 259, 291, 292, 302, 311, 312, 318, 320, 321, 339, 341, 342, 346
東宮候補　124, 139, 150, 156, 229, 243, 244, 246, 252, 255, 258, 341
東宮妃　47, 89, 101, 102, 105-107, 111, 112, 118, 128, 129, 181, 183, 186, 191, 231, 236, 344, 350, 352, 355
「藤氏」　24, 50, 51, 54, 57, 72, 74, 175, 257, 310, 314, 318, 332, 339, 340, 342, 344
東大寺　275, 330, 334
藤三位　350
読者の方法　17-20, 352, 361, 362, 368
読書の儀　273
『土佐日記』　262
俊蔭の娘（『うつほ物語』）　85, 265
鳥羽天皇（宗仁親王）　101, 105, 116, 144, 239, 244, 327
具平親王　312
屯食　100, 110, 115

【な行】

内教坊　272
尚侍　200, 201, 207, 210
内匠寮→たくみりょう
内親王　17, 110, 139, 144-146, 148, 151, 161, 228, 237, 240, 257, 263, 330, 334, 344
内膳司　104, 116, 119
内蔵寮→くらりょう
内覧　39, 62, 67, 69, 72, 73, 75, 79-81, 196, 226, 240
中瀬将志　332
中西康裕　282
中関白家　114
中村成里　288, 307, 338, 345
中村康夫　288, 306, 364, 369
中村義雄　84, 96, 115
梨壺（『うつほ物語』）　31, 112, 113
夏山重木（『大鏡』）　333
並木和子　239
奈良時代　330
縄野邦雄　245, 259
新美哲彦　30
二官八省　261, 281
二后並立　12, 156
西の対　93, 353-355
二条院　93-95, 267
仁平道明　32
日本紀　6-10, 26, 27
『日本紀略』　38, 39, 56, 61, 81, 144, 308
『日本古代官職辞典』　262
『日本三代実録』　9, 60, 61, 80, 287, 349, 359
『日本書紀』　26, 188
女院　13, 103, 114, 119, 176, 213, 241, 365
女御　23, 48, 51, 57, 97, 101, 104, 123, 127, 130, 131, 133-145, 148, 156, 160, 168, 169, 179, 199, 202, 203, 205-207, 210, 213, 218-220, 222, 223, 228-231, 236-239, 256, 320, 338, 348, 350, 359
女御宣下　135, 220, 221, 239
女房　6, 110, 168, 201, 229, 248, 249, 266, 276, 280, 324, 338, 352
仁明天皇（正良親王）　146, 153, 349, 357
縫殿寮　266, 267, 281
沼尻利通　198, 213
『年代記』　144
年中行事　12
野家啓一　4, 25

【は行】

廃太子　52, 254, 256, 258
配流　363-365
袴着　84-91, 93-97, 139, 265, 266, 298

袴田光康　107, 117
萩原広道　14, 28
橋本義彦　69, 80, 82
『浜松中納言物語』 262
林田孝和　212
原岡文子　28
班子女王　40, 323, 324
伴瀬明美　169, 179
バンヴェニスト, エミール　25
「妃」 146, 148, 149, 161, 173, 179, 230
『光源氏物語抄』 30
飛香舎（藤壺） 89, 90, 181, 201
秘琴伝授　86, 96
土方洋一　7, 27
日向一雅　5, 8, 25, 26, 29, 55, 77, 82, 83, 163, 178, 192, 214, 239, 345
表現機構　8, 16, 18
兵庫寮　261, 280
廟堂　74, 77, 240
兵部卿宮家　36, 44, 50, 53, 54, 175
平間充子　115
深沢三千男　31, 358, 359
不義　15, 29, 259, 347, 352, 358, 360
服藤早苗　84, 91, 96, 115, 212
福長進　7, 26, 27, 241
復辟　41, 56, 68, 69, 73, 80
藤井貞和　25
藤木邦彦　143
藤本勝義　29, 30, 51, 57, 82, 244, 245, 259
藤原氏　17, 19, 24, 31, 41, 72, 74, 134, 136, 195, 211, 214, 241, 245, 309, 310, 312, 319-323, 325, 329-331, 335, 339, 341, 342, 344
藤原四家　319
藤原氏北家　72, 136, 332
藤原顕信　317
藤原顕光　350
藤原明子　211, 360
藤原有貞　349
藤原安子　117, 164, 239, 241, 244, 308, 312, 341
藤原威子　316, 367
藤原苡子　101, 105, 327
藤原胤子　136, 239
藤原延子　90, 91
藤原乙牟漏　153
藤原温子　126, 136, 164, 239
藤原穏子　40, 90, 101, 131, 132, 133, 157, 179, 241, 320, 333
藤原懐子　161
藤原兼家　41, 42, 56-57, 61, 72, 83, 114, 149-151, 164, 211, 213, 228, 240, 287, 289, 292, 295, 298-301, 303, 304, 307, 308, 318, 325
藤原兼輔　266
藤原兼雅（『うつほ物語』） 112, 118
藤原兼通　83, 226, 240, 287, 293, 295, 299, 300-304, 307, 308
藤原鎌足　319, 322
藤原姫子　164, 165
藤原嬉子　57, 327
藤原生子　226-228
藤原公季　327, 329
藤原公任　229
藤原公成　327, 328
藤原妍子　19, 156, 316, 324
藤原賢子→源賢子
藤原元子　350
藤原原子　181, 186, 191
藤原嫄子→嫄子女王
藤原媓子　150, 156, 157, 164, 226, 228, 229, 240, 289, 293-295
藤原伊周　119, 149, 196, 361-364, 366-368
藤原伊尹　61, 161, 240, 299, 308, 318, 329, 333
藤原定方　219
藤原定国　134
藤原実資　91, 350, 359
藤原実頼　61, 80, 81
藤原忯子　140, 164, 165
藤原諟子　140, 164, 165
藤原脩子　144, 345
藤原淑姫　144, 345
藤原順子（五条の后） 13, 349, 353-355, 357
藤原遵子　24, 28, 140, 146, 150, 152-154,

156-159, 161, 163, 164, 226, 228, 229, 240, 241, 287, 288, 291-294, 296-298, 304, 307
藤原彰子　12, 19, 90, 116, 140, 156, 211, 213, 316, 318, 324, 325, 330, 331, 367
藤原昭子　344
藤原璋子　327
藤原仁善子　131, 140
藤原綏子　56, 350-352, 359
藤原娍子　141
藤原正妃　144, 345
藤原詮子　24, 28, 114, 119, 141, 150, 152-154, 156, 158, 159, 163, 196, 197, 211, 213, 228, 229, 287-298, 300, 304, 307, 324, 325, 365, 367
藤原尊子（道兼娘）　350
藤原尊子（道長娘）　311, 312, 314, 317
藤原隆家　119, 365
藤原高子（二条の后）　13, 349, 353, 355-357, 359
藤原高藤　56, 136
藤原忠実　239
藤原忠平　61, 69, 318
藤原忠雅（『うつほ物語』）　118
藤原為光　140
藤原周家　262
藤原超子　41
藤原定子　12, 28, 40-42, 113, 119, 156, 157, 196, 307, 360
藤原時姫　141
藤原時平　39, 40, 56, 131, 132, 140
藤原仲忠（『うつほ物語』）　85, 86, 112, 118, 276
藤原済時　141
藤原能子　219
藤原信家　90, 91
藤原教通　91, 226, 227, 316, 367
藤原不比等　319
藤原冬嗣　262, 322
藤原道隆　41, 56, 62, 69, 72, 81, 149, 191, 318, 329, 333, 363
藤原通任　350
藤原道長　12, 19, 22, 75, 79, 81, 114, 115, 119, 140, 150, 196, 211, 287, 288, 307, 309-311, 313, 314, 316-318, 321, 325, 329-331, 352, 367-369
藤原道信　350, 359
藤原道頼　149
藤原茂子　57, 327-329, 339, 344
藤原基経　58, 61, 66, 69, 126, 136, 143, 239
藤原師実　313
藤原師輔　22, 81, 318
藤原有序　144, 345
藤原祐姫　144, 345
藤原行成　12
藤原良房　60, 66, 69, 73, 79, 211
藤原頼忠　140, 150, 151, 226, 228, 287, 289, 295-301, 303, 304, 307, 308
藤原頼長　333
藤原頼通　19, 80, 81, 91, 228, 314, 316, 331, 367
藤原頼宗　91
藤原旅子　153
藤原和香子　134
『扶桑略記』　56, 240
船楽　269, 272
普遍的　4, 5
不立后　46, 150, 234, 235, 292
古瀬奈津子　212
古田正幸　30
文学テクスト　20, 25
文化史　16
『平安時代史事典』　56, 96, 143, 144, 262
平安時代中期　17, 22, 36, 37, 105, 117, 127, 134, 167, 168, 176, 187, 211, 262, 263, 269, 274
平城天皇（安殿親王）　11, 152, 244
『平中物語』　262, 340
『遍照発揮性霊集』　188
編年体　287
法会　264, 272, 273
法皇　105, 152
『北山抄』　144
母后　174, 175, 180, 195-199, 207, 208, 210-212, 237, 325, 327, 335, 357, 360
母后同殿　197, 198, 212
星山健　246, 250, 260

保立道久　39, 56, 57, 164, 307
渤海使　273
堀河天皇（善仁親王）　101, 116, 168, 310-313, 323, 329
堀淳一　84, 87, 88, 96
『本朝文粋』　58, 262, 273

【ま行】

舞の師　269, 270
舞人　270-272, 282
『枕草子』　114, 187, 188, 191, 262, 264, 266, 277
『増鏡』　9, 10
増田繁夫　30, 125, 130, 143, 144, 163, 191, 212, 349, 359
増田舞子　55, 212
松岡智之　144
松野彩　96, 145
松原弘宣　282
松村博司　119, 295
松本治久　325, 334
継子譚　35
万寿二年　309, 310, 314, 316, 318, 319, 321, 326-331, 334
ミウチ　74, 82, 196, 210, 211
ミウチ政治　195, 211
美川圭　179
御子三人　92, 93, 95, 96, 106
三谷邦明　180, 255, 260
三田村雅子　31, 180
密通　24, 47, 210, 214, 253, 255, 259, 347-353, 356-360
御局　27, 138, 184, 201, 212
『御堂関白記』　81, 114, 145
源顕房　310-312
源基子　168, 169, 332, 337-339
源計子　144, 345
源賢子　310-314, 323, 329
源周子　144, 345
源高明　12-14, 245, 311, 312, 342-344, 364
源常　322
源昇　219
源光　11
源封子　131
源信　322
源雅実　82
源正頼（『うつほ物語』）　22, 265, 277, 278
源明子　310-312, 314, 317, 318
源師房　311, 312, 314, 317
源頼定　350-352, 359
源倫子　310, 314, 316-318, 330, 331
源麗子　313
源和子　131, 132, 163, 179, 320, 333
御佩刀　250
御牧　279, 280
都　66, 92-96, 242, 249, 365, 366
『岷江入楚』　80
村井利彦　345
村上系皇統　41, 226
村上源氏　310-314, 326, 329, 332
村上朝　24, 100, 130, 142, 144, 241, 345
村上天皇（成明親王）　11, 57, 82, 88, 101, 116, 117, 126, 127, 165, 223, 239, 244, 305, 306, 312, 320, 341-343
村口進介　178, 212
紫式部　6, 18, 344
『紫式部日記』　8, 118, 262
紫のゆかり　186, 190
室城秀之　111, 115
室伏信助　359
目崎徳衛　164, 178, 191
召人　249, 273, 276
馬寮　261, 277-279, 281, 283
裳着　40, 41, 96, 232, 268
木工寮　267, 269, 276, 282
望月郁子　177
モデル論　14, 28
本居宣長　14, 16, 263
元木泰雄　178
本橋裕美　218, 238
物語意義　85, 95, 100, 107, 167, 255
物語性　4, 7
物語世界　20, 21, 157, 173, 214, 257, 281
物語理解　177, 361, 362, 365, 366, 368
物語論　5-9, 25, 26, 275
森田悌　282, 283
森田直美　186, 192

文徳天皇（道康親王）　66, 153, 323, 329, 353, 357

【や行】

保明親王　126, 131, 140, 165, 226, 320
山口博　345
『大和物語』　262, 266, 271, 277, 279, 280, 359
山中和也　191
山中裕　27, 82, 164, 345, 364, 369
山本淳子　27
山本信吉　69, 80, 81, 240, 345
湯浅幸代　29, 74, 82, 178
遺言　51, 66, 76, 166, 174, 180, 198
有職故実　12
夢告　107
養子　23, 89-91, 114, 133, 149, 313, 314, 327
養女　19, 23, 44, 45, 48, 50, 53, 54, 57, 89, 91-96, 106, 133, 169, 214, 215, 217-220, 226, 228, 230, 234, 237, 240, 251, 256, 313, 323, 332, 333
陽成天皇（貞明親王）　56, 58, 61, 66, 68, 69, 357
幼帝　22, 58, 59, 241
予言　107, 143, 273, 323, 325-329, 332
横井孝　345
吉井美弥子　250, 260
吉海直人　30, 58, 86, 97, 186, 189, 191
吉川真司　212
吉川奈緒子　178
吉野誠　163
芳之内圭　282
吉森佳奈子　18, 30, 31, 177, 180, 344, 346
慶頼王　131, 132, 179, 320
四辻善成　12, 31
米田雄介　80
『夜の寝覚』　62, 63, 262

【ら行】

理想　15, 19, 22, 23, 74, 78, 166, 167, 175-177, 189, 195, 210, 232, 241, 259, 306
理想政治　53, 54, 176, 177, 210
立后　12, 17-19, 24, 46-48, 54, 57, 95, 101, 106-108, 113, 117, 132, 133, 141, 142, 146-154, 156-164, 172, 173, 176, 179, 190, 200, 202, 207-209, 211, 213-216, 219, 222-224, 226-238, 240, 241, 259, 260, 287-289, 292-298, 304, 307, 333, 334
立后争い　46, 54, 150, 156, 159, 183, 208, 209, 215-217, 219, 223, 231, 233, 234, 237-239, 241, 289, 293, 304, 307
立后志向　215, 233, 238
立后事情　146, 158, 216, 222, 223, 229, 236, 237
六国史　24, 26, 27, 287, 349
立太子（立坊）　23, 57, 108, 113-115, 117, 119, 124-128, 130-133, 134, 136-139, 142, 143, 147, 151, 159, 162, 168-170, 172, 173, 176, 179, 222-225, 232, 239, 243-248, 250, 252, 254, 257-259, 287, 289, 290, 292, 312, 320, 333, 360, 367
立太子争い　31, 86, 113, 143, 311, 312, 342
李夫人　5
『李部王記』　12
隆子女王（隆姫）　314
令外の官　78, 266, 272, 280
龍粛　178
寮馬　277, 278
麗景殿　89, 181
冷泉系皇統　41, 49, 83, 253, 258, 259, 305, 357
冷泉天皇（憲平親王）　80, 82, 104, 117, 126, 143, 146, 150, 153, 161, 223, 228, 239, 241, 244, 252, 301, 302, 305, 312, 341
〈歴史〉　4, 5, 8-10, 115, 336, 341, 344, 346, 348, 352, 358, 360, 364-366
「歴史」　5, 7, 9, 10, 12, 16, 17, 20, 31, 78, 115, 211, 214, 344, 352, 365, 367, 368
歴史学　4, 16, 21, 25, 32, 39, 41, 60, 69, 72, 151, 159, 167, 168, 170, 196-198, 281, 288, 289, 291, 292, 341
歴史観　24

歴史書（史書）　7, 8, 348, 352
歴史叙述　4, 5, 8, 20, 25, 287, 288, 368
歴史性　4, 10, 21, 336
歴史的事実　4, 5, 7, 15, 336, 346, 368
歴史認識　17, 289, 310, 318, 321, 325, 328, 329, 341, 342, 344, 346, 361, 362, 365, 368
〈歴史〉の創造　24, 361, 362, 365, 368
歴史物語　3, 4, 7, 8, 10, 21, 24, 113, 150, 158, 177, 287, 309, 336, 341, 342-344, 346, 347, 352, 358, 361, 362, 368
恋愛物語　21, 35, 246, 256, 337, 347
輦車→てぐるま
轆轤工　267, 276
轆轤師　268

【わ行】

和歌　99, 354
若宮（『うつほ物語』）　113
話型　347
綿　104, 363
渡辺仁史　212

源氏物語

【あ行】

「葵」巻　197, 202
葵の上　24, 37, 49, 98, 173, 196, 204, 210, 256
「明石」巻　36, 64
明石尼君　94, 99, 133, 134
明石の君　92-94, 97, 133, 340
明石中宮（明石姫君・明石女御）　17, 23, 82, 84-87, 92-96, 98-101, 105-109, 111, 113, 116, 117, 133, 140, 158, 160, 182-187, 189, 216, 231, 232, 242-247, 249, 250, 254, 258, 367
明石入道　107, 190, 192
秋好中宮（斎宮女御）　17, 23, 44, 46, 48, 51, 53, 54, 96, 106, 108-110, 113, 158, 160, 173, 214-217, 222, 229-234, 237, 240, 251, 256, 334
「総角」巻　247-249
「東屋」巻　270, 272, 276
按察大納言　133, 134
〈家〉　22, 23, 117
一の皇子（朱雀帝）　124, 125, 127, 139, 142
〈院政〉　19, 23, 167, 173-178, 180
「浮舟」巻　263, 268
宇治　242, 243, 246-249, 256, 258, 269
宇治の阿闍梨　256
「薄雲」巻　87, 94, 95, 133, 134, 348
右大臣　53, 66, 67, 125, 126, 138, 139, 167, 172, 176, 180, 195, 196, 199, 202-204, 209, 240, 257, 359
右大臣家　23, 49, 50, 52, 67, 78, 164, 175, 176, 180, 195, 199-204, 206-211, 213, 214, 236, 238, 256, 258
「梅枝」巻　185, 232, 264
「絵合」巻　221, 264, 277
延喜准拠説　12
延喜天暦准拠説　3, 12, 13, 18, 21, 32
王女御　44, 46, 50, 51, 54, 160, 175, 222, 237
大堰　94, 95
大君（紅梅大納言の長女）　236
大君（八の宮の長女）　247, 249, 251, 258
大宮　48, 210, 216, 217, 221, 230, 231, 235, 236
「少女」巻　46, 48, 52, 160, 215, 217, 230, 231, 234, 271, 272, 334
朧月夜　13, 23, 24, 182, 199-201, 203-206, 208-210, 236, 238, 241, 268, 353, 357-359
女一の宮（冷泉帝の皇女）　251
女三の宮　98, 110, 183, 200, 256, 257, 348, 358
女二の宮（今上帝の皇女）　268

【か行】

薫　98, 109, 110, 111, 117, 242, 246, 250, 255-257, 263, 358, 367
加冠の役　278
「蜻蛉」巻　279
蜻蛉の宮　279
「柏木」巻　110, 271
柏木　257, 348, 358
北の方（八の宮の正妻）　256, 260
〈桐〉　183, 186-192
「桐壺」巻　76, 86, 123-125, 137-139, 142, 184, 185, 205, 265-268, 273, 277, 278
桐壺系皇統　49, 76-78, 83, 258, 259
桐壺朝　23, 24, 35, 53, 146, 147, 166, 167, 175, 177, 178, 183, 197, 204, 208-211, 223, 237, 241
桐壺帝（桐壺院）　11, 12, 19, 20, 22-24, 54, 76, 78, 86, 123-127, 134, 137, 139, 141-143, 145-147, 149, 151, 153, 157, 159-162, 164, 166, 171-173, 175-177, 180, 183, 198, 209, 210, 213, 221, 236, 237, 242, 254, 258, 266, 267, 278, 338-340, 363, 364
桐壺更衣　23, 86, 94, 97, 123, 125, 133, 134, 137-139, 141-144, 161, 171, 172, 181, 183-187, 189, 192, 220, 223, 267, 338-340
今上帝（東宮）　49, 53, 67, 76, 77, 96, 111, 140, 174, 176, 180, 189, 211, 214, 236, 242, 244, 245, 247, 249, 250, 258, 268
雲居の雁　24, 211, 214, 233, 234, 241, 245
『源氏物語』成立期　8, 10, 16-20, 22, 37, 72, 73, 81, 101, 105, 167, 196, 199, 211, 220, 252, 352, 363, 368
『源氏物語』成立期以降　18-20, 177, 368
「紅梅」巻　235
紅梅大納言　24, 235, 236
弘徽殿大后（桐壺帝の女御）　23, 24, 49, 50, 52, 53, 124-126, 133, 137-139, 142, 143, 147-151, 153, 157, 159-161, 163, 167, 171, 172, 174, 176, 182, 195-198, 200, 201, 203, 204, 206, 208-210, 212, 213, 216, 223, 236, 238, 241, 254, 256, 257, 259, 340
弘徽殿女御（冷泉帝の女御）　24, 44-46, 48-51, 54, 57, 160, 160, 182, 211, 214, 215, 217-222, 226, 229-231, 233-235, 237, 238, 240, 241, 251
古注釈　3, 4, 8, 17, 21, 25, 31, 72, 73, 100, 148, 343, 361, 365, 368
「胡蝶」巻　269, 270, 272
高麗の相人　125, 273

【さ行】

「賢木」巻　66, 76, 166, 167, 174, 175, 198, 201-203, 209, 210, 213
作者の方法　16-21, 352, 361, 362, 364, 365, 368
左大臣（致仕大臣・摂政太政大臣）　22, 23, 35-37, 44, 45, 48, 49, 53-55, 59, 72-75, 77-79, 139, 164, 167, 175, 196, 204, 210, 214-218, 220-222, 230, 231, 235, 237, 240, 278
左大臣家　22-24, 49, 74, 205, 210, 211, 215, 216, 218, 220-222, 229, 230, 233, 235-238, 241
式部卿宮（兵部卿宮）　22, 35, 37, 51-54, 162, 175-177, 272
四十賀　265, 279
四の君　45, 257
四の宮　179
准拠　3, 4, 7, 8, 10-19, 21, 28, 29, 31, 32, 101, 146, 166, 343, 344, 362
准拠研究　21
准拠説　3, 12-15, 18, 21, 343, 368
准拠論　3, 12, 14-18, 20, 21, 31, 177, 336, 344, 361, 362
准太上天皇　76, 110, 143, 160, 175, 177, 214, 232, 340, 347, 353, 358
承香殿女御（桐壺帝の女御）　163
承香殿女御（朱雀帝の女御）　199, 206, 238, 241
「末摘花」巻　272
末摘花　264

宿世 48, 92, 108, 184, 216, 252, 253, 258, 357
宿曜 92, 93, 95, 96, 107
朱雀系皇統 49, 77, 259
朱雀朝 35, 49, 52, 67, 146, 157, 158, 166, 167, 172-174, 176, 177, 180, 195-201, 203, 206, 209-214, 236, 238, 240, 241
朱雀帝（朱雀院） 11, 24, 36, 44, 49, 53, 56, 59, 64-67, 76, 77, 80, 86, 105, 133, 137, 138, 143, 153, 157, 158, 166, 172-176, 183, 195, 196, 198-211, 213, 219, 220, 223, 236, 241, 242, 254, 256-259, 272, 357, 358
「鈴虫」巻 280
「須磨」巻 184, 205, 207, 210, 280
須磨・明石 51, 52
須磨流離（退去・流謫） 12, 52, 362, 364, 365, 368
先帝 35, 83, 145, 161, 162, 200, 240
前坊 143
俗聖 254
帥宮の母女御 163

【た行】

「竹河」巻 251, 252
「玉鬘」巻 264
玉鬘 6, 7, 23, 26, 234, 241, 251
〈罪〉 117, 253, 255, 258, 259, 357, 358
帝王の相 143, 347
踏歌 272
東宮（今上帝の皇子） 98-100, 106, 108, 111, 242, 245, 251, 257
藤大納言 195, 203, 206, 219, 256
藤典侍 245

【な行】

内大臣（旧頭中将・太政大臣） 45, 46, 54, 67, 77, 180, 211, 215, 216, 221, 231, 233-237
中の君（八の宮の次女） 98, 246-251, 253-255, 257, 258
匂宮 116, 242, 243, 245-251, 253, 255, 257, 258
「匂兵部卿」巻 242, 243
二の宮（今上帝の皇子） 243, 245, 246, 251, 252, 257
「野分」巻 279

【は行】

「橋姫」巻 179, 254, 256, 260, 269
八の宮 172, 179, 208, 239, 253, 255-258, 260, 267, 269
八の宮の母女御 163, 256, 260
花散里 110
「帚木」巻 268, 279
鬚黒大将（鬚黒大臣） 67, 180, 251, 276
常陸介 272
藤壺中宮（藤壺の宮） 13, 17, 23, 24, 52, 54, 145-147, 149-151, 153, 154, 157, 159-163, 167, 171-173, 176, 179, 182, 186, 199, 208, 209, 214, 216, 223, 253, 255, 258, 334, 340, 347-349, 353, 357
藤壺女御 183, 199, 206
「藤裏葉」巻 140, 271, 279
〈鳳凰〉 187-189, 191
「蛍」巻 5, 6, 235
蛍の宮 179

【ま行】

「松風」巻 87, 93
「澪標」巻 36, 44, 45, 51, 65, 72, 77, 79, 92, 106, 180, 206, 208, 210, 217, 218
「御法」巻 232
紫の上 23, 37, 88, 91-96, 110, 133, 140, 272
「紅葉賀」巻 145, 147, 172, 209, 270, 277, 334

【や行】

「宿木」巻 247-250, 267, 268, 271, 277
「夕顔」巻 279
夕霧 82, 98, 116, 186, 214, 233, 243, 245-250, 257, 265, 272, 279, 367
夜居の僧都 54, 348
「蓬生」巻 264

【ら行】

麗景殿女御（桐壺帝の女御）　163
麗景殿女御（朱雀帝の女御）　195, 200, 203, 206, 219, 220, 236
麗景殿女御（今上帝の女御）　160
冷泉朝　23, 24, 35, 36, 46, 50-55, 57, 59, 72, 74, 78, 126, 159, 175-178, 180, 183, 196, 210, 211, 214, 215, 222, 223, 229-231, 233-237
冷泉朝始発　35-37, 44, 48, 53-55
冷泉帝（冷泉院）　11, 15, 22, 24, 35-38, 42, 44, 45, 48-50, 52-56, 59, 65-69, 72-79, 99, 100, 105-110, 113, 143, 145, 147, 151-153, 158, 160, 167, 172-174, 176, 190, 208, 211, 214, 215, 217, 218, 220, 223, 230-233, 235-238, 242, 251-253, 255-259, 279, 347, 348, 357, 367
六条院　100, 110, 269, 270, 272, 279
六条御息所　51, 214
六の君　245-249, 257

【わ行】

若君（匂宮の皇子）　250, 251, 253, 255, 257, 258
「若菜上」　52, 77, 99, 184-186, 200, 206, 265, 279
「若菜下」　67, 108, 180, 232, 236, 253, 268, 270-272, 349, 357
若宮（冷泉院の皇子）　147, 251, 252, 255
「若紫」巻　271

（著者略歴）

高橋 麻織　（たかはし まおり）

1980年岐阜県生まれ。明治大学大学院博士後期課程修了。博士（文学）。明治大学文学部助教を経て、現在、日本学術振興会特別研究員（RPD）、および明治大学文学部兼任講師。主要論文は、「『源氏物語』桐壺院の〈院政〉確立―後三条朝における後宮と皇位継承の問題から―」（『日本文学』第58巻第9号、2009年9月）、「『源氏物語』冷泉帝主催の七夜の産養―平安時代における産養の史実から―」（『中古文学』第93号、2014年6月）など。

源氏物語の政治学――史実・准拠・歴史物語――

平成28年（2016）12月22日　初版第1刷発行
平成29年（2017）6月11日　初版第2刷発行

著　者　高　橋　麻　織

装　幀　笠間書院装幀室

発行者　池　田　圭　子

発行所　有限会社 笠間書院

東京都千代田区猿楽町2-2-3［〒101-0064］

NDC 分類 913.36　電話 03-3295-1331　Fax 03-3294-0996

ISBN978-4-305-70819-9　組版：ステラ　印刷・製本／モリモト印刷

乱丁本・落丁本はお取り替えいたします。
出版目録は上記住所までご請求ください。　

http://kasamashoin.jp